Barbara Wendelken
Die stille Braut

PIPER

Zu diesem Buch

Der dunkelste Winter seit 60 Jahren will einfach nicht enden, als der Fund einer jungen Frau die Ortschaft Martinsfehn erschüttert. Oberkommissarin Nola van Heerden, die gerade erst ihren Dienst wieder aufgenommen hat, übernimmt den Fall. Am Kreihenmeer, einer im Sommer sehr beliebten Freizeitanlage, haben Gemeindearbeiter die Tote entdeckt. Ein langes weißes Nachthemd, ein Blumenstrauß, ein Ehering und rote Rosenblätter lassen nicht nur Nola an eine Braut denken. Die Todesursache ist eine traurige Überraschung.
Sehr bald steht fest, dass die Tote vor vier Jahren spurlos aus einem Internat für Gehörlose verschwunden ist. Der damalige Ermittler, Oberkommissar Renke Nordmann, inzwischen Revierleiter in Martinsfehn, konnte den Fall nicht lösen. Ihn quält der Gedanke, dass er etwas Entscheidendes übersehen, vielleicht sogar einen Fehler gemacht haben könnte.
Nola stößt auf ein Netz aus Lügen und alten Geheimnissen. Sie ist überzeugt, dass einzig die junge Frau, die im Internat das Zimmer mit der Toten geteilt hat, ihr weiterhelfen kann. Doch Yasmina schweigt beharrlich, während es in Martinsfehn weitere Tote gibt …

Barbara Wendelken wurde 1955 in Schwanewede bei Bremen geboren. Die gelernte Kinderkrankenschwester veröffentlicht seit 1996 regelmäßig Kinderbücher, Kriminalromane sowie zahlreiche Kurzgeschichten in Anthologien. Wenn sie nicht schreibt, genießt die Autorin mit ihrem Mann das Landleben in Ostfriesland.

Barbara Wendelken

Die stille Braut

Kriminalroman

PIPER
München Berlin Zürich

Mehr über unsere Autoren und Bücher:
www.piper.de

Von Barbara Wendelken liegen im Piper Verlag vor:
Das Dorf der Lügen
Die stille Braut

MIX
Papier aus verantwor-
tungsvollen Quellen
FSC® C083411

Originalausgabe
September 2015
© Piper Verlag GmbH, München/Berlin 2015
Umschlaggestaltung und -motiv: Michael Hofstetter/Hauptmann und
Kompanie Werbeagentur, Zürich
Satz: Uhl + Massopust, Aalen
Gesetzt aus der Minion
Druck und Bindung: CPI books GmbH, Leck
Printed in Germany   ISBN 978-3-492-30706-2

Nie wird er die Stimme seiner Mutter vergessen. An manchen Tagen verfolgt sie ihn bis in den letzten Winkel der Wohnung, es gibt einfach kein Entrinnen, keinen Ort, an dem er vor ihr sicher ist. Ihre Worte scheppern in seinem Kopf wie Nägel in einem Blecheimer.

Idiot, hat sie ihn genannt, Blödmann, Faulpelz, Strafe meines Lebens. Egal, was er machte, wie er sich bemühte, er blieb immer der nichtsnutzige Trottel, der es zu nichts bringen würde im Leben, genau wie sein Erzeuger. Bis heute begreift er nicht, warum sie ihn so gehasst hat.

Bei den nichtigsten Anlässen hagelte es Ohrfeigen. Sie war eine Meisterin darin, ansatzlos zuzuschlagen, so schnell, dass man nicht mehr ausweichen konnte. Manchmal reichte schon ein Blick, den sie respektlos fand, damit sie auf ihn einprügelte. Sie machte ihm das Leben zur Hölle, jeden einzelnen Tag, jede Stunde. Er nässte ein, bis er neun war, was ihm den Namen Pisser einbrachte.

Die schönsten Erinnerungen an seine Kindheit, eigentlich sogar die einzigen, die es wert sind, in seinem Kopf aufbewahrt zu werden, sind die wenigen Abende, an denen seine Mutter ihm aus dem dicken Märchenbuch vorlas. Er mochte die Geschichten, die allesamt ein bisschen gruselig waren und nie wirklich gut ausgingen. Die Bilder, feine Federzeichnungen in Schwarz-Weiß, fand er abstoßend und schön zugleich. Die Menschen sahen hässlich aus und böse, selbst die Prinzessinnen hatten etwas Verschlagenes an sich. Wenn seine Mutter vorlas, klang ihre Stimme ganz anders, tief und ruhig und voller Zärtlichkeit.

Ganz still lag er dann in seinem Bett, zugedeckt bis zum Hals, eingehüllt in den wohligen Geruchsnebel aus Waschpulver, den das Bettzeug verströmte (es wurde jeden Montag gewechselt) und dem Duft nach ihrem Haarspray, das sie so reichlich verwendete, dass ihre Haare sich ganz hart anfühlten und ein bisschen klebrig wie ein Gespinst aus Zuckerfäden. »Taft« stand auf der goldenen Spraydose. Noch heute macht sein Herz jedes Mal einen verzweifelten Hüpfer, wenn er den Namen in der Werbung hört. Inzwischen hat der Hersteller das Design mehrfach gewechselt, aber damals, als er ein kleiner, verängstigter Junge war, thronte auf der Ablage über dem Waschbecken eine große, goldene Spraydose, die so kostbar auf ihn wirkte, dass er überzeugt war, sie hätte ein Vermögen gekostet. Wenn seine Mutter ihn wieder mal grundlos geschlagen hatte und er nicht wusste, wie er sich trösten sollte, drückte er heimlich auf den Knopf und atmete den duftenden Nebel ein. Einmal erwischte sie ihn dabei. »Schwul bist du auch noch, was?«, kreischte sie und schubste ihn aus dem Badezimmer. Erst am Abend bemerkte er den riesigen Bluterguss auf seiner Hüfte, wo er gegen die harte Kante des Waschbeckens gefallen war. Als er älter wurde und stärker, hörte sie mit dem Schlagen auf, vielleicht fürchtete sie, dass er sich wehren könnte. Von da an malträtierte sie ihn nur noch mit ihrem schrillen, fordernden Gekeife.

Die Hypothek, die seine Mutter ihm für sein Leben mitgegeben hat, ist der Hass auf Frauen, auf ihre hohen Stimmen, mit denen sie ständig etwas von ihm verlangen.

Dienstag, 26. Februar

Es war der dunkelste Winter seit sechzig Jahren, nicht einmal hundert Sonnenstunden hatten die Wetterdienste bislang aufgezeichnet. Die Welt versank in stumpfem, trübseligem Grau. Schon tagsüber brannte Licht in den Wohnungen, und wer raus in die Kälte musste, hastete mit gesenktem Kopf durch die Straßen, die Zähne fest zusammengebissen und eingewickelt in warme Winterkleidung, die nur das Gesicht frei ließ. In den Wetterprognosen war die Rede von weiterhin frostigen Temperaturen. »Keine Aussicht auf Frühling«, sagte die blonde Wetterfee im Fernsehen, und ihr Lächeln wirkte verlegen, als schäme sie sich für das, was sie verkünden musste.

Seit einer Woche war Nola van Heerden, Oberkommissarin bei der Kripo Leer, wieder im Dienst. Ab und an schmerzte der rechte Arm noch, wenn sie ihn zu stark beanspruchte wie am Vortag beim Tragen der Kiste Mineralwasser. Ihr Physiotherapeut hatte zu moderatem Hanteltraining geraten, am besten täglich. Obwohl sie den Sinn durchaus begriff, konnte Nola sich nur selten dazu aufraffen.

Gerade als sie den Flur des Ersten Fachkommissariats betrat, stürmte ihr direkter Vorgesetzter, Kriminalhauptkommissar Robert Häuser, aus seinem Büro. Er hatte es so eilig, dass Jupp, sein uralter Rauhaardackel, der ihn häufig zum Dienst begleitete, beinahe von der zufallenden Tür eingeklemmt worden wäre, was Robert nicht einmal bemerkte, Jupp hingegen zu seinem Herrchen aufschauen ließ, gekränkt, wie Nola fand.

»Nola, der Anruf ist gerade reingekommen. Leichenfund. Eine junge Frau am Kreihenmeer.« Da sie nicht reagierte, weil ihr Blick immer noch an Jupp hing, sah er sich zu einer weiteren Erklärung genötigt. »Kreihenmeer. Das ist plattdeutsch und bedeutet Krähenmeer. Eine große Freizeitanlage mit Badesee. Im Sommer ist da der Teufel los. Mehr kann ich dir noch nicht sagen. Dr. Fenders und die Spurensicherung sind informiert.«

»Okay. Wer fährt mit? Conrad?«

Robert nickte. »Ja. Sein Wagen streikt, und er kommt später, vermutlich erst gegen Mittag. Du musst also allein anfangen.« Er räusperte sich und wich ihrem Blick aus. »Das Kreihenmeer liegt in Martinsfehn. Kriegst du das hin?«

»Natürlich.« Es klang weitaus überzeugter, als sie es wirklich war. Im November hatte Nola in Martinsfehn ermittelt und dabei Renke Nordmann, den Leiter des dortigen Polizeireviers, kennengelernt. Sie waren sich ziemlich nah gekommen, was Nola beinahe das Leben gekostet hätte. Sie betrachtete die Geschichte mit Renke als abgeschlossen, und im Nachhinein war es ihr unangenehm, dass jeder im Präsidium darüber Bescheid wusste. *Never fuck the company.* Daran würde sie sich künftig halten.

Während der Fahrt versuchte Nola, ihre Gefühle zu sortieren. Freute sie sich auf ein Wiedersehen mit Renke oder fürchtete sie sich davor? Wahrscheinlich beides, auf jeden Fall war sie aufgeregt, und das nicht nur aus beruflichen Gründen.

Laut Google Maps lag das Kreihenmeer außerhalb der Ortschaft Martinsfehn, und es gab nur eine einzige Zufahrt, den Meerweg, der direkt von der Bundesstraße abging. Kurz vor der Abzweigung entdeckte Nola auf der gegenüberliegenden

Straßenseite ein großes Schild, das auf einen Reiterhof hinwies, der etwa vierhundert Meter zurück lag. Wenn es überhaupt Zeugen gab, dann wohnten sie dort. Von der Straße aus konnte man allerdings nur die große, fensterlose Reithalle sehen, deren grüne Fassade sich nahtlos in die Landschaft einfügte, und davor eingezäunte Koppeln, auf denen um diese Jahreszeit keine Tiere grasten. An der Stelle, wo der Meerweg begann, wartete ein uniformierter Kollege, dessen Aufgabe darin bestand, jeden, der nichts mit den Ermittlungen zu tun hatte, weiterzuwinken. Obwohl er zum Revier Martinsfehn gehören musste, hatte Nola ihn noch nie gesehen. Ihr fiel ein, dass jemand die zwei Beamten ersetzen musste, die im Dezember getötet worden waren. Sie verzichtete darauf, sich mit Namen vorzustellen, zückte nur ihre Dienstmarke, und er gab mit einer angedeuteten Verbeugung den Weg frei.

Die erstaunlich gut ausgebaute Zufahrtsstraße wurde auf beiden Seiten von Buschwerk gesäumt, die kahlen Äste sahen aus, als hätte jemand sie kürzlich gestutzt, sehr rigoros und ein bisschen lieblos. Dahinter erstreckte sich kilometerweit nur Weideland, ein Anblick, der typisch war für Ostfriesland. Was ihre neue Heimat anging, schwankte Nola zwischen wunderschön und todlangweilig, heute Morgen schlug der Pegel eindeutig Richtung langweilig aus, was durchaus an dem trübseligen Wetter liegen mochte. In der Nacht hatte es erneut gefroren, der Himmel konnte sich nicht so recht zwischen grau und weiß entscheiden, die Luft war dunstig, und auf dem bräunlichen Gras glitzerte Raureif. Irgendwo, ganz in der Ferne, meinte Nola ein Gehöft zu erkennen. Vielleicht handelte es sich auch nur um einen Geräteschuppen auf einer der Weiden.

Nach tausendfünfhundert Metern endete die Straße auf

einem gepflasterten Parkplatz mit weiß markierten Stellplätzen, dessen Größe Nola erstaunte. Sie überschlug kurz, dass hier an die hundert Autos stehen konnten, was auf einen regen Sommerbetrieb schließen ließ. Bis auf zwei Polizeiwagen und einen orangefarbenen Pick-up mit der Aufschrift *Gemeinde Martinsfehn* war der Parkplatz leer.

Sie stellte ihren Mini direkt neben die beiden Polizeiwagen und stieg aus. Der eisige Wind raubte ihr für einen Moment den Atem. Hier draußen war es erheblich kälter als in der Stadt, und sie ärgerte sich, dass sie sich heute Morgen in Erwartung eines Bürotages gegen ihre gefütterten Winterstiefel entschieden hatte. In spätestens einer halben Stunde würden ihre Füße sich in Eisklumpen verwandelt haben, das wusste sie jetzt schon. Auch ihre Jacke war keineswegs für einen stürmischen Wintertag gedacht, und einen Schal hatte sie nicht dabei. Mist.

Nola erkannte Jens Stiller, einen jungen Kollegen aus Martinsfehn, der grüßend die Hand hob. Neben ihm hauchte sich eine weibliche Beamtin in die Hände, ihre leuchtend rote Nasenspitze verriet, dass sie genauso mit der Kälte zu kämpfen hatte wie Nola. Renke war nirgends zu sehen, und sie spürte eine leise Enttäuschung. *Sei nicht blöd*, rief sie sich zur Ordnung.

Ihr Blick blieb an einem achteckigen Gebäude mit Reetdach und dunkelgrün gestrichenen Fensterrahmen hängen. *Kiosk* stand auf einem weißen Schild. Zur Wasserseite hin schloss sich eine leicht erhöhte Terrasse an, an drei Seiten eingegrenzt von einem leuchtend weißen Lattenzaun. Auf dem Spielplatz zerrte der Wind an den rot und blau lackierten Schaukeln. Ein Holzsteg führte etwa zehn Meter weit ins Wasser. Wie ein Schild verkündete, wurden dort während der Saison Tretboote

angebunden. Es gab einen etwa zehn Meter breiten Sand-
strand, von dem Nola annahm, dass er künstlich aufgefahren
war. Im Sommer musste es hier ganz nett sein. Um diese Jahreszeit wirkte die Anlage dagegen trostlos und verlassen.

Die Tote lag auf einer Bank, die unter dem Überdach des
Kiosks stand. Von Weitem hatte es den Anschein, als ob sie
einfach nur schlief. Nola holte tief Luft und machte sich auf
den Weg. Sie war davon überzeugt, dass der erste Eindruck des
Tatorts, noch völlig unverfälscht von Tatsachen, scheinbaren
Tatsachen und den Wahrnehmungen und Gedanken der Kollegen, einer der wichtigsten Momente einer Todesermittlung
bedeutete, und ging deshalb betont langsam, um alle Einzelheiten aufzunehmen.

Keine Anwohner und damit potenzielle Zeugen, dachte sie
und dass der Täter den Platz sehr klug gewählt hatte. Das hier
war ein ruhiger, sehr friedlicher Ort, der etwas Heiles, Erha-
benes ausstrahlte. Gleichzeitig verspürte Nola einen Hauch
von Melancholie, weil die Anlage so verwaist wirkte wie ein
längst vergessenes Paradies. Das Wasser, der Strand, der in
eine gepflegte Rasenfläche überging, im Hintergrund die hohen Bäume, Silberpappeln, wie es aussah, und darüber ein
glasklarer Winterhimmel von beinahe durchsichtigem Grau.
Selbst die Gebäude, die die Gemeinde Martinsfehn hatte er-
richten lassen, störten die Idylle nicht allzu sehr. Vor allem der
Kiosk mit seiner annährend runden Form, den schmalen,
hohen Sprossenfenstern und dem tief runtergezogenen Reetdach sah aus, als hätte er schon immer hier gestanden.

Irgendwo keckerte ein Vogel, ein Eichelhäher oder eine
Elster, als wollte er sich über die vielen Menschen beschweren,
die seine Ruhe störten.

Die Tote trug ein weißes, wadenlanges Gewand, scheinbar

ein Nachthemd, mit breiten Trägern und einem viereckigen, mit Spitzen verzierten Ausschnitt. Warum auch immer fiel Nola sofort das Wort *züchtig* ein. Die Tote sah aus wie ein braves, anständiges Mädchen. Ihr Alter schätzte Nola auf Anfang zwanzig. Sie lag auf dem Rücken, die Augen waren geschlossen und die Hände unterhalb der Brust übereinandergelegt, aber nicht gefaltet. Sie war ungeschminkt und trug weder Schuhe noch Strümpfe. Ein Haarreifen, dicht besetzt mit weißen Plastikmargeriten und langen, gedrehten Seidenbändern, ebenfalls weiß, hielt ihr glattes, hellblondes Haar aus der Stirn, das so lang war, dass es bis auf den Boden herabfiel. Unter die Hände hatte jemand einen Strauß aus künstlichen Rosen geschoben, der billig wirkte und bei näherem Hinsehen eingestaubt. Ein Lederband mit einem winzigen, weißen Delfin, scheinbar aus Plastik, schmiegte sich eng an ihren Hals, und an ihrem rechten Ringfinger steckte ein breiter, goldener Ehering. Über den Körper der Toten, die Bank und die Bodenplatten davor waren dunkelrote Blütenblätter verstreut, und zu beiden Seiten der Holzbank brannten jeweils zwei Grablichter.

Jemand hatte sich Mühe gegeben, sehr viel Mühe. Nola konnte beinahe sehen, wie er vor der Toten kniete, die Haare ordnete, den Ausschnitt des Nachthemdes zurechtzupfte und zuletzt mit beiden Händen die Blütenblätter verstreute. Warum auch immer, sie war sicher, dass er dabei geweint hatte.

»Frieren kann sie ja nicht mehr«, hörte sie Jens Stiller sagen, der ihr gefolgt war. »Aber ich krieg trotzdem 'ne Gänsehaut, wenn ich die nackten Füße sehe.«

»Ich auch«, seufzte Nola.

Minutenlang betrachtete sie die Tote, versuchte, sich jedes noch so winzige Detail einzuprägen und einen verborgenen Sinn darin zu erkennen. Aus der Ferne hatte das Mädchen wunderschön ausgesehen wie die Prinzessin aus einem Märchen. Aus der Nähe wirkte sie grau, die Augen waren eingefallen, und um den Mund lag ein angestrengter Zug. Nola fragte sich, ob der Tod das mit sich gebracht hatte oder ob sie schon vorher so ausgesehen hatte.

Sie ging ein paar Schritte rückwärts, um die Szene als Gesamtes noch mal in sich aufzunehmen. Irgendjemandem hatte dieses Mädchen viel bedeutet. Er hatte darauf geachtet, sie auf der richtigen Seite des Kiosks abzulegen, im Windschatten, sodass die meisten Blütenblätter nicht fortgeweht wurden und das weit überstehende Dach sie vor Niederschlägen schützte, und er hatte einen Ort gewählt, wo sie sehr bald gefunden werden musste.

Was hatte der Täter – und Nola zweifelte nicht eine Sekunde daran, dass es einen Täter gab, die Frau würde sich wohl kaum zum Sterben hierhergelegt haben – mit dieser Inszenierung bezweckt? Wollte er einfach nur seine Liebe zum Ausdruck bringen, oder bedeuteten das weiße Gewand, der Haarreifen, die künstlichen Rosen und der Ring, dass sie seine Braut war, seine wunderschöne, blutjunge Braut? Und für wen war diese Botschaft bestimmt? War sie an die ganze Welt gerichtet, oder hatte er an eine bestimmte Person gedacht? Spontan fielen Nola die Eltern ein, das Mädchen schien ja noch sehr jung zu sein.

Sie warf Jens Stiller einen kurzen Blick zu und sagte: »Kennen Sie das Mädchen?«

Bedauernd schüttelte er den Kopf. »Keine Ahnung, wer das ist. Ich hab sie noch nie gesehen.« Er zögerte kurz. »Vielleicht bilde ich mir das ein, aber dieses Mädchen in dieser Aufmachung könnte einem Pädophilen gefallen. Oder?« Fragend schaute er Nola an.

»Dafür scheint mir die Tote nicht jung genug zu sein.« Nola kniff die Augen zusammen und ließ ihren Blick erneut über das Mädchen gleiten. Sie war schlank, aber keineswegs kindlich, und der Busen war nicht zu übersehen. »Oder sie gefiel ihm nicht mehr, weil sie zur Frau geworden ist.« Beiläufig strich sie eine widerspenstige Locke hinter ihr Ohr. Dann ging sie noch weiter zurück und verschränkte die Arme vor ihrem Körper.

Woran mochte die junge Frau gestorben sein? Soweit sie es erkennen konnte, ohne die Tote zu bewegen, gab es keinerlei Verletzungen. Nola tippte auf Gift oder eine Überdosis, wovon auch immer. Dass sie an den nackten Armen keine Einstichstellen ausmachen konnte, die auf harten Drogenkonsum hinwiesen, bedeutete in diesem Zusammenhang nicht sonderlich viel. Heutzutage befand sich genug Mistzeug im Umlauf, das man sich einfach nur in den Mund stecken musste, um sich abzuschießen. Ihr fielen die Namen einiger Musiker und Schauspieler ein, die in letzter Zeit einem tödlichen Drogenmix zum Opfer gefallen waren.

Das Geräusch quietschender Reifen riss sie aus ihren Gedanken. Der weiße Bulli der Spurensicherung war eingetroffen. Stefan Bruhns riss die Tür auf, als der Wagen noch gar nicht richtig zum Stehen gekommen war, und hüpfte mit einem energischen Sprung ins Freie. »Und?«

»Schau selbst. Ich weiß noch nicht, was ich davon halten soll.«

Mit der rechten Hand winkte Stefan, der bereits den obligatorischen weißen Overall und hellblaue Überschuhe trug, den Kollegen mit der Kamera heran, der die fotografische Dokumentation der Leiche sowie der gesamten Umgebung vornehmen sollte. Dann zog er Handschuhe über und näherte sich der Toten.

Zeitgleich rollte ein weiteres Auto auf den Parkplatz. Dr. Gritta Fenders, die zuständige Rechtsmedizinerin. Sie wirkte schlecht gelaunt, mehr als ein mürrisches »Moin« brachte sie nicht heraus. Heute Morgen wirkte ihr Gang besonders ungelenk, vielleicht lag es an der feuchten Kälte. Der fotografierende Beamte war noch nicht fertig, was bedeutete, dass die Leiche nicht bewegt werden durfte. Mit beleidigtem Gesicht watschelte Gritta Fenders zurück zu ihrem Wagen, wo sie die Lehne des Fahrersitzes zurückstellte, bis sie beinahe lag, Kopfhörer einstöpselte und die Augen schloss. Sie hasste es, zu warten. Als Stefan grünes Licht gab, kletterte die Rechtsmedizinerin etwas umständlich aus ihrem Auto und untersuchte die Tote.

»Sind die Blütenblätter echt?«, wollte Nola von Stefan wissen, der gerade mit gerunzelter Stirn eines der Blätter durch die Plastiktüte betrachtete.

Er schüttelte den Kopf. »Nee. Und mehr kann ich dir auch noch nicht sagen.«

Mit anderen Worten: *Lass mich in Ruhe.* Nola nutzte die Zeit, um mit den beiden Kollegen aus Martinsfehn zu sprechen.

»Liegt eine Vermisstenmeldung vor, die zu der Toten passt?«

Die beiden schüttelten die Köpfe fast synchron. Dann stellte Jens Stiller die weibliche Beamtin als Polizeikommissarin Sandra Weiß vor. Ohne zu zögern, streckte die Frau Nola ihre Hand entgegen, und ihr blieb nichts anderes übrig, als sie zu ergreifen. Sie war genauso eiskalt wie ihre eigene. Nola speicherte Sandra Weiß als mittelgroß, dunkelhaarig und ziemlich kurvig ab, Letzteres allerdings unter Vorbehalt. Sandra Weiß trug die dicke, etwas unförmige Winterjacke, die zur Uniform der niedersächsischen Polizei gehörte und die nur Vermutungen über den Körperbau der Trägerin zuließ.

»Was ist mit diesem Pferdehof, den ich unterwegs gesehen habe. Wohnt da jemand?«

Jens Stiller nickte. »Ja, hinter der Halle liegen noch Ställe und ein Wohnhaus. Aber das ist mindestens zwei Kilometer von hier entfernt.« *Viel zu weit, um etwas von dem Geschehen am Kreihenmeer mitzubekommen,* wollte er damit sagen.

Natürlich hatte er recht. Dennoch war es das einzige Haus in diesem Bereich der Bundesstraße, und manchmal gab es die unglaublichsten Zufälle. Mit ganz viel Glück war einer der Bewohner mitten in der Nacht nach Hause gekommen und hatte dabei einen Wagen beobachtet, der in den Meerweg einbog. Nola würde später jemand hinschicken.

»Wer hat sie überhaupt gefunden?«

»Zwei Gemeindearbeiter. Sie wollten die Müllbehälter leeren. Stehen dort drüben. Franz Lüken und Siegfried Erdwiens.« Jens Stiller zeigte mit dem Daumen auf zwei Männer, die beide leuchtend orangefarbene Arbeitsanzüge mit reflektierenden Streifen an den Ärmeln und dem Schriftzug *Gemeinde Martinsfehn* auf dem Rücken trugen. Den Älteren von beiden schätzte Nola auf Mitte fünfzig, er war groß und breit gebaut, wog bestimmt hundert Kilo und trug das graue Haar extrem kurz geschnitten. Er weinte wie ein kleiner Junge, das Schluchzen konnte sie noch fünfzig Meter weiter hören. Der andere wirkte gefasster. Er lehnte mit dem Rücken an einem der Polizeiwagen und rauchte hektisch.

»Haben Sie schon mit ihnen gesprochen?«

»Flüchtig. Machen Sie das lieber selbst. Franz Lüken, das ist der Ältere der beiden, war vorhin gar nicht richtig ansprechbar. Sie sehen ja, was mit ihm los ist. Und Siegfried Erdwiens haben wir bei anderer Gelegenheit schon mehrfach auf die Füße getreten. Ich würde uns nicht gerade als beste Freunde bezeichnen.« Jens Stiller verzog das Gesicht. »Der hat 'ne Abneigung gegen Polizeiuniformen. Falls er überhaupt was weiß, macht er bei uns garantiert nicht den Mund auf.«

»Okay, dann werd ich mal mein Glück versuchen.« Nola wandte sich zum Gehen und sagte dabei möglichst beiläufig, so als wäre ihr das gerade eben eingefallen und die Antwort nicht weiter wichtig: »Ist Renke nicht da?«

Jens Stiller lächelte zufrieden, und Nola begriff, dass er die ganze Zeit auf diese Frage gewartet hatte. »Renke macht eine Fortbildung in Oldenburg. Intervention bei häuslicher Gewalt. Heute und morgen. Donnerstag ist er wieder im Dienst.«

»Oh.« Sie kam sich ziemlich blöd vor wie jemand, der in eine Falle getappt war, eine weithin sichtbare, schlecht getarnte Falle.

Siegfried Erdwiens hatte krauses, weißblondes Haar, kalte, silberblaue Augen, die sie an einen Husky erinnerten, und ein kantiges, eher grob geschnittenes Gesicht mit ausgeprägtem Kinn und roten Wangen, die seiner Aufregung oder der Kälte geschuldet sein mochten. Sie schätzte ihn auf Mitte dreißig.

Mit gespreizten Fingern fuhr er sich durch die Haare. Dann betrachtete er eingehend ihre Dienstmarke. »Kriminalpolizei?« Es klang, als wisse er noch nicht so recht, ob er das glauben sollte. Seine Augen wanderten in aller Seelenruhe an ihrem Körper herunter und wieder zurück, und Nola ärgerte sich, dass ihre hellgraue Jacke, die kaum die halbe Hüfte bedeckte, so eng geschnitten war.

Abrupt drehte sie sich um und sprach den älteren der beiden Männer an. »Wer von Ihnen hat die Polizei verständigt?«

Sosehr er sich auch bemühte, sein Schluchzen zu unterdrücken, es gelang ihm nicht vollständig. »Ich ddddoch nicht, das wwwwar Siegfried.«

Ein aufgeregtes Nicken zeigte, dass Herr Erdwiens das Auffinden der Toten als seinen alleinigen Verdienst betrachtete, den er keinesfalls mit seinem Kollegen zu teilen gedachte. »Franz wär am liebsten einfach abgehauen. Hat gemeint, dass wir bloß Ärger kriegen. Dass jeder denken muss, wir hätten was damit zu tun. Stimmt's, Franz?«

Der Angesprochene nickte zögernd, zog ein kariertes Taschentuch aus seiner Hosentasche, das nicht sonderlich sauber wirkte, schnäuzte sich lautstark und wischte dann mit dem Tuch über seine Augen.

»Ich hab sie entdeckt und die Polizei gerufen. 1-1-0.« Herr Erdwiens beugte sich vor und raunte: »Franz ist ein bisschen schlicht gestrickt, kann nichts dafür. Schlechte Kindheit.« Mit Daumen und Zeigefinger zupfte er an seinem Ohrläppchen, das knallrot leuchtete. In der Art, wie er sie anschaute, lag etwas Unverschämtes, und Nola musste sich zwingen, nicht rückwärtszugehen oder sich anders anmerken zu lassen, dass seine Nähe ihr unangenehm war.

»Ist Ihnen vorhin etwas aufgefallen?«

Während Lüken nur müde den Kopf schüttelte, grinste Erdwiens und ließ sie dabei nicht aus den Augen. »Nee. Was denn auch? Sagen Sie mal ein Beispiel.« Dann lachte er dröhnend und wackelte mit dem Zeigefinger vor ihrem Gesicht hin und her. Auf seinem Daumen steckte ein breiter mattsilberner Ring. »Aber nicht, ob hier einer mit 'ner toten Frau über der Schulter rumgerannt ist. So was haben wir nicht gesehen. Hier war keiner, nur wir beide. Auch kein Auto. Stimmt's, Franz?« Sein Blick streifte seinen immer noch leise schluchzenden Kollegen, und er bemühte sich gar nicht erst, seine Verachtung zu verbergen.

Der andere nickte erneut, und Nola fragte sich, ob er überhaupt zugehört hatte oder nur nickte, damit Erdwiens Ruhe gab.

Jetzt richtete Erdwiens seine Aufmerksamkeit auf etwas, das hinter ihrem Rücken passierte, und sein Gesicht verzog sich zu einem verächtlichen Grinsen. »Hey, was kommt da denn für ein Kapuzenzwerg angewackelt?«

Nola schaute über ihre Schulter und entdeckte Gritta Fenders. »Das ist die Rechtsmedizinerin. Bitte entschuldigen Sie mich. Ich muss Sie noch bitten, Ihre Adressen bei Polizeikommissar Stiller zu hinterlassen. Mit Telefonnummer. Falls noch Fragen auftauchen.«

Zuerst rümpfte Siegfried Erdwiens die Nase, dann spuckte er aus. »Die Polizei Martinsfehn weiß, wo ich wohne.« Jens Stiller hatte sich nicht geirrt, Herr Erdwiens konnte ihn und seine Kollegen nicht ausstehen. »Stehen wir etwa unter Verdacht?« Das schien ihn einerseits zu erschrecken, andererseits zu schmeicheln.

»Keine Sorge. Für uns sind Sie einfach nur Zeugen. Schließlich haben Sie die tote Frau entdeckt.« Nola ging der Rechtsmedizinerin entgegen, die sofort stehen blieb. Dr. Gritta Fenders brauchte dringend eine neue Hüfte, konnte sich bislang aber nicht überwinden, ihr Schicksal in die Hände anderer Mediziner zu legen. Lieber quälte sie sich und schluckte Schmerztabletten. Dass ihr Gang, vermutlich durch eine zur Gewohnheit gewordene Schonhaltung, dem einer Ente ähnelte, bemerkte sie möglicherweise nicht einmal. Oder sie wusste es, störte sich aber nicht daran, weil jegliche Eitelkeit ihr fernlag. Bis auf die Tatsache, dass sie in Westerstede wohnte und damit auf halber Strecke zwischen dem Rechtsmedizinischen Institut in Oldenburg und Leer, kannte niemand Einzelheiten über ihr Privatleben, ob es einen Mann gab, Kinder, wenigstens einen Hund. Falls ja, konnten sie nicht viel Raum in ihrem Leben einnehmen. Gritta Fenders schien praktisch rund um die Uhr im Dienst zu sein. Nie hatte jemand sie aus dem Theater geholt, aus dem Kino oder aus einem Restaurant.

»Ich bin so weit, Frau van Heerden. Eine junge Frau, höchstens zwanzig, würde ich sagen. Etwa acht Stunden tot, eher noch etwas länger. Ich kann keinerlei äußere Gewalteinwirkung erkennen, jedenfalls nicht aktuell. Dafür alte Narben. Ein halber Schneidezahn fehlt. Sieht aber, wie gesagt, nicht frisch aus. Mehr kann ich erst sagen, wenn sie auf meinem Tisch liegt. Die Obduktion setze ich auf morgen früh elf Uhr an. Werden Sie dabei sein?«

»Ja. Natürlich.«

Jetzt wandte sich Dr. Fenders an die beiden Arbeiter. »Sie haben doch die Frau gefunden. Haben Sie den Leichnam berührt?«

Ohne zu zögern, übernahm Erdwiens das Wort. »Mein Kollege nicht, der ist ja beinahe aus den Latschen gekippt. Aber ich. Ich wollte gucken, ob da noch was zu machen ist.«

Sehr glaubwürdig klang das in Nolas Ohren nicht. Daran, dass diese junge Frau tot war, konnte niemand zweifeln. Vermutlich hatte es diesen Erdwiens gejuckt, einmal im Leben eine echte Leiche anzufassen.

Die Rechtsmedizinerin nickte flüchtig. »Unter diesen Umständen benötige ich eine DNA-Probe. Zu Vergleichszwecken.« Gritta Fenders mochte klein sein, aber an Autorität mangelte es der Rechtsmedizinerin nicht.

In Erdwiens' Gesicht machte sich Entsetzten breit. »Sie wollen bei mir Blut abnehmen? Jetzt? Muss das sein?« Seine

Stimme kiekste vor Panik. »Ich kann kein Blut sehen. Außerdem hab ich ganz schlechte Venen.«

Kopfschüttelnd öffnete Dr. Fenders ihren Koffer, der alle nötigen Utensilien enthielt. »Ich brauche lediglich einen Abstrich Ihrer Mundschleimhaut, junger Mann. Keine Angst, das tut nicht weh. Und Ihre DNA nehme ich vorsichtshalber auch.« Sie richtete ihren Zeigefinger auf Franz Lüken, der bereitwillig seinen Mund öffnete.

Nach getaner Arbeit, Lüken hatte keine Miene verzogen, während Erdwiens ziemlich verängstigt ausgesehen hatte, so als fürchtete er, dass der Watteträger sich im letzten Moment doch noch als scharfes Messer entpuppen könnte, wandte Dr. Fenders sich an Nola, das Gesicht zu einem spöttischen Grinsen verzogen. »Männer sind auch nicht mehr das, was sie mal waren. Wir sehen uns morgen um elf in der Rechtsmedizin.« Nach einer kurzen Überlegung fügte sie noch hinzu: »Fahren Sie bitte zehn Minuten eher los. Da ist eine Baustelle auf der Autobahn, zwischen Bad Zwischenahn und Westerstede. Ich hab keine Lust, zu warten.«

»In Ordnung«, sagte Nola gehorsam, die mit einem Ohr mitbekam, dass Stefan die beiden Gemeindearbeiter in den Bulli bat, um dort ihre Fingerabdrücke zu nehmen, ebenfalls zu Vergleichszwecken.

»Hat jemand schon den Ring abgezogen?«, rief Nola ihm hinterher.

»Keine Gravur, falls du das wissen willst. Nur ein Stempel. 333. Wirkt ziemlich neu, aber das kann Täuschung sein.« Damit verschwand er in seinem fahrenden Labor.

Gegen elf traf Oberkommissar Conrad Landau ein. Kein Wort darüber, warum er so spät kam. Er sah mal wieder aus, als hätte er die Nacht durchgefeiert. Sein stahlblauer Parka hätte schon vor Wochen in die Reinigung gehört, und die Jeans wirkte alles andere als frisch gewaschen. Sein verschwommener Blick war der eines schweren Alkoholikers, in den Augenwinkeln klebte eingetrocknetes Sekret, gekämmt hatte er sich auch nicht, und plötzlich war Nola klar, dass die Sache mit der Werkstatt nicht stimmte. Conrad kam direkt aus dem Bett. Vermutlich war er gestern mal wieder versackt und hatte es heute Morgen nicht aus den Federn geschafft.

Als könnte er ihre Gedanken lesen und müsste jetzt das Gegenteil beweisen, griff er mit beiden Händen nach Nolas Arm und zog sie zur Seite. »Und? Erzähl.«

Säuerlicher Geruch stieg ihr in die Nase, und sie griff automatisch in ihre Tasche und holte die Pfefferminzbonbons raus. »Hier.«

Ihr unausgesprochener Vorwurf beeindruckte ihn nicht im Geringsten. Wortlos steckte er ein *Fisherman's Friends* in den Mund, während Nola ihn über den Stand der Dinge informierte, wobei es den Anschein hatte, dass er überhaupt nicht zuhörte.

Zuerst sagte er nichts, sondern kramte nur eine verknüllte Packung *Gauloises* aus seiner Jackentasche, aus der er eine leicht geknickte Zigarette zog, die er mit den Fingern glatt strich, bevor er sie in den Mund steckte. »Schweinekalt heute. Ich rauch erst mal eine.« Er warf einen flüchtigen Blick in Richtung Wasser. »Ist die Tote hier bekannt?«

»Nein. Scheinbar nicht.«

Mit dem Rücken zum Wind zündete Conrad seine Zigarette an. Er inhalierte tief, warf theatralisch den Kopf in den Nacken und schaute anklagend gen Himmel. »Gott, ist das wieder ein Scheiß! Wer kommt denn auf so eine abgedrehte Idee?« Seine linke Hand, in der er die Zigarette hielt, legte sich schwer auf

Nolas Schulter. »Früher hat man die Leichen irgendwo verscharrt. Heutzutage servieren diese Irren uns ihre Opfer extra schön zurechtgemacht, als wollten sie uns zum Spielen auffordern. Weißt du, woran das liegt? An den beschissenen Medien. Die schlachten alles bis zum Erbrechen aus, beschreiben jede Kleinigkeit, und dadurch bringen sie die Leute erst auf solche kranken Ideen. Und dann diese abgedrehten Fernsehserien!« Es folgte eine Reihe Flüche, die mit der üblichen Jammerei endeten. »Tote Mädchen schlagen mir aufs Gemüt. Da frag ich mich echt, warum ich nicht längst im Vorruhestand bin.« Er zog an seiner Zigarette und stieß den Rauch mit einem pustenden Geräusch wieder aus. »Was machen wir?«

»Ich hab eine Hundertschaft aus Oldenburg und die Suchhunde angefordert.«

Mit einer wegwerfenden Handbewegung gab Conrad zu verstehen, dass er nichts von diesen Aktionen hielt. »Das kannst du dir sparen. Der Täter ist mit einem Wagen vorgefahren, hat die Kleine abgelegt und das ganze Brimborium veranstaltet, weil er sich für unglaublich clever hält und uns für total bescheuert. Der sitzt jetzt zu Hause vor der Glotze und geiert auf die Nachrichten. Wetten?«

Eigentlich hatte Nola sich vorgenommen, sich nicht mehr über Conrad zu ärgern. Aber jetzt hielt sie es doch nicht aus. »Wenn es irgendwelche Spuren gibt, finden wir sie jetzt oder nie. Das weißt du genau. Kann doch sein, dass er irgendwas verloren hat, 'ne Kippe, ein Taschentuch, was weiß ich. Vielleicht ist der Täter ein junger Typ, der sie wirklich geliebt hat. Dann war er nicht annähernd so cool, wie du glaubst.«

Wie immer wich Conrad nicht von seiner Meinung ab. »Vergiss es. Du wirst sehen, dass ich recht behalte. Aber mach ruhig ordentlich Wind, damit alle sehen, wie tüchtig du bist.

Oder willst du nur jemand Bestimmten beeindrucken?« Grinsend zeigte er mit seiner brennenden *Gauloise* auf die uniformierten Kollegen aus Martinsfehn und stutzte. »Ist Renke gar nicht hier? Kann ja wohl nicht sein. Der bleibt doch nicht im Revier und überlässt seinen Leuten so einen spektakulären Tatort!«

»Renke macht eine Fortbildung. Und du kannst bitte mal bei dem Pferdehof auf der anderen Seite der Bundesstraße fragen, ob die Besitzer irgendwas mitgekriegt haben. Vor acht Stunden oder so …« Nola schaute auf ihre Armbanduhr und rechnete in Gedanken. »Sagen wir mal zwischen Mitternacht und sieben Uhr heute Morgen.«

»Andere herumzukommandieren, das macht dir Spaß«, brummte er.

Als er zu seinem Wagen marschierte, hätte Nola ihm am liebsten etwas nachgeworfen, ihre Tasche oder einen Schuh oder besser noch einen dicken Holzknüppel.

In diesem Jahr wollte der Winter einfach kein Ende nehmen. Die Natur befand sich bereits zwei Wochen im Rückstand, vielleicht sogar mehr, und in Anbetracht der Nachtfröste wagte niemand, Stiefmütterchen oder gar Primeln zu pflanzen. Stattdessen wurden die Gräber mit Sträußen geschmückt, die im ungünstigsten Fall nicht mal die erste Nacht überdauerten.

Annerose Wenzel stand hinter der Schaufensterscheibe ihres Blumenladens und schaute raus. Gegenüber lag der Friedhof von Martinsfehn. Die Tatsache, dass man heute früh ein totes Mädchen am Kreihenmeer gefunden hatte, ermordet, wie es hieß, veranlasste viele Leute dazu, Blumen auf den Friedhof zu bringen, so als hätte diese furchtbare Nachricht sie an ihre eigenen Toten erinnert. Susanne und Gerda, ihre Mitarbeiterinnen, kamen mit dem Binden der Sträuße kaum hinterher.

Viele ihrer Kunden, davon war Annerose insgeheim überzeugt, gaben große Summen aus für Grabschmuck, weil sie etwas wiedergutzumachen hatten an den Verstorbenen. Der frühere Leiter der Grundschule zum Beispiel, der seine Frau schamlos betrogen hatte, stellte Sommer wie Winter zweimal in der Woche rote Rosen auf das Grab, Rosen, über die seine Frau sich zu Lebzeiten sehr gefreut hätte. Manchmal musste Annerose sich zwingen, ihn freundlich zu behandeln, weil sie immer das Bild seiner Frau vor Augen hatte, die von Jahr zu Jahr dünner und kleiner geworden war, bis der Kummer sie schließlich ganz auffraß und sie eines Morgens tot im Bett lag, weil ihr Herz nicht mehr schlagen wollte. Auch die alte Tini Lohmeyer, die ihre Zwillingsschwester Motje zu Lebzeiten nur drangsaliert und gequält hatte, verbrachte jetzt Stunden auf dem Friedhof. Ein beträchtlicher Teil ihrer schmalen Rente floss in Blumen und eine ganze Corona von weißen Steinengeln, die über das Grab ihrer Schwester wachten. Doch nach dem Tod konnte man nichts mehr in Ordnung bringen, so war es nun einmal, da musste man sich schon zu Lebzeiten bemühen.

Hanno, ihr Lebensgefährte, lachte immer über ihre rabenschwarzen Friedhofsgedanken, wie er das nannte. Seiner Ansicht nach ging es auf dem Friedhof genau wie überall im Leben nur darum, andere zu beeindrucken. Mit Ausnahme der ersten drei Monate würde niemand beim Pflanzen, Gießen und Erdehacken wirklich an die Toten denken. Im Gegenteil, die Menschen wären genervt von der zusätzlichen Arbeit, die so ein Grab erforderte. Annerose sah das anders. Sie brauchte nur an Renke Nordmann denken. Manches Mal, wenn er am Urnengrab von Frau und Tochter stand, wischte er verstohlen eine Träne fort. Das hatte sie schon oft beobachtet, und immer wieder rührte es sie, weil Renke ansonsten so wenig zugänglich erschien.

Wenn Hanno etwas passieren sollte, würde sie es genauso halten. Manchmal sah sie sich an seinem Grab stehen, wild schluchzend, die Arme voller Blumen. Leise schüttelte sie den Kopf. Was waren das bloß für morbide Gedanken? Bestimmt lag das an der Geschichte von dem toten Mädchen. Hanno würde nicht abstürzen. Er war ein erfahrener Pilot. Außerdem dauerten die Flüge von Nüttermoor auf die Inseln höchstens eine halbe Stunde, kaum in der Luft, setzte er schon wieder zur Landung an, was sollte da groß passieren?

Mehr als zwei Jahre waren sie jetzt zusammen, und immer noch kriegte sie bei Hannos Anblick regelmäßig weiche Knie. Er sah einfach zu gut aus, groß und kräftig gebaut, aber keineswegs dick, nur ein ganz dezenter Bauchansatz, der zu seinen sechsundvierzig Lebensjahren passte, dazu das volle, immer noch weizenblonde Haar und der aufrechte Gang. Sie kannten sich von früher, so wie man sich auf dem Dorf eben kennt, hatten einander aber nie als Mann und Frau wahrgenommen. Dafür war der Altersunterschied zu groß. Immerhin trennten sie acht Jahre. Als Annerose konfirmiert wurde, kam Hanno gerade erst in die Schule. Sie blieb im Dorf und machte eine Ausbildung als Floristin, er ging nach dem Abitur zum Bund, um sich zum Piloten ausbilden zu lassen. Ab und an hörte Annerose mal etwas, zum Beispiel dass Hanno in Amerika stationiert war und später in Süddeutschland, doch all die Jahre war er nicht ein einziges Mal nach Hause gekommen, um seine Mutter und seinen jüngeren Bruder zu besuchen. Mit Anfang vierzig war Schluss für die Piloten. Etwa zeitgleich starb Hannos Mutter. Er kehrte nach Ostfriesland zurück und mietete sich ein kleines Apartment in der Nähe vom Flughafen Nüttermoor, wo er für Max, der ebenfalls ehemaliger Bundeswehrpilot war, Gäste auf die ostfriesischen Inseln flog. Sein Chef schätzte Hanno als guten, zuverlässigen Piloten, befreundet waren sie allerdings nicht. Abgesehen von seinen Skatbrüdern, die er jeden Donnerstag im *Tennessee Mountain* traf, pflegte Hanno überhaupt keine freundschaftlichen Kontakte im Dorf, was ihr nur recht war, weil sie ihn am liebsten für sich allein behielt.

Im Dezember 2010 hatten sie sich auf dem Weihnachtsmarkt in Leer getroffen. Eigentlich grenzte es an ein Wunder, dass Hanno sie nach all den Jahren noch erkannt hatte. Doch er war ohne Zögern auf sie zugekommen.

»Hey, wenn das nicht Annerose Siemer ist oder wie immer du jetzt auch heißen magst.«

»Wenzel«, hatte sie geantwortet. »Ich hab Raimund geheiratet, aber wir sind schon eine Weile geschieden.«

Hanno hatte ihr einen Glühwein ausgegeben und dann noch einen. Den dritten hatte sie abgelehnt, weil sie noch Auto fahren musste. Zwei Tage lang schrieben sie sich pausenlos SMS, dann trafen sie sich erneut – und landeten im Bett. Sex beim zweiten Date, das war ihr nie zuvor passiert. Gleich am nächsten Tag zog Hanno mehr oder weniger bei ihr ein. Manchmal konnte sie es immer noch nicht fassen. Dieser gut aussehende Mann war jetzt ihr Lebensgefährte. Er flüsterte ihr morgens im Bett Komplimente ins Ohr, die sie erröten ließen, und behandelte sie so zuvorkommend, dass Gerda, ihre Freundin und liebste Mitarbeiterin, sie glühend beneidete.

Vor einem Jahr hatte Hanno ihr zuliebe seinen Nebenjob

reduziert, jetzt flog er nur noch einmal die Woche, immer dienstags, damit ihnen mehr Zeit füreinander blieb. Auf das Geld waren sie nicht angewiesen, der Laden brachte genug ein, zudem bezog Hanno eine Teilrente vom Bund. Vor allem aber konnte Annerose einfach nicht genug von ihm bekommen, und im Geschäft gab es immer etwas für ihn zu tun.

Sie wusste genau, was hinter ihrem Rücken getuschelt wurde, nämlich dass Hanno nur scharf war auf ihr Geld, auf das Leben, das sie ihm bieten konnte. Wenn das wirklich stimmte, wollte sie es nicht wissen. Sie wollte die Zeit mit Hanno genießen, jeden Tag, jede Stunde, egal was die Zukunft ihnen brachte. Sie wollte ihr spätes Glück auskosten bis zum allerletzten Moment.

Im Präsidium wurde Nola schon von Robert erwartet. Er schüttelte ungläubig den Kopf, als sie von der Inszenierung berichtete. »Lange, hellblonde Haare? Hast du Fotos? Zeig mal her.« Ein Blick auf das Display ihres Handys ließ ihn leise fluchen. »Scheiße. Ich hab da so eine Ahnung. Gib mal *Leona Sieverding* in den PC ein.«

Es dauerte kaum fünf Minuten, bis der Computer die Vermisstenmeldung ausspuckte: Leona Sieverding, vermisst seit Dienstag, dem 9. Juni 2009, damals 15 Jahre alt, verschwunden aus einer Förderschule für Gehörlose mit angegliedertem Internat in Jemgum, mitten am Tag und ohne jede Spur. Das Foto zeigte ein Mädchen mit glatten, blonden Haaren, seinerzeit schulterlang. Auf dem Bild schaute sie ein bisschen dümmlich aus, ganz anders als in Wirklichkeit.

»Das war Renkes Fall«, hörte sie Robert sagen. »Wir haben getan, was wir konnten, praktisch jeden Stock und jeden Stein umgedreht, aber nichts rausgefunden. Sie war wie vom Erdboden verschluckt.« Dann stutzte er. »Hat Renke sie gar nicht erkannt?«

»Renke ist auf einer Fortbildung. Und die beiden Kollegen wussten nichts. Vermutlich waren sie vor vier Jahren noch gar nicht in Martinsfehn.« Nachdenklich betrachtete sie erneut das Foto auf ihrem Monitor. Die Ähnlichkeit ließ keinen Zweifel zu. »Conrad hätte sie doch auch erkennen müssen, oder?«

»Eigentlich schon. Allerdings hat er damals nicht mit Renke gearbeitet. Das war Tobias Wedekind. Der ist kurze Zeit danach zur Kripo Hameln gewechselt. Wo ist Conrad überhaupt?«

Gute Frage, dachte sie und seufzte demonstrativ. »Nachdem er erst gegen elf eingetrudelt ist, hab ich ihn gebeten, die Leute auf einem Pferdehof zu befragen. Liegt etwa zwei Kilometer Luftlinie entfernt, aber ansonsten gibt es dort überhaupt keine Nachbarn.« Ein Blick auf ihre Armbanduhr verstärkte ihre Wut auf Conrad. »Jetzt ist es halb drei. Ich hab noch nichts von ihm gehört.« Da Robert keine Anstalten machte, auf diesen indirekten Vorwurf zu reagieren, redete sie weiter. »Soll ich gleich die Eltern informieren?«

»Warte noch. Leona Sieverding war gehörlos und trug diese Cochlear-Implantate. Die sehen aus wie normale Hörgeräte. Ist dir so etwas aufgefallen? Hat Gritta etwas in der Richtung gesagt?«

»Nein.«

»Hm.« Nachdenklich zupfte Robert an den lederbezogenen Knöpfen seiner dunkelbraunen Strickjacke. »Beidseitig Hörgeräte, die würde Gritta doch nicht übersehen.« Er griff sich in den Nacken, drehte den Kopf ein paarmal von rechts nach links und wieder zurück, dann fasste er einen Entschluss. »Lass uns abwarten, bis wir ganz sicher sein können. Ich meine mich zu erinnern, dass in der Akte ein Zahnstatus liegt. Das Mädchen steckte mitten in einer Behandlung und ist auf dem Weg zum Zahnarzt verschwunden.«

»Okay, ich suche die Bilder raus und schicke eine Kopie in die Rechtsmedizin. Wenn es eine Übereinstimmung gibt, können wir immer noch die Eltern benachrichtigen. Nach so langer Zeit kommt es auf die paar Stunden auch nicht mehr an.«

»Leona Sieverding… unfassbar.« Mit einem tiefen Seufzer nahm Robert seine Brille ab und rieb sich über die Augen. Ohne Brille wirkte er merkwürdig schutzlos, vor allem, wenn er so wie jetzt blinzelte. »Dass wir den Fall damals nicht aufklären konnten, hängt mir immer noch nach. Im Leben hab ich nicht erwartet, dass wir noch mal eine Chance kriegen, das aufzuklären.«

»Hoffentlich«, sagte sie leise.

Robert setzte die Brille wieder auf. »Ja, hoffentlich. Wir halten uns bedeckt, bis wir Gewissheit haben. Das gilt vor allem für die Presse. Totes Mädchen, Identität unbekannt, alles Weitere morgen in einer Pressekonferenz.«

Während Nola auf die Akte wartete, suchte sie in der polizeiinternen Datenbank nach toten Frauen, die man in ähnlicher Situation aufgefunden hatte, vergeblich, was sie nicht überraschte. Normalerweise lag es im Interesse des Täters, sein Opfer verschwinden zu lassen, damit die Tat unentdeckt blieb. Diese Zurschaustellung der Toten sprach für ein ausgeprägtes Selbstbewusstsein des Täters. Offenbar war er überzeugt, keinerlei Spuren hinterlassen zu haben.

In Martinsfehn gingen Kollegen von Haus zu Haus und fragten nach möglichen Zeugen, doch sie ahnte schon, dass die Aktion nicht von Erfolg gekrönt sein würde. Eine dunkle Nacht Ende Februar, eisig kalt und ungemütlich, wer machte da einen Seespaziergang? Die Leute vom Pferdehof konnten eigentlich nichts gesehen haben, weil das Stallgebäude zwischen Wohnhaus und Straße lag. Ohnehin meldeten sich Zeugen, die etwas Spektakuläres bemerkt hatten, erfahrungsgemäß von selbst, und das in der Regel sehr schnell.

Die Hunde, das erfuhr sie telefonisch, hatten nur auf dem Parkplatz herumgeschnüffelt. Demnach war der Täter mit dem Wagen vorgefahren, hatte die Leiche abgelegt und war wieder verschwunden. Da die gesamte Fläche gepflastert war, hatte Stefans Team auch keine Reifenspuren gefunden. Im Grunde hatte sie nichts anderes erwartet, und doch ärgerte es Nola, dass Conrad mit seiner ewigen Schwarzseherei recht behielt.

Conrad erschien um kurz vor vier. Er roch auffällig nach Pfefferminze, was vermuten ließ, dass er getrunken hatte. »Die Mädels vom Ponyhof sind richtig nett, sag ich dir.« Mit breitem Grinsen zog er seinen Stuhl vor die Heizung und hockte sich rittlings darauf. »Junge Frauen in hohen Stiefeln. Dafür bezahlen andere Geld.«

»Und?«

»Die haben nichts beobachtet. Vom Haus aus ist das auch gar nicht möglich. Wenn ein Auto auf der Bundesstraße fährt, sehen die höchstens die Lichter, und das auch nur, wenn sie draußen in der Einfahrt stehen.«

»Für diese Erkenntnis warst du ja erstaunlich lange unterwegs.«

Wie üblich perlte ihr Vorwurf von Conrad ab wie ein Wassertropfen von einer frisch imprägnierten Regenjacke. »Die eine hatte gerade Reitstunde, da musste ich warten. Inzwischen haben die anderen Mädels mir einen Kakao angeboten mit einem ordentlichen Schuss Weinbrand drin. Wegen der Scheißkälte. Setz du dich mal in so eine Reithalle, da zieht es wie Hechtsuppe.« Er gähnte, verschränkte die Arme auf der Stuhllehne und legte seinen Kopf darauf. »Bin echt kaputt. Muss am Wetter liegen. Immer dieses Grau. Macht mich ganz depressiv. Und bei dir?«

»Wir vermuten stark, dass es sich bei der Toten um Leona Sieverding handelt. Die ist vor vier Jahren spurlos verschwunden. In Jemgum.«

Er schnipste mit den Fingern. »Schon klar, ich erinnere mich. War die nicht taub?«

»Ja. Gehörlos, heißt das heutzutage. Ich hab ihren Zahnstatus in die Rechtsmedizin gemailt und warte auf die Antwort. Wenn sie es ist, rufe ich in Bremen an, damit die Kollegen die Nachricht an die Eltern überbringen.«

»Okay, dann mach ich Feierabend. Heute passiert ja nichts mehr.« Stöhnend richtete er sich auf. Zwei Minuten später klappte die Bürotür, und Nola gestand sich ein, dass sie froh darüber war. Sie arbeitete lieber allein als mit Conrad. Die Energie, die es kostete, sich unentwegt zu verteidigen oder über ihn zu ärgern, investierte sie lieber in ihre Ermittlungen.

Anhand des Zahnschemas und der Operationsnarben hinter beiden Ohren, die Gritta Fenders auf Anfrage bestätigte, stand gegen achtzehn Uhr fest, dass die Tote Leona Sieverding hieß. Aus der Akte suchte Nola Adresse und Telefonnummer der Eltern raus. Das Überbringen einer Todesnachricht gehörte zu den schlimmsten Aufgaben eines Polizeibeamten, und Nola war mehr als dankbar, dass diese unangenehme Pflicht den Bremer Kollegen zufiel. Es gab zwei Adressen, eine in Bremen und eine in Bassum, einem Ort, der südlich von Bremen lag, wie ein Blick auf die Karte verriet, außerdem eine Firmenadresse in der Nähe vom Bremer Flughafen.

Mittwoch,
27. Februar

Hauptkommissar Renke Nordmann, bis vor zweieinhalb Jahren noch Mitglied in Robert Häusers Team, jetzt Leiter des Polizeireviers Martinsfehn, war überzeugt davon, dass jeder Polizist eine Leiche im Keller versteckte, einen Fall, von dem er ganz genau wusste, dass er nicht sein Bestes gegeben hatte. Und gestern war seine Kellerleiche, sein persönliches Waterloo, aus der Versenkung aufgetaucht.

Leona Sieverding. Beinahe vier Jahre war das jetzt her. In genau dieser Zeit stellte sich damals heraus, dass der verdammte Krebs sich in Brittas Körper ausgebreitet hatte, gestreut, wie die Ärzte das nannten. Metastasen in der Lunge, einer Niere und der Leber. Aussichtslos.

Neben der Suche nach einem verschwundenen Mädchen hatte er verinnerlichen müssen, dass er seine Frau in absehbarer Zeit verlieren würde. Aleena war gerade erst zwölf geworden, und er konnte sich überhaupt nicht vorstellen, wie es ihm gelingen sollte, sie allein großzuziehen. In diesen Wochen war die Arbeit ihm eine Stütze gewesen, ein Korsett, das ihn aufrecht hielt, die Entschuldigung, dass er jeden Morgen sein Haus verlassen durfte, stundenlang wegbleiben und dem Anblick seiner todkranken Frau entfliehen, weil schließlich einer das Geld verdienen musste. Und doch war das schlechte Gewissen sein ständiger Begleiter gewesen. Manches Mal hatte er neben sich gestanden, nur noch funktioniert, beinahe wie in Trance, nicht mehr gewusst, was die Zeugen vor einer halben

Stunde ausgesagt hatten und ob er wirklich alles sinngemäß niedergeschrieben hatte.

Bis heute war er nicht hundertprozentig sicher, wirklich alles getan zu haben. Tobias, sein damaliger Partner, wusste von Brittas Erkrankung, aber nicht von der dramatischen Verschlechterung ihrer Prognose. Frisch verliebt in eine Kollegin aus Hameln, hatte Tobias seinerzeit alle Hebel in Bewegung gesetzt, um die Dienststelle zu wechseln. Ständig hing er am Handy und schrieb verliebte SMS, und er nutzte jeden freien Tag, um sich mit Gaby zu treffen. Zwei Ermittler, die aus unterschiedlichen Gründen nicht ganz bei der Sache waren und sich deshalb vielleicht einmal zu oft auf den anderen verlassen hatten, und ein ungelöster Fall.

Seit er von Leonas Auffinden gehört hatte, wusste Renke, dass er sie sehen musste. Wenigstens ein Mal wollte er sie anschauen, von Angesicht zu Angesicht, auch wenn sie nicht mehr lebte. Das war er ihr schuldig. Deshalb fuhr er um zehn Uhr morgens zum Rechtsmedizinischen Institut. Die Fortbildung konnte warten. Ohnehin fand er die Veranstaltung enttäuschend banal. Das meiste, was die Dozentin so enthusiastisch vortrug, hatte er schon vor Jahren gehört und längst in seine tägliche Arbeit übernommen. Er fragte sich, wer eigentlich die Dozenten aussuchte.

Als er aus dem Wagen stieg, hatte er für einen kurzen Moment das Gefühl, keine Luft mehr zu bekommen. Er hasste den grauen Betonbunker in der Pappelallee, dem man schon von außen ansah, dass er Schlimmes in sich barg. Hier hatte Renke die furchtbarsten Minuten seines Lebens verbracht, und wenn er sich nicht sehr zusammenriss, würde er gleich in Tränen ausbrechen. Kaum dass er sich wieder einigermaßen in der Gewalt hatte, entdeckte er Nolas roten Mini auf dem Seitenstreifen. Erneut drückte sich eine unsichtbare Faust in seinen Magen. Nola war also die zuständige Ermittlerin. Scheiße.

Die Obduktion war für halb zwölf Uhr angesetzt, um elf wurden die Eltern erwartet, das wusste er von Gritta, mit der er gestern Abend noch telefoniert hatte. Seine Uhr zeigte fünf nach zehn. Nola war viel zu früh dran, ihr Diensteifer schien mal wieder grenzenlos, und er ärgerte sich darüber, weil er gehofft hatte, einen Moment mit Leona allein sein zu können.

Einer von Grittas Assistenten ließ ihn herein. Man kannte sich, und der junge Mann machte sich nicht die Mühe, ihm den Weg zu erklären. Im Flur traf er auf Nola, die gerade ihre Jacke auszog. Offenbar war sie unmittelbar vor ihm eingetroffen. Ihre letzte Begegnung im Foyer der Klinik lag neun Wochen zurück und hatte nur wenige Minuten gedauert.

Das schwarze Strickkleid erkannte er sofort, sie hatte es auf der Beerdigung seiner Tochter getragen. Es mochte albern sein, doch Renke empfand es als respektlos, dass Nola ausgerechnet dieses Kleid zu einer Obduktion anzog, auch wenn sie im Anschluss noch mit den Eltern reden würde und das Kleidungsstück für diesen Anlass angemessen erschien.

Er nickte ihr flüchtig zu, rang sich ein halbwegs freundliches »Moin« ab, nahm zur Kenntnis, dass seine Anwesenheit sie zu irritieren schien, ging aber nicht darauf ein. Gemeinsam betraten sie den Sektionsraum.

»Hallo, Renke. Guten Morgen, Frau van Heerden. Das ist sie«, sagte Gritta leise und zog das weiße Tuch beiseite, das den Leichnam bedeckte. Flashback. Plötzlich lag Aleena dort, seine Tochter, die er immer noch so schmerzlich vermisste, und er musste sich auf die Lippen beißen, um nicht aufzuschluchzen. Verdammt, das war doch schon drei Monate her. Er spürte Nolas kühle Finger, die sich in seine Hand scho-

35

ben. Ohne darüber nachzudenken, zog er ihre Hand an seinen Mund und presste seine Lippen für einen kurzen Moment in die weiche Innenfläche, bevor er die Hand wieder fallen ließ.

»Geht es?«, flüsterte sie und holte ihn damit in die Gegenwart zurück.

»Das willst du doch gar nicht wirklich wissen. Sonst hättest du mich längst mal angerufen.« Renke war erschrocken, wie vorwurfsvoll das klang, aber er dachte nicht daran, sich zu entschuldigen.

Lange, sehr lange schaute er Leona Sieverding an und bat sie im Stillen um Vergebung für sein Versagen. Dann drehte er sich um und verließ den Sektionssaal ohne ein weiteres Wort.

Walter und Birgit Sieverding wollten nicht warten, bis die Staatsanwaltschaft die Leiche ihrer Tochter freigab, sie bestanden darauf, Leona zu sehen, so früh wie möglich. Die beiden waren älter, als Nola sich das vorgestellt hatte, bestimmt schon sechzig, demnach hatten sie ihre Tochter Leona erst spät bekommen. Das Ehepaar hielt sich an den Händen, wobei es bei näherem Hinsehen so wirkte, als würde der Mann die Frau ziehen und sie ihm willenlos folgen.

Birgit Sieverdings graues Haar war kurz geschnitten, Mittelscheitel und ein gerader Pony, eine langweilige Frisur, die weder zu ihrem runden Gesicht noch zu ihrer offensichtlich teuren Kleidung passte. Sie trug ein weites Kleid mit Querstreifen in Hellblau und Gelb, dazu gelbe Wollstrumpfhosen und derbe Naturlederstiefel ohne Absatz. Vermutlich kaufte sie in einem der skandinavischen Läden, die exklusive Naturfaserkleidung zu ebenso exklusiven Preisen anboten. An ihrem linken Arm klimperte eine Sammlung breiter Silberreifen, einige waren mit bunten Steinen verziert. Für Nola sah sie aus wie eine pensionierte Lehrerin. Ihr Mann war an die zwei Meter groß und recht stämmig. Seine dunkle Hose saß auch nach der langen Autofahrt noch perfekt, was für die Qualität des Stoffes sprach. Dazu trug er einen locker sitzenden Pullover aus ungefärbter Wolle. Graue, sehr kurz geschorene Locken und stahlblaue Augen. Herr Sieverding reichte ihr die Hand, nannte seinen Namen, und man merkte deutlich, dass er versuchte, sich im Gegenzug ihren Namen einzuprägen. Seine Frau beließ es bei einem schwachen Händedruck. Ihre Augen waren gerötet und leicht geschwollen, bestimmt hatte sie während der Fahrt geweint.

»Mein Beileid«, murmelte Nola. Keiner von beiden reagierte.

Gritta Fenders führte das Ehepaar zu dem Tisch, auf dem Leona lag, und zog behutsam das Tuch beiseite. »Das ist sie.«

Ein wildes Nicken, dann brach Frau Sieverding in Tränen aus, sie schluchzte abgehackt und schrie immer wieder: »Meine Kleine, meine arme Kleine!« Mit den Fingerspitzen fuhr sie über das Gesicht ihrer toten Tochter und dann über ihre Schultern.

Ihr Mann schien keinerlei Drang zu verspüren, Leona anzufassen. Er stand völlig unbeweglich daneben.

Es dauerte eine Weile, bis Frau Sieverding sich einigermaßen beruhigt hatte. »Wie hübsch sie aussieht und wie lang ihre Haare geworden sind«, flüsterte sie heiser und schaute ihren Mann an. »Hast du das überhaupt gesehen, Walter? Die wunderschönen langen Haare.«

»Natürlich«, sagte er und fuhr ihr ungelenk mit dem Handrücken über die Wange.

»Das hier ist das Ende, Walter. Es gibt keinen Grund mehr zu hoffen.« Sie beugte sich über die Tote und flüsterte etwas, das keiner verstehen konnte, während die Tränen erneut über ihr Gesicht liefen. Mit beiden Händen umklammerte sie die steifen Finger von Leonas rechter Hand, als wollte sie nie mehr loslassen.

Derweil umkreiste ihr Mann mit ausholenden Schritten den Tisch, wobei er mehr als einen Meter Abstand zu seiner toten Tochter ließ. Immer wieder schaute er auf die große Uhr über der Eingangstür. Einmal holte er sein Handy aus der Hosentasche und schaute, ob Nachrichten eingegangen waren. Nach genau sieben Minuten, Nola selbst schielte ebenfalls immer wieder zur Uhr, machte er einen großen Schritt nach vorn und legte seine Hände nachdrücklich auf die Schultern seiner Frau. »Jetzt reicht es wirklich, Birgit. Lass uns bitte zurückfahren. Damit, dass du dich stundenlang mit ihrem Anblick quälst, ist niemandem geholfen. Wann dürfen wir sie beerdigen lassen?« Die Frage richtete er direkt an Dr. Fenders, offenbar war ihm klar, dass sie die Hüterin all der Leichen war, die in den Kühlschubladen auf Gerechtigkeit warteten oder wenigstens auf die Wahrheit.

»Das entscheidet die Staatsanwaltschaft. Ich werde jetzt die Obduktion vornehmen, um die Todesursache zu bestimmen. Danach müssen wir die Ergebnisse der toxikologischen Untersuchungen abwarten. Mitunter ist dann noch eine weitere Untersuchung nötig.«

Die Antwort schien Herrn Sieverding nicht zu gefallen. »So etwas muss doch schneller gehen.« Er brach ab, weil seine Frau plötzlich aufschrie, mit beiden Händen gegen ihren Brustkorb trommelte und dabei schreckliche Geräusche von sich gab.

Vielleicht sollten wir Ihre Frau vor die Tür bringen, wollte Nola sagen, doch Herr Sieverding hatte bereits mit dem rechten Arm die Schultern seiner Frau umfasst, während er die linke Hand unter ihre Achselhöhle schob und sie Richtung

Ausgang zerrte. Sie versuchte sich zu widersetzen, hatte aber gegen den Zweimetermann keine Chance, sie reichte ihm ja kaum bis an die Schulter. Irgendwann gab sie den ungleichen Kampf auf, und Nola hatte das ungute Gefühl, dass Birgit Sieverding diese Situation nicht zum ersten Mal erlebte. Sie folgte den beiden bis zu ihrem Wagen.

»Wir könnten Frau Dr. Fenders um ein leichtes Beruhigungsmittel bitten«, schlug sie draußen vor.

»Nein, vielen Dank. Das geht schon. Wir fahren direkt zurück. Meine Frau hat zu Hause Schlaftabletten. Wenn sie nicht zur Ruhe kommt, werde ich unseren Hausarzt anrufen.« Er öffnete den Wagen und half seiner Frau beim Einsteigen. Nachdrücklich schloss er die Beifahrertür und blieb davor stehen, als wolle er seiner Frau unmöglich machen, noch einmal den Mercedes zu verlassen. »Wenn es nach mir gegangen wäre, wäre ich allein gekommen. Sie sehen ja, dass das alles zu viel ist für meine Frau. Sobald die Todesursache feststeht, rufen Sie mich bitte im Büro an. Ich möchte nicht, dass Birgit weiter behelligt wird.«

Behelligt? Mit den Umständen, die zum Tod der einzigen Tochter geführt hatten? »Ich hätte vielleicht noch ein paar Fragen«, sagte Nola vorsichtig und erntete einen herablassenden Blick.

»Wenn Sie Ihre Hausaufgaben gemacht hätten, wüssten Sie, dass Leona aus einem Internat in Jemgum verschwunden ist. Meine Frau und ich können nichts zum Tatverlauf sagen, wir leben in Bremen und waren seinerzeit nicht mal in der Nähe. Es müsste Ihnen doch wohl möglich sein, Ihre Fragen anhand der Akten zu beantworten.«

»Ich werde es versuchen«, versprach Nola und ärgerte sich im selben Moment über ihren unterwürfigen Tonfall. Sie räusperte sich und hob ihre Stimme an. »Es kann trotzdem sein, dass ich noch mit Ihnen reden muss.«

Meyers Tanzdiele. Meta Schoon konnte sich noch sehr gut an den Lärm erinnern, die laute Musik, das dumpfe Dröhnen der Bässe, das Gelächter der jungen Leute, bevor sie in ihre Autos stiegen. Nicht zu vergessen das Aufheulen der Motoren mitten in der Nacht, das sie so manches Mal aus dem Tiefschlaf gerissen hatte. Und dann diese schamlose Rumknutscherei, die sie vom Wohnzimmerfenster aus beobachten konnten. Hinni, und das ärgerte sie immer noch, obwohl er längst auf dem Friedhof lag, mochte gern dabei zusehen. Einmal, im Sommer, hatte sie ihn sogar mit einem Fernglas erwischt und aus Wut wochenlang nur das Nötigste mit ihm geredet.

Vor elf Jahren war der alte Meyer bei einem Motorradunfall ums Leben gekommen. Meta hatte eine gewisse Schadenfreude empfunden, warum musste so ein alter Sack noch unbedingt Motorrad fahren. Die Witwe sah sich nicht in der Lage, den Betrieb allein weiterzuführen. Jahrelang stand die Diskothek leer, und wenn Meta das richtig verstanden hatte, erlosch dadurch die Lizenz für den Betrieb. Eine neue konnte man wohl nicht so ohne Weiteres bekommen, angeblich reichte die Zahl der Parkplätze nicht aus. Und die sanitären Anlagen hätten auch komplett erneuert werden müssen.

Vor fünf Jahren war Herr Strewitz auf der Bildfläche erschienen. Es hieß, er hätte das Gebäude, das aus der ehemaligen Tanzdiele, die ganz früher ein Kuhstall gewesen war, und einem relativ kleinen Wohnteil bestand, für eine lächerlich geringe Summe erworben. Jetzt gab es drüben keine laute Musik mehr, dafür das ewige Gebell seiner Hunde, was Meta keineswegs besser gefiel, weil es sich nicht auf die Freitag- und Samstagnächte beschränkte. Immerhin hielt er die Köter meistens im Haus.

Gleich nach seinem Einzug hatte ihr neuer Nachbar die WCs und Waschbecken aus dem Toilettentrakt rausgerissen und als Sperrmüll an die Straße gestellt, was Meta vermuten ließ, dass er dort die Hunde unterbringen wollte. Das war aber nicht geschehen. Vielmehr hatte Herr Strewitz als Nächstes sämtliche Tische und Bänke aus der Diskothek auf das Hintergrundstück geschleppt, wo sie ein paar Monate vor sich hin rotteten, bis sie von der Jugendfeuerwehr abgeholt wurden. Meta stellte sich vor, dass er in den ehemaligen Tanzsaal Boxen gebaut hatte, jedenfalls hatte der örtliche Baustoffhändler zweimal Holz und Metallgitter geliefert. Wenn ihre Vermutung stimmte, musste es drinnen fürchterlich stinken. Aber das würde sie wohl nie erfahren. Es gab nämlich niemanden im Dorf, den der geheimnisvolle Herr Strewitz in den fünf Jahren, die er jetzt hier lebte, über seine Schwelle gelassen hatte. Selbst die Postbotin fertigte er an der Tür ab, egal, ob es stürmte oder in Strömen goss. Dabei kriegte er andauernd große Pakete.

Das größte Ärgernis war natürlich der Zaun, den Herr Strewitz genau auf der Grenze zu Metas Grundstück errichtet hatte. Er reichte von der Straße bis zu der Thujahecke, die der alte Meyer vor Ewigkeiten im hinteren Bereich angepflanzt hatte und die inzwischen drei Meter hoch und entsprechend breit gewachsen war. An den Anblick der Hecke hatte Meta sich über die Jahre gewöhnt, aber die Bretterwand, zwei Meter hoch, fünfundzwanzig Meter lang und absolut blickdicht, betrachtete sie als offene Kriegserklärung. Herr Strewitz wünschte nicht, dass sie mitbekam, was in seinem Haus und auf seinem Grundstück passierte. Warum wohl? Es musste einen gewichtigen Grund geben, davon war Meta mehr denn je überzeugt, aber welchen?

Jeden Morgen um Punkt halb acht fuhr ihr Nachbar mit dem Rad ins Dorf, um Brötchen und die Tageszeitung zu kaufen. Man konnte die Uhr danach stellen, und immer hatte er einen Hund dabei. Ob es jedes Mal derselbe war, wusste sie nicht. Für Meta sahen die Viecher alle gleich aus.

Wenn sie im Garten arbeitete, grüßte Herr Strewitz notgedrungen mit einem Kopfnicken, doch niemals blieb er stehen, und schon gar nicht ließ er sich in ein Gespräch verwickeln. Dann und wann sah sie ihn in seinem schwarzen Auto vorbeifahren. Ob er die Hunde dabeihatte, konnte sie nicht erkennen, weil die hinteren Scheiben verdunkelt waren, was sie komisch fand, geradezu unheimlich. Wohin der wohl mit seinem Gangsterauto fuhr? Es ging Meta nichts an, natürlich nicht, sie hätte es trotzdem gern gewusst.

Obwohl Nola es hasste, Gritta Fenders bei der Arbeit zuzusehen, konnte sie es kaum erwarten, die Todesursache zu erfahren. Überrascht nahm sie zur Kenntnis, dass Gritta Fenders sich auf einen Handstock aus dunklem Holz stützte. Der geschwungene Griff war aus Silber gearbeitet und stellte einen Vogelkopf dar. Daran, wie selbstverständlich die Rechtsmedizinerin sich damit bewegte, erkannte Nola, dass sie den Stock schon länger benutzte, wenn auch nicht in der Öffentlichkeit. Eine weitere, sehr viel größere Überraschung war, dass die Ärztin nicht allein an dem Sektionstisch stand. Der hochgewachsene Mann neben ihr wurde Nola als Dr. Steffen vorgestellt.

»Ein Kollege. Ich falle demnächst für längere Zeit aus, und Dr. Steffen wird meine Vertretung übernehmen.«

Wie ein Rechtsmediziner sah Dr. Steffen nicht aus, eher wie ein Musiker. Er hielt sein glattes, dunkelblondes Haar mit einem Gummiband zusammen, seine Augen waren braun, sein Händedruck fest, in seinem Nacken entdeckte Nola ein winziges Tattoo, möglicherweise ein asiatisches Schriftzeichen.

Dr. Fenders nickte ihrem Kollegen zu und sagte, dass er heute dran wäre. Es klang so feierlich, als hätte sie ihm damit die Ritterwürde verliehen. Er schmunzelte, offenbar fühlte er sich keineswegs geehrt, sondern fand das ganz selbstverständlich.

Ohne dass sie es wollte, holte Nola tief Luft.

»Fällt Ihnen das schwer?« Dr. Steffen hatte eine sehr angenehme Stimme, irgendwie weich, und sie beschloss, aus dem Musiker einen Sänger zu machen, einen Sänger von romantischen Rockballaden.

»Ein bisschen.«

»Kann ich gut verstehen. Schauen Sie einfach weg. Ihre Anwesenheit ist ja nur pro forma. Helfen können Sie uns sowieso nicht.« Er stellte das Aufnahmegerät an und streifte Latexhandschuhe über. »Dann wollen wir mal.« Mit unbewegter Stimme diktierte er Alter, Größe, Gewicht, besondere Kennzeichen wie drei Muttermale am rechten Oberarm, die so eng nebeneinanderlagen, dass sie aus der Ferne eine Linie zu bilden schienen, die Operationsnarben hinter den Ohren, die kaum noch auffielen, und eine winzige Narbe im Mundwinkel. »Guter Ernährungszustand, gepflegt, normal bemuskelt. Ein Schneidezahn fehlt zur Hälfte, der verbliebene Teil hat sich verfärbt, was auf ein Absterben der Wurzel hindeutet.« Flüchtig schaute er Nola an. »Ursache dürfte ein Sturz sein oder auch ein sehr heftiger Faustschlag. Wann genau das passiert ist, lässt sich nicht mehr sagen. In Anbetracht der Verfärbung wird es mindestens ein Jahr her sein. Eventuell könnte diese Narbe damit zusammenhängen.« Er zeigte auf eine winzige, sichelförmige Narbe im linken Mundwinkel. Dann hob er die linke Hand der Toten an. Der Ringfinger lag unter dem Mittelfinger und zeigte in einem seltsamen Winkel nach innen. »Gebrochen und schief zusammengewachsen. Und das hier«, er entblößte den linken Oberschenkel und zeigte auf einen annähernd kreisförmigen Wulst aus Narbengewebe, »halte ich für eine Bissverletzung. Ein großer Hund oder ein Mensch, der krank im Kopf ist. Würde beides von der Größe her passen. Obwohl ...« Er zögerte und warf Dr. Fenders einen fragenden Blick zu. »Nein. Kein Mensch. Eher ein großer Hund.«

Die Rechtsmedizinerin nickte zufrieden, offenbar teilte sie seine Meinung.

»Ich bin gespannt, was die Röntgenaufnahmen uns noch verraten.« Behutsam entblößte er den Körper der jungen Frau. Bis auf den Bauch, der sich deutlich hervorwölbte, wirkte die Tote sehr schlank. Die Brüste waren unerwartet groß, und Nola, die nach wie vor einen pädophilen Entführer in Betracht zog, fragte sich, ob die Entwicklung der weiblichen Formen der Grund für Leona Sieverdings Tod war.

»Na«, sagte Gritta Fenders. »Dann wollen wir mal ...« Geübt tasteten ihre Hände den Unterleib der Toten ab, dann richtete sie sich auf und wies Dr. Steffen mit einer Handbewegung an, dasselbe zu tun. Danach nickten die beiden sich zu, offenbar hatte der Bauch etwas zu bedeuten. Eine Schwangerschaft?

Gerade als sie fragen wollte, hob Dr. Steffen den Kopf und schaute Nola an. Hellbraune Augen, die sie an Bernstein erinnerten. Irgendwie wusste sie, dass er unter seinem Mundschutz lächelte. »Fühlt sich nicht gut an. Aber gleich wissen wir mehr.« In seiner Hand glänzte bereits das Skalpell. »Machen Sie die Augen zu.«

Nola gehorchte.

»Vielleicht sollten Sie Ihre Aufmerksamkeit der toten Frau und nicht der lebendigen Polizistin widmen, auch wenn die Ihnen besser gefällt.« Gritta Fenders hörte sich beleidigt an, was Dr. Steffen unbekümmert auflachen ließ. Das Benehmen der älteren Kollegin schien ihn zu amüsieren.

»Achtung, ich schneide jetzt«, kündigte er an.

Ein überraschtes Pfeifen ließ Nola die Augen wieder öffnen.

»Mein Gott«, stöhnte Dr. Steffen. »Eine einzige, eitrige Suppe. Wir sehen hier eine massive Infektion des gesamten Bauchraums, eine sogenannte generalisierte Peritonitis. In der Bauchhöhle befindet sich sehr viel freie Flüssigkeit, und an mehreren Stellen ist es bereits zu einer deutlichen Nektrotisierung des Gewebes gekommen. Ich denke, da haben wir unsere Todesursache.«

Nola nahm nur eins wahr, nämlich dass aus dem Bauchraum der toten jungen Frau ein unvorstellbarer Gestank aufstieg. Sie hatte Mühe, ihr Würgen zu unterdrücken, wollte sich aber keineswegs vor dem Rechtsmediziner blamieren. *Jetzt bloß nicht schlappmachen*, dachte sie und ging einen Schritt zurück.

Mit einem leisen Schnauben drückte Dr. Fenders aus, dass sie Nola für überempfindlich hielt.

Ihr Kollege dagegen fragte leise: »Geht es? Brauchen Sie einen Stuhl?« Er beugte sich vor und fasste in die geöffnete Bauchhöhle. »Das habe ich mir gedacht.« Es klang zufrieden. Dann erklärte er, dass die Frau an den Folgen einer Sepsis gestorben wäre. »Die Ursache ist ganz banal – ein perforierter Blinddarm. Das austretende Sekret hat den gesamten

45

Bauchraum infiziert. Offenbar fand keinerlei ärztliche Betreuung statt, sodass es zu dieser großräumigen Infektion kommen konnte. Ein Krankheitsbild, das ohne intensivmedizinische Behandlung in jedem Fall zum Tode führt, so wie es hier ja scheinbar auch geschehen ist.«

Dr. Fenders verlagerte das Gewicht vom rechten auf den linken Fuß. Trotz Handstock schien das Stehen ihr schwerzufallen. Sie zog ihren Mundschutz herunter, vielleicht um dem, was sie sagen wollte, mehr Gewicht zu verleihen.

»Was Sie hier sehen, Frau van Heerden, dürfte in der zivilisierten Welt eigentlich gar nicht mehr vorkommen. Ich werde eine Blutkultur anlegen, aber ich hege keinen Zweifel daran, dass die junge Frau an den Folgen einer schweren Sepsis gestorben ist. Mit einer rechtzeitigen Operation und vor allem der Gabe von Antibiotika wäre sie zu retten gewesen. Unfassbar.« Mit der Innenseite des Ärmels ihres grünen Einmalkittels wischte sie über ihre Stirn. Dann forderte sie Dr. Valentin auf, seine Arbeit fortzusetzen.

Den Rest nahm Nola kaum noch wahr. Gerinnungsstörung, septischer Schock, multiples Organversagen hörte sie, wollte sich aber lieber gar nicht vorstellen, was das im Einzelnen bedeutete. Der faulige Gestank war so unerträglich, dass sie sich darauf konzentrieren musste, nicht quer über die Leiche zu kotzen. Wieder einmal fragte sie sich, wie die Rechtsmediziner es schafften, während ihrer Arbeit keine Miene zu verziehen. Vielleicht hatten sie mit den Jahren ihren Geruchssinn verloren.

»Sie ist keine Jungfrau mehr, aber damit war ja auch nicht zu rechnen«, sagte Dr. Steffen. Auf den Röntgenaufnahmen, die einer der beiden Assistenten vor dem Öffnen des Körpers angefertigt hatte, machte er zwei alte Rippenbrüche sowie eine ebenfalls alte Rissfraktur des rechten Oberarms aus. »Das ist alles nicht mehr frisch. Und ich rede nicht von Wochen, sondern von Jahren.«

»Vier Jahre, könnte das passen? Da ist sie nämlich verschwunden.«

Die beiden Mediziner nickten einvernehmlich, und Nola war froh, den Sektionssaal verlassen zu können. Ihr ganzer Körper schrie nach Sauerstoff.

»Um halb eins mache ich Mittag«, unterbrach Dr. Steffen, der ihr in den Vorraum gefolgt war, ihre Gedanken. »Also in zehn Minuten. Hätten Sie Lust auf einen Kaffee in der Stadt?«

Nach kurzem Zögern lehnte Nola ab. »Geht leider nicht, meine Kollegen warten auf das Ergebnis der Obduktion. Außerdem, wenn ich ehrlich bin...« Sie verzog das Gesicht. »Dieser Leichengeruch verdirbt mir immer den Appetit. Kaffee oder gar Kuchen könnte ich jetzt gar nicht runterkriegen. Stört Sie das nicht?«

»Man gewöhnt sich daran. Sobald ich draußen an der frischen Luft bin, vergesse ich meine Arbeit. Und auch die damit verbundenen Gerüche.«

Beneidenswert, dachte Nola, die wie üblich das Gefühl hatte, den schrecklichen Leichengeruch mit vor die Tür genommen zu haben.

»Für alle Fälle gebe ich Ihnen meine Nummer. Falls noch Fragen bezüglich der toten Frau auftreten.« Er zog eine Visitenkarte aus seiner Brieftasche. *Dr. Valentin Steffen*, Handynummer, E-Mail-Adresse und eine Postanschrift in Berlin. »Zurzeit wohne ich natürlich in Oldenburg.« Er schaute sie an, ein bisschen zu lange für einen unverfänglichen Blick. Ohne die grelle Beleuchtung über dem Sektionstisch wirkten seine Augen etwas dunkler, eher haselnussbraun, das gefiel ihr, ge-

47

nau wie seine sanfte Stimme. Okay, der Rest war auch nicht schlecht.

Sollte er nicht anrufen, könnte sie sich irgendeine Frage ausdenken, um sich bei ihm zu melden. »Eine Frage fällt mir jetzt schon ein. Glauben Sie, dass Leona Sieverding vor ihrem Tod Schmerzen hatte?«

»Auf jeden Fall. Sie muss richtig schwer krank gewesen sein, hohes Fieber mit allem, was dazugehört, und mit Sicherheit wahnsinnige Schmerzen. Irgendwann dürfte sie gnädigerweise in einen komatösen Zustand gefallen sein.«

Am Nachmittag fand eine Pressekonferenz statt. Das Medieninteresse war groß. Ein verschwundenes Mädchen, das unter dubiosen Umständen nach vier Jahren wieder auftauchte, nicht mal dreißig Kilometer entfernt von dem Ort, an dem sie verschwunden war, das bot Stoff genug für eine spannende Titelstory. Nola war froh über die Anwesenheit der stellvertretenden Oberstaatsanwältin, die die meisten Fragen beantwortete. Dr. Regina Sauer kleidete sich grundsätzlich in Schwarz und dramatisches Rot. Sie galt als ehrgeizig und überaus mediengeil, und es war nicht zu übersehen, dass sie die Veranstaltung genoss. Kritische Fragen, etwa ob die Polizei seinerzeit etwas übersehen hätte, wehrte sie souverän ab. Ohnehin fielen ihre Antworten so ausführlich aus, dass den Journalisten wenig Raum für Fragen blieb. Im Anschluss gab die Pressestelle der Polizei ein Bild der Toten raus. Weitere Fotos zeigten das Nachthemd, den Ehering, die Kette, den Haarreifen und den künstlichen Rosenstrauß. *Wer hat diese Frau gesehen? Wer kennt die Kleidung oder den Schmuck?*

In der Nachbesprechung eröffnete Robert ihr, dass sie ab morgen Unterstützung bekommen würde. »Hilke Dreyer, eine junge Kollegin, hoch motiviert. Scheint ganz pfiffig zu sein, vor allem wenn es um Recherche im Netz geht. Da sind die jungen Leute uns ja haushoch überlegen. Damit meine ich natürlich mich. Du bist ja selbst noch jung.« Er zwinkerte ihr zu, und sie begriff, dass er sehr wohl wusste, was er ihr mit einem Kollegen wie Conrad aufbürdete, auch wenn er es vermied, offen darüber zu reden.

Erst gegen achtzehn Uhr fand Nola Zeit, einen Blick in die alte Ermittlungsakte zu werfen. Vielleicht konnte sie hier ein paar Antworten finden. Sehr bald schon stellte sie fest, dass es unglaublich anstrengend war, sich durch die vielen Beschreibungen und Protokolle zu lesen, ohne die Personen persönlich zu kennen. Wie schafften die Staatsanwälte es nur, aus dieser Essenz der Ermittlungsarbeit ein aussagefähiges Bild zu entwickeln? Für Nola fühlte es sich an, als wäre sie auf einem Auge blind und könnte deshalb nur eindimensional sehen. Ihr fehlten die Eindrücke, die im persönlichen Gespräch entstanden und die oft sehr viel mehr aussagten als alle Worte. Dennoch versteckte sich irgendwo in diesem Wust aus Papier möglicherweise der Name, der sie auf die richtige Spur brachte, oder wenigstens ein Hinweis, in welche Richtung sie suchen musste. Nach zwei Stunden schlug sie frustriert die Akte zu. Es machte keinen Sinn weiterzulesen, ihre Augen brannten, und sie konnte sich einfach nicht mehr konzentrieren.

Sie war mehr als überrascht, als Conrad, den sie längst zu Hause wähnte, plötzlich die Tür aufriss. Ächzend ließ er sich auf seinen Schreibtischstuhl fallen.

»Du hast echt einen tollen Job, rumsitzen, Kaffee trinken und in alten Akten blättern. Und ich darf durch die Gegend hetzen und unsinnige Befragungen machen.«

»Wieso unsinnig?«, fuhr sie ihn an. »Das ist ganz normale Polizeiarbeit.«

Er lachte glucksend. Offenbar waren seine Worte gar nicht ernst gemeint, und Nola ärgerte sich, dass sie sich hatte provozieren lassen.

»Warum fragst du Renke nicht, was in der Akte steht? Ich dachte, ihr habt was miteinander. Oder redet ihr nicht über berufliche Dinge?«

»Wir reden *nur* über berufliche Dinge, falls sich das noch nicht rumgesprochen hat. Außerdem möchte ich die Fakten selbst beurteilen, ohne dass jemand seine persönliche Sicht einbringt und damit alle Eindrücke subjektiviert.«

Von solchen Argumenten ließ sich ein Conrad Landau natürlich nicht beeindrucken. »Subjektiviert«, äffte er sie nach und klimperte dabei übertrieben mit den Augen. »Deinen Enthusiasmus möchte ich noch mal haben. Wir sind doch sowieso die Deppen der Nation. Ich reiß mir nicht mehr rund um die Uhr den Arsch auf, damit am Ende irgend so ein geschniegelter Anwalt meine ganze Arbeit vor Gericht zunichtemacht.«

Seufzend schlug Nola die Akte zu. »Was ist los? Hat Ludmilla dich geärgert?«

Offenbar hatte sie ins Schwarze getroffen, denn in den nächsten Minuten ließ Conrad sich in aller Ausführlichkeit über seine Freundin und russische Frauen im Allgemeinen aus, die alle nur Geld wollten, Geld und teure Geschenke für ein bisschen mittelmäßigen Sex.

Als sie seine endlosen Schimpftiraden nicht mehr ertragen konnte, unterbrach sie ihn: »Wir kriegen übrigens Verstärkung. Damit du Armer nicht mehr so viel arbeiten musst.«

Mitten im Satz hielt er inne. »Was soll das denn heißen?«

»Genau das, was ich gesagt habe. Vielleicht findet Robert ja, dass wir nicht schnell genug vorankommen.«

Er warf ihr einen argwöhnischen Blick zu. »Hast du dich beschwert?«

»Über dich? Nein. Findest du, dass ich Grund dazu hätte?«

Darauf gab Conrad keine Antwort. Er schnappte sich einen Kugelschreiber von seinem Schreibtisch und steckte ihn in die Brusttasche seines Jacketts. »Bis morgen früh.«

Ihre Worte hatten ihn verunsichert, vermutlich würde er den ganzen Abend darüber nachdenken, ob sie ihn tatsächlich bei Robert angeschwärzt hatte. Nola genoss diesen lächerlich kleinen Triumph, fragte sich aber gleichzeitig, wozu dieser alberne Kleinkrieg gut sein sollte. Sie notierte auf verschiedenen Zetteln, was sie morgen unbedingt erledigen musste, dann griff sie nach dem Telefon.

»Sieverding.« Mein Gott, sogar am Telefon wirkte dieser Mann einschüchternd.

»Van Heerden, Kripo Leer.« Mit unbeteiligter Stimme setzte sie ihn davon in Kenntnis, dass seine Tochter an den Folgen eines perforierten Blinddarms gestorben war, und wunderte sich, dass er nichts sagte, nur mehrfach tief Luft holte. »Herr Sieverding, wir haben bei Ihrer Tochter alte Knochenbrüche entdeckt. Der Ringfinger der linken Hand, zwei Rippen und der rechte Oberarm. Und eine ältere Bissverletzung am Oberschenkel. Stammen diese Verletzungen aus der Zeit vor Leonas Verschwinden?«

Ihre Fragen brachten ihn aus der Fassung. »Leona wurde geschlagen? Gebissen? Mein Gott... dieses Schwein.« Sie hörte ihn heftig atmen. »Nein, sie hat sich nie etwas gebrochen. Und gebissen wurde sie auch nicht. Ich werde aber zur Sicherheit unseren Hausarzt anrufen. Hören Sie«, jetzt klang seine Stimme wieder gewohnt befehlsmäßig. »Meine Frau darf nichts davon erfahren, kein Wort. Das würde sie nicht verkraften. Ich fliege morgen ganz früh nach London. Geschäftlich. Das lässt sich leider nicht verschieben. Vorher werde ich dafür sorgen, dass unser Hausarzt sich telefonisch bei Ihnen meldet. Aber ersparen Sie meiner Frau bitte diese Informationen.«

Bitte hatte er gesagt, kaum zu glauben. Nola war nicht sicher, ob diese Schonung der Ehefrau Fürsorge bedeutete oder Entmündigung.

Zum 1. Februar, also vor gerade mal einem Monat, war Renke in eine Zweizimmerwohnung am Marktplatz gezogen. Seither stand das Haus am Kiefernweg 11 leer, in dem er vor drei Jahren seine Frau und im letzten Dezember seine Tochter verloren hatte. Ein Haus, angefüllt mit Erinnerungen an ein anderes Leben, an Glück und Hoffnungen, die sich nicht mehr erfüllen konnten. Eines Tages hatte er das nicht mehr ausgehalten und eine Maklerin angerufen. Sie hatte ein Schild in den Vorgarten gestellt: *Zu verkaufen*. Bislang hatte sich noch nichts getan. Vor Mai, so hatte Frau Kreye-Osterfeld gemeint, würde auch nicht viel passieren. Erfahrungsgemäß war der Frühsommer die beste Zeit, um ein Haus zu verkaufen.

Manchmal hielt Renke auf der anderen Straßenseite, ließ die Seitenscheibe seines Audis herunter und starrte auf sein Haus. Das weiße Schild mit der dunkelgrünen Schrift ließ es fremd aussehen, als würde es ihm bereits nicht mehr gehören. Wenn er seine Vergangenheit nur ebenso leicht loswerden könnte, ein Schild aufstellen, *zu verkaufen*, damit ein anderer sich künftig mit seinen Erinnerungen quälen musste.

Jetzt allerdings, da die Schneeglöckchen sich durch den Rasen schoben und mit ihren weißen Köpfchen der kalten

Frühlingsluft trotzten, bereute er seinen Entschluss. Nicht das Haus fehlte ihm, wohl aber der Garten und die Werkstatt hinter der Garage. Die Möglichkeit, sich außerhalb des Dienstes sinnvoll zu beschäftigen, auszupowern. Bis sich ein Käufer fand, durfte er immerhin noch den Rasen mähen und die Hecke schneiden. Ende Februar war es dafür allerdings noch zu früh. Jetzt war die Zeit der Schneeglöckchen und Krokusse angebrochen, die man nicht stören durfte bei ihrer Arbeit, den Winter zu vertreiben.

Die neue Wohnung lag in einem der schicken roten Klinkergebäude am Marktplatz, die irgendwelche Investoren von außerhalb hochziehen ließen, um Steuern zu sparen oder ihr Geld zu vermehren oder beides. Im Erdgeschoss hatte sich ein großer Schuhmarkt eingemietet. Renke wohnte im ersten Stock. Die Eingangstür war über eine Außentreppe aus Metall und eine vergitterte Galerie zu erreichen, von der noch zwei weitere Türen abgingen. Neben seiner Wohnung lagen ein Versicherungsbüro und die Praxisräume einer Heilpraktikerin, eine Treppe höher ein Nagelstudio, eine Erziehungsberatungsstelle von der AWO und eine Wohnung, die meist leer stand, weil der Mieter irgendwo bei Stuttgart lebte und laut Hausmeister nur dann und wann ein verlängertes Wochenende in Martinsfehn verbrachte, meistens mit einer heißen Blondine, bei der es sich garantiert nicht um seine Ehefrau handelte. Bislang hatte Renke weder den Wohnungseigentümer noch die legendäre Blondine zu Gesicht bekommen.

Zwei Zimmer, eine enge Küche, die den Namen kaum verdiente, ein winziges, fensterloses Bad und ein Balkon zur Straße, den die Sonne nur morgens besuchte. Steril weiß gestrichene Wände und hell glänzendes Laminat, der Farbton nannte sich

Sandeiche, was immer das bedeuten sollte, ein Baum mit diesem Namen existierte jedenfalls nicht. Die Akustik ließ an einen Klassenraum denken, was an den fehlenden Teppichen und Gardinen liegen musste. Kaum eingezogen, hasste er die neue Wohnung bereits, und er verspürte absolut keine Lust, seine Kartons auszupacken. Lediglich zwei Dinge hielten ihn davon ab, sofort wieder auszuziehen, eigentlich sogar drei: Zum einen lag seine Stammkneipe, das *Tennessee Mountain,* genau gegenüber auf der anderen Straßenseite, was er mehr als praktisch fand, zum anderen gab es hier keine lästigen Nachbarn, die ihn mit ihrer Neugierde verfolgten. Er wohnte mitten im Ort und doch genauso einsam, wie er sich fühlte. Zum Dritten wusste er nicht, wohin er sonst ziehen sollte. Beim besten Willen fiel ihm kein Ort ein, an dem er jetzt leben wollte.

Renke machte es sich auf der schwarz-weiß gestreiften Couch bequem, die er in einem Anfall von Optimismus für die neue Wohnung gekauft hatte und die jetzt wie ein Fremdkörper zwischen den nicht ausgepackten Kartons wirkte. Die Flasche Rotwein, ein 2010er Bordeaux von Aldi, war bereits leer. Seit er so viel trank, konnte er sich keinen teuren Wein mehr leisten, und schlecht war der Aldiwein nicht, nur eben nichts Besonderes, mehr ein Getränk für alle Tage und damit passend zu seinem Leben, das nur noch aus Arbeit und viel zu langen Abenden bestand, einer so trostlos wie der andere. Er drehte das leere Glas in seinen Händen und starrte vor sich hin. Die Uhr zeigte halb eins, er war müde, wusste aber schon, dass er keinen Schlaf finden würde. Seit Aleenas Tod schaffte er es kaum, länger als vier Stunden am Stück zu schlafen.

In Anbetracht der Uhrzeit wäre es wohl klug, keine zweite Flasche zu öffnen, neuerdings fand er einfach kein Ende mehr. Flüchtig kam ihm Conrad Landau in den Sinn und dass er nicht so enden wollte als der Säufer im Team, den keiner mehr ernst nahm. Aber davon war er ja meilenweit entfernt. Einer plötzlichen Eingebung folgend sprang er auf und ging rüber in das winzige Bad, das über kein Außenfenster verfügte. Stattdessen schaltete sich zwei Minuten, nachdem das Licht brannte, ein Ventilator ein. Zu Anfang hatte das Geräusch ihn genervt, jetzt drang es kaum noch in sein Bewusstsein. Der Mensch war eben ein Gewohnheitstier. Eine ganze Weile betrachtete er den übel gelaunten, bärtigen Mann im Spiegel, fand schließlich, dass er noch ganz passabel aussah für seine neununddreißig Lebensjahre, dann öffnete er den kleinen Schrank über dem Waschbecken und holte die Nagelschere hervor. Er beugte sich nach vorn und schnippelte so viel wie möglich von seinem Vollbart ab, den Rest erledigte der elektrische Bartschneider, der immer noch auf drei Millimeter eingestellt war. Vielleicht bot sich morgen Zeit für den Friseur, dann würde er wieder aussehen wie früher.

Idiot, dachte er. *Nola interessiert sich doch gar nicht für dich.* Nola. Sein Herz fühlte sich wund an, wenn er nur an sie dachte, was sich nach diesem Tag aber nicht vermeiden ließ. Als Renke ein Kind war, hatte es bei ihm zu Hause eine Katze gegeben, rotes Fell, klein, ausgesprochen wehrhaft und nicht zu zähmen. Mehr als einmal hatte der kleine Renke sich bei dem Versuch, die Katze zu streicheln, blutige Kratzer geholt. Im letzten November war ihm Nola van Heerden begegnet. Vom ersten Moment an hatte sie ihn an genau diese Katze aus seiner Kindheit erinnert, was an ihrem roten Haar liegen mochte, an den geheimnisvoll grünen Augen oder ihrer Kratzbürstigkeit, die sie nur in seltenen Momenten ablegte. Renke hatte sich verliebt, ziemlich schnell und ziemlich heftig. Gleichzeitig hatte ihn das Gefühl gequält, damit seine tote

Frau zu verraten. Es war ihm nicht gelungen, diesen Knoten zu lösen, und jetzt hing er hier seit Wochen rum und trauerte um etwas, das gar nicht wirklich existiert hatte, das nicht mehr war als eine schillernde Seifenblasen-Illusion. So wie es aussah, hatte er sich diesmal Schrammen auf der Seele eingefangen, die einfach nicht heilen wollten.

Jetzt entkorkte er doch die nächste Flasche und nahm sich vor, nur noch ein einziges Glas zu trinken, wohl wissend, dass er sich nicht an diesen guten Vorsatz halten würde. Warum denn auch, für wen sollte er stark sein?

Zu allem Überfluss fiel ihm auch noch Leona Sieverding ein, und gleich fühlte er sich noch mieser. An welcher Stelle hatte er damals den falschen Weg eingeschlagen, was hatte er übersehen? Renke war überzeugt, dass er jeden Mann, der irgendwas mit der *Christine-Charlotten-Schule* zu tun hatte, das gesamte Lehrpersonal, den Hausmeister, die Mitschüler, sogar die Lieferanten unter die Lupe genommen hatte, und das sehr gründlich. Doch es war nichts Greifbares rausgekommen, nicht mal der Hauch von einem begründeten Verdacht. Nichts. Als hätte die Erde sich an jenem Junitag aufgetan und Leona verschluckt. Ein fünfzehn Jahre altes Mädchen, ein bisschen zurückgeblieben, das sich nur schriftlich oder mit Gebärdensprache artikulieren konnte und das ihre Klassenlehrerin als autistisch bezeichnet hatte. Seinerzeit war sein erster Gedanke, dass einer der Jungs aus dem Internat sie vergewaltigt und dann in Panik umgebracht hatte. Allerdings verfügte keiner der Jungs über ein Auto, und es stellte sich die Frage, wie man ohne Fahrzeug eine Leiche transportieren sollte, an einem strahlend hellen Sommertag, mitten im Dorf und innerhalb eines kleinen Zeitfensters. Weil sie nicht beim Zahnarzt erschienen war, wurde Leona bereits zwei Stunden nach ihrem Verschwinden als vermisst gemeldet. Noch am selben Tag startete eine großangelegte Suchaktion. Das ganze Programm, Hubschrauber, eine Hundertschaft aus Oldenburg, Wärmekameras, Hunde, Taucher in der Ems. Ohne Ergebnis.

Auch die Möglichkeit, dass Leona verliebt gewesen war und freiwillig das Internat verlassen hatte, hatte er in Erwägung gezogen. Doch in Anbetracht ihrer Beeinträchtigung wäre für eine wie auch immer geartete Beziehung nur jemand infrage gekommen, der ebenfalls der Gebärdensprache mächtig war. Also ein Mitschüler oder einer der Lehrer beziehungsweise Therapeuten. Keiner von ihnen erschien in dieser Hinsicht verdächtig. Dennoch wurden alle Männer überprüft. Er konnte niemandem etwas nachweisen. Zudem wussten weder die Eltern noch ihre Freundin, mit der sie das Zimmer im Internat geteilt hatte, von einer Liebelei. Und irgendjemand hätte das mitbekommen, da war Renke sicher. Ihm selbst war doch auch klar gewesen, in wen seine Tochter Aleena sich verguckt hatte, ohne dass ein Wort darüber gewechselt wurde. So etwas konnten die Mädels in dem Alter gar nicht verbergen.

Zuletzt erschien es am wahrscheinlichsten, dass Leona von einem Wildfremden entführt worden war, der keinerlei Bezug zu dem Ort hatte. Oder sie war Opfer eines tödlichen Unfalls geworden, möglicherweise weil sie aufgrund ihrer Gehörlosigkeit das Motorengeräusch nicht wahrgenommen hatte und direkt in ein Auto gelaufen war. Und der Fahrer des Unfallwagens hatte sie in seiner Panik verschwinden lassen. Entweder weil er alkoholisiert war oder ein erbärmlicher Feigling, der nicht für seine Schuld einstehen konnte.

Renke rieb über seine frisch rasierte Wange, starrte auf das Glas, das wie von Zauberhand schon wieder leer war, und füllte Wein nach. Die Vorstellung, dass Leona Sieverding unter Umständen vier Jahre lang in seinem Heimatdorf und damit direkt vor seiner Nase gelebt hatte, bohrte sich wie ein schmerzhafter Stachel in seinen Hinterkopf. Vier Jahre lang hätte die Möglichkeit bestanden, das Mädchen zu finden, zu retten, und er hatte es nicht geschafft. Was für eine Scheiße! Zwei Gläser weiter fragte er sich, was das überhaupt für ein Beruf war, in dem man die Verantwortung trug für Leben und Tod anderer Menschen. Ein kleiner Fehler, eine falsche Entscheidung, einmal zu lange gezögert, und irgendjemand starb. Sogar seine eigene Tochter hatte er verloren, weil er nicht rechtzeitig erkannt hatte, in welch tödlicher Gefahr sie schwebte. Vielleicht sollte er einsehen, dass er nicht annähernd so ein guter Ermittler war, wie er zu glauben meinte, und den Dienst quittieren. Eine Kneipe eröffnen auf Mallorca oder in der Karibik. Ganz weit weg jedenfalls, wo ihn niemand kannte.

Leonas Anblick in der Rechtsmedizin ging ihm nicht mehr aus dem Kopf, vor allem die Tatsache, dass die Fotos, die man ihm damals gezeigt hatte, ihr überhaupt nicht gerecht wurden. Die ganze Zeit stand für ihn fest, dass kein normaler Mann als Täter in Betracht kam, weil niemand sich in so ein offensichtlich behindertes Mädchen verlieben könnte. Dass Leona anders als in seiner Vorstellung so hübsch aussah, so normal, bedeutete für ihn einen Schock.

Sie ließ sich nicht gern fotografieren, hatte ihre Mutter gesagt, und für ihn hatte es wie eine Entschuldigung dafür geklungen, dass ihre Tochter auf sämtlichen Fotos so dümmlich in die Kamera blinzelte. Sie beschrieb Leona als still und in sich gekehrt, aber keineswegs behindert. Er hatte das als mütterliche Voreingenommenheit abgetan, weil alle anderen Leona als komisch beschrieben, als zurückgeblieben. Hatte er mit den falschen Leuten geredet? Aber Tonia hatte sie doch gut gekannt.

Die Tatsache, dass ausgerechnet Nola jetzt ermittelte, machte die Katastrophe für ihn perfekt. Sie würde seine Versäumnisse aufdecken, davon war er überzeugt. Und es war ihm, verdammt noch mal, nicht egal, was Nola van Heerden über ihn dachte, ob sie ihn demnächst für einen Stümper halten würde.

Manchmal nahm Nola ihre Toten mit nach Hause, ließ sie bei sich wohnen, in ihren Gedanken ein und aus gehen, bis sie den Fall abschließen konnte. Leonas Foto lehnte an dem geblümten Keramikbecher auf ihrem Schreibtisch, der Stifte und Scheren enthielt. Es handelte sich um das Bild, das seinerzeit überall veröffentlicht wurde, und Nola fand, dass das Mädchen nicht sonderlich gut darauf getroffen war. Sie ging hoch ins Bad und fischte ein paar dunkle Blütenblätter aus dem Teller mit dem Duft-Potpourri, das schon ewig keinen Duft mehr verströmte und somit wohl in den Müll gehörte. Auf ein Grablicht würde sie verzichten, das erschien ihr zu morbide, stattdessen stellte sie ein Teelicht auf. Dieses kleine Stillleben würde dazu dienen, ihre Erinnerung wachzuhalten. Sie überspielte die Bilder, die sie mit dem Smartphone am Kreihenmeer aufgenommen hatte, auf ihren PC und versuchte, alles, was sie jetzt wusste, mit der Auffindesituation in Einklang zu bringen.

Jemand hatte ein hübsches, gehörloses Mädchen entführt und fast vier Jahre lang gefangen gehalten. Es gab Misshandlungen, wenn auch nicht in letzter Zeit, was dafür sprach, dass Leona Sieverding sich zunächst gegen ihren Entführer gewehrt, irgendwann aber keinen Widerstand mehr geleistet hatte. Dann wurde sie krank, und er ließ sie einfach sterben. Warum? Hatte er die Schwere ihrer Erkrankung unterschätzt? War Leona ihm egal gewesen? Dagegen sprachen der Ehering und die Tatsache, dass er sie nach ihrem Tod herausgeputzt wie eine Braut und an einem besonderen Ort abgelegt hatte mit Grablichtern und roten Rosenblättern. Alles sehr liebevoll. Da schien es wahrscheinlicher, dass der Mann keine Möglichkeit gesehen hatte, Leona zu einem Arzt zu bringen. Immerhin galt sie offiziell als vermisst und war somit nicht krankenversichert. Oder, und dieser Gedanke war der schlimmste, Conrad hatte recht, und es handelte sich bei dem Entführer um einen irren Psychopathen, der einfach nur Katz und Maus mit der Polizei spielen wollte, um die daraus resultierende Aufmerksamkeit zu genießen. Diesen Gedanken verwarf Nola wieder, weil nicht anzunehmen war, dass ein derart geltungssüchtiger Mensch vier Jahre lang ein Mädchen gefangen hielt.

Als sie nicht weiterkam, lenkte sie ihre Gedanken auf Renke Nordmann. Aus seinem Dreitagebart war ein Vollbart geworden, der ihn schmal und düster aussehen ließ und ein bisschen gefährlich. Ihre Begegnung in der Rechtsmedizin kam ihr in den Sinn, und sie gestand sich ein, beleidigt zu sein. *Das willst du doch gar nicht wirklich wissen.* Ach, und warum hatte sie dann gefragt? *Sonst hättest du ja mal angerufen.* Aha, und warum hatte er sich nicht gemeldet?

Dr. Steffen schien das genaue Gegenteil zu sein. Freundlich und zugewandt. Ein warmherziger, netter Vertreter der Spezies Mann.

Donnerstag, 28. Februar

Das Erste, was an Kommissarin Hilke Dreyer auffiel, war die Frisur. Tiefschwarze, glatte Haare, kinnlang, der breite Pony endete zwei Fingerbreit über den Augenbrauen und reichte seitlich bis zu den Ohren, sodass das blasse, herzförmige Gesicht vollkommen frei lag. Der Mund war sehr schmal, besonders die Oberlippe. Vielleicht um das auszugleichen, hatte Hilke Dreyer metallisch glänzenden Lippenstift in Dunkelrot aufgetragen. Die Augen unter den schmalen, perfekt gezupften Brauen betonte sie mit viel Kajal. Nicht unbedingt hübsch, aber sehr auffällig, dachte Nola, und bestimmt sehr selbstbewusst. Die junge Frau erinnerte sie an eine Popsängerin, die gerade die Charts stürmte. Der Name fiel ihr nicht ein, was daran liegen konnte, dass die Musik ihr nicht sonderlich gefiel. Sie nahm sich die Zeit, Hilke ausführlich über den Stand der Ermittlungen zu informieren.

»Oh.« Mehr fiel der neuen Kollegin zunächst nicht ein. Sie zupfte gedankenverloren an dem lila Strickkleid, das ihren halben Oberschenkel bedeckte und zu dem sie schwarze Röhrenjeans und Sneakers trug. »Jemand hat sie also entführt und jahrelang eingesperrt.«

»Vermutlich. Sicher ist das allerdings nicht.« Nola wusste, dass es unklug war, sich von vornherein gedanklich so festzulegen. »Vielleicht ist sie auch freiwillig mitgegangen. Diese Möglichkeit sollten wir zumindest in Betracht ziehen.«

»Und die Misshandlungen?« Hilke klang aufrichtig empört. »Wer geht denn freiwillig mit so einem Schläger mit?«

»Jemand, der ihn vorher nicht gut genug kannte. Ein verliebtes Mädchen, das die Welt durch eine rosarote Brille betrachtet. Eine naive Fünfzehnjährige.«

»Ja. Stimmt. Die Arme. Das mag man sich gar nicht vorstellen, oder? So einem Kerl ausgeliefert zu sein.«

Ehe Nola antworten konnte, öffnete sich die Tür erneut, und Conrad, der grundsätzlich ein paar Minuten zu spät kam und nicht anklopfte, schlurfte herein, in der einen Hand einen Coffee to go, in der anderen die Tageszeitung. Nola wartete ab, bis er schnaufend auf seinem Stuhl Platz genommen hatte.

»Das ist Hilke, unsere neue Kollegin.«

Zuerst reagierte er nur mit einem verschlafenen »Moin«. Dann hob er gelangweilt den Kopf, sein Blick fiel auf Hilke, und plötzlich wurde er quicklebendig. »Hey! Endlich mal ein nettes Lächeln in unseren heiligen Hallen. Ich bin Conrad, das Urgestein im Team. Wenn du Fragen hast – jederzeit.« Er strich seine grauen Haare zurück, was ihn keineswegs schöner machte, und zwinkerte Hilke zu. »Wird auch Zeit, dass Robert sich mal kümmert. Wir stoßen hier echt an unsere Grenzen.« Als Nächstes tastete er mit beiden Händen über die Unterlagen auf seinem Schreibtisch, als würde er etwas Wichtiges suchen. »Gab es schon Anrufe zu den Fotos?«

»Nein.« Wenn Conrad sich derart aufplusterte, gefiel ihm die Neue. Nola konnte sich nicht erinnern, Conrad an ihrem ersten Arbeitstag derart beeindruckt zu haben. Obwohl sie ihn nicht leiden konnte, versetzte sein albernes Gehabe ihr einen Stich. Sie beschloss, ihn mit Nichtachtung zu strafen, auch wenn ihm das vermutlich nicht mal auffallen würde, und wandte sich wieder an Hilke. »Wir suchen einen alleinstehenden Mann, der über die baulichen Voraussetzungen verfügt, eine Frau über vier Jahre versteckt zu halten. Ich gehe mal davon aus, dass er in dieser Zeit nicht umgezogen ist.«

Hilke nickte eifrig, Conrad schwieg.

»In Jemgum fahren die Busse nur stündlich und nur tagsüber«, fuhr Nola fort. »Laut Akte hätte Leona am Tag ihres Verschwindens noch zweimal die Möglichkeit gehabt, mit einem öffentlichen Verkehrsmittel das Dorf zu verlassen, um kurz vor drei und um kurz vor vier. Danach war die Polizei bereits vor Ort. Der Busfahrer hat sie aber nicht gesehen. Wenn der Gesuchte damals über Führerschein und ein Auto verfügt hat, müsste er heute mindestens zweiundzwanzig Jahre alt sein. In Anbetracht des altmodischen Nachthemds würde ich allerdings auf einen älteren Mann tippen. Oder wie schätzt du das ein?«

Ihr direkter Blick ließ Hilke vor Schreck erröten. »Ja. Das kann ich nachvollziehen. Ich trag jedenfalls keine Nachthemden und meine Freudinnen auch nicht.« Als Conrad wiehernd lachte, verdrehte sie die Augen, und ihre Lippen formten ein lautloses: *Idiot.* Ohne ihn weiter zu beachten, konzentrierte sie sich erneut auf das Foto. »Wie sorgfältig er das alles aufgebaut hat ... Könnte er beruflich mit Beerdigungen zu tun haben? Die Bestatter schminken die Toten sogar, damit sie gut aussehen.«

Nola runzelte die Stirn. »Das glaube ich eher nicht. Der künstliche Blumenstrauß war total eingestaubt. Ein professioneller Bestatter hätte bestimmt ein paar frische Blumen zur Hand gehabt.«

»Stimmt«, pflichtete Hilke ihr bei, der es nicht viel auszumachen schien, dass ihr Gedankenansatz sofort negiert wurde. »Ein Friseur vielleicht?«

Nola lachte. »Dafür erscheint mir die Frisur zu schlicht.«

»Außerdem sind Friseure bekanntlich schwul«, trompetete Conrad dazwischen.

»Alle? Gibt es darüber eine Statistik?« Hilke schaffte es, ehrlich interessiert zu klingen.

»Komm, Mädchen, das weiß doch jeder«, erklärte Conrad großspurig. »Ich sage immer freiheraus, was Sache ist. Daran kannst du dich schon mal gewöhnen. Und meistens behalte ich auch recht.«

Darauf ging Nola lieber nicht näher ein. Hilke würde früh genug erkennen, was mit Conrad los war. »Du suchst erst mal in der Datenbank nach gehörlosen Frauen, die in den letzten zwanzig Jahren verschwunden oder einem Gewaltverbrechen zum Opfer gefallen sind. Vergewaltigung, versuchte Vergewaltigung, Stalking natürlich auch. Danach kümmerst du dich bitte um die Herkunft von Kleidung, Schmuck und den künstlichen Blumen.«

Hilke war noch gar nicht ganz aus dem Raum, als Conrad schon durch die Zähne pfiff. »Heißer Feger, die Kleine.«

»Und viel zu jung für dich.« Das konnte Nola sich nicht verkneifen.

»Meinst du? Viele junge Frauen stehen auf lebenserfahrene Männer.« Er zog den Bauch ein und strich mit beiden Händen über seinen Brustkorb. »So schlecht sehe ich doch noch gar nicht aus.«

Schaute dieser Mann nie in den Spiegel? »Soll das heißen, dass es aus ist mit deiner Ludmilla?«

»Was hat das eine denn mit dem anderen zu tun? Du bist wirklich naiv, Nola, so ein richtiges Töchterchen aus gutem Haus, völlig unbeleckt vom wahren Leben. Mit einer wie Ludmilla kann man sich nicht in der Öffentlichkeit sehen lassen. Die ist nur gut zum Vögeln. Und zum Saufen«, fiel ihm noch ein. »Die verträgt mehr als mancher Kerl.« Ludmillas Trink-festigkeit schien ihm zu imponieren.

»Du nimmst dir einen Kollegen und klapperst alle bekann-ten Pädophilen und Vergewaltiger ab. Hier ist die Liste. Ein paar sind sicher in den letzten vier Jahren hinzugekommen. Jemand, der so geplant eine junge Frau in seine Gewalt bringt, dürfte eine entsprechende Vorgeschichte haben. Schau, ob du irgendwo eine Verbindung nach Martinsfehn auftun kannst. Ich hab die beiden Gemeindearbeiter herbestellt.«

Conrad streckte die Hand nach der Liste aus, sie zitterte leicht, und Nola schaute unangenehm berührt zur Seite.

Als Enrico Daume die Zeitung aufschlug und Leonas Bild sah, wurde ihm schlagartig übel. Scheiße.

»Was ist?«, fragte Steffi, die gerade erst geduscht hatte und nur ihren gelben Bademantel trug. Intensiver Zitronenduft stieg ihm in die Nase. Eigentlich fand er ihr Duschgel ganz anregend, aber heute Morgen störte er sich an dem Geruch. Sie beugte sich über seine Schulter, um einen Blick auf den Artikel zu werfen, und ein paar Wassertropfen fielen auf das Papier.

»Pass doch auf, du machst alles nass«, beschwerte er sich.

»Gott, das ist doch nur Wasser!«

Zum Glück krakeelte die elf Monate alte Debbie in ihrem Hochstuhl und forderte damit alle Aufmerksamkeit ein. Laut Geburtsurkunde hieß die Kleine Deborah-Marie, mit Binde-strich, damit keiner der beiden Namen unter den Tisch fal-len konnte. Steffi hatte den Doppelnamen ausgesucht, aber er hatte seine Tochter von Anfang an nur Debbie genannt. Das war in seinen Augen der richtige Name für ein süßes kleines Mädchen. Deborah-Marie, das klang nach einer eingebildeten

Zicke, doch Steffi hatte sich nicht davon abbringen lassen, und irgendwann war es ihm egal gewesen.

Mit ihrer rechten Hand zeigte Debbie auf ihren rosa Plastikteller, und sie gab etwas von sich, das man mit viel Fantasie als *mehr* deuten konnte.

»Alles klar, meine Süße«, zwitscherte er mit der übertriebenen Fröhlichkeit, mit der er meist zu ihr sprach. »Nachschub ist unterwegs. Jetzt kommt ein Stückchen für den Papa«, und dann schob er mit zwei Fingern ein Häppchen Toastbrot mit Leberwurst in den kleinen Mund. Das Essen als solches schien Debbie großes Vergnügen zu bereiten, egal, was sich auf dem Teller befand. Dabei hatte sie erst acht Zähne. Er klaubte das nächste Brotstück von dem Teller. »Und das ist für die Mama, die wieder so lecker wie ein Zitronenkuchen riecht.«

»Schrecklich mit dem toten Mädchen, was?« Steffi wischte mit dem Ärmel über die feuchte Zeitung.

Er nickte, fütterte Debbie und erinnerte sich an Dinge, die er am liebsten für immer vergessen hätte.

»Enrico, was machst du?«, riss Steffi ihn aus seinen Gedanken. Tatsächlich hatte er der armen Debbie so viel Brot in den Mund gestopft, dass sie nicht mehr dagegen anschlucken konnte. Ihr Weinen war beinahe tonlos, weil der Brotbrei die Geräusche dämpfte, was seine Erinnerung auf grausame Art verstärkte.

»Ach, Süße, dein alter Papa ist ein Trottel, komm, spuck einfach aus…« Mit dem Zeigefinger puhlte er die klebrige Masse aus Debbies Mündchen. Winzige Tränen kullerten über die rosigen Bäckchen, und sie schaute ihn mit weit aufgerissenen Augen an, entsetzt, enttäuscht, erschrocken, alles auf einmal, und er schämte sich beinahe zu Tode. Niemand auf der Welt war ihm so wichtig wie Debbie. Für sie wollte er der

Größte sein, der Beste, der Liebste, derjenige, der sie vor allem Leid der Welt bewahrte.

Damals war er ein anderer gewesen. Ein Egoist, der sich für keinen anderen Menschen interessierte, nur für sich und seinen Spaß. Aber Debbie hatte ihn verändert. Seine größte und wichtigste Aufgabe bestand darin, dafür zu sorgen, dass nichts und niemand seine kleine Familie zerstörte.

Enrico Daume war sechsundvierzig Jahre alt und Inhaber einer Personalleasing-Agentur. Damit ließ sich ziemlich viel Geld verdienen, vor allem, wenn man seine Leute schlecht bezahlte, selbst aber hohe Stundenlöhne von den Firmen kassierte. In dieser Beziehung kannte er alle Tricks. Wer bei ihm anheuerte, musste sich ganz unten eingruppieren lassen, und Enrico achtete darauf, dass niemand lange genug blieb, um sich in die höheren Lohngruppen hochzuarbeiten. Von Zeit zu Zeit entließ er seine Leute, um sie später wieder zu den gleichen miesen Anfangskonditionen einzustellen. Er selbst leistete sich jedes Jahr einen neuen Wagen, er flog regelmäßig in die Karibik oder nach Thailand, am liebsten allein, und wenn er ausging, ließ er es ordentlich krachen, in jeder Beziehung. Lange Jahre hatte er sich nicht vorstellen können, sich auf eine einzige Frau festzulegen. Aber dann war Steffi unerwartet schwanger geworden, und sie hatten geheiratet. Ein Entschluss, den Enrico nicht im Geringsten bereute. Er liebte Debbie über alle Maßen, und er wollte sie jeden Tag um sich haben. Mit ihren blonden Locken sah sie aus wie ein kleiner Engel aus Zuckerguss, und jeder, der sie kannte, fand, dass sie ihm wie aus dem Gesicht geschnitten war. Steffi liebte er nicht, nicht so richtig, aber er mochte sie, und der Sex mit ihr war immer noch okay. Was nicht bedeutete, dass er treu war. Mit *immer noch okay* gab Enrico sich nicht zufrieden. Das brauchte Steffi allerdings nicht zu wissen. Ihre Aufgabe bestand darin, seine Tochter aufzuziehen und dabei hübsch auszusehen. So hübsch, dass andere Männer ihn um seine fünfzehn Jahre jüngere Ehefrau beneideten. Und das schaffte sie mit Bravour.

Nachdem die Kleine sich auf seinem Schoß beruhigt hatte, stand er auf und pfiff nach dem Hund. »Ich geh mit Arko um den Block.«

Den schokoladenbraunen Mischling hatte Steffi mit in die Beziehung gebracht. Er sah aus wie ein zu klein geratener Schäferhund und hörte aufs Wort. Der Hund bot Enrico die Möglichkeit, die Familienbühne zu verlassen, wann immer es ihm zu eng wurde, so wie jetzt.

Auf dem Bürgersteig zündete er sich eine Zigarette an. Beim ersten Zug wurde ihm wie immer ein bisschen schwindelig. Er mochte das, weil es bedeutete, dass manche Dinge im Leben sich im Lauf der Zeit nicht abnutzten, so wie Sex mit immer derselben Frau. Sein Handy klingelte, die Nummer sagte ihm nichts, vermutlich ein Kunde.

»Daume.«

Die Stimme erkannte er sofort. Nach dem Gespräch war ihm nicht nur schwindelig, sondern richtig schlecht. Vor Angst.

Renke spürte die Blicke der Kollegen, als er das Revier betrat, und er wusste, was diese Blicke zu bedeuten hatten. Ihnen war seine äußerliche Veränderung aufgefallen. Als Polizist neigte man zum genauen Beobachten und Schlüsseziehen. Natürlich brachten sie seine Rasur in Zusammenhang mit Nola. Am liebsten hätte er gebrüllt: *Kümmert euch um euren eigenen Scheiß!* Stattdessen knurrte er halbwegs freundlich »Moin« und marschierte geradewegs zu seinem Schreibtisch, wo er den Stuhl unter der Tischplatte hervorzerrte und sich darauf fallen ließ. Er fuhr den Computer hoch, stand auf und holte einen Kaffee und die Zeitung, die er demonstrativ aufschlug, damit niemand auf die Idee kam, ihn anzusprechen.

Gleich auf der ersten Seite stand ein großer Bericht über den Fund von Leona Sieverding. Auf einem Foto sah man Stefan Bruhns, den Leiter der Spurensicherung, in voller Montur. Weißer Einmaloverall mit Kapuze, Latexhandschuhe und Überschuhe. Er stieg gerade aus dem weißen Bulli der Kriminaltechnik. Das Bild war nicht aktuell, doch das wussten die Leser ja nicht. Auf dem zweiten Bild lehnte Nola an einem Polizeiwagen. Genau wie bei Stefan war ihr Gesicht unkenntlich gemacht, sodass beide nur für Insider zu identifizieren waren. Wie schlank sie war, genauso gut hätte dort ein siebzehnjähriges Schulmädchen stehen können. Eindringlich bat man die Bevölkerung um Hinweise.

Auf Seite sieben, Renke verschluckte sich beinahe an seinem Kaffee, gab es ein Interview mit Siegfried Erdwiens. Der Blödmann wirkte auf dem Foto zu Tode betrübt. Angeblich wurde er den Anblick der *armen Kleinen* nicht mehr los. Renke glaubte ihm kein Wort. Für ihn stand fest, dass die tote Leona für Erdwiens lediglich die willkommene Gelegenheit bot, sich aufzuspielen.

Sandra rollte ihren Stuhl heran und setzte sich neben ihn. »Schrecklich, ich muss die ganze Zeit an das Mädchen denken. Das Bild wird man so schnell nicht wieder los. Und jetzt stellt sich auch noch raus, dass sie seit vier Jahren vermisst wurde. Das arme Ding.«

Er nickte, wusste nicht, was er sagen sollte, und war froh, dass das Telefon klingelte.

Im Laufe des Tages meldeten sich mehrere Martinsfehntjer, die davon überzeugt waren, den Entführer zu kennen. Der Nachbar, den keiner leiden konnte, der Exmann, der Spaß daran fand, Frauen zu erniedrigen, der Chef, der niemanden in seinen Keller ließ, und der Hausmeister der Schule, der immer so komisch guckte. Ein anonymer Anrufer schlug eine Hausdurchsuchung beim Bürgermeister vor, weil er zu der Zeit von Leonas Verschwinden in Jemgum gewohnt hatte. Renke würde allen Hinweisen nachgehen, ahnte aber, dass nichts dabei rauskommen würde.

Meta holte den Stock mit dem Metallhaken aus der Ecke neben dem Schlafzimmerschrank, führte ihn in die Öse der Bodenluke ein und zog mit aller Kraft. Die Luke, an deren Oberseite die zusammenschiebbare Bodenleiter befestigt war, fiel herunter und die Leiter klappte automatisch aus. Jetzt musste sie nur das untere Ende herausziehen, bis es den Fußboden berührte, und hinaufklettern.

Im letzten Sommer war Meta zum ersten Mal in ihrem Leben auf den Dachboden geklettert. Von jeher hasste sie steile Leitern und die Bodenstiege hatte eine echte Herausforderung bedeutet, der sie sich stellen musste, weil sie den Wecktopf brauchte, unbedingt, und der stand nun einmal auf dem Dachboden. Die Alternative wäre gewesen, die Bohnen, die sie so überreich geerntet hatte, vergammeln zu lassen oder zu verschenken, und beides kam für Meta nicht infrage.

Bei der Gelegenheit war ihr aufgefallen, dass sie durch eines der beiden Bodenfenster über den Zaun hinweg direkt auf das Nachbarhaus gucken konnte, in die Küche, in eines der beiden Wohnzimmerfenster und in das Schlafzimmer im ersten Stock. Einen Teil des Grundstücks sah sie von hier oben auch. Meta konnte nur den Kopf schütteln über den ungepflegten

Zustand des Gartens und den hässlichen alten Wohnwagen, der dort zwischen den Brombeerranken vergammelte. Gott, der Mann arbeitete doch nicht, der hatte doch Zeit genug, sein Land in Ordnung zu halten.

Inzwischen verging kaum ein Tag, an dem Meta nicht wenigstens einen kurzen Blick ins Nachbarhaus warf. Alles, was sie von Herrn Strewitz' Leben mitbekam, erfüllte sie mit stiller Schadenfreude. Der Mann hatte keine Ahnung von ihrem Treiben, er glaubte sich völlig unbeobachtet.

Auf dem Dachboden war es erstaunlich hell, obwohl es nur zwei kleine quadratische Fenster gab, in jedem Giebel eins, und es roch unangenehm nach uraltem Staub. Für einen Moment fragte sie sich mit schlechtem Gewissen, ob eine gute Hausfrau auch ihren Dachboden in Ordnung halten musste, falls ja, war sie keine gute Hausfrau. Ihr Blick fiel auf den Weidenkorb, in dem ihre Söhne als Babys gelegen hatten, und ihr Herz wurde für einen Moment ganz schwer, weil ihr klar wurde, wie alt sie schon war, weit über siebzig, und dass in ihrem Leben nicht mehr viel Großartiges passieren würde. Sie blieb vor dem Schrank aus Kirschholz stehen, der früher im Schlafzimmer ihrer Eltern gestanden hatte, und betrachtete sich in dem halb blinden Spiegel. Wie gern sie sich als Schulmädchen darin angeschaut hatte, ihre langen, dicken, geflochtenen Zöpfe und die kesse Lücke zwischen den beiden Vorderzähnen. Jetzt zeigte der Spiegel eine alte Frau, deren Gesicht vor allem aus Falten und einer spitzen Nase bestand, und sie wendete den Blick hastig ab.

Wie oft in ihrer langen Ehe hatte sie zu Hinni gesagt: *Bring das auf den Boden.* Nicht einen Gedanken hatte sie daran verschwendet, dass irgendjemand all das Zeugs eines Tages wieder runterschleppen musste. Nach ihrem Tod. Aber noch fühlte sie sich höchst lebendig, vor allem hier oben auf ihrem geheimen Spähposten.

Herr Strewitz saß am Küchenfenster und las Zeitung. Er trank Kaffee oder Tee aus einem schlichten, weißen Porzellanbecher und fühlte sich vollkommen unbeobachtet. Einmal stand er auf, kam wenig später zurück und schnitt mit einer Schere etwas aus, einen langen Bericht mit einem großen Bild in der Mitte. Meta war sicher, dass es sich um den Artikel über das tote Mädchen handelte, der ihr heute Morgen den Appetit verdorben hatte. Was für ein komischer Einfall. Im Leben wäre es ihr nicht in den Sinn gekommen, so etwas Schreckliches aufzubewahren. Mit diesem Mann stimmte etwas nicht.

Franz Lüken hatte Nola zuerst bestellt. Er sah noch genauso mitgenommen aus wie Dienstagmorgen, seine Haut schien ungesund blass, und die Augen waren gerötet, als hätte er schlecht geschlafen und viel geweint. Er wirkte nervös und fand einfach keinen Platz für seine Hände. Schließlich faltete er sie vor seinem Bauch. »Wissen Sie, das macht mir wirklich zu schaffen. Ständig sehe ich ihr Gesicht vor mir.« Er drehte den Kopf zum Fenster und blinzelte ein paar Tränen fort. »Und die nackten Füße.«

Nola nickte. Dass so ein Baum von Mann so empfindsam reagierte, machte ihn sympathisch. »Ich muss zugeben, dass ich den Anblick auch nicht vergessen kann«, sagte sie leise. »Würden Sie bitte noch einmal ganz genau beschreiben, was am Dienstagmorgen passiert ist.«

»Dienstags fahren wir die öffentlichen Parkplätze ab. Die Freizeitanlage am Kreihenmeer gehört ja der Gemeinde, da sind wir also auch zuständig. Wir leeren die Abfalltonnen und gucken auch sonst nach dem Rechten.« Man konnte heraushören, dass er diese Tätigkeit als wichtig betrachtete. »Manche Leute schmeißen ihren Müll einfach auf den Boden. Dafür haben wir so Greifer, damit wir uns nicht die ganze Zeit bücken müssen. Siegfried hat sich den Greifer und einen Müllsack geschnappt, ich bin zu der Tonne am Ufer. Das läuft fast immer so ab«, sagte er nach einer kurzen Pause, und es klang so, als wäre das bedeutsam.

»Warum?«

»Warum er den Greifer bedient?« Eine sanfte Röte stieg von seinem Hals hoch in die runden Wangen. »Ich sag mal so, Siegfried hat die Arbeit nicht gerade erfunden, und das Rumstochern mit dem Greifer ist längst nicht so anstrengend wie das Wechseln der Säcke. Die können nämlich ganz schön schwer sein. Also versucht er meistens, den Job mit dem Greifer zu ergattern. Mir ist das egal. Die Arbeit ist da und muss erledigt werden. Ich bin auch nie krank.« Das hörte sich ein bisschen trotzig an.

»Herr Erdwiens schon?«

»Allerdings. Erst am Montag hat er wieder blau gemacht. Kopfschmerzen. Welcher Mann bleibt wegen Kopfschmerzen zu Hause, frag ich Sie? Und am Dienstag ist er zu spät gekommen. Wir fangen um Viertel nach sieben Uhr an, Siegfried kam erst um halb acht.« Es klang verächtlich. »Ich musste auf ihn warten.«

»Sie haben also auf diesem Parkplatz am Kreihenmeer den Müllsack gewechselt und Ihr Kollege hat die Leiche entdeckt. Um welche Uhrzeit, wissen Sie das noch?«

»Acht Uhr, auf die Minute genau.«

»Gut. Beschreiben Sie mir bitte, was passiert ist, so ausführlich wie möglich.«

Er löste die Finger, die eben noch friedlich gefaltet vor seinem Körper geruht hatten, und wischte mit beiden Händen über seine kräftigen Oberschenkel, die in einer schlecht sitzenden Jeans steckten. »Ich hab gerade den vollen Sack aus der Tonne gezogen, als er hinter mir brüllte, dass ich herkommen soll. Sie lag auf dieser Bank, und Siegfried stand davor und grinste, als wär er auf einen Schatz gestoßen.« Er brach ab.

Nola nickte ihm aufmunternd zu. »Und weiter?«

»Mir wurde sofort schlecht, so was von schlecht, Frau Kommissarin.« Schniefend durchsuchte er seine Hosentaschen nach einem Taschentuch und wurde auch fündig. Nachdem er sich ausgiebig geschnäuzt hatte, sprach er weiter: »Ist mir immer noch, das können Sie mir glauben. Ich habe seither so gut wie nichts gegessen, krieg einfach nichts runter.«

»Kann ich gut verstehen«, sagte Nola mechanisch. »Und Herr Erdwiens, ist dem auch übel geworden?«

»Nee, der Idiot hat die Kleine sogar angefasst. Hat sich hingehockt und sie richtig begrapscht. Sogar unter ihr Nachthemd hat er geglotzt. Darüber komme ich überhaupt nicht weg. Das ist doch widerlich, oder?« Er schüttelte sich. »Guck mal, die trägt einen weißen Schlüpfer«, hat er gesagt. »Das vergess ich im Leben nicht. Der ist bei mir unten durch, das können Sie mir glauben.«

Siegfried Erdwiens trug dasselbe Sweatshirt wie auf dem Foto in der Zeitung. Der Besuch auf dem Polizeipräsidium schien ihm zu gefallen, sein Blick wieselte hektisch hin und her, und seine kalten Huskyaugen funkelten vor Begeisterung. Nola fühlte sich an einen kleinen Jungen erinnert, dem man ganz unerwartet gestattet hatte, in ein Polizeiauto zu steigen, und der sein Glück gar nicht fassen konnte. Erdwiens bestätigte Franz Lükens Aussagen in allen Punkten.

»Warum haben Sie die tote Frau angefasst?«

»Hab ich doch schon gesagt. Ich wollte sehen, ob da noch was zu machen ist.«

»Wirklich? Herr Lüken sagt, Sie hätten sogar unter ihr Nachthemd geschaut.«

Nicht einmal das fand er peinlich. »War doch nur Spaß.«

»Spaß? Mit einer toten Frau? Finden Sie das normal?«

»Ey, ich war geschockt, richtig kopflos. Da macht man so Sachen. Ist ja nicht jeder bei der Kripo und hat täglich mit Leichen zu tun.«

»Kannten Sie die Frau? Haben Sie sie vorher schon mal gesehen?«

»Nö. Wie denn auch? Die wurde doch seit Jahren gefangen gehalten. Wird jedenfalls überall erzählt.« Er lehnte sich vor und schaute Nola neugierig an. »Stimmt das?«

»Sie sollten nicht alles glauben, was auf der Straße erzählt wird.« Sie ließ ihn die Zeugenaussage unterschreiben und war froh, als er ihr Büro wieder verließ.

Als Nächstes wählte sie die Nummer der Rechtsmedizin. Zu ihrer Freude nahm Dr. Steffen das Gespräch entgegen. Am Telefon klang seine Stimme mindestens so gut wie in natura. »Hey, das ist ja 'ne nette Überraschung. Ist der Anruf privat oder nur beruflich?«

»Letzteres natürlich.«

»Wie schade. Sie möchten bestimmt wissen, was wir noch herausgefunden haben. Also gut.« Nola hörte Papier rascheln. »In ihrem Magen fanden sich Spuren von Pfefferminztee, aber keine feste Nahrung, was in Anbetracht ihres schweren Krankheitsbildes keine Überraschung darstellt, dazu Reste von Aspirintabletten. Im Übrigen haben wir am Körper Seifenreste nachgewiesen, vor allem in den Hautfalten. Demnach wurde sie sehr gründlich gewaschen. Die Nägel wurden geschnitten, extrem kurz, und danach mit einer Bürste geschrubbt. Möglicherweise, damit wir darunter keine Täterspuren mehr finden. Die Ergebnisse der toxikologischen Untersuchungen stehen noch aus.«

»Danke.« Es war allzu deutlich, dass Dr. Steffen gern noch ein wenig geplaudert hätte, Nola selbst unter anderen Umständen wohl auch, doch sie hatte viel zu erledigen, und die Zeit war knapp. Sie beendete das Gespräch und machte sich auf den Weg, um Stefan einen Besuch abzustatten.

»Na, was willst du wissen?« Er grinste breit. Stefan war Leiter der Kriminaltechnik und immer gut gelaunt, er liebte seinen Job, genau wie Nola ihren.

»Alles, was mich weiterbringt.«

»Lass mich nachdenken. Ich hab mir so ein Grablicht besorgt, die gibt es in jedem Drogeriemarkt. Bis zu meinem Eintreffen am Tatort, das war um genau 8:23 Uhr, haben die Grablichter vor Ort etwa fünf Stunden gebrannt. Bis auf die Minute genau lässt sich das nicht rekonstruieren, hängt ja auch von den Windverhältnissen ab. Mehr Wind, mehr Sauerstoff, da brennt es schneller. Also dürfte dein Täter das Mädchen gegen halb vier Uhr morgens dort abgelegt haben. Da war es in jedem Fall stockdunkel. An ihrem Nachthemd haben wir Haare gefunden. Kurz und dunkelbraun. Nicht sehr viele. Außerdem grüne Fasern, vor allem an der Rückseite, sicher von den Ärmeln seiner Jacke, als er sie zu der Bank getragen hat. Eine dieser modernen Mikrofasern, die man für Outdoorkleidung verwendet. Aber das werden die Spezialisten beim LKA noch genauer bestimmen. Ferner rote Polyesterfasern. Ich tippe auf so eine billige Vliesdecke, die man überall für fünf Euro kriegt. Das Beste zum Schluss: An einem der Grablichter konnten wir noch den Teilabdruck eines Fingers finden. Der Täter hat die Lichter sehr ordentlich abgewischt. Aber an der Unterseite hat er geschlampt. Ist alles unterwegs nach Hannover zum LKA. Vielleicht haben die ihn in der Datenbank.«

Im Anschluss fuhr Nola nach Jemgum. Laut Internet handelte es sich um eine Gemeinde, die aus elf kleinen Dörfern bestand. Insgesamt lebten dort gerade mal 3800 Menschen, von denen 1400 in dem Teil der Gemeinde wohnten, dem sie ihren Namen verdankte, dem ursprünglichen Dorf Jemgum, die restlichen 2400 Leute verteilten sich auf die anderen zehn Ortschafen. Von Leer aus waren es nur sieben Kilometer, ein Teil davon Autobahn, die sie gleich hinter dem Emstunnel verließ. Die Landstraße, die nach Jemgum führte, verlief parallel zum Emsdeich. Zwischen Fahrbahn und Deich blieb ein kleiner Streifen Land, auf dem vereinzelt Häuser standen, zumeist Bauernhöfe, viele davon hübsch renoviert. Die meisten boten Ferienwohnungen oder Zimmer an. Kurz vor Jemgum verschandelte eine riesige Industrieanlage, teilweise noch im Bau befindlich, die Landschaft. Ein überdimensionales Schild tat kund, dass es sich um Gaskavernen handelte. Sie erinnerte sich vage, in der Zeitung darüber gelesen zu haben. Wenn alle Kavernen fertiggestellt waren, sollten hier riesige Mengen an Erdgas in unterirdischen Salzstöcken gelagert werden. Es gab Gegner, die eine Absenkung des Erdreiches sowie eine Übersalzung der Ems mit dramatischen Folgen für Flora und Fauna voraussagten, weil das Spülwasser aus der Ems, das man benötigte, um Hohlräume in den Salzstöcken zu schaffen, anschließend wieder in den Fluss geleitet wurde, logischerweise angereichert mit Salz. Aber wie üblich hatte die Macht des Geldes sich gegen alle vernünftigen Bedenken durchgesetzt.

Jemgum selbst hatte durchaus Charme, war aber winzig klein, und Nola wunderte sich, dass hier ein Mädchen am hellen Tag spurlos verschwinden konnte.

Die *Christine-Charlotten-Schule für Gehörlose* lag mitten im Ort, direkt gegenüber vom Schulzentrum. Ein funktionelles Gebäude, vermutlich aus den Siebzigerjahren des letzten Jahrhunderts. Roter Klinker, weiße Fensterrahmen, eine breite, dunkelgrüne Blende unter dem Flachdach. Auch ohne das Schild hätte Nola sofort erkannt, dass es sich um eine Schule handelte. An der Straße waren Büsche und hohe Bäume gepflanzt, die an diesem letzten Februartag des Jahres keine Blätter trugen. Bei Leonas Verschwinden im Sommer mussten sie voll belaubt gewesen sein und damit die freie Sicht vom Schulgebäude auf die Straße verhindert haben. Hinter der *Christine-Charlotten-Schule* erstreckte sich kilometerweit Grünland, das bis zur Kavernenbaustelle reichte. Die Skyline aus Kränen, Bohrtürmen, Industriehallen, Containern und einem futuristisch anmutenden Labyrinth aus riesigen Rohren boten nicht gerade einen Anblick, der zu so einem kleinen, idyllischen Dorf passte, und Nola konnte verstehen, dass manch einer sich daran störte.

Gleich um die Ecke stand das Rathaus, das vom Baustil her zu den Schulen passte. In der kleinen Polizeistation war lediglich ein Beamter stationiert, und ein Blick auf die Tafel mit den Öffnungszeiten machte klar, dass er bereits Feierabend hatte. Den Besuch musste sie also verschieben. Vor der Rückfahrt machte sie rasch noch ein paar Fotos mit ihrem Smartphone. Inzwischen hatte Nieselregen eingesetzt, und Nola war froh, als sie wieder in ihrem Wagen saß. Fünf Grad über null, Regen und Wind, ein schrecklicheres Wetter konnte sie sich kaum vorstellen.

Das *Tennessee Mountain* war Kult in Martinsfehn, es gab wohl keinen Einwohner über achtzehn, der hier nicht wenigstens einmal in seinem Leben ein Bier getrunken hatte. Vor vielen Jahren war es Charlie gelungen, in seiner Kneipe ein Stück altes Amerika zu erschaffen, das es so niemals gegeben hatte. Ein Märchenamerika mit Schwarz-Weiß-Fotos von Cowboys und Filmplakaten von alten Western an den Wänden, in dem von morgens bis abends Countrymusik dudelte.

Seit seiner Jugend liebte Charlie, der vor achtundsechzig Jahren als Karl-Herbert Ackermann in Martinsfehn geboren wurde und in seinem Leben nicht weiter als bis nach Bremen gereist war, die Cowboy-Romantik der alten Wildwest-Filme. Auf seinem Nachttisch lag ein Stapel mit Fotobänden über das Leben der Cowboys in den USA. Das älteste Buch enthielt nur Schwarz-Weiß-Bilder, er hatte es als Fünfundzwanzigjähriger zufällig in der Leihbücherei entdeckt, ein paarmal ausgeliehen und schließlich geklaut, weil er ohne die Bilder nicht mehr einschlafen konnte. Er verstand nicht, warum das so war, wusste nur, dass er die Fotos unbedingt brauchte. Über die Jahre waren andere, besser aufgemachte Bildbände hinzugekommen, doch keiner bedeutete ihm so viel wie der erste, und es verging kein Abend, an dem er nicht darin blätterte. Manchmal kam es ihm vor, als wäre er süchtig nach dem Anblick dieser muskulösen, hartgesottenen Kerle.

Seit Neuestem dachte Charlie über sich und sein Leben nach. Darüber, dass er noch nie jemanden geliebt hatte. Nur die Cowboys, Männer auf Fotos, die nichts weiter waren als eine zweidimensionale Illusion. Traurig war das, so traurig wie die meisten Countrysongs, deren Texte er nicht verstand, weil er kein Wort Englisch konnte. Aber er wusste auch so, dass es darin um Sehnsucht ging, genau die Art von Sehnsucht, die ihn sein ganzes Erwachsenenleben schon quälte. Seufzend wischte er den Tresen ab und war richtig dankbar, dass jemand ein Bier bestellte und ihn so aus seinen düsteren Gedanken riss.

Alle Tische waren an diesem Abend besetzt, und es gab nur ein Gesprächsthema: das tote Mädchen vom Kreihenmeer. An der Theke hielt Siegfried Erdwiens Hof. Ständig stellten sich Leute neben ihn, spendierten ein Bier und ließen sich ausführlich berichten, wie er die junge Frau gefunden hatte. Wieder und wieder beschrieb er lautstark, wie entsetzlich das für ihn gewesen sei. Sein Gesichtsausdruck strafte seine Worte allerdings Lügen, er strahlte wie ein Tausend-Watt-Scheinwerfer. Charlie kannte auch den anderen Gemeindearbeiter, Franz Lüken. Dem wäre es im Traum nicht eingefallen, herzukommen und sich mit dem Fund einer Toten zu brüsten. Mit Erdwiens stimmte irgendwas nicht im Kopf, da war sich Charlie sicher. Kein normaler Mensch bildete sich was darauf ein, eine Leiche gefunden zu haben.

An einem der Tische tagte die Donnerstags-Skatrunde. Enrico Daume, dieser Großkotz, der mit seiner Firma die Leute ausbeutete, damit er auf großem Fuß leben konnte, Andreas Ahlers, der Förster, der sich allgemeiner Unbeliebtheit erfreute, weil er gern Frauen niedermachte, die allein mit ihren Hunden im Wald unterwegs waren, außerdem Hanno Mollbeck, der sich bei seiner Annerose ins gemachte Nest gesetzt hatte, und Josef Strewitz, der vor fünf Jahren im Ort aufgetaucht war, um die alte Diskothek zu kaufen, die schon jahrelang leer stand. Viel wusste Charlie nicht über den Mann, nur dass er allein lebte und Irische Wolfshunde züchtete, die angeblich ein Heidengeld kosteten. Für Charlie waren sie allesamt merkwürdige Gestalten, richtige Spinner.

Wenn einer der Stammspieler ausfiel, durfte Siegfried Erdwiens den vierten Mann geben. Wie ausgerechnet Erdwiens zu der Ehre kam, in dieser illustren Runde mitspielen zu dürfen, blieb Charlie ein Rätsel. Die anderen standen mit beiden Beinen fest im Leben, und keiner schien unter Geldmangel zu leiden. Erdwiens dagegen wohnte in den Blöcken am Mittelweg, wo all die zu Hause waren, an die keiner im Dorf vermieten wollte, Dauerarbeitslose, Hartz-IV-Empfänger, Migranten, Alkoholiker und solche wie Erdwiens, die nichts auf die Reihe kriegten.

In all den Jahren hatten die Mitglieder der Donnerstagsrunde nichts anderes im Sinn gehabt, als Karten spielen, Bier trinken und dann und wann mal eine Runde Schnaps bestellen. Heute Abend jedoch war die Stimmung am Tisch anders als sonst, irgendwie gespannt, fast schon aggressiv. Es wurde mehr getrunken als üblich, vor allem aber lagen die Spielkarten die meiste Zeit unberührt auf dem Tisch. Charlie konnte sich nicht erinnern, dass das schon mal vorgekommen war. Jedes Mal, wenn er eine Runde Getränke brachte, verstummte das Gespräch der Männer. *Heute passiert noch was*, dachte er, und dass es nicht mehr lange dauern würde. Er konnte das Blut in ihren Adern förmlich rauschen hören wie Wasser in einem Topf, das kurz vor dem Siedepunkt brodelte.

Und richtig, irgendetwas, das der Förster gesagt hatte, brachte Enrico Daume dazu, wutentbrannt aufzuspringen, seine Fäuste rechts und links von seinem Widersacher auf den Tisch zu stemmen und Beleidigungen zu zischen. Zum Glück konnten die beiden anderen ihn dazu bewegen, sich wieder hinzusetzen.

Charlie war richtig erschrocken, so aggressiv hatte er Enrico lange nicht erlebt. Früher, als junger Mann, gehörte er zu den

Badboys, die kein Kneipier gern als Gast sah. Keine Kontrolle über den Alkoholkonsum, leicht in Rage zu bringen und schwer zu beruhigen. Inzwischen hielt Charlie ihn für geläutert. Enrico war jetzt über vierzig, verheiratet und stolzer Vater einer Tochter, die Fotos zeigte er ständig rum. Heute Abend allerdings erinnerte er wieder an den wilden, unberechenbaren Burschen von damals.

»Reißt euch zusammen«, ermahnte Hanno die beiden Streithähne. Demonstrativ zeigte er auf die Karten. »Wer gibt?«

»Keiner, du Idiot!«, brüllte Enrico und fegte das Skatspiel vom Tisch.

Charlie schluckte. Seit Jahren lag unter dem Tresen ein Totschläger für den Notfall, der zum Glück noch nie eingetreten war. Wenn er ehrlich war, fürchtete er sich davor, das Ding zu benutzen, er traute sich nicht zu, jemanden damit zu verletzen. Mehr zu seiner eigenen Beruhigung schlossen seine Finger sich um den Griff aus Gummi, der sich angenehm glatt und kühl anfühlte.

Die Donnerstagsrunde regelte die Sache selbst. Hanno erhob sich betont langsam und sammelte die Karten wieder ein, während der Förster seine Hand auf Enricos Schulter legte und irgendetwas Versöhnliches sagte. Was, konnte Charlie von seinem Platz hinter dem Tresen nicht verstehen, doch Andreas Ahlers wählte die richtigen Worte. Enrico senkte den Kopf, seufzte und bestellte eine weitere Runde Schnaps. Dann streckte er beinahe demütig seine Hände aus, damit Hanno die Karten hineinlegen konnte, und begann zu mischen. Strewitz, der komische Vogel, hielt sich raus, er schaute nur mit großen Augen von einem zum anderen, und wenn Charlie seinen Gesichtsausdruck hätte beschreiben sollen, dann wäre ihm nur ein Wort in den Sinn gekommen. Angst. Heute Abend erinnerte Josef Strewitz ihn an ein total verängstigtes Kaninchen, das sich tot stellte, um nicht gefressen zu werden.

Als Charlie den bestellten Doppelkorn an den Tisch brachte, sortierten die Männer gerade ihr Blatt. »Zum Wohl.«

Keiner gab eine Antwort. Sie spielten ein paar Runden. Aus der Ferne wirkte das Ganze ziemlich lustlos, als würden sie nur spielen, um zu beweisen, dass alles war wie immer. Hanno verabschiedete sich als Erster.

Danach wurde Erdwiens an den Tisch gewunken. Enrico griff nach den Karten und begann zu mischen, es sah allerdings so aus, als wollte er mit dieser monotonen Tätigkeit vor allem seine Nerven beruhigen, denn Skat wurde nicht mehr gespielt, vielmehr bekam Charlie bei seinen Kurzbesuchen am Tisch mit, dass sie Erdwiens mit Fragen zu dem totem Mädchen löcherten. Gegen ein Uhr wurde bezahlt. Enricos Trinkgeld fiel ungewohnt großzügig aus, so als gäbe es was zu feiern. Merkwürdig, fand Charlie das, sehr merkwürdig. Seine Lebenserfahrung sagte ihm, dass es einen gewichtigen Grund gab, wenn Menschen entgegen ihren Gewohnheiten handelten. Trotz des vielen Geldes, das er mit seiner Leiharbeiterbude verdiente, war Enrico Daume ein Geizhals, der die Rechnung gewöhnlich um nicht mehr als ein paar Cent aufrundete.

Renke kannte Nolas Adresse, aber er hatte sie noch nie zu Hause besucht. Sie bewohnte ein winziges Haus in der Altstadt von Leer. Ihr Auto, ein Mini, rot wie die Feuerwehr, parkte an der Straße, und in dem Fenster neben der Haustür brannte Licht. Kurz entschlossen drückte er auf den Klingelknopf, obwohl es bereits nach zehn war.

»Du?«, sagte sie statt einer Begrüßung, und es klang nicht gerade erfreut. »Ich esse gerade.«

»Lass dich nicht stören.« Er drängelte sich an ihr vorbei in den engen Flur, dessen Wände tiefviolett schimmerten, was den Raum seiner Ansicht nach noch kleiner aussehen ließ, als er ohnehin schon war. An dem Garderobenständer war kein Platz für seine Jacke, und die Anzahl der Schuhe, die mehr oder weniger unsortiert in der Ecke lagen, hätte er auf Anhieb nicht schätzen können. Es gab weder ein Regal noch einen Schuhschrank. Offenbar machte es ihr nichts aus, morgens in dem Haufen nach den richtigen Schuhen zu suchen.

In Nolas Küche dagegen fühlte er sich auf Anhieb zu Hause. Der abgenutzte Fliesenboden, der aus weißen Achtecken mit schwarzen Einlegern bestand, musste so alt sein wie das Haus selbst. Nola schien ein Faible für kräftige Farben zu haben. Die Unterschränke der Küchenzeile leuchteten kornblumenblau, die Oberschränke weiß. Die Essecke bestand aus einem runden Tisch und vier unterschiedlichen Stühlen, vermutlich vom Trödelmarkt, die einheitlich rot lackiert waren, genau wie der mannshohe Kühlschrank mit original Coca-Cola-Schriftzug. Gemütlich mochte sie es allerdings auch. Auf dem Tisch und dem Fensterbrett brannten Kerzen. Duftkerzen. Der süßliche Geruch erinnerte ihn für einen schmerzhaften Moment an Aleena und ihre Vorliebe für Räucherstäbchen. Beim Anblick von Nolas Mahlzeit lachte er laut auf. Vanilleeis, direkt aus der Plastikverpackung, darüber hatte sie großzügig eine rote Fertigsoße verteilt.

»Ist das etwa dein Abendessen? Davon wird doch keiner satt.«

»Kann dir doch egal sein«, fauchte sie und schubste die Eispackung in die Tischmitte. »Hab sowieso keinen Hunger mehr.«

»Komm, iss weiter. Sei nicht albern.« Er ließ sich auf den

Stuhl gegenüber fallen und schob das Eis wieder in ihre Richtung. Wie hatte er nur vergessen können, dass Nola nicht einmal den Hauch von Kritik vertrug.

»Nein. Mir ist der Appetit vergangen.«

»Jetzt hab ich ein schlechtes Gewissen.«

»Zu Recht.« Sie stand auf, trug die Dose rüber zur Spüle und ließ demonstrativ kaltes Wasser darüber laufen, dann öffnete sie den Kühlschrank, holte eine angebrochene Flasche Weißwein raus und schenkte sich ein Glas ein. »Du auch?«

»Nein. Aber ein Kaffee wäre nicht schlecht.«

Wortlos machte sie sich an einem Kaffeevollautomaten zu schaffen, einem Highclass-Modell von Jura, das garantiert viel Geld gekostet hatte. Das chromblitzende Teil rumpelte und fauchte genauso laut wie die Maschinen, die man für ein Viertel des Preises kaufen konnte. Für einen Moment fragte er sich, warum Nola, deren Wohnung ihn spontan an eine Studentenbude denken ließ, so viel Geld für eine Kaffeemaschine ausgegeben hatte, die in seinen Augen total überdimensioniert war für eine Person.

»Kaffee, Latte, Cappuccino oder Espresso?«, unterbrach Nola seine Gedanken. Sie klang genervt.

»Da ich ostfriesisch bescheiden bin, reicht mir ein ganz normaler Kaffee.«

Sein Versuch, die Stimmung aufzuheitern, kam nicht an. Immer noch schweigend nahm sie einen bunt geringelten Porzellanbecher aus dem Regal, stellte ihn unter den Auslauf und drückte auf den entsprechenden Knopf. Aus zwei Düsen gleichzeitig schoss die braune Flüssigkeit in den Becher. »Bitte.«

»Danke. Und jetzt erzähl, was du bis jetzt weißt.«

»Zunächst mal liegt kein Tötungsdelikt vor. Leona Sie-

85

verding ist an einer Blutvergiftung gestorben, hervorgerufen durch einen geplatzten Blinddarm. Ganz banal, doch leider ohne medizinische Behandlung tödlich. Sie wurde in der Vergangenheit offenbar misshandelt. Mehrere alte Frakturen, ein halb ausgeschlagener Zahn und eine Bisswunde am Oberschenkel. Alles nicht mehr frisch, sondern Jahre her, aber nach ihrer Entführung passiert. Keine Zeugen, was allerdings auch nicht zu erwarten war. Dafür hat Stefan einen Fingerabdruck auf einem der Grablichter gefunden, ein paar Fasern und hoffentlich Täter-DNA. Und kurze, braune Haare.«

Der Fingerabdruck und die Haare, aus denen man ein DNA-Profil gewinnen konnte, klangen ganz vielversprechend, alles andere nicht.

»Willst du ein Bild vom Tatort sehen?«

»Gern.« *Kein Tötungsdelikt*, hatte sie gerade gesagt. So gesehen war der Fundort kein Tatort. Er hütete sich allerdings, Nola darauf hinzuweisen, und folgte ihr in das Wohnzimmer, das den Eindruck, bei einer mittellosen Studentin zu Gast zu sein, verstärkte. Grüne Wände, ein buntes Sammelsurium an Möbeln, darunter eine schäbige Kommode, die aussah, als käme sie direkt vom Sperrmüll. Als er sich auf einen gelben Sessel fallen ließ, rief sie erschrocken »Vorsicht« und zeigte nach unten. Zwei der vier Füße des Sitzmöbels bestanden aus Bücherstapeln. »Das muss ich noch reparieren.« Es klang verlegen.

Übertrieben langsam und vorsichtig stand er wieder auf und ließ seinen Blick durch den Raum schweifen. Wonach er suchte, wusste er selbst nicht so genau, vielleicht nach weiteren Hinweisen, dass Nola eine Chaotin war. Auf der Kommode entdeckte er einen dunklen Ring, offenbar hatte sie ein Glas abgestellt und nicht bemerkt, dass Flüssigkeit in das Holz eingezogen war.

Ihr Schreibtisch bestand aus einem antiken, rostigen Nähmaschinengestell, auf das sie eine Holzplatte gelegt hatte. Besonders stabil wirkte die Konstruktion nicht. Am liebsten hätte er sich gebückt, um nachzusehen, ob die Platte wenigstens angeschraubt war.

Nola setzte sich an ihren PC, der die ganze Zeit lief, wie ein leises Hintergrundsummen verriet, tippte ein paar Befehle, und wenige Sekunden später erwachte der Monitor zum Leben und zeigte ein Bild von Leona, so wie man sie aufgefunden hatte.

Mit dem Kaffeebecher in der Hand stellte er sich hinter Nolas Stuhl und beugte sich vor, um besser sehen zu können. Ihr so nah zu sein, brachte ihn aus dem Konzept, und er musste sich zwingen, seine Aufmerksamkeit dem Bild auf dem Monitor und nicht der Frau davor zu widmen.

»Ich hab sofort an einen Pädophilen gedacht. Dem Nachthemd nach zu urteilen, einem älteren Mann.« Sie griff nach dem Weinglas, das sie neben der Tastatur abgestellt hatte, nippte daran, und er ertappte sich dabei, den Fuß des Glases mit dem Abdruck auf der Kommode zu vergleichen. Die Größe stimmte. »Das Rote sind künstliche Rosenblätter.«

»Sie sieht aus wie eine Braut, oder?«

Sie nickte zustimmend. »Sie trug sogar einen Ehering. Leider ohne Gravur. Natürlich kann sie ohne entsprechende Papiere nicht wirklich geheiratet haben. Meiner Meinung nach bedeutet der Ring, dass der Täter sie als seine Frau betrachtet hat oder besser noch als sein Eigentum.«

»Mit dem er tun und lassen konnte, was ihm gefiel«, murmelte er und fand die Vorstellung schrecklich.

»Genau. Und am Ende hat er sie sterben lassen.« Nola legte den Kopf zurück, um ihn anzusehen. Er hatte vergessen, wie unglaublich grün ihre Augen waren, geradezu magisch. Und wie schwer es war, sich nicht darin zu verlieren.

»Damals gab es vielleicht keinen Hinweis, dass der Entführer aus Martinsfehn stammen könnte. Aber jetzt scheint das mehr oder weniger festzustehen. Zumindest muss er den Ort sehr gut kennen«, schränkte sie ein. »Klingelt da irgendwas bei dir? Ein kurzer Gedanke, eine Vermutung? Etwas, das dir damals so absurd erschien, dass du es gleich wieder verworfen hast.«

War das ihre Art zu ermitteln? Nach seinen Fehlern zu suchen? Unwillig schüttelte er den Kopf. »Wie du dir denken kannst, haben wir jede Spur bis zum Ende verfolgt. Da sind keine losen Enden übrig geblieben. Das war eine richtig schlimme Geschichte für uns, ein verschwundenes Mädchen, auch noch gehörlos. Jeder hat sein Bestes gegeben.«

Ihr gleichmütiges Schulterzucken sollte wohl heißen: *Du hast aber etwas übersehen.* Sie drehte den Stiel des Weinglases zwischen ihren Fingern, trank aber nicht mehr. »Kennst du diesen Siegfried Erdwiens näher?«

Ein unverfängliches Thema, in das er bereitwillig einstieg. »Allerdings. Unangenehmer Typ. Stichwort häusliche Gewalt. Wenn Alkohol im Spiel ist, verprügelt er gern mal seine Freundinnen.«

»Weißt du, was mir die ganze Zeit schon komisch vorkommt? Erdwiens hat sie angefasst. Warum? Die war so eindeutig tot, daran konnte gar kein Zweifel bestehen. Kein normaler Mensch fasst eine Leiche an. Es sei denn, er will seine DNA-Spuren erklären.« Erwartungsvoll schaute sie ihn an.

Er musste sie enttäuschen. »Vergiss es. Blockwohnung, zwei Zimmer, Küche, Bad, Nachbarn rechts und links. In den letzten vier Jahren hatte er mehrere Freundinnen, die bei ihm gewohnt oder wenigstens regelmäßig übernachtet haben. Wie hätte er unter diesen Umständen Leona verstecken sollen? Außerdem glaub mir, in Siegfried Erdwiens schlummert keine romantische Ader. Rosenblätter und ein Ehering, auf so was würde diese Dumpfbacke im Leben nicht kommen. Den kannst du getrost abhaken.«

Selbstredend musste sie widersprechen. »Nur weil er im Block wohnt?«

»Unter anderem. Hast du nicht gerade von braunen Haaren gesprochen? Siegfried Erdwiens ist hellblond, war er immer schon. Ich versteh auch nicht, weshalb der Täter zwingend in Martinsfehn wohnen soll. Vielleicht kommt er von sonst wo her und ist ziellos mit der Leiche durch die Gegend gefahren und dabei zufällig auf die Freizeitanlage am Kreihenmeer gestoßen.« Der Gedanke, dass Leonas Entführer im selben Ort lebte wie er selbst, behagte ihm ganz und gar nicht, und vorläufig war er nicht bereit, das als Tatsache zu akzeptieren.

»Mitten in der Nacht?« Unwillig verzog sie das Gesicht. »Das halte ich für Blödsinn. Sie ist gegen Mitternacht gestorben, danach hat er sie noch gründlich gewaschen, ihre Nägel kurz geschnitten und gebürstet. Er musste die Sachen zusammensuchen, die er für seine Inszenierung benötigte. Grablichter, künstliche Rosenblätter und den Strauß, den sie in der Hand hielt. Stefan meint, dass er die Grableuchten gegen halb vier angezündet hat. Meiner Ansicht nach hat er das als Letztes gemacht, nachdem alles andere fertig war. Wo siehst du da ein Zeitfenster, um planlos rumzufahren und einen geeigneten Ort zu suchen? Für mich steht fest, dass er aus Martinsfehn kommt und diese Freizeitanlage schon vorher kannte. Der ist da ganz gezielt hingefahren.«

»Eine Annahme, die du nicht beweisen kannst«, sagte er, ahnte aber bereits, dass Nola recht behalten würde.

Ihr Lachen kam völlig unerwartet und ließ ihr Gesicht für einen Moment aufleuchten. »Du willst bloß nicht wahrhaben, dass in Martinsfehn auch Kriminelle leben.«

»Quatsch«, knurrte er, obwohl er zugeben musste, dass sie mit ihrer Annahme nicht ganz falschlag. Rasch wechselte er das Thema. »Mein Kollege hatte damals die Idee, dass Herr Sieverding selbst in die Entführung verwickelt sein könnte. Der arbeitet ja international, und Tobias meinte, dass er bestimmt auch Connections zur Russenmafia unterhält. Allerdings haben wir keinerlei Beweise für diese abenteuerliche Theorie gefunden.«

Zuerst prustete sie ungläubig, dann überlegte sie es sich anders. »Hmm, als ich heute mit Herrn Sieverding telefoniert und von den alten Verletzungen erzählt habe, wurde er zum ersten Mal emotional. *Das Schwein*, hat er gesagt, beinahe so, als ob er wüsste, von wem er da spricht.«

»Das würde wohl jeder Vater in so einer Situation sagen, auch wenn er den Täter nicht kennt.«

»Kann sein.«

Seinen Kaffee hatte er inzwischen ausgetrunken. »Krieg ich doch ein Glas Wein?«

»Nö. Wir haben alles besprochen. Ich muss jetzt ins Bett. Du auch. Du siehst ziemlich fertig aus.« Ihr herzhaftes Gähnen machte klar, dass es keine Chance auf Verlängerung gab.

Renke war dreizehn Jahre verheiratet gewesen, glücklich verheiratet. Nach Brittas Tod hatte ihn keine andere interessiert, nur Nola. Aber er kriegte das, verdammt noch mal, nicht hin. Zu gern hätte er gewusst, was man in so einer Situation sagen musste, wenn einem die Kehle eng wurde und das Herz sich beinahe überschlug, während die Frau, die man neun Wochen lang so schmerzlich vermisst hatte, so abwehrend reagierte.

Ihm fiel nur eine Lüge ein. »Ich bin froh, dass du den Fall weiterführst.« In Wahrheit fürchtete er sich vor dem, was sie rausfinden würde.

Freitag,
1. März

Ein Dr. Josef aus Bremen bestätigte Nola am Telefon, dass seine ehemalige Patientin Leona Sieverding sich bis zum Tag ihres Verschwindens keinerlei Frakturen zugezogen hatte. Auch von einer Bissverletzung wusste er nichts. »Das arme Ding«, sagte er. »Das mag man sich wirklich nicht vorstellen.«

Das LKA hatte die ersten Ergebnisse geschickt. Die DNA-Spuren an Leonas Nachthemd und ihrem Körper ließen sich Siegfried Erdwiens und einem weiteren, bislang unbekannten Mann zuweisen. Der Teilfingerabdruck am Grablicht stammte von dem vorerst Unbekannten. Ein Abgleich mit Inpol hatte keinen Treffer ergeben, demnach suchten sie keinen verurteilten Sexualstraftäter. Bei den braunen Haaren handelte es sich um Hundehaare.

Nola dachte noch mal über das Telefonat mit Herrn Sieverding nach. Die Entführung hatte ihn offenbar weniger schockiert als die Tatsache, dass der Entführer seine Tochter misshandelt hatte. *Mein Gott, dieses Schwein,* ließ sich durchaus so interpretieren, dass er den Mann gekannt, ihm diese Brutalität aber nicht zugetraut hatte. Vermutlich hatte Renke ihr einen Floh ins Ohr gesetzt, dennoch würde sie gelegentlich den Hintergrund von Leonas Vater checken lassen.

Um halb zehn klingelte ihr Smartphone. Die Nummer kannte sie nicht, der Anruf kam von außerhalb, hoffentlich kein Journalist.

»Kripo Leer, Nola van Heerden.«

»Hallo. Hier ist Birgit Sieverding.« Sie ließ eine Pause, als müsste sie ihren ganzen Mut zusammennehmen. »Ich hab mich gefragt, ob ich Ihnen irgendwie... na ja...« Sie lachte verlegen. »Ein bisschen was über meine Tochter erzählen dürfte. Wie sie damals war, mit fünfzehn. Meinem Mann ist das nicht recht. Wir haben gestern noch sehr lange geredet. Gestritten, wenn ich ehrlich bin. Walter sagt, dass alles in den Akten steht. Ich soll endlich loslassen. Wie denn, frage ich Sie? Wie lässt man sein totes Kind los?«

»Gerade in diesem Moment scheint das ein bisschen viel verlangt«, sagte Nola vorsichtig.

»Ich habe gehofft, dass Sie mich verstehen. Walter ist jetzt in London, ein geschäftlicher Termin, den er nicht verschieben konnte. Vielleicht ganz gut, im Moment könnte ich ihn einfach nicht ertragen.«

»Frau Sieverding, darf ich fragen, wann Ihr Mann zurückkommt?«

»Geplant ist Ende nächster Woche, erfahrungsgemäß kann es auch später werden. Nein«, berichtigte sie sich sofort. »Diesmal wird er pünktlich sein. Wir hoffen ja, dass wir Leona dann beerdigen dürfen.«

»Was halten Sie davon, wenn ich nachher bei Ihnen vorbeikomme? Am frühen Nachmittag, das könnte ich schaffen. Ich würde mir sehr gern ein persönliches Bild von Leona machen, wie sie war, wie sie damals ausgesehen hat. Könnten Sie sich das vorstellen?«

»Ja. Natürlich. Es ist mir ein großer Trost, dass Sie sich so kümmern, auch wenn Walter sagt, dass uns das nicht weiterbringt. *Mich* bringt es weiter, Frau van Heerden, glauben Sie mir.«

Annerose raffte ihre Strickjacke über der Brust zusammen. Über Nacht war ein heftiger Wind aufgekommen, der die Äste der Birke vor dem Laden kräftig durchrüttelte. Der Anblick ließ sie frieren. Wann wurde es endlich wärmer? Annerose liebte den Frühling, er bedeutete wieder aufbrechendes Leben, Wachsen und Werden, aber auch brennende Sehnsucht, die sie deutlich spüren konnte, und doch wusste sie nicht, wonach sie sich eigentlich sehnte. Sie hatte doch alles, einen Beruf, der sie mit Freude erfüllte, den Laden, darüber die wunderschöne Wohnung und einen Mann an ihrer Seite, den sie über alles liebte. Vielleicht lag ihre dunkle Stimmung daran, dass man dieses tote Mädchen am Kreihenmeer gefunden hatte. Es machte schon einen Unterschied, ob man in der Zeitung über ein Verbrechen las, das irgendwo weit weg passierte, oder ob so etwas Grausames vor der eigenen Haustür geschah. Gestern war jemand von der Kriminalpolizei im Laden gewesen, eine junge Frau. Sie hatte ihr ein Foto von einem Grablicht gezeigt und gefragt, ob sie diese Lichter auch verkaufen würde, was Annerose bestätigen musste. Weder sie selbst noch ihre Mitarbeiterinnen konnten sich erinnern, am letzten Montag vier dieser Lichter verkauft zu haben. Dennoch blieb dieses Unbehagen, dass dieser Unmensch zu ihren Kunden zählen könnte oder zumindest in Martinsfehn wohnte, ihrem Heimatort.

Auch Hanno war der Zeitungsartikel nahegegangen. Immer wieder hatte er auf das Bild der jungen Frau gestarrt und den Kopf geschüttelt, als könnte er das gar nicht fassen. Obwohl er sich immer bemühte, den harten Kerl rauszukehren, schlug in seiner Brust ein butterweiches Herz, und gerade dafür liebte sie ihn.

Heute Morgen trug Hanno ein grün kariertes Flanellhemd, die Ärmel hatte er aufgekrempelt. Im Gegensatz zu ihr schien er nie zu frieren. Annerose hatte sich gerade noch die Strickjacke von oben aus der Wohnung geholt, weil sie die Kälte sonst nicht aushielt.

Er stellte sich hinter sie, schlang beide Arme um ihren Körper und flüsterte in ihr Ohr: »Ich muss mal kurz zu Markus. Aber nicht lange, versprochen.«

Markus hieß sein jüngerer Bruder. Er wohnte allein in dem kleinen Landhaus an der Schleusenwieke, das die Mutter ihren beiden Söhnen hinterlassen hatte. Aufgrund einer psychischen Erkrankung war er nicht in der Lage, vernünftig mit anderen Menschen zu kommunizieren. Er war so gestört, dass er niemanden in seiner Nähe duldete. Nur Hanno, sein Bruder und gesetzlicher Betreuer, durfte Haus und Hof betreten. Ohne ihn wäre er wohl verloren. Markus ließ alles verkommen. Auf dem großen Grundstück türmten sich Berge von Metallschrott, den er zu abenteuerlichen Gebilden zusammenschweißte. Wie es im Haus aussah, mochte sie sich gar nicht vorstellen. »Frag lieber nicht«, hatte Hanno mal gesagt. Manchmal blieb Hanno nur kurz, um nach dem Rechten zu sehen, dann wieder viele Stunden. Nie beschwerte er sich, nie verlor er die Geduld, klaglos warf er alle Pläne über den Haufen, wenn sein jüngerer Bruder ihn brauchte. In den letzten Wochen war es besonders schlimm, Markus machte eine schwere Krise durch und brauchte ständig Betreuung.

Schon von Weitem zog der dunkelrot gestrichene Holzzaun alle Blicke auf sich, dahinter stand ein weißes Haus mit ebenfalls dunkelroten Fenstern und Läden. Nola gefiel das Haus, in dem die Sieverdings lebten, sofort. Die Farbe bezeichnete sie insgeheim als Bullerbü-Rot. Sie assoziierte damit eine unbeschwerte Kindheit und Geborgenheit. Das Grundstück war dicht bewachsen, Büsche und hohe Bäume, an deren Stämmen Efeu emporkletterte. Der Boden unter den Bäumen war mit einem Teppich aus winzigen, leuchtend blauen Blüten bedeckt. Blausterne, die sich hier seit langer Zeit ungestört ausbreiten durften.

Frau Sieverding öffnete sofort. Heute trug sie Jeans und einen riesigen, weiten Pullover, der ihr bis fast ans Knie reichte, lindgrün und mit einem auffälligen weißen Muster bedruckt. »Kommen Sie schnell rein, Frau van Heerden. Das Wetter ist ja schauderhaft. Immer nur Regen und dazu dieser schreckliche Wind. Möchten Sie Kaffee? Ich habe uns eine Kleinigkeit vom Bäcker geholt. Schokoladenmuffins, ich liebe Süßes.« Ohne ihren Mann wirkte sie ganz anders, viel offener und vor allem eigenständiger, überhaupt nicht mehr geduckt.

Nicht nur bei ihrer Kleidung schien Frau Sieverding schlichte Formen und klare Linien zu bevorzugen, auch ihr Wohnzimmer war entsprechend möbliert. Ein Regalsystem aus Naturholz, eine wuchtige Couchgarnitur, der man ihre Jahre ansah, und davor ein großer, quadratischer Tisch. Hinter dem Sofa hing ein kunterbunter Patchworkteppich an der Wand, schlichte Leinenvorhänge in Naturweiß rahmten drei große Fenster ein, die freie Sicht in den Garten gewährten, wo es mehrere Sitzgruppen gab, die auch im Winter nicht reingeräumt wurden.

»Sie wohnen wirklich wunderschön«, sagte Nola und meinte es ganz ehrlich.

Ihr Kompliment schien Frau Sieverding zu freuen. »Ja, ich fühle mich sehr wohl hier. Wir besitzen auch noch eine Stadtwohnung in Bremen. Ganz schlicht und funktionell eingerichtet, so wie es meinem Mann gefällt. Ich halte mich aber gewöhnlich hier auf.«

Daran, wie sie das betonte, war klar zu erkennen, was sie

eigentlich aussagen wollte, dass ihr Mann in der Stadt lebte und sie knapp vierzig Kilometer entfernt in Bassum.

»Walter findet, dass hier alles grundlegend modernisiert werden müsste, inklusive neuer Möbel.« Sie beugte sich vor und strich mit der Hand über die abgeschrammte Tischoberfläche. »So etwas stört ihn. Ständig will er alles erneuern. Er hasst alles, was nicht perfekt ist, hundert Prozent perfekt. Gerade darum bleibe ich in diesem Haus wohnen. Ich will ihm zeigen, dass auch Nichtperfektionismus schön sein kann.«

Nachdem sie Kaffee getrunken, dazu die köstlichen Schokomuffins gegessen und über Belangloses geplaudert hatten, fand Nola, dass es an der Zeit war, zum Grund ihres Besuches zu kommen. »Jetzt würde ich sehr gern über Leona reden.«

Augenblicklich verschwand der Ausdruck von Zufriedenheit aus Birgit Sieverdings Gesicht. »Ja, natürlich, deshalb sind Sie ja hier. Ich habe ein Fotoalbum rausgesucht.« Sie stellte die Teller zusammen, brachte sie aber nicht in die Küche, sondern schob sie nur beiseite, bevor sie sich erhob und von einem Beistelltischchen vor dem Fenster ein dickes, in rotes Leder gebundenes Album holte und auf den Tisch legte.

Nachdenklich betrachtete Nola die Bilder, die ein feenhaft zartes Mädchen mit schulterlangen blonden Zöpfen zeigten, das auf keiner der Aufnahmen wirklich glücklich aussah. Von Jahr zu Jahr wirkte das Gesicht abweisender, und auf den letzten Fotos starrte Leona völlig ausdruckslos in die Kamera, häufig mit halb offenem Mund, was sie nicht gerade intelligent ausschauen ließ. Es gab eine ganze Serie von Fotos von Leona und einem struppigen Pferd, einem Isländer vermutlich. Nicht einmal da schien sie sich zu freuen.

»Das war ein Urlaub auf einem Reiterhof«, erklärte Frau Sieverding. »*Kleiner Onkel* hieß das Pferd. Wir dachten ...

Nein, *ich* dachte«, verbesserte sie sich. »Ich hab mir vorgestellt, dass Leona das Reiten gefallen könnte. So war es aber nicht, leider.«

»Sie mochte das Pony, konnte aber ihre Angst nicht überwinden«, glaubte Nola zu erkennen.

»Genauso war es«, sagte Frau Sieverding, und es klang überrascht. »Mir scheint, dass Sie ein sehr feinfühliger Mensch sind. Ganz anders, als man sich eine Kommissarin vorstellt.« Ein wenig verschämt drückte sie Nolas Hand. »Damals haben nur Männer ermittelt, die waren ganz anders. Die ganze Zeit ging es so hektisch zu. Manchmal kam es mir vor, als ob sie gar keine Zeit zum Zuhören hätten.«

»Die Kollegen wollten Ihre Tochter finden, so schnell wie möglich«, warf Nola ein, die das Gefühl hatte, Renke verteidigen zu müssen, warum auch immer.

»Natürlich. Sie haben recht. Die haben ihre Arbeit sicher gut gemacht. Aber sie haben nur nach Tatsachen gesucht, die man schwarz auf weiß belegen konnte.«

»Das tue ich auch, glauben Sie mir.«

»Schon. Aber anders. Wie soll ich das erklären?« Verlegen schaute Frau Sieverding auf ihre Hände. »Ich bin Übersetzerin. Ich kenne die Vokabeln und bin in der Lage, einen Text eins zu eins in eine andere Sprache zu übertragen. Meine ganze Bewunderung gilt allerdings den literarischen Übersetzern, die den Urtext interpretieren müssen, den Sinn zwischen den Zeilen erfassen, ohne etwas zu verfälschen. Bei ihrer Arbeit geht es nicht nur um das, was dort steht, sondern auch um das, was nicht benannt wird und dennoch gemeint ist. Das kann nicht jeder, es ist eine Gabe, eine ganz besondere Gabe. Und Sie als Polizistin, so denke ich, verfügen ebenfalls über diese Gabe. Sie erfühlen Dinge, die nicht ausgesprochen werden. Verstehen Sie das bitte nicht als Kritik an der Arbeit Ihrer Kollegen.« Sie schlug die Beine übereinander und lehnten sich zurück. »Wir wollten ja auch über Leona reden. Als sie geboren wurde, schien sie kerngesund zu sein. Ein properes, bildhübsches Baby mit ungewöhnlich langen Haaren. Süß, das haben alle gesagt. Wir waren wirklich überglücklich. Walter und ich haben spät geheiratet, ich war schon über vierzig und hatte die Hoffnung auf ein eigenes Kind längst begraben. Aber dann wurde ich schwanger, mit dreiundvierzig, ganz ohne ärztliche Hilfe.« Sie hielt inne. »Haben Sie Kinder?«

Nola schüttelte den Kopf.

»Na, Sie haben auch noch Zeit. Auf jeden Fall ist ein eigenes Kind das Wunderbarste auf der Welt, mit nichts anderem zu vergleichen, glauben Sie mir. Leona war unser Ein und Alles. Dass sie sich ein bisschen langsamer entwickelte als andere Kinder, fiel uns zunächst gar nicht auf. Still war sie, schreckhaft, und sie hat schnell geweint. Wir hielten sie für besonders sensibel. Damals lebten wir in England, da gab es keine Vorsorgeuntersuchungen wie hier bei uns in Deutschland. Sie war nie krank, also waren wir nie beim Arzt. Unsere Kleine ist sprachverzögert, dachten wir, das kommt schon noch, Kinder sind doch alle verschieden. Auf Walters Wunsch wurde sie zweisprachig erzogen, er sprach deutsch mit ihr, ich englisch. Solche Kinder lernen mitunter später sprechen. Als sie drei war, kehrten wir nach Deutschland zurück. Hier wurde festgestellt, dass sie nicht hören konnte. Gar nicht. Eine angeborene Missbildung des Innenohrs, ein praktisch nicht vorhandener Hörnerv. Unvorstellbar eigentlich, dass wir es nicht bemerkt haben. Es war wie ein Schlag ins Gesicht. Wir hatten alles, wirklich alles, mein Mann verdiente schon damals sehr viel Geld, und ich war bis zu Leonas Geburt als Simultanübersetzerin tätig. Ein intaktes Gehör für unsere Tochter konnten wir jedoch nicht kaufen. Ja, auch damals gab es schon diese Cochlear-Implantate, in Anbetracht der Ausgangssituation riet man uns jedoch ab. Die Erfolgsaussichten schienen zu gering.« Nachdenklich rieb sie ihre Hände gegeneinander, die Nägel waren kurz geschnitten und blassrosa lackiert. »Wir begannen zu streiten. Walter wollte die Operation unbedingt, ich war genauso vehement dagegen. Sie war doch noch so klein!« Ihr Blick fiel wieder auf das Fotoalbum, und sie begann, hin- und herzublättern, als würde sie etwas Bestimmtes suchen. Dann und wann hielt sie inne und konzentrierte sich auf einzelne Fotos, manchmal lächelte sie wehmütig. »Zunächst konnte ich mich durchsetzen. Wir engagierten eine Therapeutin, die Leona sowohl die Laut- als auch die Gebärdensprache beibringen sollte, sie kam viermal die Woche ins Haus. Die beiden mochten sich.« Sie verstummte, als müsse sie noch einmal über ihre Worte nachdenken. »Na ja, vielleicht habe ich mir das auch nur eingeredet, um mein Gewissen zu beruhigen. Jedenfalls entstand da eine Menge Druck. Leona sollte immer nur lernen, lernen, lernen. Morgens besuchte sie eine Förderschule in Bremen, nachmittags kam die Therapeutin. Dabei saß sie am liebsten in ihrem Zimmer. Sie hat so gern mit ihren Stofftieren gespielt. Den Anblick vergesse ich nie: Leona in einem ihrer niedlichen Kleidchen, auf dem Fußboden inmitten all der Plüschtiere. In solchen Momenten war sie ganz bei sich. Glücklich. Wie ein Käthe-Kruse-Püppchen, hab ich immer gedacht.«

»Aber?«, fragte Nola vorsichtig, weil sie spürte, dass Frau Sieverding das Wichtigste noch gar nicht erzählt hatte.

»Ja, das gibt es ja immer, nicht wahr? So ein böses, fettes, schwarzes ABER. Aber mein Mann konnte sich nicht damit abfinden, dass seine Tochter nicht perfekt war. Er wollte, dass jemand sie repariert, wieder heil macht, sie sollte funktionieren. Er wollte kein gehörloses Kind. Irgendwann wies die Therapeutin uns darauf hin, dass Leona auffallend wenige Fortschritte machte, anders als gleichaltrige Kinder mit ihren Voraussetzungen. Anstatt das zu akzeptieren, hat mein Mann getobt und die Frau auf der Stelle entlassen. Auf einmal war die hochgelobte Spezialistin inkompetent und völlig unfähig. Damals war Leona zehn. Er hat darauf bestanden, dass sie in dieses Internat in Jemgum kam. Bessere Fachleute, mehr Therapiestunden, was weiß ich. Ich war dagegen, aber er hat mir erklärt, dass es unsere Aufgabe wäre, Leona so weit wie möglich zu bringen, damit sie irgendwann ohne uns zurechtkommt. Wie Sie sich denken können, habe ich nachgegeben – und mich gleichzeitig für meine Schwäche gehasst. Als Leona elf war, hieß es, dass sie nicht nur gehörlos wäre, sondern möglicherweise auch schwach begabt, obwohl sich das in Anbetracht ihres Nichthörens und der daraus resultierenden Sprachlosigkeit nur schwer diagnostizieren ließ. Das eine bedingt das andere. Dass ein intelligentes Kind leichter die Gebärdensprache erlernt als ein weniger begabtes, leuchtet natürlich ein. Als Nächstes hat Walter die Cochlear-Implantate durchgesetzt. Weil wir alles privat bezahlt haben, war das kein großes Problem. Normalerweise gibt es vor der OP eine psychologische Begutachtung, und die hätte Leona niemals bestanden. Der Erfolg der Implantation war gleich null. Sie hat die Dinger gehasst. Die Geräusche, die sie plötzlich wahrnehmen konnte, machten ihr Angst. Von diesem Zeitpunkt an wurde es wirklich schlimm. Nachdem endgültig klar war, dass aus Leona keine Vorzeige-Gehörlose mehr werden würde, die ihr Schicksal meistert und trotz der Behinderung ihren Weg

geht, hätte Walter sie am liebsten aus seinem Leben verbannt.«
Frau Sieverding stand auf und holte eine Flasche Sherry und
zwei hochstielige, altmodisch geschliffene Gläser aus dem
Schrank. »Sie auch?«

Sherry gehörte keineswegs zu Nolas Lieblingsgetränken,
doch sie willigte ein. Das alles klang so traurig, dass sie, genau wie Frau Sieverding, eine kleine Unterbrechung gebrauchen konnte.

Nach einem winzigen Schluck redete Frau Sieverding weiter. »Leona war ihm peinlich. Er hat sich für seine eigene Tochter geschämt. Wenn Besuch kam, musste sie in ihrem Zimmer
bleiben. Dann ist sie spurlos verschwunden.« Langsam hob sie
den Kopf und schaute Nola in die Augen. »Es ist furchtbar, das
auszusprechen. Ich weiß auch nicht genau, warum ich das tue.
Sie haben so eine Ausstrahlung, Frau van Heerden. Als würden Sie alles verstehen. Ja, ich glaube, in Wahrheit war mein
Mann erleichtert, dass sie nicht mehr da war. Und jetzt, nach
ihrem Tod, fühlt er sich endgültig befreit. Er will gar nicht wissen, wer ihr das angetan hat, wo sie all die Jahre verbracht hat
und vor allem, wie. Er will seine Tochter einfach nur begraben und vergessen. Eine Tote kann ja keine Fehler mehr machen.« Die Vehemenz, mit der Frau Sieverding gesprochen
hatte, zeigte deutlich, wie überzeugt sie von ihren Worten war.
»Wissen Sie, sonst gibt es nicht viel, das ich meinem Ehemann
vorwerfen könnte. Walter ist ein sehr fürsorglicher, beschüt-
zender Ehemann. Mir fehlt es an nichts, ich habe ein wunderschönes Haus, ein eigenes Auto, teure Kleider, all das, wovon
andere träumen. Aber mein einziges Kind ist tot, und er will
so tun, als hätte es Leona nie gegeben. Er hat sie einfach ausge-
löscht, abgewickelt wie eine der Firmen, mit denen er zu tun
hat. Mein Mann ist Anwalt und spezialisiert auf Firmeninsol-

venzen. Damit verdient man unglaublich viel Geld.« Sie biss sich auf die Unterlippe. »Verrückt, nicht wahr, eigentlich sogar unredlich. Dass man reich damit wird, den Gläubigern klarzumachen, dass ihre Forderungen mangels Geldmasse nicht mehr erfüllt werden können, während man sich selbst an den letzten Finanzbeständen bedient.«

Dass sie Schwierigkeiten hatte, sich mit dem, was ihr Mann beruflich machte, zu identifizieren, konnte Nola gut verstehen. Ihr selbst wäre es wohl ähnlich gegangen.

Mit einem lauten Geräusch schlug Frau Sieverding das Fotoalbum zu. »Traurig, dass ich das sagen muss, aber Leona und Walter hatten nichts gemein, und ich war und bin sehr froh darüber.«

»Damals hatten Sie Angst, dass Leona einfach fortgelaufen ist, oder?« Nola wusste selbst nicht, woher dieser Gedanke plötzlich kam, doch sie war überzeugt, recht zu haben.

Frau Sieverding senkte verlegen den Blick. »Das ist es, was ich vorhin meinte. Keiner Ihrer Kollegen ist auf diese Idee gekommen. Rein logisch betrachtet wäre es ja auch dumm von Leona gewesen. Aber es stimmt, ich habe manchmal gedacht, dass sie einfach weggelaufen ist, weil sie den ewigen Druck nicht mehr aushalten konnte. Und ich habe meine Befürchtungen für mich behalten und gehofft, dass sie sich nicht bewahrheiten.«

»Als wir sie gefunden haben, trug Ihre Tochter eine Kette mit einem Anhänger aus weißem Plastik. Ein Delfin. Ziemlich billig, würde ich sagen. Kommt Ihnen das irgendwie bekannt vor?«

»Nein. Leona besaß viel Schmuck, aber nichts aus Plastik. Damals waren gerade diese Bettelarmbänder wieder modern, natürlich mit ganz anderen Anhängern als in meiner Jugendzeit. Ich hab ihr so ein Armband gekauft und häufig neue Anhänger mitgebracht, die sie dann nach Belieben tauschen konnte. Ein Delfin war auch darunter, aus Gold allerdings. Ja, den hat sie gemocht. Sie besaß auch ein paar sehr schöne Ketten. Und mehrere Armbanduhren. Als sie verschwand, hat sie nichts davon getragen. Liegt alles oben.«

»Mochte Leona Delfine?«

»Ja. Davor waren es Katzen und als sie kleiner war, Pferde.«

Nachdenklich blätterte Nola noch einmal durch das Album. »Mir ist aufgefallen, dass das Foto in den Akten Ihrer Tochter nicht gerecht wird.«

Frau Sieverding errötete, sagte aber nichts.

»Dürfte ich Sie vielleicht um ein Foto von Leona bitten, auf dem sie besser getroffen ist? Möglichst eins, das kurz vor ihrem Verschwinden gemacht wurde?«

»Selbstverständlich. Warten Sie. Ich möchte kein Bild aus dem Album nehmen. Aber nebenan habe ich eine ganze Kiste mit Fotos. Moment.«

Wenig später drückte sie Nola die Momentaufnahme einer verträumt lächelnden Leona in die Hand. Sie saß auf einem Schaukelstuhl, die rosa Wände im Hintergrund ließen vermuten, dass sie sich in ihrem eigenen Zimmer befand. Den Kopf hatte sie zurückgelegt, die Arme auf die Lehnen gelegt und ein Bein über das andere geschlagen. Mit den Gedanken schien sie ganz weit weg zu sein. »Hier, das ist unmittelbar vor ihrem Verschwinden entstanden. Es ist eines der wenigen Fotos, auf dem sie gut getroffen ist. So hat sie wirklich ausgesehen. Wenn man sie mal in Ruhe gelassen hat.« Die letzten Worte waren nur noch geflüstert. »Ich wollte dieses Bild damals der Polizei geben. Aber Walter meinte, sie wäre nicht gut darauf getroffen. Er hat das andere Foto ausgesucht.«

Ein Foto, auf dem Leona so aussah, wie er sie wahrgenommen hatte, behindert. Nola konnte nicht beweisen, dass die Auswahl des Bildes etwas am Ergebnis der Ermittlungen geändert hätte, wahrscheinlich nicht, dennoch störte sie sich daran, dass Herr Sieverding auf diese subtile Weise Einfluss genommen hatte. Der Mann wurde ihr immer unsympathischer. »Ich glaube, Sie hatten ein gutes, sehr inniges Verhältnis zu Ihrer Tochter.«

»Ja«, sagte Frau Sieverding überzeugt. »So war es auch. Wir beide standen auf der einen und mein Mann auf der anderen Seite. Ich hatte immer das Gefühl, sie vor ihm beschützen zu müssen, vor seinen hohen Ansprüchen.«

Als Nola sich verabschiedete, drückte Frau Sieverding ihr einen Zettel mit einer Telefonnummer in die Hand. »Sie hatte damals diese Freundin, Yasmina heißt sie, Yasmina Akin. Sie wohnt jetzt in Leer und besucht die Fachoberschule. Dann und wann schreiben wir uns noch E-Mails. Vielleicht macht es Sinn, dass Sie noch mal mit Yasmina reden. Ich weiß natürlich, dass ihre Kollegen seinerzeit mit ihr gesprochen haben. Aber Sie sind so anders, so warmherzig und menschlich. Vielleicht gibt es ja etwas, das Yasmina damals nicht gesagt hat. Versuchen Sie es einfach. Immerhin war Yasmina der letzte Mensch, der sie gesehen hat.«

»Vielen Dank. Ich hoffe, dass sie bereit ist, mit mir zu reden.«

Yasmina Akin wohnte in der Nähe vom Bahnhof. Ihr Apartment wirkte so nüchtern wie eine Arztpraxis, schlichte weiße Möbel, heller Teppichboden und hellgraue Tapeten mit ungleichmäßig breiten weißen Streifen, vor den Fenstern weder Gardinen noch Blumen. In die Regalwand war eine Schreibtischplatte eingearbeitet, auf der ein Flachbildmonitor stand. Der dazugehörige PC älteren Baujahrs hatte seinen Platz unter der Platte gefunden. Die Bücher in dem Regal standen akkurat in Reih und Glied und wirkten neu und ungelesen. Vor dem Fenster stand ein eckiges weißes Sofa aus Kunstleder ohne Zierkissen, das wenig einladend wirkte, und in der Mitte des Raums hatte Frau Akin einen quadratischen weißen Tisch und vier ebenfalls weiße Stühle aus Kunststoff aufgestellt.

Das Zimmer sah aus, als würde einmal pro Woche gründlich geputzt und desinfiziert. Nola meinte sogar, den Ammoniakgeruch von scharfem Haushaltsreiniger wahrzunehmen. Nachdem sie sich an den Tisch gesetzt hatte, nahm Yasmina Akin demonstrativ auf dem Schreibtischstuhl Platz, so weit von Nola entfernt, wie es überhaupt möglich war.

Die junge Frau in Jeans und einer weiten, weißen Baumwollbluse, die wie ein Männerhemd geschnitten war, saß kerzengerade, ein Bein über das andere geschlagen und die Hände um das Knie gelegt, nicht lässig, sondern fest ineinander verschränkt. Der Fuß zeigte von Nola weg, sodass der Oberschenkel eine Art Barriere bildete. Dicke schwarze schulterlange Haare fielen in ihr Gesicht und verbargen die Hörgeräte. Sowohl ihr Name als auch ihr Aussehen legten nah, dass zumindest der Vater nicht aus Deutschland stammte. Sie wirkte unnahbar und gleichzeitig so, als wäre sie auf der Hut, und Nola fand sie bildhübsch.

Auf Nachfrage erklärte Frau Akin, die Fachoberschule Wirtschaft zu besuchen mit dem Ziel, später Betriebswirtschaftslehre zu studieren. Man merkte, dass sie stolz war, trotz ihrer Hörbehinderung so weit gekommen zu sein. Sie sprach langsam und überdeutlich und überwiegend in derselben Tonlage, manchmal stimmte die Betonung der Worte nicht hundertprozentig. Wären sie sich unter anderen Umständen begegnet, hätte Nola die junge Frau dennoch nicht für gehörlos gehalten, sondern eher auf eine leichte Sprachbehinderung getippt.

»Mein Anliegen ist ziemlich traurig. Wir haben die Leiche von Leona Sieverding gefunden.« Wie immer in solchen Fällen sprach Nola sehr leise.

»Bitte ein bisschen lauter.«

Wie gewünscht wiederholte Nola ihren Satz, laut und daher nicht mehr so emotional eingefärbt. Aber Yasmina hatte schon von Leonas Tod gehört.

»Ja, ich weiß, es stand ja in der Zeitung. Außerdem hat ihre Mutter mir eine E-Mail geschickt.« Es machte keinesfalls den Eindruck, als ob Yasmina Akin gleich in Tränen ausbrechen würde.

»Sie waren mal gut befreundet.«

Die junge Frau runzelte die Stirn, dann verneinte sie zögernd. »Das ist nicht ganz richtig. Wir haben in einem Zimmer gewohnt. Echte Freundinnen waren wir nicht. Dazu waren wir viel zu verschieden.« Sie verschränkte die Arme und stellte die Füße nebeneinander, wobei sie die Fersen ein wenig nach außen drehte. »Leona war ganz anders als ich, still und in sich gekehrt. Sie hatte keine Interessen und blieb am liebsten für sich allein. Man kann wohl sagen, dass sie sich selbst genügte. Eine Freundin hat sie nicht gebraucht.«

»Sie auch nicht?«, fragte Nola, die jetzt aufstand und sich vor das Bücherregal stellte, weil sie es komisch fand, so weit entfernt zu sitzen. Ihr war es wichtig, ihrem Gesprächspartner in die Augen zu schauen, was von dort nicht so gut funktionierte.

Die Frage schien die junge Frau zu erstaunen. »Doch, natürlich. Aber sie war ja nicht das einzige Mädchen in mei-

107

nem Alter. Meine Freundinnen hießen Franziska und Elisa. Wir hatten dieselben Träume. Uns war es wichtig, eines Tages nicht mehr nur über unsere Gehörlosigkeit wahrgenommen zu werden. Wir wollten genauso leben wie alle anderen auch. Einen Partner, der nicht gehörlos ist, Kinder, einen normalen Beruf. Einfach dazugehören, verstehen Sie?« Ihre dunkelbraunen Augen schauten Nola so lange fragend an, bis sie nickte. Erst dann nahm sie den Gesprächsfaden wieder auf. »Leona war anders. Das klingt jetzt bestimmt merkwürdig, aber ich glaube, dass sie ihre Gehörlosigkeit in gewisser Weise sogar mochte. Sie hat sie akzeptiert, was den meisten von uns sehr schwerfällt. Ihre Cochlear-Implantate hat sie gehasst und den äußeren Teil, den sogenannten Verstärker, nie getragen. Höchstens zu Hause, weil ihr Vater darauf bestand.«

»Merkwürdig, oder?«, fand Nola.

»Wie man es nimmt. Sie müssen wissen, dass es unglaublich schwer und anstrengend ist, auf diesem Weg das Sprechen zu erlernen. Ohne einen starken Willen funktioniert es nicht. Leona hatte da überhaupt keinen Ehrgeiz. Sie konnte sich in Gebärdensprache verständigen, und das hat ihr genügt. Sie hat sowieso nur das gemacht, worauf sie Lust hatte. Am Unterricht hat sie sich kaum mal beteiligt. Viel lieber hat sie stundenlang vor sich hin geträumt.« Es war deutlich, dass Yasmina Akin mit dieser Haltung nichts anfangen konnte. Ihr Bestreben war es, ihr Handicap so gut wie möglich zu verbergen.

»Haben die Lehrer das einfach so hingenommen? Ich meine, Schule bedeutet doch auch Leistung.«

»In einer Privatschule kann man sich so ein Verhalten erlauben. Schließlich bezahlen die Eltern alles. Wenn sie zufrieden sind, sind die Lehrer es auch. Im Grunde wurde Leona einfach nur aufbewahrt wie viele andere auch. Sie musste in

Jemgum die gesetzlich vorgeschriebenen Schulbesuchsjahre hinter sich bringen, mehr nicht. Niemand hat erwartet, dass sie einen großartigen Abschluss macht.«

»Doch. Ihr Vater.«

Gleichmütig hob sie die Schultern. »Kann sein. Den haben wir nie zu Gesicht bekommen. Ihre Mutter war jedenfalls nicht so anspruchsvoll. Die hätte Leona am liebsten zu Hause behalten, aber das hat Herr Sieverding nicht erlaubt.«

Nicht erlaubt, was für eine seltsame Wortwahl. »War Leona damals verliebt?«

Die Frage brachte die junge Frau ganz offensichtlich aus dem Konzept. Sie griff nach einer dicken Haarsträhne, die sie ein paarmal um sich selbst drehte und dann in ihren Mund stopfte, so als wollte sie sich am Weiterreden hindern. Nola war überzeugt, dass diese Verhaltensweise ein Automatismus aus ihrer Kinderzeit war, den sie sich normalerweise nicht mehr gestattete. Und richtig, nach kurzer Zeit veränderte sich Yasminas Blick, als würde sie jetzt erst merken, was sie da machte. Mit einer heftigen Handbewegung riss sie die Strähne aus dem Mund, um sie mit Schwung nach hinten zu schleudern. »Wer ist mit fünfzehn nicht verliebt?«

»Hört sich an, als wären Sie damals verliebt gewesen.«

»Ja, warum auch nicht? Ist doch normal.« Sie schlug die Beine wieder übereinander, und Nola fiel auf, dass der linke Fuß jetzt angriffslustig auf und ab wippte.

»Ein Junge aus dem Internat?«

»Nein. Wenn Sie es unbedingt wissen wollen, ich war verknallt in den Sohn des Hausmeisters. Der war schon älter, neunzehn oder zwanzig, und sah ziemlich gut aus. Clemens Möller. Alle Mädchen waren verliebt in Clemens.«

»Leona auch?«

Yasmina Akin begann, mit den Knöpfen ihrer Bluse zu spielen. »Keine Ahnung. Vielleicht. Über so etwas haben wir nicht geredet. Sie hätte sowieso keine Chance bei ihm gehabt.«

»Wer hatte denn eine Chance bei diesem jungen Mann?«

»Weiß ich doch nicht.« Das war so offensichtlich gelogen, dass Yasmina Akin nicht wagte, Nola anzusehen. »Was hat das überhaupt mit Leona zu tun?«

»Nichts vermutlich. Ich fische ein bisschen im Trüben, wie man das so nennt. Vor allem interessiert mich, was Leona für ein Mädchen war, ob sie einen Freund hatte.«

»Das wollte die Polizei damals auch schon wissen. Ich glaube nicht, dass da jemand war.«

»Könnten Sie mir Leona mal beschreiben? Wie war sie außerhalb des Unterrichts?«

»Verwöhnt«, sagte sie, ohne zu zögern. »Ihre Mutter hat sie immer wie eine Prinzessin behandelt. Ausstaffiert mit teuren Markenklamotten, echtem Schmuck, was weiß ich. Sie hatte einfach alles. Wenn irgendwas modern war, kriegte sie es gleich in dreifacher Ausführung.«

Du nicht, dachte Nola sofort. *Und du hast sie darum beneidet.*

»Leona hatte zum Beispiel ein Faible für Delfine. Auf ihrem Nachttisch stand ein riesiger Delfin aus blauem Glas, ein Geschenk ihrer Mutter. Hässlich, aber wahnsinnig teuer. Ich glaube, es handelte sich um ganz besonderes Glas. Aus Italien, Murano oder so ähnlich. Ihre Schlafanzüge waren mit Delfinen bedruckt, über ihrem Bett hingen Delfinposter. Stapelweise Delfinpuzzle. Delfine, wohin man schaute. Davor waren es Katzen. Wenn ihr etwas nicht mehr gefiel, hat ihre Mutter die Sachen mit nach Hause genommen, und Leona kriegte was Neues.« Yasmina hob die rechte Hand und rieb

Zeige- und Mittelfinger aneinander, was ein schabendes Geräusch verursachte, so leise, dass sie selbst es vermutlich gar nicht wahrnahm. Scheinbar war ihr etwas Wichtiges eingefallen. »Leona hat sehr gern gepuzzelt, ganz für sich allein. Wehe, wenn man mitmachen wollte, das hat ihr nicht gepasst. Einmal hat sie wie eine Blöde gekreischt, weil ich im Vorbeigehen ein passendes Teil entdeckt und eingebaut habe. Sie konnte sich benehmen wie eine Dreijährige.«

»Klingt wirklich so, als wäre der Umgang mit ihr nicht ganz einfach gewesen.«

»Sie hielt sich für den Mittelpunkt der Welt. Vermutlich war das nicht mal ihre Schuld, sie wurde ja so erzogen. Leona brauchte nicht kämpfen, um nichts. Sobald Schwierigkeiten auftauchten, räumte ihre Mutter sie aus dem Weg.«

Nola zog das Foto von Leonas Kleidung hervor. »So war Leona bei ihrem Auffinden gekleidet. Glauben Sie, dass sie das Nachthemd selbst ausgesucht hat?«

Yasmina Akin rutschte auf ihrem Stuhl ein paar Zentimeter nach vorn, betrachtete mit hochgezogenen Brauen das Bild, schüttelte den Kopf und lachte. Es hörte sich ein bisschen hölzern und eingeübt an, und Nola war nicht sicher, ob es an der Gehörlosigkeit lag oder daran, dass das Lachen gespielt war. »Nein, das kann ich mir nicht vorstellen. Wirklich nicht. Sie mochte T-Shirts und Kapuzenpullover, Jeans, eben sportliche Sachen wie wir alle. Röcke oder Kleider hat sie nie getragen, schon gar nichts mit Rüschen oder Spitzen. Nachts trug sie Schlafanzüge. Ihr war immer kalt, und sie konnte ausflippen, wenn ich im Winterhalbjahr das Fenster aufgemacht habe. Ihre Lieblingsfarben waren Mint und Lila.« Erneut betrachtete sie das Foto. Dann runzelte sie die Stirn, wirkte plötzlich sehr aufgeregt. »Die Kette, die kenne ich. Die hat sie damals getragen. Der Anhänger ist ein Delfin aus weißem Plastik, stimmt's?« Eine Antwort wartete sie gar nicht erst ab. »Total billiges Teil, sieht aus, als käme es aus einem Kaugummiautomaten.«

»Haben Sie Leona mal nach der Herkunft dieser Kette gefragt?«

»Ja. Angeblich war sie selbst gekauft. Aber das kann nicht stimmen. Leona ist nie allein in Geschäfte gegangen. Sie konnte sich ja kaum verständigen. Außerdem gab es in Jemgum keinen Laden, der so etwas verkauft hat. Und zu Hause war sie garantiert nicht ohne ihre Mutter unterwegs. Ich glaub, Leona hat das Teil irgendwo auf der Straße gefunden.«

»Wann haben Sie die Kette zum ersten Mal bei Leona gesehen?«

»Das weiß ich nicht mehr so genau. Zwei oder drei Wochen bevor sie verschwunden ist, vielleicht auch vier.« Ihre Miene sagte aus, dass sie es wirklich nicht mehr wusste. »Das Teil war absolut hässlich. Ich konnte nicht verstehen, warum sie so stolz darauf war. Dabei stand auf ihrem Nachttisch eine Schatulle mit jeder Menge echtem Schmuck, alles Geschenke ihrer Mutter. Den hat sie aber nur am Wochenende rausgeholt, kurz bevor sie abgeholt wurde.«

»Haben Sie das damals der Polizei erzählt?«

»Nein. Die wollten ganz andere Dinge wissen. Ob Leona einen Freund hatte oder irgendwie komisch war. Und die Antwort auf beide Fragen lautete Nein.« Erneut änderte sie ihre Sitzposition, diesmal klemmte sie beide Füße hinter die Rollen des Schreibtischstuhls. Das Gespräch machte sie nervös, sehr nervös, und Nola fragte sich, warum.

»Haben Sie nie gedacht, dass die Kette ein Geschenk sein könnte? Von einem Jungen?«

»Ich sagte doch schon, dass niemand sich für Leona interessiert hat.« Ihr Tonfall hatte sich verändert, sie klang jetzt patzig, fast schon aggressiv. »Sie gehörte nicht dazu. Wir fühlten uns erwachsen, und Leona war noch ein Kind. Keiner von uns hat sie für voll genommen.«

Weshalb war Yasmina Akin so augenscheinlich darum bemüht, Leona als unbeliebte Außenseiterin darzustellen? Es musste eine Bedeutung haben, die sich Nola vorerst nicht erschloss, die aber möglicherweise mit Leonas Verschwinden zusammenhing. »Wäre es denn zeitlich möglich gewesen, dass sie sich mit jemandem trifft?«

»Theoretisch schon. Das Internat war ja kein Gefängnis. Im Gegenteil, wir sollten möglichst selbstständig werden. Leona blieb überwiegend im Haus. Jedenfalls hab ich das immer geglaubt. Ich habe meine Freizeit mit anderen Leuten verbracht. Meist haben wir am Hafen gesessen oder auf dem Emsdeich. Wir haben heimlich geraucht, und da wollten wir sie bestimmt nicht dabeihaben.«

»Heimlich rauchen. Das hab ich mit fünfzehn auch gemacht. Gehört wohl zum Erwachsenwerden dazu.« Nola rang sich ein halbwegs freundliches Lächeln ab. »Eins verstehe ich nicht. Warum haben Sie damals nicht der Polizei gesagt, dass Leona gar nicht wirklich Ihre Freundin war?«

»Jeder dachte, dass wir befreundet sein müssen, weil wir das Zimmer geteilt haben. Sollte ich sagen: *Nö, stimmt nicht, ich kann Leona nicht mal sonderlich gut leiden?* Hätten Sie das gemacht? In dem Alter? Ich war doch total geschockt von ihrem Verschwinden wie alle hier.« Ihre Hände rutschten auf den gepolsterten Armlehnen des Schreibtischstuhls vor und zurück. »Ich hab mir eingebildet, wenn ich etwas Negatives über Leona sage, mache ich mich verdächtig. Außerdem war ihre Mutter immer so nett zu mir. Wenn sie Leona abgeholt hat, hat sie jedes Mal etwas für mich mitgebracht. Bücher, Süßigkeiten, solche Sachen. So etwas kannte ich nicht von zu Hause. Meine eigenen Eltern konnten sich das Schulgeld im Grunde gar nicht leisten. Meine Mutter ist dafür putzen gegangen, und mein Vater hat jede Überstunde mitgenommen. Für Extras reichte das Geld nicht aus. Noch heute schickt Frau Sieverding mir jedes Jahr eine Kleinigkeit zu Weihnachten und zu meinem Geburtstag. Ich wollte sie wohl einfach nicht enttäuschen.« Jetzt faltete sie die Hände auf ihrem Schoß. »Ich wusste ja auch nichts. Überhaupt nichts.«

Irgendetwas verschwieg die junge Frau. Nola wusste allerdings nicht, ob es ihr gelingen würde, Yasmina Akin zum Reden zu bewegen. »Und jetzt, vier Jahre später, könnten Sie sich vorstellen, dass Leona freiwillig weggegangen ist? Vielleicht weil sie in jemanden verliebt war?«

Yasmina Akin überlegte nicht lange. »Wer soll das denn gewesen sein? Nein. Das hätte sie ihrer Mutter auch niemals angetan. Da bin ich mir sicher. Ich glaube, die beiden haben einander gebraucht, um sich gegen den Vater zu behaupten.«

»Das ist ein interessanter Aspekt. Wenn Ihnen noch etwas einfällt, was mir weiterhelfen könnte, hier ist meine Karte.«

»Danke, aber ich hab alles gesagt.« Yasmina warf einen misstrauischen Blick auf die Karte, nahm sie auch nicht in die Hand, sodass Nola sich gezwungen sah, sie auf den Schreibtisch zu legen, der so aufgeräumt war, als würde Frau Akin nie daran arbeiten. Sie war beinahe sicher, dass die Karte in wenigen Minuten im Papierkorb landen würde.

Sie trug sportliche Sachen wie wir alle, hatte Yasmina Akin gesagt. *Oder wie ihre Mutter,* überlegte Nola auf der Rückfahrt. Vielleicht hatte Leona einfach nur versucht, sich anzupassen.

Weshalb auch hätte sie sich in der Rolle der Außenseiterin wohlfühlen sollen? Passte das überhaupt zu einem fünfzehnjährigen Mädchen? Wollten die nicht alle dasselbe, nämlich dazugehören?

Die Kette musste etwas bedeuten. Sie war der Schlüssel zu etwas, das Leona niemandem verraten hatte. Und noch eine Sache glaubte Nola sicher zu wissen. Yasmina Akin hütete ebenfalls mit großer Sorgfalt ein Geheimnis.

Zu Hause schaute Nola lange das Bild an, das Frau Sieverding ihr überlassen hatte. Das Bild einer gelösten, in Träumen versunkenen Leona. Sie stellte es neben das Foto aus den Akten. Welche der beiden Leonas war die echte? Oder gab es noch eine dritte Leona, von der niemand etwas wusste?

Gewöhnlich waren seine Wochenenden der Familie vorbehalten, und Steffi hatte ein langes Gesicht gemacht, als er erklärte, mit seinen Kumpels zu einem Männerabend verabredet zu sein, obwohl sie sich gestern erst beim Skat gesehen hatten. Ihr Problem. Für Männer, die sich von ihren Frauen Vorschriften machen ließen, hatte Enrico nichts als Verachtung übrig.

Sie trafen sich im Forsthaus, weil es so abgelegen war, dass niemand sehen konnte, welche Autos hier parkten. Martinsfehn war ein Kaff, in dem jeder jeden kannte, und sie mussten jetzt sehr vorsichtig sein. Enrico hatte eine Kiste Bier mitgebracht, *Flensburger Pilsener*, das mochte er am liebsten. Wortlos knallte er die Kiste mitten in die gute Stube, das Klirren der Flaschen gab ihm ein gutes Gefühl, so als wäre er hier der Boss. Wenn er ehrlich war, fühlte er sich auch so wie der Leitwolf dieser Truppe, der Einzige, der einen kühlen Kopf behielt. Die Erinnerung an den Vorabend, wo ihm im *Tennessee* kurzfristig die Nerven geflattert hatten, verdrängte er erfolgreich. Den anderen setzte die Sache noch mehr zu, das war ihm schon gestern Abend aufgefallen. Das konnte sie alle um Kopf und Kragen bringen. Deshalb hatte er heute früh dieses Treffen initiiert.

Er ließ sich auf das alte Sofa plumpsen, in der Hand ein *Flensburger*. Ungeniert schaute er sich um. So wie hier waren die Leute vor fünfzig Jahren eingerichtet gewesen, dunkel und irgendwie bedrückend, die hohen, schwarzen Schränke, das Ostfriesensofa, das längst einen neuen Bezug verdient hätte, die Stühle mit den geraden, hohen Lehnen und der runde Tisch mit den geschwungenen Beinen. Auf einem alten Öl-schinken, der über der Anrichte hing, röhrte ein Hirsch vor weißen Berggipfeln. Was für ein unerträglicher Kitsch! Enrico verstand nicht, wie Andreas Ahlers hier leben konnte ohne trübsinnig zu werden, ihn selbst würden schon nach einer Woche tiefste Depressionen überkommen. Der Förster hatte die Einrichtung von seinem Vorgänger übernommen und nichts verändert. Es roch nach Feuchtigkeit und verbrann-tem Holz. An dem alten Kachelofen, in dem ein Feuer vor sich hin knisterte, fehlten ein paar Fliesen. Andreas hatte sie durch schlichte weiße Kacheln aus dem Baumarkt ersetzt. Jedes Mal, wenn Enricos Blick zufällig dort landete, störte er sich daran. Wie konnte man etwas so Schönes nur derart lieblos behan-deln?

Andreas hatte gut eingeheizt, doch an den Füßen spürte Enrico den eiskalten Hauch, der unter der Tür aus dem Flur hereinzog. Mit einem satten *Plopp* ließ er den Porzellanver-schluss von der Flasche schnappen. Er mochte das Geräusch. Enrico setzte das *Flensburger* an und trank laut glucksend, weil Männer untereinander sich so zu benehmen hatten, laut und ohne jede Scham. Unauffällig betrachtete er die anderen, und das, was er zu erkennen glaubte, gefiel ihm nicht. Sie zitterten vor Angst, auch wenn sie bemüht waren, das nicht zu zeigen. Enrico kannte dieses beklemmende Gefühl nur zu gut. Am Anfang war er manchmal mitten in der Nacht aufgewacht, schweißgebadet und starr vor Angst. Nachdem die Polizei nichts rausfand, geriet die Sache mehr und mehr in Vergessenheit, sackte immer tiefer in sein Unterbewusstsein, überdeckt von allem, was danach passierte und was inzwischen sein Leben ausmachte. Die positive Entwicklung seiner Firma und der damit verbundene Wohlstand, Steffi und vor allem seine Tochter. Zuletzt hatte er kaum noch daran gedacht. Solange keiner die Nerven verlor, konnte nichts passieren. Das betete er sich seit Tagen vor, und manchmal gelang es ihm sogar, daran zu glauben, wenigstens für ein paar Stunden.

Am meisten Sorgen bereitete ihm Josef, der sich ständig an den Hals griff und an seinem Adamsapfel rumfummelte und der noch bleicher aussah als sonst, wie ein Todgeweihter, dem nicht mehr viel Zeit blieb, um seine Sachen in Ordnung zu bringen. In seinen tief liegenden Augen meinte Enrico Verzweiflung zu erkennen, diese Art hysterischer Verzweiflung, die Menschen dazu veranlasste, Amok zu laufen oder andere hirnrissige Dinge zu tun. Josef war ein komischer Vogel, den Enrico im Grunde seines Herzens schon immer verachtet hatte, und bei der Vorstellung, dass seine Zukunft von diesem Nervenbündel abhing, brach ihm der Schweiß aus. Hätte er Hanno seinerzeit bloß nicht erlaubt, Josef einzuweihen. Dabei hatte das Weichei es nicht mal richtig gebracht.

»Das Wichtigste ist, dass wir uns ganz normal benehmen. Wie immer. Damals hat uns keiner mit dem Mädchen in Verbindung gebracht. Warum sollte sich das vier Jahre später ändern?« *Das Mädchen.* Enrico brachte es nicht mal über sich, ihren Namen laut auszusprechen. Nicht, dass er besonders abergläubisch war, aber das würde Unglück bringen, davon war er überzeugt.

»Genau«, knurrte Andreas. »Wenn Renke Nordmann das nicht rausgekriegt hat, schafft es auch kein anderer. Hab gehört, dass diesmal eine Frau ermittelt. Eine Frau.« Er kicherte übertrieben und griff nach dem zweiten Bier. Jeder hier wusste um Ahlers' merkwürdiges Verhältnis zum anderen Geschlecht. Frauen, die erfolgreich im Beruf waren, konnte der Förster nicht leiden. Frauen, die große Hunde hielten, auch nicht. Wenn er eine Frau im Wald traf, die allein mit ihrem nicht angeleinten Hund unterwegs war, schüchterte er sie gern ein, indem er sich damit brüstete, jeden wildernden Köter ohne Warnung abzuknallen. Kein Wunder, dass er hier allein lebte. Die Frau, die es mit einem wie Andreas Ahlers aushielt, musste erst noch geboren werden.

»Ich habe Folgendes überlegt ...« Enrico schilderte seinen Plan, der sie alle retten würde. Als Josef seinen Namen hörte, zuckte er zusammen, doch er wagte nicht, sich zu widersetzen.

Sie verabredeten sich für Sonntagnachmittag. Vorher musste Enrico noch Steffi loswerden. Er wusste auch schon, wie er das anstellen würde.

Als sie sich verabschiedeten, fühlte Enrico sich erleichtert. Von dem Anruf hatte er den anderen nichts erzählt. Er fragte sich allerdings, ob die anderen nicht ebenfalls so einen Anruf erhalten hatten. Wenn ja, befand keiner es für nötig, darüber zu reden, genau wie er selbst.

»Kommst du endlich ins Bett?« Steffi hatte diesen lasziven Unterton, der bedeutete, dass sie Lust auf Sex hatte. Okay, er auch, aber vorher musste er das hier noch abschließen. Seine

Zeigefinger hämmerten auf die Tastatur, abschicken, fertig. Er schloss alle Programme und stellte das iPad aus. Es war passwortgeschützt. Enrico wusste längst, dass Steffi ihm bei jeder Gelegenheit hinterherschnüffelte. Aber er war nicht blöd und wusste damit umzugehen.

Im Vorbeigehen schenkte er sich noch einen Whisky ein, einen zwanzig Jahre alten *Bruichladdich*, der angeblich nach Meer duftete, von grasiger Süße war die Rede und würzigem Aroma. Daume schmeckte solche feinen Nuancen nicht raus, für ihn war es viel wichtiger, dass die Flasche achtzig Euro kostete und damit erheblich teurer war als das, was der normale Martinsfehntjer sich leisten konnte.

Steffi lag im Bett, nackt und appetitlich und allzu bereit. Ihre Finger befanden sich bereits dort, wo gleich sein Schwanz sein würde. Rasch zog er sich aus, ließ die Kleider achtlos auf den Boden fallen und legte sich über sie. Seine Hände griffen in ihr festes Fleisch, ziemlich hart, aber sie mochte das und er ebenfalls. Er flüsterte ihr ein paar Obszönitäten ins Ohr, was sie wohlig seufzen ließ, dann drang er in sie ein. Während er sie vögelte, dachte er an Marina, die vor wenigen Stunden in denselben Genuss gekommen war. Allerdings im Stehen. Steffi ging ab wie eine Rakete, sie wand sich unter ihm und winselte, und schließlich kam sie mit heftigen Zuckungen. So einfach funktionierte es bei Marina nicht, sie war noch zu jung und unerfahren. Aber das würde sich ändern. Er pumpte, bis er auch kam, und drehte sich dann auf den Rücken.

»Ich hab 'ne Überraschung für dich, Süße. Gerade im Internet geordert. Eine Woche Malle für dich und unsere Kleine. Damit du mal ein bisschen Farbe kriegst. Abflug Montagmorgen um acht Uhr in Hamburg. Ich hab euch für den Sonntag ein Hotel in Hamburg gebucht, damit ihr am Montag nicht so früh aufstehen müsst. Euer Zug geht um halb elf, wir können also noch gemütlich frühstücken, bevor ich euch zum Bahnhof bringe.« Spielerisch kniff er in ihren weißen Bauch.

»Und du?« Es klang enttäuscht.

Ein bisschen mehr Begeisterung hätte er schon erwartet. Vielleicht hatte er sie in der letzten Zeit zu sehr verwöhnt. »Ich muss arbeiten, Frau Daume. Einer muss den Luxus ja bezahlen.«

Steffi nörgelte noch ein wenig, versuchte sogar, ihn eifersüchtig zu machen. »Wenn du Pech hast, treffe ich jemanden, der mir gefällt und Zeit hat, auf meine Sehnsüchte einzugehen.« Als er nicht darauf reagierte, drehte sie ihm beleidigt den Rücken zu und schlief bald ein. Enrico lauschte eine Weile auf ihre gleichmäßigen Atemgeräusche, dann stand er leise wieder auf. Im Wohnzimmer goss er sich einen weiteren Whisky ein. Mit dem Glas in der Hand stellte er sich an die Terrassentür und schaute raus in den Garten. Plötzlich fühlte er sich beobachtet. War da nicht eine Bewegung im Garten? Er drückte auf den Knopf und ließ die elektrischen Außenjalousien runter. Jetzt bloß nicht durchdrehen. Er hatte alles im Griff, und so würde es auch bleiben.

Samstag, 2. März

Verdammt, wo war der Ordner, den er jetzt brauchte? So wie es aussah, kannte er sich in seinem eigenen Büro nicht aus. Gewöhnlich war das auch nicht nötig, er hatte ja Marina. Vielleicht hätte er sie gestern fragen sollen, aber das wäre zu gefährlich gewesen. Marina mochte jung sein und in mancher Hinsicht naiv, aber blöd war sie nicht, sonst könnte sie diesen Job gar nicht leisten.

Enrico Daume war Spezialist darin, Leute zu übervorteilen. Egal, wie seine Männer tobten und brüllten, er ließ sich auf keinerlei Diskussionen ein, wenn es um ihre Löhne ging. Und er hatte eine Nase dafür, wann die Betriebe wirklich auf ihn angewiesen und deshalb bereit waren, beinahe jeden Preis zu zahlen. Schon aus Prinzip machte er niemals Kompromisse, jeder, der geschäftlich mit ihm zu tun hatte, wusste das. Wenn nicht genug Gewinn für ihn abfiel, zog er seine Leute ab und entließ sie. Von Buchhaltung hatte er dagegen überhaupt keine Ahnung. Dafür war Marina zuständig.

Fahrzeuge, endlich hatte er gefunden, wonach er suchte. Hektisch blätterte er die Seiten durch.

Plötzlich ging die Tür auf, ganz leise. Marina. Sie stand da wie ein Schulmädchen, das beim Bonbonklauen erwischt wurde.

»Was machst du denn hier?«

»Ich hab gestern meine Strickjacke vergessen.« Sie zeigte auf den Bürostuhl, und tatsächlich, über der Lehne hing eine rote Jacke. »Und Sie? Ich meine, du?« Es fiel ihr immer noch schwer, ihren Chef zu duzen, wenn sie allein waren. Süß fand er das.

»Ich suche was.«

»Kann ich helfen?«, fragte sie diensteifrig und stellte sich neben ihn. Normalerweise wäre er ihr in Anbetracht der günstigen Umstände sofort an die Wäsche gegangen. Aber das hier war wichtiger. »Was suchst du genau? Das hier sind die Unterlagen für die Wohnwagen.«

Er nickte. »Lesen kann ich auch, Kleine.«

Sie lief puterrot an, was zauberhaft aussah. »Entschuldigung.«

»Schon gut.« Nein, er sollte jetzt besser nicht weitermachen. Marina würde sich später an diese Situation erinnern, und das konnte er sich nicht leisten. Am besten war es, sie gleich auf andere Gedanken zu bringen. Er stellte den Ordner zurück, merkte sich den Platz und drehte sich zu ihr um.

»Komm mal her«, sagte er und fand, dass seine Stimme ausgesprochen männlich und überlegen klang. »Und jetzt zieh dich aus, ganz langsam.«

Ihre Unterwäsche war genauso brav wie sie selbst. Zwanzig Jahre alt und schmal gebaut, so wie er es liebte. Wenn sie seine Frau wäre, hätte er ihr Brustimplantate spendiert, zwei Körbchengrößen mehr würden sie perfekt aussehen lassen. Aber so begnügte er sich mit dem Wenigen, was die Natur ihr in dieser Beziehung mitgegeben hatte. Immerhin fühlten die Titten sich ganz fest an, richtig hart.

Ganz am Anfang ihrer Beziehung hatte Annerose einmal laut darüber nachgedacht, ob Markus nicht besser in einer betreuten Wohngruppe aufgehoben wäre. Wenn sie sich Hannos

Reaktion auf ihre Worte ins Gedächtnis rief, bekam sie immer noch eine Gänsehaut. Als gefühllos und kaltherzig hatte er sie bezeichnet, voller Empörung gefragt, ob einem kranken Mensch wie Markus keine Lebensfreude und kein Glück zuständen. Ob ihrer Ansicht nach jeder, der aus der Norm fiel, weggesperrt gehörte. Wie ein herzloses Monster war sie sich vorgekommen, dabei hatte sie es nur gut gemeint. Für Annerose bedeutete Alleinsein nun einmal das Schlimmste auf der Welt. Markus war immer allein. Das konnte doch nicht gut sein, für niemanden und schon gar nicht für einen psychisch Kranken.

Nach dem Streit blieb Hanno für eine ganze Woche verschwunden. Er meldete sich nicht und nahm keinen ihrer Anrufe entgegen. Als er wieder vor der Tür stand und so tat, als wäre nichts vorgefallen, war sie überglücklich in seine Arme gesunken und hatte sich tausendmal entschuldigt. Seither wusste sie, dass Markus die Kröte war, die sie schlucken musste, wenn sie mit Hanno zusammenleben wollte. Sie fragte nicht mehr, wie es ihm ging, und Hanno erzählte nichts über seinen Bruder. Es war wie ein Job, den er zu erledigen hatte, zu den unmöglichsten Zeiten.

Annerose saß in ihrem kleinen Büro, das hinter dem Laden lag. Sie war erschöpft und irgendwie traurig, was sicher damit zusammenhing, dass die alte Frau Klemm gestorben war und Annerose vorhin fast eine Stunde mit ihrer Tochter geredet hatte. Wenn die Trauernden einen Kranz bestellten, ging es häufig um die Vorlieben der Verstorbenen. So hatte Frau Klemm ihr Leben lang Ringelblumen geliebt, die Annerose um diese Zeit beim besten Willen nicht auftreiben konnte und die auf einem Kranz auch nicht viel hermachen würden. Sanft, aber beharrlich hatte sie der Tochter das Einverständnis abgerungen, auf Gerbera in Gelb- und Orangetönen auszuweichen. Sie hatte die junge Frau auch überredet, anstatt dem unpersönlichen *Als letzten Gruß* lieber *Meiner geliebten Mutter in ewiger Dankbarkeit* auf die Schleife drucken zu lassen. Später wurden noch drei weitere Kränze für die Beerdigung bestellt, allerdings telefonisch, was viel Zeit sparte. Annerose musste noch schnell die Blumen beim Großhändler ordern, weil die Beerdigung bereits für Montagabend angesetzt war.

Vor einer halben Stunde hatte Hanno ihr einen Becher heißen Tee runtergebracht. »Du siehst müde aus, Röschen«, hatte er gesagt und ihr liebevoll den Nacken massiert.

Im Gegensatz zu ihr machte es ihm nichts aus, dass Susanne reinplatzte, ohne vorher an die Tür zu klopfen. »Wir brauchen Wechselgeld.« Komisch, dass sie das so pampig sagte, als würde ihr etwas nicht passen.

»Für heute muss es so gehen, die Banken haben Samstag geschlossen. Schreib es auf den Zettel für Montag.« *Und lass uns allein,* aber das dachte Annerose nur.

Ein Blick auf die Uhr über der Tür verbesserte ihre Laune deutlich. In fünf Minuten durfte sie schließen, Gott sei Dank, für heute reichte es einfach. »Wollen wir heute Nachmittag an die Küste fahren?«

»Bei dem Wetter, Röschen? Da wehst du mir ja weg.« Hanno lachte kurz, dann wurde sein Gesicht wieder ernst. »Ich kann leider nicht. Markus hat sich gerade gemeldet, ich muss da noch mal vorbeischauen.«

Markus, immer wieder Markus. Da Hannos Handy lautlos gestellt war, griff er irgendwann in die Hosentasche, schaute auf das Display und erklärte, zu Markus zu müssen. Wenige Minuten später saß er bereits in seinem BMW, weil alles, was mit Markus zu tun hatte, brandeilig war.

»Vielleicht brauchst du ja nicht so lange.« Hoffnungsvoll schaute sie ihn an.

»Das kann ich dir nicht versprechen. Es wird ja auch so früh dunkel. Nee, Röschen, vergiss es. Vielleicht morgen.« Er beteuerte, dass er viel lieber hier bei ihr bleiben würde, hielt dabei allerdings schon die Klinke in der Hand.

Dann bleib doch einfach, hätte sie am liebsten gesagt. Und dass sie auch wichtig wäre. Natürlich hielt sie den Mund, sie wollte ihn ja in keinen Gewissenskonflikt stürzen. Hanno hatte schon recht, man musste sein Glück zu schätzen wissen. Und sie waren glücklich miteinander, so glücklich, dass dieser eine Nachmittag keine Rolle spielte.

Freies Wochenende. Nicht, dass es wie aus Eimern schüttete, aber der leichte Nieselregen, der um die Mittagszeit eingesetzt hatte, reichte bereits aus, damit Nola ihren Plan, auf den Wochenmarkt zu gehen und beim Biobauern einzukaufen, wieder fallen ließ. Stattdessen saß sie mit Liliane in der Küche und trank selbst gemachten Eierlikör, den ihre Nachbarin mitgebracht hatte. Liliane war Mitte fünfzig, sie strickte gern und unglaublich schnell, und sie interessierte sich brennend für Nolas Arbeit. Leonas Geschichte schien ihr besonders ans Herz zu gehen. »Gott, was Männer alles nötig haben, um sich gut zu fühlen. Zum Heulen. Wie sah sie aus? Hübsch?«

Nach kurzer Überlegung beschloss Nola, ihr eines der Tatortfotos zu zeigen, die auf ihrem Smartphone gespeichert waren.

Dafür, dass die junge Frau auf dem Bild keine als Leiche geschminkte Schauspielerin war, sondern tatsächlich tot, reagierte Liliane erstaunlich cool. »Hm. Das Nachthemd hat sie aber nicht selbst ausgesucht, oder? Auf jeden Fall war sie niedlich anzusehen. Und taubstumm. Bestimmt hat ihm das gefallen. Eine Frau, die nie widerspricht. Für manche Männer muss das ein Traum sein.« Verächtlich schürzte sie die Lippen.

Nola erzählte von den Verletzungen.

»O nein, wie schrecklich, ich glaube, ich will nichts mehr darüber hören.« Abrupt wechselte Liliane das Thema. »Was macht eigentlich dein Polizist?« Sie weigerte sich beharrlich, Renke beim Namen zu nennen, für sie war er *der Polizist*, genau wie ihr Liebhaber *der Anwalt* hieß und sein Vorgänger *der Studienrat.* »Erzähl jetzt nicht, dass du ihn nicht getroffen hast, immerhin hat man die Kleine in Martinsfehn gefunden. Das ist doch sein Revier.«

»Ich hab ihn nur einmal kurz gesehen. Zweimal.« Das entsprach der Wahrheit.

»Und? Wie hat sich das für dich angefühlt?«

Diese Frage wollte Nola lieber nicht beantworten. Stattdessen erzählte sie von Dr. Steffen.

»Da musst du ja direkt auf eine weitere Leiche hoffen, oder?« Wenn Liliane so wie jetzt lachte, wackelten die Wände. »Zieh beim nächsten Mal was Nettes an. Ich hätte noch einen superschönen Schal im Angebot. Kastanienbraun, reine Seide mit einem aufgefilzten Geflecht aus Wollfäden. Die Farbe würde perfekt zu deinen Haaren passen. Du kriegst ihn zum Freundschaftspreis.«

In ihrem Handarbeitsgeschäft verkaufte Liliane neben der Wolle auch exklusive Seidenschals, die sie von zwei Studentinnen nach ihren Entwürfen fertigen ließ, wunderschön, aber nicht gerade billig. Der Preis, den sie nannte, war trotz Nachlass immer noch stattlich, und Nola zögerte.

»Ich weiß gar nicht, ob ich mich für Renke aufhübschen soll…«

»Ich dachte eher an den Doktor mit der erotischen Stimme.«
Liliane hielt den Schlüssel schon in der Hand. »Komm, wir
gehen schnell rüber.«

Nola war klar, dass sie verloren hatte.

Sonntag, 3. März

Die Hunde, die Herr Strewitz züchtete, waren so groß wie Kälber, dabei dünn und hochbeinig und struppig wie eine dahergelaufene Promenadenmischung. Dennoch sollte es sich um ganz besondere Rassehunde handeln, Irische Wolfshunde. Angeblich kostete so ein Welpe über tausend Euro. Da konnte Meta sich nur an den Kopf fassen. Früher hatten die Leute junge Hunde im Kanal ersäuft, weil sie nicht wussten, wohin damit. Heutzutage gaben sie ein Vermögen dafür aus und jammerten auf der anderen Seite, dass das Geld nicht reichte. Und in Afrika verhungerten die Kinder. Was für eine verrückte Welt. Die Käufer kamen von überall her, das sah man an den Nummernschildern der Autos. Einmal, als sie das Unkraut auf der Grundstücksgrenze zog, hörte sie, wie eine Frau sagte: »Das ist ja ein komischer Typ. Irgendwie unheimlich.«

Ihr Mann meinte: »Hauptsache, der Hund ist in Ordnung. Und das ist er. Was geht uns der Züchter an.«

Vermutlich hätte Hinni an seiner Stelle genau dasselbe gesagt. Männer waren doch alle gleich, die wollten nur ihre Ruhe und machten sich am liebsten keine tiefschürfenden Gedanken, schon gar nicht über fremde Leute.

Wie oft hatte sie sich über Hinni geärgert, über seinen Gleichmut, seine langsame Art, die Dinge anzugehen. Aber jetzt fehlte er Meta schrecklich. Manchmal, wenn sie morgens in die dunkle Küche kam, glaubte sie für einen Moment, dass er auf seinem Platz am Küchentisch saß, beide Ellenbogen auf den Tisch gestützt und vor sich die aufgeschlagene Zeitung. Im nächsten Moment fiel ihr dann ein, dass Hinni nicht mehr lebte, und das Herz wurde ihr schwer. An solchen Tagen brachte sie Blumen zum Friedhof, und sie leistete im Stillen Abbitte, dass sie nicht ein bisschen netter gewesen war.

Meta befand sich mal wieder auf ihrem Spähposten. Gestern Nachmittag hatte sie Herrn Strewitz nackt erwischt, splitterfasernackt in seinem Schlafzimmer. Und sie musste zugeben, dass sie das, was sie auf die Entfernung erkennen konnte, recht ansehnlich fand. Nicht mal der Ansatz eines Bauches, und wie er ansonsten bestückt war, hatte sie auf die Schnelle nicht ausmachen können. Seither lag das Fernglas auf dem kleinen Tisch, den sie sich neben dem Bodenfenster zurechtgestellt hatte. Beim nächsten Mal wollte sie alle Einzelheiten betrachten. Darauf freute sie sich schon.

Ihr geheimnisvoller Nachbar hatte Besuch. Ein Mann mit einer Strickmütze, den sie allerdings nur von hinten sehen konnte. Sie standen im Garten und rauchten. Ihre Unterhaltung wirkte angespannt, vor allem, weil der Fremde wie wild mit beiden Händen gestikulierte und mit dem Kopf nickte. Hören konnte Meta von hier oben nichts, aber sie war beinahe sicher, dass die Männer sich zankten.

Wenn sie es schnell genug runter in ihren Garten schaffte, konnte sie vielleicht verstehen, um was es bei dem Streit ging. So rasch, wie ihre alten Knochen es zuließen, kletterte sie die Bodentreppe runter, dabei kam sie auf halber Höhe ins Straucheln und konnte sich gerade noch am Geländer festhalten. *Lieber Gott, bloß kein Sturz,* betete sie, dachte aber nicht eine Sekunde daran, ihren Plan aufzugeben. Die Bodenluke ließ Meta offen, dafür war jetzt keine Zeit, sie hastete durch den Flur, die Treppe ins Erdgeschoss runter, Küche, Waschküche,

Hintertür. *Leise*, ermahnte sie sich, *die dürfen dich nicht hören.*
Sie holte tief Luft, um sich zu beruhigen, und drückte ganz behutsam die Klinke runter, bevor sie vorsichtig die Tür öffnete,
um jedes verräterische Geräusch zu vermeiden. Sie zog sogar
ihre Schuhe aus und lief auf Strümpfen nach draußen, was in
Anbetracht der Temperatur total verrückt war – aber leise.

Als sie endlich im Garten stand, war zu ihrer großen Enttäuschung auf dem Grundstück nebenan nichts zu hören. Entweder die beiden hatten doch etwas gemerkt und hielten jetzt
den Mund oder sie waren in der Zwischenzeit ins Haus gegangen. Im Zeitlupentempo schlich Meta zu der Wand aus
Holz, und obwohl sie es besser wusste, versuchte sie dennoch, irgendwo eine Lücke zu finden, durch die sie einen
Blick auf das Nachbarschaftsgrundstück werfen konnte. *Hoffentlich sieht mich keiner*, dachte sie, als das Motorengeräusch
in ihr Bewusstsein drang. Ein dunkler Geländewagen fuhr an
ihrem Grundstück vorbei. Er zog einen Wohnwagen. Auf die
Schnelle konnte sie den Fahrer nicht erkennen, Meta wusste
aber, dass Herr Strewitz auch so ein großes, schwarzes Auto
besaß. Hatte er sie soeben beim Spionieren erwischt? Erschrocken trippelte sie ins Haus zurück, merkte jetzt erst, wie kalt
ihre Füße waren, eiskalt und nass von dem feuchten Gras. Wie
dumm sie doch war, auf Strümpfen zu laufen. Bestimmt würde
ihr verrücktes Abenteuer eine böse Erkältung nach sich ziehen.

Als sie an ihrem Küchentisch saß, klopfte ihr Herz immer noch wie verrückt. Was, wenn ihr unheimlicher Nachbar tatsächlich in dem Wagen gesessen hatte? Dann wusste er
jetzt, dass sie versucht hatte, durch den Zaun zu linsen. Warum, verstand sie jetzt überhaupt nicht mehr. Sie wusste doch,
dass die Bretterwand absolut blickdicht konstruiert war, in-

dem ihr Nachbar die Bretter abwechselnd von beiden Seiten an die Pfosten geschraubt hatte, jeweils um ein paar Zentimeter versetzt. Hinni hatte ihr erklärt, dass sie keine Spalte finden würde, durch die sie ihre Neugierde befriedigen konnte. Warum dieser Zaun? Schon damals hatte sie das sonderbar gefunden. Und die Frage stellte sie sich immer noch. Was hatte Herr Strewitz zu verbergen? Eine ganze Weile saß sie reglos am Tisch, blätterte in der Sonntagszeitung, ohne ein Wort zu lesen, dann erhob sie sich schwerfällig und machte sich erneut auf den Weg ins Obergeschoss und von dort über die steile Stiege auf den Boden. Nebenan war niemand zu sehen. Auf dem Tisch lag eine kleine rosa Pappschachtel. Aber auch mithilfe ihres Fernglases konnte sie nicht entziffern, was darauf stand. Wenn sie so recht darüber nachdachte, musste es sich um irgendwelche Medikamente handeln. Vielleicht war er krank. Sie erinnerte sich, ihn kürzlich in der Apotheke gesehen zu haben. Wie üblich hatte er sie nicht gegrüßt.

Erst als sie ihren Blick auf das Grundstück lenkte, das den Namen *Garten* weiß Gott nicht verdiente, fiel ihr die Veränderung auf. Der Wohnwagen war verschwunden. Jetzt war sie ganz sicher, dass Herr Strewitz in dem Auto gesessen hatte. Er brachte gerade seinen Wohnwagen weg. Anfang März, wo kein Mensch in Campingurlaub fuhr. Das musste etwas bedeuten. Aber was? Und mit wem hatte er sich im Garten gezankt?

Wer hätte gedacht, dass ihr Leben sich noch mal so aufregend entwickeln würde? Am Ende entpuppte sich ihr Nachbar als Krimineller, der gar nicht Strewitz hieß und schon überall gesucht wurde. *Strewitz*, für Meta hörte der Name sich sowieso nicht echt an. Bestimmt war es kein Zufall, dass kurz nachdem er die alte Diskothek gekauft hatte, das arme Mädchen verschwunden war. Vielleicht sollte sie mal mit Renke sprechen. Theda, seine Mutter, war ihre Cousine, er musste ihr also zuhören.

Meta beschloss, dass sie zuallererst ein heißes Bad für ihre Füße brauchte, die sie kaum noch spürte. Und dann einen starken Tee und ein Stück Weißbrot mit Butter und Kirschmarmelade. Am Sonntag war das Polizeirevier sowieso geschlossen.

Montag,
4. März

Hilkes Suche nach Verbrechen an gehörlosen Frauen hatte sie nicht weitergebracht. Die wenigen bekannten Straftaten waren aufgeklärt, die Täter stammten aus dem unmittelbaren Umfeld der Frauen. Nur in einem Fall gab es einen Mehrfachvergewaltiger, der aber seit über zehn Jahren einsaß und nach Ende seiner Haftstrafe in die Sicherheitsverwahrung wechseln würde.

Die Herkunft des Nachthemdes war geklärt. Vor drei Monaten hatte die Lidl-Kette das Modell in großer Stückzahl deutschlandweit verkauft. Der Slip aus weißer Baumwolle stammte von einer bekannten Strumpfmarke und wurde praktisch in jedem Supermarkt vertrieben, mehr Unterwäsche hatte die Tote nicht getragen.

Den Hersteller der Kette hatte Hilke nicht ausfindig machen können. *Made in Taiwan*, war irgendwo eingestanzt. Billigschmuck dieser Art wurde millionenfach hergestellt und vor allem auf Straßenmärkten angeboten, und das europaweit. Nach dem Aufruf in der Zeitung waren ein paar Anrufe von Leuten eingegangen, die ähnliche Ketten auf dem Gallimarkt in Leer oder ähnlichen Events in Oldenburg, Aurich und Emden gekauft hatten. Der Lebensmittelladen in Jemgum führte diese Art Billigschmuck nicht. Bei dem Ring handelte es sich um einen schlichten Trauring aus Gold mit dem Stempel 333, der ebenfalls in großer Stückzahl hergestellt und verkauft wurde, unter anderem auch über ein großes Versandhaus. Nola fragte sich, ob der Entführer das Gegenstück trug, solche Ringe wurden nur paarweise verkauft. Hilke wirkte ein bisschen deprimiert, weil ihre mühsam erkämpften Ergebnisse sie nicht weiterbrachten. Nola schenkte ihr ein aufmunterndes Lächeln, lobte die schnelle Arbeit und stellte gleichzeitig klar, dass die meisten Spuren ins Leere führten und Geduld zu den wichtigsten Tugenden eines guten Ermittlers zählte.

»Die Grablichter werden in diversen Drogeriemärkten verkauft. Im Fünferpack. Sie kosten nicht viel, so um vier Euro die Packung«, seufzte Hilke, die nicht so wirkte, als hätten Nolas Worte sie wirklich getröstet. »Praktisch jeder Blumenladen, der in Friedhofsnähe liegt, hat sie vorrätig. Der in Martinsfehn auch, das hab ich letzte Woche überprüft. Die Eigentümerin kann sich nicht erinnern, ob sie am Montag, dem fünfundzwanzigsten, solche Grablichter verkauft hat. Bei der Gelegenheit war ich gleich mal auf dem Friedhof. Dort brennen unzählige dieser Grabkerzen, manche funktionieren sogar mit Batterien.«

»Leona ist gegen Mitternacht gestorben, da hatten die Geschäfte längst geschlossen. Er musste beides im Haus haben, Grablichter und die künstlichen Rosenblätter. Dazu passt auch die Tatsache, dass er nur vier von fünf Lichtern verwendet hat. Möglicherweise war die Packung schon angebrochen.«

»Wieso?«, warf Conrad ein. »Vielleicht steht er auf Symmetrie. So etwas gibt es.«

»Oder er pflegt ein Grab und hatte deshalb Grableuchten im Haus. Und zwar noch vier Stück«, konterte Nola, die sich insgeheim fragte, ob sie Conrad aus Prinzip widersprach. Seine Überlegung erschien keineswegs unlogischer als ihre eigene.

Hilke runzelte die Stirn und schaute von einem zum anderen und entschied, für keinen von beiden Partei zu ergreifen. »Und was ist mit den künstlichen Rosenblättern? Welcher alleinstehende Mann dekoriert damit seine Wohnung? Das ist doch völlig schräg.«

»Ein Schwuler!«, grölte Conrad, musste dann aber zugeben, dass das keinen Sinn ergab.

Nola lächelte säuerlich. »Wie weit bist du eigentlich gekommen?«

Sie hatten beschlossen, alle rechtskräftig verurteilten Sexualstraftäter, deren DNA beim Landeskriminalamt gespeichert war, von ihrer Liste zu streichen. Dadurch wurde die Anzahl der Personen, die Conrad aufsuchen musste, erheblich dezimiert. »Das dauert noch. Ist 'ne Menge Fahrerei. Bis jetzt kein Treffer.«

»Okay, du machst da weiter. Hilke kann dir helfen. Ich fahre nach Jemgum.«

»Das mit der toten Frau ist einfach nur schrecklich. Die Kunden reden über nichts anderes. Hier bei uns in Martinsfehn. Das ist ein komisches Gefühl. Richtig unheimlich.« Annerose bemühte sich, den Geruch der frischen Brötchen zu ignorieren. Es war zum Verrücktwerden. Andere Frauen verzichteten mühelos auf das Frühstück. Oder sie tranken nur schwarzen Kaffee und aßen dazu ein Knäckebrot mit fettreduziertem Frischkäse. Sie selbst konnte einfach nicht widerstehen, wenn der Tisch so reichlich gedeckt war und alles so appetitlich aussah. Schon schnitt ihr Messer das Brötchen auf und bestrich es großzügig mit Butter. Wortlos schob Hanno ihr den Teller mit dem Aufschnitt rüber. Der gekochte Schinken ließ ihr das Wasser im Mund zusammenlaufen. Nur eine einzige Scheibe, den Fettrand konnte sie ja abschneiden.

»Warum soll es in Martinsfehn keine Verbrecher geben, Röschen? Meinst du, die Menschen sind hier besser als an-

derswo? Bestimmt nicht.« Er runzelte die Stirn und belegte
eine Brötchenhälfte mit Schinken, die andere mit einer dicken
Scheibe Butterkäse. Hanno konnte so viel essen, wie er wollte,
und nahm kein Gramm zu. Dabei trieb er nicht mal Sport.

Anneroses größter Kummer war ihre Figur. Mollig, hätte
man das früher genannt, oder pummelig, was nett klang, geradezu niedlich. Heute hieß es übergewichtig, und laut einer
Frauenzeitschrift gehörte sie bereits zur Risikogruppe, wenn es
um Erkrankungen wie Bluthochdruck, Diabetes oder Schlag-
anfall ging, vor allem, weil sie die fünfzig bereits überschrit-
ten hatte. Hanno lachte über solche Statistiken. Seiner Ansicht
nach musste man vor allem zufrieden sein, um gesund zu bleiben.

Zufrieden, wie einfach sich das anhörte. Sie war nun einmal nicht zufrieden, jedenfalls nicht mit ihrem Aussehen.
Annerose ließ ein Vermögen beim Friseur, sie gab viel Geld
für schöne Kleider aus, für Schuhe und neuerdings auch
für Dessous aus schwarzer Spitze, weil Hanno so etwas gefiel, und dennoch fühlte sie sich niemals wirklich schön, und
sie konnte einfach nicht glauben, dass es Hanno anders erging. Man konnte es drehen und wenden, wie man wollte,
sie blieb eine vierundfünfzigjährige, dicke Frau, die mit einem acht Jahre jüngeren Mann zusammenlebte, der zudem
richtig gut aussah. Wenn eine berühmte Frau wie Madonna
sich einen knackigen, jüngeren Lover nahm, ging das für
die Welt in Ordnung. Bei Annerose wirkte es seltsam, sogar
für sie selbst, und sie war davon überzeugt, dass sich manch
einer im Dorf darüber das Maul zerriss.

Als sie ihr Brötchen zweifelnd anschaute, sagte Hanno liebevoll: »Nun iss schon, du hast einen langen Tag vor dir. Bis
sechzehn Uhr vier Kränze und das Sarggesteck für die Beerdi-

gung von Frau Klemm. Und gegen Mittag kommt der Wagen aus Holland.«

Sicher war das nett gemeint, aber ihren Laden hatte sie auch ohne seine Unterstützung bestens im Griff. »Das weiß ich selbst.«

Ihre Worte, vor allem wohl der harsche Tonfall, ließen ihn förmlich erstarren. »Entschuldige, ich wollte dir nicht zu nahe treten. Ich weiß, dass du mich hier nicht brauchst.« Er stopfte den letzten Rest der Brötchenhälfte auf einmal in den Mund und kaute darauf herum.

Annerose schwieg trotzig. Ja, sie hätte das etwas freundlicher sagen können, doch der Laden war nun einmal ihre Angelegenheit, und sie musste darauf achten, dass es so blieb. Egal, wie verliebt sie auch war, von einem Mann wollte sie sich nie mehr abhängig machen, diese Lektion hatte sie gelernt.

Gleich nach der Ausbildung als Floristin hatte sie Raimund Wenzel kennengelernt, der sie vom ersten Tag an mit Haut und Haar in Beschlag nahm. Verschluckt, so kam es ihr im Nachhinein manchmal vor. Nach der Hochzeit überredete er sie dazu, als Schreibkraft in seinem gerade erst eröffneten Baugeschäft zu arbeiten, obwohl ihr das nicht annähernd so viel Freude bereitete wie ihr erlernter Beruf. Es war vernünftig, so sparten sie das Gehalt für eine Angestellte, hatte Raimund erklärt. Und sie hatte genickt wie immer in ihrer Ehe. Genickt. Nachgegeben. Gehorcht. Das Geschäft expandierte, sie bauten sich ein riesiges Haus direkt am Kanal, und weil Raimund Kinder hasste, fand Annerose sich damit ab, niemals Mutter zu werden, obwohl ihr das nicht leichtfiel. Vor acht Jahren hatte Raimund sie wegen einer anderen verlassen. Seine Neue hieß Daniela, sie war fast zwanzig Jahre jünger, wunderschön und vor allem gertenschlank. Als Erstes hatte sie Raimund gezwungen, fünfzehn Kilo abzunehmen, seine Frisur und seinen Kleidungsstil zu ändern. Annerose fand, dass ihr Exmann seither ein bisschen lächerlich wirkte. Diese hochgegelte Stachelfrisur passte einfach nicht zu ihm, zumal sein Haar so dünn geworden war, dass die Kopfhaut durchschimmerte, und in den engen Jeans, in die er sich Daniela zuliebe zwängte, wirkte er, als würde er keine Luft mehr bekommen. Bekam er vielleicht ja wirklich nicht neben seiner dominanten Frau, doch er hatte es nicht besser verdient. Daniela ließ sich nicht so leicht manipulieren, sie setzte ihren Willen durch. Knallhart. Vor drei Jahren hatte sie Zwillinge bekommen, zwei Jungen, was wohl die schlimmste Kränkung für Annerose bedeutete. Wenn sie Raimund beim Einkaufen mit seinen Söhnen traf, machte er einen hoffnungslos überforderten Eindruck. *Bitte schön*, dachte sie dann jedes Mal, *da hast du dein Abenteuer*. Weh tat es trotzdem, immer noch. Nicht mal Hannos Liebe konnte sie darüber hinwegtrösten, dass Raimund sie so herzlos gegen eine Jüngere ausgetauscht hatte.

Wenigstens hatte Raimund seinerzeit den Anstand besessen, ihr als Ausgleich für das gemeinsame Haus, das er unbedingt behalten wollte, dieses alte Fehnhaus mit dem Laden, der vorher eine Bäckerei gewesen war, zu kaufen und nach ihren Wünschen umzubauen. *Anneroses Blumenkorb*, stand in dunkelroten, verschnörkelten Lettern auf einem ovalen Schild aus weißer Emaille, und jeden Morgen, wenn sie die Tür aufschloss, freute sie sich von Herzen darüber. Von Anfang an lief der Laden sehr gut, was sicher auch damit zusammenhing, dass genau gegenüber die Kirche samt Friedhof lag. Die meisten Friedhofsbesucher kauften bei Annerose. Es war einfach praktisch. Sie brauchten die Pflanzen nicht im Kofferraum zu transportieren und den schönen Teppichboden verdrecken.

Besonders die älteren Witwen waren froh, den Grabschmuck nur über die Straße tragen zu müssen. Wenn sie sehr gebrechlich waren, brachte Hanno oder eine der Angestellten ihnen die Pflanzen bis ans Grab. Ein Service, der gern angenommen wurde und Annerose eine treue Stammkundschaft sicherte. Innerhalb von wenigen Jahren hatte der Laden sich zu einer Goldgrube entwickelt. Sie war unabhängig, konnte sich kaufen, was immer ihr gefiel, und brauchte niemanden um Erlaubnis zu bitten. Jedes Jahr im Oktober machte Annerose für drei Wochen zu und flog in die Sonne. Im letzten Jahr hatte sie sich, allen Warnungen zum Trotz, für Ägypten entschieden, und es war einfach wunderbar gewesen, ein Erlebnis für alle Sinne. Selbstredend war Hanno dabei gewesen, und sie hatte den Urlaub für beide bezahlt. Für dieses Jahr planten sie eine Reise nach Mexiko, und sie freute sich schon darauf, diesen Teil der Erde kennenzulernen. Sie mochte schon jenseits der fünfzig sein, weder sonderlich hübsch noch schlank, aber sie konnte es sich leisten, noch etwas von der Welt zu sehen. Damit, dass das Schicksal ihr so spät noch mal einen liebenden Mann schenkte, hatte sie nicht gerechnet. Und sie sollte wirklich dankbarer sein.

Nach dem Frühstück räumte Hanno den Tisch ab. Im Anschluss wollte er zu Markus. Sein Bruder machte gerade eine schwierige Phase durch. Ständig musste Hanno hinfahren und sich kümmern.

»Das Wetter, dieser endlose Winter schlägt doch jedem aufs Gemüt«, sagte sie beiläufig und merkte selbst, wie gleichgültig das klang.

In letzter Zeit fiel es ihr zunehmend schwerer, den Mann an ihrer Seite mit seinem gemütskranken Bruder zu teilen. Es war, als säße sie in einer Waagschale und Markus in der anderen. Am Anfang hatte sich alles im Gleichgewicht befunden, aber jetzt schien sich die Waage zugunsten von Hannos Bruder zu neigen. Und das nur, weil Annerose gesund war und scheinbar unabhängig. Dabei stimmte das nicht mal, sie war sehr wohl abhängig, abhängig von Hannos Liebe, und sie brauchte ihn mindestens so sehr wie sein Bruder, den er sowieso nicht glücklich machen konnte.

Nola hatte beschlossen, noch einmal nach Jemgum zu fahren und mit diesem Mädchenschwarm zu reden, Clemens Möller. Als Sohn des Hausmeisters war er praktisch neben gehörlosen Schülern aufgewachsen. Sie war überzeugt, dass er zumindest die Grundbegriffe der Gebärdensprache beherrschte. Irgendetwas daran, wie Yasmina Akin seinen Namen ausgesprochen hatte, hatte sie stutzig gemacht.

Zuerst besuchte sie aber die kleine Polizeistation. In Jemgum gab es nur einen einzigen Polizisten, der in seiner warmen Revierstube am Schreibtisch saß und ein Kreuzworträtsel löste, das er verschämt unter seine Unterlagen schob, als er Nolas neugierigen Blick bemerkte. Über Leonas Verschwinden wusste er nicht viel zu berichten, vermutlich war Nola besser informiert als er selbst. Er erzählte, dass die Internatsschüler gut in das Dorfleben integriert waren. »Ziemlich unauffällige junge Leute, da gibt es keine Probleme mit Drogen oder Alkohol. Sehr angenehm. In dieser Beziehung machen uns die Kids aus dem Dorf schon mehr Ärger. Nichts Großes«, fügte er schnell hinzu.

Ganz automatisch musste sie an Renke denken, der auch stets darum bemüht war, sein Heimatdorf positiv darzustellen. »Heile Welt also.« In ihrer Zeit beim Jugenddezernat in Hannover hatte Nola mehrfach an Schulen im Stadtgebiet tätig werden müssen wegen Delikten wie Drogenhandel, Diebstahl, Nötigung und Gewalt. Diese Welle der Jugendkriminalität hatte das beschauliche Dorf an der Ems noch nicht erreicht.

»Fast«, schränkte der Polizist ein. »Ein paar Monate bevor die Kleine verschwand, hat sich eine Schülerin im Internat umgebracht. Schlaftabletten. Das war 'ne traurige Geschichte.«

»Weiß man, was das Mädchen zu dem Suizid bewegt hat?«

»Vermutungen, mehr nicht. Der Abschiedsbrief war an die Eltern gerichtet und ziemlich gefühlsbetont abgefasst. *Verzeiht mir bitte, ich kann nicht mehr…* Ein paar Zeilen aus irgendwelchen Liedern, die gerade *in* waren. So richtig weitergebracht hat der Brief keinen. Liebeskummer, der falsche Freund, vielleicht kam sie auch nicht mit ihrer Behinderung zurecht. So was soll ja vorkommen.«

»Wissen Sie zufällig den Namen der Schülerin?«

»Nee, tut mir leid. Fragen Sie doch in der Schule.«

Der erste Mensch, der ihr über den Weg lief, war Dieter Möller, der Hausmeister. Sein grauer Hausmeisterkittel wirkte frisch gewaschen und gebügelt. Nola war ganz sicher, dass Herr Möller jeden Morgen einen frischen Kittel anzog. Der Seitenscheitel, der sein braunes Haar teilte, sah aus, als hätte er ihn mit dem Messer direkt in die Kopfhaut geschnitten. Ein freundliches Lächeln hatte er nicht nötig, vielmehr machte seine Miene deutlich, dass sie ihn gerade störte, wobei auch immer.

Als Nola nach seinem Sohn fragte, verdüsterte sich seine Miene. Den Polizeiausweis wagte er nicht zu ignorieren, aber er würde kein Wort mehr sagen als unbedingt notwendig, das wusste sie sofort. Herr Möller führte sie zu seiner Wohnung, die im linken Flügel der L-förmigen Schule lag, mit den Fenstern nach Norden. Er schloss die Wohnungstür auf und wechselte seine Straßenschuhe, die auf Nola blitzeblank wirkten, gegen braune Pantoffeln aus Filz. Sie widerstand der Versuchung, ihre Schuhe auszuziehen und auf Socken zu laufen, trat aber die Sohlen übertrieben gründlich auf der dafür vorgesehenen Matte ab.

»Linda? Kannst du bitte mal kommen?« *Bitte*, das meinte er nicht wirklich, er brüllte wie ein Offizier auf dem Kasernenhof, und seine Frau stand binnen einer halben Minute stramm, das rot karierte Geschirrtuch noch in der Hand.

Zwischen Linda Möller und ihrem Ehemann bestand eine erstaunliche Ähnlichkeit. Die gleiche Größe, beide waren schlank und hielten sich sehr aufrecht, was Nola an zwei Störche denken ließ. Dieselbe Haarlänge, sogar die Farbe stimmte überein, ein fades Mittelbraun, und der exakte Scheitel auf der linken Seite. Linda Möller gehörte zu den Menschen, die ihre Jeans mit Bügelfalte trugen, was bei Nola eine leichte Gänsehaut verursachte. Die Hemdbluse, die sie in den Hosenbund gesteckt hatte, war faltenlos und strahlend weiß. Auch ihre Füße steckten in flachen Filzpantoffeln, die beim Gehen ein schlurfendes Geräusch verursachten.

»Linda, die Dame ist von der Polizei. Sie fragt nach Clemens.«

Allein die Art, wie er den Namen seines Sohns aussprach, langsam und sehr betont, machte deutlich, dass es etwas gab, über das die beiden nicht sprechen würden, jedenfalls nicht freiwillig.

»Ja gut, bitte.« An Frau Möllers leidendem Gesichtsausdruck ließ sich ablesen, dass sie es gewohnt war, sich in ihr Schicksal zu fügen. Einen Moment schien sie zu überlegen, welches Zimmer der Situation angemessen war, dann öffnete sie die Tür zum Esszimmer und bat Nola mit einer flüchtigen Handbewegung herein, ein tiefer Seufzer verriet, dass sie es nicht gern tat.

Ein lebloser Raum, helle Möbel, Esche wahrscheinlich, blassgrüne Gardinen, zugezogen bis auf einen zwanzig Zentimeter breiten Streifen, der ein wenig ungefiltertes Tageslicht hereinließ, das genau auf den Tisch fiel und dort auf eine altmodische runde Kristallvase, in der sich fünf hellrosa Seidenrosen, etwas glücklos drapiert, verloren. An der Wand hing ein Kalender mit Blumenaquarellen, laut Aufdruck ein Werbegeschenk der hiesigen Apotheke. Hinter den Glastüren des einzigen Schrankes stand ein weißes Kaffeeservice mit Goldrand, die Henkel der Tassen zeigten exakt in dieselbe Richtung. Im Fach darüber ein schreiend bunter Teller mit der Aufschrift *Willkommen in Hahnenklee-Bockswiese*. Das Zimmer wirkte vollkommen unbenutzt. Undenkbar, dass man sich um diesen Tisch versammelte, um gemeinsam eine gemütliche Mahlzeit zu genießen, womöglich sogar laut zu lachen.

»Sicher haben Sie gehört, dass man die Leiche von Leona Sieverding gefunden hat? Martinsfehn ist ja nicht weit entfernt. Da Leona an dieser Schule verschwunden ist, setzen wir mit unseren Ermittlungen hier an. Im Rahmen einiger Vernehmungen ist der Name Ihres Sohnes aufgetaucht. Clemens. Ich würde gern mit ihm sprechen.«

Die beiden Möllers schauten sich an, sagten aber kein Wort. Herr Möller hob eine Augenbraue, seine Frau senkte ganz langsam den Kopf, was man durchaus als zustimmendes Nicken auslegen konnte.

»Clemens studiert in Emden. Er hat da auch eine Wohnung, die Adresse kann ich Ihnen aufschreiben.« Mit Daumen und Zeigefinger zupfte Herr Möller einen winzigen Block aus der Brusttasche seines Kittels, um mit einem ebenso winzigen Bleistift die Adresse auf das oberste Blatt zu schreiben, ganz langsam, Buchstabe für Buchstabe. Bei der Hausnummer stockte er und schaute seine Frau fragend an.

»Siebenunddreißig«, diktierte sie mit energischer Stimme, und er schrieb die beiden Ziffern auf. Mit einem übertrieben heftigen Ruck riss er das Blatt ab und drückte es Nola in die Hand. Dann steckte er Block und Stift wieder ein, wobei er mehrfach mit dem Zeigefinger in die Kitteltasche fuhr, als hätte er Angst, den Block nicht tief genug versenkt zu haben.

»Ich sag Ihnen gleich, dass er mit Leonas Entführung nichts zu tun hatte. Clemens war seinerzeit auf Klassenfahrt in England. Falls Sie das nicht wissen«, fügte Linda Möller hinzu. Etwas an ihrer Stimme ließ Nola an einen Fingernagel denken, der über eine Tafel kratzte. Unangenehm. »Außerdem durfte er sich den Mädchen ja gar nicht mehr nähern.«

»Warum nicht? Was ist da passiert?« Nola entging nicht, dass Frau Möller dunkelrot anlief, da hatte sie sich wohl verplappert.

»Nichts. Gar nichts«, murmelte Herr Möller und warf seiner Frau einen wütenden Blick zu. »Vor allem hat das nichts mit Leonas Verschwinden zu tun.«

»Das würde ich ganz gern selbst entscheiden. Warum sollte Ihr Sohn sich von den Internatsschülerinnen fernhalten?« Sehr bewusst hob Nola ihre Stimme, und als die beiden weiterhin trotzig schwiegen, wurde sie richtig laut. »Ich begreife nicht, was das jetzt soll. Ich werde auch ohne Ihre Hilfe rausfinden, was vorgefallen ist.«

Ein weiteres Mal seufzte Frau Möller auf, um kundzutun, dass sie sich in ihr Schicksal ergeben würde. »Dieses Mädchen wollte Clemens etwas anhängen, weil sie ihre alberne Verliebtheit nicht erwidert hat. Das machen sie manchmal in dem Alter. Frau Eschweiler, ihre Klassenlehrerin, meinte, dass Franziska Aufmerksamkeit sucht.« Trotzig schob sie das Kinn vor. »Nicht mal ihre Mutter hat Franziska geglaubt.« Sie zog die Unterlippe zwischen ihre Zähne und ließ sie wieder nach vorn schnellen, dann strich sie mit beiden Händen die Tischdecke glatt. »Clemens war nun einmal sehr beliebt bei den Schülerinnen. Da werden schnell Geschichten erfunden. Die Mädchen hier im Haus wünschen sich natürlich alle einen Freund ohne ...« Sie zögerte kurz, sagte dann: »Ohne Behinderung.«

Ihr Mann nickte zustimmend, dann ergriff er selbst das Wort. »Clemens hatte damals eine feste Freundin. Eine sehr gut aussehende junge Dame. Warum hätte er gleichzeitig etwas mit einem anderen Mädchen anfangen sollen? Und Franziska war weiß Gott keine Schönheit. Ganz im Gegenteil.«

Franziska, wo hatte sie den Namen in diesem Zusammenhang schon mal gehört? »Was war also mit diesem Mädchen und Ihrem Sohn?« Langsam verlor Nola die Geduld.

Herr Möller zuckte resigniert mit den Schultern. »Franziska hat behauptet, dass Clemens ihr Freund wäre. Mit allem, was dazugehört, Sie wissen schon.« Er räusperte sich verlegen.

»Sie meinen mit Sex?«

»Ja. Und noch mehr so Zeug. Kompletter Unsinn, kann ich nur sagen. Am besten reden Sie selbst mit Clemens, die Adresse hab ich Ihnen ja gegeben. Um weiteren böswilligen Verleumdungen vorzugreifen, habe ich damals mit der Schulleitung abgesprochen, dass er sich künftig von den Mädchen fernhalten muss. Eine reine Vorsichtsmaßnahme. Der Ruf der Schule musste selbstverständlich gewahrt werden.«

»Was nicht heißen soll, dass wir Franziska geglaubt haben«, warf seine Frau ein. »Wir nicht und auch sonst niemand.«

»Sie sprach also von einer Beziehung zu Ihrem Sohn, was der offenbar abstritt. Als ihr keiner glauben wollte, hat sie sich umgebracht.«

»Was? Wie kommen Sie denn darauf?« Entgeistert riss Frau Möller die Augen auf, dann gab sie eine Art Lachen von sich. »Franziska ist doch nicht tot. Ihre Mutter hat sie von der Schule genommen. Danach kehrte hier wieder Ruhe ein.«

»Aber es gab doch ein Mädchen, das genau in dieser Zeit Selbstmord begangen hat.«

Für Herrn Möller schien dieser Suizid völlig bedeutungslos zu sein. Er winkte ab, als hätte Nola ihn auf das schlechte Wetter angesprochen. »Ja. Sarah hieß die, das hatte doch nichts mit Clemens zu tun.«

Längst hatte Nola beschlossen, die alten Akten über den Suizid einzusehen. Sie glaubte nicht eine Sekunde, dass es keinen Zusammenhang zwischen diesen beiden Vorfällen gab. Sie deutete ein Nicken an, stand auf und schob den Stuhl unter den Tisch, damit alles wieder so ordentlich aussah wie vorher.

Der Schulleiter, ein mittelgroßer, etwas fülliger Mann mit einem freundlichen Schildkröten-Gesicht, schaute Nola betrübt an. »Eine traurige Geschichte. Wir sind alle sehr betroffen, vor allem die Lehrerschaft. Von den Schülern können sich nur die oberen Jahrgänge an Leona erinnern. Gestern gab es einen Gedenkgottesdienst. In unserer schönen Kreuzkirche«, betonte er mit erhobenem Zeigefinger, als wäre das von großer Bedeutung. Sie versuchte, sich den Mann im Unterricht vorzustellen, es wollte ihr aber nicht so recht gelingen. In ihren Augen sah er aus wie ein erfolgloser Handelsvertreter, der sich aufgrund geringer Verkaufsprovisionen nur so einen schlecht sitzenden Anzug leisten konnte. Dazu dieser jammernde Unterton in seiner Stimme, dieser Mann konnte bestimmt keine Schüler begeistern, wofür auch immer.

»Neben Leonas Verschwinden gab es zwei weitere Zwischenfälle an dieser Schule. Eine Schülerin hat sich das Leben genommen, und eine weitere hat behauptet, dass der Sohn des Hausmeisters ihr zu nahe getreten ist. Wenig später hat sie die Schule verlassen. Richtig?«

Er kräuselte seine schmalen Lippen und schniefte mehrfach. Das, was Nola da vorbrachte, gefiel ihm ganz und gar nicht. »Ja, das ist so richtig. Eine ausgesprochen unerfreuliche Zeit, muss ich sagen. Ich erinnere mich allerdings nicht mehr, ob diese Vorfälle vor oder nach Leonas Verschwinden passiert sind. Zum Glück hat das eine mit dem anderen ja auch gar nichts zu tun.« Das Unbehagen des Schulleiters, mit der Polizei über derart unappetitliche Geschichten zu reden, die so gar nicht in seine schöne Schule passten, war beinahe mit den Händen greifbar.

»Da wäre ich an Ihrer Stelle nicht so sicher. Schon merkwürdig, innerhalb von kurzer Zeit werden drei junge Mädchen in tragische Ereignisse verwickelt. Und das an so einer kleinen Schule. Meine Erfahrung sagt mir, dass da ein Zusammenhang bestehen muss. Es wird ja sicher Aufzeichnungen geben, irgendwelche Gesprächsprotokolle. Die würde ich gern einsehen. Franziska hieß das eine Mädchen, wenn ich mich nicht täusche. Das andere Sarah.«

Mit der Nennung der Namen setzte sie ihn unter Druck, was ihm nicht angenehm war. »Franziska und Sarah, richtig. Jetzt, wo Sie es sagen. Was unsere Unterlagen zu diesen Vorgängen angeht: Auf die Schnelle wüsste ich jetzt gar nicht, wo…« Er hüstelte. »Vielleicht, wenn Sie ein andermal wiederkommen könnten. So plötzlich, ich meine, da müssten wir erst suchen.«

Mit aller Entschiedenheit schüttelte Nola den Kopf. »Ehrlich gesagt erschließt sich mir nicht, warum Sie diese Informationen seinerzeit zurückgehalten haben. Mir erscheinen sie sehr wichtig für die Ermittlungen. Ich brauche die Angaben sofort und warte gern.« Demonstrativ zog sie den Reißverschluss ihrer Jacke auf, schlug die Beine übereinander und lächelte entspannt.

»Am besten reden Sie mit Frau Eschweiler. Sie war die Klassenlehrerin von Leona und Franziska. Und Sarah kannte sie aus dem Fachunterricht. Ich lasse sie aus dem Unterricht holen.«

»Gut. Ich hätte dann noch gern die Liste aller männlichen Schüler der letzten zehn Jahre. Oder sagen wir besser fünfzehn.«

Tonia Eschweiler musste Mitte dreißig sein, möglicherweise auch ein paar Jahre älter, das ließ sich schwer schätzen. Eine schlanke, große Frau, die jede Menge Selbstbewusstsein ausstrahlte. Die blond gesträhnten, kinnlangen Haare waren fransig geschnitten und rahmten das Gesicht perfekt ein. Sie trug Röhrenjeans, rote Stiefeletten mit mörderisch hohen Absätzen und eine ebenfalls rote, knapp sitzende Jacke aus Cordsamt. Lange Ohrringe aus silbernen Kettchen, an denen rote Strasssteinchen glitzerten, klimperten bei jeder Bewegung. An der rechten Hand fiel ein wuchtiger Silberring auf, der sich schlangenförmig mehrfach um den Zeigefinger wand, fast bis zum Gelenk. Kein Ehering. Sie bat Nola in ihr Büro, einem engen, mit Fachbüchern und Ordnern zugestopften Raum mit einem Fenster zum Schulhof. Auf dem Türschild stand *Tonia Eschweiler, Konrektorin.*

Nola brachte ihr Anliegen vor, und die Lehrerin nickte, bevor sie die Augen schloss und mehrfach tief aufseufzte. »Ja, das war alles sehr unschön und äußerst unangenehm für alle Beteiligten. Sarah Becker war ein hübsches, lebensfrohes Mädchen, das scheinbar gut mit seiner Hörbehinderung zurechtkam. Eine gute Schülerin, sehr beliebt bei den anderen Mädchen. Eine Zeit lang hatte sie einen Freund, einen Jungen aus dem Internat, ein Jahr älter. Es schien, als würden sie gut zueinander passen, doch sie hat nach ein paar Wochen Schluss gemacht. Er war ziemlich geknickt, sie wirkte eher erleichtert. Wochen später wurde sie tot in ihrem Bett aufgefunden. Sie hatte Schlaftabletten genommen, eine absolut tödliche Dosis. Schrecklich, kann ich nur sagen. Den Anblick vergesse ich nie im Leben. Ich mochte sie nämlich sehr, sehr gern.« Sie legte eine Hand vor ihren Mund und schloss erneut die Augen, als könne sie die Erinnerung kaum ertragen.

Nola ließ ihr ein bisschen Zeit, bevor sie die nächste Frage stellte. »Warum hat sie sich das Leben genommen?«

»Das weiß wohl niemand. Wir waren völlig schockiert, genau wie ihre armen Eltern. Bei der Obduktion stellte sich heraus, dass sie keine Jungfrau mehr war. Das hat alle überrascht, vor allem ihren ehemaligen Freund. Die beiden hatten laut seiner Aussage nämlich nicht miteinander geschlafen, weil Sarah fand, dass sie dafür noch zu jung wäre. Ihre Freundinnen haben das bestätigt, ihnen hat sie dasselbe erzählt. Da sich absolut kein anderer Grund finden ließ, gingen wir schließlich davon aus, dass sie die Tabletten aus Liebeskummer genommen hat. Mit wem sie zusammen war, weshalb alles im Geheimen passierte und sie sich keinem anvertraut hat, konnten wir nicht in Erfahrung bringen. Sehr traurig, vor allem auch für mich. Ich bin Vertrauenslehrerin an dieser Schule und bilde mir ein, ein gutes Verhältnis zu den Schülern aufgebaut zu haben, vor allem zu den Mädchen. Dass sie nicht mit mir über ihren Kummer geredet hat … «

»Woher stammten die Tabletten?«

Müde winkte sie ab. »Ach, das war auch so tragisch. Von zu Hause. Offenbar nahm ihre Mutter regelmäßig starke Medikamente, und Sarah hat an den Heimwochenenden Tabletten mitgehen lassen. Nicht alle auf einmal, das wäre wohl aufgefallen. Sie muss sie über mehrere Wochen gesammelt haben.«

»Demnach war der Suizid geplant.«

»Ja. Es sieht so aus. Sie hat einen Tag gewählt, an dem ihre Mitbewohnerin wegen einer chronischen Sache über Nacht im Krankenhaus lag. Dieser Termin stand bereits Wochen vorher fest. Sarah muss gleich mittags die Tabletten geschluckt haben. Für das Abendessen hatte sie sich abgemeldet. Als wir sie am nächsten Morgen fanden, war sie schon seit Stunden tot. Der Abschiedsbrief lag auf ihrem Schreibtisch. Sie hat ihn mit roten Herzen eingerahmt.« Frau Eschweiler lächelte traurig. »Diese Mädchen … lauter Allgemeinplätze und Phrasen, romantische Liedertexte, nichts, was auf den wahren Grund ihres Selbstmordes hindeutet.«

»Soll ich ehrlich sein?« Nola lehnte sich vor, um ihren Worten mehr Gewicht zu verleihen. »Mir kommt spontan der Gedanke, dass Sarahs Freund kein Mitschüler war, sondern ein älterer Mann, vielleicht sogar einer mit Ehefrau. Haben Sie nie in diese Richtung überlegt?« *Ein Lehrer*, wollte Nola noch hinzufügen, entschied sich jedoch dagegen, weil sie ahnte, dass sie damit Frau Eschweiler gegen sich aufbringen würde, was sich negativ auf den weiteren Verlauf des Gespräches auswirken dürfte.

»Ja. Sicher haben wir etwas Ähnliches überlegt. Aber wie hätten wir diesen Mann ausfindig machen sollen? Keine ihrer

Freundinnen wusste Bescheid, niemand hat sie je mit einem Mann gesehen.«

»Wann fand dieser Selbstmord statt?«

»Im Dezember, ziemlich am Anfang, wenn ich mich richtig erinnere.«

»Und dieses andere Mädchen? Franziska.«

Wenn sie überrascht war, dass Nola auch von dieser Geschichte wusste, konnte sie es gut verbergen. Völlig unbeeindruckt sprach sie weiter: »Da konnte ich rechtzeitig Schaden von der Schülerin abwenden.« Es klang erleichtert. »Franziska hat behauptet, eine intime Beziehung mit dem Sohn des Hausmeisters zu haben, was von außen betrachtet nur schwer vorstellbar schien. Darüber hinaus wollte er sie angeblich zum Sex mit anderen Männern überreden. Für Geld. Wie Sie sich wohl vorstellen können, sind wir diesen Vorwürfen unverzüglich nachgegangen. Und glauben Sie mir, allein die Tatsache, dass Clemens Möller alles vehement abgestritten hat, reichte uns als Gegenbeweis nicht aus.«

»Wer ist wir?«

»Die Schulleitung.«

Das klang für Nola eine Spur zu selbstgerecht. »Wie? Keine Polizei?«

»Nein. Wie schon gesagt, erschien Franziskas Geschichte wenig glaubwürdig, denn die Schülerin ... nun ja.« Frau Eschweiler drehte den Schlangenring hin und her, schluckte, rang ganz offensichtlich nach den richtigen Worten, dann fasste sie einen Entschluss. »Ich will ganz ehrlich sein, damit Sie unsere damalige Entscheidung nachvollziehen können. Franziska war ein sehr nettes Mädchen, auch sehr klug. Ich habe ihr dringend einen Wechsel aufs Fachgymnasium ans Herz gelegt, das hätte sie problemlos geschafft. Allerdings war Franziska alles andere als hübsch. Sie sah aus wie eine Zwölfjährige, klein und mager und absolut reizlos. Sie hatte sehr dünnes Haar und kein Geschick, sich zu frisieren.« Frau Eschweiler runzelte die Stirn und fuhr mit dem kleinen Finger eine ihrer perfekt gezupften Augenbrauen nach. »Ich musste immer an einen Vogel denken, der zu früh aus dem Nest gefallen ist. Sie wissen schon, ganz nackt und diese Federbüschel am Kopf. So wirkte Franziska auf mich, zerzaust und irgendwie unfertig.« Sie hob die Hände und zog die Schultern hoch. »Kindliches Aussehen kann unter Umständen sehr reizvoll sein, das ist mir durchaus bewusst, aber gewiss nicht in diesem Fall.« Jetzt faltete sie sogar die Hände, als wollte sie einen kirchlichen Eid darauf schwören. »Er, also Clemens Möller, sah dagegen außergewöhnlich gut aus, ein echter Mädchenschwarm. Ich würde mal behaupten, dass beinahe alle Schülerinnen ihn angehimmelt haben. Durchaus vorstellbar, dass sogar die eine oder andere unserer Therapeutinnen zu seinen Bewunderinnen gehörte.« Ihr Lachen wirkte ein bisschen übertrieben und fehl am Platz. Möglicherweise fiel ihr das selbst auf, jedenfalls verstummte sie abrupt.

»Das Mädchen hat also behauptet, dass der Sohn des Hausmeisters Sex mit ihr hatte und sie anschließend an andere Männer verkaufen wollte«, fasste Nola das Unglaubliche zusammen.

»Ja. So klingt es natürlich furchtbar. Aber es trifft nicht zu.« Hilfe suchend schaute die Lehrerin Nola an. »Wie soll ich das erklären, ohne dass es sich schrecklich anhört?«

Den Hinweis, dass es hier um die Wahrheit ging, egal wie schrecklich sie klang, konnte Nola sich nicht verkneifen.

»Sie haben natürlich recht. Franziska ist nicht anwesend, und ich brauche keine Rücksicht auf ihre Gefühle zu nehmen.

Sie sprach von einer romantischen Lovestory. Von heimlichen Verabredungen, Zärtlichkeiten und einvernehmlichem Sex in einem geheimnisvollen Wohnwagen.«

»Das klingt doch nicht unwahrscheinlich«, warf Nola ein.

Frau Eschweilers Blick machte deutlich, dass sie diese Bemerkung überflüssig fand. »Im Gegensatz zu Ihnen kenne ich alle Betroffenen persönlich, und glauben Sie mir, kein Mensch konnte sich das ernsthaft vorstellen. Clemens Möller hätte sich nun wirklich ein Mädchen aussuchen können. Außerdem hatte er eine feste Freundin, die wie er das Gymnasium besuchte. Eine sehr hübsche junge Dame, kein Vergleich zu Franziska.« Sie ruckelte an dem Schlangenring. »Es gab keinerlei Beweise, keine Zeugen, nichts. Ich bin mehrmals mit Franziska durch den Ort gefahren. Den ominösen Wohnwagen konnte sie mir nicht zeigen. Es mag jetzt herzlos klingen, aber warum hätte der attraktivste junge Mann weit und breit sich in ein … nun ja … es gibt wohl kein nettes Wort dafür. Warum hätte er sich in ein gehörloses, derartig unattraktives Mädchen verlieben sollen?« Jetzt schaute sie Nola offen an. »Warum?«

»Weil er von Anfang an vorhatte, sie an andere Männer zu verkaufen? Das ist ein durchaus übliches Modell für illegale Prostitution. Und bei einer Fünfzehnjährigen, die aussieht wie zwölf, denke ich an Pädophilie.«

Unwillig schüttelte die Lehrerin ihren Kopf so heftig, dass ihre Ohrringe klimperten. »In Ihrem Beruf denkt man wohl automatisch an das Schlimmste, was ja nicht heißt, dass das immer zutreffen muss. Franziska war nicht auf den Mund gefallen, die hätte bei so etwas nie mitgemacht. Im Übrigen entsprach sie wirklich nicht dem Typ Mädchen, für den Männer bezahlen würden.« Mit den Fingerspitzen zupfte sie den Kragen ihrer Jacke zurecht, was völlig unnötig war. »Das arme Mädchen war unsterblich in Clemens Möller verliebt, das hat sie selbst zugegeben. Er hat sie abgewiesen, sich vielleicht sogar lustig über ihre Gefühle gemacht, und da ist sie auf diese abgedrehte Geschichte gekommen. So etwas ist doch kein Einzelfall. Sie verfügte übrigens über jede Menge Fantasie und konnte sehr gute Aufsätze schreiben. Und sie war eine hervorragende Schauspielerin, ganz die Mutter. Sie wusste sich in Szene zu setzen und war begeistertes Mitglied unserer Theater-AG.«

»Das muss doch ein Riesenskandal gewesen sein.«

»Es wäre sicher ein Riesenskandal geworden, wenn es an die Öffentlichkeit gelangt wäre. Das wusste die Schulleitung zu verhindern. Immerhin hatte es gerade erst diesen tragischen Suizid gegeben. Die *Christine-Charlotten-Schule* ist eine Privatschule, Frau van Heerden. Die Eltern zahlen viel Geld, damit ihre Kinder optimal gefördert werden. Allein der Verdacht, dass hier sexuelle Übergriffe stattfinden könnten, würde das Aus für uns bedeuten, zumal die Schülerzahlen seit Jahren rückläufig sind. Heutzutage setzt man auf Inklusion. Auch Schüler mit Förderbedarf sollen möglichst die Regelschulen besuchen. In Brüssel wurde beschlossen, dass unsere Arbeit überflüssig ist.«

Für Schulpolitik interessierte Nola sich weniger. »Was passierte danach?«

»Selbstverständlich haben wir umgehend Kontakt mit der Mutter aufgenommen. Sie hat uns versichert, dass Franziska schon früher hanebüchene Geschichten erfunden hat, um sich in den Mittelpunkt zu stellen. Sie wollte auf gar keinen Fall, dass es zur Anzeige kommt, und hat Franziska sofort von der Schule genommen. Dazu sollte man wohl wissen, dass die Frau eine leidlich bekannte Schauspielerin ist, die großen Wert darauf legt, dass die Öffentlichkeit nichts von ihrer wenig ansehnlichen Tochter erfährt. Tragisch, so etwas. Ich denke, dass auch diese schlimme Form der Ablehnung eine gewichtige Rolle gespielt hat. Das arme Mädchen hat verzweifelt nach Aufmerksamkeit gesucht, wenn auch auf die falsche Art und Weise. Aber sie war erst fünfzehn und hat vermutlich gar nicht durchschaut, welch schlimme Folgen so etwas haben kann für alle Beteiligten und nicht zuletzt für sie selbst.«

»Wann war das Ganze?«

»Im Mai. Ich hätte es besser gefunden, wenn Franziskas Mutter mit dem Wechsel bis zum Ende des Schuljahrs gewartet hätte, aber sie wollte nichts davon hören. Wie schon gesagt, Frau Lessing trägt in meinen Augen die Hauptschuld dafür, dass ihre Tochter sich so entwickelt hat. Da fehlte es schlicht an Liebe und Zuwendung.«

»Gab es andere Mädchen aus dem Internat, die mit Clemens Möller befreundet waren? Irgendwelche Gerüchte?«

»Ich weiß, worauf Sie hinauswollen. Nein. Nichts. Wirklich gar nichts. Auch nicht in Bezug auf Sarah Becker, falls Sie das als Nächstes fragen wollten. Und ich habe mich sehr aufmerksam umgehört. Für Sie mag es jetzt so klingen, als ob wir etwas vertuscht haben, um den guten Ruf der Schule zu retten, aber glauben Sie mir, so war es nicht. Uns und insbesondere mir selbst ging es vor allem darum, die Schülerin vor einer großen Dummheit zu bewahren.« Wohl um Nola von ihrer Aufrichtigkeit zu überzeugen, schaute Frau Eschweiler ihr offen ins Gesicht, bestimmt eine Minute lang. Sie war ziemlich stark geschminkt, die ausgeprägten Krähenfüße in den Augenwinkeln ließen sich jedoch nicht verdecken. In Gedanken setzte Nola ihr Alter auf Mitte vierzig rauf. »Ich habe seinerzeit ganz vorsichtig mit den anderen Schülerinnen der oberen Klassen geredet. In den Gesprächen tauchte nicht der geringste Anhaltspunkt dafür auf, dass Herr Möller Franziska, Sarah oder einem der anderen Mädchen in irgendeiner Form zu nahe getreten ist. Dennoch hat die Schulleitung darauf bestanden, dass er sich künftig von den Mädchen fernhielt. Und daran hat er sich gehalten. Unser Hausmeister ist absolut zuverlässig und integer. Wenn er verspricht, dass sein Sohn nichts mehr mit den Schülerinnen zu tun hat, dann zieht er das auch durch.«

»Und vorher?«

»Vorher war Clemens ständig anwesend. Er war bei allen Schulfesten dabei, hat den Grill bedient, Getränke ausgeschenkt, bei den Spielen geholfen. Er hat auch mal neue Schüler zum Einkaufen begleitet. Gemessen an einer Großstadt ist Jemgum natürlich winzig, aber auch so einen Ort muss man erst einmal kennenlernen. Viele unserer Schüler wachsen aufgrund ihrer Beeinträchtigung überbehütet und sehr unselbstständig auf.«

Nola fragte sich, ob Frau Eschweiler wirklich so überzeugt von der Unschuld des jungen Manns war oder ob der Schulleiter sie erfolgreich indoktriniert hatte. »Wie viele Schüler sind hier untergebracht?«

»Wir beschulen etwa hundert Kinder und Jugendliche von Klasse fünf bis zehn. Der höchste Abschluss, der hier erreicht werden kann, ist der Realschulabschluss, die meisten schaffen das aber nicht. Mittlerweile landen bei uns zunehmend die Schüler, die aus den unterschiedlichsten Gründen in der Regelschule nicht mithalten können. Gehörlose, die schon seit der frühen Kindheit Cochlear-Implantate tragen und relativ problemlos damit zurechtkommen, besuchen jetzt Normalschulen. Vor vier Jahren sah das noch ein bisschen anders aus.

Gut zwei Drittel der Kinder sind in unserem Internat untergebracht. Die anderen werden mit Fahrdiensten gebracht und geholt. Unser Einzugsbereich ist recht groß, praktisch der gesamte ostfriesische Raum. Die Internatsschüler kommen in der Regel von weiter her.«

»Kannten Sie auch Leona Sieverding?«

»Ja, sehr gut sogar, ich war ihre Klassenlehrerin.« Es klang traurig, und das war nicht gespielt.

»Können Sie sich vorstellen, dass Leona eine Beziehung zu Clemens Möller hatte? Sie war doch ein ausgesprochen hübsches Mädchen.«

»Auf keinen Fall. Leona sah niedlich aus, sicher, sie war jedoch entwicklungsgestört. Eine Form von Asperger-Syndrom, würde ich sagen. Die offizielle Diagnose wurde nie gestellt. Ihre Mutter wollte einfach nichts davon hören.« Jetzt schaute sie Nola wieder direkt in die Augen. »Sie müssen sich vorstellen, dass Leona in gewisser Weise in ihrer eigenen Welt lebte. Sehr schwer zugänglich, was natürlich die Möglichkeit, mit ihrer Hörbehinderung zurechtzukommen, extrem erschwerte. In meinen Augen war sie ein bedauernswertes Mädchen. Ich hab mich immer gefragt, was aus ihr werden soll.« Sie legte den Kopf schief. »Eltern, die zum Überbehüten neigen, so wie Frau Sieverding, stehen der Entwicklung ihrer Kinder oft im Weg. Ich glaube, Frau Sieverding hätte es gefallen, wenn Leona für immer ein kleines, unselbstständiges Mädchen geblieben wäre. So eine Art lebendige Anziehpuppe.«

Nola dachte an ihren Besuch in Bassum und musste zugeben, dass die Lehrerin nicht ganz falschlag mit ihrer Einschätzung. »Ich dachte, Menschen mit Asperger-Syndrom sind überdurchschnittlich intelligent. Da gibt es doch diese sogenannten Inselbegabungen.«

Die Art, wie Frau Eschweiler jetzt lachte, gefiel ihr nicht. »Das sind Ausnahmen. Die meisten Betroffenen sind normal begabt, einige eher schwach, so wie Leona, und ein paar wenige fallen durch diese Form von Hochbegabung auf. Über die spricht man natürlich gern, diese Genies, nach denen die IT-Branche sich die Finger leckt, die anderen werden totgeschwiegen. In unserer Gesellschaft ist kein Platz für Menschen, die den normalen Lebensanforderungen nicht gewachsen sind. Erkundigen Sie sich mal, wie die Chancen behinderter Menschen auf dem Arbeitsmarkt aussehen. Für die ist ein guter, angemessen bezahlter Job genauso wahrscheinlich wie ein Sechser im Lotto.«

Schon wieder versuchte Frau Eschweiler, das Gespräch in eine Richtung zu lenken, die der Schule nicht gefährlich werden konnte. War das Absicht oder hörte sie sich einfach nur gern reden?

»Wissen Sie zufällig, ob Clemens Möller der Gebärdensprache mächtig ist?«

»Ein wenig verständigen kann er sich mit Sicherheit, das bleibt hier ja nicht aus. So ein paar grundlegende Gesten. Ich denke allerdings nicht, dass er die Gebärdensprache perfekt beherrscht.« Sie überlegte kurz. »Nein. Nicht wirklich, da bin ich mir relativ sicher.«

»Sie sagen, dass Leona leicht retardiert war. Wie sah es mit Lesen und Schreiben aus?«

»Sie war keine Leuchte, gewiss nicht, aber selbstverständlich konnte sie lesen und schreiben, wenn auch nicht unbedingt auf dem Niveau einer Fünfzehnjährigen.« Jetzt lächelte sie sogar.

»Ja, dann bedanke ich mich erst einmal. Es kann gut sein, dass ich noch einmal wiederkommen muss.«

»Natürlich.« Frau Eschweiler stand auf, um sie zur Tür zu begleiten. »Leitet Kommissar Nordmann nicht mehr die Ermittlungen?« Es sollte beiläufig klingen, doch sowohl ihre plötzlich sehr starre Körperhaltung als auch ihr affektierter Tonfall verrieten, dass die Antwort ihr sehr wichtig war.

»Nein.«

»Wenn Sie ihn sehen, könnten Sie ihn vielleicht von mir grüßen? Tonia Eschweiler. Wir hatten damals ziemlich viel miteinander zu tun.«

Im Sekretariat ließ Nola sich noch die Anschrift von Franziska Lessings Mutter geben, sie wohnte in der Nähe von Frankfurt, ein Vater schien nicht existent zu sein. Inzwischen war ihr eingefallen, wo sie den Namen Franziska gehört hatte. *Franziska und ich hatten das gleiche Ziel, wir wollten so normal wie möglich leben, nicht nur über unsere Behinderung wahrgenommen werden.* Bei Franziska Lessing musste es sich um die Freundin von Yasmina Akin handeln. Aber das würde sie mit der jungen Frau später noch klären.

Und bei nächster Gelegenheit würde sie Renke fragen, warum eine ehemalige Zeugin ihn grüßen ließ und rot dabei wurde, obwohl sie ansonsten so taff wirkte.

In ihrem ganzen Leben hatte Meta Schoon noch nie das Polizeirevier betreten. Sie zitterte am ganzen Körper. *Meta, sei nicht albern*, versuchte sie sich zu beruhigen, vergeblich. Ihr dummes Herz bibberte wie verrückt.

In der Revierstube sah es aus wie bei der Gemeinde, kahl und ungemütlich, es fehlte nur, dass man eine Nummer ziehen musste. Hinter einem hohen Tresen aus Holz arbeitete eine Polizistin an einem Computer. Sie stand sofort auf und lächelte Meta freundlich an.

»Womit kann ich Ihnen helfen?«

So entgegenkommend waren die Frauen im Rathaus nicht. Das gefiel Meta, und ihrem Herz gefiel es auch, denn es beruhigte sich langsam. »Ich möchte Renke sprechen, Renke Nordmann, wir sind verwandt. Seine Mutter ist meine Cousine. Sagen Sie ihm, dass Tante Meta hier ist und etwas Wichtiges zu sagen hat. Es geht um das tote Mädchen.«

Ha, jetzt war die Polizistin neugierig geworden, das sah Meta ihr an der Nasenspitze an. Ihre Laune besserte sich.

»Tut mir leid, er ist unterwegs. Sie können mir allerdings auch erzählen, weshalb Sie gekommen sind.«

»Nein. Ich warte. In meinem Alter hat man Zeit, wissen Sie? Und so etwas erzählt man keinem Fremden. Ist nicht gegen Sie persönlich gerichtet«, fügte sie schnell hinzu, damit die Frau nicht beleidigt war. »Kann ich mich hier hinsetzen?« Meta zeigte auf einen Stuhl, der nicht gerade bequem aussah, aber Sitzen war besser als Stehen, und sie wusste ja nicht, wie lange sie warten musste.

»Selbstverständlich. Ich weiß aber wirklich nicht, wann er wiederkommt.«

»Egal. Notfalls komm ich morgen wieder. Aber nicht so gern«, fügte sie schnell hinzu. »Das Radfahren bei der Kälte ist für mich anstrengend.«

»Ich kann ihm ja sagen, dass er Sie zu Hause besuchen soll«, schlug die Polizistin vor.

Das war sicher gut gemeint. Aber wenn Herr Strewitz den Polizeiwagen sah und zwei und zwei zusammenzählte, war sie verloren. »Nein. Das geht nicht. Ich warte, das macht mir nichts aus. Auch wenn der Stuhl sehr unbequem ist.«

»Hm, ich könnte Ihnen ein Kissen aus unserem Personalraum bringen. Und einen Kaffee, wenn Sie mögen.«

»Tee wär mir lieber.«

Das brachte die Frau zum Lachen. »Tut mir leid, hier trinkt keiner Tee. Ich kann Ihnen nur Kaffee anbieten.«

Mein Gott, bei der Polizei ging es ja armselig zu. »Na gut. Dann nehm ich einen Kaffee. Ausnahmsweise. Mit viel Milch und drei Stückchen Zucker.«

Fast eine Stunde musste sie warten, bis Renke sich sehen ließ. Zusammen mit einem jungen Mann, der zwar eine Uniform trug, aber für Meta überhaupt nicht wie ein richtiger Polizist wirkte, kam er laut lachend herein. Allzu oft hatte sie Renke noch nicht in Uniform gesehen. *Fesch*, dachte sie, *steht dem Jungen gut.* Kurz fragte sie sich, warum er keine neue Frau fand. Aber deswegen war sie nun wirklich nicht gekommen.

Ihr Anblick überraschte ihn. »Tante Meta?«

Mühsam erhob sie sich, der Stuhl war wirklich eine Zumutung, trotz Kissen, und ihr Rücken schon ganz steif. »Ich möchte eine Aussage machen, unter vier Augen. Ohne Zeugen.« Sie deutete mit dem Kopf auf die Polizistin, die daraufhin merkwürdig grinste. So als fände sie Metas Verhalten zum Lachen.

Renke grinste nicht, das hätte sie ihm auch nicht geraten. »Tja, das hört sich ja sehr geheimnisvoll an. Dann komm mal mit in das Vernehmungszimmer.«

Wie im Fernsehen, dachte Meta und fühlte sich unheimlich wichtig. Als das Vernehmungszimmer sich allerdings als ein kleiner, schlicht möblierter Raum entpuppte, ohne Spiegel an der Wand, durch den die anderen Polizisten unbemerkt das Verhör beobachten konnten, auch ohne vergitterte Fenster und bewaffneten Wachmann an der Tür, war sie enttäuscht. Immerhin standen hier gepolsterte Stühle.

»Es geht um meinen Nachbarn. Strewitz heißt er. Hat *Mey-*

ers Tanzdiele gekauft und lebt dort ganz allein mit seinen komischen Hunden.«

Renke verschränkte die Arme vor der Brust und nickte, was wohl hieß, dass sie weiterreden sollte.

»Gleich nach seinem Einzug hat er einen Zaun auf die Grenze gesetzt, damit ich ihm nicht in die Fenster gucken kann. Zwei Meter hoch.« Sie machte extra eine Pause, damit er seine Empörung zum Ausdruck bringen konnte. Leider reagierte Renke nicht wie gewünscht, er schwieg beharrlich, und sie musste selbst weiterreden. »Ich mein, das macht doch kein normaler Mensch, er kriegt ja gar kein Sonnenlicht mehr ins Haus.« Es verunsicherte Meta, dass Renke keine Miene verzog. Das hatte sie sich ganz anders vorgestellt. Ohne es zu merken, redete sie immer schneller. »Ein Mann, der so lebt, hat was zu verbergen. Das ist doch klar.«

»Und das wäre?«

Na, da könntest du jetzt aber selbst drauf kommen, mein Junge, dachte Meta. »Dieses tote Mädchen vom Kreihenmeer. Da gab es doch diese Entführte in Österreich, den Namen hab ich vergessen. Der Mann hat sie jahrelang gefangen gehalten. Im Keller.« Sie schüttelte sich. »Was für ein Elend, das mag man sich doch gar nicht vorstellen.«

»Du meinst, dein Nachbar hatte die Tote in seinem Keller versteckt?«

Na, wenigstens das hatte er kapiert. Sie nickte. »Genau. Die Hunde hält er nur, damit niemand das Grundstück betreten kann. Dann flippen die Viecher nämlich aus, und er ist gewarnt. Besuch kriegt er nie, der lässt nicht mal die Postbotin in den Flur. So benimmt sich doch kein normaler Mensch.«

»Amselweg«, sagte Renke nachdenklich. »Ihr liegt ziemlich tief, oder? Und *Meyers Tanzdiele …*« Er runzelte die Stirn.

»Das Haus dürfte um 1900 gebaut worden sein. Glaubst du wirklich, dass es dort einen Keller gibt, der im Winter so trocken ist, dass jemand darin leben könnte?«

Er spielte darauf an, dass der Grundwasserspiegel im Moor so hoch stand, dass im Winterhalbjahr die Feuchtigkeit durch die Mauern in jeden Keller eindrang. Jedenfalls war das früher so gewesen, als es noch kein Schöpfwerk gab, das dafür sorgte, dass die Entwässerungsgräben nicht über die Ufer traten und das Land überfluteten. Meta konnte sich noch erinnern, dass in ihrer Kindheit in besonders feuchten Jahren das Wasser bis zur Türschwelle stand. Fehn war das plattdeutsche Wort für Moor, und wie der Name verriet, war Martinsfehn auf Moor gebaut. Am Amselweg sollte es an einigen Stellen zwölf Meter tief sein. Heutzutage gab es besonderen Beton, der die Keller wasserdicht machte, aber früher waren alle Keller feucht.

»Na ja.« Sie kramte in ihrer Handtasche nach einem Taschentuch und putzte sich aus purer Verlegenheit die Nase. »Dann hat er sie vielleicht woanders versteckt. Auf der Tanzdiele. Oder in dem ehemaligen Toilettentrakt. Die Klos und Waschbecken hat er nämlich alle rausgerissen und weggebracht.« Aber das glaubte sie eigentlich selbst nicht. *Schade*, hätte sie beinahe gesagt. Leider hatte Renke recht, in den älteren Fehnhäusern gab es keine trocknen Keller. Und damit stürzte ihre ganze schöne Theorie wie ein Kartenhaus in sich zusammen.

»Ist dir denn irgendwann mal etwas Verdächtiges aufgefallen?«

»Was denn? Ich kann doch gar nichts sehen wegen dem blöden Bretterzaun.« Dass sie ihren Nachbarn regelmäßig vom Bodenfenster aus beobachtete, konnte sie jetzt ja wohl schlecht zugeben.

Renke besaß die Frechheit, laut zu lachen. »Das ist nicht verboten, Tante Meta.«

»Nicht? Und was ist mit den blöden Kötern? Die bellen Tag und Nacht.« Sie schaute ihn über den Rand ihrer Brille an. »Ist *das* nicht verboten?«

Er lächelte freundlich. »Nein, ist es nicht.«

»Hmm. Da stand immer so ein alter Wohnwagen auf dem Hof. Seit Jahren schon. Der ist auf einmal verschwunden.« Nicht einmal das schien Renke zu interessieren. »Vielleicht war dieses Mädchen darin versteckt«, half sie ihm auf die Sprünge. »Und weil sie jetzt tot ist, braucht er den Wohnwagen nicht mehr. Ich hab sogar gesehen, wie er abgeholt wurde. Am Sonntag.«

Dieser Rotzbengel lachte einfach los. »Du meinst, er hat sie vier Jahre lang in einem Wohnwagen versteckt? Du, so ein Wohnwagen besteht eigentlich nur aus Spanpappe und Plastik, und die Türschlösser sind ein Witz. Da könnte man auf Dauer nicht mal ein Kind einsperren.«

Gut, das mochte sein. Je länger sie darüber nachdachte, umso lächerlicher fand sie den Gedanken. Herr Strewitz hätte der Kleinen doch regelmäßig was zu essen bringen müssen. Meta hatte ihn aber nie in der Nähe des Wohnwagens gesehen, schon gar nicht bepackt mit Lebensmitteln oder sonstigen Dingen, die das Mädchen zum Leben gebraucht hatte. Jetzt erhob Renke sich einfach, was ja wohl heißen sollte, dass das Gespräch beendet war.

»Wir freuen uns immer, wenn die Bürger aufmerksam sind. Aber da hast du dich wohl ein bisschen verrannt.«

Sie rümpfte die Nase und gab ihm widerwillig die Hand. Nur gut, dass sie nicht mit der Polizistin geredet hatte. So blieb die Blamage wenigstens in der Familie.

Als sie aus dem Revier kam, stand ausgerechnet Herr Strewitz auf der anderen Straßenseite. Er hielt einen der furchtbaren Hunde an der Leine und starrte zu ihr herüber. Vor Schreck setzte Metas Herzschlag aus, bestimmt eine ganze Minute lang. Es hätte sie wirklich nicht gewundert, wenn Herr Strewitz mit gehässigem Grinsen eine Waffe hervorgezogen und sie erschossen hätte, direkt vor dem Polizeirevier. Am liebsten wäre sie jetzt zurückgerannt. Gerade war ihr eingefallen, dass sie Renke gar nichts von dem ausgeschnittenen Zeitungsartikel erzählt hatte. Aber das konnte sie ja auch nicht, weil sie dann ihre heimlichen Beobachtungen durch das Bodenfenster gestehen müsste. Und das kam überhaupt nicht infrage. Renke hielt sie jetzt schon für total überdreht.

Also biss sie die Zähne zusammen, machte sich ganz gerade, zerrte an ihrem grauen Wollschal, der viel zu eng um ihren Hals lag, schaute stur geradeaus und marschierte zu ihrem Fahrrad. Die ganze Zeit tat sie so, als würde sie ihren Nachbarn und ärgsten Feind gar nicht bemerken. Es musste ein Zufall sein, dass Herr Strewitz dort stand. Er würde sie doch nicht verfolgen, warum denn auch? Er wusste doch gar nicht, dass sie ihn durchschaut hatte als Einzige.

Yasmina stand in ihrem Badezimmer, in der rechten Hand hielt sie eine Rasierklinge. Sie hatte sie gar nicht kaufen wollen, aber manchmal gehorchte ihr Körper ihr nicht. Die Hände hatten zwei Päckchen Klingen in den Einkaufskorb geworfen, eigenmächtig und mit trotzigem Schwung. *Ich werde sie nicht benutzen*, hatte sie sich geschworen, während sie die Klingen bezahlte. Nicht mal fünf Euro, warum kostete ihr Unheil so wenig Geld? Ein billiges Vergnügen, das sich jeder leisten konnte.

Mit angehaltenem Atem schob sie den linken Ärmel ihres Pullovers hoch. Die verblassten Narben ließen sie stets an Würmer denken, an tote, versteinerte Würmer, eingewachsen in ihr Fleisch. Manchmal glaubte sie zu sehen, wie die Würmer sich bewegten, ganz leicht nur, als wollten sie sagen: *Erwecke uns zum Leben mit deinem Blut, deinem Schmerz. Komm, mach endlich, nur ein kleiner Schnitt und dann noch einer, direkt daneben, genau parallel, und noch einer und noch einer…*

»Nein«, flüsterte sie und ließ die Rasierklinge ins Waschbecken fallen. Das leise Pling war ihr unendlich vertraut.

Heute Abend würde Fabian kommen, ihr Freund. Er war so lieb, wollte sie immerzu retten. Fabian ahnte ja nicht, wie groß sein Feind war, unbesiegbar groß. Wenn sie jetzt nachgab, würde sie ihn enttäuschen. Doch sie spürte schon, dass sie nicht mehr lange widerstehen konnte. So fing es jedes Mal an, die Gedankenkreise wurden enger und enger wie eine Schlinge, die sich um ihren Hals legte und sich zuschnürte, bis sie keine Luft mehr bekam und es nur noch diese eine Erlösung gab.

Es klingelte. Fabian, gerade noch rechtzeitig. Sie riss die Tür auf und erstarrte, weil sie sich ganz unerwartet der rothaarigen Frau gegenübersah. Durfte man die Tür einfach wieder zuschlagen, wenn die Polizei dort stand? Wohl kaum. Resigniert machte Yasmina den Weg frei. Kaum dass die Polizistin am Tisch Platz genommen hatte, redete sie los: »Sie haben mir etwas verschwiegen. Etwas, das Franziska Lessing und Clemens Möller betrifft.«

Erschrocken fasste Yasmina an ihre Kehle, sie zog die Haut nach vorn und massierte sie zwischen ihren Fingern, dann schüttelte sie bedächtig den Kopf. »Verschwiegen? Nein. Sie haben ja nicht danach gefragt. Und es hat nichts mit Leona zu tun. Außerdem glaube ich nicht, dass Franzi damals die Wahrheit gesagt hat.«

»Warum nicht?«

»Weil sie nicht hübsch genug war für ihn. Er hätte sich doch nie in so ein hässliches Mädchen verliebt. Niemals.« Es klang so überzeugt, als wüsste sie alles über Clemens. Aber das stimmte nicht. Der Clemens, dem sie ihre ganze, wahnsinnige Liebe geschenkt hatte, war nur ein Phantom, jemand, der gar nicht wirklich existierte. Der echte Clemens war ihr vollkommen fremd. Nichts wusste sie über ihn, gar nichts, nur dass er böse war, ein durch und durch schlechter Mensch.

»Wer war denn hübsch genug für Clemens Möller? Sarah Becker vielleicht?«

»Keine Ahnung«, sagte sie schroff. Diese Frage hatte sie sich schon tausendmal gestellt. Es gab keine Antwort, würde auch nie eine Antwort geben, weil sie niemanden mehr fragen konnte. Sarah lebte nicht mehr, und Clemens war der weltbeste Lügner.

»Erzählen Sie mir von Ihrer Beziehung zu Clemens Möller. Sie hatten doch eine Beziehung?«

Genauso gut hätte die Polizistin ihre Waffe abfeuern können. Peng. Ihr Schuss traf dort, wo es Yasmina am meisten schmerzte. Dort, wo bei anderen Menschen ein Herz schlug und bei ihr ein kleiner Motor aus Stahl klopfte, der ihr Blut durch den Körper pumpte und nichts dabei empfand. »Darüber möchte ich nicht reden.«

»War es so schlimm?«

Diese Frage würde sie nicht beantworten.

»Er hat Sie schlecht behandelt.«

Sie versuchte es mit Kopfschütteln und trotzigem Schweigen, musste aber einsehen, dass die Polizistin sich davon nicht beeindrucken ließ.

»Doch. Er hat Sie sogar sehr schlecht behandelt. Zuerst war alles wunderschön. Dann brachte er andere Männer mit. Genau wie Franziska es behauptet hat.« Die Frau legte den Kopf schief und schaute Yasmina erwartungsvoll an. Etwas in ihrem Tonfall machte deutlich, dass sie ohnehin schon alles wusste, jede schmutzige Kleinigkeit, jedes entwürdigende Detail. »So etwas kommt häufiger vor, als Sie sich das vielleicht vorstellen. Das hat Herr Möller sich nicht ausgedacht. Solche Männer nennen wir Loverboys. Sie sehen gut aus und sind sehr begabte Schauspieler, die den Mädchen vorgaukeln, in sie verliebt zu sein. Plötzlich tauchen finanzielle Probleme auf, alles scheint ganz ausweglos, es sei denn, die Mädchen verkaufen sich an zahlende Freier.«

Schweigend betrachtete Yasmina ihre Hände. Ihre Unterlippe zitterte. Sie zog sie zwischen ihre Zähne und biss kräftig zu. Nein, sie würde nicht weinen, nicht vor dieser fremden Frau, und sie würde auch nichts zugeben.

»Clemens Möller wusste, dass beinahe alle Mädchen in den höheren Klassen in ihn verliebt waren. Und ich denke, er hat das schamlos ausgenutzt.« Jetzt lächelte die Polizistin, ganz sanft und voller Mitleid. Ihre grünen Augen glänzten, als wäre sie selbst den Tränen nahe. »Er hat sich mit Ihnen getroffen, heimlich natürlich. Sie waren in ihn verliebt und Sie haben geglaubt, dass er es ehrlich mit Ihnen meint. Er war doch genau der Freund, den Sie sich erträumten. Sehr gut aussehend und vor allem nicht hörbehindert. Und er hat *Sie* erwählt, das hat Sie mit Stolz erfüllt. Er hat mit Ihnen geschlafen, was ganz normal ist. Sex gehört zu einer Liebesbeziehung dazu. Später kamen die anderen Männer ins Spiel. Es war ekelhaft, doch Sie haben es für ihn ertragen.«

Ohne dass sie es wollte, nickte Yasmina. Ekelhaft, ja, es war ekelhaft gewesen. »Er hatte Schulden und brauchte das Geld. Seine Eltern durften nichts davon wissen, vor allem sein Vater. Hinterher war er immer so lieb zu mir, hat sich tausendmal entschuldigt, dass er mich um so etwas bitten muss.« Mit zwei Fingern rieb Yasmina über ihre trockenen Augen. Sie hatte es geschafft, nicht zu weinen, doch das Schweigen gelang ihr nicht. Sie war so verdammt schwach, genau wie damals, eine, mit der man alles machen konnte. »Ja, er hat mich an andere Männer verkauft, und ich Idiotin habe mich dabei auch noch wie eine Auserwählte gefühlt. Wie seine Retterin. Wenn die Schulden abbezahlt sind, wollte Clemens eine Wohnung mieten, in der wir ungestört zusammen sein können. Er wollte sich mit mir verloben, später natürlich. Ich hab jedes Wort geglaubt. Lächerlich, nicht wahr?« Jetzt brach auch die letzte Barriere, sie schluchzte auf, Tränen tropften auf ihre Hände, und sie fühlte, wie die Beamtin eine Hand auf ihre Schulter legte.

»Wofür brauchte er das Geld?«

»Mir hat er was von einem Unfall und Schadenersatz erzählt. Heute denke ich, dass es um Drogen ging. Der hat ständig was genommen. Kokain, glaube ich, das ist doch das Zeug, das man schnupft? Mir hat er auch was angeboten, hat gemeint, dann würde ich nicht so viel mitkriegen. Aber das habe ich nicht gemacht.«

»Ein Mädchen aus dem Internat hat sich damals mit Schlaftabletten umgebracht.«

»Sarah. Das war schrecklich. Niemand wusste, warum. Wir haben abends Kerzen angezündet, wochenlang. Das war im Dezember.«

»Bei ihrem Tod war Sarah keine Jungfrau mehr, wussten

Sie das?« Die Stimme der Polizistin klang nett, so sanft und freundlich, und doch sagte sie die schrecklichsten Dinge.

»Sie war mit einem Jungen aus dem Internat zusammen«, murmelte Yasmina. »Ohne Sex. Im Herbst hat sie Schluss mit ihm gemacht, fand ihn zu langweilig. Und danach?« Sie zuckte mit den Schultern. »Das wusste niemand. Frau Eschweiler hat alle befragt, einzeln, in ihrem Büro. Dabei ist nichts rausgekommen. Höchstens, dass Sarah in den Wochen vor ihrem Tod ein bisschen nachdenklicher wirkte als sonst.«

Sie versuchte, sich genauer zu erinnern, Sarahs Bild heraufzubeschwören, vergeblich, diese Zeit glich einem wilden Flickenteppich aus Liebe, Schule, Lügen und den schrecklichen Stunden in dem Wohnwagen. Sie hatte kaum einen Gedanken an andere verschwendet, und Sarahs Tod war an ihr vorbeigerauscht wie ein Auto, das auf der Straße vorbeifuhr, ohne anzuhalten.

»Dann passierte die Sache mit Franziska.«

Noch etwas, an das sie nicht mehr denken wollte. »Ja. Vorher war sie meine beste Freundin, wir standen uns so nah wie Schwestern. Danach habe ich Franzi gehasst. Sie war nicht hübsch, überhaupt nicht, und trotzdem hat sie meine große Liebe zerstört. Wollen Sie ein Bild sehen?« Die Antwort wartete sie nicht ab, sie sprang auf und rannte beinahe zu dem mittleren Regal, wo sie auf Anhieb das Fotoalbum fand, das sie im Gehen schon aufschlug. »Hier, das ist sie.«

Obwohl Yasmina nicht sonderlich groß war, nur eins dreiundsechzig, hatte Franzi ihr nicht mal bis an die Schulter gereicht. Ein mageres, sehr kindlich wirkendes Mädchen, das die Welt durch eckige, viel zu große, schwarz gerahmte Brillengläser betrachtete. »Sie hätte einen vernünftigen Haarschnitt gebraucht und eine vorteilhaftere Brille. Aber Franzi wollte nicht hübsch aussehen, im Gegenteil, sie wollte ihre Mutter enttäuschen, das hat ihr Spaß gemacht.« Yasmina fiel ein, wie sie ihre Freundin immer beneidet hatte, um ihr Selbstbewusstsein, ihre witzigen Einfälle und ihre guten Noten, für die sie sich nicht mal anstrengen musste. Und gleichzeitig sah Franzi so merkwürdig aus, dass man sich neben ihr wunderschön fühlen konnte. Wie eine Prinzessin aus Tausendundeiner Nacht. So hatte Clemens sie immer genannt. Scheherezade.

»Haben Sie auch ein Foto von Sarah Becker?«

»Glaub schon.« Sie tat so, als würde sie danach suchen, in Wahrheit wusste sie genau, auf welchem Gruppenbild Sarah zu finden war. »Hier.« Sarah war hübsch gewesen, blond und strahlend, große, stahlblaue Augen, ein bisschen wie Britney Spears. Sie hatte sich gern geschminkt, dabei aber nie übertrieben.

Die Beamtin nahm ihr das Album aus der Hand. »Ein nettes Mädchen, sie wirkt sehr fröhlich.«

»Sie war sehr fröhlich. Darum hat ja auch keiner verstanden, weshalb sie das gemacht hat.« *Selbstmord*, was für ein grausames Wort. Sie brachte es nicht über die Lippen.

»Mir drängt sich der Gedanke auf, dass Clemens Möller damit zu tun haben könnte. Was meinen Sie? Der gleichaltrige Junge war ihr zu langweilig, mit seinem Nachfolger hatte sie Sex.«

Verrückt. Aber nach all dem Leid, den Schmerzen, der Demütigung, fiel es Yasmina immer noch schwer, sich vorzustellen, dass es andere Mädchen gegeben hatte. Als stände es ihr zu, die Einzige gewesen zu sein. »Kann sein. Vielleicht.«

Die Beamtin schlug das Fotoalbum zu und legte ihre Hand auf den blau karierten Einband. Ihre Nägel waren nicht lackiert, und sie trug keinen Ring. Sie hatte überall Sommersprossen, sogar auf den Händen, und Yasmina hätte gern gewusst, ob sie sich selbst leiden mochte. »Gibt es hier drin auch ein Bild von Clemens Möller?«

»Die habe ich alle verbrannt. Ist schon länger her. Ich wollte nichts von ihm aufbewahren.« Ein richtiges Ritual hatte sie daraus gemacht, die Fotos zuerst zerrissen und dann mit Salz bestreut und angesteckt und die ganze Zeit laute Flüche und Verwünschungen ausgestoßen. Es hatte ihr nichts gebracht, hinterher hatte sie sich kein Stück besser gefühlt.

»Franziska wollte Clemens also anzeigen.«

»Ja. Clemens hat von ihr auch verlangt, dass sie andere Männer befriedigt. Zwei- oder dreimal hat sie sogar mitgemacht. Ich war die Einzige, der sie davon erzählt hat.« Yasmina schluckte, weil die Erinnerung sie für einen Moment am Weiteratmen hinderte. Zum Glück hatte sie Strategien entwickelt, damit umzugehen. Sie musste sich nur selbst umarmen, ganz fest, und ihre Finger dabei in das Fleisch ihrer Oberarme krallen, bis es richtig schmerzte. »So etwas denkt man sich nicht aus. Mir war gleich klar, dass es stimmt. Mit mir hat er ja genau dasselbe gemacht. Nur dass ich nie den Mut gefunden hätte, darüber zu reden. Franziska war da weniger gehemmt. Können Sie sich vorstellen, wie ich mich in dem Moment gefühlt habe? Nur eine von vielen, noch wertloser als wertlos, am liebsten wäre ich gestorben.«

»Wie Sarah«, sagte die Polizistin leise.

»Ja, wie Sarah. Aber dazu war ich zu feige. Ich war für alles zu feige. Ich hab Franzi nicht verraten, dass Clemens mit mir dasselbe gemacht hat. Stattdessen habe ich so getan, als würde ich ihr kein Wort glauben. Niemand hat ihr das abgenommen, nicht die Lehrer und schon gar nicht ihre bescheuerte, eingebildete Mutter. Ich hab mich einfach auf deren Seite gestellt.

Frau Eschweiler, unsere Klassenlehrerin, hat Franzi geraten, auf die Anzeige zu verzichten. Ein paar Tage später musste sie die Schule verlassen. Sie hat mir noch geschrieben, vier- oder fünfmal.« Sie schloss die Augen und sah die weißen Briefumschläge vor sich, die sie ungeöffnet fortgeworfen hatte. »Ich hab die Briefe nicht gelesen, weil ich nicht mehr ihre Freundin sein konnte.«

»Waren noch andere Mädchen betroffen?«

»Das weiß ich nicht. Ehrlich. Wenn ja, haben sie genauso den Mund gehalten wie ich. Heute ist mir natürlich klar, dass Clemens mich nur ausgenutzt hat. Damals war ich wie benebelt, geradezu besessen von der Idee, einen hörenden Freund zu haben, dazuzugehören. Ich habe teuer dafür bezahlt.« Sie lächelte traurig und schob, ohne darüber nachzudenken, den linken Ärmel ihres Shirts hoch. Schon wieder eine Dummheit, denn der Blick der Polizistin fiel auf die Narben. Sie wirkte nicht sonderlich schockiert, so wie die anderen Menschen, die die Narbenlandschaft zum ersten Mal zu Gesicht bekamen. Bestimmt hatte sie so etwas schon tausendmal gesehen.

»Sie haben sich geritzt«, sagte sie ganz leise.

»Idiotisch, ich weiß, aber eine Zeit lang konnte ich einfach nicht damit aufhören. Wenn Sie so wollen, bin ich seit damals zweifach behindert, eigentlich sogar dreifach. Eine gehörlose Migrantin, die den Drang verspürt, sich selbst zu verletzen. Eine ganze Weile konnte ich mir nicht vorstellen, dass ich jemals einen Partner finden würde. Aber dann hab ich meinen Freund kennengelernt, und jetzt ist alles gut.« Sie streckte den Arm nach vorn. »Sehen Sie, alles verheilt.« Mit einem energischen Ruck zog sie den Ärmel herunter.

Die Rothaarige nickte zögernd, als würde sie ihr nicht glauben. »Frau Akin. Das ist jetzt ganz wichtig: Was waren das für Männer?«

»Sie waren erwachsen, wie alt, kann ich nicht schätzen. Vierzig, fünfzig … « Die Erinnerung wollte sie wieder überwältigen, und sie schlang die Arme erneut um sich selbst und kniff und knetete das Fleisch ihrer Oberarme, bis die Schmerzen sie zurückholten. »Es war widerlich, so absolut widerlich. Und es hat immer wehgetan. Manchmal träume ich noch davon, aber nicht mehr so oft.«

Wenigstens gönnte die Polizistin ihr ein paar Minuten Pause, bevor sie die nächste Frage stellte. »Erinnern Sie sich an einen Namen, ein Gesicht?«

»Nein. Geredet wurde dabei nicht. Einer trug eine dunkle Wollmütze, in die er Löcher für die Augen geschnitten hatte. Vor dem habe ich mich richtig gefürchtet. Der war so brutal und hat mich die ganze Zeit beschimpft. Er hat aber nicht richtig gesprochen, sodass man die Stimme erkennen konnte, sondern eher gezischt. Wegen meiner Hörbehinderung hab ich das meiste gar nicht verstanden. Einer war tätowiert. Eine nackte Frau auf dem Oberkörper, links unterhalb der Brustwarze.«

»Ein sehr guter Hinweis. Damit lässt sich bestimmt etwas anfangen. Wie viele Männer waren es, wissen Sie das?«

»Vier, fünf, sechs. Keine Ahnung.«

»Haben die Männer sich untereinander gekannt?«

»Weiß ich nicht.«

»Wo hat das Ganze stattgefunden?«

»Zuerst im Heizungskeller der Schule. Später in einem alten Wohnwagen. So wie Franzi es beschrieben hat. Meistens stand er auf dem Gelände der Baustelle.« Als die Beamtin fragend die Augenbrauen hob, fügte sie hinzu: »Da wo die Gaskavernen gebohrt werden. Keine Ahnung, wem das Teil gehört hat und warum es da stehen durfte. So ein uraltes Ding, drinnen stank es nach Schimmel und Moder. Aber es gab ein Bett, immerhin … Im Heizungskeller musste ich mich auf den Fußboden legen.«

»Glauben Sie, dass Leona auch zu Clemens' Mädchen gehörte? Vielleicht, weil Sie ausgestiegen sind?«

Erstaunt sah Yasmina auf. »Leona? Nein. Sie war eine absolute Einzelgängerin und nur der Gebärdensprache mächtig. Clemens konnte sich auf diese Weise nur sehr unzureichend ausdrücken, er beherrschte gerade mal die Grundgebärden. Wie hätte er sich mit ihr verständigen sollen, ihr erklären, dass er sich in Geldschwierigkeiten befindet und sie sich deshalb an andere Männer verkaufen soll? Viel zu kompliziert. Ich glaube auch nicht, dass sie mitgemacht hätte. Leona hat keine Liebe gesucht, die hatte doch ihre Mutter.«

»Wann hat das zwischen Ihnen und Clemens Möller begonnen?«

»Anfang November war das, kurz nach meinem fünfzehnten Geburtstag. Drei Wochen später hat Sarah sich umgebracht.«

»Wann war Schluss?«

»Im Mai. Als das mit Franziska rauskam. Er hat noch versucht, mich zu erpressen, damit ich weitermache. Hat gedroht, dass er meinen Eltern alles erzählt. *Bitte*, hab ich gesagt, *dann werden alle erfahren, dass Franzi nicht gelogen hat.* Danach war es vorbei. Zuerst war ich sogar traurig darüber, hab ihm wochenlang hinterhergeheult. Es dauerte ziemlich lange, bis ich begriff, was Clemens mir angetan hat. Aber ich konnte mit keinem darüber reden. Meine Eltern sind Türken, gläubige Moslems. Nicht so hardcore, wie Sie jetzt vielleicht denken. Meinen Ehemann darf ich mir selbst aussuchen, und er muss auch kein Türke sein. Aber Prostitution, so etwas darf ein muslimisches Mädchen einfach nicht tun. Außerdem haben sie wirklich große Opfer gebracht, damit ich diese Schule besuchen kann. Ich wollte sie nicht so enttäuschen. Heute bin ich davon überzeugt, dass Clemens seine Freundinnen sehr sorgfältig ausgewählt hat. Bei Franzi gab es keinen Vater, nur eine Mutter, die sie nicht in ihrer Nähe duldete, bei mir war es das muslimische Elternhaus, Sarah kannte ich nicht so gut. Aber Leona hatte eine Mutter, der sie alles anvertrauen konnte.« Sie hob den Kopf und strich mit beiden Händen die Haare aus dem Gesicht. »Außerdem musste er sich zu diesem Zeitpunkt schon von uns Mädchen fernhalten. Sehen Sie, er konnte gar nichts mehr mit Leona anfangen.« Ja, so musste es einfach gewesen sein. Sie hatte Leona nicht im Stich gelassen.

»Im Mai war Schluss, im Juni ist Leona verschwunden. Meiner Meinung nach passt das zeitlich.«

Yasmina dachte nicht daran, der Polizistin recht zu geben, sie starrte stur auf ihre Hände und verhakte die beiden Zeigefinger ineinander.

»Wie oft waren Sie in dem Wohnwagen?«

»Einmal in der Woche ungefähr. Manchmal hatte ich ja auch meine Regel, dann ging es nicht.«

»Haben Sie Clemens Möller noch mal wiedergesehen?«

»Solange ich an der Schule war, ließ es sich nicht vermeiden. Er hat schließlich bei seinen Eltern gewohnt. Zum Glück war er nie allein, und wir haben auch kein Wort mehr gewechselt. Danach nicht mehr.«

»Vielen Dank, Frau Akin, das war es für heute«, sagte die Rothaarige, und es klang eine Spur zu freundlich. »Leider werde ich Ihnen nicht die offizielle Aussage ersparen können.

Gleichzeitig möchte ich Ihnen dringend ans Herz legen, sich um eine Therapie zu bemühen. Es gibt sehr kompetente Psychotherapeuten, die sich auf sexuell missbrauchte Mädchen spezialisiert haben. Auch Therapeutinnen, wenn Sie sich nicht vorstellen können, mit einem Mann darüber zu reden. Das würde Ihnen ganz sicher weiterhelfen.«

»Ich bin über meinen Vater krankenversichert. Wie soll ich ihm erklären, dass ich so eine Therapie brauche? Nein, unmöglich. Ich habe schon sehr oft darüber nachgedacht. Erst wenn ich die Schule und mein Studium abgeschlossen habe, kann ich mich darum kümmern. Das wird noch Jahre dauern, aber so lange halte ich durch.« Sie löste die Zeigefinger voneinander und fuhr mit dem linken Daumen über die rechte Handoberfläche. »Vielleicht verstehen Sie jetzt, warum ich damals nichts sagen konnte. Wenn das alles rausgekommen wäre, hätte mein Vater mich verstoßen. Das würde er heute noch tun. Und mein Freund soll auch nichts davon erfahren. Ich habe Angst, dass er sich vor mir ekelt und mich verlässt. Nein, ich werde keine Aussage machen. Wem kann ich damit noch helfen? Ich finde, jetzt bin ich auch mal dran mit dem Glücklichsein.«

»Sie würden sich selbst helfen. Es gibt keinen Grund, sich zu schämen. Sie waren das Opfer, Frau Akin, und solange Sie schweigen und damit die Täter schützen, verharren Sie in der Opferrolle. Der Schritt in die Öffentlichkeit kann sehr heilsam sein. Denken Sie mal darüber nach.«

»Das brauch ich nicht. Ich habe jetzt ein neues Leben. Darin ist alles heil und in Ordnung. Nur das zählt für mich, und das mache ich mir bestimmt nicht selbst kaputt.« Kaputt hatte sie sich lange genug gemacht, damit war es jetzt vorbei.

Kaum dass die Kommissarin fort war, stand Yasmina wieder am Waschbecken. Die Klinge glänzte im Licht der Lampe, die über dem Spiegel angebracht war. Es gab nur eine Möglichkeit, den Schmerz zu verdrängen, den die Erinnerung in ihr auslöste. Feuer musste man mit Wasser bekämpfen und Schmerz mit noch mehr Schmerz.

Dienstag,
5. März

Nola trug ihre Lederjacke, Jeans und flache Stiefeletten aus blauem Leder, so als hätte sie heute früh beschlossen, wie eine typische Kriminalpolizistin auszusehen. Ihr Haar war wie immer zu einem lockeren Knoten geschlungen. Sie grüßte einmal in die Runde und steuerte dann zielstrebig Renkes Platz an. »Hast du einen Moment Zeit?«

Renke nickte, stand auf und ging voran in die kleine Teeküche. Hinter seinem Rücken wurde getuschelt. Er meinte »Ist sie das?« zu verstehen.

Nola musste es auch gehört haben, sie ließ sich aber nichts anmerken. Am Tisch öffnete sie ihre Tasche und wühlte eine ganze Weile darin herum, bis sie ihr Smartphone in der Hand hielt. Ihre Finger tippten auf dem Display, offenbar rief sie ihre Mails ab, und wenn er ihre Miene richtig interpretierte, waren keine positiven Nachrichten eingegangen. Renke nahm zwei Becher aus dem Regal, schenkte Kaffee aus der Thermoskanne ein und stellte einen Becher vor ihren Platz. Dann fragte er: »Und? Was hast du bis jetzt?«

Sie pustete in ihren Kaffee, nahm einen winzigen Schluck und schaute ihn dabei an. Gleich der erste Satz brachte ihn aus der Fassung. Und das, was folgte, erst recht. Mit einem Handstreich flogen ihm seine damaligen Ermittlungsergebnisse um die Ohren. Das alles hätte er selbst vor vier Jahren rausfinden müssen. Hatte er aber nicht. Aus vielerlei Gründen, von denen einer Tonia Eschweiler hieß.

Yasmina Akin. Schwach erinnerte er sich an ein blasses, dunkelhaariges Mädchen, das es kaum einmal geschafft hatte, ihm in die Augen zu sehen. Seinerzeit konnte er sich nicht des Eindrucks erwehren, dass diese Yasmina sich vor Gott und der Welt fürchtete. So eine Zeugin, hatte er geglaubt, würde sich gar nicht trauen, an der Wahrheit zu rütteln. Jetzt fragte er sich, warum er keine weibliche Kollegin zu den Gesprächen gebeten hatte. Die Antwort kannte er natürlich. Weil ihre Klassenlehrerin anwesend war. Eine Frau, die dem Mädchen nahestand, eine Vertrauensperson, wie er angenommen hatte.

Nola stützte ihre Ellenbogen auf den Tisch, faltete die Hände und legte den Kopf darauf. »Erwachsene Männer und minderjährige, leicht manipulierbare Mädchen. Ich könnte kotzen«, stieß sie hervor. »Und jetzt studiert so einer Soziale Arbeit. Ausgerechnet. Als Entführer kommt Clemens Möller nicht infrage, das hast du ja gecheckt, aber er könnte den Kontakt zu dem späteren Täter hergestellt haben und somit die ganze Zeit gewusst oder wenigstens geahnt haben, wo Leona sich aufhält.«

»Bist du sicher, dass diese Frau Akin die Wahrheit sagt?«

Irritiert hob sie die Brauen. »Natürlich. Hat diese Lehrerin dir überhaupt nichts von diesen Vorfällen erzählt? Nicht mal eine kleine Bemerkung dazu gemacht, etwa, dass sie nicht an einen Zusammenhang glaubt?«

»Nein. Ich höre das zum ersten Mal. Glaubst du etwa, ich wäre der Sache nicht umgehend nachgegangen?«

Diese Frage ließ sie unbeantwortet. »Komisch, oder? Die Frau ist doch nicht blöd, die *muss* doch geahnt haben, dass das eine mit dem anderen zu tun hat.«

Er wusste nicht, was er sagen sollte, zuckte nur mit den Schultern und kam sich vor wie der letzte Volltrottel. Zugleich wuchs in ihm eine ungeheure Wut auf Tonia. Was hatte sie sich dabei gedacht, diese wichtigen Informationen zu verschweigen?

»Was weißt du über diese Lehrerin?«

»Konrektorin, alleinstehend, empathisch, engagiert, hat sich damals sehr in die Ermittlungen eingebracht. Tonia ist genau so, wie ich mir eine gute Pädagogin vorstelle.«

»Tonia? Ihr duzt euch?«

Idiot. Er hätte sich ohrfeigen können. »Frau Eschweiler natürlich«, versuchte er seinen Fehler auszubügeln. Zu spät.

Nolas Gesicht drückte heilige Empörung aus. Selbst die Sommersprossen schienen vor Entrüstung aufzuleuchten wie eine Armee winziger kriegsbereiter Sterne. »Wenn ihr euch so gut kennt, wirst du ja mehr über die Dame wissen als das, was du mir gerade erzählt hast.« Sie starrte den Kaffee an, als vermute sie plötzlich Gift darin, und schob ihn zur Tischmitte. »Und jetzt sag nicht, dass sie aus Martinsfehn stammt und mit dir zur Schule gegangen ist.«

»Nein, natürlich nicht. Ich hab sie damals erst kennengelernt. Und es ist nicht so, wie du scheinbar denkst.«

»So? Was denke ich denn?« Mit zusammengepressten Lippen schaute sie ihn an. Sie war wütend, sehr wütend sogar.

Alles, was er jetzt sagen könnte, war falsch. Egal, wie er die Tatsachen darstellte, es würde sich nach Verteidigung anhören. Und einer, der sich verteidigte, hatte ein schlechtes Gewissen. Das hatte er aber nicht. »Es gibt nichts, was ich dir im Zusammenhang mit Leonas Verschwinden erzählen müsste. Reicht das?«

Man konnte förmlich hören, wie zwischen ihnen eine Tür ins Schloss fiel. Peng. Nola bückte sich, angelte nach ihrer Handtasche, die sie gerade erst unter den Tisch gepfeffert hatte,

181

und stand auf. »Okay. Ich wollte dich nur informieren. Sollte dir noch irgendeine Verbindung nach Martinsfehn einfallen, kannst du ja anrufen.« In der Tür blieb sie noch mal stehen. »Übrigens hat Frau Eschweiler nach dir gefragt. Soll ich ihr deine Handynummer geben?«

»Nein danke. Wenn ich Kontakt aufnehmen will, brauche ich dazu ganz bestimmt nicht deine Unterstützung.«

Zurück an seinem Schreibtisch versuchte er, die neugierigen Blicke der Kollegen zu ignorieren. Natürlich hatten Sandra und David von den Ereignissen im Dezember gehört. Dass Nola beinahe ums Leben gekommen war, weil jemand beschlossen hatte, dass es nach Brittas Krebstod keine neue Frau in seinem Leben geben durfte. Jetzt wollten sie wissen, wie die Story weiterging. Gar nicht, das hatte er soeben kapiert, und die anderen würden es hoffentlich auch bald merken.

»Glaubst du wirklich, dass diese Frau Akin die Wahrheit sagt?« Conrad trug ein nagelneues Hemd mit Schulterklappen und zwei zugeknöpften Brusttaschen. Das Material war so dünn, dass man das weiße Feinripp-Achselhemd darunter durchscheinen sah. Die Knicke im Gewebe verrieten, dass er das Oberhemd heute Morgen frisch aus der Verpackung genommen und gleich angezogen hatte. Das fahle Hellgelb ließ ihn besonders blass und kränklich aussehen, dafür war das Hemd sauber, und er roch auch nicht nach Schweiß.

Wütend sprang Nola auf. »Hast du dir schon mal Gedanken darüber gemacht, warum laut einer aktuellen Befragung des LKA nur vier von hundert Sexualstraftaten angezeigt werden? Ich kann es dir sagen: Du bist der zweite Mann, dem ich von diesem Missbrauch erzähle, und gleichzeitig der zweite, der ihn automatisch anzweifelt. Kein Wunder, dass Frauen sexuelle Übergriffe in der Regel nicht zur Anzeige bringen. Ja, Conrad! Ich glaube wirklich, dass das passiert ist«, brüllte sie und betonte dabei jedes Wort. »Und ich vermute, dass da noch sehr viel mehr Unappetitliches ans Tageslicht kommen wird.«

Weder ihr Zorn noch das, was sie sagte, schienen ihren Kollegen sonderlich zu berühren. Er gähnte ungeniert und riss den Mund dabei so weit auf, dass man seine Zahnfüllungen sehen konnte, dann strich er seine Haare zurück. »Und die Lehrerin hat alles vertuscht? Warum? Was hat sie davon?«

Eine gute Frage, zu der Nola keine wirklich überzeugende Antwort einfiel, und sie hatte stundenlang darüber nachgedacht. Na ja, meistens. Einen Großteil der Zeit hatte sie sich gefragt, was damals zwischen Renke und Tonia Eschweiler passiert war, und auch dazu war ihr keine Antwort eingefallen, jedenfalls keine, die ihr gefiel. »Angeblich wollte sie Franziska vor sich selbst beschützen. Zu diesem Zeitpunkt könnte ich das Ganze eventuell sogar noch nachvollziehen. Als aber kurze Zeit später Leona spurlos verschwunden ist, hätte sie den Zusammenhang herstellen müssen.« Nola seufzte. »Ich versuche gleich mal, Kontakt zu dem Mädchen aufzunehmen. Vielleicht ist Franziska bereit, eine offizielle Aussage zu machen. Und Hilke schaut, was sie über Clemens Möller rausfinden kann.«

Hilke, die gerade mit ihrem Smartphone spielte, nickte geistesabwesend. »Okay.«

Die Suche nach Franziska Lessings Mutter gestaltete sich schwierig, weil sie unter ihrem Künstlernamen lebte. Das Einwohnermeldeamt brachte Nola schließlich auf die richtige Spur. Charlotte Lamonte, Nola kannte sie sogar aus dem Fernsehen. Gerade vor ein paar Tagen hatte sie eine junge, alleinstehende Mutter dargestellt, der es nach diversen Verwicklungen gelang, ihren Chef zu becircen, was in einer romantischen Hochzeit endete. Eine sehr schöne Frau, der Nola keine Tochter in diesem Alter zugetraut hätte und ehrlich gesagt auch keine Tochter, die so aussah wie die bedauernswerte Franziska.

Frau Lamonte mochte eine Schönheit und damit die Idealbesetzung für die Hauptrolle in einer Rosamunde-Pilcher-Verfilmung sein, rein menschlich entpuppte sie sich als Enttäuschung. Mit kühler Stimme teilte sie Nola am Telefon mit, dass ihre Tochter verschwunden wäre. »Ich habe keine Ahnung, wo sie sich aufhält, und will es auch nicht wissen.« Die Frage nach den Vorkommnissen in der *Christine-Charlotten-Schule* machte sie wütend. »Davon stimmt kein Wort, wie sie später selbst zugegeben hat. Franziska verfügt über eine ausgeprägte Fantasie, und sie steht gern im Mittelpunkt. Vor allem genießt sie es, andere Menschen in Verlegenheit zu bringen, ganz besonders mich. Wenn meine Tochter mich blamieren kann, blüht sie richtig auf.«

»Es gibt eine weitere Schülerin, die ...«, setzte Nola an, doch Frau Lamonte schnitt ihr das Wort ab.

»Verschonen Sie mich damit. Meine letzte Information lautet, dass Franziska auf der Straße lebt, keine Ahnung, wo. Drogen, Alkohol, Babystrich. Ganz der Vater. Sie ist inzwischen volljährig, und ich fühle mich nicht mehr für sie verantwortlich. Ich möchte Sie bitten, das zu respektieren.«

Eine Zeugin zu finden, die obdachlos war und nicht gefunden werden wollte, erschien nicht sehr aussichtsreich. Wenn Nola an das Foto des Mädchens dachte, konnte sie sich kaum vorstellen, dass Franziska dem harten Leben auf der Straße gewachsen war. Vielleicht hatte sie sich längst eine Überdosis gesetzt. Dann gäbe es drei tote Mädchen.

Mittlerweile hatte Hilke herausgefunden, dass Clemens Möller noch nie mit dem Gesetz in Konflikt geraten war, nicht mal einen Punkt in Flensburg konnte er vorweisen, was damit zusammenhängen mochte, dass er kein Auto besaß. »Sehr aktiv in den Social Networks, vor allem auf Facebook, da flirtet er ständig mit irgendwelchen Frauen. Und sein Aussehen ...« Hilke spitzte die Lippen und hauchte einen Kuss in die Luft. »Allererste Sahne. Ziemlich eitel allerdings, so ein richtiger Poser. Hat zwei Alben mit Fotos eingestellt. Mindestens auf der Hälfte der Bilder zeigt er sich mit nacktem Oberkörper. Ein bisschen mager, der Typ, aber irgendwie auch sexy, wenn man auf androgyne Typen steht. Brustwarzenpiercing links«, fügte sie grinsend hinzu. »Und tätowierte Oberarme.«

»Super. Den guck ich mir an, aber in natura.« Mit einem breiten Grinsen schielte Nola in Conrads Richtung. »Wir beide fahren jetzt nach Emden und reden mit Clemens Möller. Ich bin gespannt, was er zu den Anschuldigungen sagt. Hilke kann ich leider nicht mitnehmen. Womöglich fällt sie bei seinem Anblick vor Begeisterung in Ohnmacht.«

Demonstrativ klimperte sie mit den Wagenschlüsseln. Conrad erhob sich stöhnend von seinem Stuhl, während Hilke ein langes Gesicht zog.

Möller/Michaelis stand auf dem Klingelschild. Der junge Mann, der ziemlich lange brauchte, um zur Tür zu kommen, wirkte müde. Sein nach hinten gekämmtes Haar war genauso farblos wie sein zerknittertes Shirt, das über einer ausgebeulten Baggy Jeans hing. Das Einzige, was an ihm leuchtete, waren seine grünen Sneakers von Reebok.

»Ja?« Misstrauisch beäugte er Nolas Marke. »Polizei. Und?«

»Wir möchten zu Clemens Möller.«

»Nicht da.«

Na prima, einer von der gesprächigen Sorte. »Wo können wir ihn antreffen?«

»Keine Ahnung.«

»Hör mal zu, Freundchen.« Offenbar hatte Conrad keine Lust auf Zweiwortsätze. »Wenn du die Zähne nicht auseinanderkriegst, können wir die Unterhaltung gern im Präsidium fortsetzen. Wir reißen uns hier den Arsch auf und machen Überstunden, und du kannst nicht mal anständig mit uns reden? Und jetzt möchte ich mal deinen Ausweis sehen.«

Seine Worte weckten den Schlaffi auf. »Moment. Sofort.« An der Garderobe hingen bestimmt zwanzig Jacken, die meisten davon schwarz. Überraschenderweise wusste er auf Anhieb, wo er suchen musste, und hielt wenig später seinen Personalausweis in der Hand. Ralf Michaelis, zweiundzwanzig Jahre alt, angemeldet unter dieser Adresse. »Clemens ist nicht hier. Keine Ahnung, wo der sich rumtreibt. Wenn Sie ihn treffen wollen, gehen Sie ab neunzehn Uhr ins *Barrakuda*. Das ist eine Cocktailbar am Delft. Er arbeitet dort.«

»Nebenbei, nehme ich an?«, warf Nola ein. »Soweit uns bekannt ist, studiert Herr Möller Soziale Arbeit.«

Ihre Bemerkung entlockte dem jungen Mann ein ungläubiges Lachen. »Studieren?«, prustete er. »Nicht dass ich wüsste. Wir teilen uns die Wohnung seit über zwei Jahren. Aber zur Uni ist Clemens noch nicht ein einziges Mal gegangen. Ich glaub nicht mal, dass er eingeschrieben ist.«

Interessant, dachte Nola, *sehr interessant*. Wenn Möller tatsächlich nicht studierte, hatten seine Eltern keine Ahnung davon, was darauf schließen ließ, dass sie auch sonst nicht viel über ihn wussten.

Um Conrad bis neunzehn Uhr bei Laune zu halten, schlug

sie einen Besuch bei *McDonald's* vor. Sie bestellte sich eine Portion Chicken McNuggets und eine große Cola, Conrad wählte einen Big Mac, eine Doppelportion Pommes und ebenfalls eine Cola. Er beschwerte sich, dass es nichts Anständiges zu trinken gab, womit alkoholische Getränke gemeint waren, und bekleckerte sich mit Soße. Nolas Versuch, die Flecken mit einer Serviette abzureiben, wehrte er rigoros ab. »Lass, ist doch egal. Morgen zieh ich eh was Sauberes an.« Beinahe hätte sie gelacht, aber eben nur beinahe. Kaum dass sie wieder im Auto saßen, zog Conrad seinen Flachmann aus der Brusttasche. »Zur Verdauung, so fettes Essen vertrage ich nicht mehr.«

Nola holte ihr Notizbuch hervor und schrieb ein paar unwichtige Dinge auf. Sie hatte keine Lust, Conrad beim Saufen zuzugucken.

»Cocktails«, stöhnte er, während er die Flasche zuschraubte. »Das mögen doch nur Mädchen. Muss ich da wirklich mit?«

»Rate mal.«

Keiner der Gäste im *Barrakuda* war jünger als fünfundzwanzig. Hier trug man nicht einfach nur Jeans und einen Pulli, hier war man gekleidet oder besser gestylt und gab sich durch Frisur und Outfit als Yuppie zu erkennen, wobei der wahre Yuppie in der Großstadt lebte und nicht in Emden. Nola war froh, dass ihr schwarzes Shirt mit der Knopfleiste am Rücken, ein Geschenk ihrer Mutter, aus einem Nobelgeschäft stammte und fast hundert Euro gekostet hatte. Die anwesenden Frauen erkannten so etwas auf den ersten Blick, davon war sie überzeugt. Conrad in seinem schmuddeligen Parka mit den frischen Flecken auf dem Hemd war dagegen völlig fehl am Platz, und sie schämte sich für ihn, vor allem als er schnurstracks an die Theke marschierte, um dort möglichst publikumswirksam mit seiner Kripomarke rumzufuchteln.

Sie wusste sofort, wer Clemens Möller war. Kein Wunder, dass Yasmina sich in diesen jungen Mann verliebt hatte. Nicht nur, dass er ausgesprochen attraktiv aussah, er wusste sich auch hervorragend in Szene zu setzen. Jeder Blick aus den schmalen, rehbraunen Augen, jedes spöttische Lächeln, die Art, wie er den Shaker bewegte, genau im Takt der lasziven Musik von Lana Del Rey, signalisierte: *Hey, das hier ist meine Show.* Der Kontrast zwischen seiner auffallend blassen Haut und den schwarzen Haaren hätte größer nicht sein können. Ein weißes Hemd mit aufgekrempelten Ärmeln, darüber eine eng anliegende Weste aus schwarz glänzendem Material, perfekt sitzende Jeans, natürlich ebenfalls schwarz. Wow. Nicht mal Conrads Marke brachte ihn aus der Fassung, er hob nur amüsiert die rechte Augenbraue. Sobald ihm klar wurde, dass Nola ebenfalls dazugehörte, blendete er Conrad komplett aus und lenkte seinen Fokus zu hundert Prozent auf sie.

»Wie kann ich helfen?« Sein Lächeln wirkte ein bisschen überheblich, passte aber zu seiner Erscheinung, und Nola musste Hilke recht geben, er sah verdammt sexy aus.

»Wir haben ein paar Fragen. Vielleicht können wir uns irgendwo ungestört unterhalten?«

»Moment. Ich brauche zwei Minuten.« Ein letztes Mal ließ er den Shaker durch die Luft tanzen, dann goss er den rosafarbenen Inhalt mit Schwung in ein gekühltes Glas, das er mit einer Orangenscheibe und einem Holzspieß garnierte, auf dem drei leuchtend hellrote Kirschen steckten, bevor er das Getränk mit einer angedeuteten Verbeugung einer Frau überreichte, die jede seiner Bewegungen mit hungrigen Blicken verfolgt hatte und jetzt verlegen kicherte.

»Michelle, kommst du bitte mal?« Mit der linken Hand winkte er die schmale Blondine heran, die sich am anderen

Ende der Theke mit einem Gast unterhielt. »Ich muss eine Pause einlegen, bin gleich zurück.«

Die blonde Michelle wirkte überrascht, stellte aber keine Fragen. Demnach war Möller hier der Chef.

Der fensterlose Raum, in den der Barkeeper sie führte, war winzig. Drei weiße Plastikstühle, ein Tisch mit einer fleckigen Resopalplatte, auf der ein überfüllter Aschenbecher stand, und eine Garderobe, an der zwei Winterjacken hingen, beide schwarz. Für Nola als Nichtraucherin war der Gestank nach kaltem Rauch, vermischt mit einer gehörigen Dosis Raumspray, kaum zu ertragen, Conrad hingegen zückte sofort seine *Gauloises*. Zigaretten fand Clemens Möller offenbar zu gewöhnlich, er rauchte hauchdünne Zigarillos, und das mit derselben Eleganz, mit der er seine Cocktails mixte. »Um was geht es?«

»Um Leona Sieverding.«

Keine Spur von Erschrecken oder schlechtem Gewissen. »Ich hab es in der Zeitung gelesen. Traurig. Dabei hat jeder angenommen, dass sie längst tot ist. Irgendwie komisch.«

»Ja, zum Totlachen«, Conrad aschte ab, ohne hinzusehen, sodass die Hälfte der Asche auf dem Tisch landete. Dass er Herrn Möller zum Kotzen fand, stand ihm im Gesicht geschrieben.

»Sie wissen schon, wie ich das meine«, sagte Möller herablassend. Seine Augen streichelten Nolas Gesicht. Er lächelte. »Ich hatte nichts mit ihrem Verschwinden zu tun.«

»Wir haben die Akten gelesen. Allerdings ist jetzt eine neue Information aufgetaucht.«

So, als würde ihn das nicht sonderlich interessieren, zog Clemens Möller an seinem Zigarillo. Sein Blick folgte gedankenverloren dem Rauch, der sich gen Zimmerdecke kräuselte. Für einen Mann hatte er ungewöhnlich lange Wimpern. »Interessant.«

»Ich weiß nicht, ob *interessant* das richtige Wort ist.« Nola ärgerte sich, dass sie so pampig rüberkam, aber dieser Schönling fiel ihr langsam auf die Nerven. »Es liegt uns eine Aussage vor, dass Sie mit wenigstens einer Schülerin der *Christine-Charlotten-Schule* eine intime Beziehung hatten. Später haben Sie das Mädchen zu Sex mit anderen Männern animiert. Für Geld, das natürlich Sie kassiert haben.«

Ein spöttischer Blick, ein süffisantes Lächeln, er wirkte völlig unbeeindruckt, wie er jetzt den linken Ellenbogen auf den Tisch stützte und die Hand in einer anmutigen Geste abspreizte. »Ach Gott, *die* alte Leier. Jeder weiß, dass Franziska gelogen hat. Schauen Sie sich mal ihr Foto an, dann wissen Sie, wovon ich rede. Bevor ich so 'ne hässliche Braut poppe, mache ich es mir lieber selbst.«

Bei seinem Aussehen konnte er sich solche Aussagen wohl erlauben, und Nola begriff, warum keiner an der Schule Franziskas Anschuldigungen ernst genommen hatte. »Ich spreche keineswegs von Franziska Lessing.«

Damit hatte er nicht gerechnet. Seine Rehaugen weiteten sich für einen kurzen Augenblick, aber er fing sich sehr schnell und flüchtete sich wieder in das überhebliche Lächeln. »Was soll ich sagen? Als ich noch in Jemgum gewohnt habe, waren die Mädchen von der Schule ziemlich heiß auf mich. Ich gebe zu, dass ich dann und wann mal mit einer rumgeknutscht habe, hinter der Turnhalle oder im Sommer am Hafen. Mehr lief nicht. Mein Vater hätte mich umgebracht. Immerhin hing sein Job daran. Ich war damals ein unsicherer junger Mann, der die Erwartungen seiner Eltern nicht erfüllen konnte. Kein Abitur mit einer Eins vor dem Komma, kein Medizinstudium, nicht mal Lehrer konnte ich mit meiner drei Komma sieben werden. Ehrlich gesagt war mein Notenschnitt so mies, dass mir jeder interessante Studiengang verschlossen blieb. Mich hat das nicht gestört, ich wollte sowieso nicht studieren. Wie Sie sehen, bin ich Barkeeper, und das gefällt mir. Meine Eltern denken, dass ich Soziale Arbeit studiere, und ich lüge sie an, damit ich meine Ruhe habe. Mal sehen, wann sie es merken.« Er grinste zufrieden, weil er die Situation wieder im Griff hatte. »Egal, was die Girlies sich erträumt haben, mehr als Knutschen war bei mir nicht drin. Für echten Sex hatte ich 'ne feste Freundin, übrigens die Tochter vom Apotheker. Sabrina Martens. Die studiert jetzt Pharmazie in Marburg, damit sie eines Tages Papas Apotheke übernehmen kann. Gleich nach dem Abi haben wir Schluss gemacht. War okay für mich. Ich bin keiner, der sich gern einer Frau unterlegen fühlt. Was sagten Sie doch gleich, wie heißt das Mädchen, das für mich anschaffen musste?«

»Ich sagte nichts.« Zufrieden registrierte Nola, wie cool sich das anhörte.

»Tja. Und ich bleibe dabei, dass das eine Lüge ist. Nennen Sie mir den Namen, sonst geh ich wieder an meine Arbeit.«

»Tun Sie das. Ach ja, stellen Sie sich schon mal darauf ein, dass das nicht unser letzter Besuch war.«

Plötzlich wollte Conrad unbedingt einen der kunterbunten Cocktails probieren, und Nola schaffte es nur, ihn mit der Aussicht auf ein Bier im Irish Pub aus dem Laden zu lotsen.

Mittwoch,
6. März

Heute Morgen hatte Clemens unten auf dem Parkplatz gestanden. Mit dem Rücken an ihren hellgrünen Twingo gelehnt, die Arme vor der Brust verschränkt, hatte er sie angeschaut, sich dabei aber nicht vom Fleck gerührt. Nicht nur, dass er wusste, wo sie wohnte, was entsetzlich genug war, er kannte sogar ihr Auto, und sie fragte sich, wie lange er sie schon heimlich beobachtete. Zuerst hatte sie dagestanden wie gelähmt, als hätte man hinterrücks eine Spritze in ihren Hals gerammt und ein Medikament injiziert, das auf einen Schlag alle Körperfunktionen außer Kraft setzte. Dann, als sie sich wieder bewegen konnte, hatte sie sich umgedreht und war zurück in ihre Wohnung geflüchtet. Sie hatte sich ritzen müssen, schon wieder, doch es hatte nichts geholfen.

Clemens' Anblick hatte sie zurückverwandelt in das Mädchen von damals, das schluchzend auf dem Bett lag und sich schmutzig fühlte, überall, egal wie lange es unter der Dusche stand und seine Haut abseifte. Genau wie damals konnte sie sich plötzlich nicht mehr spüren, als wäre jeder Zentimeter ihrer Haut betäubt, innen und außen.

»Was ist los mit dir? Bist du krank?« Fabian setzte sich auf die Bettkante und streichelte ihren Arm. Natürlich entdeckte er das Pflaster. »O nein, Liebling, hast du es wieder gemacht?«

Ja, wollte sie schreien, *das siehst du doch. Die Rasierklinge liegt noch auf dem Waschbecken.* Stattdessen nickte sie nur zaghaft.

»Warum denn nur? Es ging dir doch so gut!« Es hörte sich traurig an und irgendwie enttäuscht, und gleich fühlte sie sich schrecklich wie eine Versagerin.

Sie setzte sich auf und lehnte ihren Kopf an seine Schulter, was ihm ein tiefes Seufzen entlockte. Manchmal fragte sie sich, warum sie sich ausgerechnet in Fabian verliebt hatte. Sie kannten sich aus der Schule, er besuchte die zwölfte Klasse, sie die dreizehnte. Fabian wirkte viel jünger, als er tatsächlich war, und er sah so unmännlich aus, wie ein Neunzehnjähriger nur aussehen konnte. Sein Haar fühlte sich so weich an wie Babyhaar, sein Bart wuchs nur spärlich, und seine schmale Brust war völlig unbehaart. Wenn er lächelte, dann wirkte es immer ein wenig fragend, stets fürchtete er, etwas falsch zu machen, und wenn er gerührt war, kamen ihm die Tränen. Da reichte schon ein trauriges Lied oder ein Bericht in der Zeitung über einen misshandelten Hund. Fabian wohnte noch zu Hause. Seine Eltern waren Rechtsanwälte mit einer gemeinsamen Kanzlei in der Innenstadt, und seine beiden älteren Brüder studierten Jura. Der Zusammenhalt innerhalb der Familie war sehr stark ausgeprägt. Die älteren Söhne verbrachten ungewöhnlich viel Zeit zu Hause, auch die gesamten Semesterferien. Wenn die Blaschkes gemeinsam Urlaub machten, dann meist in Schweden, wo Lachse geangelt wurden. Fabian hatte ihr Fotos gezeigt.

Dass ihr Freund in der Lage war, ein Lebewesen zu töten, selbst wenn es sich nur um einen Fisch handelte, konnte Yasmina sich nur schwer vorstellen. Aber so begeistert, wie er davon sprach, fiel ihm das nicht schwer. Er benutzte dazu eine Art Totschläger, um die Fische zu betäuben, und danach ein besonderes Messer, mit dem er direkt in das Herz stach, und er achtete darauf, dass es schnell und schmerzlos geschah, damit die Fische nicht unnötig leiden mussten.

Seit acht Monaten waren sie jetzt zusammen. Auf dem Schulhof machten sie kein Geheimnis aus ihrer Beziehung, in den Pausen standen sie beieinander, und manchmal küsste er sie sogar vor aller Augen, obwohl ihr das ein bisschen peinlich war. Dennoch hatte er sie noch nie mit nach Hause genommen. Yasmina schloss daraus, dass weder seine Eltern noch die älteren Brüder von ihr wussten, was wiederum bedeutete, dass die Familie Blaschke nicht begeistert davon sein dürfte, dass ihr jüngstes Mitglied sich in eine gehörlose Türkin verliebt hatte, und sie gestand sich ein, dass es zu Fabian passte, den Weg des geringsten Widerstands zu gehen und ihre Existenz der Einfachheit halber zu verschweigen. Obwohl er neunzehn war und damit volljährig, übernachtete er nur selten in ihrer Wohnung. Gar zu gern hätte sie gewusst, welche Geschichten er seinen Eltern auftischte, wenn er doch mal bei ihr schlief. Manchmal gestattete sie sich einen Hauch von Enttäuschung, weil er nicht zu ihr stand.

Wenn Fabian von zu Hause sprach, klang immer sehr viel Liebe aus seinen Worten. Zwischen den Zeilen meinte Yasmina rauszuhören, dass die Blaschkes enttäuscht waren von seinen Schulleistungen, die ein Jurastudium unmöglich machten. Sie sah, wie er sich anstrengte, um gute Noten zu erreichen. Sein Ziel war es, Elektrotechnik zu studieren.

Wenn sie miteinander schliefen, war Fabian behutsam und übervorsichtig, geradeso, als wäre sie aus feinstem Porzellan und sehr zerbrechlich. Jede Regung in ihrem Gesicht, jedes Geräusch, das sie von sich gab, wusste er richtig zu deuten. Es kam vor, dass er mittendrin aufhörte mit den Worten: »Ich glaub, du bist gar nicht in Stimmung.« Manchmal schob er noch ein »Schade« hinterher, das aber nett klang und überhaupt nicht sauer oder gar aggressiv. Er wusste nicht, was sie als Fünfzehnjährige für Clemens getan hatte, hielt sie einfach für besonders zurückhaltend, vielleicht auch verklemmt, glaubte wohl, das hing mit ihrem muslimischen Elternhaus zusammen. Insgeheim hoffte er sicher darauf, dass sie irgendwann ihre Hemmungen ablegen und die Leidenschaft entwickeln würde, die jeder Mann sich erträumte. Yasmina selbst glaubte nicht daran, obwohl sie es sich von ganzem Herzen wünschte. Anders als damals bei Clemens fühlte sie nichts, wenn Fabian ihre nackte Haut berührte, höchstens Widerwillen, den sie sorgsam vor ihm verbarg.

War das schon Betrug, wenn man dem anderen nicht erzählte, warum man mit angehaltenem Atem alles über sich ergehen ließ, ohne etwas dabei zu empfinden? Aber das stimmte ja gar nicht, sie empfand sehr wohl etwas, ein warmes Gefühl von Dankbarkeit und Verehrung für den Mann, der es mit ihr aushielt. Jeden anderen hätte sie schon verloren, das war ihr nur zu bewusst. Fabian war ein Guter, ein Mann für das ganze Leben, wenn auch keiner, nach dem man sich verzehren konnte. War es nicht ohnehin besser, eine winzige Distanz zu bewahren und sich nicht völlig im anderen zu verlieren? Zu viele Gefühle brachten kein Glück, das hatte sie lernen müssen.

Behutsam fuhr Fabian mit seiner rechten Hand über das Pflaster, und sein Gesichtsausdruck verriet, dass ihre Wunden auch ihn schmerzten. »Willst du es nicht doch mal mit einer Therapie versuchen? Irgendeine Ursache muss es doch dafür geben.« Sein linker Arm legte sich um ihre Hüfte, nicht so vorsichtig wie sonst, sondern richtig fest, als wollte er ihr auf diese Weise mitteilen, dass sie sich auf ihn verlassen konnte, dass er sie halten würde, egal was auch passierte. Wenn sie doch nur daran glauben könnte. »Irgendwann hörst du damit auf,

Liebling. Das weiß ich einfach.« Er streichelte erneut über das Pflaster. »Es war doch schon so gut.«

Ja, weil es ihr gelungen war, all das Hässliche zu verdrängen. Doch letzte Woche hatte man Leona gefunden, und die rothaarige Polizistin, deren Namen sie sich nicht merken wollte, war aufgetaucht, und heute Morgen hatte sie *ihn* gesehen. Vier Jahre durfte sie in barmherzigem Dämmerlicht leben, vergessen, hoffen, aber jetzt hatte jemand das Licht einfach wieder angeknipst, und sie war gezwungen, hinzuschauen.

»Ich kann keine Therapie machen«, flüsterte sie tonlos. »Weil dann alles rauskommt. Du wirst mich verlassen, und mein Vater wird mich verstoßen. Oder umbringen.«

»Was kommt raus?« Fabians Stimme klang verzweifelt. »Und warum sollte ich dich verlassen? Ich liebe dich doch. Und ich wünsche mir nichts sehnlicher, als dass du mir vertraust.« Er legte zwei Finger unter ihr Kinn und zwang sie, ihm in die Augen zu schauen. »Ich glaube, du hast etwas Furchtbares erlebt. In dieser Schule in Jemgum, stimmt's? Dieses tote Mädchen. Du behauptest, dass der Name dir nichts sagt. Aber sie ist genauso alt wie du und auch dort zur Schule gegangen. Ihr müsst euch kennen. Yasmina, warum kannst du mir nicht einfach erzählen, was dich so quält?«

Sie sprachen oft über die Zukunft, dass sie irgendwann heiraten wollten, in einer großen Stadt leben, Hamburg oder Berlin, eine schicke Wohnung kaufen und Kinder bekommen, am liebsten zwei. Vorher würden sie studieren, sie Betriebswirtschaft und er Elektrotechnik. Doch Yasminas Vergangenheit war tabu, eine Kiste mit tausend Riegeln und Schlössern, die niemand öffnen durfte. Natürlich war ihr klar, dass sie ihm irgendwann die Wahrheit sagen musste, gestehen, wer sie wirklich war, damit er die Freiheit hatte zu entscheiden, ob er so eine Frau wirklich wollte. Sie spürte, dass der Zeitpunkt jetzt gekommen war.

»Gut«, flüsterte sie, die Lippen an seinem Hals, damit er ihr nicht in die Augen sehen konnte. »Aber lass uns warten, bis es draußen dunkel ist.«

Ein anderer hätte ihren Vorschlag vermutlich seltsam gefunden. Er küsste sie auf die Wange und lächelte sein streichelweiches Fabian-Lächeln, und für einen Moment konnte sie glauben, dass alles gut werden würde.

Behutsam drückte er seine Lippen auf ihre Stirn, dann stand er auf. »Ich muss noch was für die Schule machen. Du auch?«

Sie nickte. Wie immer setzte Yasmina sich an ihren Schreibtisch, während Fabian seine Bücher auf dem Esstisch ausbreitete. Es wollte ihr nicht gelingen, sich auf die Matheaufgaben zu konzentrieren, weil sie spürte, dass er sie unentwegt anschaute. Ihr war klar, dass er sich fürchtete, genauso wie sie selbst. *Zwei jämmerliche Feiglinge*, dachte sie. *Wohin soll das führen?*

Als sie es nicht mehr aushielt, legte sie den Stift beiseite, schlug das Heft zu und zog wahllos ein Buch aus dem Regal. Sie drehte den Stuhl so, dass sie ins Zimmer schauen konnte, und begann zu lesen, ohne den Sinn der Worte zu realisieren.

Fabian hatte sich inzwischen in seine Aufgaben vertieft. Der Stift flog über das Papier, und er murmelte Zahlen vor sich hin. Als er ihren Blick bemerkte, hob er den Kopf. »Fertig? Ich brauch noch ein paar Minuten. Noch zwei Aufgaben.«

Später setzten sie sich auf das Sofa und schauten wortlos zu, wie die Dunkelheit aus den Ecken kroch und langsam das Zimmer eroberte, ein schwarzer Nebel, der alles einhüllte, bis die Möbel und zuletzt sie selbst vollkommen darin verschwanden. Erst als es nicht mehr möglich war, das Gesicht des anderen zu erkennen, begann Yasmina zu erzählen. Ihre Stimme wollte manchmal nicht gehorchen, sie kam mehrfach ins Stocken, und es dauerte eine Weile, bis sie merkte, dass es eine große Erleichterung war, alles loszuwerden. Hinterher lagen sie sich in den Armen, beide mit nass geweinten Gesichtern, und sie hatte das Gefühl, dass ihr Herz freier schlug, als hätte sie es aus einem viel zu engen Käfig befreit.

»Warum hast du mir nicht längst davon erzählt? Du brauchst eine Therapie. So etwas kann kein Mensch allein verarbeiten. Und du musst Anzeige erstatten, Liebling! So eine Schweinerei verjährt nicht. Ich kann mit meinem Vater reden, der kennt sich da aus. Oder mit meiner Mutter, wenn dir das lieber ist.«

»Nein. Keine Anzeige. Nie im Leben möchte ich im Gerichtssaal stehen, vor fremden Leuten, ihre neugierigen Fragen beantworten. Und ich will auch nicht, dass du deinen Eltern davon erzählst. Dann könnte ich ihnen niemals in die Augen schauen.«

»In Ordnung, wie du willst.« Es gelang ihm nicht ganz, seine Erleichterung zu verbergen. Mit so etwas hatte er ganz sicher nicht gerechnet. Er war verunsichert, und sie konnte es ihm nicht verübeln. »Tut mir leid, dass ich jetzt nach Hause muss. Du weißt ja, wie meine Eltern sind. Einfach ohne Vorankündigung über Nacht wegbleiben, da krieg ich Stress.«

»Ist schon okay«, sagte sie leise und war sicher, dass er sich ohnehin zurückziehen würde. Nicht sofort, aber mit der Zeit. Ein Abschied auf Raten. *Zuerst wird er mich nicht mehr berühren, dann wird er seltener kommen und seine Hausaufgaben vorschützen, die viele Arbeit, seine Brüder, die Familie. Und eines Tages wird er ohne großartige Erklärung wegbleiben. Hätte ich doch den Mund gehalten.*

Und dennoch hatte dieses Geständnis auch etwas Gutes bewirkt, etwas, das noch winzig war, kaum wahrzunehmen, das aber wachsen würde. Sie fühlte Hass, glühenden Hass auf Clemens Möller. Er hatte ihr all das angetan. Zum ersten Mal stellte sie sich vor, ihn aufzuspüren und zu bestrafen. Sie könnte Salzsäure nehmen, die verhängnisvolle Schönheit wegätzen, bis sein Gesicht genauso hässlich war wie seine Seele.

Jens nahm das Gespräch an, er hörte zu und verdrehte die Augen. »Okay, wir sind schon unterwegs.« Er legte auf. »Das war jemand aus dem Koopmannsweg. Die haben Sperrmüll, und rate mal, wer da wieder wütet.«

»Mollbeck?« Die Frage war eher rhetorischer Natur, es gab nur einen Menschen in Martinsfehn, der Ärger machte, sobald er irgendwo einen Haufen mit Sperrmüll entdeckte. Markus Mollbeck. Wohl jeder im Dorf kannte das rot geklinkerte Fehnhaus an der Schleusenwieke, das Markus seit dem Tod seiner Mutter total verkommen ließ. Die meiste Zeit verbarrikadierte er sich im Haus. Manchmal sah man ihn auch zwischen den Bergen von Metallschrott herumlaufen, den er sammelte und zu obskuren Gebilden zusammenschweißte. Er trug grundsätzlich eine grüne Wollmütze, auch mitten im Sommer, redete laut vor sich hin und gestikulierte dabei wild mit beiden Händen. Auf dem Gelände rannten zwei Pitbulls herum, die jeden Fremden fernhielten. Bei all seinem Chaos zahlte er pünktlich die Hundesteuer, und mithilfe seines Bruders hatte er einen hohen, stabilen Zaun um das Grundstück gezogen, wie es für Halter von Kampfhunden gesetzlich vorgeschrieben war. Renke nahm an, dass Hanno die Kosten dafür getragen hatte, so wie er immer einsprang, wenn Markus Unterstützung brauchte.

Markus betrachtete es als sein Recht, all das zu durchwühlen, was andere Leute ordentlich am Straßenrand aufstapelten, damit die Müllabfuhr am nächsten Morgen nichts zu beanstanden fand, und es war ihm völlig einerlei, welches Chaos er dabei anrichtete. Er hatte es schon fertiggebracht, die Hauptstraße zu blockieren, weil er Dinge, die er nicht gebrauchen konnte, einfach hinter sich auf die Fahrbahn schleuderte. Leute, die ihn bei seinen Aktionen störten, womöglich darauf hinwiesen, dass der Sperrmüll Privateigentum war, brüllte er an, und dabei war er nicht gerade zimperlich in seiner Wortwahl. Einmal war er in blindwütigem Zorn mit einer Eisenstange auf einen Anwohner losgegangen. Zum Glück hatte der Mann den Ernst der Situation erfasst und war in sein Haus geflüchtet.

Renke und Markus Mollbeck hatten gemeinsam die Grundschule besucht. Schon damals galt Markus als komischer Vogel. Es gab zwei oder drei Reizwörter, die ihn auf der Stelle ausflippen ließen, eines davon hieß *Mädchen*, ein anderes *Molli*. Wer ihn so titulierte, musste sich augenblicklich in Deckung bringen, weil Markus in seiner Wut blindlings um sich schlug. Die Jungs aus seiner Klasse, darunter auch Renke, wussten das, und sie machten sich einen Spaß daraus, ihn zu reizen. Nachmittags verhinderte Hanno, sein älterer Bruder, zur Enttäuschung der anderen Jungs manche Keilerei, auf dem Schulhof konnte er Markus aber nicht helfen, weil er sieben Jahre älter war und das Gymnasium in Leer besuchte.

In der Pubertät verschlimmerten sich die aggressiven Ausbrüche, und Frau Mollbeck schleppte ihren Sohn auf Anraten der Schulleitung nach Oldenburg zu einem Psychologen, der beruhigende Medikamente verschrieb. Danach lief Markus rum wie in Trance, es kam sogar vor, dass er mitten im Unterricht einnickte. Seine Feinde ging er nicht mehr körperlich an, stattdessen gab es zerstochene Fahrradreifen und einmal einen vergifteten Hund. Obwohl man dem Jungen nichts nachweisen konnte, ließen die anderen von ihm ab. Er wurde ihnen schlicht unheimlich. Nach der Schule begann Markus eine Lehre als Verkäufer in einem Technikmarkt, wo er nach wenigen Wochen gekündigt wurde, weil er einen Kunden tätlich angriff. Er hatte sich von den bohrenden Fragen provoziert gefühlt. Danach hing er nur noch zu Hause rum, wo er seine Mutter zur Verzweiflung brachte. Irgendwann drehte Markus völlig durch, er griff seine Mutter an und würgte sie bis zur Bewusstlosigkeit. Er wurde umgehend in die Psychiatrie eingewiesen, wo man eine schwere Persönlichkeitsstörung diagnostizierte, die mit entsprechenden Medikamenten eingestellt wurde. Doch trotz zahlreicher Therapien und ständiger wechselnder Medikation fasste er nie mehr Fuß im Leben. Lange Klinikaufenthalte wechselten sich ab mit ebenso langen Aufenthalten in betreuten Wohngruppen, wo er sich zuletzt so unauffällig verhielt, dass man ihn entließ. Seine Mutter war inzwischen verstorben, und das Haus bot ihm einen sicheren Rückzugsort. Solange man ihn in Ruhe ließ, kam er einigermaßen zurecht, vor allem, seit sein großer Bruder nach Martinsfehn zurückgekehrt war und sich um ihn kümmerte.

Im Koopmannsweg standen die Anwohner auf der Straße, um das laute Spektakel zu genießen, allerdings in gebührendem Abstand, und Renke hätte am liebsten gefragt, ob nicht jemand Glühwein ausschenken wollte. Markus schimpfte und tobte wie ein wild gewordenes Rumpelstilzchen. Er warf mit Gegenständen um sich und hatte den Besitzer des Sperrmülls bereits in die Flucht geschlagen.

»Hallo, Markus«, sagte Renke so ruhig wie möglich.

»Hau ab, ich hab zu tun.« Markus schaute nicht mal auf, vielmehr kippte er den Inhalt einer Kiste auf den Boden. Eine uralte Kaffeekanne zerbrach in tausend Stücke. »Was ist das denn für'n Scheiß, das braucht doch kein Mensch«, beschwerte er sich und schubste die Porzellanscherben mit dem Fuß beiseite. Er trug abgeschrammte Stahlkappenschuhe, die Schnürsenkel waren blau und mehrfach geknotet.

Renke seufzte. »Pass mal auf. Du weißt genau, dass es verboten ist, den Sperrmüll anderer Leute auseinanderzunehmen.«

»Interessiert mich nicht. Ich such was …«

»Drei Möglichkeiten: Du hörst einfach auf und fährst nach Hause. Ich rufe Hanno an. Oder ich nehme dich mit. Wie beim letzten Mal. Mit Handschellen.« Renke tippte an seinen Gürtel, um zu demonstrieren, wie ernst es ihm damit war. Schon mehr als einmal musste er Markus überwältigen, Handschellen anlegen und ihn auf dem Revier in die Arrestzelle sperren, wo sein Bruder ihn später abgeholt hatte.

Blitzschnell beugte Markus sich vor, griff nach einem Stahlrohr, das zu einem Regalsystem gehörte, welches hier entsorgt werden sollte, und hielt es wie ein Schwert in der Hand, das freie Ende auf Renke gerichtet. Genauso blitzschnell zückte Renke seine Dienstwaffe, was bei Markus ein meckerndes Lachen auslöste.

»Das Teil kann ich brauchen, den restlichen Müll könnt ihr behalten.« Kichernd tänzelte er zu seinem Wagen, einem uralten Polo mit Steilheck, und schlug das Stahlrohr ansatzlos gegen das Dach. Es knallte so laut, dass alle zusammenzuckten. »Wisst ihr was? Ihr seid so armselig, dass ich kotzen könnte! Ihr gönnt anderen nicht mal das, was ihr wegschmeißt!« Die Delle, die er gerade in sein Auto geprügelt hatte, schien ihn gar nicht zu interessieren. Er stieg ein und fuhr davon, in wilden Schlangenlinien, um zu zeigen, dass er sich als Sieger fühlte.

Donnerstag, 7. März

Leonas Beerdigung war für elf Uhr angesetzt. Deshalb schaute Nola nur kurz im Präsidium vorbei, um die Post zu checken, bevor sie sich auf den Weg nach Bassum machte. Die Fahrt, die immerhin neunzig Minuten dauerte, bot sich an, um noch einmal in aller Ruhe über die bisherigen Erkenntnisse nachzudenken. Leider machten ihre Gedanken sich immer wieder selbstständig und landeten bei Renke. Was verband ihn mit dieser Lehrerin? Eine wie auch immer geartete Beziehung zwischen Ermittler und einer wichtigen Zeugin war höchst unprofessionell. Zudem hatte damals noch seine Frau gelebt. Britta, allein der Name reichte aus, damit Nolas Stimmung endgültig im Keller landete. Am Ende war sie heilfroh, als sie Bassum erreicht hatte.

Bereits die Anzahl der parkenden Autos machte klar, dass diese Beerdigung ein großes Ereignis für den Ort darstellte. Nach langer Parkplatzsuche hastete sie in die Friedhofskapelle und fand mit Mühe einen Sitzplatz in der letzten Reihe. Es war so kalt, dass sie sich zusammenreißen musste, um nicht mit den Zähnen zu klappern. Der Mann neben ihr trug einen schwarzen Mantel aus schwerem Wolltuch, der penetrant nach Mottenkugeln roch. Scheinbar hatte er das Falsche zum Frühstück gegessen, jedenfalls musste er mehrfach aufstoßen. Seine Ehefrau, die auf der anderen Seite saß, rammte ihm jedes Mal ihren Ellenbogen in die Seite, so heftig, dass der Arme gegen Nola fiel und sich flüsternd entschuldigte.

Um kurz vor elf betraten die Eltern die Kapelle. Herr Sieverding, der einen dunklen, perfekt sitzenden Anzug trug, hatte seine Frau untergehakt. Ihr Kapuzenmantel reichte beinahe bis zum Boden und sah aus, als hätte sie ihn von einer größeren Frau ausgeliehen. Ihre hochhackigen Stiefel klackten metallisch bei jedem Schritt über die Steinfliesen. Er schaute stur nach vorn, ihr Blick war auf den Boden gerichtet. Während der Predigt erinnerte Nola sich an die Beerdigung von Renkes Tochter. Aleena war einem Gewaltverbrechen zum Opfer gefallen. Allein diese Tatsache reichte normalerweise aus, um die Kirche bis auf den letzten Platz zu füllen. Im Gegensatz zu der Familie Sieverding hatte Renke dafür gesorgt, dass nur wenige Leute von der Beisetzung wussten, sodass die Friedhofskapelle beinahe leer gewesen war.

Als der Sarg rausgetragen wurde, stellte Nola sich neben die große, doppelflügelige Tür, damit sie jeden, der die Kapelle verließ, in Augenschein nehmen konnte. Einzig Tonia Eschweiler war ihr bekannt. In der kleinen Schar der ehrlich Trauernden und der weitaus größeren Anzahl von Neugierigen und Sensationsgeilen fiel sie kaum auf. Ob sie aus privaten Gründen hier war, vielleicht weil ihr schlechtes Gewissen ihr keine Ruhe ließ, oder ob es zu den Aufgaben der Schulleitung gehörte, den Beerdigungen von Schülern und ehemaligen Schülern beizuwohnen, wusste Nola nicht. Ganz automatisch nahm sie Letzteres an. Seit Neuestem konnte sie Frau Eschweiler nicht mehr ausstehen. Punkt.

Nola verließ als eine der Letzten die Kirche und folgte dem Trauerzug auf den Friedhof. Sie verzichtete darauf, den Sieverdings ihr Beileid auszusprechen, und schaute sich stattdessen nach Besuchern der Beerdigung um, die sich merkwürdig verhielten. Tonia Eschweiler stand jetzt bei den Eltern. Sie sprach mit Herrn Sieverding, und aus der Ferne wirkte es, als würden beide lächeln. Dann drehte sie sich um und nahm Frau Sieverding in den Arm, nicht sehr lange und schon gar nicht herzlich. Eher so, als handelte es sich um eine lästige Pflicht.

In Martinsfehn passierten neuerdings schreckliche Dinge. Jemand hatte eine junge Frau entführt, einfach sterben lassen und sie dann am Kreihenmeer aufgebahrt. Ein Verrückter, eine andere Erklärung konnte es für Meta nicht geben. Und ganz bestimmt niemand, der hierher gehörte, nach Martinsfehn, wo jeder jeden kannte und niemand seine Tür absperren musste, nicht mal nachts. Nein, das hatte ein Zugezogener gemacht, einer wie ihr Nachbar. Seit Herr Strewitz sie vor dem Polizeirevier erwischt hatte, fühlte sie sich in ihren eigenen vier Wänden nicht mehr wohl. Am liebsten wäre sie zu Renke geradelt und hätte ihn um Polizeischutz gebeten, aber der Bengel nahm sie nicht ernst. Sie musste allein mit der Bedrohung fertig werden. Dass Herr Strewitz ein Verbrecher war, wusste sie einfach. Und er wusste jetzt, dass sie es wusste.

Seither schloss Meta Haus- und Hintertür ab, immer, sogar tagsüber, das hatte sie früher nie gemacht. Und zwischendurch, wenn dieses Unbehagen sie wieder überkam, das sich anfühlte, als würde sie plötzlich mit den Füßen in einem Kübel Eiswasser stehen, musste sie alles stehen und liegen lassen und prüfen, ob die Türen wirklich zu waren und die Schlüssel zweimal umgedreht und alle Fenster verschlossen. Davor hatte sie nämlich Angst, dass Herr Strewitz, wenn er erst merkte, dass alle Türen versperrt waren, durch eines der Fenster einstieg.

Dennoch, und sie verstand sich selbst nicht, musste sie mehrfach täglich auf den Boden steigen und das Nachbarhaus beobachten, es war wie ein Zwang. Herr Strewitz machte das, was er immer schon gemacht hatte, er fuhr frühmorgens in den Ort und holte Brötchen und die Zeitung, und es war keine Einbildung, dass er rüber zu ihrem Haus starrte. Wenn sie den Gesichtsausdruck richtig deutete, war er zornig. Gestern hatte Meta einen der Hunde in der Küche gesehen. Er stand auf den Hinterbeinen und leckte den Teller ab, von dem Herr Strewitz unmittelbar davor noch gegessen hatte. Igitt. Dann, ganz unvermittelt, zuckte der Hund zusammen und schlich davon. Als Nächstes trat ihr Nachbar an den Tisch. Er räumte das Geschirr ab und schimpfte, vermutlich mit dem Hund.

Meta hatte sich gerade einen Tee gekocht und Platz auf ihrem Lieblingsstuhl in der Küche genommen, von dem aus sie die ganze Straße überblicken konnte, als sie Herrn Strewitz entdeckte. Zu Fuß. Er steuerte auf ihre Haustür zu. Vor Schreck kippte sie sich den heißen Tee über die Hand, doch den Schmerz nahm sie gar nicht wahr. Auf Zehenspitzen schlich sie aus der Küche, krampfhaft darum bemüht, kein Geräusch zu machen, als er klingelte. Einmal, zweimal, dreimal, dann hämmerte er sogar gegen die Tür. Meta konnte nur noch an die tote Frau denken, die ja eigentlich noch ein Mädchen gewesen war, dazu taub und damit hilflos. O Gott, jetzt war sie selbst dran! Es mochte verrückt sein, aber ihr fiel plötzlich all das Gerümpel auf dem Boden ein, das Thomas nach ihrem Tod runterschleppen musste. Sie bildete sich schon ein, ihn schimpfen zu hören, ihn und vor allem ihre Schwiegertochter, diese eingebildete Pute. Und draußen hämmerte ihr Mörder an die Haustür. Jetzt marschierte er sogar ums Haus zur Hintertür. Sie riss das Telefonbuch aus der Schublade und suchte mit fliegenden Fingern die Nummer der Polizei, die sie vor Jahren mit rotem Stift auf die erste Seite geschrieben hatte, so groß, dass sie die Zahlen auch ohne Brille lesen konnte. Hoffentlich stimmte die Nummer noch.

»Polizeirevier Martinsfehn, Oberkommissar Renke Nordmann.«

»Renke«, schluchzte sie ins Telefon. »Er ist hier, er will mich umbringen, du musst sofort kommen.« Dann fiel ihr noch ein, dass sie ihren Namen nennen musste. »Hier ist Tante Meta, Gott, jetzt rüttelt er an der Hintertür.«

Ratlos starrte Renke das Telefon an. Entweder Tante Meta war jetzt völlig durcheinander, oder sie befand sich in höchster Gefahr, was er sich allerdings kaum vorstellen konnte. Trotzdem würde er nach dem Rechten sehen. »Jens, wir müssen mal eben was überprüfen. Meine Tante hat gerade angerufen, total hysterisch. Angeblich will jemand bei ihr einsteigen.«

Er verzichtete auf Martinshorn und Blaulicht, der Verkehr in Martinsfehn erlaubte auch so ein zügiges Fahren, und sollte wirklich jemand einen Einbruch versuchen, schien es nicht sonderlich klug, ihn vorzuwarnen. »Du gehst hinten rum, ich klingle vorn«, ordnete er an.

Dazu kam es aber gar nicht mehr, weil Tante Meta bereits die Haustür aufstieß. »Er ist wieder weg!«, keuchte sie. »Aber er war hier, gerade eben. Und er hat versucht, ins Haus zu kommen. Gut, dass ich jetzt immer alles abschließe. Als hätte ich es geahnt.«

»Was geahnt? Von wem redest du überhaupt?«

»Na, von meinem Nachbarn natürlich. Du wolltest mir ja nicht glauben. Der Mann hat was zu verbergen. Ich weiß es einfach. Und er weiß, dass ich es weiß. Er hat nämlich letzte Woche …« Verlegen wischte sie mit beiden Händen an ihrer Schürze herunter, die schwarz war mit weißen Punkten und ihn an seine Großmutter erinnerte. Dann schaute sie ihn trotzig an. »Ich hab versucht, durch den Zaun zu gucken. Weil ich wissen wollte, wer ihn besucht. Und das hat er gesehen. Jetzt weiß er, dass er mich aus dem Weg räumen muss.«

Jens, der inzwischen das Haus umrundet hatte, offenbar ohne Ergebnis, und der jetzt neben der Tür stand, mit dem Rücken zu Tante Meta, hielt sich bereits die Hand vor den Mund, um nicht laut herauszulachen, und Renke selbst schaffte es auch nur mit Mühe, sein Grinsen zu unterdrücken.

»Wer war denn zu Besuch, dass es so gefährlich ist, davon zu wissen?«, fragte er todernst.

»Weiß ich doch nicht, ich konnte ja nichts sehen.« Jammernd holte sie ein Taschentuch aus ihrer Schürzentasche und putzte sich geräuschvoll die Nase.

»Was ist das überhaupt für ein Mann, dieser Nachbar?« Jens' Neugierde schien geweckt, was Tante Meta dankbar zur Kenntnis nahm.

»Tja, das wüsste ich eben auch gern. Wohnt bald fünf Jahre hier und hat noch nie ein vernünftiges Wort mit mir gewechselt. Und heute klingelt er an der Tür. Nach fünf Jahren! Das macht der doch nicht einfach so. Ich sag ja, dass er das taube Mädchen versteckt hatte. Aber Renke ...« Sie warf ihm einen bitterbösen Blick zu. »Der nimmt mich nicht ernst. Denkt wohl: Ach, die olle Tante Meta ist sowieso nicht mehr ganz richtig im Kopf. Die redet sich das alles bloß ein.« Sie stopfte das Taschentuch zurück in die Schürzentasche und pikste mit ihrem Zeigefinger an seine Uniform. »Du gehst da jetzt rüber und sagst, dass ich ihn angezeigt habe. Weil ich mich von ihm bedroht fühle. Und dass er mich gefälligst in Ruhe lassen soll.«

Seufzend willigte Renke ein. »Los, Jens, wir gucken mal.«

»Nur weil er an Ihrer Tür geklingelt hat?«, wollte Jens wissen, nachdem Tante Meta die Tür zugeschlagen und den Schlüssel zweimal im Schloss umgedreht hatte.

»Genau.« Renke grinste. »Weil er an ihrer Tür geklingelt hat. Oder einfach, weil sie meine Tante ist. Wir schauen, ob sein Wagen auf dem Grundstück steht. Und dann behaupten wir, dass genau so ein Modell auf dem Marktplatz einen anderen Wagen gerammt hat und wir den Fahrer suchen. Wegen Fahrerflucht.«

Was Jens jetzt dachte, konnte er sich bestens vorstellen. Egal. Je eher sie das hier hinter sich brachten, umso schneller konnten sie zurück in die warme Revierstube.

Es war merkwürdig, den Parkplatz der ehemaligen Diskothek so leer zu sehen. Als Renke jung war, also vor gut zwanzig Jahren, hatte er jedes Wochenende hier verbracht. In *Meyers Tanzdiele* hatte er zum ersten Mal ein Mädchen richtig geküsst, mit Zunge. Er hatte seinen ersten schlimmen Liebeskummer mit Bier und Wodka-Cola ertränkt, und weil es ihm hinterher so schlecht ging, heimlich bei Tante Meta über den Zaun gekotzt. Jetzt stand dort nur ein einziges Auto, ein schwarzer Geländewagen von Mercedes mit Anhängerkupplung. Sie gingen nicht näher ran, sondern klingelten an der Haustür.

J. Strewitz stand auf dem Klingelschild. Den Mann, der nach wenigen Minuten öffnete, erkannte er sofort. Er spielte einmal die Woche Skat im *Tennessee*. Aus der Nähe sah er älter aus, Renke schätzte ihn auf Anfang sechzig.

»Moin.« Es klang erschrocken. Genau wie den meisten Leuten schien es ihm nicht zu behagen, zwei uniformierte Polizisten vor seiner Haustür zu sehen. Jemand hatte mal gesagt, beim Anblick der Uniform würde sich sofort ein schlechtes Gewissen einstellen, auch wenn man gar nichts verbrochen hätte. Nachvollziehen konnte Renke das nicht.

»Womit kann ich Ihnen helfen?«

Ohne mit der Wimper zu zucken, sagte Renke das Märchen von dem Parkplatzcrash auf.

»Heute, sagen Sie? Da war ich gar nicht im Dorf, jedenfalls nicht mit dem Auto. Aber vermutlich sind Sie verpflichtet, meinen Wagen trotzdem in Augenschein zu nehmen. Er steht auf dem Parkplatz. Ich begleite Sie.«

Da der Lackschaden mitsamt der Fahrerflucht nur ausgedacht war, konnten sie nichts finden. Das ahnte Herr Strewitz natürlich nicht. »Hier, da ist nichts.«

Renke ging in die Knie und suchte nach Kratzern, die es nicht geben konnte.

»Schöner Wagen«, sagte Jens währenddessen, der sich an der lächerlichen Suche nicht beteiligte. »Leben Sie hier ganz allein? In dem großen Haus?«

»So groß, wie es aussieht, ist es von innen nicht. Den meisten Raum nimmt die ehemalige Diskothek ein. Da halte ich jetzt meine Hunde. Ich züchte Irische Wolfshunde, die brauchen Platz. Für mich ist das hier ideal. Auch wenn die meisten Dörfler mich für einen abgedrehten Spinner halten.« *Dörfler*, das klang nicht sehr nett.

»Gut.« Renke setzte seine Mütze wieder auf. »Das wäre es schon, Herr Strewitz. Herzlichen Dank.«

»Eins noch.« Herr Strewitz griff in seine Jackentasche. »Ich wollte gerade meiner Nachbarin einen Brief bringen. Der ist versehentlich in meiner Post gelandet. Ich meine, dass sie zu Hause ist, hab jedenfalls was gehört. Aber sie hat nicht geöffnet. Vielleicht könnten Sie mal nach dem Rechten schauen? Nicht, dass sie hilflos in der Wohnung liegt. Man hört ja die schlimmsten Geschichten.«

»Ja, das machen wir, vielen Dank.«

Der Brief war von der EWE, dem örtlichen Energieversorger. Ein Rundschreiben, das heute Morgen auch in Renkes Post gelegen hatte.

Tante Meta nahm den Umschlag in Empfang und sagte düster: »Das ist nur ein Trick.«

Yasmina Akin trug einen Verband um den linken Unterarm, und Nola hatte ein schlechtes Gewissen, weil sie die junge Frau gezwungen hatte, sich zu erinnern, womit diese offenbar nicht gut zurechtkam. Die schwarzen Haare waren heute zu einem unordentlichen Zopf zusammengefasst, und die Strickjacke, die sie trug, hatte ein winziges Loch unterhalb der Schulter. Anders als bei den vorherigen Besuchen war Yasmina nicht allein. »Das ist mein Freund.«

»Fabian Blaschke.« Demonstrativ legte der junge, noch etwas unfertig wirkende Mann seine schmale Hand auf ihre Schulter. Dunkelblondes, welliges Haar, ein blasses Gesicht, schmale, tief liegende Augen und große, etwas abstehende Ohren, die zur Hälfte von seinen schlecht geschnittenen Haaren bedeckt waren. Sein flusiger Bart wirkte wie der verzweifelte Versuch, älter und vor allem männlicher auszusehen. Unwillkürlich musste sie an die Tolkien-Verfilmung von *Herr der Ringe* denken. Herr Blaschke sah ein bisschen aus wie einer der Hobbits, und sie konnte nur hoffen, dass seine Füße nicht genauso behaart waren wie die von Frodo Beutlin. »Ich bin informiert, Sie können ganz offen reden.« Es klang feierlich, und sie fand, dass er viel zu unbedarft wirkte für diese Geste.

Der Ordnung halber zückte Nola ihre Dienstmarke. Dann brachte sie ihr Anliegen vor. Weil Yasmina ein höflicher Mensch war, hörte sie zu, aber ihre abwehrende Körperhaltung verriet schon im Voraus, dass sie nicht kooperieren würde. Ganz demonstrativ blieb sie mitten im Raum stehen, sie wollte, dass Nola so bald wie möglich wieder verschwand.

»Nein. Ich möchte nichts mehr damit zu tun haben. Wie Sie sehen«, sie hob den verbundenen Arm hoch, »macht die Erinnerung mich krank. Im wahrsten Sinn des Wortes. Ich will vergessen und nicht die Bilder dieser Männer heraufbeschwören.«

»Können Sie wenigstens den Wohnwagen beschreiben? Das wäre auch schon sehr hilfreich für uns. Erinnern Sie sich vielleicht an das Fabrikat?«

»Keine Ahnung. Ich erinnere mich vor allem daran, wie es drinnen aussah. Hinten das Doppelbett, an der Seite ein primitives Bad. Das Klo war so klein, dass man kaum darauf sitzen konnte, und der Fußboden verschrammt und dreckig. Braun-rosa gemusterte Polster, so 'ne Art abstraktes Blumenmuster, und dunkelbraune Gardinen in den Fenstern. An einer Schranktür klebte ein runder Aufkleber mit einem Leuchtturm. Über dem Bett lag eine graue Wolldecke, die hat fürchterlich gekratzt. Hinterher war ich immer ganz rot.«

»Was ist mit dem Zugfahrzeug? Irgendwie muss der Camper ja dorthin gelangt sein.«

»Ich glaube, ich hab nie einen Wagen gesehen. Oder nicht darauf geachtet.« Sie stellte die Füße nebeneinander und begann, auf den Zehnspitzen zu wippen. »Clemens hat immer vor der Tür gestanden und gewartet. Er hat alles mit angehört und manchmal auch heimlich gefilmt. Das wäre zu meinem Schutz, hat er gemeint, und ich hab ihm geglaubt. Alles hab ich ihm geglaubt«, sagte sie, und es klang unendlich traurig. »Heute frage ich mich, was in dem vorgegangen ist. Ob ihn das angeturnt hat, alles live mitzuhören. Ob er wirklich nicht

gemerkt hat, dass ich jedes Mal ein bisschen weniger geworden bin.« Mit den Fingerspitzen zupfte sie an ihrem Verband.
»Wahrscheinlich haben meine Gefühle ihn überhaupt nicht
interessiert. Er war ein richtiges Schwein, genau wie diese
Männer.«

Der junge Mann gab ein Geräusch von sich, das wie mühsam unterdrücktes Schluchzen klang. Das alles schien ihm
sehr nahe zu gehen. »Ich hab gestern Abend mal ein bisschen
gegoogelt«, sagte er mit gepresster Stimme. »Denen passiert
doch sowieso nichts. In einer Verhandlung werden sie behaupten, dass sie meine Freundin für älter gehalten haben, und der
Typ wird sagen, dass sie freiwillig mitgemacht hat.«

»Stimmt ja auch«, flüsterte Yasmina, und ihr Freund streichelte mit dem Handrücken über ihre Wange.

Es wirkte unbeholfen, was daran liegen konnte, dass er kleiner war als Yasmina, bestimmt zehn Zentimeter. Irgendwo
hatte Nola gelesen, dass sexuell missbrauchte Frauen Männer
bevorzugten, denen sie sich überlegen fühlen konnten, was
hier zu passen schien, auch wenn Fabian Blaschke sich sehr
um ein männlich überlegenes Auftreten bemühte.

Behutsam legte er seinen Zeigefinger über ihre Lippen.
»Psst. Du wolltest das doch gar nicht wirklich. Er hat dich
manipuliert. Vergiss nicht, dass du erst fünfzehn warst, im
Grunde noch ein Kind.«

Sie lächelte ihn dankbar an, dann fiel ihr Blick wieder auf
Nola, und das Lächeln erstarb. »Ich will mich selbst retten, nur
mich selbst und sonst niemanden. Soll ich in Zukunft als die
doofe Gehörlose rumlaufen, die sich missbrauchen ließ, weil
sie geglaubt hat, dass jemand wie Clemens sie ernsthaft lieben
könnte? Darauf kann ich verzichten. Von dem, was mein Vater mit mir machen würde, ganz zu schweigen.« Sie schaute

auf den Boden, stellte die Füße ganz eng nebeneinander und verschränkte die Arme hinter dem Rücken. »Meine Großmutter ist auch gehörlos auf die Welt gekommen. Sie lebt in einem kleinen Dorf an der armenischen Grenze. Fünf Kinder, eines davon mein Vater, alle können hören. Jeder akzeptiert sie dort, auch ohne Sprache. Ich glaube, dass sie wirklich glücklich ist. Jedenfalls glücklicher als ich. Vielleicht ist das alles die Strafe dafür, dass ich mein Schicksal nicht annehmen konnte. Mein Vater wollte mich von Anfang an in sein Dorf schicken. Meine Mutter war dagegen, sie wollte die medizinischen Möglichkeiten hier in Deutschland ausschöpfen, damit mir alle Wege offen stehen. Ich hätte besser in die Türkei gehen sollen, dann wäre aus mir eine zufriedene Frau geworden.« Sie schluckte. »Am Ende war Leona die Klügste von uns allen. Sie wollte nicht mehr vom Leben, als Allah ihr mitgegeben hat.«

»Das glaube ich nicht«, sagte Nola eindringlich. Aber ihr war bewusst, dass sie Yasmina Akin wahrscheinlich nicht überzeugen konnte, jedenfalls nicht an diesem Tag. »Waren Sie überhaupt schon mal in der Türkei? In dem Dorf Ihres Vaters?«

»Ja. Das ist allerdings schon ewig her. Ich war noch ein kleines Mädchen und habe mich sehr unwohl gefühlt. Ich hab überall die Toilette gesucht.« Sie lachte verzweifelt. »Aber an meine Großmutter kann ich mich gut erinnern. Sie hatte so eine herzliche Ausstrahlung, ganz, ganz lieb.«

»Das glaube ich gern. Ganz abgesehen von der aktuellen politischen Lage dort glaube ich allerdings nicht, dass eine junge Frau mit Ihrer Bildung und Lebenserfahrung dort glücklich werden kann.«

»Das sehe ich auch so. Du gehörst hierher, zu mir, Yasmina.« So wie der junge Mann das sagte, war es ihm ganz ernst. Yasminas Gesicht leuchtete auf.

»Frau Akin, Sie können es sich jederzeit anders überlegen. Meine Karte haben Sie ja. Rufen Sie mich einfach an.« Sie schluckte. »Eins wüsste ich noch gern. Als Leona verschwand, haben Sie da nicht eine Sekunde daran gedacht, einfach die Wahrheit zu sagen? Waren Sie wirklich so sicher, dass es keinen Zusammenhang gab?«

»Sicher? Was heißt schon sicher? Bei sämtlichen Gesprächen mit der Polizei war meine Klassenlehrerin anwesend, Frau Eschweiler. Wie hätte ich in ihrer Gegenwart so etwas über mich erzählen können? Ich hab schließlich miterlebt, wie sie mit Franzi umgegangen ist. Eiskalt. Und die beiden Polizisten wollten im Grunde nur eins wissen, nämlich ob Leona einen Freund hatte. Und das wusste ich nicht. Ehrlich.« Mit beiden Händen fasste sie an ihre Kehle. »Aus heutiger Sicht mag es falsch gewesen sein. Aber ich war erst fünfzehn und hab mich so geschämt. Mein allergrößter Wunsch war, dass nichts davon bekannt wird, und daran hat sich bis heute nichts geändert.«

Es brauchte ein bisschen Druck, um Hubert Stadler die Namen der ehemaligen Schülerinnen abzutrotzen, die vom Alter her für eine Beziehung mit Clemens Möller infrage kamen. Erst als Nola mit einem öffentlichen Aufruf in der Zeitung drohte, willigte er ein. »Es dauert aber. Meine Sekretärin muss die Listen erst suchen.«

»Kein Problem, hier ist meine Mailadresse.« Nola schob ihre Karte über den Schreibtisch. Die Hände des Schulleiters zitterten leicht, als er danach griff.

»Kriminal*ober*kommissarin«, murmelte er. »Soso.« Mit der Herausgabe von Tonia Eschweilers Privatadresse hatte er weit weniger Probleme. Offenbar war er froh, die lästige Fragestel-

lerin an eine andere Person verweisen zu können. »Ich weiß
aber nicht, ob sie jetzt zu Hause ist. Sie war heute Vormittag in
Bassum auf Leonas Beerdigung.«

»Ich weiß«, sagte Nola. »Ich auch.«

Tonia Eschweiler wohnte ein Dorf weiter, in Midlum, einem
winzigen Nest, in dem laut Wikipedia gerade mal 300 Leute
lebten. So konnte man sich täuschen, auf Nola hatte die Lehrerin wie ein Mensch gewirkt, der sich nur in der Stadt wohl-
fühlte. Leer lag nur sieben Kilometer entfernt, war also gut zu
erreichen. Weshalb lebte die Frau so abgeschieden?

Es war Frau Eschweiler gelungen, dem eher unscheinbaren dunkelroten Klinkerhaus einen großstädtischen Stempel
aufzudrücken. Weiße Lamellen in den Fenstern, die jeglichen
Einblick verwehrten, ein kastiger Briefkasten und darüber
eine überdimensionale Hausnummer, beide aus glänzendem
Metall. Statt Blumenbeeten gab es Flächen aus weißen Kieseln,
die von Holzpalisaden begrenzt wurden, und eine avantgardis-
tisch anmutende Skulptur vor dem Haus. Zuerst glaubte Nola
ein Pferd zu erkennen, aber dann schien es doch wahrscheinlicher, dass der Künstler etwas Abstraktes geschaffen hatte.
Frau Eschweiler war nicht zu Hause, vielleicht hatte sie die Beerdigung mit einem Einkaufsbummel in Bremen verbunden.
Allzu betroffen hatte sie ja nicht gewirkt.

Nola beschloss, zurück nach Jemgum und dort zu den Gaskavernen zu fahren. Vielleicht konnte sich irgendjemand an
einen alten Wohnwagen erinnern, der dort nichts zu suchen
hatte.

Zwischen dem Ort und der Industriebaustelle entdeckte
sie einen Stellplatz für zwei Wohnmobile, der jetzt im Winter nicht genutzt wurde. Im Grunde handelte es sich nur um
eine freie, von der Straße aus sehr gut einsichtige Fläche, und

es schien schwer vorstellbar, dass der Missbrauch hier stattgefunden hatte. Früher oder später wäre das irgendjemandem aufgefallen, da war Nola ganz sicher.

Langsam, fast im Schritttempo, fuhr sie an der Gaskaverne entlang. Wohnwagen konnte sie auf den ersten Blick nirgends entdecken, wohl aber Container, die aussahen, als wären sie bewohnt. Sie ließ ihren Mini auf einem der Parkplätze stehen und schaute sich nach einem Ansprechpartner um.

»Kann ich helfen?« In seiner blauen Arbeitskombi und dem leuchtend gelben Helm erinnerte der Mann an Peter Lustig aus der Löwenzahnreihe. Als Nola näher kam, musste sie feststellen, dass er aufdringlich nach Zwiebeln roch. Sie zeigte ihm ihre Dienstmarke und trug ihr Anliegen vor.

»Ob hier vor vier Jahren manchmal ein Wohnwagen stand?« Er lachte ungläubig. »Ist das 'ne ernst gemeinte Frage? Klar standen hier Wohnwagen, viele sogar. Wir arbeiten mit diversen Subunternehmern. Die bringen ihre eigenen Leute mit, teilweise von weit her. Und die müssen irgendwo schlafen. Möglichst billig natürlich. Ein paar Leute sind in Wohncontainern untergebracht, andere in Wohnwagen oder angemieteten Häusern. Die werden dann mit Betten zugeknallt, dass man sich kaum noch rühren kann. Die Führungsriege wohnt natürlich im Hotel, ist ja klar. Es gibt auch jede Menge Monteure, die mit dem eigenen Camper anreisen. Ein Stück Heimat, wenn Sie so wollen, und viel gemütlicher als eine Massenunterkunft. Manche von denen sind ständig auf Achse, die sind froh, wenn sie sich abends zurückziehen können.«

»Gibt es irgendwelche Unterlagen darüber?«

Genauso gut hätte sie wohl fragen können, ob er noch wusste, was am 9. Juni 2009 in der Kantine serviert wurde. Der Mann brach in schallendes Gelächter aus. »Nee, Frau Kommissarin, in diesem Land muss ja alles Mögliche und Unmögliche schriftlich festgehalten werden. Aber das zum Glück noch nicht. Das regelt jede Firma selbst. Und wenn Sie wissen wollen, welche Firmen vor vier Jahren hier tätig waren, kann ich Ihnen das auch nicht sagen. Da kommen so einige infrage, gar nicht zu reden von den Leiharbeitern. Die kommen und gehen, lohnt sich kaum einmal, sich die Namen zu merken.« Sein mitleidiger Blick verriet, dass er Nola nicht um ihre Aufgabe beneidete. »Unter anderen arbeiten hier auch Unternehmen aus Skandinavien und den Niederlanden. Soll ich ehrlich sein?«

Nola nickte.

»Das kriegen Sie nie raus. 'ne Zeit lang waren hier Polen beschäftigt. Die hatten ihre Wohnwagen dabei, total abgewrackte Dinger, überhaupt nicht mehr verkehrssicher. Schwarzarbeiter sollen das gewesen sein, jedenfalls waren die von heute auf morgen verschwunden, weil das Gerücht umging, dass der Zoll eine Razzia plante. Die hat allerdings nie stattgefunden.«

»Vielen Dank. Ich versuche trotzdem mein Glück. Wo sitzt die Geschäftsleitung?«

Mit einer ausholenden Armbewegung zeigte ihr Gesprächspartner auf einen leuchtend orangefarbenen Container. Leider sollte er recht behalten. Die Auflistung der Firmen, die im Laufe der Jahre auf der Baustelle gearbeitet hatten, war ellenlang, und man erklärte ihr, dass es eine längere Zeit in Anspruch nehmen würde, sie zusammenzustellen. Teilweise existierten die Betriebe gar nicht mehr. Für die Vollständigkeit der Liste wollte der Geschäftsführer nicht garantieren. Er versprach aber, sie gelegentlich zu mailen.

Ziemlich deprimiert machte Nola sich auf den Weg zu ihrem roten Mini. Wenn Clemens Möller die Freier auf der

Baustelle gefunden hatte, sank die Wahrscheinlichkeit, diese Männer zu finden, erheblich.

Mit dem Smartphone checkte sie ihre Mails, die Schule hatte tatsächlich die Liste der Schülerinnen geschickt, die als potenzielle Opfer in Betracht kamen. Siebzehn Namen, vier davon konnte sie streichen, Leona Sieverding und Sarah Becker waren tot, mit Yasmina hatte sie bereits gesprochen, und Franziska Lessing wurde gesucht. Da keines der verbliebenen Mädchen in Ostfriesland lebte, musste sie ein weiteres Mal die Hilfe anderer Dienststellen in Anspruch nehmen.

Längst war es dunkel geworden. Der einzige Lebensmittelladen hatte geschlossen, und gleich wirkte der kleine Ort wie ausgestorben. Nola entschied, noch einmal bei Frau Eschweiler vorbeizufahren. Alle Fenster waren dunkel, und in dem Carport stand immer noch kein Auto. Im Mondlicht erinnerte die Skulptur auf dem Rasen an ein zum Sprung geducktes Ungeheuer.

Feierabend. An der Landstraße fiel Nola ein nett wirkendes Restaurant ins Auge, und sie beschloss spontan, dort einzukehren. Seit Tagen hatte sie nichts Vernünftiges gegessen, und die Speisekarte, die draußen in einem Glaskasten angeschlagen war, klang vielversprechend. Es gab Seefisch in vielfachen Variationen. Wenig später bereute sie ihre Entscheidung bereits wieder. Eine Frau, die ohne Mann ein Restaurant betrat, zog alle Blicke auf sich, erst recht, wenn deutlich wurde, dass sie niemanden erwartete. Drei Männer, die an einem der Tische saßen, offenbar Stammgäste, jedenfalls duzten sie die Bedienung, warfen ihr mitleidige Blicke zu. Sie hielten sie wohl für eine frisch verlassene Ehefrau.

Trotzig bestellte sie Pannfisch mit Bratkartoffeln und grünem Salat, dazu ein Glas Weißwein, auch wenn die Männer annehmen würden, dass sie ihren Kummer in Alkohol ertränken wollte. Später würde sie auf Wasser umsteigen. Während sie auf das Essen wartete, spielte sie *Candy Crush* auf ihrem Smartphone und schaute nicht ein einziges Mal auf.

In der Donnerstagsrunde war wieder Frieden eingekehrt. Daume benahm sich, als gäbe es was zu feiern, er palaverte viel zu laut und trank mehr als üblich. So wie es sich anhörte, hatte er Frau und Kind in Urlaub geschickt, um sich mal wieder was zu gönnen. Von der *Roten Laterne*, einer Nachtbar kurz vor der Küste, war die Rede und dass das ein teures Vergnügen wäre, das man sich nicht so oft leisten könnte. Hanno wirkte sehr still, kein Wunder, sein Bruder hatte gestern wieder mächtig Ärger gemacht, und das nahm er sich immer sehr zu Herzen. An der Theke lauerte Erdwiens darauf, dass einer früher ging, damit er einspringen konnte. Aber so, wie Charlie die Lage einschätzte, würde er heute nicht zum Zug kommen, keiner am Tisch machte den Eindruck, demnächst nach Hause zu wollen.

Als der Leiter des Polizeireviers Martinsfehn hereinkam, schaute Charlie überrascht auf. Es war erstaunlich früh für Renke, der meist erst gegen dreiundzwanzig Uhr auftauchte, in kurzer Zeit zwei oder drei Bier trank, immer *Jever*, und kaum mal ein Wort sprach. Nach dem letzten Bier zahlte er gewöhnlich und machte sich auf den Weg über die Straße in seine neue Wohnung. Mit Renke hatte das Schicksal es nicht gut gemeint, er hatte Frau und Tochter verloren und zuletzt seine neue Liebe. Aber darüber wusste niemand so richtig Bescheid, nicht mal Charlie, der sonst über alles, was in Martinsfehn passierte, bestens informiert war. Eine Zeit lang hatte Renke sogar sein Äußeres vernachlässigt. Aber jetzt war er wieder der Alte. Charlie ahnte, warum, er hatte das Bild von der Pressekonferenz der Polizei in der Zeitung gesehen. Die Rothaarige saß genau in der Mitte. Zwei Tage später war Renke beim Friseur gewesen und der Vollbart abrasiert. Ein frischer Hausanstrich sagte allerdings wenig aus über das Innere des Gebäudes, und ein neuer Haarschnitt machte keinen glücklichen Menschen.

Renke hob die rechte Hand und nickte ihm zu. Er wollte ein *Jever* vom Fass. Charlie nickte ebenfalls und stellte sich an den Zapfhahn.

Seit Renke genau gegenüber wohnte, stand Charlie manchmal mitten in der Nacht in seinem dunklen Wohnzimmer, das über der Kneipe lag, und schaute rüber zu Renkes hell erleuchteten Fenstern. *Noch einer, der nachts nicht schlafen kann*, dachte er dann und schaffte es nicht, den Blick zu lösen und ins Bett zu gehen. Als wäre es wichtig zu wissen, wann Renke das Licht löschte. Manchmal kam ihm der wahnwitzige Gedanke, über die Straße zu gehen und bei Renke zu klingeln. Aber was sollte er sagen? Was erhoffte er sich überhaupt? So sehr er auch grübelte, auf diese Frage fiel ihm keine vernünftige Antwort ein.

Freitag, 8. März

»Zeig mal her.«

Über Nacht hatte sich der letzte Schnitt wieder geöffnet, Blut war durch das Pflaster gesickert und hatte ihren Ärmel rot gefärbt. Nur eine winzige Stelle, doch Fabian war sie sofort aufgefallen. »Findest du nicht, dass du jetzt damit aufhören könntest?« Da war nichts Warmes, Fürsorgliches mehr in seiner Stimme, vielmehr klang er angespannt, fast schon wütend.

Yasmina reagierte nicht, weil sie keine Veranlassung sah, sich zu verteidigen, sie zog einfach nur den Ärmel herunter. Er schlurfte mit hängenden Schultern rüber zum Tisch, seufzte und breitete seine Schulsachen aus. Die Art, wie er den ganzen Tisch in Beschlag nahm, störte sie. Es wirkte so besitzergreifend, als wäre er hier zu Hause. Fabian schlug sein Englischbuch auf, sie erkannte es an dem roten Einband, und stierte hinein. Yasmina war überzeugt, dass er gar nicht wirklich las, was dort stand. Er brauchte einfach Abstand, genau wie sie selbst.

Auf dem Weg in die Küche blieb sie stehen. »Willst du auch einen Tee?«

»Nee, lass.« Er schlug das Englischbuch wieder zu. »Glaubst du, dass die Polizei Leonas Entführer findet?«

»Hoffentlich.«

Ihre Antwort schien ihn nicht weiter zu interessieren, vielleicht hatte er die Frage nur gestellt, um die unbehagliche Stille zu vertreiben, den nicht ausgesprochenen Vorwurf, der zwischen ihnen gärte wie sauer gewordener Apfelsaft, der bereits Blasen schlug.

Gestern war etwas Schreckliches passiert. Zum ersten Mal nach ihrem Geständnis hatte Fabian wieder bei ihr übernachtet. Sie hatte gleich gespürt, dass er sich verändert hatte. Das Weiche, Unmännliche war verschwunden. Als hätte der andere Teil seiner Persönlichkeit, der verwöhnte Anwaltssohn, dem alles in den Schoß fiel, die Oberhand gewonnen. Bestimmt zwei Stunden lang hatte er sie mit Fragen gequält, wollte alles wissen, jede noch so demütigende Einzelheit. Ihr verzweifeltes *Ich möchte nicht darüber reden* hatte er einfach nicht akzeptiert. Und dann war es passiert, er hatte sich auf sie gelegt, einfach ignoriert, dass sie nicht wollte, und als sie versucht hatte, ihn fortzustoßen, hatte er gekeucht: »Warum nicht mit mir? Die anderen hast du doch auch rangelassen? Ich liebe dich wenigstens. Und ich würde alles für dich tun, Yasmina, alles…«

Ja, das stimmte wohl, warum sollte er nicht das bekommen, was sie anderen Männern, völlig fremden, geschenkt hatte? Und so hatte sie mit geschlossenen Augen alles geschehen lassen, hatte Fabian erduldet und dabei ihre Liebe verloren, jedenfalls fühlte es sich seit heute Morgen so an.

Sie schüttete das kochend heiße Wasser über den Teebeutel, schaute zu, wie die Flüssigkeit in dem Becher langsam Farbe annahm, sich zuerst blassrosa färbte und dann immer dunkler wurde, immer kräftiger. Kaum zu glauben, wie viel Kraft in dem unscheinbaren, winzigen Papiertütchen steckte. Als der Tee fertig war, nahm sie den Beutel raus und ließ ihn in das Spülbecken plumpsen. Immer noch sickerten kleine rote Rinnsale durch das Papier, die sie an Blut denken ließen, Blut, das aus einem ihrer Schnitte ins Waschbecken tropfte. Auf einmal ekelte sie sich vor dem dunklen Rot, und sie ließ den Becher auf dem Küchenschrank stehen.

Fabian kauerte auf der Couch, das Gesicht in den Händen vergraben. »Das, was heute Nacht passiert ist, tut mir leid, wahnsinnig leid. Ich weiß auch nicht, was mit mir los war. Diese Bilder verfolgen mich einfach, du und diese Männer ...« Er stand auf, durchquerte mit kleinen, zögerlichen Schritten das Zimmer und umschlang sie ungestüm mit seinen Armen. Es fühlte sich falsch an, geradezu unerträglich. Yasmina hielt die Luft an und machte sich ganz steif, sie konnte nichts anderes wahrnehmen als seinen Geruch, diese Mischung aus Deo und dem Waschpulver, das seine Mutter benutzte. Sie mochte den Geruch nicht, er erinnerte sie an in der Sonne getrocknete Kräuter, bittere Kräuter, die bei ihr zu Hause zum Kochen verwendet wurden.

In Gedanken zählte sie bis zehn, dann befreite sie sich vorsichtig aus der Klammer seiner Arme. »Schon gut, ich kann das verstehen. Ein bisschen wenigstens«, schränkte sie ein. »Verstehen, aber nicht verzeihen.« Sie zwang sich, ihm genau in die Augen zu sehen. »Ich will keinen Freund, der mich so behandelt.«

»Du machst Schluss?« Er schnappte nach Luft.

»Ja. Damals war ich fünfzehn und nicht in der Lage, mich zu wehren. Aber heute bin ich alt genug, um Nein zu sagen. Und das sage ich hiermit. Nein, ich bin nicht mehr deine Freundin, und ich möchte, dass du jetzt gehst.« Es tat gut, das auszusprechen. Mit jedem Wort fühlte sie sich größer und stärker.

»Yasmina, ich liebe dich doch! Ich werde es dir beweisen, wenn du mich lässt!«

Sie schüttelte nur den Kopf, wollte sich nicht wiederholen, um das, was sie gesagt hatte, nicht zu verwässern und damit weniger wichtig zu machen.

»Daran sind nur die Kerle schuld«, heulte er auf, verzweifelt oder trotzig oder beides, und sie fand, dass er sich wie ein Jammerlappen aufführte. Wie ein kleiner Junge, der hingefallen war, sich das Knie aufgeschlagen hatte und getröstet werden wollte. Es bereitete ihr ein unerwartetes Vergnügen, zuzusehen, wie er die Schulsachen in seine Tasche räumte, dabei schluchzte und schniefte und den Rotz mit seinem Ärmel abwischte.

Wie stark sie doch war, viel stärker, als sie bislang gewusst hatte. Als Erstes würde sie die Fenster aufreißen und lüften, egal wie eisig der Wind draußen wehte. Dann würde sie ihr Bett frisch beziehen, und heute Nacht würde sie wunderbar schlafen. Allein.

Vor zwei Stunden hatte Hanno plötzlich auf sein Handy geschaut, die Stirn gerunzelt und war raus vor die Tür gegangen. Nach dem Telefonat, sie hatte ihn laut reden hören, erklärte er, dass Markus ihn brauchen würde. Sofort. Und dass er nicht wüsste, wann er zurückkäme. Vermutlich sehr spät.

»Es tut mir so leid, Röschen, glaub mir. Unendlich leid. Unser Essen beim Griechen holen wir nach, versprochen.«

Bitte nicht. Am liebsten hätte sie sich bettelnd vor ihm auf den Boden geworfen und seine Knie umklammert, damit er nicht gehen konnte. Aber sie beließ es bei einem »Ausgerechnet heute. Muss das wirklich sein? Ich hab mich so gefreut!«. Nein, diesmal war sie nicht bereit, ihre Enttäuschung zu verbergen. Hanno sollte ruhig wissen, dass sie sich zurückgesetzt fühlte, und das nicht erst seit heute.

»Ich hab mich doch auch gefreut. Komm mal her.« Sein Kuss war innig und sehr lang, als wäre das hier der Abschied für immer oder wenigstens für eine sehr lange Zeit. Er löste seine Lippen von ihren, ließ sie aber nicht los. »Wir haben es so gut, Röschen, so unglaublich gut. Das wissen wir gar nicht zu schätzen.« Der Druck seiner Finger verstärkte sich. »Nicht böse sein, bitte.« Und dann war er fort, und sie fragte sich, warum er so verzweifelt gewirkt hatte und ob das ihre Schuld war, weil sie zum ersten Mal hatte durchblicken lassen, dass ihr die Situation nicht gefiel.

Ein schlechtes Gewissen wollte sich allerdings nicht einstellen. Hatte sie nicht auch ein bisschen Unterstützung verdient, auch wenn sie nicht so krank war wie Markus? Im Moment wuchs ihr die Arbeit über den Kopf. Alle Leute lechzten nach Frühling, nach buntem Blumenschmuck, nach Farben, die endgültig den grauen Winter vertrieben. Ende des Monats war Ostern, in der Werkstatt entstanden österliche Gestecke im Akkord. Am Ostersonntag, davon war Annerose überzeugt, würde sie kein bemaltes Ei, keinen Hasen und schon gar kein gelbes Flauschküken mehr sehen können. Wenn sie in diesen Tagen den Laden absperrte, fühlte sie sich total ausgelaugt und am Ende. Zudem stand in dieser Woche an jedem Tag eine Beerdigung an, was tränenfeuchte Beratungsgespräche, Kränze und Sarggestecke bedeutete. Am Sonntag mussten sie den Tischschmuck für eine goldene Hochzeit ausliefern, das freie Wochenende fiel also auch mal wieder ins Wasser. Zweimal hatte sie Gerda bitten müssen, länger zu bleiben, sonst wären sie gar nicht zurechtgekommen. Bis nach Mitternacht hatten sie in der Werkstatt hinter dem Laden, der früher die Bäckerei gewesen war, Kränze gebunden, und Hanno war zum Italiener gefahren, um sie wenigstens mit einer leckeren Pizza zu versorgen. Seiner Meinung nach bürdete Annerose sich zu viel auf. Er bekniete sie, endlich eine zusätzliche Kraft einzustellen. Aber wo sollte sie auf die Schnelle eine fähige Floristin herzaubern, die auch noch zeitlich flexibel war?

Für heute Abend hatten sie geplant, gemütlich essen zu gehen, eine leckere Grillplatte beim Griechen, egal wie viele Kalorien darin lauerten, und hinterher was Süßes. Einfach mal entspannen, abschalten, sich verwöhnen lassen ohne den lästigen Abwasch hinterher. Doch Markus musste mal wieder alles kaputt machen. Markus, immer nur Markus. Sie konnte den Namen nicht mehr hören. Ja, vielleicht wusste sie ihr Glück tatsächlich nicht zu schätzen, dass sie gesund war, ein wunderschönes Haus ihr Eigen nannte, dass der Laden so gut lief und vor allem, dass Hanno zu ihr gehörte. Das alles bedeutete allerdings wohl kaum, dass sie nicht wütend sein durfte auf seinen Bruder.

In der Werkstatt hörte sie Gerda und Susanne lachen. Es klang so unbeschwert, dass sie beinahe in Tränen ausgebrochen wäre, weil sie selbst sich gerade vorkam wie ein Punching-Ball, auf den jeder nach Belieben einschlagen durfte. *Stopp,* rief sie sich zur Ordnung, *nicht jeder. Nur Hanno.* Er hatte sie enttäuscht, nur er allein.

Die Tür wurde aufgestoßen, und eine Welle von guter Laune schwappte herein. »Sollen wir dir noch beim Abräumen der Tische draußen helfen?«, fragte Gerda, deren Gesicht gerötet war vom vielen Lachen.

»Das ist lieb, aber danke, ich schaffe das auch allein.« Nach der hektischen Woche, in der beide ihr Bestes gegeben hatten, verdienten sie einen pünktlichen Feierabend.

»Bis morgen«, rief sie ihnen hinterher, und sie achtete darauf, fröhlich zu klingen. Niemand brauchte wissen, wie ihr in Wirklichkeit zumute war. Annerose räumte die Tische vor der Eingangstür ab und verstaute die Pflanzen in dem kleinen Holzschuppen neben dem Laden, wo es kühl war, aber frostfrei. Um kurz vor acht schloss sie sämtliche Türen ab. Immer wieder kontrollierte sie dabei ihr Handy. Keine Nachricht von Hanno, er stellte sich tot wie so oft, wenn er Markus besuchte. Mit hängendem Kopf erklomm sie die Treppe nach oben in die Wohnung, hielt es dort aber nicht lange aus. Irgendetwas in ihr starb einen langsamen, qualvollen Tod.

Sie räumte im Laden ein bisschen um, band einen frühlingshaften Türkranz aus Birkenreisig, künstlichen Vergissmeinnicht und weißem Ramieband und weinte dabei lautlos vor sich hin. Wie hatte sie sich auf diesen Abend gefreut, und jetzt stand sie hier mutterseelenallein, und ihr Magen zog sich vor Hunger zusammen. Im Kühlschrank, das wusste sie, ohne nachzuschauen, befand sich nichts, aus dem man eine warme Mahlzeit hätte zaubern können. In ihrer Verzweiflung rief sie um neun Uhr bei Gerda an und erfuhr von der ältesten Tochter, dass Gerda und Erwin im Kino waren. Susanne, die andere Floristin, war fünfzehn Jahre jünger als Annerose, also gerade vierzig und ziemlich hübsch, worauf sie sich eine Menge einbildete. Sie fastete einen Tag pro Woche, um ihre schlanke Figur zu erhalten, und konnte stundenlang über Kleidung und Diäten quatschen, nicht gerade Anneroses Lieblingsthemen. Aber lieber wollte sie mit Susanne essen gehen als allein. Alex, Susannes Ehemann, nahm das Gespräch an. Susanne war nicht zu Hause, sie besuchte ihre Mutter, wollte sogar über Nacht bleiben. Offensichtlich hatte die ganze Welt sich gegen Annerose verschworen.

In einem Anflug von Zorn riss sie eine Schublade von Hannos Kommode auf, holte eins seiner Hemden heraus, eins, das er besonders mochte, und schnitt es im Bad mit einer Schere in Streifen. Hinterher fühlte sie sich keineswegs besser, im Gegenteil, sie schämte sich und nahm sich vor, das Hemd heimlich zu ersetzen. Mein Gott, sie benahm sich wie eine Geisteskranke. Vermutlich war sie schon viel zu abhängig von diesem Mann. Das musste sie dringend ändern. Heute Abend würde sie damit anfangen. Jetzt.

Annerose zwang sich, etwas Hübsches anzuziehen, die neue Jeans und darüber eine schwarze Bluse, die locker über die Hüften fiel. Ein dezent gemusterter Schal und hohe, graue Wildlederpumps machten das Outfit komplett. Der Daunenmantel war alles andere als ein Schlankmacher, dafür hielt er zuverlässig den eisigen Ostwind ab, der die Ziegel auf dem Schuppendach klappern ließ. Es hörte sich furchterregend an, als wollte das Dach jeden Moment abheben. Doch Hanno hatte erst heute Morgen behauptet, dass keine Gefahr bestünde. Mit einem letzten, kritischen Blick auf das Ziegeldach stieg Annerose in ihren Caddy.

In Leer stellte sie den Wagen auf dem Parkplatz an der Bleiche ab. Von hier aus war es nicht weit bis in die Altstadt. Trotzdem fühlte sie sich unbehaglich, als sie sich zu Fuß auf den Weg machte. Annerose hasste es, allein im Dunkeln unterwegs zu sein, es machte ihr Angst. Nach wenigen Schritten fischte sie ihr Handy aus der Ledertasche und wählte Hannos Nummer. »Der gewünschte Teilnehmer ist zurzeit nicht erreichbar«, quäkte eine seelenlose Frauenstimme.

Annerose fragte sich, aus welchem Grund er das Handy ausgestellt hatte. Am Ende besuchte Hanno in Wahrheit eine Frau. Dieser Gedanke ließ sie nicht mehr los. Ihr Lebensgefährte hütete sein Handy wie ein Schatz. Er trug es immer bei sich, nahm es sogar mit ins Bad, wenn er hinter abgeschlossener Tür duschte. Als gäbe es etwas zu verbergen. Ja, vielleicht schenkte Markus seinem Bruder unwissentlich die Freiheit, zu kommen und zu gehen, wie es ihm beliebte. Annerose war kein misstrauischer Mensch, aber soeben hatte sich die kleine dunkle Kammer in ihrem Herzen geöffnet, und sie ahnte schon, dass es ihr nicht gelingen würde, sie wieder vollständig zu verschließen.

Ihren Vorsatz, gemütlich durch die Altstadt zu bummeln, gab sie sehr schnell auf, sie fand es entschieden zu kalt, außerdem drückten die Pumps fast noch schlimmer als ihr Kummer. Am Hafen aß sie köstlichen Fisch, Loup de Mer, und hinterher eine Crème brûlée. Satt und zufrieden brach sie auf, und sie vergaß auch nicht, ein großzügiges Trinkgeld zu geben.

Auf der Rückfahrt schaffte sie es schon wieder, über sich selbst zu lachen. Hanno hatte keine andere Frau, wie kam sie nur auf so einen absurden Gedanken, bestimmt war sie vorhin unterzuckert gewesen. Ihr Lebensgefährte war geschlagen mit einem psychisch kranken Bruder, um den jeder im Dorf einen großen Bogen machte. Nur Hanno nicht, weil er es einfach nicht fertigbrachte, Markus untergehen zu lassen.

Um Viertel vor elf, sie war gerade zu Hause angekommen, rief Hanno an und eröffnete ihr, dass er die Nacht bei Markus bleiben musste. »Es geht ihm wirklich nicht gut. Ich kann ihn nicht allein lassen. Bitte versteh das, Röschen. Du weißt, dass er in schlechten Phasen selbstmordgefährdet ist, vor allem nachts. Ich würde mir nie verzeihen, wenn da was passiert. Wenn du aufstehst, bin ich wieder da. Mit Brötchen. Mach es dir gemütlich. Guck was Schönes im Fernsehen an. Gleich kommt ein schwedischer Krimi im Zweiten, das magst du doch. Ich liebe dich. Viel mehr, als du glaubst.« Er ließ ihr nicht mal die Zeit, etwas zu entgegnen.

Statt fernzusehen, ging sie mit einer Schachtel Pralinen ins Bett. Ihr war klar, dass es nur zwei Möglichkeiten gab. Entweder sie fand sich damit ab, dass ihr Lebensgefährte so viel Zeit bei seinem Bruder verbrachte, oder sie setzte ihn vor die

Tür. Daran, dass Hanno schnell eine Neue finden würde, zweifelte sie nicht eine Sekunde. Sie selbst dagegen würde allein bleiben, vermutlich für immer. Und nichts machte Annerose so viel Angst wie die Vorstellung, wieder allein leben zu müssen.

Samstag, 9. März

Beim Anblick der leeren Schachtel ärgerte Annerose sich über sich selbst. Sie hatte gestern Abend tatsächlich alle achtundvierzig Pralinen gegessen, die Zahl stand vorn auf der Verpackung, so fett und riesengroß, dass man sie nicht übersehen konnte. Ihr Kopf tat weh, und sie hatte das Gefühl, gleich in Tränen auszubrechen. Die Hintertür wurde aufgeschlossen, dann hörte sie Hannos Schritte auf der Treppe.

»Guten Morgen, Röschen.« Er hauchte einen flüchtigen Luftkuss in die Nähe ihrer rechten Wange, bevor er mit Schwung die Brötchentüte mitten auf dem Tisch platzierte. »Ganz frisch vom Bäcker. Honig hab ich auch mitgebracht.« Er stellte das Glas neben die Brötchen.

»Wie geht es Markus?« Ihre Stimme klang anders als sonst, dunkel und belegt.

Hanno schien das nicht aufzufallen. »Heute Morgen etwas besser. Soll ich schnell zwei Eier kochen?«

»Für mich nicht, danke.« Auf einmal kam es ihr vor, als würde Hanno sie ständig mit Essen vollstopfen, damit sie beschäftigt war und den Mund hielt. Oder damit sie noch dicker wurde und sich noch schlechter und minderwertiger fühlte. Am liebsten wäre sie aufgesprungen, um ihm die Klamotten runterzureißen und seinen Körper nach verräterischen Spuren einer anderen Frau abzusuchen. Knutschflecken, fremde Haare, ein anderer Geruch, irgendetwas, das ihr Gewissheit schenkte. Stattdessen stellte sie sich mit dem Rücken zur Spüle und beobachtete ihn, während sie mechanisch mit der linken Hand die rechte Handinnenfläche kratzte, die rau war und gerötet.

Er schüttelte den Kopf. »Nicht, Röschen, davon wird es nur schlimmer, das weißt du doch. Soll ich deine Creme holen?« Obwohl sie keine Antwort gab, eilte er ins Bad und kehrte wenig später mit der Cortisonsalbe zurück, die sie viel zu häufig benutzte, weil nichts anderes diesen Juckreiz lindern konnte. Er drehte ihre Handinnenfläche nach oben und gab einen haselnussgroßen weißen Klecks darauf, den sie ganz automatisch verteilte.

»Vielleicht solltest du den Hautarzt wechseln«, schlug er vor, und sie nickte, obwohl sie im Traum nicht daran dachte, weil sie mit Dr. Freitag sehr zufrieden war. Dank seiner Rezeptur, die in der Apotheke immer eigens angerührt werden musste, hatten ihre Hände den Winter ohne offene, blutige Stellen überstanden. Für ihre Hände war es der beste Winter seit Jahren gewesen.

Das Frühstück verlief schweigend. Hanno las die Zeitung, lächelte sie dann und wann grundlos an und war aufmerksam wie selten. Kaum dass ihre Tasse leer war, sprang er auf und holte die Kanne, um Kaffee nachzuschenken. Als das Käsepaket sich nicht öffnen lassen wollte, nahm er ihr die Packung aus der Hand und riss mit elegantem Schwung die Folie auf, und als ihr Messer auf den Boden polterte, machte er beinahe einen Kopfsprung, um ihr zuvorzukommen und das Messer aufzuheben, zur Spüle zu tragen und ein sauberes aus der Schublade zu holen. Sie fühlte sich an ein Spielzeug aus ihrer Kindheit erinnert, einen Affen mit einer Blechtrommel. Wenn man einen Schlüssel in die sechskantige Öffnung an seinem Rücken steckte und ihn aufzog, trommelte er wie irre und hüpfte dabei hektisch auf und ab. Einmal aufgezogen war er nicht mehr zu stoppen, das Schnarren der Mechanik konnte sie heute noch hören.

Als sie Anstalten machte, den Tisch abzuräumen, hielt Hanno ihre Hände fest. »Lass, das kann ich doch machen. Heute bin ich den ganzen Tag für dich da, Röschen. Versprochen. Ich habe Markus gesagt, dass ich am Wochenende Zeit für meine Liebste brauche. Ehe sie mich noch vor die Tür setzt.«

Nicht mal das Wort *Liebste* schaffte es, ihre Stimmung aufzuhellen. Und schon gar nicht sein Lächeln, das so aufgesetzt wirkte, als müsste er sich mit aller Kraft dazu zwingen. Hanno sah müde aus, völlig fertig, auch wenn er das zu verbergen suchte.

Da war ein Leck in ihrem Leben, aus dem alles, was schön war und sich gut anfühlte, heraussickerte, langsam, aber stetig. Und wenn sie das Leck nicht rechtzeitig fand, würde eines Tages nichts mehr übrig bleiben von ihrem großen Glück.

»Ich muss aufschließen.« Annerose war froh, sich in den Laden flüchten zu können, in ihr eigenes Reich.

Dr. Steffen hatte gegen siebzehn Uhr angerufen. Ob sie Lust hätte, mit ihm ein Bier zu trinken. Zuerst hatte Nola den Rechtsmediziner gar nicht erkannt, weil er sich nur mit seinem Vornamen gemeldet hatte. »Hier ist Valentin.«

Er trug eine hüftlange Jacke aus braunem Antikleder, die sein lässiges Aussehen unterstrich, dazu Jeans und einen karierten Schal.

»Hi, Nola. Darf ich doch sagen, oder?« Küsschen rechts und Küsschen links, er roch deutlich nach Mundspülung, hatte wohl noch im letzten Moment seine Zähne geputzt.

Er beschwerte sich über das Wetter, meinte, hier wäre es noch ein paar Grad kälter und vor allem sehr viel stürmischer als in Oldenburg, dann öffnete er mit einer galanten Verbeugung die Beifahrertür seines Wagens. Er fuhr einen hellblauen BMW Z4 Roadster mit Berliner Kennzeichen, der von innen noch ziemlich neu roch. »In der Nähe von Leer soll es eine irre Kneipe geben. Eine Art Westernsaloon auf dem Dorf, soll hier Kult sein. Hat die Tochter meiner Vermieterin erzählt.«

»*Tennessee Mountain*«, sagte sie automatisch und dann, weil sie ihm die Überraschung verdorben hatte: »Da ist es echt super.« Am liebsten hätte Nola vorgeschlagen, ein anderes Lokal zu besuchen, sie ließ es aber bleiben, weil die Beweggründe ihr lächerlich vorkamen. Das *Tennessee Mountain* war eine öffentliche Kneipe, sie wusste nicht mal, ob sie Renke dort treffen würde, und wenn, spielte es keine Rolle.

Valentin erwies sich als sicherer Fahrer, vielleicht ein bisschen langsam für so einen schnittigen Wagen, was Nola nicht weiter störte. Es gefiel ihr, ihn anzusehen, während er sich auf die Straße konzentrierte. Er hatte sehr schöne Hände.

»Da drüben muss es sein.« Valentin strahlte wie ein Schuljunge. »Wo parkt man hier?«

»An der Straße oder auf dem Marktplatz.«

Im *Tennessee* war es voll wie immer. Charlie, der gerade Bier zapfte, hob bei ihrem Anblick unwillig die Augenbrauen. Er hielt große Stücke auf Renke, und es schien ihm zu missfallen, dass sie hier mit einem anderen Mann auftauchte. Zaghaft nickte sie ihm zu, und er ließ sich ein paar Minuten Zeit, ehe er den Gruß gnädig erwiderte.

Renke stand an der Theke, er trug ein graues, verwaschenes Longsleeve und hatte die Ärmel hochgeschoben. Im Dienst konnte sie ihn ja noch einigermaßen ertragen, aber sein muskulöser Oberkörper in dem engen Shirt war einfach zu viel. Herrgott, warum musste er so gut aussehen? Das war einfach nicht gerecht. Als er sie entdeckte, verzog er unwillig den Mund, starrte auf das halb volle Bierglas in seiner Hand und leerte es auf einen Zug, bevor er es auf die Theke knallte, eine Spur zu heftig, und nachbestellte.

»Ist urig hier, oder?«, freute sich Valentin. »Da sind noch zwei Hocker frei. Wollen wir uns setzen? Was willst du? Ein *Budweiser*? Das muss man hier ja wohl trinken, oder?«

In Wahrheit hätte Nola ein herbes *Jever* vorgezogen, doch sie willigte ein. Sie kletterte auf einen der mit Kuhfell bezogenen Barhocker und war sich sehr bewusst, dass Renke sie nicht aus den Augen ließ.

»Und, wisst ihr schon was? Oder ist das alles geheim?« Valentin beugte sich zu ihr rüber, so nah, dass sie seinen warmen Atem an ihrem Ohr spüren konnte, und seine Hand, die er ganz locker auf ihre Schulter legte.

»Ehrlich gesagt sind da ein paar unschöne Sachen ans Tageslicht gekommen. Offenbar wurden einige Mädchen in dem Internat sexuell missbraucht. Ob Leona auch dazu gehörte, steht noch nicht fest.«

»Oje. Reden wir lieber über angenehmere Dinge. Du hast tolle Haare. Echt. So wild, das mag ich.« Mit den Fingerspitzen zupfte er eine Locke hinter ihrem Ohr hervor und wickelte sie um seinen Zeigefinger. »Da du ohne Zögern mitgekommen bist, nehme ich an, dass du in keiner festen Beziehung lebst. Richtig?«

Ganz von selbst wanderte ihr Blick zu Renke, der sie finster anstarrte. »Ja.«

»Und warum starrt der Typ dich die ganze Zeit an? Kennst du ihn?«

»Das ist Renke Nordmann. Er leitet hier das Polizeirevier.«

»Nur ein Kollege?«

»Allerdings«, sagte sie betont.

Grinsend nahm Valentin einen Schluck Bier und wischte sich mit dem Handrücken über den Mund. »Ich glaube, du schwindelst. Auf jeden Fall sieht er ziemlich sportlich aus. Auf einen Kampf sollte ich mich besser nicht einlassen.«

Im Augenwinkel nahm Nola wahr, dass Renke sein Glas in die Hand nahm und sich in ihrer Richtung bewegte. Auch das noch.

»Hallo, Nola, ich wusste gar nicht, dass meine Stammkneipe dir so gut gefällt.« Dann streckte er Valentin seine Hand entgegen. »Renke Nordmann.«

»Valentin Steffen.«

»Valentin ist Rechtsmediziner. Er wird demnächst Dr. Fenders vertreten.« Es klang, als müsste sie sich verteidigen. Lächerlich. Sie stützte den Ellenbogen auf, legte ihr Kinn in die Hand und starrte auf das glatte Holz der Theke. Zehn Zentimeter weiter umklammerte Renke sein Bierglas, sehr viel kräftiger, als es nötig war. Als sie den Blick hob, schaute sie direkt in seine blauen Augen.

»Okay, dann noch viel Vergnügen.« Schon war er weg.

»War das mal dein Freund?«

»Nicht wirklich. Ich hab mal drüber nachgedacht, aber er schleppt tausend unbewältigte Probleme mit sich rum. Das ist mir zu anstrengend. Ist auch schon 'ne Weile her.«

»Sicher?« Valentin zog ungläubig die Augenbrauen hoch, als würde er ihr kein Wort glauben. »Egal. Nächstes Mal gehen wir woanders hin. In Oldenburg gibt es auch tolle Kneipen. Wenn du nicht zurückfahren willst, kannst du bei mir pennen, kein Problem.« Wenig später gelang es ihm, Charlie in ein Gespräch zu verwickeln. Obwohl Nola nur mit einem Ohr hinhörte, bekam sie mit, dass Valentin eine Freundin hatte, ebenfalls Medizinerin, die gerade ein Jahr in Amerika verbrachte, witzigerweise im Bundesstaat Tennessee, was Charlie besonders interessierte. Jedes Mal, wenn sie in Renkes Richtung schielte, traf sie seinen Blick. Er schien sie ununterbrochen anzustarren. Und im Gegensatz zu ihr war er in der Lage, diesen Blick aufrechtzuerhalten, während sie immer sehr schnell woanders hinschauen musste, um nicht dunkelrot anzulaufen.

Um ihre Aufmerksamkeit auf sich zu lenken, stieß Valentin mit seinem Bierglas gegen ihres. »Hätte ich das gewusst, dass hier das Revier deiner alten Flamme ist, wären wir woanders hingefahren. Warum hast du nichts gesagt?«

»Hätte ich gewusst, dass du eine Freundin hast, wäre ich gar nicht mitgekommen«, konterte sie genervt.

Er lachte unbekümmert. »Touché. Aber vorerst habe ich dich nur auf ein Bier eingeladen, nicht mehr und nicht weniger. Warum bist du sauer?«

»Ich bin überhaupt nicht sauer.« Nola merkte selbst, dass ihr patziger Tonfall genau das Gegenteil aussagte. Sie benahm sich wie eine bockige Fünfzehnjährige, der man gerade den Freund ausgespannt hatte. Aber sie konnte nicht anders.

Valentin schien das zu amüsieren. »Dann ist es ja gut.« Er winkte Charlie heran und bestellte, ohne zu fragen, ein weiteres Bier für Nola. Selbst stieg er auf Cola um, weil er noch fahren musste. »Okay, lass uns das gleich klären. Ich habe eine Planstelle an der Charité in Berlin und bin zurzeit freigestellt, um Dr. Fenders zu vertreten. Eine künstliche Hüfte, anschließend Reha. Die gute Gritta ist ein zäher Knochen, aber bis sie wieder fit ist, vergeht bestimmt ein halbes Jahr. Danach gehe ich definitiv zurück. Die Charité ist hier in Deutschland die

Nummer eins, wenn es um Rechtsmedizin geht, und die Planstellen sind sehr begehrt. Meine Freundin ist Herzchirurgin. Sie arbeitet für ein Jahr in einer Spezialklinik in Amerika, um sich im Bereich der Implantation von künstlichen Unterstützungssystemen fortzubilden, danach kommt sie zurück nach Berlin. Soll ich zwölf Monate lang jeden Abend brav zu Hause sitzen? Das erwartet sie nicht von mir. Und ich im Gegenzug auch nicht von ihr. Falls einer von uns sich ernsthaft fremdverliebt, wird es natürlich kompliziert. Das ist aber nicht geplant.«

Düster linste sie in das Bier, dessen Blume ganz langsam in sich zusammenfiel. Es gab nichts zu sagen, und darum hielt sie ihren Mund.

»Ich glaube, du bist doch sauer.« Dieser leichte Anflug von schlechtem Gewissen stand ihm hervorragend. Sie fragte sich, ob Valentin zu den Männern gehörte, die ihren Charme nach dem Gießkannenprinzip verteilten und es niemals wirklich ernst meinten.

»Blödsinn, ich bin einfach nur müde. War 'ne anstrengende Woche.«

Eine halbe Stunde später, Renke stand immer noch auf seinem Platz, und er war mindestens so mies gelaunt wie sie selbst, bat sie Valentin, zurückzufahren. Er brachte sie nach Hause und verabschiedete sich mit einem zarten Kuss auf die Wange.

»Der Abend war irgendwie nicht so der Bringer, stimmt's? Ich konnte ja nicht ahnen, dass ich von allen Kneipen in Ostfriesland ausgerechnet die eine ausgesucht habe, in der dein Verflossener an der Theke steht. Wär schön, wenn wir uns noch mal woanders treffen.«

»Ich weiß nicht«, murmelte sie.

»Denk drüber nach. Keine Ahnung, warum, aber seit ich dich gesehen habe, gehst du mir nicht aus dem Kopf. So was passiert, Nola.« Er beugte sich vor und flüsterte: »Der Name passt zu dir. Nola van Heerden, das klingt nach einer ganz besonderen Frau.«

Als er wegfuhr, bereute sie bereits, ihn nicht hereingebeten zu haben. Warum hatte sie die eine Nacht nicht mitgenommen?

Sonntag, 10. März

Gestern war es spät geworden, sehr spät sogar. Die Entscheidung, Valentin abserviert zu haben, hatte sie schnell bereut. Deshalb hatte sie kurzerhand Hilke angerufen und sich mit ihr noch im Irish Pub verabredet. Dort wurde ziemlich viel geredet und noch mehr *Guinness* getrunken. Jetzt wusste sie, dass Hilke mit einem jungen Mann zusammenlebte, der Ole hieß, die Seefahrtschule besuchte und demnächst für sechs Monate auf große Fahrt gehen würde. Der Abend endete erst gegen Morgen, und die letzten Erinnerungen waren etwas nebulös.

Nola hatte bis mittags geschlafen, gemütlich im Bett gefrühstückt und danach beschlossen, sich ein Entspannungsbad für Körper und Seele zu gönnen. Seit einer halben Stunde aalte sie sich bereits im warmen Wasser, und sie dachte gar nicht daran, vorläufig die Wanne zu verlassen.

Ihr Handy bimmelte, und der Klingelton verriet, dass der Anruf aus dem Präsidium kam. Eine männliche Leiche in Emden, ein junger Mann, offenbar in seiner eigenen Wohnung erstochen, damit war der Sonntag gelaufen. Die Adresse, die Nola mit nassen Händen notierte, kam ihr vage bekannt vor.

Seufzend pustete sie die Teelichter auf dem Wannenrand aus, trocknete sich ab und stellte dabei fest, dass ihre Haut sich samtweich anfühlte. Leider gab es niemanden außer ihr selbst, der sich darüber freuen würde. Barfuß tapste sie rüber ins Schlafzimmer, um sich anzuziehen. Ein Blick aus dem Fenster ließ sie zu Jeans und einem warmen Pullover greifen.

Die Haare, die sie vor dem Baden zu einem hoch sitzenden Pferdeschwanz gebunden hatte, ließ sie der Einfachheit halber so, sie knetete nur ein wenig Pflegeöl in die Spitzen, damit sie sich beim Trocknen nicht so aufplustern konnten. Ein Kaffee im Stehen brachte ihre Lebensgeister, die gerade noch so wunderbar ziellos vor sich hin gedöst hatten, endgültig zur Raison. Inzwischen war ihr eingefallen, wer am Lindengraben wohnte. Clemens Möller. Jetzt hatte sie es noch eiliger, verzichtete sogar darauf, ihre Wimpern zu tuschen, normalerweise ein absolutes No-Go, wenn sie vor die Tür ging, weil sie ihre von Natur aus rotblonden Wimpern hasste. Egal. Den Toten würde der Anblick nicht mehr stören und die Kollegen wohl auch nicht.

Irgendein Vollidiot hatte es lustig gefunden, Nolas Scheibenwischer zu verbiegen. Zum Glück regnete es nicht, trotzdem musste sie das möglichst schnell reparieren lassen, am besten heute noch. Auf gutes Wetter konnte man in Ostfriesland nicht vertrauen. Strahlend blauer Himmel bedeutete keineswegs, dass es nicht in einer Stunde gießen konnte wie aus Kübeln. Vielleicht kannte einer der Kollegen eine Tankstelle, die solche kleinen Reparaturen auch am Sonntag erledigte.

Schon nach wenigen Metern ließ sie den Player die selbstgebrannte CD auswerfen, die Liliane ihr vor wenigen Tagen wärmstens ans Herz gelegt hatte. Die sogenannte Entspannungsmusik versprach eine meditative Traumreise ins eigene Ich. Liliane war der Meinung, dass jemand wie Nola, der so eine schreckliche Arbeit leisten musste, mentale Unterstützung benötigte, um seine Seele rein zu halten. Ein Irrtum. Der wabernde Klangteppich mit der seufzenden Frauenstimme im Vordergrund machte Nola aggressiv, zumal ihr gerade eingefallen war, dass sie gleich Valentin wiedersehen würde. Mit ungetuschten Wimpern. Mist. Sie entschied sich für Bruce

Springsteen. Guter, bodenständiger Rock 'n' Roll, getragen von einer starken, männlichen Stimme. Das war genau das, was sie jetzt brauchte.

Eine ganze Armee Neugieriger hatte sich vor dem Mehrfamilienhaus am Lindengraben versammelt, um möglichst viel von der Katastrophe live mitzuerleben, auch die Presse war vor Ort. Tom Meinhard, Journalist beim *Leeraner Stadtanzeiger*, stellte sich Nola in den Weg. Seinem leidenschaftlich vorgetragenen Wunsch nach Informationen begegnete sie mit einem lapidaren Schulterzucken. »Wie Sie sehen, bin ich gerade erst angekommen. Vermutlich wissen Sie mehr als ich.« Schnell tauchte sie unter dem rot-weißen Absperrband durch auf die ruhigere Seite, die den Insidern vorbehalten blieb.

»Der Tote liegt in seinem Zimmer«, erklärte ein junger Kollege in Uniform.

»Wer hat ihn gefunden?«

»Der Typ, der sich mit ihm die Wohnung teilt. Heißt Clemens Möller. Also der Tote, nicht der, der ihn gefunden hat. Der andere, ich mein jetzt den, der da auch wohnt und der ihn gefunden hat …« Er schaute sie hilflos an.

»Schon okay. Er heißt Ralf Michaelis, richtig?«

Der erste Matchpoint des Tages. Der junge Polizist war echt beeindruckt. Woher hätte er auch ahnen sollen, dass sie diese Wohnung erst vor wenigen Tagen besucht und bei der Gelegenheit auch Ralf Michaelis kennengelernt hatte.

Clemens Möller lag vor seinem Bett, die Beine leicht angezogen und zur linken Seite gekippt, sodass die Knie Richtung Zimmer zeigten, ein Arm war nach oben gestreckt, der andere lag auf seinem Körper. Der Täter hatte mit einem Messer oder einem ähnlich scharfen Gegenstand zweimal diagonal über Möllers Gesicht geschnitten, ein Kreuz, fast als wolle er ihn durchstreichen. *Hass,* dachte Nola sofort, *jede Menge Hass.* Hier hatte jemand eine persönliche Rechnung beglichen.

Die Kleidung, die der Tote trug, war dieselbe, in der sie ihn im *Barrakuda* gesehen hatte, nur dass das weiße Hemd mit Blut durchtränkt war, vor allem im Brustbereich. Nola zählte drei Wunden, alle in der Herzgegend, eine davon dürfte sein Leben beendet haben. Erstaunlich war, dass seine Hände keinerlei Abwehrverletzungen aufwiesen. Als hätte Clemens Möller sich freiwillig hingelegt und erstechen lassen. Merkwürdig. Die Tatwaffe, vermutlich ein Messer, konnte sie auf den ersten Blick nicht sehen, was keineswegs bedeuten musste, dass sie sich nicht im Zimmer befand. Sämtliche Schranktüren und Kommodenschubladen standen offen, der Inhalt war über den gesamten Boden verstreut. Das war mit Sicherheit nach Möllers Tod passiert und konnte bedeuten, dass Stefans Leute das Messer später noch unter den wahllos verteilten Sachen entdeckten. Auf Clemens Möllers Nachttisch standen zwei Bierflaschen, beide noch geschlossen.

Inzwischen war auch Gritta Fenders eingetroffen. Allein. Und sie deutete Nolas suchenden Blick richtig. »Falls Sie meinen jungen Kollegen vermissen, der hat ein freies Wochenende. Das letzte vorläufig.« Ungeduldig schaute sie sich um. »Wo bleibt die Spurensicherung? Ich will anfangen. Na ja«, meinte sie dann versöhnlich. »Wenigstens mal eine Leiche in einer geheizten Wohnung, sodass man sich nicht den Hintern abfrieren muss.« Und dann sagte sie unerwartet freundlich: »Eins kann ich Ihnen schon mal verraten, der ist länger als vierundzwanzig Stunden tot.«

Laute Männerstimmen im Flur verkündeten, dass Stefan und sein Team eingetroffen waren. »Alle, die hier nichts zu arbeiten haben, verlassen die Wohnung«, ordnete Stefan an, und der autoritäre Ton machte klar, dass es besser war, sich zu fügen.

Nola beschloss, zuerst den jungen Mann zu befragen, der den Toten entdeckt hatte. Im Zimmer des Toten würde Stefan sie vorerst nicht dulden.

Ralf Michaelis kauerte auf einem Stuhl in der Küche, den Kopf gesenkt, die Hände unter den Achselhöhlen vergraben. »Ich glaub's nicht, ich glaub's einfach nicht«, jammerte er.

»Wann haben Sie Clemens Möller zuletzt gesehen?«

»Die genaue Uhrzeit weiß ich nicht mehr. Freitag, am späten Nachmittag, bevor er zur Arbeit gegangen ist. Zwanzig nach fünf, halb sechs, keine Ahnung. Er fängt um achtzehn Uhr an und fährt um spätestens halb los.« Abrupt stand er auf, bewegte sich zielstrebig Richtung Küchenschrank, blieb dann aber stehen und machte ein ratloses Gesicht, als hätte er vergessen, was er eigentlich wollte. »Nee, ich will keinen Kaffee«, murmelte er dann, setzte sich wieder auf den Stuhl und sackte in sich zusammen. »O Gott, wenn ich gewusst hätte, dass ich mich allein mit einer Leiche in der Wohnung befinde.« Er sprang unvermutet vor, umklammerte mit beiden Händen Nolas linkes Handgelenk und redete beschwörend auf sie ein. »Ich fahre zu meinen Eltern. Sofort. Nicht eine Nacht schlafe ich noch in dieser Wohnung.« Dabei schwenkte er ihren Arm wie einen Pumpenschwengel auf und ab.

Ganz behutsam befreite Nola sich aus seinem Griff. »Die Idee mit Ihren Eltern ist gut. Hier können Sie ohnehin nicht bleiben. Die Wohnung wird von der Spurensicherung untersucht und dann versiegelt, bis alle Untersuchungen abgeschlossen sind.«

»Macht, was ihr wollt. Ich kündige die Wohnung sowieso, am besten heute noch. Schriftlich. Glauben Sie, dass ein Mord eine fristlose Kündigung rechtfertigt? Hoffentlich. Ich kann hier nicht mehr leben. Nicht eine Stunde.«

Sehr verständlich, fand Nola, die mit ihren Fragen noch nicht am Ende war. »Haben Sie sich gestern nicht gewundert, dass Herr Möller nicht aufgetaucht ist?«

»Ehrlich gesagt nein. Ich musste um halb zehn weg. Hab einen Job als Kassierer im Baumarkt. Jeden Samstag. Um diese Zeit schläft Clemens noch. Als ich um einundzwanzig Uhr zurückkam, bin ich davon ausgegangen, dass er längst seine Cocktails mixt. Hab 'ne Pizza in den Ofen geschoben und mich gegen halb elf mit ein paar Kumpels getroffen. Ist ziemlich spät geworden, fünf oder so. Zu Hause bin ich gleich ins Bett gefallen. Gegen ein Uhr heute Mittag hab ich mich an meine Unisachen gesetzt. Ich schreibe an einem Referat, bin ziemlich knapp dran, Mittwoch ist Abgabetermin.« Er stutzte. »Ich brauche eine Verlängerung. Unter diesen Umständen kann ich mich doch gar nicht richtig konzentrieren. Gleich morgen früh werde ich meinen Professor anrufen. Das muss der doch verstehen, oder?« Erwartungsvoll schaute er sie an. Als sie nicht reagierte, lachte er verlegen. »Schon klar, das ist nicht Ihr Problem. Sie wollen wissen, wie ich die Leiche entdeckt habe. Ganz einfach. Mein Notebook ist abgekackt. Wahrscheinlich die Grafikkarte. Und da wollte ich mir Clemens' MacBook leihen. Eigentlich hat er sich mit seinen Sachen ziemlich angestellt, aber in so einem Fall hätte er mich nicht hängen lassen. Um ziemlich genau vierzehn Uhr habe ich an seiner Zimmertür geklopft. Keine Reaktion. Aber meine Unisache war echt dringend, also hab ich leise die Tür geöffnet und …« Er atmete schnaufend aus. »Den Rest wissen Sie ja. Er lag da in seinem Blut. Hat da die ganze Zeit gelegen. Und ich hab nichts davon geahnt. Hab seelenruhig geschlafen, geduscht und gefrühstückt. Neben einer Leiche…« Fassungslos schüttelte er den Kopf. »Boa, der blanke Horror… vielleicht brauch ich jetzt 'ne Therapie.«

»Moment.« Nola stand auf und ging rüber zum Zimmer des Toten, wo Stefan mit der 360-Grad-Kamera den Tatort festhielt, damit sie später jede Einzelheit rekapitulieren konnten.

»Sieht jemand ein Notebook?«

»Negativ.«

In der Küche hatte Ralf Michaelis sich nicht von der Stelle gerührt.

»Wir finden keinen PC in Clemens Möllers Zimmer.«

»Doch kein PC«, sagte Herr Michaelis, und es klang ungeduldig. »Ein MacBook, hab ich gesagt, es steht auf dem Schreibtisch.«

Nola schüttelte den Kopf. »Nein. Das MacBook fehlt. Hatte Herr Möller Freunde? Eine feste Beziehung? Irgendwen, der ihn näher kannte und den wir befragen können?«

»Nicht dass ich wüsste. Einen Freund sowieso nicht. Der konnte nur gut mit Frauen. Manchmal hat er eine mitgebracht, war aber nie was Ernstes. Er wollte keine feste Beziehung. Am besten fragen Sie die Leute im *Barrakuda*. Ich kann nur sagen, dass er immer pünktlich seinen Teil der Miete bezahlt hat. Der Kühlschrank war meist gut gefüllt, vor allem mit Alkoholika, und er hatte nichts dagegen, wenn man sich bediente. Echte Freunde waren wir nicht, sind aber gut miteinander ausgekommen. Und er wusste, was sich gehört. Ich hatte mal 'ne Freundin, die war bei seinem Anblick hin und weg. War 'ne blöde Situation. Aber er hat sie in keinster Weise ermutigt oder gar angemacht. Na ja, vielleicht war sie ihm auch zu unspektakulär.« Er lachte trocken.

Nola bat ihn nachzuschauen, ob ein Messer in der Küche fehlte. »Ein großes, würde ich denken. Also kein Kartoffelschälmesser.«

Auf einen Schlag wich der letzte Rest von Farbe aus seinem ohnehin bleichen Gesicht. »Die Mordwaffe? Sie glauben, dass der Täter sie einfach aus unserer Besteckschublade genommen hat?« Er riss die Schublade so heftig auf, dass sie aus der Führung glitt und der Inhalt auf den Fußboden polterte.

Zum Glück steckte hinterher kein Messer in seinem Fuß. Nola bat ihn, nichts anzufassen, und zog Einmalhandschuhe über. Dann hob sie ein Messer nach dem anderen auf. »Fehlt etwas?«

»Nein. An großen Messern haben wir nur ein Brotmesser mit gezackter Klinge und dieses Allzweckmesser von IKEA zum Fleischschneiden. Die beiden Kartoffelschälmesser kommen ja nicht infrage, haben Sie gesagt. Wissen Sie was?« Er steckte zwei Finger in den Ausschnitt seines Shirts und zog ihn nach vorn. »So langsam kriege ich hier Beklemmungen. Was, wenn er das Messer nach dem Mord seelenruhig abgewaschen und zurück in die Schublade gelegt hat? Und ich hab heute Morgen mein Brötchen damit aufgeschnitten?« Die Vorstellung wurde für ihn so plastisch, dass er sich würgend über das Spülbecken beugte. »Entschuldigung. Aber das ist einfach zu widerlich.« Ehe Nola ihn hindern konnte, ließ er den Hahn laufen und spritzte kaltes Wasser in sein Gesicht.

»Stopp!«, schrie sie, und er bekam vor Schreck einen Schluckauf. »Da dürfen Sie vorläufig nicht ran. Wir untersuchen den Ausfluss erst auf mögliche Blutspuren.«

Er schüttelte den Kopf wie ein uralter Mann, der die Welt nicht mehr verstand. »Kann ich bald los? Und wären Sie bitte so nett, mich zum Bahnhof zu bringen? Klingt albern, aber ich traue mich nicht allein auf die Straße. Bin wohl kein großer Held.« Als Nächstes wollte er wissen, ob Nola eine Waffe trug und ihn notfalls schützen könnte.

Wortlos hob sie ihre Jacke an und zeigte ihm das Holster mit der Heckler & Koch. Selbstredend gehörte es nicht zu ihren Aufgaben, hysterische Zeugen durch die Gegend zu kutschieren. Doch der junge Mann wirkte so aufgelöst, dass sie es nicht über sich brachte, ihn mit seiner panischen Angst allein zu lassen.

»In Ordnung.« Nola erledigte ein paar Telefonate, während Herr Michaelis hektisch irgendwelches Zeug in eine Reisetasche aus verblichenem Segeltuch stopfte und dabei Unverständliches vor sich hin murmelte. Ihm war sicher nicht bewusst, dass Nola sein Tun sehr genau beobachtete, weil sie ausschließen musste, dass er auf diesem Weg etwas aus der Wohnung schaffte, das die Polizei nicht sehen sollte.

»Ich benötige die Adresse Ihrer Eltern und Ihre Telefonnummer, damit ich Sie erreichen kann«, fiel ihr zwischendurch ein, und er kritzelte beides auf einen Zettel. Bei der Telefonnummer verschrieb er sich gleich zweimal, er war wirklich mit den Nerven am Ende.

»Und dann, wenn möglich, die Handynummer von Herrn Möller.« Nach kurzer Überlegung holte er sein Smartphone aus der Hosentasche, wischte ein paarmal über das Display und hielt es ihr hin. »Hier, das ist sie. Am besten schreiben Sie die Nummer selbst ab, ich bin zu aufgeregt.« Sein meckerndes Lachen ging in ein trockenes Schluchzen über. »Clemens war manchmal ein echter Arsch, aber trotzdem, in unserem Alter stirbt man doch nicht und schon gar nicht so! Das ist einfach nicht okay.«

»Ja, da haben Sie recht.«

»Wie können Sie nur in so einem Beruf arbeiten, ohne an der Welt zu verzweifeln?« Er schaute sie an wie ein hilfloser Hundewelpe, der getröstet werden wollte.

»Das lernt man mit der Zeit. Bevor Sie fahren, brauchen wir noch Ihre Fingerabdrücke und einen Abstrich Ihrer Mundschleimhaut, damit wir Ihre DNA zu Vergleichszwecken isolieren können.«

»Wie? Sie verdächtigen *mich*?« Das schien ihn wirklich zu entsetzen.

»Nein. Wir müssen die gesamte Wohnung nach Fingerabdrücken und Fremd-DNA untersuchen und möchten dabei Ihre Spuren ausschließen, die sich ja zwangsläufig überall finden lassen werden. Schließlich wohnen Sie hier.«

»Ach so.« Es klang nicht unbedingt so, als ob er den Sinn dieser Maßnahme verstanden hätte.

Eine halbe Stunde später brachte Nola Ralf Michaelis mit ihrem Wagen zum Bahnhof, wo er sich tausendmal bedankte, bevor er Richtung Bahnsteig rannte, so eilig, als wäre ihm der Teufel auf den Fersen.

Hinter Annerose lag ein hektischer Vormittag. Sie hatte die Tischdekoration für die goldene Hochzeit in das Lokal gebracht, wo die Anzahl der Tische nicht mit der Anzahl der bestellten Gestecke übereinstimmte. Es half ihr nichts, auf den Auftrag hinzuweisen, der zum Glück in schriftlicher Form vorlag. Die Auftraggeber bestanden darauf, dass alle Tische geschmückt wurden, und sie musste zurück ins Geschäft hetzen und in Windeseile zwei weitere Gestecke fertigen, wobei alle von Glück sagen konnten, dass noch genügend goldgelbe Rosen vorrätig waren. Als sie heimkam, lag ein Zettel auf dem Tisch: *Muss kurz zu Markus. Bis später.* Die Suppe, die auf dem

Herd stand, war kalt, aber sie hatte ja ohnehin keine Zeit zum Essen. Doch daran wollte sie jetzt nicht denken, sie wollte die Ruhe im Heinrichsforst genießen, die wunderbare Stille und dass Hanno ihre Hand hielt. Nachdem sie beide gegen vierzehn Uhr wieder zu Hause eingetroffen waren, hatte sie einen gemeinsamen Waldspaziergang vorgeschlagen, und Hanno war gleich darauf eingegangen.

Die Hunde hörte sie zuerst, sie bellten so laut und ungestüm, dass sie unwillkürlich stehen blieb. Wie aus dem Nichts tauchte der Förster auf. Bei Anneroses Anblick verbeugte er sich mit schmierigem Grinsen. Sie hatte Andreas Ahlers noch nie leiden können. Irgendetwas in seinem Blick störte sie. Es gab Gerüchte, dass er vor Urzeiten ein Mädchen bedrängt hatte, eine Mitschülerin, die aber im letzten Moment ihre Anzeige wegen sexueller Nötigung zurückgezogen hatte. Vielleicht stimmte das, vielleicht auch nicht, zuzutrauen war es ihm.

Hanno mochte den Förster, sie kannten sich, weil sie gemeinsam bei der Bundeswehr gedient hatten, allerdings nur während der Grundausbildung. Trotzdem hatten sie sich nicht aus den Augen verloren. Männer, so kam es Annerose vor, schleppten ihre Freundschaften mit sich durch das Leben wie alte, total verwaschene T-Shirts, die längst nicht mehr passten, von denen sie sich aber niemals trennen würden und die sie bei besonderen Gelegenheiten wieder hervorholten, um sich reinzuzwängen und zu grölen: *Ich weiß gar nicht, was du willst. Passt doch!*

Ahlers war nicht allein. Hinter ihm drängelte sich Siegfried Erdwiens ins Bild, für Annerose ein noch schlechterer Umgang als der Förster. Dass Erdwiens in den Blöcken am Mittelweg wohnte, sagte eigentlich schon alles über ihn aus. Mit Erdwiens wollte sie nichts zu tun haben. Tina, eine seiner früheren Freundinnen, hatte mal als Aushilfe bei Annerose gearbeitet und schlimme Sachen über ihn erzählt. Dass er herrschsüchtig war, keine Kritik vertrug und gewalttätig wurde, wenn ihm etwas nicht passte, vor allem, wenn er getrunken hatte. Einmal hatte er sie regelrecht zusammengeschlagen. Das war kurz vor ihrer Trennung. Mittlerweile lebte Tina im Norden, aus Angst, Siegfried Erdwiens auf der Straße zu begegnen.

Annerose hatte Hanno davon erzählt, weil sie wusste, dass er manchmal mit Erdwiens Skat spielte. Ihr Lebensgefährte hatte wenig dazu gesagt, nur gemeint, dass Siegfried sich unter Männern zu benehmen wusste. Eine komische Aussage, die sie ein bisschen enttäuschend fand.

Ihr fiel sofort auf, dass Hanno und Andreas Ahlers sich seltsam benahmen. Sie begrüßten sich weit weniger enthusiastisch als gewöhnlich. Nur ein knappes »Moin«, Hanno blieb nicht mal wirklich stehen, sondern zog sie ziemlich unsanft weiter.

Nach zwanzig Metern streifte sie seine Hand ab und drehte sich um. Ahlers stand immer noch am selben Fleck und schaute ihnen hinterher. Annerose hatte das überdeutliche Gefühl, dass dieses zufällige Aufeinandertreffen im Wald ihm nicht recht war. Als er Anneroses Blick bemerkte, sagte er etwas zu Siegfried Erdwiens, der daraufhin in lautes Gelächter ausbrach, was wiederum ein hektisches Gebell der Hunde zur Folge hatte. Rasch wandte sie sich ab.

»Mir ist kalt, lass uns zum Wagen gehen.« Hanno beschleunigte seinen Schritt, bis sie kaum noch mitkam, und blieb erst auf dem Parkplatz stehen. »Ich möchte mal wissen, was die beiden miteinander zu schaffen haben«, zischte er. »Findest du nicht auch, dass sie einen ziemlich vertrauten Eindruck gemacht haben?«

Dazu fiel ihr nichts ein. Sie hatte vor allem auf Hanno geachtet, und der benahm sich außerordentlich seltsam.

Es war gar nicht so einfach, den Inhaber des *Barrakuda* ausfindig zu machen. Nola benötigte die Hilfe der Kollegen aus Emden, um seinen Namen in Erfahrung zu bringen, die Adresse lieferten sie gleich mit, der Mann schien kein unbeschriebenes Blatt zu sein.

Roman Waschinsky wohnte in der Nähe der Kunsthalle. Ein nervöser Mann um die fünfzig, klein und schwammig, in einem teuer wirkenden Anzug, der übertrieben nasal sprach und sich ständig die wunde Nase putzte, was Nola an langjährigen Kokainkonsum denken ließ. Die Nachricht, dass sein Barkeeper erstochen wurde, schockierte ihn sichtlich.

»Clemens war ziemlich komisch in letzter Zeit. Unbeherrscht, so kannten wir ihn gar nicht. Gestern ist er einfach nicht zur Arbeit erschienen. Keine Entschuldigung, keine Krankmeldung, nichts. Ich hab im Viertelstundentakt angerufen, aber sein Handy war aus. Der spinnt doch, hab ich gedacht!« Die letzten Worte schrie er beinahe. »Wissen Sie was?« Er rieb sich müde über die Augen. »Ich wollte ihn rausschmeißen, so sauer war ich. Hab gedacht, das lasse ich mir nicht gefallen. Nicht von so einem eingebildeten Pinsel. Aber meine Freundin meint, ohne Clemens bleiben uns die Weiber weg. Cocktails sind nun mal was für Frauen. Die wollen nicht nur schöne Sachen trinken, die wollen dabei auch schöne Männer angucken. Und Clemens ist eine Augenweide. War eine Augenweide«, verbesserte er sich. »Scheiße, wie soll ich den bloß ersetzen?«

»Kann es sein, dass jemand von den anderen Mitarbeitern etwas weiß? Vielleicht die junge Frau, die mit ihm zusammen gearbeitet hat? Blond, hübsch, ziemlich jung?«

»Sie meinen Michelle? Das ist meine Freundin. Die hat sich noch mal hingelegt. Soll ich sie wecken?«

Nola nickte. »Ja, das wäre nett.« Ihre Armbanduhr zeigte 16:35 Uhr. Die junge Dame schien einen ungewöhnlichen Tagesrhythmus zu leben.

Roman Waschinsky entfernte sich, sie hörte eine Tür klappen, leise Stimmen, dann kreischte eine Frau.

Michelle, die einen hellen Morgenmantel aus einem seidigen Material übergeworfen hatte, war völlig außer sich. Wenn ihr Freund sie nicht gestützt hätte, wäre sie wohl hingefallen, so erreichte sie mit seiner Hilfe gerade noch die Couch, bevor ihr die Beine wegknickten. »Clemens doch nicht! Warum denn Clemens?«, heulte sie und presste sich eins der Sofakissen vor das Gesicht. Jetzt hörte man nur noch gedämpftes Schluchzen.

In Anbetracht ihrer heftigen Reaktion fragte Nola sich, ob die beiden wirklich nur Arbeitskollegen gewesen waren.

Vielleicht dachte Herr Waschinsky ähnlich, denn er runzelte missmutig die Stirn und sagte unfreundlich: »Na, das reicht ja wohl.« Mit beiden Händen entriss er ihr das Kissen. »Reine Seide, das muss gereinigt werden. Hier!« Er schmiss ihr ein Paket Taschentücher auf den Schoß. »Und jetzt reiß dich mal zusammen. Die Frau von der Kripo möchte dir ein paar Fragen stellen. Heulen kannst du später noch.«

Die Unterhaltung gestaltete sich äußerst mühsam, weil die junge Frau kaum ein klares Wort rausbrachte. Sie hatte Clemens Möller zuletzt am Samstagmorgen gegen 1:45 Uhr gesehen. Sie hatten Kasse gemacht, den Laden abgeschlossen und waren beide ihrer Wege gegangen.

»Hatte er eine feste Freundin?«

»Nicht dass ich wüsste.« Erneut wurde sie von einem Heulanfall geschüttelt, so heftig, dass sie es erst im dritten Versuch schaffte, ein Taschentuch aus der Packung zu fummeln.

»Der Clemens trieb es ziemlich bunt«, sagte Herr Waschinsky mit einem bösen Blick auf seine Freundin. »Der hat alles mitgenommen, was ging. Hat oft geprahlt, dass er jede haben kann. Wie schon gesagt, er war so was wie die Attraktion im *Barrakuda*. Da werde ich so schnell keinen Ersatz finden.« Er stützte die Ellenbogen auf die Knie und vergrub den Kopf in seinen Händen.

»Kennen Sie Namen?«, wandte Nola sich an die immer noch heulende Michelle. »Vielleicht die Frau, mit der er zuletzt zusammen war?«

Die junge Frau wusste nichts. Nur dass Clemens Möller in der letzten Zeit ungewöhnlich nervös gewirkt hatte. »Aber er wollte nicht darüber reden. Nicht mal mit mir.« Als ihr Freund sie wütend anfunkelte, flüsterte sie: »Wir haben uns gut verstanden. Das ist doch nicht verboten. Immerhin haben wir jeden Abend zusammen gearbeitet.«

»Ist er an dem Abend direkt nach Hause gefahren, wissen Sie das zufällig?«

»Ich glaub schon. Er war verabredet, keine Ahnung, mit wem.«

»Und Sie?«

»Mein Freund hat mich abgeholt wie immer. Um kurz vor zwei, da war Clemens schon weg.«

Nola warf Herrn Waschinsky einen fragenden Blick zu, und er nickte und bestätigte damit Michelles Alibi. Als sie erneut zu schluchzen begann, stand er kopfschüttelnd auf. »Das hält ja kein Schwein aus!«, schimpfte er. »Kannst du mal fünf Minuten mit der Jaulerei aufhören? Du führst dich auf wie seine Witwe!«

So wie Nola die Lage einschätzte, würde Michelle sehr bald ohne Freund und Job dastehen, denn Herr Waschinsky machte inzwischen einen ziemlich wütenden Eindruck, und er konnte das Gespräch gar nicht schnell genug beenden.

Im Wagen sammelte Nola ihre Gedanken. Dass Möller einem Raubmord zum Opfer gefallen war, glaubte sie nicht eine Sekunde, auch wenn so ein MacBook weit über tausend Euro kostete und selbst gebraucht noch einiges einbringen dürfte.

Gleich im Anschluss fuhr Nola zurück in die Wohnung des Toten, wo Gritta Fenders ihre Arbeit inzwischen abgeschlossen hatte.

»Der junge Mann dürfte am frühen Samstagmorgen zwischen null und vier Uhr morgens gestorben sein. Da jegliche Abwehrverletzungen fehlen, bin ich zunächst davon ausgegangen, dass er niedergeschlagen wurde, bevor man ihm die Stichverletzungen zufügte. Es gibt aber keine entsprechende Kopfverletzung.« Sie verzog das Gesicht. »Warum hat er sich nicht gewehrt? Hmm, vermutlich bringt uns die toxikologische Untersuchung weiter. Übrigens lassen die Wunden auf eine sehr schmale Klinge schließen. Der Schnitt im Gesicht wurde ihm postmortal zugefügt. Das ist sicher.« Ganz unerwartet streckte sie Nola ihre Hand hin. »Ich verabschiede mich. Und zwar für eine ganze Weile. Ab morgen früh acht Uhr ist Dr. Steffen zuständig. Die Obduktion setze ich auf zwölf Uhr an, ich denke, das wird dem Kollegen recht sein. Sonst wird er sich noch bei Ihnen melden.« Seufzend warf sie einen letzten Blick in Richtung des Toten. »Sie glauben nicht, wie furchtbar es ist, wenn der Körper einen im Stich lässt. Eine künstliche Hüfte!« Sie schnaubte verächtlich. »Operation, Reha-Klinik, wieder laufen lernen wie eine Kleinkind. Dafür hab ich doch gar keine Zeit.«

Nola brachte sie zur Wohnungstür, wünschte ihr alles Gute, dann, sorgfältig eingepackt in Einmaloverall, Latexhandschuhe, Mundschutz und Überzieher für ihre Schuhe, schaute sie sich in Möllers Zimmer um. Auf den ersten Blick sah alles nach einem Raubmord aus. Neben dem MacBook wurden Möllers Handy und sein Portemonnaie samt EC-Karte vermisst. Falls er eine Armbanduhr besessen hatte, war sie ebenfalls verschwunden. Zudem waren alle Schränke durchwühlt und der Inhalt größtenteils auf dem Boden verteilt. Von der Tatwaffe fehlte jede Spur. Stefan hatte sämtliche Küchenmesser eingetütet. Laut Dr. Fenders Beschreibung kamen sie aufgrund ihrer Klingenbreite allerdings nicht infrage.

Ansonsten konnte Nola, abgesehen von mehreren Packungen schwarzer Haartönung, die Clemens Möller verschämt in seiner Schreibtischlade aufbewahrte, nichts Aufregendes entdecken. Erwähnenswert fand sie höchstens die Tatsache, dass er vom Slip bis zur Outdoorjacke nur teure Markenkleidung besessen hatte, was die Frage aufwarf, wie viel ein Barkeeper in einer unbedeutenden kleinen Cocktailbar in Emden verdienen konnte.

Früher oder später hatte es ja so kommen müssen. Es gab wieder einen Mann in Nolas Leben. Und sie hatte die Frechheit besessen, ihren neuen Freund im *Tennessee* vorzuführen, in seiner Stammkneipe. Offenbar war es ihr wichtig, dass er Bescheid wusste. Renke brauchte nur an diesen Doktor mit dem albernen Pferdeschwanz zu denken, damit sein Blut erneut in Wallung geriet. Was für ein affiger Typ, nie hätte er sich vorgestellt, dass Nola so einen unfassbar schlechten Männergeschmack hatte. Allein die Erinnerung, wie der Blödmann in Nolas Haaren rumfummelte, machte ihn rasend.

Schade, dass heute Wochenende war, er hätte sonst was darum gegeben, sich mit Arbeit ablenken zu können. Vielleicht sollte er ins Revier fahren und irgendwelche Sachen erledigen, die über die Wochen liegen geblieben waren. Statistiken zum Beispiel, deren Sinn sich ihm nicht erschloss und die trotzdem ausgefüllt werden mussten. Wenn er in sich reinhorchte, verspürte er dazu allerdings absolut keine Lust. Nur um irgendetwas zu tun, stieg er in den Audi und fuhr zum Friedhof. Früher hatte er Brittas Grab beinahe jeden Tag besucht. Er hatte sich auf die Umrandung gehockt und Zwiesprache mit seiner toten Frau gehalten. Jetzt, da Aleena ebenfalls dort lag, besuchte er das Grab viel seltener. Albern, aber es kam ihm vor, als würde Aleena jedes Wort mithören, das er an Britta richtete. Und manches, was er gern loswerden wollte, war nun einmal nicht für die Ohren seiner Tochter bestimmt. Zum Beispiel die Erkenntnis, dass die Frau, zu der er sich hingezogen fühlte, einem anderen den Vorzug gab. Das wiederum konnte er nicht mal mit Britta besprechen.

Das Grab wirkte ziemlich kahl, er sollte wohl etwas Blühendes pflanzen. Bislang hatten die Nachtfröste ihn davon abgehalten. Laut Wetterbericht würde sich an der Wetterlage vorläufig auch nichts ändern. Vier Grad minus waren für die kommende Nacht angesagt, unter Frühling stellte Renke sich was anderes vor. Missmutig zupfte er ein paar gelbe Spitzen von der Muschelzypresse, die langsam zu groß wurde für das kleine Urnengrab, und wischte mit einem Papiertaschentuch über den Stein. Auf dem Weg zum Parkplatz überlegte er, Tonia anzurufen. Er musste einfach wissen, warum sie ihm damals nicht die ganze Wahrheit gesagt hatte. Wenige Schritte später überlegte er es sich bereits anders. Nein, er würde sich nicht bei ihr melden. Schon damals war sein Verhalten hart an der vertretbaren Grenze gewesen. Und wenn Nola Wind davon bekam, würde sie ihm den Kopf abreißen.

Zu Hause entkorkte er die erste Flasche Rotwein, es war gerade vierzehn Uhr. Dieser verflixte Fall. Es musste eine Verbindung nach Martinsfehn geben, eine, die er damals übersehen hatte. Er legte sich auf die Couch, die Arme hinter dem Nacken verschränkt, die Beine übereinandergeschlagen, und schloss die Augen, um sich besser konzentrieren zu können. Was hatte sich seit damals geändert, welche neuen Informationen waren aufgetaucht? Anders als vor vier Jahren schien festzustehen, dass Leona ihren späteren Entführer gekannt hatte. Wenn diese Missbrauchsgeschichte der Wahrheit entsprach, lag es auf der Hand, dass einer der Freier aus Martinsfehn stammte und eines Tages beschlossen hatte, dass er Leona für sich allein wollte. Immer wieder kam es vor, dass Freier sich in Huren verliebten und versuchten, sie aus dem Milieu zu befreien. *Keine Huren*, berichtigte Renke sich sofort. *Schulmädchen, bedauernswerte Opfer.* Dieser Mann hatte Leona keineswegs aus einer misslichen Situation befreit, im Gegenteil, er hatte sie entführt und gefangen gehalten – und fraglos weiterhin missbraucht. Und das musste noch nicht mal das Ende des Martyriums für die anderen Mädchen bedeuten. Es lag durchaus im Bereich des Wahrscheinlichen, dass der Missbrauch an anderer Stelle weitergelaufen war, schlimmstenfalls sogar bis heute. Ein Wohnwagen ließ sich problemlos umparken, die Mädchen konnte man durch die Gegend kutschieren. Allerdings musste es jetzt neue Mädchen geben, die von damals hatten die Schule und damit auch das Internat längst verlassen.

Am liebsten hätte er Nola angerufen, um ihr seine Überlegungen mitzuteilen. Er hielt das Handy bereits in der Hand, als ihm einfiel, dass sie sich vermutlich gerade mit ihrem Rechtsmediziner durch den Sonntagnachmittag vögelte. Unter diesen Umständen wollte er ihre Stimme nicht hören.

Stattdessen rief er Tonia an und verabredete sich mit ihr zum Essen.

Die Möllers führten sie in die Küche, die genauso unpersönlich eingerichtet war wie das Esszimmer. Feindselig schauten sie Nola an, dabei hatten sie noch gar keine Ahnung, was auf sie zukam.

»Ich habe leider eine sehr traurige Nachricht für Sie. Ihr Sohn wurde heute früh tot aufgefunden. So wie es aussieht, liegt ein Gewaltverbrechen vor, die genauen Umstände kennen wir noch nicht. Mein Beileid.«

Linda Möller gab keinen Laut von sich. Sie presste ihre Lippen zusammen und ließ die Tränen über ihr Gesicht laufen, rührte sich aber nicht.

Ihr Mann fragte nach den genauen Tatumständen, und Nola hätte sich nicht gewundert, wenn er jetzt den kleinen Schreibblock aus der Brusttasche seines weißen Oberhemds gezogen hätte, um sich Notizen zu machen. Sie gab ihm die gewünschten Informationen, ging dabei aber nicht ins Detail und ließ die Gesichtsverletzung aus.

Störrisch schüttelte Dieter Möller den Kopf »Wieso Cocktailbar? Clemens studiert.« Seine Frau hörte schlagartig auf zu weinen. Vermutlich hofften die beiden jetzt, dass es sich um eine Verwechslung handelte.

»Nein«, sagte Nola leise, aber bestimmt. »Ihr Sohn hat nicht studiert. Er hat in einer Bar am Delft Cocktails gemixt. Am

Dienstag hat er zu mir gesagt, es sei genau das, was er machen möchte. Ich weiß nicht, ob er ein guter Sozialpädagoge geworden wäre, aber in dieser Bar schien er in seinem Element zu sein. Auf mich hat er sehr zufrieden gewirkt.«

»Das können Sie doch gar nicht beurteilen!«, empörte sich Herr Möller. »Sie haben ihn ja nicht mal gekannt.«

Sie scheinbar auch nicht, hätte Nola erwidern können. *Sie wussten ja nicht mal, dass er sein Studium nicht angetreten hat.* Aber wozu, die beiden hatten gerade ihren Sohn verloren und mit ihm ein großes Stück ihrer Zukunft, vielleicht sogar das größte. Und jetzt saß sie hier und teilte ihnen ganz nebenbei mit, dass er sie seit Jahren belogen hatte.

»Gibt es jemanden hier in Jemgum, zu dem er noch Kontakt pflegte? Einen guten Freund oder eine Freundin?«

Diesmal antwortete Frau Möller. »Nein. Er war schon ewig nicht mehr zu Hause.«

»Falls Ihnen doch noch jemand einfällt.« Sie legte ihre Karte mitten auf den Tisch. »Ich möchte mich dann verabschieden. Mein Beileid noch mal.«

Auf einmal schien die leblose Atmosphäre in dieser Wohnung genau richtig, so als hätten die Möllers sich seit Jahren auf diese schreckliche Nachricht vorbereitet. Und nun war sie endlich eingetroffen.

Montag, 11. März

Gleich als Erstes stellte Nola die entsprechenden Anträge, damit die Telefongesellschaft die Verbindungsnachweise von Möllers Handy rausgab. Das Gerät war ausgeschaltet und damit bedauerlicherweise nicht zu orten, wie die Kollegen inzwischen rausgefunden hatten. Dann sorgte sie dafür, dass sie seine Bankdaten einsehen konnten.

»Möllers Tod muss mit der Entführung von Leona Sieverding zusammenhängen. Es kann einfach nicht sein, dass so eine zentrale Figur in unseren Ermittlungen drei Tage nach der Befragung aus einem völlig banalen Grund ermordet wird. Solche Zufälle gibt es nicht. Für irgendjemand muss Clemens Möller so eine Bedrohung dargestellt haben, dass er das Risiko eingegangen ist, einen Mord in einer Wohnung zu begehen, die Möller nicht mal allein bewohnt hat.« Sie ließ ihren Blick von Conrad zu Hilke wandern, beide nickten. »Der Täter ist ein hohes Risiko eingegangen. Was hätte er wohl getan, wenn er auf dem Flur Ralf Michaelis begegnet wäre?«

Hilke zuckte wenigstens noch mit den Schultern, Conrad reagierte überhaupt nicht auf Nolas Frage. Nachdem er verinnerlicht hatte, dass er Hilke nicht beeindrucken konnte, war sein Motivationsfeuer genauso schnell wieder erloschen, wie es aufgeflammt war. Wie üblich war er ein paar Minuten zu spät gekommen, jetzt hing er auf seinem Schreibtischstuhl, reinigte seine Fingernägel mit einem Schweizer Taschenmesser und wischte das, was er unter den Rändern hervorgeholt hatte, an seiner Hose ab.

Seufzend drehte Nola ihm den Rücken zu. »Hilke, kannst du dich bitte um die Verbindungsnachweise von Möllers Handy und seine Bankdaten kümmern? Seine teure Garderobe scheint nicht zu seinem Einkommen zu passen. Vielleicht gab es noch eine andere Einnahmequelle. Ich denke da an Erpressung. Yasmina sprach von heimlich gedrehten Filmen.«

»Klingt logisch«, fand Hilke. »Die Filme waren auf seinem MacBook gespeichert. Deshalb hat der Täter das Ding mitgenommen. Habt ihr irgendwo noch eine zusätzliche Datensicherung entdeckt, einen USB-Stick oder eine externe Festplatte?«

»Nein. Leider nicht. Falls sie da waren, hat der Täter sie mitgenommen. Es sei denn, Möller hätte sie aus Sicherheitsgründen außerhalb der Wohnung aufbewahrt. Ich hab da schon eine Idee.« Sie holte tief Luft, drehte sich um und schaute Conrad an. »Und du fährst bitte nach Oldenburg zur Obduktion. Um zwölf geht es los. Du kannst dir noch 'ne halbe Stunde Zeit lassen.«

Er wich ihrem Blick aus und murmelte: »Muss das sein?«

»Ja«, sagte sie bestimmt. »Ich finde, dass du auch mal dran bist.« In der Vergangenheit hatte Conrad sich sehr erfolgreich vor einem Besuch im Rechtsmedizinischen Institut gedrückt. Und da Nola sich gerade nur schwer vorstellen konnte, Valentin zu begegnen, musste er dieses Mal in den sauren Apfel beißen.

Für das Treffen mit Tonia gab es drei Worte. Unnötig. Peinlich. Unprofessionell. Sie hatte sich gewunden wie ein Aal, als Renke wissen wollte, weshalb sie damals den Zusammenhang zwischen dem möglichen Missbrauch von Franziska Lessing und dem Verschwinden von Leona nicht gesehen hatte. Stattdessen war es ihr gelungen, das Gespräch immer wieder auf seine private Situation zu lenken. Als er von Aleenas Tod erzählte, hatte sie seine Hände ergriffen. Sie war immer noch eine schöne Frau. Doch anders als früher berührte ihn das nicht mehr. Vielleicht, weil sie ihm in einer Zeit gefallen hatte, in der seine Frau todkrank war.

Längst bereute er, dass sich während ihrer stundenlangen Gespräche und Telefonate das *Du* eingeschlichen hatte, das er jetzt unangemessen und viel zu privat fand. Aber das ließ sich wohl schwerlich wieder ungeschehen machen. Damals hatte er eine Weile gebraucht, bis ihm auffiel, dass die Sache in eine falsche Richtung lief, dass Tonia seinen Blick einen Moment zu lange festhielt, dass sie eine Spur zu laut lachte, einmal zu häufig seinen Arm berührte, wenn auch nur ganz flüchtig. Erschrocken über seine Naivität und auch über das, was andere denken könnten, hatte er den Kontakt abrupt beendet.

Dabei hätte er es wohl belassen sollen. Er konnte nur hoffen und beten, dass Nola niemals von diesem Treffen erfuhr.

Conrad sah erbärmlich aus. Er hatte seinen Stuhl direkt vor die Heizung geschoben und schien trotzdem noch zu frieren. Er hielt die Arme vor der Brust verkreuzt, die Hände lagen auf seinen Schultern, und dann und wann lief ein Zittern über seinen Körper. Die Unterlippe hing herunter, und Nola entdeckte im rechten Mundwinkel eingetrockneten Speichel.

»Ist dir kalt, bist du krank?«, hörte sie sich fragen.

Er zog die Nase hoch und brummelte was von Erkältung und dass ihm ein steifer Grog fehlen würde.

»Aber nicht im Dienst. Und jetzt erzähl bitte von der Obduktion.«

»Der Doktor hat so kleine Male entdeckt. Strommarken. Winzig. In der Herzgegend. Waren mit Blut verschmiert, deshalb konnte man sie erst sehen, nachdem der Tote gewaschen war. Scheint so, als hätte man Möller zuerst mit einem Elektroschocker betäubt und dann erstochen. Demnach war er praktisch gelähmt, als die Stichattacke begann, kein schöner Tod. Der Stromschlag hat das Herz schwer geschädigt, meint der Doktor. Vermutlich hätte das schon gereicht. Drei Einstiche im Brustkorb, einer davon ein Volltreffer. Hat so 'ne Hauptschlagader zerfetzt. Eine lange, schmale Waffe wie ein Dolch, ein Spezialmesser zum Filetieren, ein Schraubenzieher oder ein Stecheisen. Da war sehr viel Wut im Spiel. Und auch Kraft. Ist gar nicht so leicht, einen Menschen derartig zuzurichten.« Er schüttelte sich. »Mir ist kotzübel, ich mach jetzt Feierabend.« Conrad erhob sich umständlich, bewegte sich mit leicht schwankenden Schritten vorwärts und blieb vor der Tür stehen. Es sah aus, als würde er mit sich kämpfen, dann stieß er hervor: »Diese ewigen Toten! Ich kann das nicht mehr so gut. Der Typ war ein Arschloch, aber trotzdem ein Junge, noch ganz grün hinter den Ohren. Aus dem hätte vielleicht noch was werden können. Scheißjob, den wir da haben. Tu mir einen Gefallen und schick nächstes Mal Hilke nach Oldenburg.«

»Tut mir leid«, murmelte sie, aber da war Conrad längst aus der Tür.

Im *Barrakuda* standen die Zeichen auf Trauer. Es waren fast nur Frauen anwesend. Verheulte Gesichter, rote Augen, verlaufene Wimperntusche, wohin man schaute. Selbstverständlich trug man tiefstes Schwarz. Michelle wirkte wie ein Gespenst, blass und schlecht geschminkt, selbst die Haare hingen traurig herunter. Neben ihr bemühte sich ein etwas zu großer, etwas zu dicker junger Mann mit etwas zu langem, braunem Haar, die Bestellungen abzuarbeiten. Er wirkte unsicher und musste immer wieder die Rezepte der Cocktails in einem Ordner nachschlagen, was sehr viel Zeit in Anspruch nahm. Seine Umständlichkeit schien Michelle zu nerven, einmal fuhr sie ihn ziemlich böse an, was er mit einem müden Schulterzucken kommentierte. Auf dem Tresen stand ein leeres Bierglas, an dem ein Schild klebte: FÜR CLEMENS. Neben Euromünzen entdeckte Nola auch einige zusammengefaltete Scheine. Sie fragte Michelle nach den letzten Gästen am Freitagabend. Zuerst zuckte sie mit den Schultern, dann zeigte sie auf zwei nicht mehr ganz junge Frauen, die an einem der winzigen Tische saßen, ganz eng beieinander. Eine der beiden, die Jüngere, heulte in ihr Taschentuch, die andere streichelte ihren Nacken und machte ein betroffenes Gesicht. Beiden sah man an, dass sie viel Geld in ihr Äußeres investierten. Nola hielt sie für Bankerinnen, wahrscheinlich, weil beide schwarze Hosenanzüge trugen, die aussahen, als hätten sie sehr viel Geld gekostet, und dazu hohe schwarze Pumps. Sie konnten die sieben Leute, die Freitagnacht als Letzte die Bar verlassen hatten, mit Namen aufzählen, was dafür sprach, dass sie zu den Stammgästen im *Barrakuda* gehörten.

Nola machte sich Notizen, dann wollte sie wissen, ob Clemens Möller eine Freundin gehabt hatte.

»Der hatte was mit Michelle«, erklärte die Ältere mit tonloser Stimme. »Sollte wohl keiner wissen, weil ihrem Freund der Laden gehört. Aber es war offensichtlich. Diese Blicke ...« Am Samstag hätte Clemens Möller völlig normal gewirkt wie immer. Bevor er die Tür zusperrte, hatte er sich von allen mit Wangenküsschen verabschiedet.

»Danach mussten die beiden noch aufräumen und Kasse machen. Und wer weiß, was die sonst noch miteinander getrieben haben.« Inzwischen hatte auch die jüngere Frau ihre Sprache wiedergefunden. »Der war ständig auf der Jagd. Wenn er es zu toll getrieben hat, war Michelle sauer und hat ihn pausenlos angemeckert. So wie jetzt den Neuen. Matthias heißt er. Aber der kann Clemens nicht ersetzen.« Schniefend legte sie den Kopf auf die Schulter ihrer Freundin.

Michelle gab sofort zu, dass sie mit Clemens Möller liiert gewesen war. »Konnte ich in Gegenwart von meinem Freund wohl schlecht erzählen.« Sie schluchzte und verwischte mit der Hand ihr Augen-Make-up. »Clemens und ich haben heimlich gespart. Wir wollten nach Berlin gehen und eine eigene Cocktailbar aufmachen. Ein Jahr noch, hat er gemeint, dann haben wir das Geld beisammen.« Nolas erstaunten Blick tat sie mit einem Achselzucken ab. »Ich hab ihn geliebt mit all seinen Schwächen. In Berlin wäre alles anders gewesen, nur wir beide, er und ich, eine gemeinsame Wohnung und unsere eigene Bar.« Sie lächelte versonnen. »Da hätte ich ihn ständig unter Kontrolle gehabt.«

Ob ständige Kontrolle der richtige Weg in eine glückliche Beziehung war, wagte Nola zu bezweifeln.

»Existiert hier so etwas Ähnliches wie ein abschließbarer Spind für die Mitarbeiter? Wir fragen uns, ob Herr Möller eine externe Festplatte besaß, die er hier versteckt hat. Oder einen USB-Stick. Hat er Ihnen vielleicht etwas zur Verwahrung gegeben?«

»Nein. Und in dem Personalraum kann man auch nichts einschließen. Sie können gern reingucken.«

Sie behielt recht.

Um halb fünf hatte er Steffi und die Kleine am Flughafen abgeholt. Auf dem Rückweg war Enrico trotz Regen und starkem Wind mit Bleifuß die Autobahn runtergeheizt. Der Benz lag gut auf der Straße, darauf konnte man sich verlassen. Dennoch hatte die Fahrt fast drei Stunden gedauert, weil der Verkehr sich vor dem Elbtunnel mal wieder kilometerlang staute. Die letzte halbe Stunde hatte Debbie vor sich hin geweint, und er war sauer gewesen auf Steffi, die es nicht schaffte, ihre Tochter zu beruhigen.

Jetzt hockte Enrico auf dem Fußboden im Kinderzimmer und schaute Debbie beim Schlafen zu. Er war so froh, dass seine Kleine wieder zu Hause war. Sie lag auf dem Bauch und streckte ihren Popo in die Höhe. Das sah einfach nur süß aus. Ihm wurde ganz warm ums Herz. Über dem Gitterbett drehte sich ein Mobile zu Brahms' *Wiegenlied,* vier weiße Schäfchen, jedes trug einen Schal in einer anderen Farbe. Nicht mehr lange und Debbie würde die Farben auseinanderhalten können.

Er fühlte sich glücklich und gleichzeitig schwach und verletzlich. Debbie war das einzig wirklich Wertvolle, das er besaß, falls man einen anderen Menschen überhaupt besitzen konnte. Ohne Debbie machte nichts im Leben mehr Sinn.

Enrico selbst hatte eine Scheißkindheit hinter sich. Wenn er an seine Mutter dachte, packte ihn heute noch die kalte Wut, und er wusste nicht, ob er es je schaffen würde, das zu überwinden. Jetzt erst, als Debbies Vater, wurde ihm bewusst, wie ein Kind aufwachsen sollte, eingebettet in Geborgenheit, Fürsorge und die Gewissheit, dass immer alles vorhanden war.

Nur eins störte an diesem Abend seinen Frieden, der Gedanke, dass Steffi mitkriegen könnte, was er getan hatte. In diesem Fall, daran zweifelte er nicht eine Sekunde, würde sie ihn verlassen und die Kleine mitnehmen. Er würde seine kleine Prinzessin nie wiedersehen. Ein Gedanke, der ihm die Luft abschnürte und seine Kopfhaut prickeln ließ. Nein. Das durfte nicht passieren. Er musste dafür sorgen, dass seine Frau niemals davon erfuhr.

»Niemals«, murmelte er, streckte die Hand aus und fuhr mit dem Zeigefinger über Debbies warme, rosige Wange. Sie wackelte mit der Nase wie ein kleines Kaninchen.

Die Kinderzimmertür wurde leise geöffnet. Steffi. »Schläft sie?«

Er nickte, stand auf, schob seine Frau vor sich her aus Debbies Zimmer und schloss nachdrücklich die Tür.

Steffi trug eines ihrer Spitzennegligés, ein rotes. Darunter war sie nackt. Und nahtlos braun.

»Wir gehen jetzt auch schlafen.«

»Okay. Mach dir aber keine Hoffnungen. Ich hab Kopfschmerzen. Muss daran liegen, dass es hier so kalt ist.«

Nicht, dass ihre Verweigerung ihn sonderlich störte. Enrico hatte sich heute früh noch mit Marina vergnügt. Aber eine Frau wie Steffi, die hier lebte wie die Made im Speck und die gerade erst von einem einwöchigen Inselurlaub zurückgekehrt war, hatte, verdammt noch mal, willig zu sein.

»Das ist ja wohl die dämlichste Ausrede der Welt.« Er packte sie grob an den Hüften und dirigierte sie Richtung Schlafzimmer, und ihr Kichern verriet, dass sie genau das bezwecken wollte.

Am letzten Montag hatte er Mehmet unnötig hart auf die Matte gelegt. Nicht nur Mehmet, auch die anderen Jungs waren richtig schockiert gewesen, Renke selbst allerdings auch. Wegen angeblicher Rückenbeschwerden hatte er das Training vorzeitig abgebrochen und sich im Vorübergehen bei Mehmet entschuldigt. Damit war die Sache allerdings nicht aus der Welt. Renke wusste nur zu gut, dass der Junge ihm die Geschichte auf ewig übel nehmen würde. Der junge Kurde war äußerst empfindlich und fühlte sich schnell gedemütigt. Ausgerechnet Mehmet, der diese Gruppe so nötig brauchte, das Gefühl, irgendwo dazuzugehören, anerkannt zu werden.

Heute fehlte er beim Training, was Renke nicht überraschte. Insgeheim hegte er die Befürchtung, dass Mehmet überhaupt nicht mehr auftauchen würde. Ohnehin waren nur vier der Jungs erschienen, so wenig wie nie zuvor, und keiner von ihnen wirkte sonderlich motiviert. Nach einer flapsigen Bemerkung über den Zusammenhang zwischen dem Fernsehprogramm und schrumpfenden Teilnehmerzahlen in seinem Kurs, die den Jungs nur ein pflichtschuldiges Grinsen entlockte, gab Renke sich richtig Mühe. Er suchte Aufwärmübungen aus, von denen er wusste, dass sie ihnen Spaß machten, und lobte im eigentlichen Trainingsblock jeden noch so winzigen Fortschritt. Er führte ein paar komplizierte Beintechniken vor, um sich als guter, austrainierter Kämpfer zu präsentieren, und kam dabei ganz schön ins Schwitzen, was mit seinem ungesunden Lebenswandel zusammenhing. Insgeheim gelobte er Besserung. Am Ende konnte er in den Gesichtern der Teilnehmer lesen, dass sie zufrieden mit dem Verlauf des Trainings waren, und er freute sich darüber. Vor allem Malte, für den er eine Art Ersatzvater darstellte, strahlte ihn an. Diese Jungs waren ihm wirklich wichtig, und er fragte sich, warum er sich in letzter Zeit nicht besser im Griff hatte.

Annerose hasste Montage, weil Hanno jeden Montag in seiner Wohnung übernachtete. Allein. Sie verstand nicht, weshalb er das Apartment am Flughafen partout nicht aufgeben wollte. In ihren Augen verursachte es mehr Kosten, als es Nutzen einbrachte. Seine gesamte Post ging an diese Adresse, geradeso als würde er geheimnisvolle Briefe erhalten, von denen sie unter gar keinen Umständen erfahren durfte.

Auf ihre Bitte, die Wohnung zu kündigen, reagierte Hanno jedes Mal gleich. Er benötige einen Abend in der Woche für sich, damit er in Ruhe seine Angelegenheiten regeln könne. Annerose kapierte es nicht. Warum um alles in der Welt brauchte Hanno in einer Nacht von sieben diese Atempause von ihrer Zweisamkeit? Ganz am Anfang hatte sie zwei- oder dreimal bei ihm geschlafen, weil sie vor lauter Verliebtheit einfach nicht auf seine Nähe verzichten konnte. Hanno hatte das nicht gefallen, und er hatte sanft, aber beharrlich darauf bestanden, dass sie zu Hause blieb.

»Du weißt, dass ich mindestens neun Stunden Schlaf brauche, wenn ich am nächsten Tag fliege. Und zu zweit in dem schmalen Bett krieg ich kein Auge zu. Das geht nicht, Röschen, versteh das bitte.«

Sicher hatte er es nicht so gemeint, aber augenblicklich war sie sich vorgekommen wie ein unförmiges Walross, das Hanno unter seiner Körpermasse erdrückte. In letzter Zeit dachte sie manchmal, dass er sich mit einer schlankeren Frau sicher gern in das schmale Bett kuscheln würde, obwohl er immer wieder behauptete, ihre Rundungen zu lieben.

Anfangs hatte Hanno noch vor dem Schlafengehen angerufen, jetzt musste sie sich mit einer schnöden SMS begnügen: *Schlaf schön, Röschen. Bis morgen. H.* Nicht mal seinen Namen schrieb er aus, als wäre das bereits zu viel der Mühe. Ob Markus am Montagabend auch so eine SMS bekam?

Gestern Abend hatte sie gefragt, ob sie nicht ausnahmsweise mal wieder mitkommen dürfte. Hanno hatte geradezu panisch reagiert. »Kapierst du das denn nicht? Ich brauche Ruhe, wenn ich am nächsten Tag fliegen muss. Ruhe. Als Pilot trage ich die Verantwortung für meine Fluggäste. Das ist was anderes als Blumen verkaufen.«

Für den letzten Satz hatte er sich sofort entschuldigt, doch so leicht ließen die Worte sich nicht mehr aus ihrem Kopf radieren. Am Ende hatte Annerose nachgegeben, was hätte sie sonst tun sollen? Sich auf die Knie werfen? Ihn anflehen?

Seufzend machte sie sich daran, die Spülmaschine auszuräumen. Sie wollte so etwas nicht denken, aber Hanno war den ganzen Tag zu Hause gewesen und hätte Zeit genug gehabt, das saubere Geschirr in die Schränke zu sortieren. Aber nein, stattdessen hatte er sich irgendwelche Wiederholungen von Bundesligaspielen angeschaut auf Sky. Das machte er immer am Montag, weil er ihr gemeinsames Wochenende nicht mit Fußballgucken verderben wollte.

Seufzend bückte sie sich. Der untere Auszug war schon leer, jetzt kam der obere an die Reihe. Tassen, Gläser und Becher. Annerose sammelte Kaffeebecher mit Rosendekor. Früher hatte Hanno ihr immer mal wieder einen besonders schönen Becher mitgebracht. Den letzten hatte sie zu Weihnachten bekommen, das war beinahe drei Monate her. Es war zum Verzweifeln, dass ihr heute Abend nur Dinge einfielen, die sie an Hanno störten. Mein Gott, sie war doch erwachsen, über fünfzig und wusste, dass in keiner Beziehung rund um die Uhr die Sonne strahlte. Man brauchte den Schatten, um das Schöne zu erkennen. *Blablabla,* dachte sie wenig später und gestand sich ein, sich allein gelassen zu fühlen, in die Ecke gestellt und nicht mehr wahrgenommen.

Wenn sie unglücklich war, lechzte ihr Körper nach Süßigkeiten. Seufzend legte sie eine Hand über ihren Magen, der mit leisem Grimmen antwortete. Es war wie verhext. Gestern erst hatte Annerose beschlossen, nach acht Uhr abends überhaupt nichts mehr zu essen, weil eine Kundin auf diesem Weg einige Kilos verloren hatte. Und jetzt musste sie geradezu zwanghaft an die Schokolade im Wohnzimmerschrank denken. Nougat, ihre größte Leidenschaft.

Das Telefon klingelte. Gerda, wie das Display verriet. Sie verspürte keine Lust, zu telefonieren und nahm den Anruf nicht entgegen. Ein neuer, rabenschwarzer Gedanke breitete seine düsteren Schwingen in ihrem Kopf aus. Warum brauchte Markus seinen Bruder eigentlich nie am Montagabend oder am Dienstag? Warum ging es ihm nur an den Tagen schlecht, die Hanno bei Annerose verbrachte? Schon stand sie vor dem Schrank und holte die Nougatschokolade heraus. Auf diese eine Tafel kam es auch nicht mehr an. Sie war nun einmal keine Gazelle. Und Schokolade machte glücklich. Manchmal.

Dienstag,
12. März

Inzwischen lag der Obduktionsbericht in schriftlicher Form vor. Perfekt ausformuliert und gespickt mit medizinischen Fachausdrücken sagte er genau das aus, was Conrad gestern mit einfachen Worten beschrieben hatte. Ein starker Stromschlag, vermutlich hervorgerufen durch einen Elektroschocker, hatte Clemens Möller paralysiert und gleichzeitig seinen Herzmuskel schwer geschädigt und so einen Infarkt ausgelöst. Durch den augenblicklichen Verlust jeglicher Muskelspannung war Möller in sich zusammengesackt und auf den Boden gestürzt, wie Hämatome an den entsprechenden Körperstellen verrieten. Diese Verletzungen waren allerdings nur oberflächlich und hatten nichts mit seinem Tod zu tun. Der Täter hatte Möller, der sich weder wehren noch um Hilfe schreien konnte, sofort mit der Stichwaffe attackiert. Ein Zusammenspiel aus Infarkt und Durchbohrung der Aorta hatten rasch zum Tod geführt. Die kreuzförmigen Schnitte über Möllers Gesicht waren erst postmortal ausgeführt worden. Aber das hatte Gritta Fenders ja bereits vermutet.

Hilke kam fünf Minuten zu spät zur Morgenbesprechung. Sie hielt einen Computerausdruck in der Hand, den sie hin- und herschwenkte, und ihr Strahlen verriet, dass der Verbindungsnachweis etwas Brauchbares enthielt.

»Du glaubst ja nicht, mit wem der Tote zuletzt telefoniert hat.« Sie ließ eine Pause, um die Spannung zu steigern. »Tonia Eschweiler. Sie hat ihn am Samstag zweimal angerufen. Gegen sechzehn Uhr, da haben sie mehr als eine halbe Stunde gesprochen und um kurz nach Mitternacht noch mal für ein paar Minuten. Nach dem letzten Telefonat mit Frau Eschweiler gab es keine weiteren Anrufe mehr auf seinem Apparat.«

»Wahnsinn«, murmelte Nola, und Hilke nickte.

»Die beiden haben sehr regelmäßig miteinander kommuniziert. Ungefähr alle zwei Wochen. Mal hat er angerufen, mal sie. Nach Leonas Tod wurden die Telefonate häufiger, alle zwei bis drei Tage.« Hilke redete immer schneller, als könnte sie es gar nicht erwarten, all die Dinge loszuwerden, die sie herausgefunden hatte. »Meist hat sie angerufen. Ansonsten wird es noch sehr mühselig, die Kontakte aufzudröseln. Viele Anrufe und ständig wechselnde Nummern.«

Das überraschte Nola nicht. »Hauptsächlich Frauen, nehme ich an. Offensichtlich war er da sehr aktiv.«

»Könnte passen. Sehr viele der Gespräche liefen innerhalb der Stadt Emden. Wahrscheinlich hat er die Frauen in seiner Bar kennengelernt und bei erster Gelegenheit abgeschleppt. Und dann wieder abserviert. Kurzfristig viele Telefonate und SMS, dann nichts mehr. Passt zu den Verbindungsnachweisen.«

»Sehr gut gemacht«, lobte Nola. »Ich fahr gleich nach Jemgum und bin schon sehr gespannt, was Frau Eschweiler mir dazu zu sagen hat. Clemens Möller war am Abend seines Todes verabredet in seiner Wohnung, das weiß ich von dieser Michelle. Du machst weiter mit den Telefonnummern. Falls Frau Eschweiler ein Alibi für die Nacht vorweisen kann, werden wir den Namen seiner Verabredung sicher auf der Telefonliste finden.«

Nola hatte ihre Jacke schon angezogen, als es an der Tür klopfte. Stefan Bruhns, der Leiter der Spurensicherung, spazierte betont langsam herein.

»Moin«, brummte er, durchquerte den Raum und setzte sich seitlich auf ihren Schreibtisch, ein Bein baumelte in der Luft, das andere stand auf dem Boden. »Wenn der Prophet nicht zum Berg kommt, muss der Berg sich wohl selbst auf den Weg machen.«

»Das ist lieb von dir.« Nola lächelte so nett wie möglich. Stefan hatte recht. Normalerweise nervte sie ihn mit ihrer Ungeduld, und jetzt hatte sie noch nicht ein einziges Mal den Weg in die Kriminaltechnik gefunden. »Darf ich hoffen, dass du was Schönes für mich hast?«

»Ein blutiger Teilabdruck von einem Sportschuh, vermutlich Nike, das kriegen wir aber noch raus. Die Größe lässt sich leider nicht ermitteln, wir haben nur einen Teil der Ferse. An Möllers Kleidung werden die Kollegen vom LKA ihre Freude haben. Der hat in einer Bar gearbeitet, da kommt man mit vielen Menschen in Berührung, die sich alle in Form einer DNA-Anhaftung verewigen. Ein langes, blondes Frauenhaar an seiner Jacke und Lippenstiftreste unterhalb des rechten Ohrs. Die Farbe würde ich als knallpink bezeichnen.«

Michelle, dachte Nola sofort. Tonia Eschweiler konnte sie sich jedenfalls nicht mit schreiend rosa Lippen vorstellen.

»In seinem Zimmer wurden die meisten Flächen abgewischt, und zwar mit einem schwarzen Pullover, der über einem Stuhl hing. Trotzdem reichlich Fingerabdrücke, die nicht von dem Toten oder seinem Mitbewohner stammen. Ist alles in Arbeit. Einer meiner Jungs hat eine Werkzeugkiste unter der Spüle entdeckt, total eingestaubt, da war in letzter Zeit keiner dran.«

»Dann hat der Täter die Tatwaffe mitgebracht und wieder mitgenommen«, schlussfolgerte Nola brav und tat so, als wäre das eine neue Erkenntnis. Dabei stand das längst für sie fest. Diesem Mord lag ein sorgfältig ausgedachtes Drehbuch zugrunde. Der Täter – für Nola seit gerade eben die Täterin – hatte sich mit Clemens Möller verabredet in der Absicht, ihn zu töten. Wer einen Elektroschocker bei sich führte, um das Opfer zu betäuben, vergaß auch nicht die tödliche Stichwaffe. Und wer das Opfer zuerst durch einen Stromschlag betäubte, verhinderte einen Kampf. Das konnte durchaus für eine Frau sprechen.

»Wie kommt man eigentlich zu so einem Elektroschocker?« Das hatte sie noch gar nicht recherchiert.

Stefan wusste es. »Die kannst du problemlos kaufen. Mit PTB-Kennzeichnung sind sie neuerdings für alle Personen über achtzehn frei zu erwerben.«

»Echt?«, staunte Hilke. »Das ist ja gruselig.«

»Wie man's nimmt. Sie sollen der Selbstverteidigung dienen, und die erzeugte Stromspannung ist normalerweise nicht tödlich, sondern setzt den Gegner nur sehr kurzfristig außer Gefecht. Man kann die Dinger allerdings auch selbst bauen, Anleitungen gibt es massenhaft im Internet, wo sonst? Da sind, was die Voltzahlen angeht, kaum Grenzen nach oben gesetzt. *Das* ist natürlich nicht erlaubt.« Neugierig schaute er Nola an. »Stimmt es, dass er einen Herzinfarkt erlitten hat? Mit einem der frei verkäuflichen Schocker dürfte das nicht passieren. Es sei denn, das Opfer ist bereits herzkrank. Aber der Typ war erst Mitte zwanzig. Wenn du mich fragst, hat da jemand selbst gebastelt. Und das durchaus in tödlicher Absicht. Bei bestimmten Voltzahlen ist eigentlich klar, dass das Opfer nicht überlebt.« Er rutschte vom Schreibtisch und lehnte sich mit der Hüfte dagegen. »Mehr kann ich noch nicht sagen. Wir haben an der Zimmertür weiße Wollfasern mit Mohairanteil entdeckt, dort hat sich jemand angelehnt, der etwas Weißes, Gestricktes trug.«

»Eine Frau«, sagte Nola sofort, und Stefan hob erstaunt die Brauen.

»Wieso?«

»Weiß ich nicht. Vielleicht kann ich mir keinen Mann in einem weißen Kuschelpullover vorstellen.« Andererseits erforderte der Selbstbau eines Elektroschockers ein gewisses Maß an technischem Verständnis. Es mochte ein altmodisches Vorurteil sein, aber das traute Nola den meisten Frauen, sich selbst eingeschlossen, nicht zu. Gleich darauf fiel ihr mit schlechtem Gewissen ihre Physiklehrerin ein, die das mit links geschafft hätte. Sie musste klären, welche Fächer Frau Eschweiler unterrichtete.

Sehr aufschlussreich fand Nola Möllers Bankdaten. Als Barkeeper hatte er nicht sonderlich gut verdient, gerade mal eintausendzweihundert Euro im Monat. Dazu kam natürlich das Trinkgeld, das nicht auf seinem Bankkonto erschien.

Sein Girokonto war überzogen. Wie die Liste der Abbuchungen verriet, hatte er gerade erst siebenhundert Euro bei dem größten Herrenausstatter in Leer gelassen, im letzten Monat waren es zweihundert Euro für Schuhe und fünfhundert Euro in einem Lederwarengeschäft. Zusätzlich zahlte er regelmäßig auf ein Sparkonto ein, auf dem sich die stolze Summe von knapp 40.000 Euro angesammelt hatte. Das Geld war sicher für die Bar in Berlin gedacht. Interessant war eine große Bareinzahlung auf dem Konto, eine Woche nach Leonas Tod. Siebeneinhalbtausend Euro. Das war der größte Betrag, den er seit Eröffnung des Sparkontos eingezahlt hatte. Das ließ Nola wieder an Erpressung denken. Vor allem, weil es sich um so eine glatte Summe handelte. Hatte Clemens Möller Leonas Entführer gekannt und ihn mit seinem Wissen erpresst? Und wie passte Tonia Eschweiler da rein?

Nola ließ Frau Eschweiler aus dem Unterricht holen. Die Lehrerin hatte bereits von Clemens Möllers Tod erfahren.

»Ja, es ist schrecklich. Ich verstehe allerdings nicht, weshalb Sie zu mir kommen, und schon gar nicht, warum ich den Unterricht unterbrechen muss. Hätte das nicht Zeit bis heute Nachmittag gehabt?«

»Nein.«

Sonnenstrahlen fielen durch das kleine Fenster und malten eine breite Straße aus Licht, die diagonal über den Schreibtisch der Lehrerin verlief. Frau Eschweiler schien das zu stören, sie stand auf und ließ das gelb gestreifte Innenrollo so weit herunter, bis der Lichtstreifen verschwunden war. Sie blieb gleich stehen, mit verschränkten Armen, den Rücken gegen die Fensterbank gelehnt, und ihre abweisende Miene spiegelte das wider, was sie vermutlich dachte, nämlich dass sie Nola am liebsten vor die Tür setzen würde.

Für so ein Gespräch war es nicht von Vorteil, wenn der Beamte zu dem Gesprächspartner aufschauen musste. Also stand Nola ebenfalls auf, obwohl sie es gleichzeitig lächerlich fand, auf dieses alberne Spiel einzugehen. Wie zufällig spazierte sie zu dem Bücherregal, tat so, als würde sie sich für den Inhalt interessieren, dann drehte sie sich um. »Wie gut kannten Sie Herrn Möller?«

»Das wissen Sie doch. Er war der Sohn des Hausmeisters. Wir sind uns im Rahmen meiner beruflichen Tätigkeit immer mal wieder begegnet. In den letzten Jahren allerdings nicht mehr. Er wohnte ja in Emden.« Anders als die Eltern sagte sie nicht, er *studierte* in Emden.

»Richtig. Er wohnte in Emden, hat aber nicht studiert, wie seine Eltern glauben. Ihnen ist das bekannt.«

Mit der Antwort ließ Tonia Eschweiler sich Zeit, vermutlich

ärgerte sie sich über ihren Fauxpas und wägte jetzt ab, was sie zugeben musste und was sie gefahrlos für sich behalten durfte.

»Ja, kann sein, dass er mir davon erzählt hat. Wir haben uns mal getroffen, zufällig. Ich kauf ganz gern in Emden ein, da gibt es so eine nette Boutique am Rand der Fußgängerzone.«

»Name?«

Ein gekünsteltes Lachen erklang. »Tut mir leid, das fällt mir gerade nicht ein. Ein kleiner Laden mit ausgefallenen Klamotten. Warum ist das wichtig?«

»Weil ich Ihnen nicht glaube. Sie standen in regelmäßigem Kontakt zu Herrn Möller.«

Ihre Worte erschreckten die Lehrerin so, dass sie ihren Fensterplatz aufgab und sich mit kleinen, tastenden Schritten Richtung Schreibtisch bewegte, wo sie beide Hände auf die Tischplatte stützte und sich auf ihren Stuhl fallen ließ. »Wer sagt das?«

»Sie standen in regelmäßigem Kontakt, haben im Schnitt alle zwei Wochen telefoniert, nach Leonas Tod allerdings häufiger. Kurz bevor er ums Leben kam, haben Sie ihn angerufen. Zum zweiten Mal an diesem Tag. Das erste Gespräch fand gegen sechzehn Uhr statt und hat relativ lange gedauert, das zweite nur wenige Minuten. So, als würde man eine Verabredung bestätigen. Die Zeit zwischen diesem letzten Anruf und seinem Tod hätte ausgereicht, um von Midlum nach Emden zu fahren. Haben Sie ihn in dieser Nacht getroffen?«

»Nein. Natürlich nicht. Sie denken doch wohl nicht, ich meine…« Sie schloss die Augen, und Nola fiel auf, dass der schwarze Kajalstrich über dem linken Augenlid einen kleinen Ausrutscher nach oben machte, so als hätten Frau Eschweiler heute Morgen die Hände gezittert.

Die Lehrerin holte mehrfach ganz tief Luft, vermutlich, um

sich zu beruhigen. Dann öffnete sie die Augen wieder und brachte sogar eine Art Lächeln zustande. »Nein, wir haben uns nicht getroffen. Aber ich hätte ihn gern gesehen. Clemens hatte keine Lust, und ich war enttäuscht. Nachdem ich einiges getrunken hatte, habe ich es noch mal kurz vor Mitternacht versucht. Ich hab ihn angebettelt, und er hat mich ziemlich kurz abgefertigt.« Ihre Hände strichen über die Kante der Schreibtischplatte, ganz langsam. Dann schaute sie auf. »Ja. Sie haben recht, wir haben uns regelmäßig getroffen, schon seit damals. Ich fand ihn einfach wahnsinnig anziehend. Nicht nur körperlich, das natürlich auch. Darüber hinaus war er sehr klug, eine Verbindung, die nicht allzu oft vorkommt. Leider war Clemens zu jung für mich, viel zu jung. Eine Lehrerin lässt sich nicht mit einem Mann ein, der ihr Schüler sein könnte. Schon gar nicht hier, auf dem Land.« Sie schluckte und fuhr mit der Zungenspitze über ihre Oberlippe. »Ein- bis zweimal im Monat hab ich ihn abgeholt, wir hatten Sex bei mir zu Hause, und anschließend musste ich ihn wieder nach Emden fahren. Es lief immer gleich ab. Zuerst haben wir Champagner getrunken und eine nette Kleinigkeit gegessen. Clemens hatte ein Faible für alles, was teuer war und Eindruck machte. Das liegt an seinen Eltern oder besser an seinem Vater, der ihn nie wirklich akzeptieren konnte. Daraus hat sich dieses ausgeprägte Geltungsbedürfnis entwickelt. In all den Jahren hat Clemens nicht ein einziges Mal bei mir übernachtet, obwohl ich mir das immer gewünscht habe. Einmal in seinen Armen aufwachen. So als wäre da etwas Echtes zwischen uns. Und jetzt ist er tot.« Sie biss sich auf die Unterlippe, weinte aber nicht.

»Gibt es einen Zeugen, der bestätigen kann, dass Sie die ganze Nacht zu Hause waren?«

»Ich lebe allein. Für eine Frau wie mich gibt es in einem Kaff wie Midlum keinen Mann.«

»Warum sind Sie dann hergezogen?«

»Wegen dem damaligen Sportlehrer. Wir haben uns über gemeinsame Kollegen kennengelernt. Damals wohnte ich noch in Bremen. Aus der Ferne funktionierte alles perfekt. Aber hier merkte ich schnell, dass wir überhaupt nicht zusammenpassen. Wie schon gesagt, schön und klug, eine eher seltene Konstellation. Thorwald sah gut aus, er war Leichtathlet und erfolgreich auf Landesebene, aber reden konnte man nicht mit ihm, es sei denn über seinen Sport. Wir haben uns relativ bald getrennt. Er hat die Schule verlassen, und ich bin geblieben, weil ich gern hier arbeite. Und das Haus...« Beinahe gleichgültig zuckte sie mit den Schultern. »Es war günstig und gefiel mir. Vermutlich wollte ich meinen Eltern imponieren oder meinen Geschwistern, die alle verheiratet sind und Kinder haben. Ich wollte zeigen, wie gut es mir geht, dass ich es geschafft habe, auch ohne Mann. Sie sollten mich um mein Leben beneiden.« Ihr Lachen klang bitter. »Clemens war einfach Balsam für meine Seele. So jung und gut gebaut und trotzdem wollte er was von mir. Ursprünglich ging unsere Affäre von ihm aus. Er hat mich angemacht, immer wieder, so lange, bis ich nicht mehr widerstehen konnte.« Mit dem kleinen Finger tupfte sie eine verlorene Träne aus ihrem Augenwinkel. »Da war er stolz. Er, der kleine Hausmeistersohn, hat die Konrektorin flachgelegt. Am Ende war ich es natürlich, die hinter ihm herrannte.« Sie putzte ihre Nase, und Nola fand, dass sie sogar das mit einer gewissen Eleganz machte. »Wissen Sie, wann ich das letzte Mal richtig verliebt war? Vor vier Jahren. Der Mann war verheiratet und seine Frau schwer krebskrank. Wir sind uns in beruflichen Zusammenhängen begegnet, haben aber auch sehr viel privat geredet, vor allem über seine Situation. Es gab da ein Kind, und er wusste, dass seine Frau in absehbarer Zeit sterben würde. Er hat in mir wohl die verständnisvolle Pädagogin gesehen, ich in ihm den Mann. Natürlich ist nichts daraus geworden. Vor ein paar Tagen hat er mich angerufen und zum Essen eingeladen. Ehrlich gesagt weiß ich nicht, warum. Er hat erzählt, dass seine Frau nicht mehr lebt, schon lange nicht mehr. Dass sie seine große Liebe war und es nie mehr eine andere für ihn geben wird. So etwas wollte ich ganz bestimmt nicht hören. Manche Männer haben ein Einfühlungsvermögen wie ein Sandsack.« Sie seufzte tief. »Es scheint, als wäre das Leben beziehungstechnisch für eine alleinstehende Frau über vierzig vorbei. Damit sollte ich mich wohl langsam abfinden.«

Nola wusste sofort, dass sie von Renke sprach, und die Tatsache, dass er Frau Eschweiler offenbar zum Essen eingeladen hatte, machte sie so sauer, dass sie sich zusammenreißen musste, um nicht den Grund ihres Besuchs aus den Augen zu verlieren. »Clemens Möller wurde zuerst mit einem Elektroschocker paralysiert und dann erstochen. Als Letztes hat der Täter oder die Täterin noch sein Gesicht mit einem Messer entstellt. Da war jede Menge Hass im Spiel. Enttäuschte Liebe als Mordmotiv begegnet mir in meiner Arbeit sehr häufig.«

»Sie denken, dass ich ihn umgebracht habe? Ich?« Amüsiert schüttelte sie den Kopf. »Ihre Theorie hat einen entscheidenden Fehler. Ich war noch nie in seiner Wohnung. Ich weiß nicht mal, wo die liegt.«

»Das können Sie wohl kaum beweisen.«

Tonia Eschweiler blieb völlig ungerührt. »Muss ich das? Ihr Vorwurf ist doch lächerlich. Warum sollte ich den einzigen

Mann, der sich dann und wann dazu herablässt, mit mir zu schlafen, ermorden?«

»Vielleicht hatte er keine Lust mehr auf diese Liaison, und Sie haben ihn dafür gehasst.« Mit verschränkten Armen lehnte Nola sich zurück. »Haben Sie ihm zufällig in letzter Zeit Geld gegeben? Viel Geld? Die Rede ist von siebentausendfünfhundert Euro?«

Ungläubig riss Tonia Eschweiler den Mund auf, dann lachte sie trocken. »Das wäre ja wohl ein bisschen viel für seine Liebesdienste, oder? Er war gut im Bett, keine Frage, aber so gut nun auch wieder nicht.«

»Ich habe nicht angenommen, dass Sie ihn *dafür* bezahlt haben. Möglicherweise wusste er etwas, das Ihnen gefährlich werden konnte, und er hat Geld verlangt für sein Schweigen. Wo waren Sie eigentlich, als Leona Sieverding verschwand?«

Jetzt verlor Tonia Eschweiler die Contenance. Ihre Stimme wurde laut, und ihre Hände verkrampften sich in die Knopfleiste ihrer Jacke. »Das, was Sie da andeuten, ist einfach ungeheuerlich! Ich bin Lehrerin an dieser Schule.«

»Wo also waren Sie? In den Akten steht nichts darüber.«

Sie legte die Hände an den Hinterkopf und wühlte durch ihre Haare. »Ich weiß es nicht mehr. Zu Hause, nehme ich an. Ja, ich erinnere mich, dass die Schulsekretärin mich zu Hause angerufen hat. Ich bin dann sofort zurück in die Schule gefahren.«

»Gibt es dafür Zeugen?«

»Nach so vielen Jahren? Ich bitte Sie. Nein, ich lebe allein, wie oft muss ich das noch sagen? Falls einer meiner Nachbarn mich gesehen hat, wird er sich bestimmt nicht mehr daran erinnern. Ich war zu Hause und darf ja wohl annehmen, dass es keinen Grund gibt, an meinem Wort zu zweifeln. Schließlich bin ich eine unbescholtene Bürgerin dieses Landes, Pädagogin, stellvertretende Schulleiterin sogar, also eine Person in einer nicht unwichtigen Position.«

»Zu Recht erwartet man von uns, dass wir uns über Beruf und Status der Personen, die in unseren Ermittlungen auftauchen, hinwegsetzen. Ich stelle fest, dass Sie kein Alibi für die Zeit nachweisen können, in der Leona Sieverding verschwunden ist. Und ferner stelle ich fest, dass Sie seit Jahren ein intimes Verhältnis zu einer Person hatten, die in Leonas Verschwinden verstrickt zu sein scheint und die sich des sexuellen Missbrauchs von mindestens zwei Ihrer Schülerinnen strafbar gemacht hat. Seinerzeit haben Sie alles getan, um eine Strafverfolgung zu verhindern, was für Außenstehende ein bisschen seltsam erscheint. Und gerade als wir das alles aufdecken, fällt der junge Mann einem Gewaltverbrechen zum Opfer. Einem Gewaltverbrechen, das sowohl ein Mann als auch eine Frau hätte verüben können. Sie sind die letzte Person, mit der Clemens Möller an diesem Abend telefoniert hat. Finden Sie nicht, dass ich Grund habe, Ihr Alibi für Samstagmorgen zwischen null und vier Uhr zu überprüfen?«

Ein paarmal schnappte Frau Eschweiler nach Luft. »Also … also … Sie reimen sich da irgendwas zusammen.« Von der eben noch so demonstrativ zur Schau gestellten Überlegenheit war nichts mehr zu spüren. Sie redete schnell und viel zu laut, ihre Frisur war zerzaust, und in ihren weit aufgerissenen Augen glitzerte die nackte Angst. So sah jemand aus, der kurz davor stand, die Nerven zu verlieren. »Ich bin ja wohl nicht die Einzige, die was mit Clemens hatte! Fragen Sie doch mal diese Michelle, die war total verrückt nach ihm, hätte am liebsten ihren Freund verlassen. Aber das wollte Clemens nicht. Michelle ist nämlich mit seinem Chef zusammen, und der hätte beide sofort rausgeworfen. Clemens liebte seinen Job. Mehr als jede Frau.«

»Welche Fächer unterrichten Sie eigentlich?«

»Deutsch, Mathe, Biologie, Geschichte und Sport, notfalls auch Physik, aber nur in den unteren Klassen. Als Förderschullehrer muss man ein großes Spektrum abdecken und auch Fächer unterrichten, die man nicht studiert hat.«

»Physik? Machen Sie das gern?«, fragte Nola harmlos.

»Eher nicht. Mein technisches Wissen ist ziemlich begrenzt. Es reicht nur für die Fünften und Sechsten.«

Das würde Nola überprüfen. »Eins noch.« Sie holte ein steriles Abstrichröhrchen aus ihrer Tasche. »Ich möchte Sie um eine DNA-Probe bitten. Falls Sie nicht einverstanden sind, werde ich mir einen richterlichen Beschluss besorgen.«

Es war deutlich zu spüren, dass Frau Eschweiler in Erwägung zog, die Bitte abzulehnen. Aber dann öffnete sie doch bereitwillig den Mund, und Nola konnte mit dem Watteträger über die Innenseite der Wange fahren. »Vielen Dank. Das war es für heute.« Es bereitete Nola ein Gefühl der Befriedigung, dass sie das Büro der Konrektorin diesmal als eindeutige Siegerin verließ.

Während der Rückfahrt hörte sie *Highway to Hell* von ACDC und grölte laut mit.

Auf ihrem Schreibtisch erwarteten Nola drei Nachrichten. Laut toxikologischer Untersuchung hatte Clemens Möller regelmäßig Kokain konsumiert, vermutlich schon über Jahre. Die Spurensicherung hatte in seinem Zimmer Kokain gefunden, allerdings keine sonderlich große Menge. Demnach war er Konsument und kein Dealer, jedenfalls keiner, der mal eben siebeneinhalbtausend Euro verdiente. Eine dritte E-Mail, die von den Kollegen in Bad Salzuflen stammte, sagte aus, dass

eine gewisse Melanie Strauss nicht von Clemens Möller missbraucht worden war. Damit war sie die vierte Schülerin von
der Liste, die entweder nichts wusste oder sich nicht erinnern
wollte.

Nola setzte sich auf ihren Stuhl und zwang sich, das Gespräch mit Frau Eschweiler noch mal nüchtern zu analysie-
ren. Mittlerweile war die erste Euphorie verschwunden, und
es meldeten sich leise Zweifel. Bislang war sie felsenfest davon
überzeugt gewesen, dass Möllers Tod mit Leonas Verschwinden zusammenhing, und wenn sie in sich hineinhorchte,
glaubte sie das immer noch. Aber was hatte Möller über Tonia Eschweiler wissen können, dass die Lehrerin dafür einen
Mord beging? War dieses angebliche Verhältnis nur eine Lüge,
die von etwas ganz anderem ablenken sollte, dem wahren
Grund für diese Tat? Hatte Möller die Frau bei etwas gefilmt,
das sie um jeden Preis geheim halten wollte?

»Renke? Hier ist Tonia.« Nie im Leben hätte er ihre Stimme
erkannt. Bislang war sie als kühl und souverän bei ihm abgespeichert, jetzt klang sie total aufgelöst, regelrecht hysterisch.
Es hörte sich an, als würde sie hyperventilieren. »Du musst
mir helfen, bitte! Können wir uns irgendwo treffen?«

»Das ist gerade schlecht. Was ist denn los?«

»Deine Kollegin, diese Frau van Heerden, will mich fertig-
machen.«

»Wie bitte?«

»Hörst du mir nicht zu? Sie will mir einen Mord anhängen. Kommst du jetzt her oder nicht? Mein Telefon wird überwacht. Ich muss auflegen.«

Er lachte trocken. »Glaub mir, dein Telefon wird nicht
überwacht. Dafür braucht man einen richterlichen Beschluss.

Und den kriegt man nicht so ohne Weiteres. Was ist überhaupt passiert?«

»Clemens wurde ermordet. In seiner Wohnung. In der Nacht von Freitag auf Samstag. Ich brauche ein Alibi für die Zeit zwischen Mitternacht und vier Uhr morgens.«

»Und das soll ich dir geben? Ein falsches Alibi? Tonia, ich bin Polizist! Das kann nicht dein Ernst sein.«

»Allerdings ist das mein Ernst, was glaubst du denn? Ich habe an dem Abend mit Clemens telefoniert. Offenbar als Letzte. Keine Ahnung, woher die das wissen und ob das überhaupt stimmt. Jedenfalls war ich allein zu Hause. Verstehst du, es gibt keinen Zeugen. Und jetzt glauben die, dass ich ihn ermordet habe!« Die letzten Worte schrie sie so laut, dass er sein Handy vom Ohr nehmen musste. »Renke, du hast Sonntagabend gesagt, dass du allein lebst. Niemand kann wissen, wo und mit wem du die Nacht verbracht hast. Das tut dir doch nicht weh, bitte!«

»Jetzt mal ganz ruhig. Du hast an dem Abend mit Clemens telefoniert. Ich nehme an, wir sprechen hier von Clemens Möller. Worum ging es in dem Telefonat?«

»Das spielt doch keine Rolle. Wir hatten sporadisch Kontakt, nichts Weltbewegendes, einfach nur gequatscht. Und jetzt«, sie schluchzte auf. »Eben war sie hier, diese rothaarige Ziege. Glaub mir, die hat jedes Wort genossen. Ich muss morgen aufs Präsidium und eine offizielle Aussage machen. Wenn du bestätigst, dass wir in dieser Nacht zusammen waren, muss sie ihre absurden Anschuldigungen fallen lassen. Wenn nicht, wird sie mir diesen Mord anhängen, das weiß ich.«

»Unsinn. Ohne Beweise kann sie dir gar nichts anhängen, wie du das nennst.«

»Renke, das kostet dich einen einzigen Anruf. Die Frau kann mich nicht leiden, keine Ahnung, warum.«

»Tut mir leid, Tonia. Am besten vergessen wir dieses Gespräch.« Er legte auf.

Von dem Mord in Emden hatte er natürlich gehört, aber nicht geahnt, dass das Opfer Clemens Möller hieß. Er ärgerte sich, dass Nola ihn nicht informiert hatte. Natürlich war sie dazu nicht verpflichtet, dennoch war er davon ausgegangen, dass sie ihn auf dem Laufenden hielt.

Die Vorstellung, dass Tonia wie wild mit dem Messer auf jemand einstach, erschien absolut lächerlich. Hielt Nola sie wirklich für die Täterin oder bildete Tonia sich das nur ein?

Wie gut kannte er Nola van Heerden? Auf jeden Fall wusste er, dass sie so stur sein konnte wie ein Esel. Wenn sie sich erst einmal in etwas verbissen hatte, war sie nur schwer davon abzubringen. Vielleicht machte es Sinn, mit ihr zu reden, bevor sie sich in irgendwas verrannte und dem wahren Täter so einen Zeitvorsprung verschaffte.

Schon wieder diese Frau van Heerden. Sie saß auf dem Stuhl, den sie jedes Mal wählte, als hätte sie hier inzwischen das Anrecht auf einen eigenen Sitzplatz erworben.

»Vielleicht haben Sie es schon gehört oder in der Zeitung gelesen. Am Wochenende wurde Clemens Möller in seiner Wohnung getötet.«

Clemens ist tot. Clemens. Ist. Tot. Das Lachen explodierte förmlich in ihrem Körper, es ließ sich nicht bändigen, musste einfach raus. »Das freut mich. Das freut mich wirklich«, keuchte Yasmina, und es war ihr egal, dass man so etwas nicht sagen durfte, nicht mal, wenn der Mensch gestorben war, der einem das eigene Leben zerstört hatte.

Die Kommissarin zupfte an ihren Ohrringen, kleinen goldenen Kreolen, und lächelte mild. »Das kann ich gut verstehen.

Für Sie dürfte damit ein Albtraum beendet sein.« Sie stützte den linken Ellenbogen auf den Tisch und legte den Kopf in die Hand. »Vielleicht könnten Sie sich unter diesen Umständen doch noch dazu durchringen, mithilfe unseres Zeichners Phantombilder der Männer zu erstellen?«

Nicht eine Sekunde brauchte sie darüber nachdenken. »Nein. Das ist nicht mehr wichtig. Für niemanden. Ich bin frei, und die Männer sollen es meinetwegen auch sein. Clemens war der Täter, er hat das alles initiiert.«

»Diese Männer haben sich ebenfalls strafbar gemacht.« Die Kommissarin spitzte den Mund und schaute sie erwartungsvoll an. Als Yasmina nicht reagierte, redete sie weiter: »Auf jeden Fall wurde Clemens Möller von einer Person getötet, die er freiwillig mit in seine Wohnung genommen hat, gegen zwei Uhr morgens. In seinem Zimmer fehlen einige wichtige Sachen. Sein Handy und vor allem sein Notebook. Die Filme, von denen Sie neulich gesprochen haben, konnten wir nirgends finden. Sind Sie sicher, dass er die Männer aufgenommen hat?«

»Ja. Einmal hat er mir eine kurze Sequenz gezeigt. Ich hab nicht richtig hingeschaut, weil ich es schrecklich fand, mich selbst dabei anzugucken. Der Mann war sehr gut zu erkennen, das weiß ich noch. Die Kamera muss in dem Regal über dem Bett eingebaut gewesen sein.« Sie schluckte. »Glauben Sie, dass Clemens die ganze Zeit Leona gefangen hielt, um mit ihr Geld zu verdienen?« Dieser Gedanke quälte Yasmina, seit sie von Leonas Tod gehört hatte. Die Vorstellung, dass Leona möglicherweise dasselbe erdulden musste wie sie selbst, vier Jahre lang, im schlimmsten Fall täglich. Nein, sie hatte Leona nicht sonderlich gemocht. Vielleicht war sie einfach nur eifersüchtig gewesen. Leona bekam alles, einfach alles, und brauchte überhaupt nichts dafür tun. Es fiel ihr einfach in den Schoß. Während Yasmina sich abmühte, ihren Eltern zu beweisen, dass sie ihr teures Schulgeld wert war, saß Leona an ihrem Schreibtisch, träumte vor sich hin und setzte ein Tausend-Teile-Puzzle zusammen. Dennoch hatte sie so ein schreckliches Leben nicht verdient, niemand hatte das. Und Yasmina fragte sich, ob sie eine Mitschuld trug, weil sie damals den Mund gehalten hatte.

»Es ist eine Möglichkeit von vielen«, sagte die Beamtin vorsichtig. »Als Leona verschwand, war er ja gerade auf Klassenfahrt, im Ausland sogar. Im Nachhinein finde ich das auffällig. Dieses demonstrative Alibi. Warum ist sie ausgerechnet in dieser Woche verschwunden? Gab es Helfer?« Ihre grünen Augen schienen plötzlich zu leuchten. »Versuchen Sie bitte, sich ganz genau zu erinnern. Ist es möglich, dass eine weitere Person an der Schule von der Sache wusste? Ein Lehrer?« Sie machte eine kurze Pause. »Oder eine Lehrerin?«

»Ich kann Ihren Gedankengang nachvollziehen. Aber dazu fällt mir nichts ein. Es sei denn, der Mann mit der Skimaske wäre einer von unseren Lehrern gewesen. Aber wer?« Nein, sie wollte diese Bilder nicht im Detail heraufbeschwören, es tat einfach zu weh. »Wenn er einer unserer Lehrer war, hätte ich bestimmt was gemerkt oder wenigstens einen Verdacht entwickelt.« Ihre Unterarme begannen zu jucken, als würden die Narben zum Leben erwachen. »Oder auch nicht«, flüsterte sie. »Vielleicht hätte ich ihn auch nicht erkannt. Keine Ahnung. Ich war ja immer wie erstarrt.«

Mittwoch, 13. März

»Ich hab gehört, dass Clemens Möller der Tote aus Emden ist.«

Nola, die an ihrem Schreibtisch saß und etwas in den PC eingab, drehte sich um und hob die Augenbrauen. »Und?«

Komische Reaktion. »Immerhin war das mal mein Fall. Wie du dir vorstellen kannst, interessiert es mich. Hast du schon was Konkretes? Verdächtige?« Renke fand, dass er das ganz ordentlich formuliert hatte. Neutral und unverfänglich.

»Ja.«

»Und wer? Oder ist das ein Geheimnis?«

Sie griff sich in den Nacken und fummelte an ihrem Haarknoten herum. Als sie die Arme wieder senkte, sah die Frisur unordentlicher aus als vorher. Dann stieß sie ein weiteres »Ja« aus, das sehr entschieden klang, und richtete ihre Aufmerksamkeit wieder auf den Bildschirm.

»Wie: *Ja*? Was soll das heißen?«

Seufzend drehte sie den Schreibtischstuhl so, dass sie sich in die Augen sehen konnten. Ihre Miene war genauso abweisend wie ihr Tonfall. »Das soll heißen, dass es sehr konkrete Anhaltspunkte gibt, die auf eine bestimmte Person hinweisen. Und den Namen möchte ich aus gutem Grund nicht nennen.«

»Du spinnst doch. Daraus, dass Tonia Eschweiler mit Möller telefoniert hat, kannst du keine Mordanklage basteln. Das ist vollkommen lächerlich. Lass die Frau in Ruhe und konzentrier dich auf die ehemaligen Freier.«

Auf einmal war es ganz still im Raum. Renke nahm das Ticken der Wanduhr wahr, eilige Schritte auf dem Flur und das Klappen einer Tür, Hintergrundgeräusche, die er normalerweise völlig ausblendete.

»Verstehe ich das richtig? Du spazierst hier herein und willst Einfluss nehmen auf meine Arbeit? Mir erzählen, dass meine Schlussfolgerungen lächerlich sind?« Nola stützte die Hände auf die Armlehnen ihres Stuhls, stand auf, machte sich ganz gerade, und er dachte flüchtig, dass sie davon auch nicht größer wurde. »Glaubst du wirklich, dass ich die Ermittlungen gegen deine Duzfreundin fallen lasse, nur weil du so schöne blaue Augen hast?« Sie hob beide Arme und lachte theatralisch. »Sie war die letzte Person, die Kontakt zu Clemens Möller hatte.«

»Telefonischen Kontakt. Im Übrigen habe ich kein Wort davon gesagt, dass du die Ermittlungen gegen sie einstellen sollst. Ich will nur, dass du sie fair behandelst, mehr nicht.«

»Ich behandle jeden fair. Sogar diese Frau. Dafür hättest du nicht herkommen brauchen.« Wütend ballte sie ihre rechte Hand zur Faust. »Leona Sieverding ist tot. Sarah Becker ebenfalls. Yasmina Akin wurde über Monate missbraucht und ritzt sich seither die Unterarme.« Bei jedem Namen klappte sie einen ihrer Finger aus. »Und Franziska Lessing, die junge Frau, die Herrn Möller damals anzeigen wollte, lebt inzwischen auf der Straße. Alkohol, Drogen, Babystrich, totaler Absturz. Alle Versuche, sie aufzutreiben, sind bislang gescheitert. Wer weiß, ob sie überhaupt noch lebt.« Jetzt schaute sie ihm direkt in die Augen, und er erkannte, wie unglaublich wütend sie war. »Vier Mädchen, vier schlimme Vorfälle innerhalb von wenigen Monaten an einer Schule, die von gerade mal hundert Schülern besucht wird. Und Frau Eschweiler hat da keinen Zusammenhang erkannt.«

Ungerührt erwiderte er den Blick. »Ein tragischer Irrtum, der ihr mit Sicherheit sehr zu schaffen macht.«

»Tatsächlich? Den Eindruck habe ich ganz und gar nicht. Die Frau ist eiskalt. Sie manipuliert und lügt, und ich wüsste sehr gern, warum.« Als er widersprechen wollte, ließ sie ihn nicht zu Wort kommen. »Geh einfach mal davon aus, dass du nicht alle Informationen kennst. Es gibt sehr konkrete Hinweise, die darauf hindeuten, dass sie die Täterin sein könnte.« Näheres wollte sie offenbar nicht verraten. Stattdessen riss sie die Tür auf und brüllte: »Hilke! Kommst du bitte mal?«

Wenig später erschien eine junge, hoffnungslos überschminkte Frau. Ihre Lippen waren ähnlich lackiert wie Renkes allererstes Auto, ein klappriger Renault. Metallic rot. Sie atmete so schnell, als hätte sie einen Hundertmeterlauf hinter sich.

»Das ist Hilke Dreyer, eine neue Kollegin.«

Er nickte flüchtig, stellte sich aber nicht vor, weil er keine Lust verspürte, höflich zu sein.

»Hilke, du überprüfst bitte mal diese Lehrerin. Tonia Eschweiler. Ich will alles wissen, was es über sie zu wissen gibt.«

»Aye, aye, Sir.« Die junge Frau tippte mit dem Zeigefinger gegen ihre Schläfe, musterte Renke ungeniert und trat den Rückzug an.

Angriffslustig verschränkte Nola die Arme, sie belastete das linke Bein und tippte mit der rechten Fußspitze rhythmisch auf den Boden. »Und wenn du schon mal hier bist – ich wüsste gern, woher du weißt, dass ich bei ihr war. Steht ihr ständig in Kontakt?«

»Quatsch. Sie hat mich angerufen. Sie ist total verzweifelt, und Tonia ist bestimmt keine Frau, die so schnell die Nerven verliert. Da stellt sich mir schon die Frage, wie du ihr gegenüber aufgetreten bist.« Er schluckte, zählte in Gedanken bis zehn und zwang sich, leiser und vor allem langsamer weiterzureden. »Um deine Frage zu beantworten: Nein, wir stehen nicht in ständigem Kontakt, obwohl dich das überhaupt nichts angeht. Ich frage dich ja auch nicht, wie viel Zeit du mit diesem Doktor verbringst.« Den letzten Satz hätte er sich sparen können, zu spät.

Seine Bemerkung schien sie zu freuen, hatte er ihr doch eine Angriffsfläche geliefert, in die sie ihre Krallen schlagen konnte. »Warum auch? Das ist nämlich privat. Dein Kontakt zu einer Tatverdächtigen ist es hingegen nicht. Vor allem, wenn man bedenkt, dass du hergekommen bist, um mir zu erklären, dass Frau Eschweiler unschuldig ist. Da wird ja wohl die Frage erlaubt sein, woher du das so genau weißt.«

Für zwei Sekunden blitzte die Idee auf, Tonia doch ein falsches Alibi zu geben und Nola damit den Wind aus den Segeln zu nehmen, aber das brachte er dann doch nicht fertig. »Falls du denkst, dass Tonia und ich, also Frau Eschweiler und ich …«, verbesserte er sich und ärgerte sich im selben Moment darüber, weil es wirkte, als hätte er ein schlechtes Gewissen. Und das hatte er, verdammt noch mal, nicht.

»Bleib ruhig bei Tonia. Und was den nicht vorhandenen Kontakt angeht: Wart ihr nicht gerade erst essen?« Ihre Stimme triefte vor Häme.

Woher wusste sie das? »Beschattest du mich etwa?«

Sein Witz endete als völliger Rohrkrepierer. Sie verzog keine Miene, und ihm blieb nichts anderes übrig, als sich irgendwie rauszuwinden, obgleich er schon ahnte, dass er bei Nola gegen eine Mauer rennen würde. »Das war rein beruflich! Ich wollte verstehen, warum sie mir so etwas Relevantes verschwiegen hat.«

»Rein beruflich? Du hast doch gar nichts mit dieser Ermittlung zu tun. Das ist mein Fall, und du bist in keinster Weise befugt, meine Zeugen zu befragen. Schon gar nicht, wenn du derart befangen bist. Im Übrigen glaube ich dir kein Wort.« Sie machte zwei Schritte nach vorn und baute sich breitbeinig vor ihm auf. Ihre Augen blitzten dunkelgrün und ließen erahnen, wie es in ihr brodelte. »Du hattest damals was mit einer Frau, deren Aussage deine Ermittlungen maßgebend beeinflusst hat. Und ganz offensichtlich war dein Hirn vor lauter Verliebtheit so vernebelt, dass du nicht mehr klar denken konntest. Oder warum hast du alles, was dich weitergebracht hätte, übersehen?« Spöttisch verzog sie den Mund. »Wahrscheinlich warst du mit deinen Gedanken ganz woanders. Wo, kann ich mir lebhaft vorstellen. Und jetzt hast du Angst, dass deine Nachlässigkeit ans Tageslicht kommt.«

»Ich habe, verdammt noch mal, nichts übersehen, weil ich nichts von diesen Vorfällen wusste!«, brüllte er, weil er es einfach nicht länger schaffte, sich zusammenzureißen.

Nola dagegen blieb ganz cool. »Traurig genug. Ich, die kleine Anfängerin, wusste schon eine Woche nach Leonas Auftauchen Bescheid. Und das, obwohl inzwischen fast vier Jahre vergangen sind.« Sie schürzte die Lippen und schaute ihn abschätzend an, als wolle sie ergründen, wie weit sie gehen konnte. »Wenn du noch einmal mit so einem absurden Anliegen hier aufkreuzt, beschwere ich mich bei Robert.«

Wie bitte, jetzt wollte sie ihm schon drohen? Er schnappte nach Luft. »Glaubst du, dass du mir damit Angst machen kannst? Robert und ich sind Kollegen und Freunde. Wie kommst du darauf, dass du mich bei ihm anschwärzen könntest? Okay, diese Geschichte konnte ich nicht aufklären, aber meine Quote lag immer über der Norm. Das musst du erst mal schaffen! Und wenn du dich schon berufen fühlst, einen Kollegen als Pfuscher zu bezeichnen, möchte ich dich darauf hinweisen, dass deine ganzen angeblich so großartigen Ermittlungsergebnisse auf ziemlich wackligen Füßen stehen, nämlich auf der bislang hypothetischen Annahme, dass dieser Missbrauch wirklich stattgefunden hat. Soweit ich weiß, gibt es dafür keinen gerichtlich verwertbaren Beweis. Nur die Schilderung einer möglicherweise überspannten Schülerin, die sich die Arme ritzt, was nicht gerade auf eine psychisch gesunde Person schließen lässt, und die ohnehin nicht bereit ist, eine offizielle Aussage zu machen. Und selbst wenn Yasmina Akin missbraucht wurde, existiert nicht der geringste Beweis dafür, dass Leona Sieverding das Gleiche passiert ist. Du *glaubst*, du *denkst*, du *weißt* mal wieder.« Er lachte böse. »Was hast du konkret in der Hand? Soll ich es dir sagen? Nichts.« Er klatschte in die Hände, und sie zuckte zusammen.

Keiner von beiden rührte sich von der Stelle, er schaute einfach nur zu, wie ihre grünen Augen sich langsam mit Tränen füllten, doch nicht mal das brachte ihn zur Räson, im Gegenteil, es machte ihn noch zorniger. »Erklär mir bitte mal, warum um alles in der Welt Tonia Eschweiler diesen Möller abstechen sollte. Das ergibt doch überhaupt keinen Sinn! Konzentrier dich gefälligst auf die Freier, so es sie denn überhaupt gibt.« Er warf ihr einen letzten, bitterbösen Blick zu, drehte sich auf dem Absatz um und stapfte mit Riesenschritten aus dem Raum. Die Tür knallte er mit dem Fuß zu. Im Flur schaute er weder nach links noch nach rechts, und Robert, der von irgendwoher auftauchte und ihn erfreut begrüßen wollte, ließ er einfach stehen.

Erst im Auto kam Renke wieder richtig zu sich. Weshalb war das Gespräch derart aus dem Ruder gelaufen? Warum musste er alles, was ihm lieb und wichtig war, in Schutt und Asche legen? Es musste an Nola liegen, an Nola und ihrem unglaublichen Dickkopf. Ja, Nola trug die Schuld. Er ließ den Motor an und fuhr zurück nach Martinsfehn.

Im Revier warf er die Wagenschlüssel mit so viel Effet auf seinen Schreibtisch, dass sie auf der anderen Seite herunterrutschten und klirrend auf den Boden fielen. Sandra huschte durch den Raum und hob sie auf. Offenbar schaute er so finster drein, dass niemand es wagte, ihn anzusprechen. Inzwischen war es sechzehn Uhr, und er hatte zum Glück Feierabend. »Bis morgen.« Keiner antwortete.

Als Renke fort war, flüchtete Nola ins Damenklo, wo sie erst mal eine Runde heulte, eine sehr lange Runde. Was, wenn Renke recht behielt? Basierten ihre gesamten Überlegungen auf den Hirngespinsten einer psychisch kranken jungen Frau? Am liebsten wäre sie zu Yasmina Akin gefahren und hätte sie angefleht, ihr etwas Konkretes in die Hand zu geben. Einen Beweis oder wenigstens die Bereitschaft, Phantombilder der Männer zu erstellen. Aber dann fiel ihr ein, dass Clemens Möller tot war und der Täter sein MacBook, sein Handy und wer weiß was sonst noch alles mitgenommen hatte. Das war ihr Beweis. Wieso ließ sie sich überhaupt von Renke verunsichern? Er war derjenige, der Grund hatte, an sich zu zweifeln. Einfach herzukommen und sich in ihre Arbeit einzumischen, sie brauchte nur daran denken, um die Wut wieder aufschäumen zu lassen. Mit kaltem Wasser richtete sie sich einigermaßen wieder her, dann marschierte sie zurück in ihr Büro, wo Robert sie erwartete.

»Was war hier denn los? Man konnte euch noch zwei Zimmer weiter brüllen hören.«

»Nichts«, flüsterte Nola, stützte die Ellenbogen auf den Schreibtisch und vergrub ihr Gesicht in den Händen.

»Komm, Mädchen, das stimmt doch nicht. Ist es was Privates?«

»Ja«, murmelte sie. »Privat. Aber keine Sorge, ich bin gleich wieder in Ordnung.« Sie holte ein paarmal tief Luft, dann schilderte sie Robert ihre Überlegungen, und er nickte zufrieden. »Klingt logisch.« Bestimmt war er erstaunt, dass sie vor Dankbarkeit in Tränen ausbrach. »Hm, also irgendwie … ach …« Kopfschüttelnd verließ er ihr Büro.

Nola packte ihre Sachen zusammen und beschloss, nach Hause zu fahren. Heute war sie zu keinem klaren Gedanken mehr fähig.

Wie immer in letzter Zeit verspürte Renke keine Lust auf Kochen, er hatte ja nicht mal was Vernünftiges im Haus. Er stellte die Kaffeemaschine an, schmierte sich ein Brot, das er dick mit Schinken belegte, und hockte sich breitbeinig vor die Glotze. Während er kaute und sich dabei über die vielen Sehnen im Schinken ärgerte, zappte er durch die Kanäle. Kaum zu glauben, welcher Müll heutzutage gesendet wurde. Da ließen sich Leute von einem hyperaktiven Filmteam ihre gesamte Wohnung umdekorieren und freuten sich hinterher, dass sie ihre eigenen vier Wände nicht mehr wiedererkannten. Das war doch krank. Schimpfend schaltete er ab.

Er streifte die Schuhe ab, legte sich mit hinter dem Kopf verschränkten Armen auf die gestreifte Couch und starrte auf die gegenüberliegende Wand, Raufaser, weiß gestrichen und entsetzlich leer. So leer wie sein Kopf. Was war nur los mit ihm? Neuerdings bereitete es ihm Vergnügen, unfreundlich zu sein, andere Menschen vor den Kopf zu stoßen, manchmal ohne jeden Grund. Er wollte das gar nicht, es passierte einfach von selbst. Hinterher fühlte er sich für einen kurzen Moment richtig gut und dann für endlose Zeit mies. Was hatte Nola ihm getan, das so ein Verhalten rechtfertigte? Sie hatte ihn auf seine Fehler hingewiesen. Im umgekehrten Fall hätte er nicht anders gehandelt.

Geh mal davon aus, dass du nicht alle Infos kennst, hatte sie vorhin gesagt, und Renke fragte sich, was das wohl bedeuten mochte. Es juckte ihn, Tonia anzurufen und zu fragen, was sie ihm verschwieg. Aber das war keine gute Idee. In dieser Beziehung hatte er sich schon viel zu weit aus dem Fenster gelehnt. Und doch, egal, was Nola wusste und er selbst nicht, Tonia war keine Mörderin, davon war er überzeugt. Allerdings hegte er inzwischen starke Zweifel daran, dass sie den Zusammenhang zwischen dieser Missbrauchsgeschichte und Leonas Verschwinden nicht gesehen hatte. Den Grund für ihr Schweigen konnte er sich nicht vorstellen, und wahrscheinlich würde er ihn auch nie erfahren, weil Nola ihm nicht mehr über den Weg traute, was seine eigene Schuld war. Verdammt, er hatte sich immer für einen guten Polizisten gehalten, das war ihm wichtig, inzwischen sogar das Wichtigste in seinem Leben, das Einzige, das noch Bestand hatte, und jetzt machte er das auch noch kaputt.

Vielleicht brauchte er eine Therapie, um wieder er selbst zu werden. Vielleicht musste er sich auch einfach nur bei Nola entschuldigen. Seit einer Stunde wollte er sie anrufen, schon drei Gläser Wein hatte er seither getrunken oder eher runtergestürzt in der irrigen Annahme, durch den Alkohol ruhiger zu werden oder mutiger. Stattdessen konnte er spüren, wie ihn jeder Mut verließ. Jetzt oder nie. Er gab die Nummer in sein Handy ein und ließ es ein paarmal klingeln. Schließlich sprach er auf die Mailbox. »Es tut mir leid. Ich weiß auch nicht, was mit mir los ist. Kann ich dich auf ein Bier im *Tennessee* einladen? Morgen Abend vielleicht? Ruf mich bitte an.« Schon als er sein Handy wieder einsteckte, war ihm klar, dass er nichts von ihr hören würde.

Gerade als Nola ihre Haustür aufschloss, klingelte ihr Handy. Sie erkannte Renkes Nummer auf dem Display und nahm das Gespräch nicht an. Egal, was der Blödmann wollte, es interessierte sie nicht im Geringsten. Es dauerte eine ganze Weile, bis er aufgab und etwas auf ihrer Mailbox hinterließ, das sie auf keinen Fall abhören würde. Sie schob eine Fertiglasagne in den Backofen, kochte eine Kanne Roibusch-Tee und schlug die Fernsehzeitung auf und gleich darauf enttäuscht wieder zu. Heute Abend hätte sie einen schnulzigen Liebesfilm gebraucht, einen zum gründlich Ausheulen und keine dieser Endlos-Krimiserien.

Drei Stunden später saß sie auf ihrer Couch, die Beine in eine Wolldecke gewickelt, und starrte auf den Fernseher, wo eine Handvoll amerikanischer Superagenten einen völlig abstrusen Mordfall klärte, unterbrochen von nervtötenden Werbepausen. Auf dem Tisch stand nicht nur das schmutzige Geschirr von ihrer heutigen Mahlzeit, sondern auch das vom Vortag. *Ich sollte wirklich mal wieder aufräumen*, dachte sie flüchtig, *vielleicht geht es mir dann besser*. Angeblich bestand ja ein Zusammenhang zwischen äußerer und innerer Ordnung. Aber sie konnte sich nicht aufraffen, sie konnte nur dasitzen, Löcher in die Luft starren und sich Dinge wünschen, die sowieso nicht passierten. Ihre Füße waren kalt, dabei lief die Heizung, sie konnte das leise Rauschen und Rumpeln, das die alte Anlage ständig von sich gab, deutlich hören.

Als es an der Haustür klingelte, zuckte sie zusammen. Renke. Am liebsten hätte sie gar nicht geöffnet, aber das war keine Lösung. Irgendwann mussten sie sich ja wieder begegnen. »Ich bin kein Feigling«, murmelte sie und wiederholte die Worte gleich noch einmal auf dem Weg durch den Flur, um sich selbst zu überzeugen.

Valentin stand vor der Tür, in jeder Hand eine Flasche Wein. Sie war so erleichtert, dass sie ihm, ohne darüber nachzudenken, um den Hals fiel.

»Hey«, protestierte er lachend. »Kann ich erst mal die Flaschen abstellen?«

Sein unbeschwertes Lachen tat so gut, kein Drama, keine Verletzungen, keine Probleme. Höchstens eine Freundin in Amerika, Tausende von Kilometern entfernt.

»Geh schon vor.« Sie zeigte auf die offene Wohnzimmertür und holte zwei Gläser und einen Korkenzieher aus der Küche. Als sie sich neben Valentin setzte, achtete sie darauf, dass ein paar Zentimeter Platz zwischen ihnen blieben.

Valentin öffnete eine der beiden Flaschen und schenkte die Gläser halb voll. »Zum Wohl. Ich hab mich mal ein bisschen umgehört.«

»Umgehört?«, fragte sie zerstreut.

»Über dich. Dass eine Verrückte dich beinahe umgebracht hätte, weil du was mit diesem Nordmann hattest. Ganz schön strange.«

»Besonders, wenn man bedenkt, dass zwischen uns nichts Richtiges war. Nur ein bisschen rumknutschen«, murmelte sie, weil Valentin sie so ungläubig anschaute.

»Bist du darum so abweisend, wenn ein Mann dir näherkommen möchte? Hast du Angst, dass sich wieder eine eifersüchtige Furie nähert und dich mit Pfeil und Bogen attackiert?«

»Nein«, sagte sie ehrlich. »Das hat was mit meiner Ehe zu tun.«

»Du bist verheiratet?« Bildete sie sich das ein, oder klang das enttäuscht?

»Geschieden. Mein Mann war spielsüchtig.« Sie seufzte, weil es sich immer noch wie eine Niederlage anfühlte, über ihre gescheiterte Ehe zu reden. »Wie jeder Suchtkranke hat er gelogen und betrogen, um seiner Sucht frönen zu können. Da verlernt man wohl zu vertrauen. So ein Mensch macht dich kaputt, nicht nur finanziell. Ich hab meinen Job gewechselt und Hannover verlassen, um wieder auf die Füße zu kommen.«

Er nickte und ließ den Kopf hängen. »Verstehe. Du willst zur Abwechslung mal was Unkompliziertes. Und ich hab 'ne Freundin in Amerika.« Ganz langsam verzog sein Mund sich zu einem Lächeln. »Aber wenigstens bin ich ehrlich. Wenn es Lisa nicht gäbe … Ich fürchte, ich hab mich ganz schön in dich verknallt, gleich, als ich dich das erste Mal gesehen habe. Diese unglaublichen, wunderschönen, märchenhaften Haare.« Er rückte näher und strich mit dem Zeigefinger eine Strähne aus ihrem Gesicht. Genau wie neulich im *Tennessee* roch er nach Mundspülung. Sie drehte ihren Kopf zur Seite. Schließlich konnte er nicht von seiner Freundin erzählen und sie im gleichen Atemzug küssen.

Am besten wechselte sie geschickt das Thema. »Machst du Musik?«

»Wie kommst du denn darauf?«

»Ich finde, dass du so aussiehst.«

»Wie ein Musiker? Echt? Hoffentlich wie ein Leadgitarrist.« Er sprang auf und begann, mit übertriebenen Bewegungen Luftgitarre zu spielen, wobei er rhythmisch mit dem Kopf wackelte.

»Ehrlich gesagt hab ich mir vorgestellt, dass du singst.« Die romantischen Balladen ließ sie lieber weg.

Grinsend stellte Valentin die imaginäre Gitarre neben die Couch, dann setzte er sich wieder hin. »Glaub mir, es ist besser für alle, wenn ich das nicht tue. Ich bin absolut unmusikalisch.«

»Andere Hobbys?«, fragte Nola, der nur zu bewusst war, dass ihre Oberschenkel sich berührten, was sie im wahrsten Sinne des Wortes ziemlich heiß fand.

Jetzt legte er auch noch den Arm auf die Rückenlehne, direkt hinter ihren Schultern. Sie meinte, seine Körperwärme am Hals spüren zu können, und wurde ganz kribbelig.

»Wenn ich Zeit habe, gehe ich mal auf die Kartbahn.«

Kartbahnfahren? Na ja, das klang jetzt nicht so wirklich sexy, eher komisch. Sie versuchte sich vorzustellen, wie Valentin zusammengekauert in so einer albernen Seifenkiste hockte und Runde um Runde drehte. Es wollte ihr aber nicht so recht gelingen.

Valentin ließ seinen Arm auf ihre Schulter fallen und zog sie mit einer geschmeidigen Bewegung an sich. »Ich würde unwahrscheinlich gern wissen, ob du nur so wild aussiehst.«

Direkter ging es nicht. Nola war vierunddreißig Jahre alt und hatte seit neun Monaten keinen Mann mehr gehabt. Die längste enthaltsame Phase ihres Erwachsenenlebens. Wenn einer ihr gefiel, kamen ihr neuerdings Gedanken, die alles andere als jugendfrei waren. Sie gestand sich ein, Lust zu haben, und auch, dass Valentin ihr ausnehmend gut gefiel. Obwohl er kein Rocksänger war, fand sie seine Stimme erotisierend, und seine sanften Bernsteinaugen jagten wohlige Schauer über ihren Rücken. Wie er wohl küsste? So gut wie Renke, an den sie jetzt ganz bestimmt nicht denken sollte? Mit dem Zeigefinger fuhr sie die Konturen seines schön geschwungenen Mundes nach, dann schaute sie ihn auffordernd an.

Augenblicklich legten seine Lippen sich über ihre, zuerst ein bisschen zu zaghaft für ihren Geschmack, aber dann wurde sein Kuss dringlicher, fordernder, und sie begannen wie wild zu knutschen. Nola ließ sich rückwärts auf die Couch fallen und zog ihn mit sich. Aus der Nähe erkannte sie, dass das Tattoo auf seinem Hals ein winziger Vogel war, ein Kolibri vielleicht. Sie schob ihr Shirt hoch, weil sie seine Hände auf ihrer nackten Haut spüren wollte, und drängte sich gegen ihn.

»Ja«, stöhnte er und dann noch einmal: »Ja, genau so ...« Sanft drehte er sie auf die Seite, um den Verschluss ihres BHs zu öffnen. Genau in diesem Moment düdelte sein Handy die amerikanische Nationalhymne.

»Scheiße.« Stöhnend atmete er aus, setzte sich auf und fingerte das Gerät aus seiner Hosentasche. »Hallo, Schatz.« Der Kosename wäre gar nicht nötig gewesen, schon die Art, wie seine Stimme sich veränderte, verriet, dass seine Freundin am anderen Ende war. Valentin verzichtete darauf, in ein anderes Zimmer zu gehen, er vertraute Nola, dass sie sich still verhielt, und ließ sie jedes Wort mithören. »Nee, nichts Besonderes. Zwei Obduktionen heute und danach der entsprechende Papierkram. ... Klar, in meiner Bude, wo sonst?«

Wenigstens bin ich ehrlich. Ernüchtert ließ Nola sich von der Couch rollen, brachte ihre Kleidung in Ordnung und schlich auf Zehenspitzen rüber zu dem Sessel. Krampfhaft versuchte sie, Valentins süßlichen Tonfall zu ignorieren, der bei ihr ein Gefühl auslöste, das stark an Zahnschmerzen erinnerte. Zahnschmerzen, hervorgerufen durch klebrige Zuckerbonbons, die sich in allen Lücken festsetzten. *Ja, Schatz, nein, Schatz,* sie hätte kotzen mögen. Auch wenn es rein technisch unmöglich war, stellte Nola sich vor, dass Lisa jetzt in dieses Wohnzimmer blicken könnte, und sie schämte sich. Diese Art von Betrug hatte niemand verdient. Auch nicht eine wildfremde Frau in Amerika.

Das Gespräch dauerte lange, fast eine Viertelstunde. Es war deutlich, dass Valentin mehrfach versuchte, das Telefonat zu beenden, seine Freundin hingegen viel zu erzählen hatte. Nola leerte in der Zeit zwei Gläser Wein und schenkte sich noch mal nach, obwohl der französische Rotwein ihr nicht mal schmeckte, sie fand ihn viel zu schwer und tanninhaltig.

Nachdem Valentin mit einem gehauchten »Ich liebe dich auch« aufgelegt hatte, schaute er sie betreten an. »Sag lieber nichts. Ich bin ein Arschloch. Schon klar.« Mit zusammengekniffenen Augen betrachtete er das Display seines Smartphones, dann steckte er das Telefon zurück in die Gesäßtasche seiner Jeans. Zum Glück machte er keine Anstalten, sie noch mal zu berühren, vermutlich spürte er, dass Nola keine Zärtlichkeiten mehr zulassen würde. Der Zauber war verflogen und hatte einen galligen Nachgeschmack hinterlassen.

Sie tranken den Wein aus, schweigend, dann stand er auf. »Tut mir leid. Ich weiß nicht, was ich jetzt sagen soll. Lisa und ich, na ja, wir sind schon ewig zusammen, über zehn Jahre. Ehrlich gesagt hab ich nicht erwartet, dass eine andere Frau mich so aus dem Gleichgewicht bringen könnte. Aber du …«

»Du solltest jetzt losfahren.« Mehr gab es für Nola nicht zu sagen.

Ihre Nachbarin Liliane schlief seit zwei Jahren mit einem verheirateten Familienvater und das ohne die Spur eines schlechten Gewissens. Sie legte keinen Wert auf eine feste Beziehung. Auf dreckige Socken im Schlafzimmer, öde Fernsehabende mit Bier und Chips und Gemecker über das Essen konnte sie verzichten, wie sie Nola immer wieder versicherte. Liliane wollte nur einen Liebhaber, mehr nicht. Liebeskummer war ein Fremdwort für sie. *So nah darfst du keinen an dich rankommen lassen.* Das hörte sich gar nicht so übel an.

Donnerstag, 14. März

Hinter Nola lag eine schlaflose Nacht. Gestern war einer der miesesten Tage ihres Lebens, jedenfalls fühlte es sich so an. Sie hatte sich mit Renke zerstritten, und das, was zwischen ihr und Valentin passierte, konnte auch kein gutes Ende mehr nehmen. Vielleicht sollte sie künftig ihre gesamte Energie in ihre berufliche Karriere stecken mit dem Ziel, Polizeirätin zu werden. Oder einen Kurs bei Liliane belegen: *Wie stürze ich mich in eine leidenschaftliche Affäre, ohne mein Herz zu beteiligen?*

Sie lächelte Hilke freundlich an. »Und? Warst du erfolgreich?«

»Ja, Moment…« Anders als Nola benutzte Hilke kein Notizbuch, sondern einen Tablet-PC. »Folgendes hab ich über sie gefunden: Tonia Eschweiler, ledig, zweiundvierzig Jahre alt, Sternzeichen Waage. Geboren in Grasberg, das liegt bei Worpswede, als ältestes Kind von Werner und Maria Eschweiler, zwei jüngere Brüder. Die Mutter ist gehörlos, der Vater hörend, die drei Kinder auch. Frau Eschweiler hat Abitur gemacht und in Berlin studiert, Lehramt, Deutsch und Kunst, glaube ich.« Sie scrollte den Text weiter und nickte. »Genau. Anschließend hat sie noch ein Studium der Gehörlosenpädagogik angehängt. Zwei Jahre war sie in Berlin tätig, dann hat sie eine Anstellung in Bremen gefunden. Seit 2003 arbeitet sie an der *Christine-Charlotten-Schule*. Ledig. Lebt allein. Hat vor fünf Jahren ein Haus in Midlum gekauft. Midlum«, kicherte sie. »Das klingt wirklich drollig. Stimmt aber, ich hab bei Google Maps geschaut. Ja, und sie spielt Volleyball, praktisch seit ihrer Jugend. Früher richtig gut, in der dritten Liga, jetzt nur noch hobbymäßig. Da kriegt man ganz schön Kraft in den Armen.« Zur Demonstration legte sie ihre Unterarme nebeneinander, mit den Handgelenken nach oben, ballte die Hände zu Fäusten und schmetterte einen unsichtbaren Ball über ein ebenfalls unsichtbares Netz. »Sie ist nicht bei Facebook aktiv, nur bei Stayfriends. Da schreibt sie belangloses Zeug mit einem ehemaligen Mitschüler, der jetzt in der Nähe von Oberhausen wohnt. Geht alles von ihm aus, sie antwortet nur. Klingt von ihrer Seite nicht sonderlich interessiert.«

»Sehr gut«, lobte Nola. In Gedanken sah sie Tonia Eschweiler mit ihren trainierten Armen auf Clemens Möller einstechen.

»Wie ich mir das erklären kann? Gar nicht.« Trotzig presste Frau Eschweiler ihre Lippen zusammen.

Genervt verdrehte Nola die Augen. »Bitte keine Spielchen. Sie haben Clemens Möller kurz vor seinem Tod gesehen und angefasst. Und bevor Sie sich jetzt irgendwelche Märchen ausdenken: Er hat jeden Abend ein frisches Hemd aus dem Schrank genommen, das hat sein Mitbewohner bestätigt. Die Spuren stammen also von diesem Abend, sie würden keine Maschinenwäsche überstehen. Sie waren mit dem jungen Mann verabredet. In seiner Wohnung. Dort konnten wir nämlich ebenfalls Ihre DNA nachweisen. Und wir wissen definitiv, dass Clemens Möller am Freitag nach seiner Arbeit dort jemanden treffen wollte.«

Vor einer Stunde hatte das LKA den Abgleich sämtlicher DNA-Spuren gemailt. Sowohl Michelle als auch Tonia Eschweiler hatten Spuren an Möllers Hemd und in seiner Wohnung hinterlassen. Das lange, blonde Haar und die Lippenstiftreste stammten wie vermutet von Michelle. Ansonsten gab es diverse, überwiegend weibliche DNA-Spuren, die sich keiner bislang bekannten Person zuordnen ließen. Aber es reichte ja bereits, dass der Tote einen Cocktail serviert und das Geld dafür eingesteckt hatte, damit die DNA der Gäste an seiner Kleidung haften blieb.

»Nein«, flüsterte Tonia Eschweiler heiser. »In der Wohnung war ich nicht, jedenfalls nicht an diesem Abend. Ich habe vor der Bar auf ihn gewartet, das stimmt. Und ich habe ihn angefleht, mich mitzunehmen.« Sie schluckte schwer. »Er wollte nicht, hat gesagt, dass ich mich zusammenreißen soll. Gott, ich hätte ihn umbringen können! Aber ich hab es nicht getan, natürlich nicht. Weil ich ihn geliebt habe, egal wie lächerlich Sie das finden mögen.« Sie schüttelte den Kopf und richtete ihren Blick in die Ferne. »Können Sie sich überhaupt vorstellen, wie es mir zurzeit geht? Clemens ist tot, und ich bin plötzlich die Böse, die damals den Missbrauch vertuscht hat. Dabei waren wir uns seinerzeit alle einig, dass Franziskas Vorwurf nicht stimmen konnte.«

»Wer ist *wir*?«

»Der Schulleiter, Clemens' Eltern und ich.«

Nola saß auf dem kürzeren Teil der messingfarbenen Eckgarnitur, Frau Eschweiler auf der anderen Seite. Beide mussten den Kopf ein wenig nach innen drehen, um sich anschauen zu können. Die Lehrerin war unspektakulär eingerichtet, fast schon langweilig, als hätte man eine x-beliebige Seite aus dem Katalog eines Möbelhauses kopiert. Privat trug sie schwarze Leggins, die ihre schlanken, langen Beine betonten, und einen weiten, flauschigen Pullover, nicht weiß, sondern gelb, dennoch fielen Nola sofort die Wollfasern an Clemens Möllers Zimmertür ein.

Den angebotenen Kaffee lehnte Nola ab, genau wie die Aufforderung zum Rauchen. Frau Eschweiler dagegen brauchte jetzt Nikotin, gierig zog sie an einer Zigarette, ihre Finger zitterten, und Nola war überzeugt, dass die Lehrerin das selbst bemerkte und den Entschluss, zu rauchen, bereits bereute. Nun gut, sie würde ihr keine Gelegenheit geben, sich zu beruhigen.

»Sie haben behauptet, nicht zu wissen, wo Herr Möller wohnt. Ihre DNA beweist hingegen, dass Sie in seiner Wohnung waren.«

»Aber doch nicht an diesem Abend. Das müssen Sie mir einfach glauben!«

»Muss ich?« Spöttisch hob Nola die Augenbrauen. »Lange Zeit hab ich mich gefragt, warum Sie diese Missbrauchsgeschichte seinerzeit unbedingt unter den Tisch kehren wollten. Schließlich sind Sie angestellte Lehrerin und nicht Besitzerin dieser Schule. Selbst wenn ein paar Eltern ihre Kinder abgemeldet hätten, hätte das für Sie persönlich keine Katastrophe bedeutet. Mit Ihrer Qualifikation hätten Sie auch anderswo eine Stelle bekommen. Ich denke aber, dass ich die Lösung gefunden habe. Es ging um Clemens Möller, nur um ihn. Sie hatten bereits eine Art Beziehung und wollten ihn schützen, und da war Ihnen jedes Mittel recht, auch die Manipulation dieser Schülerin.« *Und des ermittelnden Beamten.*

Darauf wusste Tonia Eschweiler zunächst keine Antwort. Nola meinte aber zu erkennen, wie verzweifelt die Lehrerin nach einer halbwegs logischen Erklärung suchte, einer Erklärung, die sie nicht völlig demontierte. Sie drückte die halb gerauchte Zigarette mit kleinen, wütenden Bewegungen im Aschenbecher aus. »Nein. Ich habe Franziska schlicht und ergreifend nicht geglaubt. Einer wie Clemens, ein echter Schöngeist, ein Ästhet, der in jeder Hinsicht nach Perfektion strebte, hätte sich nie mit ihr eingelassen. Davon bin ich nach wie vor überzeugt.« Ihr Blick streifte Nola. »Sie haben Franziska doch gar nicht gekannt. Ich schon. Sie war ein hässliches, knochiges Kind und keine Frau. Die Vorstellung, dass Männer für Sex mit ihr bezahlen könnten, fand ich absurd. Wenn ich mich geirrt haben sollte, tut es mir wahnsinnig leid für das Mädchen. Sie schätzen mich völlig falsch ein, Frau van Heerden.«

Nein, das glaubte Nola ganz und gar nicht. »Lassen Sie uns bei der Nacht vom achten auf den neunten März bleiben. Sie sind nach Emden gefahren, nachdem Sie vorher zweimal mit Clemens Möller telefoniert haben. Warum? Angeblich hat er Ihnen doch klipp und klar gesagt, dass er keine Zeit für Sie hat?«

»Weil ich verzweifelt war? Sehnsucht hatte? Handeln Sie immer rational? Ich habe gehofft, dass ich ihn umstimmen kann. Aber er blieb eisern. Clemens konnte sehr hart sein. Angeblich war er verabredet. Er ist auf sein Rad gestiegen und hat mich einfach stehen lassen.«

»Zeugen?«

»Ich glaube nicht. Jedenfalls ist mir niemand aufgefallen.«

Es klingelte an der Tür. Nola schaute auf ihre Armbanduhr, dann bückte sie sich und holte ein Schreiben aus ihrer Tasche. »Das hier ist ein Durchsuchungsbeschluss. Draußen stehen meine Kollegen. Wir werden Ihr Auto, die Wohnung, Ihre gesamte Kleidung und vor allem Ihre Schuhe auf Spuren von Clemens Möller untersuchen. Des Weiteren werden wir uns nach den Tatwaffen umsehen, also einem Elektroschocker und einer langen, schmalen Klinge beziehungsweise einem Schraubenzieher oder etwas in der Art, ferner dem Handy von Clemens Möller und seinem MacBook. Und nach schmutzigen

Filmchen, die er seinerzeit von den Mädchen und den Freiern gedreht hat.«

Unglaublich, wie gelassen Frau Eschweiler reagierte. »Ja, dagegen kann ich dann wohl nichts unternehmen. Richtig?« Sie lächelte sogar.

Die feuchte Kälte war nicht gut fürs Geschäft. Die Leute hatten einfach keine Lust, abends noch raus in die Kneipe zu gehen, wenn sie sich dafür einpacken mussten, als wollten sie nach Sibirien reisen.

Missmutig betrachtete Charlie die wenigen Gäste. Wenigstens auf den Donnerstagsclub war Verlass. Die kamen bei Wind und Wetter. Heute fehlte einer der Stammspieler, dieser Strewitz, und Erdwiens nahm seinen Platz ein. Wie üblich musste er mal wieder den großen Mann markieren. »Hey, Charlie, gibt's bei dir auch Grog? Bei dem Scheißwetter könnte ich was Heißes gebrauchen!«, grölte er quer durch den Raum, und ein paar Hände hoben sich, um sich der Bestellung anzuschließen.

»Guck mal auf die Karte, steht da irgendwas von Grog?« So weit kam es noch, dass er anfing, heiße Getränke zu servieren. Als Nächstes verlangten die Gäste dann etwas zu essen. »Ich kann dir einen Rum bringen. Oder einen Whiskey, der wärmt deine Knochen auch.«

»Na gut, dann bring uns 'ne Runde *Jack Daniel's*«, rief Daume, und Charlie wunderte sich, dass der größte Geizkragen in der Runde sich so spendabel zeigte.

Als er die Gläser auf dem Tisch abstellte, hörte er, dass die Männer über den abwesenden Strewitz sprachen. Er hörte was von Wirbelsäulenverletzung und ständigen Schmerzen, gegen die keine Tabletten mehr helfen wollten, und ihm fiel ein, dass der Mann sich immer sehr steif bewegte. Offenbar machte feuchte Kälte ihm besonders zu schaffen. Wieder eine Information, die er abspeichern konnte.

Charlie kriegte beinahe alles mit, was in Martinsfehn passierte. Seine Wohnung lag über der Kneipe, und wenn hier unten Feierabend war, stand er stundenlang oben am Fenster und starrte auf die Hauptstraße. Selten ging er vor fünf Uhr morgens ins Bett, und gewöhnlich verschlief er den Vormittag. Manchmal fühlte er sich wie eine Spinne in einem Netz, die auf Beute lauerte, die er aussaugen konnte. Dabei ging es ihm weniger um das Geld, das die Gäste hierließen, sondern um das, was er von ihrem Leben mitbekam, all die kleinen Anekdoten, die schmutzigen Geheimnisse, die Geschichten, die sie über andere erzählten. Charlie selbst erlebte ja nichts.

Seit er einen PC mit Internetzugang angeschafft hatte, verließ er nur noch selten das Haus. Was immer möglich war, bestellte er online, und der Postbote stöhnte so manches Mal, wenn er die schweren Kisten schleppen musste. Wenn er Appetit auf eine warme Mahlzeit bekam, bestellte er beim Griechen oder Italiener und ließ das Essen mit einer Taxe anliefern.

»Hat jemand mit Josef telefoniert?«, wollte der Förster wissen, und sowohl Daume als auch Hanno Mollbeck schüttelten den Kopf. Beide wirkten nicht sonderlich interessiert. Erdwiens mischte weiter die Karten, an ihn war die Frage nicht gerichtet, er war nur der Ersatzmann und mit keinem der Männer befreundet, und niemand nahm an, dass er mit Josef telefonieren könnte.

Jeden Donnerstag hockte Siegfried Erdwiens im *Tennessee* und hoffte, dass einer der Stammspieler ausfiel, so wie heute. Wenn er an den Tisch gewunken wurde, versuchte er den Eindruck zu erwecken, als würde er den anderen nur einen Gefallen erweisen, mehr nicht. In Wahrheit, und Charlie kannte ihn gut genug, um das zu erkennen, freute er sich unbändig, wenn die anderen ihn mitspielen ließen.

Jetzt war es schon zweieinhalb Wochen her, dass man die Kleine am Kreihenmeer gefunden hatte. Und so wie es aussah, tappte die Polizei immer noch im Dunkeln. Manchmal sprachen die Leute Renke direkt an und fragten, ob es schon einen Verdächtigen gab. Dann spitzte Charlie jedes Mal die Ohren. Aber Renke sagte immer dasselbe, es gäbe einige vielversprechende Spuren und er könne aus ermittlungstechnischen Gründen nichts verraten. Charlie glaubte ihm kein Wort. Die hatten noch nichts, davon war er überzeugt.

Freitag, 15. März

Irgendetwas stimmte drüben nicht. Meta hatte Herrn Strewitz seit Tagen nicht mehr gesehen. Er musste aber zu Hause sein, sie konnte doch die Hunde hören. Die bellten sehr viel häufiger als sonst, irgendwie klang es komisch, fast als hätten sie Angst.

Am liebsten würde Meta bei Renke anrufen. Nur die Aussicht, ein weiteres Mal ausgelacht zu werden, hielt sie davon ab. Was waren das nur für Zeiten, in denen keiner mehr die Alten respektierte? Wenn Theda wenigstens noch bei Verstand gewesen wäre, die hätte ihrem Sohn die Leviten gelesen. Ihre Cousine Theda dämmerte im Pflegeheim vor sich hin, dabei war sie elf Jahre jünger als Meta. *Alzheimer*, allein der Name dieser Krankheit ließ eine Gänsehaut über ihren Rücken laufen. Theda hatte weder geraucht noch getrunken, und sie hatte sich immer viel bewegt. Wenn Meta die Augen schloss, sah sie ihre Cousine auf ihrem schwarzen Hollandrad durch das Dorf fahren, Gemeindeschwester Theda, immer in Eile. Kein Mensch verstand, warum ausgerechnet sie diese schreckliche Krankheit bekommen hatte und dann auch noch so früh. Wenigstens hatte sie nichts davon mitbekommen, dass ihr einziges Enkelkind nicht mehr am Leben war. Renkes Kleine, ach, der Junge konnte einem leidtun. Erst die Frau und dann die Tochter. Sie sollte wohl nicht so streng über ihn urteilen. Wer konnte schon wissen, wo der mit seinen Gedanken war, wenn er so böse aus der Wäsche guckte.

Jetzt jaulten die verrückten Köter wieder. Meta ging in die Waschküche, stopfte Handtücher und Unterwäsche in die Maschine und stellte sie an. Sogar hier hörte man die Hunde noch. Schließlich, weil ihr gar nichts anderes mehr einfiel, um die Zeit zu vertreiben, erklomm sie die Bodentreppe. Drüben war nichts zu sehen, genau wie in den Tagen davor. Möglicherweise hatte Herr Strewitz rausgefunden, dass sie ihn von hier oben beobachten konnte, und hielt sich deshalb nicht mehr vor den Fenstern auf. Ja, das traute sie ihm ohne Weiteres zu, und sie fand es nicht fair, einer alten Frau ihr letztes Vergnügen zu rauben. Jetzt klingelte es auch noch an der Tür. O Gott, wie sollte sie so schnell runter in den Flur gelangen? Lohnte es sich überhaupt, sich auf den Weg zu machen? Es klingelte erneut, diesmal sehr viel länger, was Meta unverschämt fand.

»Ich komme ja!«, brüllte sie durch die Bodenluke. »Aber das dauert. 'ne alte Frau ist doch kein D-Zug.« Und dann stieg sie langsam und vorsichtig die Bodenstiege runter, Stufe für Stufe, und dann auch noch die Treppe zum Erdgeschoss.

Die Postbotin stand vor der Tür. Sie entschuldigte sich wortreich. »Moin, ich versuche schon den zweiten Tag, ein Paket bei deinem Nachbarn loszuwerden. Das Auto steht auf dem Parkplatz, die Hunde bellen wie verrückt, aber er macht die Tür nicht auf. Weißt du, was da los ist?«

»Nee. Aber die Hunde hören sich anders an als sonst, findest du nicht auch?«

Beide Frauen hielten den Atem an und lauschten auf die Geräusche, die aus dem Nachbarhaus drangen.

»Klingt wirklich seltsam. Dieses lang gezogene Jaulen«, sagte die Postbotin schließlich. »Hab ich so noch nie gehört. Du etwa?«

»Das machen die seit Tagen.« Meta griff in die Schürzen-

318

tasche und kramte ihre Brille raus. »Ich ruf jetzt bei der Polizei an.«

Auf Klingeln und Klopfen reagierte Herr Strewitz nicht, stattdessen veranstalteten die Hunde ein Mordsspektakel. Ob es wirklich anders klang als sonst, konnte Renke nicht beurteilen, für ihn hörte es sich an wie normales Hundegebell. Tante Meta und die Postbotin waren allerdings überzeugt, dass hier etwas nicht stimmte, und inzwischen glaubte er das auch. Im Briefkasten steckte die Post der letzten Tage. Strewitz' Auto stand auf dem Parkplatz, und die Motorhaube war kalt. Renke und David umrandeten das Haus und schauten in alle Fenster. Nichts. Der Toilettentrakt der ehemaligen Diskothek war nicht abgeschlossen, und Renke öffnete die Tür. Bis auf ein Waschbecken und eine Toilettenkabine hatte Strewitz sämtliche Zwischenwände, Keramiken und Armaturen entfernt. Den Raum nutzte er jetzt als Schuppen. Ein paar Gartengeräte hingen an einer grünen Metallleiste, sie wirkten unbenutzt, was zu dem ungepflegten Zustand des Grundstücks passte. An der Wand lehnte ein Herrenrad, ein teures Modell von *Pegasus.*

»Er fährt jeden Morgen mit dem Rad ins Dorf und holt die Zeitung und Brötchen«, hatte Tante Meta gesagt. »Aber in den letzten Tagen nicht, das weiß ich genau.«

Nach einer weiteren Runde Klopfen und Klingeln bestellte Renke einen Schlüsseldienst und vorsichtshalber die Feuerwehr, das vor allem, weil Arno Wieker neben seiner Tätigkeit als Ortsbrandmeister auch Vorsitzender des Schäferhundvereins Martinsfehn war und bekannt dafür, dass er auch mit Problemhunden umzugehen wusste. Irgendwie ahnte Renke, dass er heute noch einen Hundespezialisten brauchen würde.

In Martinsfehn gab es keinen Schlüsseldienst, sie mussten

jemand aus Leer kommen lassen und verbrachten die halbe Stunde Wartezeit in ihrem Dienstwagen, wo sie den Motor laufen ließen, damit die Heizung funktionierte. Die Feuerwehrmänner, die mit dem kleineren der beiden Einsatzfahrzeuge gekommen waren, vertrieben sich die Wartezeit mit Kartenspielen, zumindest hörte es sich so an.

Gegen elf erschien ein junger, drahtiger Mann mit kahl rasiertem Schädel, der das einfache Türschloss binnen drei Minuten öffnete. Sein spöttischer Blick verriet, dass er nicht verstand, weshalb die Polizei so eine Kleinigkeit nicht selbst erledigen konnte. Aber so war es nun einmal Vorschrift, falls die Aufregung umsonst war und der Wohnungsinhaber einfach nur verreist, musste das Türschloss sachgemäß geöffnet werden, um eine mögliche Schadensersatzklage zu vermeiden.

Renke ging voran, David und zwei Feuerwehrmänner folgten zögernd in den kleinen Windfang.

Schon aus der Entfernung konnte man Hilke ihre schlechte Laune ansehen. Ihr wütendes »Kacke!« wäre gar nicht nötig gewesen.

»Was ist?«, fragte Nola, die mit ihren Gedanken ganz woanders war.

»Ich fass es nicht, aber manchmal sind die unglaublichsten Geschichten wahr.«

Die Hausdurchsuchung bei Tonia Eschweiler hatte nichts Brauchbares ergeben. Keine Tatwaffe, kein Elektroschocker, auch kein Lötkolben, den man für den Eigenbau so einer Waffe unbedingt benötigte, kein Blut von Clemens Möller. Auf ihrem Rechner fand sich kein Hinweis, dass sie im Netz nach Bauanleitungen für Elektroschocker gesucht hatte. Einzig ein leerer Schuhkarton, der laut Etikett Laufschuhe von

Nike enthalten hatte, schien bedeutsam, vor allem, weil sich nirgends die dazu passenden Schuhe fanden. Zuerst wollte Frau Eschweiler sich nicht erinnern können, dann sagte sie: »Ach, *der* Karton. Da war etwas drin, das ich bei Ebay ersteigert habe. Unterwäsche.« Nur widerwillig gab sie den Namen preis, unter dem sie bei Ebay registriert war. »*Gangsterlady.*«

»Unsere *Gangsterlady* hat wirklich etwas bei Ebay ersteigert«, schimpfte Hilke. »Und die Verkäuferin hat bestätigt, das Teil in einem Schuhkarton von Nike verschickt zu haben. Sie wusste alles auswendig, Größe und Preis, die Schuhe gehören ihrem Ehemann. Wobei Unterwäsche etwas untertrieben ist.« Ein breites Grinsen verriet, dass sie soeben ihre gute Laune wiedergefunden hatte. »Ein Ganzkörperbody aus schwarzem Netz, unten offen, du weißt schon. Und hier oben auch.« Sie umfasste ihre Brüste mit den Händen. »Ganz heißes Teil.«

»Gebraucht?«, quietschte Nola entsetzt.

»Angeblich nicht. In der Anzeige stand was von zu klein gekauft und nie getragen. Obwohl solche Dinger bestimmt sehr dehnbar sind.«

Für einen Moment löste das Gelächter Nolas Anspannung, die sie schon den ganzen Morgen begleitete, dann gewann die Enttäuschung wieder die Oberhand. Abgesehen von den beiden Anrufen und der DNA-Spur, die sich beide erklären ließen, gab es keinen Beweis gegen Tonia Eschweiler.

Nola hatte sich verrannt. War sie so sicher gewesen, weil sie Tonia Eschweiler aus rein privaten Gründen nicht ausstehen konnte? Das wäre in höchstem Maß unprofessionell.

Für einen Moment war es still, zu still. Hinter einer zweiflügeligen Tür, die den Windfang von der restlichen Wohnung abtrennte und die zu zwei Dritteln aus Glas bestand, bewegte sich etwas, das langsam näher kam. Kein Mensch, das wusste Renke sofort. Tiere, mehrere große Hunde, die man aufgrund der blasigen Struktur des Glases nur verschwommen erkennen konnte. Einzig die Größe wurde deutlich, und sie flößte ihm gehörigen Respekt ein. Die Viecher mussten riesig sein. Wie auf ein geheimes Kommando schlugen sie an, alle gleichzeitig. Einer sprang von der anderen Seite gegen die Tür, wieder und wieder wie irre, die Scheiben wackelten bedenklich, und Renke fragte sich, wie lange die Tür noch standhalten würde.

»Herr Strewitz?«, rief er, bemüht darum, das Gebell zu übertönen, was aber nicht möglich schien. »Hier ist die Polizei. Wir haben Ihre Wohnung geöffnet. Herr Strewitz?«

Keine Antwort, das bedeutete nichts Gutes. Selbst wenn es ihm nicht gelungen war, mit seinem Gebrüll lauter als die Hunde zu sein, hätte der Hausbesitzer auf das Verhalten seiner Tiere reagieren müssen.

»Aufmachen?«, fragte Arno Wieker.

»Ja.« Ganz automatisch griff Renke zu seiner Dienstwaffe, was den anderen spöttisch grinsen ließ.

»Die Waffe lass mal stecken. Das hört sich nicht aggressiv an, nur aufgeregt. Ich geh vor.« Er öffnete die Tür, die nicht mal abgeschlossen war, und Renke stieg ein Geruch in die Nase, der schon verriet, was ihn auf der anderen Seite erwartete.

Er hörte die sonore Stimme des Feuerwehrmanns. »Ganz ruhig, Jungs, alles im grünen Bereich. Nun mal Platz da. Aus... ach du Scheiße! Uuah.« Mit grünem Gesicht, die Hand vor den Mund gepresst, stolperte er an Renke vorbei durch den Windfang direkt nach draußen, von wo man gleich darauf würgende Geräusche vernahm. Renke bot sich freie Sicht in einen schmalen Flur.

Der Mann, den seine Tante für einen gefährlichen Verbrecher hielt, oder besser, das, was die Hunde von ihm übrig gelassen hatten, lag auf dem Boden, ziemlich genau in der Mitte. Schlieren aus getrocknetem Schleim und Blut auf dem hellgrauen Linoleum verrieten, dass sie den Leichnam über den Boden gezerrt hatten. Das wohl furchtbarste Detail war der fehlende Kopf des Toten.

Die Tiere, Renke zählte sieben ausgewachsene Wolfshunde, bellten ihn kurz an, dann zogen sie sich zurück und umkreisten leise vor sich hin grollend und mit eingeklemmten Ruten den Toten, als wollten sie ihre Beute verteidigen. Unter dem struppigen Fell zeichneten sich deutlich die Rippen ab, und die Augen wirkten stumpf und glanzlos. Sie wirkten erschöpft.

»Ich krieg die Krise«, flüsterte David, der ein Taschentuch gegen Mund und Nase presste.

Als einer der Hunde drohend knurrte, wobei sich seine Nackenhaare aufstellten und er die Zähne zeigte, traten sie den Rückzug an und knallten schnell die Tür hinter sich zu. Ohnehin war der Gestank so bestialisch, dass Renke es keine Minute länger in dem Flur ausgehalten hätte. David wählte den direkten Weg nach draußen, wo er sich, dem Geräusch nach zu urteilen, übergab. Renke hockte sich auf den Fußboden im Windfang, stützte den Kopf in beide Hände und war mehr als dankbar, dass der Feuerwehrmann die Haustür aufgelassen und so für frische Luft gesorgt hatte. Das hier gehörte zu den schlimmsten Dingen, die er in seiner Dienstzeit gesehen hatte.

Als Arno Wieker wieder auftauchte, mit glasigen Augen und ziemlich blass um die Nase, erklärte Renke, dass die Hunde verschwinden müssten, damit er Zugang zu der Leiche bekam.

»Alles klar. Vielleicht kann ich sie in die ehemalige Diskothek sperren. Wenn mich nicht alles täuscht, steht die Tür offen. Von dort gibt es eine Außentür zu einem Zwinger. Das hab ich gerade von draußen gesehen.« Er holte tief Luft. »Ich hoffe, dass es klappt. Sie wirken ziemlich verstört. Das macht sie möglicherweise unberechenbar, zumal sie im Rudel sind. Wenn es nicht funktioniert, brauche ich einen Tierarzt, der sie sediert.«

Den Mut des Mannes konnte Renke nur bewundern. Er hätte sich allein und ohne Schusswaffe niemals in den engen Raum mit den sieben Monsterhunden getraut.

Wenig später befanden sich die Tiere in einem fünf mal zehn Meter großen Außengehege, das Strewitz direkt vor eine der Seitentüren des Tanzsaals gebaut hatte. Dort stürzten sie sich gierig auf das Regenwasser, das sich in einer alten Badewanne gesammelt hatte. Alle waren erleichtert, als der Feuerwehrmann die Tür zudrückte und vorsichtshalber den Schlüssel zweimal im Schloss umdrehte.

Jetzt war es an der Zeit, sich näher umzuschauen. Der Leichnam befand sich in einem fensterlosen Flur, von dem die Treppe ins Obergeschoss und mehrere Türen abgingen, die geschlossen waren bis auf die Verbindungstür zur ehemaligen Diskothek. Das Türblatt war auf der Seite der Tanzdiele angenagt und völlig zerkratzt, die Klinke zerbissen, fraglos ein Werk der Hunde. Die helle Farbe der Holzverletzungen verriet, dass das Ganze relativ frisch war. Renke nahm an, dass die Tiere sich den Weg in den Flur freigekämpft hatten, nachdem ihr Herrchen nicht erschien, um sie, wie sonst immer, mit Futter und Wasser zu versorgen.

Er beschloss, sich in der ehemaligen Diskothek umzusehen, und musste dabei höllisch aufpassen, wohin er seine Füße setzte. Der Boden war übersät mit Hundekot, teilweise in flüssiger Form, sowie Pfützen aus Urin und Erbrochenem, was darauf schließen ließ, dass den Tieren ihre letzte Mahlzeit nicht gut bekommen war. Hier und da lag Spielzeug herum, Plastikbälle und Knochen in grellen Farben, ein hellrotes Gummihuhn war auch darunter.

Die Theke stand noch genauso wie früher, als Renke hier seine Wochenenden verbracht hatte, bei dröhnend lauter Musik und Bier oder Whiskey-Cola. Allerdings enthielten die Schränke, in denen früher Spirituosen und Gläser gelagert wurden, jetzt große Dosen mit Hundefutter. Das Wasser in den Spülbecken musste noch angeschlossen sein, denn auf dem Abtropfbrett standen leere Futternäpfe, die frisch abgewaschen wirkten. Alles wirkte ordentlich und gut durchdacht.

Auf der rechten Seite des Raumes, wo man früher auf roten Lederbänken gesessen, geraucht und die tanzenden Mädchen beobachtet hatte, war sämtliches Mobiliar entfernt. Josef Strewitz hatte zwischen den Stützbalken geräumige Hundeboxen errichtet, die jeweils eine Matratze mit einer Decke darauf und Gefäße für Wasser und Futter enthielten. Letztere waren allerdings leer. Die Gittertüren standen offen, bis auf die letzte. Dort entdeckte Renke einen weiteren Hund, ein Muttertier mit Jungen. Die Hündin, die noch ausgemergelter wirkte als die anderen, sie hatte ja nichts von der schrecklichen Mahlzeit abbekommen, sprang sofort auf und fletschte die Zähne. In ihrem Gebaren lag eine wilde Verzweiflung. Obwohl sie so schwach war, wollte sie um jeden Preis ihre Jungen beschützen. Renke zählte sechs Welpen, keiner davon bewegte sich, vermutlich waren sie tot. Verhungert.

Erneut rief er nach dem Feuerwehrmann, dem beim Anblick der Hündin Tränen in die Augen traten. »O Gott, die hab ich noch gar nicht gesehen. Sie braucht unbedingt Wasser, am besten einen ganzen Eimer voll. Kannst du mir was besorgen?« Er kniete sich vor die Käfigtür und sprach leise auf die Hündin ein, die mit tiefem Grollen antwortete.

Unter der Spüle fand sich ein gelber Plastikeimer, den Renke mit Wasser füllte und dann zu dem Feuerwehrmann schleppte. Dabei bewegte er sich in Schlangenlinien durch den Raum, um nicht in irgendwas Ekliges zu treten.

»Stell einfach ab. Ich erledige das. Am besten gehst du solange raus, damit sie sich nicht so bedroht fühlt.«

Renke gehorchte nur zu gern. Er sehnte sich nach frischer Luft. Und der Hündin wollte er auch nur ungern ohne den schützenden Maschendraht gegenüberstehen.

Jetzt musste er sich wohl oder übel mit der Leiche befassen. Da es keinen Kopf mehr gab und damit auch kein Gesicht, stellte sich zuerst die Frage, ob dort wirklich Josef Strewitz lag. Die Reste des Hemdes kamen Renke vage bekannt vor. Blassrosa und bedruckt mit einem Paisley-Muster in verschiedenen Grauabstufungen, er war beinahe sicher, dass Strewitz so etwas häufiger im *Tennessee* getragen hatte. An mehreren Stellen hatten die Hunde Hemd und Hose zerfetzt und das darunter liegende Fleisch von den Knochen gerissen. Ein Fuß fehlte gänzlich. Der Gestank, eine Mischung aus verwesendem Fleisch, Hundekot und Urin, ließ selbst Renke, der in seiner Dienstzeit schon einiges gesehen hatte, immer wieder würgen. Er schluckte und zwang seinen Geist, sich nur auf das, was es zu sehen gab, zu konzentrieren und den Geruch auszublenden. Der Leichnam befand sich in einem grauenhaften Zustand. Der Verwesungsprozess war bereits deutlich fortgeschritten, wie man an der Grünfärbung der verbliebenen Haut erkennen konnte, und als Renke seinen Blick durch den

Raum schweifen ließ, entdeckte er in einer Ecke den Schädel, der im Gesichtsbereich nahezu abgenagt war. Erneut musste er vor die Tür gehen, um nicht zu erbrechen. Es dauerte eine ganze Weile, bis er wieder einigermaßen klar denken konnte und sich bereit fühlte, noch mal den Flur mit dem Toten zu betreten.

»Deinen Job möchte ich auch nicht haben«, stöhnte Arno Wieker. Renke hatte ihn nicht kommen hören. »Der Tierarzt ist unterwegs. Und ein paar freiwillige Helfer. Wir bringen die Hunde erst mal nach Jübberde ins Tierheim. Ich geh solange vor die Tür. Versteh gar nicht, wie du es hier drinnen aushalten kannst.«

»Man gewöhnt sich daran.« Eine Lüge, an so etwas würde er sich im Leben nicht gewöhnen. Renke sah sich außerstande, die Todesursache zu erkennen. Möglicherweise war Josef Strewitz, warum auch immer, im Flur zusammengebrochen. Irgendwie hatte der Mann krank gewirkt, chronisch krank. Vielleicht etwas Bösartiges. Hoffentlich war der Tod bereits eingetreten, als seine Hunde über ihn herfielen. Das konnte nur ein Rechtsmediziner herausfinden.

Gemeinsam mit David machte er sich daran, das Haus zu untersuchen. Der Reihe nach öffneten sie alle Türen im Erdgeschoss. Wie erwartet fand sich nirgends eine Spur, dass jemand gewaltsam eingedrungen war. Sämtliche Fenster waren fest verschlossen. Die Wohnung machte einen aufgeräumten Eindruck, keinerlei Anzeichen, dass ein Kampf stattgefunden oder jemand das Haus nach Beute durchsucht hatte. In der Küche roch es verbrannt. »Hier schmurgelt was«, sagte Renke mehr zu sich selbst als zu seinem Kollegen.

David tippte ihm auf die Schulter und zeigte auf die Kaffeemaschine. In der Kanne befand sich keine Flüssigkeit mehr, nur eine braune Schicht auf dem Boden, die stechenden Brandgeruch verströmte. Die Kanne war kalt. Renke ging davon aus, dass die Überhitzung der Maschine die Sicherungsschaltung ausgelöst und so einen Brand verhindert hatte.

Die Zeitung auf dem Tisch, ein Anzeigenblatt, das kostenlos an alle Haushalte verteilt wurde, stammte vom letzten Sonntag, war also fünf Tage alt. Offenbar hatte Josef Strewitz sich mit dem Kreuzworträtsel beschäftigt, etwa ein Drittel der Kästchen war ausgefüllt, und ein dunkelblauer Kugelschreiber mit dem Werbeaufdruck einer Versicherung lag quer über der Seite. Eine Tasse mit einem Rest Kaffee stand daneben. Strewitz hatte am Tisch gesessen, Kaffee getrunken und ein Kreuzworträtsel gelöst, als ... ja, als was passierte? Renke hatte keine Ahnung.

Josef Strewitz schien ein ausgesprochen ordentlicher Mensch gewesen zu sein, hier stand nichts rum, alle Flächen waren sauber abgewischt und die Joghurtbecher im Kühlschrank nach Verfallsdatum sortiert.

»Hier geht es runter in den Keller«, rief David, der eine weitere Tür im Flur geöffnet hatte.

»Ich komme.« Renke drehte den uralten Lichtschalter nach rechts, und eine Glühbirne, die an einem grauen Kabel hing, flackerte zögernd auf.

Die steile Treppe und das Geländer bestanden aus rauen Holzdielen, die noch nie mit Farbe in Berührung gekommen waren. Die beiden Kellerräume waren höchstens zwei Meter breit und gingen ineinander über. Sie waren leer bis auf zwei Regale, deren Bretter eine klebrige Schicht aus Mäusedreck und Staub bedeckte. Ein uralter Handfeger mit krummen Borsten, dessen rote Farbe kaum noch zu erkennen war, lehnte zusammen mit einer Blechschaufel an der Wand, und ein Spinnengewebe mit einer mumifizierten Spinne darin hing zwischen zwei Regalbrettern, vollgesogen mit weißlichem Staub. Es gab nicht mal einen Bodenbelag, nur eingestampften Lehm wie vor hundert Jahren, der feucht aussah. An einigen Stellen stand ein wenig Wasser. Graue Ränder an den weiß verputzten Wänden machten deutlich, wie hoch die Feuchtigkeit hier in besonders nassen Wintern stieg. Keine Heizung, kein Wasser, keine Möbel. Damit war Tante Metas Verdacht, dass Strewitz hier Leona versteckt gehalten hatte, endgültig widerlegt. »Hier ist nichts, lass uns oben nachgucken.«

Im ersten Stock gingen drei Türen von dem winzigen Flur ab. Zwei waren abgesperrt, die Schlüssel konnte Renke nirgends entdecken, die dritte führte ins Schlafzimmer. Josef Strewitz hatte in einem Einzelbett geschlafen. Auf dem Nachttisch stand ein Wasserglas, der Inhalt war teilweise verdunstet. Daneben lag eine Packung starker Schmerzmittel.

Renke erkannte das Medikament sofort, es hatte Britta die letzten Wochen ihres Lebens erträglich gemacht. »Ein Morphin, harter Stoff. Kriegt man nur verschrieben, wenn nichts anderes mehr gegen die Schmerzen hilft«, murmelte er vor sich hin.

In der oberen Nachttischschublade hatte Josef Strewitz seine Medikamente aufbewahrt, Aspirin, eine Creme gegen Muskelverspannungen, weitere Schmerzmittel und Nasentropfen, außerdem ein paar Packungen Taschentücher. Weder Kondome noch ein anderer Hinweis auf ein aktives Sexualleben.

Renke zog die zweite Schublade des Nachttischchens auf. Dass Josef Strewitz den Zeitungsartikel mit Leona Sieverdings Bild ausgeschnitten hatte, mochte noch mit menschlicher Neugier zu erklären sein. Aber woher stammten die beiden Farbfotos, die darunter zum Vorschein kamen? Eines zeigte

Leona. Der Länge ihrer Haare nach zu urteilen, musste es in der Zeit vor ihrem Verschwinden entstanden sein. Sie trug ein lilafarbenes Top, ein Träger war von der Schulter gerutscht. Ihre Fingernägel waren im gleichen Farbton wie das Oberteil lackiert. Sie spitzte die Lippen zu einem Kuss, als wollte sie den Fotografen provozieren. Auf dem anderen Bild lächelte ein schwarzhaariges Mädchen schüchtern in die Kamera. Sie war übertrieben stark geschminkt, vor allem die Augen. Ihr knapper BH war aus durchsichtiger, weißer Spitze, und man konnte deutlich sehen, wie unwohl sie sich fühlte. Er glaubte Yasmina Akin zu erkennen, war sich aber nicht sicher.

Scheiße.

Mit schlechtem Gewissen erinnerte Renke sich, dass seine Tante Meta extra in den Ort geradelt war, um ihn auf Josef Strewitz aufmerksam zu machen und er nicht mal in Erwägung gezogen hatte, dass sie recht haben könnte. Er hörte sie schon triumphieren: *Ich hab es ja gleich gewusst, aber der Junge wollte nicht auf mich hören.* Das Allerschlimmste war natürlich, dass Nola gleich auftauchen würde. Ob es ihm in den Kram passte oder nicht, die zwei Fotos stellten eine eindeutige Verbindung zu Leonas Entführung her.

Vorher wollte er noch die beiden Türen öffnen. Auch David konnte es kaum erwarten. »Denkst du dasselbe wie ich?«

Renke nickte.

Nola stieg aus dem grauen Dienstwagen, im Schlepptau einen demonstrativ gähnenden Conrad, und sie würdigte Renke kaum eines Blickes. Er beschloss, ebenfalls nur das Nötigste zu reden.

»Ein toter Mann, vermutlich der Hausbesitzer, Todesursache unbekannt. Hat mit seinen Hunden allein gelebt. Der liegt nicht erst seit gestern da. Die Hunde haben den Leichnam angefressen, sieht übel aus. Macht euch auf was gefasst. Falls ihr kotzen müsst«, er zeigte auf den Rasen im Vorgarten. »Die Feuerwehr hat schon mal angefangen. Die Hunde sind inzwischen weggesperrt«, fiel ihm noch ein.

»Scheiße«, jammerte Conrad. »Müssen wir da echt rein?« Nolas empörter Blick ließ ihn verstummen, aber nur für einen kurzen Moment. »Wie du meinst. Dann geh schon mal vor, Süße. Immer schön die Dienstvorschrift beachten. Ich rauch noch eine. Der Tote wird uns ja nicht weglaufen.« Er kicherte albern.

Nola zuckte nur mit den Schultern. »Irgendwelche Hinweise auf Fremdverschulden?«

»Das hätte ich ja wohl erwähnt«, blaffte Renke. Was bildete Nola sich ein, ihm so eine überflüssige Frage zu stellen? Und dann dieser abfällige Blick, als wäre er in etwa so wichtig wie das Schwarze unter ihrem Fingernagel. Auf einmal verspürte er ungeheure Lust, sie in ihre Schranken zu verweisen, ihre verdammte Selbstgerechtigkeit zu zerpflücken und in alle vier Winde zu verstreuen. Ja, er wollte genüsslich dabei zugucken, wie Nola van Heerden grün im Gesicht aus dem Haus wankte und auf den Rasen kotzte, direkt neben die Pfützen der Feuerwehrmänner.

Als könnte sie seine Gedanken lesen, hob sie kurz die Augenbrauen, arrogant, anders konnte man ihren Gesichtsausdruck nicht bezeichnen. Sie drehte sich auf dem Absatz um und stolzierte zum Wagen zurück, um einen Einmaloverall aus dem Kofferraum zu holen. Nach kurzer Überlegung warf sie ihre Winterjacke auf den Vordersitz, die Handtasche folgte. Sie zog Overall und Einmalhandschuhe über, Überschuhe natürlich auch, und schnürte die Kapuze so eng wie möglich zusammen. Mit großen Schritten marschierte sie Richtung Haus, und er fragte sich, ob sie selbst oder der Wind die Tür ins Schloss knallen ließ.

Drei Minuten später stürzte sie heraus. Eine Hand vor den Mund gepresst, schaffte sie es gerade noch bis auf den Rasen, wo sie sich aufs Heftigste erbrach, was von Conrad mit gehässigem Gelächter kommentiert wurde. »Hey, was ist denn mit unserer Miss Obercool passiert? Hast du was Falsches zum Frühstück gegessen, Nola?«

Das war mehr als unkollegial, und Renke fragte sich, warum er Conrad nicht zurechtwies, sondern stattdessen noch zustimmend grinste und sie dabei nicht aus den Augen ließ, um nichts von ihrer Reaktion zu verpassen.

Davids fassungslose Miene machte klar, dass er nicht kapierte, was hier vor sich ging, und dass er Conrads Verhalten und damit auch Renkes Reaktion darauf unterirdisch fand. »Warum gehen Sie nicht selbst rein?«, schnauzte er Conrad an, bevor er sich schützend vor Nola stellte und fragte: »Geht es wieder?« Er zog eine Packung Papiertaschentücher aus seiner Jacke. »Hier, bitte.«

Mit den Fingerspitzen zupfte sie ein Tuch heraus und wischte sich die Tränen aus den Augen, bevor sie ihre Nase gründlich putzte. »Danke. Ganz schön heftig, vor allem der Gestank. Das ist wirklich ...« Sie beugte sich zur Seite, gab ein gequältes Würgen von sich und erbrach erneut flüssigen Mageninhalt. »O Gott«, keuchte sie.

David legte seine Hand auf ihren Unterarm. »Setzen Sie sich einen Moment hin, den Kopf zwischen die Knie, das bringt den Kreislauf wieder in Schwung.«

Natürlich nahm sie seinen Ratschlag nicht an, sie hörte ja nie auf andere Leute. »Später«, schniefte sie und rieb über ihre

Augen. »Ich muss da noch mal rein. Wo befinden sich diese Fotos?«

David ließ Renke gar nicht die Möglichkeit zu antworten. »Im Schlafzimmer, erster Stock, rechte Tür, untere Nachttischschublade. Ich begleite Sie.«

»Das ist nett. Muss aber nicht sein. Trotzdem danke.« Nola holte tief Luft, vermutlich, um nicht so bald wieder einatmen zu müssen, und verschwand hinter der Tür.

Als David Anstalten machte, ihr zu folgen, hob Renke die Hand. »Lass, ich geh schon.«

»Warum? Ich kann doch auch ...« Offenbar fühlte er sich zu Nolas Beschützer berufen, was Renke erst recht wütend machte.

»Ich sagte doch deutlich, dass ich selbst gehe!« So laut hatte er gar nicht brüllen wollen, und Renke verstand nur zu gut, dass David ihn entgeistert anstarrte. Mit diesem Auftritt, das wusste er sofort, war er in Davids Achtung beträchtlich gesunken, zu Recht, wie er leider zugeben musste. Ihm war klar, dass David im Revier nicht den Mund halten würde, warum denn auch, er war ihm ja nichts schuldig.

Renke war ihr gefolgt. Offenbar konnte er sich gar nicht sattsehen an ihrer peinlichen Schlappe, und ihr fehlte schlicht und ergreifend die Kraft, sich zur Wehr zu setzen und ihn kurzerhand rauszuschmeißen. Stattdessen konzentrierte sie sich nur auf ihren Magen und darauf, den Mund geschlossen zu halten. Die Übelkeit kam in Wellen, gerade war es wieder besonders schlimm. Noch nie im Leben hatte Nola so etwas Ekelhaftes gesehen. Hunde, die ihren Besitzer zerfleischt hatten, regelrecht in Stücke gerissen. Der Kopf oder besser das, was die Hunde davon übrig gelassen hatten, war ihr erst aufgefallen, als Renke sie anstieß und mit dem Finger darauf zeigte. Allein die Vorstellung ließ sie wieder würgen, dabei hatte sie sich gerade erst auf den Rasen erbrochen, und ihr Magen müsste eigentlich vollkommen leer sein.

Längst hatte sie beschlossen, Renkes Anwesenheit so weit wie möglich zu ignorieren. Falls er sich einbildete, dass sie auch nur ein Wort mit ihm reden würde, hatte er sich geirrt. Mit diesem Arschloch war sie fertig für alle Zeiten. Stand da und freute sich, weil ihr der Mageninhalt hochkam. Conrad durfte das, der genoss so eine Art Narrenfreiheit, aber Renke hatte sie bislang als fairen, ernst zu nehmenden Kollegen betrachtet. Wie man sich doch irren konnte.

Sie atmete tief ein und schaute sich um. Die Küche verriet, dass der Tote gefrühstückt hatte, allein. Bis er aus irgendeinem Grund aufgestanden und in den Flur gegangen war, ohne vorher seinen Kaffee auszutrinken.

Ein kalter Hauch von Einsamkeit wehte durch die spartanisch eingerichteten Räume. Hier hatte kein glücklicher Mensch gelebt, das war deutlich zu spüren. Das einzig Persönliche waren die unzähligen Fotografien seiner Hunde, die die Wände zierten. Die Tiere mussten ihm am Herzen gelegen haben, mehr als jeder Mensch. Ein Sekretär im Wohnzimmer enthielt alle offiziellen Papiere, die ein Mensch im Laufe seines Lebens ansammelte. Geburtsurkunde, Abschlusszeugnisse, abgelaufene Ausweispapiere, eine Fluglizenz, eine Urkunde, die ihn als Fluglehrer bestätigte, und die Entlassungsurkunde, alle in Schutzfolien gesteckt und ordentlich abgeheftet. In einem schmalen Ordner hatte Strewitz Zeitungsartikel über den Absturz einer Phantom über der Nordsee im Jahr 2003 gesammelt. »Zwei Flugschüler waren dabei ums Leben gekommen, der Fluglehrer hatte schwer verletzt überlebt.«

»Josef S., das muss er selbst sein«, murmelte Renke, der ihr über die Schulter schaute.

Sie blätterte weiter in den Papieren, als hätte sie nichts gehört. Keine persönlichen Briefe, keine Fotos, nur Bankauszüge, Rechnungen und Schriftverkehr mit der Krankenkasse und den Behörden. *Ganz schön übersichtlich für ein ganzes Leben*, dachte sie und fand es traurig, dass ein Mensch so wenig Spuren hinterließ.

Ein Mann, der vollkommen isoliert gelebt hatte. Ein großes Haus. Riesige braune Hunde, die jeden Fremden fernhielten. Ein Foto, das Leona kurz vor ihrem Verschwinden zeigte, und braune Hundehaare an ihrem Kleid. Konnte es sein, dass sie den Entführer gefunden hatte? Eigentlich hätte sie Renke fragen müssen, was er über den Toten wusste, aber sie dachte im Traum nicht daran. Alles, was es über Josef Strewitz zu erfahren gab, konnte Hilke nachher recherchieren.

»Strewitz hat das Haus vor fünf oder sechs Jahren gekauft, für ziemlich wenig Geld. Lebte sehr zurückgezogen. Das meiste, was ich über ihn weiß, entnehme ich seinen Papieren, genau wie du.« Sieh an, Renke meinte wohl, sich profilieren zu müssen. »Ehemaliger Fluglehrer beim Bund, nach dem Absturz frühpensioniert, züchtet jetzt Hunde. Einmal die Woche spielt er Skat im *Tennessee Mountain*. Immer die gleiche Runde, Andreas Ahlers, Hanno Mollbeck und Enrico Daume. Wenn einer von denen nicht kann, springt Siegfried Erdwiens ein.«

»Siegfried Erdwiens? Der Gemeindearbeiter?«, vergewisserte sie sich und ärgerte sich im selben Moment, dass sie ihr Schweigen gebrochen hatte. Aber gut, hier ging es nicht um ihre privates Verhältnis zu Renke Nordmann, hier ging es um einen ungeklärten Todesfall, der möglicherweise mit Leonas Entführung zusammenhing.

»Genau der«, sagte Renke hinter ihrem Rücken.

Siegfried Erdwiens, was für ein merkwürdiger Zufall, dass sein Name erneut auftauchte.

»Wer hat Josef Strewitz vermisst gemeldet?« Bewusst richtete sie die Worte gegen die Wand.

»Die Nachbarin. Sie hat ihn seit Tagen nicht gesehen, und ihr ist aufgefallen, dass die Hunde komisch jaulen. Anders als sonst.«

»Okay, da gehe ich nachher hin. Aber zuerst möchte ich die Bilder sehen.«

Sie achtete darauf, vor Renke die Treppe zu erreichen und als Erste ihren Fuß auf die Stufen zu setzen. Die Schlafzimmertür stand auf, die Schublade ebenfalls. Die Fotos der beiden Mädchen ließen ihr Herz laut und aufgeregt klopfen. Yasmina wirkte sehr unglücklich in den Spitzendessous, Leona dagegen ein wenig kokett, als hätte das Fotoshooting ihr Spaß gemacht. Sie trug keine Kette. Natürlich waren die Fotos alles andere als ein Grund zum Jubeln, dennoch verspürte sie genau dieses Bedürfnis. Sie wollte ihrer Befriedigung Ausdruck verleihen, dass sie die ganze Zeit recht gehabt hatte. »Du wolltest doch einen Beweis, dass Leona auch betroffen war. Reicht das?« Das konnte sie sich einfach nicht verkneifen.

Renke nahm ihr die Bilder aus der Hand. In seinem Gesicht regte sich kein Muskel, er sagte kein Wort. Sie wusste trotzdem, dass er getroffen war.

»Was befindet sich in den beiden anderen Zimmern hier oben?«

»Eines ist vollgestopft mit Gerümpel, das andere vollkommen leer. Alles total eingestaubt. Keine Fußspuren. Sieht aus, als wären die Räume ewig nicht betreten worden. Und bevor du fragst, ich habe keine Ahnung, ob Josef Strewitz eine Verbindung nach Jemgum oder speziell zu dieser Schule hatte. Bei meinen damaligen Ermittlungen ist er mir nicht untergekommen.«

»Ich werde die alten Akten lieber noch mal durchsehen.« In Wahrheit hatte sie das gar nicht vor. Sie wollte nur klarstellen, dass sie sich nicht mehr auf ihn verlassen würde.

Er zuckte nur mit den Schultern. »Bitte. Wenn du deine Zeit unnötig verplempern willst. David und ich haben alle Räume angeschaut und nichts gefunden, was auf Leonas Anwesenheit hinweist. Wir waren auch im Keller.«

Normalerweise hätte sie das überprüft, allein schon um ihn zu ärgern. Doch seit Nola als Kind stundenlang in einem Erdbunker eingesperrt war, hasste sie Dunkelheit und enge Räume. Beides zusammen konnte sie kaum ertragen. Bereits das Wort *Keller* löste Panik bei ihr aus. »Okay, dann kann ich mir das ja sparen.«

Jemand riss die Tür zwischen Diele und Wohnbereich auf. »Der Amtsveterinär ist da. Können wir die Hunde einladen?«

»Moment, wir kommen«, brüllte Renke. »Lasst sie auf keinen Fall durch das Haus trampeln! Die sollen das Gehege von außen öffnen!«

Es war wichtig, dass die Tierretter keine zusätzlichen Spuren legten. Die Fotos in der Nachttischschublade des Toten hatten alles verändert. Sie waren der Beweis, dass der Missbrauch wirklich stattgefunden hatte, und auch dafür, dass Josef Strewitz zu den Freiern zählte.

Zuerst wollte Nola unbedingt allein gehen. Daraufhin erklärte Renke, dass es sich bei der Zeugin um seine recht verschrobene Tante handelte, die ohne ihn garantiert kein Wort sagen würde. Eine glatte Lüge, Tante Meta hörte sich selbst gern reden, und sie war dankbar für jeden Zuhörer. Renke wollte einfach dabei sein, wenn sie Nola davon in Kenntnis setzte, dass sie ihren Großneffen schon vor Tagen auf ihren Nachbarn aufmerksam gemacht hatte. Vielleicht gelang es ihm, sein Nichthandeln zu verteidigen. So wie Nola drauf war, erschien das allerdings nicht sehr wahrscheinlich.

Nach kurzem Zögern fügte Nola sich mit einem mürrischen »Meinetwegen«. Im Windfang drehte sie den Kopf zur Seite, um die Leiche nicht erneut ansehen zu müssen. Auf dem kurzen Weg zu Tante Metas Haus behandelte sie ihn wie Luft, und als er an ihrem Körper entlang die Hand nach dem Klingelknopf ausstreckte, duckte sie sich weg, als hätte sie Angst vor einer Berührung. Tante Meta öffnete sofort.

»Das ist meine Kollegin von der Kriminalpolizei in Leer. Sie würde sich über einen starken Tee freuen. Ihr Kreislauf spielt gerade ein bisschen verrückt.«

Ungeniert musterte seine Tante Nolas Gesicht. »Ja«, sagte sie dann. »Ganz schön käsig um die Nase. Dann kommt mal rein in die Küche.« Sie stellte den Wasserkessel auf den Herd, dann schaute sie ihn erwartungsvoll an. »Und? Was ist da drüben los?«

»Gut, dass du uns angerufen hast. Dein Nachbar lebt nicht mehr. Die Todesursache steht noch nicht fest. Mit deinem Anruf hast du seinen Hunden das Leben gerettet, die wären sonst verdurstet.« Alles andere brauchte sie nicht zu wissen.

»Die ollen Viecher.« Es sollte gleichgültig klingen, doch Renke sah Tante Meta an, dass sie stolz auf sich war. »Und?«

»Und was?«, fragte er verständnislos.

»Na, was wohl? Hat er die Kleine gefangen gehalten oder nicht?«

»Meinen Sie Leona Sieverding?« Nola, die sich bislang nur schweigend umgesehen hatte, hob den Kopf.

»Wen denn sonst?«, knurrte Tante Meta, stellte sich auf die Zehenspitzen und holte die dunkelgrüne Blechdose, auf der *Bünting Tee* stand, aus dem Küchenschrank. Mit dem silbernen Maß füllte sie Tee in die doppelwandige Kanne, überlegte kurz, schüttelte den Kopf und füllte das Maß erneut. Sie goss das mittlerweile kochende Wasser auf, warf einen kurzen Blick auf die Uhr über der Tür und stellte drei Teetassen auf den Tisch, die guten mit der echten Ostfriesenrose, außerdem eine kleine Glasschüssel mit Kluntjes, ein Kännchen Sahne und eine Untertasse mit einem Teesieb. Sie ließ ein Stück Kluntjes in jede Tasse fallen und setzte sich schnaufend, den Blick auf die Uhr gerichtet, auf einen der Stühle. »Noch zwei Minuten«, murmelte sie dabei.

Renke wunderte sich, er war davon überzeugt, dass seine Tante normalerweise keine Uhr brauchte, wenn sie Tee zubereitete, aber vielleicht wollte sie es heute besonders gut machen, um Nola zu beeindrucken.

»Wie kommen Sie darauf, dass Herr Strewitz das Mädchen gefangen hielt?«, wollte Nola wissen. Sie wirkte schon wieder höchst lebendig.

Es folgten genau die Argumente, die Tante Meta ihm auf dem Revier unterbreitet hatte. Zu seiner Erleichterung glaubte er zu erkennen, dass sie Nola ebenfalls nicht überzeugten, erst recht nicht mehr, als er von dem Kellerraum berichtete.

Inzwischen war der Tee fertig. Tante Meta schenkte ein und tupfte in jede der drei Tassen ein paar Sahnewölkchen. Nolas suchender Blick verriet, dass sie einen Teelöffel zum Umrühren vermisste, doch Ostfriesen rühren ihren Tee nicht um. Um ihr das zu demonstrieren, nahm Renke einen hastigen Schluck und verbrannte sich dabei die Zunge. Scheiße. Der Tee war stark, zu stark für seinen Geschmack.

Nola nippte nur vorsichtig. »Wann haben Sie Ihren Nachbarn zuletzt gesehen? Wissen Sie das noch?«

Seine Tante machte sich ganz gerade auf ihrem Stuhl und reckte die spitze Nase in die Luft. Endlich nahm jemand sie ernst. »Ende letzter Woche. Am Samstag. Da bin ich mir ganz sicher. Er hat morgens Brötchen und die Zeitung geholt wie immer. Danach nicht mehr. Und sonst hab ich drüben auch keinen gesehen«, fügte sie noch hinzu.

»Bekam Ihr Nachbar häufig Besuch?«

Die Frage ließ sich scheinbar nicht so leicht beantworten. Tante Meta musste erst ihren Tee austrinken und dann nachschenken. »Selten. Da sind wohl mal Leute wegen der Hunde gekommen. Von außerhalb. Und neulich war da mal ein Mann. Ich glaube, der hat diesen klapprigen Wohnwagen abgeholt. Beschwören kann ich das aber nicht, vielleicht hat Herr Strewitz den Wohnwagen auch selbst weggebracht. Das konnte ich auf die Schnelle nicht erkennen. Das olle Ding stand jahrelang im Garten. Ganz hinten.«

Ein alter Wohnwagen. Das schien Nola zu elektrisieren. Sie rutschte auf dem Stuhl ganz nach vorn. »Wie sah der Wohnwagen aus? Können Sie sich zufällig an den Hersteller erinnern?«

Mit dieser Frage war Tante Meta überfordert. »Weiß, die sind doch alle weiß«, sagte sie unsicher. »Mit Streifen an der Seite, glaub ich. Mit Herstellern kenn ich mich nicht aus. Ein alter Wohnwagen eben.«

»Und der Mann, der ihn abgeholt hat?«

»Hatte eine ähnliche Figur wie Herr Strewitz und trug eine

dunkle Mütze. Das Gesicht hab ich nicht gesehen. Ich steh doch nicht den ganzen Tag am Fenster.«

»Außerdem ist der Zaun ja im Weg«, fiel Renke ein.

Zu seiner Überraschung färbten sich die Wangen seiner Tante dunkelrot. »Na ja«, murmelte sie und verzog den Mund. »Ich war zufällig oben auf dem Boden, hab was gesucht. Von dort hat man ganz gute Sicht auf das Haus und den Garten.« Ihre Verlegenheit sprach Bände. Renke wurde sofort klar, dass sie Herrn Strewitz regelmäßig ausspioniert hatte. Und genauso sicher glaubte er zu wissen, dass seine Tante das niemals zugeben würde.

»Stimmt es eigentlich, dass man einen zwei Meter hohen Zaun auf die Grenze setzen darf? Renke meint ja, dass das erlaubt ist. Ich kann mir das gar nicht vorstellen. Ich mein, der Zaun nimmt mir doch die ganze Sicht.«

Nola lächelte freundlich. »Da weiß Renke besser Bescheid als ich. Und jetzt müssen wir wieder los. Danke für den Tee.« Sie stand schon halb. Mit zwei Fingern angelte sie den nicht aufgelösten Kandis aus ihrer Tasse und steckte ihn in den Mund.

Wenigstens verzichtete sie auf die Frage, weshalb er die Anschuldigung seiner Tante nicht näher untersucht hatte.

Gerda bepflanzte hinten in der Werkstatt eine große Schale aus Granit, die jemand für eine Praxiseröffnung bestellt hatte und die sie heute noch nach Weener liefern mussten, Susanne war krank. Also musste Annerose sich allein um die Kundschaft kümmern. Sie war nicht gerade begeistert, Enrico Daume im Laden zu sehen. Ab und zu schaute er mal rein, um einen möglichst eindrucksvollen Strauß für seine Frau binden zu lassen, und jedes Mal fragte sie sich, wofür er sich wohl entschuldigen musste.

Er begrüßte sie mit »Hallo, Schätzchen«, wobei sein herablassender Blick signalisierte, dass sie nicht sein Schätzchen war und es auch nie sein würde. Enrico stand auf junge, schlanke Blondinen, das wusste jeder in Martinsfehn. Seine Steffi glänzte selbstverständlich mit Modelmaßen. Sonst hätte er sie, trotz Kind, wohl kaum geheiratet. Sollte sie jemals auf die Idee kommen, über die Gebühr zuzunehmen, würde er sie vor die Tür setzen, gnadenlos. Daran zweifelte Annerose nicht eine Sekunde.

»Ist Hanno oben?«

»Ja. Soll ich ihn holen?«

»Nicht nötig, ich geh hoch. Wir haben was zu besprechen. Allein.« Er behandelte sie, als wäre sie seine kleine Sekretärin, was sie maßlos ärgerte. Immerhin war das hier ihr Haus, und sie war diejenige, die zu bestimmen hatte, wer ihre Wohnung betreten durfte und wer nicht.

Während sie noch überlegte, ob sie Enrico kurzerhand den Zugang zu ihren Privaträumen verbieten sollte, klingelte die Ladenglocke und lenkte sie für einen Moment ab, was er sofort ausnutzte.

Die Kundin, Annerose hatte sie noch nie zuvor gesehen, suchte etwas ganz Besonderes, ein Geschenk für die Mutter ihres zukünftigen Schwiegersohns. »Wir kennen uns noch gar nicht«, vertraute sie Annerose an, während ihr Blick suchend durch den Laden schweifte. »Ach, das ist so schwierig. Man will ja nicht übertreiben. Knauserig soll es natürlich auch nicht wirken.« Einzig das ovale Holztablett mit den verschnörkelten Griffen aus Metall, das Annerose mit Kies, einem Stück Wurzel aus dem Heinrichsforst, Moos und verschiedenen Sukkulenten dekoriert hatte, fand ihren Beifall. Allerdings missfiel ihr der Hauswurz, den hätte heutzutage ja jeder. Sie einigten sich darauf, dass Annerose die rosa angehauchten Rosetten

entfernte und durch eine aufrecht wachsende Rhipsalis er-
setzte, die sehr bald schon den Rahmen des Ensembles spren-
gen würde, aber davon wollte die Kundin nichts hören.

»Es dauert einen kleinen Moment«, erklärte Annerose, die
sich längst daran gewöhnt hatte, dass die Kundschaft gegen
Fachwissen und gute Ratschläge immun war. Die Leute kauften Träume und nicht das, was wirklich war. Aber sie zahl-
ten mit wirklichem Geld, und nur das sollte für eine gute Geschäftsfrau zählen.

In der Werkstatt nahm sie sofort die wütenden Männerstimmen über ihrem Kopf wahr. Hanno und Enrico Daume
brüllten sich an, ziemlich laut, sonst hätte man sie hier unten
nicht hören können. Worüber sie stritten, war nicht zu verstehen, zum Glück. Annerose bemerkte sehr wohl, wie angestrengt Gerda die Ohren spitzte.

»Diese Männer...« Sie schaute hoch zur Zimmerdecke,
verdrehte die Augen und lachte gekünstelt. Dann warf sie
einen kritischen Blick auf Gerdas Arbeit und rümpfte die
Nase. »Sei nicht böse, aber da fehlt mir irgendwie der Pep.
Dieser Farn kann ganz weg.« Lieblos rupfte sie die Pflanze
heraus. »Am besten mache ich das selbst, ich hab ja auch das
Kundengespräch geführt.« Sie deutete auf den Topf mit der
Rhipsalis, dann auf das bepflanzte Tablett. »Den Hauswurz
raus, das hier rein, die Kundin wartet. Den Preis kannst du
um zwei Euro raufsetzen.«

Schweigend machten sie sich an die Arbeit, Gerdas Miene
verriet, wie tief beleidigt sie war, doch Annerose hatte kein
schlechtes Gewissen, sie dachte nur, dass Gerda so mit sich
selbst und ihrem Ärger beschäftigt war, dass sie bestimmt
nicht mehr lauschen würde. Sie atmete auf, als ihre Mitarbeiterin im Laden verschwand.

Bestimmt fünf weitere Minuten wurde oben noch gebrüllt, dann polterte es auf der Holztreppe. Enrico riss die Tür auf und stürmte wortlos und mit hochrotem Kopf an ihr vorbei. Hanno folgte nur wenig später. Sie fand, dass er erschöpft aussah, als hätte der Streit, oder besser die Rumschreierei, ihn über die Maßen angestrengt.

»Was war denn los?«

Anstatt auf ihre Worte einzugehen, stellte er sich neben Annerose, legte einen Arm um ihre Schulter und murmelte: »Wenn der hier noch mal auftaucht, bin ich nicht da.« Ihre Frage blieb unbeantwortet wie so viele Fragen in letzter Zeit.

»Wenn dein Wagen draußen steht, weiß er doch, dass du zu Hause bist.«

»Dann sag halt, dass ich auf dem Friedhof bin!«, sagte er ungehalten und zog gleichzeitig seinen Arm fort. »Oder einkaufen. Irgendwas wird dir schon einfallen. So schwer kann das ja wohl nicht sein. Ich muss noch mal zu Markus.«

Ein gellender Pfiff ließ sie zum Haus schauen. Valentin war eingetroffen, und ganz offensichtlich beherrschte er die Kunst, auf zwei Fingern zu pfeifen.

Er schenkte Nola ein langes Lächeln, in dem sie eine Spur Unsicherheit erkannte. Vermutlich wusste er nicht so richtig, wie sie miteinander umgehen sollten. Ihr selbst erging es nicht viel anders. Für Renke blieb nur ein knappes »Wir kennen uns ja schon«.

»Und?« Manchmal reichte ein einziges Wort, um deutlich zu machen, was man von einem anderen Menschen hielt, und Renke schien Valentin nicht leiden zu können.

Valentin schien die offensichtliche Abneigung zu amüsieren. »Die Todesursache kann ich hier nicht klären. Die Hunde

haben ganze Arbeit geleistet. Sorry«, sagte er, als Nola ihn entgeistert anstarrte. »Aber da fehlen ganze Muskelstränge, und
einige Knochen sind stark in Mitleidenschaft gezogen. Abgenagt, könnte man auch sagen. Zudem sieht es so aus, als hätten sie den Leichnam kreuz und quer über den Boden gezogen. Über den Zustand des Schädels brauche ich ja wohl nichts
zu sagen. Das wird 'ne interessante Obduktion morgen früh.
Aber schick mir nicht wieder diesen komischen Kauz vorbei.«
Er schaute über die Schulter zu Conrad, der an der Straße auf
und ab marschierte und dabei eine Zigarette nach der anderen
rauchte. »Der Mann ist mindestens fünf Tage tot, eher sechs.«

Unwillig schüttelte Renke den Kopf. »Sechs Tage kann wohl
kaum stimmen. Er hat das Sonntagsblatt gelesen, bevor er
starb. Also fünf Tage.«

Valentin schien die Korrektur seiner ersten Einschätzung
nichts auszumachen. »Also fünf Tage«, sagte er lapidar. »Die
Hunde waren erst später an der Leiche, das ist noch relativ
frisch, zwei Tage, denke ich. Oder sehen Sie das anders?« Seine
Worte waren ganz gezielt an Renke gerichtet, der nichts erwiderte, nur ein leises Schnauben von sich gab. »Nicht? Dann
sind wir uns ja einig.« Valentin zwinkerte Nola zu. »Vermutlich waren die Tiere in der ehemaligen Diskothek eingesperrt
und haben es irgendwann geschafft, die Tür zu öffnen. Drei
Tage ohne Futter und Wasser, da werden sie wieder zu Raub-
tieren. Ich hab die einzige Zahnbürste im Haus zwecks DNA-
Vergleich eingetütet. Ohne Gesicht kann man den Toten ja
schwerlich identifizieren. Das kann man auch keinem Angehörigen zumuten.«

»Soweit wir wissen, gibt es keine Angehörigen«, knurrte
Renke.

Diesmal überhörte Valentin den Einwand. Er lächelte Nola

an und legte seinen Handrücken leicht gegen ihre Wange. »Du siehst ganz schön mitgenommen aus.« Und dann meinte er, dass er unterwegs ein vielversprechendes Café entdeckt hätte. »Mit selbst gebackenem Kuchen. Ich bin hier fertig, und du scheinst dringend eine Pause zu brauchen. Vor allem einen starken Kaffee, der deine Lebensgeister wieder weckt.« Auffordernd schaute er sie an.

»Danke, ich hatte gerade Tee. Außerdem hab ich keine Zeit. Ich muss jetzt erst mal in mich gehen und meine Eindrücke sortieren.«

Mit einer Ablehnung schien Valentin nicht gerechnet zu haben. Er nahm ihre Hand und zog sie beiseite. »Hör mal, wegen neulich, darüber müssen wir noch mal reden. Echt, das sollte nicht so stehen bleiben zwischen uns.«

»Ich weiß nicht, ob das eine gute Idee ist.«

»Du und ich, allein?« Er grinste. »Ich weiß auch nicht, ob das eine gute Idee ist, aber die Vorstellung gefällt mir. Komm, lach mal wieder.«

»Besteht eventuell die Möglichkeit, dass du dich auf deine Arbeit konzentrierst?«, meckerte Renke hinter ihrem Rücken.

»Ruf mich an.« Das sagte sie mit Absicht so laut, dass Renke es hören musste. Dann erklärte sie, dass sie noch mal ins Haus wollte, allein, um besser nachdenken zu können.

Seltsam, wie schnell der Geist sich an so Furchtbares gewöhnte. Jetzt konnte sie schon ohne Herzklopfen an dem kopflosen Leichnam vorbeigehen. Selbst der Magen bäumte sich nur noch halbherzig auf, als wolle er noch mal kurz darauf hinweisen, dass das hier absolut ekelhaft war.

Dass Hunde, die ohne Futter zurückblieben, ihre toten Besitzer als Nahrungsquelle betrachteten, kam häufiger vor. Angeblich lag es am Verwesungsgeruch, der die Tiere ihre Loyalität gegenüber ihrem Herrchen vergessen ließ, sodass sie ihn nur noch als Fleisch betrachteten. Auch von dem Enthaupten hatte Nola schon gelesen, der Hals musste so etwas wie eine Schwachstelle im Skelett darstellen.

Ohne die Fotos im Nachtschrank wäre sie wohl davon ausgegangen, dass hier ein kranker, einsamer Mann eines natürlichen Todes gestorben war. Doch es gab eine Verbindung zu Leona und Yasmina. Zusammen mit der Tatsache, dass Leonas Leichnam in Martinsfehn aufgetaucht war, ziemlich genau zwei Wochen vor dem angenommenen Todeszeitpunkt von Josef Strewitz, wurde die Sache prekär. Dazu der bislang ungeklärte Mord an Clemens Möller. Konnte es sein, dass hier jemand – am ehesten wohl Leonas Entführer – alle Mitwisser ausschaltete? Oder war Herr Strewitz selbst der Entführer? Aber wer hatte ihn dann getötet? Der Wohnwagen fiel ihr wieder ein. Dass ein Mensch wie Josef Strewitz, der mehr oder weniger über sein gesamtes Leben Buch geführt hatte, keinerlei Unterlagen über diesen Wohnwagen aufbewahrte, erschien mehr als merkwürdig. So als wäre es für ihn von äußerster Wichtigkeit gewesen, dass der Wohnwagen spurlos verschwand. Bei nächster Gelegenheit musste sie Yasmina ein Bild des Toten zeigen.

Draußen ordnete sie an, dass Renke und sein netter Kollege auf den Bestatter warten und dann das Haus versiegeln sollten. Erst die Obduktion würde entscheiden, ob das Haus ein Tatort war und entsprechend behandelt werden musste. Insgeheim stand für Nola längst fest, dass der Tote nicht einfach nur einem Herzinfarkt erlegen war.

»Ich brauche die Adresse von Siegfried Erdwiens.«

»Mittelweg 5. Du fährst die Straße runter…«

»Danke«, schnitt sie Renke das Wort ab. »Ich hab einen Navi. Conrad, wir fahren los.«

Gerda war unterwegs nach Weener. Sie konnte frühestens in einer halben Stunde wieder zurück sein, und das auch nur, wenn sie sich beeilte. Annerose war nicht überzeugt, dass ihre Mitarbeiterin und beste Freundin sich ein Bein ausreißen würde, um schnellstmöglich wieder im Laden zu stehen. Nach ihren eisigen Blicken bei der Abfahrt zu urteilen, nahm sie es Annerose immer noch übel, dass sie ihr vorhin die Arbeit aus der Hand genommen hatte. Am besten war es wohl, sich nachher zu entschuldigen, bevor die Missstimmung ihnen den restlichen Tag verdarb.

Die Türglocke schrillte wieder und wieder. Jemand hatte Spaß daran, den Ton immer wieder aufs Neue erklingen zu lassen. *Ein Kind*, dachte Annerose automatisch, und sie fragte sich, wie lange es noch dauerte, bis die Eltern diesem Gör endlich Einhalt geboten. Mit ihren Nerven stand es heute wahrhaftig nicht zum Besten. Der Streit zwischen den Männern und Hannos pampige Bemerkung, dazu die Sache mit Gerda. Susanne hatte sich eine Stunde vor Arbeitsbeginn krankgemeldet. Migräne. Annerose tat der Kopf auch weh, Herrgott, wozu gab es Aspirin?

Endlich verstummte die Türglocke. Als sie aufsah, stand dort Markus. Sie konnte sich nicht erinnern, ihn schon mal in ihrem Geschäft gesehen zu haben, und ihr war klar, dass sie in loswerden musste, so schnell wie möglich, ehe er einen ihrer Kunden provozierte.

»Wo ist Hanno?«

»Ich … ich weiß nicht.« *Der ist vor mehr als zwei Stunden zu dir gefahren.* Die beiden hatten sich verpasst. Ja, so musste es einfach sein. All die schrecklichen Gedanken, die sie jetzt überrollten, waren verkehrt, eine Fehlschaltung in ihrem Gehirn.

348

»Ich brauch ihn aber.« Mit weit aufgerissenen Augen schaute Markus sich im Laden um. Er hüpfte hin und her wie ein Derwisch, und sein spöttisches Grinsen verriet, dass er nichts mit dem anfangen konnte, was sie hier anbot. Einzig der Springbrunnen, der auf einem der Ausstellungstische zum Verkauf stand, und das seit bald zwei Jahren, schien ihn zu fesseln.

»Was ist das denn für'n Scheißteil?«

»Ein Zimmerspringbrunnen. Manche Leute finden so etwas schön. Sie mögen das beruhigende Plätschern.« Gott, sie hörte sich an wie eine Lehrerin.

Sein schrilles Gelächter ließ sie zusammenzucken. »Das soll beruhigen?«, kiekste er. »Mir schlägt das höchstens auf die Blase. Wenn ich noch fünf Minuten hier stehen bleib, muss ich pissen. Ist Hanno echt nicht da?«

»Nein.« Anneroses Hände wurden feucht. Sie fühlte sich schrecklich, regelrecht bedroht von Hannos durchgeknalltem Bruder. Ausgerechnet heute war sie allein. Ganz automatisch dachte sie an Susanne und die angebliche Migräne, und sie fühlte sich von aller Welt im Stich gelassen. Herrgott, ständig hing ihr Lebensgefährte bei Markus rum. Aber wenn der Irre plötzlich in ihrem Laden auftauchte und nach ihm fragte, war Hanno verschwunden. »Ich ruf ihn an.« Ihre Finger zitterten, als sie die Nummer in der Favoritenliste suchte.

The person, you are calling, is temporarily not available.

»Tut mir leid. Ich krieg ihn nicht ans Telefon.«

»Ich auch nicht. Was denkst du denn, warum ich hier bin, hä?« Sein Ton wurde zunehmend aggressiver. Hilfe.

»Ja, Markus, das tut mir wirklich sehr leid. Aber da kann ich dir nicht helfen. Dein Bruder ist vor zwei Stunden losgefahren. Ich dachte eigentlich, dass er bei dir ist.«

»Wär ich dann hier?«, bellte er wütend. Und dann kam er um den Verkaufstresen herum und stellte sich einfach neben sie. Der penetrante Gestank nach kaltem Rauch und Altöl verursachte bei ihr Übelkeit. Oder war es die Angst vor diesem unberechenbaren Mann, der ihren Magen auf- und abhüpfen ließ wie einen Jojo?

»Krieg ich einen Kaffee? Schwägerin?« Das letzte Wort zog er endlos in die Länge, als könne er sich gar nicht davon trennen. Annerose war überzeugt, dass er ihre Furcht spürte – und genoss.

Ganz unerwartet legte er seine Hand über ihre, sie war groß und schwielig und hart. Schwarze Ränder unter den Nägeln und feine graue Linien in der Haut sagten aus, dass sie nicht allzu oft gewaschen wurde. Als Floristin, die tagtäglich mit Erde zu tun hatte, kannte Annerose keine Berührungsängste, wenn es um schmutzige Finger ging. Aber Markus' zutiefst verdreckte Hände ekelten sie, und sie musste sich zwingen, nicht laut zu kreischen und ihre eigene Hand wegzuziehen.

»Normalerweise gern. Aber meine Verkäuferin ist krank, und ich kann den Laden nicht allein lassen.«

»Die Susanne, was?« Er kicherte merkwürdig und kratzte sich am Hinterkopf. Dazu bohrte sich sein Zeigefinger unter die grüne Wollmütze, die aussah, als wäre sie steif vor Dreck und eingetrocknetem Schweiß. Wenigstens musste er ihre Hand dafür loslassen, die sie schnell in Sicherheit brachte.

»Richtig. Susanne.« Woher wusste er, wie ihre Verkäuferin hieß? Von Hanno, woher sonst? Aber warum unterhielten die beiden sich über ihre Angestellte? Was hatte das zu bedeuten? Und warum war Susanne heute Nachmittag krank und Hanno scheinbar verschwunden?

Bislang hatte Nola Martinsfehn als schmuckes Fehndorf kennengelernt. Dass es hier Wohnblöcke gab, dem Baustil nach aus den Siebzigerjahren des letzten Jahrhunderts, wenn auch nur drei, die ein Hufeisen bildeten, das sich verschämt hinter einer mannshohen Thujahecke versteckte, hatte sie nicht erwartet.

Die Blöcke waren gelb verklinkert, die Balkonverkleidungen bestanden aus wuchtigen Waschbetonplatten. Auf einem Balkon entdeckte Nola einen verdorrten Weihnachtsbaum, an dem noch Lamettafäden hingen, und das Mitte März, auf dem Balkon daneben flatterte Wäsche müde an der Leine, und ein buntes Windrad aus Plastik drehte sich hektisch klappernd. Die Gardinen in den Fenstern verrieten, dass man hier nicht viel Geld fürs Wohnen ausgab. Es gab absolut nichts, woran das Herz sich erfreuen konnte. Wer hier wohnte, musste depressiv werden oder einen Hass auf all die entwickeln, denen es besser ging.

Jeder Block hatte zwei Eingänge mit sechs Wohnungen. Gleich der erste Eingang erwies sich als der richtige. An der Außentür fehlte die Scheibe. Im Treppenhaus roch es penetrant nach Urin. *Erdwiens* hatte jemand mit Kugelschreiber auf das Klingelschild geschrieben, ziemlich schief und kaum noch lesbar. Conrad drückte auf den Knopf, ziemlich lange und insgesamt dreimal, nichts tat sich. Sie wollten schon umkehren, als sich die Tür doch noch öffnete.

»Is' was?« So wie Siegfried Erdwiens ins Tageslicht blinzelte, hatten sie ihn aus dem Schlaf gerissen. Um halb zwei Uhr mittags. Mühsam riss er die Augen auf. Er grinste, als er Nola erkannte. »Die kleine Kommissarin. Scheiße, was ist nun schon wieder los?«

»Herr Erdwiens, wir kennen uns ja bereits.«

»Und?« Es klang misstrauisch.

»Es geht um einen Toten, den wir gerade gefunden haben.«

»Wieder am Kreihenmeer?« Es klang hoffnungsvoll.

»Nee«, knurrte Conrad. »Vielleicht lassen Sie meine Kollegin mal ausreden?«

Die beiden Männer kreuzten ihre Blicke, dann zuckte Siegfried Erdwiens gelangweilt mit den Schultern, und Nola konnte weiterreden.

»Die Rede ist von Josef Strewitz. Sie spielen manchmal zusammen Skat im *Tennessee Mountain*.«

»Und?«

»Kennen Sie ihn näher? Waren Sie schon mal in seinem Haus?«

»Nein. War's das?« Bevor er die Tür zuknallen konnte, stellte Conrad seinen Fuß dazwischen.

Erdwiens überlegte kurz und ließ die Klinke los, sodass die Tür wieder aufschwang. Man konnte deutlich sehen, wie es hinter seiner Stirn arbeitete. Er schob die Unterlippe vor, und seine Augen verloren jede Farbe, wie blankes Eis sahen sie plötzlich aus, kalt, unnahbar und sehr gefährlich. Dann, ganz unerwartet, bollerte er los: »Das ist Hausfriedensbruch! Das brauche ich mir nicht gefallen lassen! Ich kenne meine Rechte! Ohne so einen Wisch vom Gericht dürft ihr meine Wohnung nicht betreten. Und die Schwelle gehört schon zu meiner Wohnung.« Seine Hände, die eben noch friedlich in den Taschen seiner Jeans geruht hatten, schossen nach oben und ballten sich gleichzeitig zu Fäusten, während Conrad das Kreuz durchdrückte und sich ganz gerade machte, was Nola in Anbetracht seiner körperlichen Konstitution nicht sehr bedrohlich fand und schon gar nicht klug. Dieser Erdwiens war Conrad körperlich haushoch überlegen, was ihrem Kollegen kein Kopfzerbrechen zu bereiten schien. Er blieb bei seinem aggressiven Ton. »Halt die Klappe. Vorerst wollen wir nur über Josef Strewitz reden.«

Erdwiens seufzte und verdrehte demonstrativ die Augen. »Ich kenn ihn nur vom Skat, okay? Warum wollt ihr das überhaupt wissen?« Sein Blick galt Nola, nicht Conrad.

Also übernahm sie auch die Antwort. »Die Todesumstände sind noch ungeklärt, und wir suchen alle Leute auf, die uns etwas über ihn sagen können.«

»Wir haben manchmal Skat gespielt und waren ganz bestimmt keine Freunde. Leute, die hinterher jedes Spiel bis auf drei Stellen hinter dem Komma durchdiskutieren müssen, sind für mich die Pest. Die versauen einem den ganzen Spaß. Der Typ war furzlangweilig und außerdem knauserig, überhaupt nicht mein Fall. Schönen Tag noch.«

Erst hinterher fiel Nola auf, dass Erdwiens nicht gefragt hatte, wie Josef Strewitz gestorben war. Sonderbar.

Gott, was war sie für ein erbärmlicher Feigling! Annerose schaffte es einfach nicht, Hanno darauf anzusprechen, wo er gewesen war. Nicht bei Markus, das wusste sie jetzt, mehr aber nicht. Und scheinbar wollte sie die Wahrheit auch gar nicht wirklich erfahren.

Hanno war um kurz nach sieben wieder aufgetaucht und hatte sie zum Essen ausgeführt, zum Griechen in Martinsfehn, dessen Inhaber in Wirklichkeit aus dem Libanon stammte und trotzdem die weltbeste Moussaka zubereitete. Anders als sonst hatte Hanno zu viel getrunken und war in eine weinerliche Stimmung geraten, die sie in dieser Form noch nie bei ihm erlebt hatte. »Wir haben es so wunderbar miteinander, Röschen! Ich bin so froh, dass ich dich gefunden habe«, hatte er in ihr Ohr geseufzt, und sie hatte das schrecklich gefunden und sich gefragt, was er wohl damit meinte. War er glücklich, eine Idiotin entdeckt zu haben, die keinen anderen ansah, weil sie sich für unattraktiv hielt, und die gefesselt war an ihren Laden, sodass er über jede Menge freie Zeit verfügen konnte, Tagesfreizeit, wie man das heutzutage wohl nannte? Das Geld, das sie verdiente, war ja auch nicht übel, genau wie der geplante Mexikourlaub, den sie allein finanzieren würde. Genau wie die letzte Reise nach Ägypten. An so etwas wollte sie eigentlich gar nicht denken. Sie wollte sich keine schrecklichen Dinge ausmalen, keine Fragen stellen, auf die es nur hässliche Antworten gab, Annerose wollte glücklich sein, glücklich und verliebt. Aber wie sollte das funktionieren, wenn er sie so schamlos belog?

Zu Hause hatte er sie direkt ins Schlafzimmer geführt, und dann hatten sie sich geliebt, und sie hatte es genossen. Das waren die einzigen Momente in ihrem Leben, in denen sie sich schön und begehrenswert fühlte.

Nein, auch wenn sich das Bild bereits an den Rändern auflöste, sie konnte einfach nicht auf Hanno verzichten. Noch nicht.

Samstag, 16. März

Die Obduktion war eine der schrecklichsten, die Nola je erlebt hatte. Sie traute sich kaum richtig hinzuschauen und war dennoch überzeugt, dass sie die Bilder nie vergessen würde.

»Ein schwer kranker Mann. Diverse alte Frakturen im Bereich von Becken und Lendenwirbelsäule, einige Wirbel wurden versteift, andere sind deformiert, viel Metall im rechten Oberschenkel, starke Arthrose im Knie, vermutlich durch Fehlbelastung. Er muss an chronischen Schmerzen gelitten haben. Dafür sprechen auch die Medikamente, die ihr gefunden habt. Starke Morphine, die nicht so leicht verordnet werden.« Dass Valentin jedes private Wort vermied, hatte Nola der Anwesenheit seines Assistenten zu verdanken. Als der junge Mann den Obduktionssaal verließ, murmelte er: »Ich möchte dich unbedingt noch mal treffen, Nola. Ich weiß selbst nicht, was das soll. Aber Gefühle lassen sich nicht einfach abstellen, nur weil sie unvernünftig sind.«

Zum Glück brauchte sie nicht zu antworten, weil das Quietschen von Gummisohlen auf dem Fliesenboden die Rückkehr des Assistenten ankündigte.

Valentin warf ihr einen leidenden Blick zu und seufzte. »Mit der Todesursache wird es schwierig. Ein Herzinfarkt, das ist nicht zu übersehen, außerdem diverse großflächige Verletzungen im Bereich der Lunge, jede Menge zerfetztes Gewebe, verursacht durch seine Hunde. Ob es zusätzlich Einstiche von einem Messer gibt, lässt sich schwer beurteilen, wenn, waren sie nicht sonderlich tief. Aber, und das könnte hier eine besondere Bedeutung haben, der Mann ist auf den Kopf gefallen, genauer gesagt auf den Hinterkopf. Vom Gesicht ist nicht viel übrig, das hast du ja gesehen. Der hintere Schädel dagegen ist noch relativ intakt. War ja auch genug anderes Fleisch da.« Er kicherte, und Nola schüttelte den Kopf. »Nach der Ausprägung der Hämatome zu schließen, handelt es sich um keine wirklich schwere Verletzung«, fuhr Valentin ungerührt fort. »Ein ganz normaler Sturz aus Stehhöhe, als wäre er zusammengebrochen, was nicht unbedingt typisch ist für einen Herzinfarkt. Da bleibt gewöhnlich noch die Zeit, sich in die Horizontale zu begeben. Alles in allem erinnert mich das an den jungen Mann aus Emden. Den Einsatz eines Elektroschockers kann ich nicht mehr nachweisen, dafür fehlen mir Haut und Gewebe. Nun zum Gesichtsschädel …« Mit der rechten Hand griff er nach dem Corpus Delicti und warf es etwas unsanft auf den Tisch. »Hier und hier …«, er zeigte auf zwei helle Stellen außen über den Augenhöhlen, » … ist zu erkennen, dass ein Messer oder etwas Ähnliches angesetzt wurde. Beide Schnitte verlaufen schräg nach unten Richtung Gesichtsmitte und nehmen an Tiefe ab. Das war kein Hund, dafür sind die Riefen zu gerade, außerdem zu symmetrisch angeordnet.«

»Als hätte man ein Kreuz ins Gesicht geschnitten«, murmelte Nola und führte in Gedanken die Bewegung aus. Ja, wenn sie ein Kreuz malen wollte, würde sie zuerst links oben, dann rechts oben ansetzen. Auf keinen Fall würde sie den Stift, oder in diesem Fall das Messer, von unten nach oben ziehen.

Valentin nickte. »Hier hat der Täter die Klinge angesetzt. Mit sehr viel Kraft, die üblicherweise im Laufe des Schnittes nachlässt. Darum finden sich im Bereich des Unterkiefers keine solchen Knochenverletzungen. Am Ende ist die Waffe nicht mehr tief genug eingedrungen.«

Bevor Nola in ihren Wagen stieg, rief sie Stefan an. Er und sein Team mussten das Haus von Josef Strewitz auf den Kopf stellen. Sie selbst würde jetzt mit Yasmina Akin reden.

»Das ist Robin. Wir kennen uns aus dem Internat.«

In diesem Fall musste der junge Mann ebenfalls gehörlos sein. Nola fragte sich, ob die beiden was miteinander hatten. Auf jeden Fall bewegten ihre Hände sich pausenlos, sie führten eine Unterhaltung in Gebärdensprache, von der sie selbst kein Wort mitbekam. Seltsam, so ausgeschlossen zu sein, aber für viele Gehörlose die Normalität.

»Robin kann nicht sprechen«, erklärte Yasmina. »Wenn Sie etwas wissen möchten, übersetze ich.«

»Weiß er etwas über die Missbrauchsgeschichte? Hat er die anderen Mädchen gekannt?«

Augenblicklich standen die Hände still. »Nein. Von dem, was da passiert ist, hat er keine Ahnung, und ich möchte auch nicht, dass er davon erfährt. Es reicht, dass mein Freund mich deshalb verlassen hat.«

»Was? Oh, das tut mir wirklich leid.« Fabian Blaschke hatte so empathisch gewirkt wie einer, der seine Freundin vor der großen bösen Welt beschützen wollte. Wie konnte er sie ausgerechnet jetzt alleinlassen?

»Ich möchte nicht darüber reden, das ist zu privat. Robin weiß, dass Fabian weg ist, aber nicht, warum. Und so soll es auch bleiben.«

Zuerst wollte Nola die junge Frau ermahnen, ihre neue Beziehung nicht wieder mit einer Lüge anzufangen. Doch in Anbetracht dessen, was Yasmina erlebt hatte, kam ihr dieser

Ratschlag weltfremd vor, ein bedeutungsloses Wortgefüge, das der Belastung der Wirklichkeit nicht standhielt. Nein, manchmal war das Richtige falsch und das Falsche der einzig mögliche Weg. Nola wusste ja nicht mal, ob die beiden jungen Leute ineinander verliebt waren. Wenn, bemühten sie sich jedenfalls sehr darum, sich neutral zu verhalten.

Vom Typ her entsprach der junge Mann Fabian Blaschke. Schmalgliedrig, etwas kleiner als Yasmina, ein hübsches Gesicht und eine altmodische Nickelbrille. Anders als sein Vorgänger kleidete er sich allerdings übertrieben männlich mit Cargohose in Tarnmuster, abgeschrammten Springerstiefeln und einem weiten, schwarzen Kapuzenpulli, der aussah, als wäre er schon sehr oft gewaschen worden. Er trug eine dieser Strickmützen, die jetzt *in* waren, und Nola fand, dass er gut damit aussah. Jetzt drehte der Junge seinen Stuhl so, dass er weder Nola noch Yasmina ansehen konnte. Vermutlich wollte er demonstrieren, dass sie sich trotz seiner Gegenwart ungestört unterhalten konnten.

»Ist das Ihr neuer Freund?«

»Robin?« Sie lachte, als wäre das vollkommen abwegig. »Nein. Von Beziehungen habe ich vorläufig die Nase voll. Fabian war so übergriffig, wollte immer alles für mich entscheiden. Nicht so offensichtlich, mehr so hintenherum.« Sie zog die Schultern hoch und ließ sie gleich wieder sinken. »Am Anfang hab ich das nicht mal gemerkt. Ich war einfach nur glücklich, dass jemand sich für mich interessiert hat. All die Sprüche von großer Liebe, ich hab ihm jedes Wort geglaubt.« Mit der Zungenspitze fuhr sie über ihre Oberlippe, dann verzog sich ihr Mund zu einem wehmütigen Lächeln, das Nola ins Herz schnitt. »Als er kapiert hat, was mit mir los ist, kam er nicht damit klar.«

»Deshalb hat er Sie verlassen?« Das konnte Nola kaum glauben. Sie erinnerte sich daran, wie bemüht der junge Mann gewesen war, überlegen zu wirken, vernünftig, erwachsen.

»Nein. Er hat mich überhaupt nicht verlassen. Ich habe ihn vor die Tür gesetzt, nachdem er ...« Verlegen senkte sie den Kopf und versteckte sich hinter einem Schleier aus ihren schwarzen Haaren. »Er hat sich das genommen, was ich in seiner Fantasie anderen Männern freiwillig geschenkt habe. Am nächsten Tag hat er geweint und beteuert, dass er das gar nicht wollte und dass es nie wieder passieren wird. Zu spät, ich hab Schluss gemacht. Sie hatten recht mit dem, was Sie neulich gesagt haben. Ich war ein Opfer. Und ich will kein Opfer mehr sein.«

Nola konnte gar nicht anders, als die kalten Hände des Mädchens in ihre zu nehmen. »Das tut mir wahnsinnig leid. Ziehen Sie eine Anzeige in Betracht? So etwas sollte man nicht unter den Tisch kehren, wirklich.«

Ein paar Minuten verstrichen, dann hob Yasmina den Kopf, strich die Haare hinter die Ohren und lachte sogar, wenn auch nur ganz kurz. »Sie denken immer nur an Ihren Job. Nein. Ich werde ihn nicht anzeigen. Mir reicht es, wenn er mich künftig in Ruhe lässt.«

»Blaschke hieß er, nicht wahr? Fabian Blaschke.«

Yasminas Blick klärte sich, jetzt war sie auf der Hut. »Warum wollen Sie das wissen? Ich möchte nicht, dass er Schwierigkeiten kriegt. Ich habe mich gewehrt, und das reicht mir.«

»Schon gut«, beschwichtigte Nola. »Ich bin aus einem ganz anderen Grund hier. Gestern wurde in Martinsfehn ein toter Mann aufgefunden. In seiner Wohnung haben wir zwei Fotos entdeckt. Auf einem ist Leona zu sehen, auf dem anderen Sie.« Sie griff in ihre Tasche und holte Kopien der beiden Bilder heraus.

Yasmina Akin warf nur einen flüchtigen Blick darauf. Alle Farbe wich aus ihrem Gesicht, sie schluckte krampfhaft, drehte ihr Haar zu einer dicken Rolle, die sie in den Mund stopfte, und atmete schnaufend aus. Ihre Augen kniff sie so fest zusammen, dass nur noch ein schmaler Schlitz zu sehen war.

»Ich nehme an, dieses Foto hat Herr Möller gemacht.«

Schulterzucken, dann ein leises: »Ist ja wohl klar«.

»Frau Akin. Oder Yasmina, darf ich Sie so nennen?«

»Meinetwegen.«

»Gut. Ich vermute stark, dass es sich bei dem Toten um einen der ehemaligen Freier handelt. Er war schon älter, um die fünfzig. Groß und dünn, kurzes graues Haar. Auf seinem Rücken befinden sich mehrere große Operationsnarben, sehr auffällig. Kommt Ihnen das bekannt vor? Hier ist sein Foto.«

Yasmina atmete tief ein und hielt die Luft an, dann schaute sie kurz auf das Bild. »Kenn ich nicht.« Sofort schweifte ihr Blick wieder ab.

»Auf seinem Grundstück stand ein alter Wohnwagen, den er erst vor wenigen Tagen fortgeschafft hat, wohin, wissen wir noch nicht. Vielleicht hat es sich um den Wohnwagen gehandelt, in dem alles passiert ist. Schauen Sie bitte noch mal genauer auf das Bild.«

Erneut betrachtete die junge Frau das Foto, diesmal ließ sie sich Zeit. In ihrem Gesicht regte sich nichts. »Ich habe diesen Mann noch nie gesehen.«

»Könnte er der Mann mit der Mütze gewesen sein?«

»Wie soll ich das erkennen?«

»Keine Ahnung«, seufzte Nola. »Vielleicht an den Narben auf seinem Rücken oder an seiner Statur.«

Kopfschütteln.

»Wir suchen übrigens mit Hochdruck nach Franziska Lessing. Sie soll jetzt auf der Straße leben.«

»Sie meinen, dass Franzi obdachlos ist? Ich dachte, ihre Mutter verdient als Schauspielerin so viel Geld.« Es klang gleichgültig.

»Das hört sich so an, als würden Sie sich nicht für Franziskas Schicksal interessieren. War sie nicht Ihre beste Freundin?«

»Ja. Aber das ist lange her. Ich habe sie angelogen und im Stich gelassen. So etwas verzeiht man nicht.« Nachdenklich schob Yasmina die Ärmel ihres Shirts hoch und musterte ihre vernarbten Unterarme. Einige Schnitte sahen frisch aus, wie gerade erst verheilt. »Ich an Franzis Stelle könnte das jedenfalls nicht. Verzeihen ist schwer, richtig schwer, vielleicht sogar das Allerschwerste auf der Welt.«

Es klang unendlich traurig, und Nola fühlte sich genötigt zu sagen: »Es ist aber möglich, Yasmina, glauben Sie mir. Und es kann befreien.«

Nola spürte, dass sie langsam, aber sicher die notwendige Distanz zu Yasmina Akin verlor. Das Leben hatte dieser jungen Frau so unerhört viel aufgebürdet, dass es unvorstellbar schien, nicht daran zu zerbrechen. Und doch begnügte sie sich damit, Muster in ihre Arme zu ritzen, und funktionierte ansonsten tadellos. Sie hielt ihre Wohnung in Ordnung, besuchte das Fachgymnasium, plante ein Studium und hatte sich von ihrem Freund getrennt, weil er sie nicht mehr respektieren konnte, und an seiner statt einen ungefährlichen Jungen in ihr Leben gelassen. Sie weigerte sich, Nola bei den Ermittlungen behilflich zu sein, aber durfte man ihr das wirklich übel nehmen? Wie schrecklich musste es sich anfühlen, über diese Art von Missbrauch zu sprechen, erst recht für ein Mädchen, das nicht auf die Unterstützung der Eltern hoffen konnte, das im Grunde auf sich allein gestellt war, dazu hörbehindert und damit eine Außenseiterin. Dreifach behindert, so hatte sie sich selbst bezeichnet, was ein hohes Maß an Selbstreflexion bedeutete.

Im Präsidium rief Nola die Liste der männlichen Schüler der *Christine-Charlotten-Schule* auf. Ein Robin Weber hatte dieselbe Klasse wie Leona, Yasmina und Franziska besucht. Nach ihren Erfahrungen mit hörenden Männern schien Yasmina jetzt die Gesellschaft eines Nichthörenden zu suchen. Vermutlich fühlte sie sich in seiner Gegenwart sicher und verstanden.

Die Hunde schlugen an. Andreas Ahlers schaute aus dem Fenster, aber da war nichts, nur rabenschwarze Nacht.

»Siehst du was?«, fragte Enrico, der breitbeinig auf dem Sofa hockte und gerade das dritte Bier öffnete.

»Nee, nichts. Vielleicht ein Reh, keine Ahnung. Vergiss es. Hier ist niemand. Oder hat jemand ein Auto gehört?«

Allgemeines Kopfschütteln.

Sie hatten sich wieder getroffen, heimlich, hier bei ihm im Forsthaus. Es schien einfach der beste Ort dafür zu sein.

Leonas Tod hatte ihnen zugesetzt, hatte sie herausgerissen aus ihrem Alltag, die Vergangenheit wieder auferstehen lassen.

Gerade als sie sich ein wenig beruhigt hatten, wurde Clemens Möller getötet. Nicht, dass es schade war um den kleinen Angeber. Darin waren sie sich einig. Doch er war nicht einfach gestorben, jemand hatte ihn ermordet, und das war unheimlich.

Nach Leonas Tod hatte Möller Geld gewollt, Schweigegeld, genau wie damals. Er hatte Andreas Ahlers per E-Mail einen

Film geschickt, auf dem man ihn mit einem der Mädchen sah, leider sehr deutlich. Was blieb ihm anderes übrig, als zu zahlen? Und weil Möller, dieser Blödmann, nicht mal ein Auto besaß, musste er extra nach Emden fahren und ihm die Scheine persönlich in die gierige Pfote drücken. Zweieinhalbtausend Euro, ein kleines Vermögen. Der Förster war davon überzeugt, dass Möller die anderen ebenfalls zur Kasse gebeten hatte. Aber keiner redete darüber, und er würde auch nicht den Anfang machen. Überhaupt war er davon überzeugt, dass keiner die ganze Wahrheit gesagt hatte, dass jeder hier im Raum ein oder zwei kleine, schmutzige Geheimnisse hütete, genau wie er selbst. Egal. Clemens Möller war tot, und das Leben hätte einfach weitergehen können. Doch jetzt hatte es Josef Strewitz getroffen, und die Umstände seines Todes waren einfach nur zum Fürchten. Wenn Ahlers nur daran dachte, schnürte sich seine Kehle zusammen. Nicht nur aus Ekel, sondern vor allem aus Angst.

Sie saßen zu dritt in seiner Stube, und jeder von ihnen schielte zwischendurch auf den Stuhl, wo Josef beim letzten Mal gesessen hatte. Hanno rauchte wie ein Schlot, er sah bleich aus, und seine Stimme klang heiser. Enrico dagegen benahm sich erstaunlich gelassen. Verdächtig gelassen, wenn Ahlers so recht darüber nachdachte. Normalerweise neigte Enrico dazu, in Stresssituationen auszuflippen. Schon komisch, dass er heute Abend so entspannt wirkte.

Insgeheim fragte der Förster sich, ob er mit einem Mörder am Tisch saß. Ja, es konnte doch gar nicht anders sein, einer von ihnen hatte damit angefangen, die anderen umzubringen, um seine eigene Haut zu retten. Josef musste seinen Mörder gekannt haben. Nie im Leben hätte der alte Einsiedler einen Fremden über die Schwelle gelassen. Und Ahlers war ziemlich sicher, dass Josef, abgesehen von der Skatrunde am Donnerstag, keinerlei Kontakte im Dorf pflegte. Wenigstens war mit Josef das schwächste Glied ihrer Kette verschwunden, und er gestand sich ein, seither ein wenig besser zu schlafen. Den anderen erging es vermutlich genauso.

»Wir brauchen uns also wirklich keine Sorgen machen? Du hast den Wohnwagen und die Papiere verschwinden lassen? Gut, dann können die eigentlich keine Verbindung herstellen.« Das wiederholte Hanno jetzt zum dritten Mal, und Enrico erklärte ebenfalls zum dritten Mal, dass alles in Ordnung wäre und er sich endlich beruhigen sollte. »Ich bin extra bis nach Münster gegurkt. Die Anzeige hab ich im Netz gefunden. *Ausrangierter Wohnwagen für Jugendprojekt gesucht.* Die wollten mir fuffzig Eier für Sprit bezahlen, aber ich hab großzügig abgelehnt. Da es sich um eine Schenkung handelt, gibt es auch keinen Kaufvertrag. Die brauchen die alte Dose als Jugendtreff für so'n paar asoziale Drogis. So wie die Brüder ausgesehen haben, ist der Wohnwagen in einem Jahr hin.« Er massierte seinen Schnäuzer und grinste selbstzufrieden. »Ich hab sogar daran gedacht, die Fahrgestellnummer abzuflexen. Kein Kennzeichen, keine Papiere, ich hab mich Ferdinand Meißen genannt.« Mit einem lauten Knall stellte er sein Bier auf den Tisch. »Sorgen macht mir höchstens die blöde Kuh von Nachbarin. Josef meinte, dass sie ihn ständig beobachtet hat. Ich dachte natürlich, der spinnt. Ihr wisst ja, wie er zuletzt drauf war. Aber als ich an dem Sonntag mit dem Hänger an ihrem Haus langgefahren bin, hat sie tatsächlich durch den Zaun gelinst.«

»Meinst du, die hat alles gesehen?« Die Vorstellung fand Ahlers bedrohlich.

Enrico winkte betont lässig ab, wobei Zigarettenglut auf

seinen Oberschenkel fiel. »Aua, Scheiße!« Er feuchtete seinen Zeigefinger an und rieb damit über das soeben entstandene Brandloch. »Glaub ich nicht.« Er drückte die halb gerauchte Zigarette in den Aschenbecher. »Vermutlich ist die Alte senil. Stellt sich am helllichten Tag hin und glotzt durch eine Lücke im Zaun. Das muss man erst mal bringen.« Mit der flachen Hand schlug er gegen seine Stirn und lachte dabei übertrieben albern, konnte allerdings keinen zum Mitlachen animieren.

»Vor allem müssen wir ruhig bleiben, Leute«, sagte Ahlers eindringlich. »Mit Clemens Möller ist der einzige Mensch verschwunden, der gegen uns aussagen konnte.« Er bemühte sich, möglichst überzeugend zu klingen.

»Und die Mädchen?« Hannos Stimme zitterte bedenklich, so als wollte er sich mit aller Macht um den Posten des nächsten Wackelkandidaten bewerben. Gott, war das eine Memme!

Die Antwort übernahm Enrico. »Wenn die Girlies Anzeige erstatten wollten, hätten sie es längst getan. Damals, als Leona verschwunden ist. Haben sie aber nicht, vermutlich weil sie sich geschämt haben. Und so wird es hoffentlich auch bleiben. Mensch, vier Jahre ist das her. Die gehen doch gar nicht mehr in Jemgum zur Schule. Wer weiß, wo die abgeblieben sind.« Er machte eine großspurige Handbewegung, als wären ihre Bedenken lächerlich.

Ahlers nickte geistesabwesend. Die anderen ahnten nicht, dass es einen weiteren Mann gab, der von ihrem Geheimnis wusste. Seinerzeit hatte Ahlers Möllers Telefonnummer an Siegfried Erdwiens weitergegeben und später gehört, dass es absolut geil gewesen wäre mit der Kleinen. Er hatte nicht weiter nachgefragt, wusste also nicht, welches Mädchen gemeint war, auch nicht, ob Siegfried mehr als einmal nach Jemgum gefahren war. Damals hatte er es nicht für nötig befunden, den anderen davon zu erzählen, zumal die Geschichte kurz danach zu Ende ging. Jetzt dachte er darüber nach, seinen Alleingang zu gestehen. Ja, vielleicht sollte er das wirklich tun.

Er räusperte sich. »Hört mal. Da ist noch jemand, der von den Mädchen weiß. Ich hab ihm damals Clemens' Telefonnummer gegeben. Und ich weiß, dass er dort war, mindestens ein Mal.« Es fiel ihm nicht leicht, den Namen auszusprechen, aber es musste ja wohl sein. »Siegfried.«

»Erdwiens? Du Vollidiot hast Siegfried Erdwiens eingeweiht? Diesen Arsch?«, eiferte sich Enrico, und vor lauter Wut versprühte er kleine Speicheltröpfchen.

»Ja.« Verlegen nuckelte Ahlers an seiner Bierflasche. »Mensch, ich hab doch gedacht, dass das Nutten sind. Dass denen egal ist, wer drübersteigt, Hauptsache, die Kohle stimmt.«

Wütend knallte Enrico seine leere Bierflasche zurück in die Kiste, dann warf er sich so heftig auf dem Sofa zurück, dass die Federung quietschte. »Der hält doch nie im Leben die Schnauze!«

»Hat er aber bis jetzt«, murmelte Ahlers, und er war froh, dass ihm das eingefallen war. »So wird es auch bleiben. Ich hab schon ein paarmal mit ihm geredet. Der weiß, was Sache ist.«

Hanno, der bislang nur geschwiegen und wie ein Waschweib vor sich hin geseufzt hatte, wurde plötzlich aktiv. »Hört mal, Siegfried hat doch Leona gefunden. Findet ihr das nicht auch komisch? Und dass er dieses Interview gegeben hat ...«

Genau denselben Gedanken kaute Ahlers seit Tagen durch. Siegfried war ein kalter Hund, wahnsinnig abgebrüht. Den brachte so leicht nichts aus der Fassung. Nicht mal, dass ausgerechnet er das tote Mädchen entdeckt hatte. Eigentlich ein seltsamer Zufall. Ahlers an seiner Stelle hätte sich jedenfalls nicht für die Zeitung fotografieren lassen, allein schon aus

Angst, dass eines der Mädchen ihn auf dem Bild erkennen könnte. Der Typ war echt irre – und damit nicht ungefährlich, das musste er sich eingestehen.

»Ich red noch mal mit ihm. Aber keine Panik, der hält dicht.« Genau. Später würde er noch mal bei Siegfried anrufen und ihn ein weiteres Mal beschwören, um Himmels willen die Klappe zu halten. Vorsichtig schielte er rüber zu Enrico. Dabei wurde ihm bewusst, dass der nur so tat, als wäre er entspannt, in Wahrheit ging ihm der Arsch genauso auf Grundeis wie den anderen. Wenn er sich unbeobachtet fühlte, kaute er auf seiner Unterlippe herum, so heftig, dass allein der Anblick schmerzte.

Sonntag, 17. März

Bei ihrem letzten Treffen hatte Rob verlebt ausgesehen, hager wie ein Windhund und mit Augen, in denen etwas Ungesundes flackerte, Angst und Gier und noch etwas, das Nola nicht benennen konnte. Er hatte mindestens zehn Jahre älter gewirkt, als er tatsächlich war, weil sein Leben als getriebener Spieler seinen Preis forderte.

Jetzt saß ihr der Rob gegenüber, in den sie sich damals Hals über Kopf verknallt hatte. Blonde, vom Wind zerzauste Haare, braun gebrannte Haut und blaue Augen, in denen die pure Lebenslust leuchtete. Flüchtig wunderte sie sich, woher ihr geschiedener Mann ihre neue Adresse kannte, doch sie war viel zu überwältigt von seinem Anblick, um diese ernüchternde Frage ernsthaft zu stellen.

»Du fehlst mir, Nola. Und ich frag mich, ob wir beide es nicht noch mal miteinander versuchen sollten. Ich hab mich geändert, wirklich! Ich bin clean, ich spiel nicht mehr, das musst du mir einfach glauben. Bitte.«

Es klingelte.

»Lass«, sagte er unwillig.

Doch es klingelte erneut, lange und anhaltend. Im selben Moment, in dem sie den lästigen Klingelton ihrem Smartphone zuordnete, wurde ihr klar, dass sie geträumt hatte. Nola rieb sich die Augen und schaute auf die Uhr, halb zwei, mitten in der Nacht. Auf dem Display erkannte sie Renkes Namen. Nein, sie würde ganz bestimmt nicht abnehmen.

Offenbar war er nicht bereit, aufzugeben. Die Klingelei nahm kein Ende. Irgendwann kapitulierte sie.

»Ja.«

»Wollt' mal wissen, ob du noch sauer auf mich bist.«

Sie schluckte. »Hast du mal auf die Uhr geschaut? Ja, ich bin sauer auf dich, und daran wird sich auch nichts ändern.«

Im Hintergrund hörte Nola ein Gluckern, offenbar goss er sich etwas zu trinken ein. »Ich will aber nicht, dass du sauer auf mich bist. Immer bist du sauer, das macht mich ganz krank. Kannst du das verstehen?« Er sprach schleppend und sehr undeutlich. Was das bedeutete, war klar. Er war betrunken.

Nola dagegen war nüchtern, hundemüde und wollte nur eins, weiterschlafen. »Ich glaube schon«, seufzte sie in der Hoffnung, dass er dann Ruhe gab.

»Du glaubst?« Er lachte böse. »Typisch Nola. Du glaubst. Quatsch«, fauchte er. »Tust du nicht. Du redest dich mal wieder raus. In Wahrheit verstehst du mich überhaupt nicht. Natürlich nicht. Und weißt du was, Nola van Heerden? Ich verstehe mich selbst nicht mehr.« Pause. »Ich verstehe ja sowieso nichts. Das denkst du doch, dass ich so'n Scheißtyp bin, so'n Obermacho, der über alle Frauen wegtrampelt. Dem es nichts ausmacht, wenn's dir schlecht geht. Stimmt's? Nee, sag nichts, denk dir erst gar keine Lügen aus. Ich weiß genau, wie du tickst. Und dass ich dir am Arsch vorbeigeh. Du hast ja jetzt diesen Doktor, diese Flachpfeife. Is' mir aber scheißegal. Echt, Nola, interessiert mich nicht die Bohne. Da bin ich mit durch. Und mit allem anderen auch.«

Auf einen Schlag war sie hellwach. Ihr Herz klopfte bis zum Hals. »Renke«, sagte sie vorsichtig. »Was ist los mit dir?«

»Nix, was dich interessiert. Hab einfach keinen Bock mehr

auf dies' beschissene Leben. Alles kaputt, verstehst du? Kaputt und vorbei, eine Million Scherben. Drei Urnen geh'n in so ein Grab, wusstest du das? Nee, natürlich nicht. Interessiert dich doch alles gar nicht.«

»Renke?« Er hatte aufgelegt. Vermutlich war er einfach nur sturzbetrunken. Nola schloss die Augen und versuchte, wieder einzuschlafen, was sich als unmöglich erwies. Eine halbe Stunde später, sie war inzwischen aufgestanden, hatte Milch und einen Esslöffel Honig in einem Becher verrührt und in der Mikrowelle erhitzt, klingelte ihr Telefon erneut.

»Du bist so' n kluges Mädchen, Nola van Heerden. Weißt du das? Kluuuug!« Er lachte scheppernd. »Hast dich rechtzeitig vor mir in Sicherheit gebracht. Dein berühmtes Bauchgefühl, was?« Schon wieder dieses schreckliche Lachen. »Ich bin nämlich der Todbringer, wusstest du das? Klar wusstest du das, du bist ja so oberklug! Aleena ist tot und Leona auch, weil ich so ein verdammter Idiot bin, der nichts auf die Reihe kriegt. Der gepennt hat …« Der Satz endete in unverständlichem Brummeln.

Dieser Anruf machte ihr Angst. »Renke? Bist du zu Hause?« Ihr Herz klopfte wie verrückt.

»Das willst du doch gar nicht wissen, Nola van Heerden. Nichts willst du wissen. Ich bin dir doch so was von scheißegal. Du mir jetzt auch.«

Es folgte ein komisches Geräusch, dann hörte sie nur noch das Besetztzeichen. So oft Nola seine Nummer wählte, es blieb besetzt.

Und jetzt? *Alles kaputt bei mir, kaputt und vorbei. Drei Urnen geh'n in so ein Grab.* Auf gar keinen Fall konnte sie den Anruf auf sich beruhen lassen. Vernünftig wäre es wohl gewesen, die Kollegen vom Nachtdienst zu informieren. Falls sich das Ganze allerdings als blinder Alarm entpuppte, und nichts wünschte sie sich mehr, würde Renke ihr das nie verzeihen. Sein Ansehen als Revierleiter in Martinsfehn wäre für immer beschädigt, wenn die Kollegen aus Leer mit großer Besetzung seine Wohnung stürmten, weil sie ihn als akut suizidgefährdet einstuften. Nein, das war ihre Aufgabe.

Hastig zog Nola eine Jeans an, Socken, den nächstbesten Pulli, Schuhe, ihre Jacke und stürmte auf die Straße. Immerhin hatte es nicht gefroren, sodass sie keine Scheiben kratzen musste. Vor ihr schlich ein heller Passat über die Landstraße, und die Strecke machte eine steile Linkskurve, sodass man hier eigentlich nicht überholen konnte. Sie blinkte trotzdem und wechselte die Spur. Selten fuhr sie derart riskant, aber die Vorstellung, dass Renke sich etwas antun und sie um wenige Minuten zu spät kommen könnte, um genau die Minuten, die es brauchte, um sich brav an alle Verkehrsregeln zu halten, ließ sie das Gaspedal voller Entschlossenheit durchtreten.

Kiefernweg 11. Das Erste, was sie sah, war das Schild im Vorgarten: *Zu verkaufen.*

Im Carport stand kein Auto, und drinnen war es dunkel. Als sie klingelte, regte sich nichts hinter der Tür. Sie holte die Taschenlampe aus dem Wagen und leuchtete in die Fenster. Die Möbel standen noch da, aber die offenen Schranktüren machten klar, dass hier niemand mehr wohnte. Er war ausgezogen, und sie hatte keine Ahnung, wohin. Nichts wusste sie über ihn, gar nichts, nur dass er jetzt irgendwo soff und kryptische Bemerkungen machte, die Schlimmes befürchten ließen, vielleicht sogar das Allerschlimmste.

Schon wieder spielten die Hunde verrückt. Verdammte Köter! Andreas Ahlers, der gerade die Wiederholung eines *Tatorts* aus Münster schaute, zuckte zusammen. Er griff zur Fernbedienung und stellte den Ton lauter. Bis zum Anschlag. Hier draußen gab es keinen, den das störte. Er konnte tun und lassen, was er wollte. Offenbar war sein Apparat nicht so gut, wie man es bei dem Anschaffungspreis erwarten dürfte. Die Hunde übertönten die Fernsehgeräusche. Scheiße. Gestern hatten sie dasselbe Theater veranstaltet. Um kurz vor Mitternacht, genau wie heute. Und als er draußen nachgesehen hatte, war da nichts. Ein Reh, hatte er noch vermutet, die kamen manchmal bis ans Haus, weil sie die frischen Spitzen der Johannisbeersträucher liebten, die sein Vorgänger vor dem Haus gepflanzt hatte und deren Ernte Ahlers den Vögeln überließ. Doch als er heute Morgen nachgesehen hatte, waren die Triebe unversehrt, und es gab auch keine frischen Trittsiegel im Garten.

Entschlossen sprang er auf, schloss im Laufen die Knöpfe seiner moosgrünen Strickjacke, knallte die Zimmertür hinter sich zu und stieß mit Schwung die Hintertür auf. Feuchte Kälte strömte herein, und ihm wurde bewusst, dass er heute Abend vergessen hatte, abzuschließen. Jeder hätte unbemerkt hereinspazieren können, vor allem in den letzten fünf Minuten, als Ahlers wegen der Hunde den Fernseher auf volle Lautstärke gedreht hatte. Nicht, dass er besonders ängstlich war, aber für jemand, der allein mitten im Wald wohnte, erschien diese Nachlässigkeit mehr als leichtsinnig, und er nahm sich vor, künftig besser aufzupassen.

Heute Nacht empfand er die Dunkelheit anders als sonst, schwärzer, dichter, bedrohlicher. Seine Schritte stockten, und er musste sich zwingen, weiterzugehen. Er spürte ein unangenehmes Prickeln im Nacken und wunderte sich über sich selbst. Der Heinrichsforst war sein Arbeitsplatz, er kannte hier jeden Weg. Oft genug war er im Dunkeln unterwegs, hatte ganze Nächte auf dem Hochsitz verbracht, um dem Wild aufzulauern, das auf seiner Abschussliste stand. Doch heute flößte ihm etwas Angst ein, etwas, für das er keine Worte fand. Etwas Böses lauerte in der Finsternis, die Hunde spürten das, und er selbst spürte es jetzt auch.

Er näherte sich dem Zwinger, brüllte herrisch: »Aus!« Augenblicklich war es still bis auf das Hecheln und das aufgeregte Trippeln und Kratzen ihrer Pfoten auf dem Steinboden, das verriet, dass sie am Gitter entlangliefen.

»Hallo, ist da jemand?« Erschrocken nahm er wahr, wie unsicher sich das anhörte.

Keine Antwort, natürlich nicht, nur Tonka, die große braune Hündin, die das Rudel führte, winselte in den höchsten Tönen, als wollte sie ihn warnen oder wenigstens die Erlaubnis bekommen, weiterzubellen. »Du bist still«, herrschte er sie an, und sie klemmte die Rute ein.

Ganz langsam, Schritt für Schritt, zog er sich zurück, bis er die Türklinke in seinem Rücken fühlen konnte. Er schlüpfte ins Haus, schlug die Tür zu und drehte den Schlüssel um. Dann hastete er zur Vordertür, die vor allem von den Besuchern des Forstamtes genutzt wurde, und stellte erleichtert fest, dass hier abgeschlossen war.

Bis auf ein leises Fiepen dann und wann, verhielten die Hunde sich jetzt ruhig. Ein Blick aus dem Schlafzimmerfenster verriet, dass sie keine Ruhe fanden, immer noch am Zaun entlangstreiften, hin und her.

Er lag schon im Bett, als ihn der schreckliche Gedanke überfiel, nicht allein im Haus zu sein. In Windeseile zog er sich wieder an, traute sich nicht mal, den Lichtschalter zu betätigen, um einen möglichen Eindringling nicht zu warnen. Beim Öffnen der Schlafzimmertür bemühte er sich, kein Geräusch zu machen. Er schlich auf Zehenspitzen durch das Obergeschoss und dann die Treppe runter. Die vorletzte Stufe, die so laut knarrte, ließ er aus. Im Büro öffnete er den Waffenschrank, holte seine alte Mauser raus, mit der er immer noch am liebsten schoss, und legte Munition ein. Die Flinte im Anschlag, durchsuchte er alle Räume des Forsthauses. Ohne Ergebnis. Kein Fremder war in sein Haus eingedrungen. Dennoch fühlte er sich beobachtet.

Kurz entschlossen wählte Nola die Nummer von Jens Stiller.

»Hallo?« Er klang ziemlich verschlafen, klar, inzwischen zeigte die Uhr halb drei.

»Hallo, moin. Tut mir leid, dass ich dich geweckt habe. Hier ist Nola. Van Heerden«, fügte sie schnell hinzu, obwohl sie beinahe sicher war, dass er keine andere Nola kannte. »Du, ist mir ein bisschen peinlich. Ich hab 'ne blöde Frage. Wo wohnt Renke jetzt?«

»Hauptstraße, Ecke Marktplatz, über *Deichmann*. Der Eingang liegt hinter dem Gebäude. Ist was passiert?« Jetzt war er hellwach.

»Nee, nur was ganz Privates.« Vor lauter Unsicherheit kicherte sie albern.

»Hm.« Er schien zu überlegen, ob er weiterreden sollte, und entschied sich dagegen. »Okay, dann viel Spaß.«

»Danke. Hast ein Bier bei mir gut.« Erst später fiel ihr auf, dass sie sich geduzt hatten, zum ersten Mal, und sie nahm sich vor, dabei zu bleiben.

Nola ließ den Motor an, raste zurück zur Hauptstraße und stellte den Wagen auf dem Marktplatz ab, genau auf der Linie zwischen zwei markierten Parkplätzen, zum Rücksetzen und Korrigieren fehlte ihr die Zeit. Flüchtig dachte sie, dass Renke in Sichtweite seiner Stammkneipe gezogen war und dass das nicht die beste Lösung für ihn zu sein schien.

Die erleuchteten Schaufenster von *Deichmann* zeigten ihr den Weg. Als sie *Nordmann* auf dem Klingelschild las, kamen ihr vor Erleichterung die Tränen. Wild entschlossen drückte sie auf den Klingelknopf, und als sich drinnen nichts tat, hämmerte sie gegen die Tür und überlegte dabei, wen sie informieren musste, falls er nicht öffnete. Zu ihrer grenzenlosen Erleichterung hörte sie schwere Schritte, ein Stolpern, dann ein verwaschenes »Wer is' da?« hinter der Tür.

»Hier ist Nola. Und wenn du nicht sofort aufmachst, rufe ich die Kollegen aus Leer samt Schlüsseldienst, Feuerwehr und Notarzt.«

Die Tür schwang auf, und er schaute sie aus großen blauen Augen an, vollkommen erstaunt, als hätte er seinen Anruf mitten in der Nacht schon wieder vergessen.

Nur um irgendwas zu sagen, sagte sie: »Du bist mir nicht scheißegal. Und jetzt lass mich rein.« Sie schubste ihn beiseite und freute sich, dass er sich nicht ausbalancieren konnte und mit der Schulter gegen die Tür knallte, und das ziemlich heftig. Ein blauer Fleck dürfte ihm sicher sein, eine viel zu geringe Strafe für diesen Auftritt.

Die Wohnung versetzte ihr einen Schock. Das Wohnzimmer war so gut wie unmöbliert. Eine gestreifte Couch, davor ein provisorischer Tisch aus einem Umzugskarton und einer lose darübergelegten Spanholzplatte, ein Regal aus Gasbetonsteinen und rauen Brettern, auf dem die Anlage und der Fernsehapparat standen, daneben ein billiger Schreibtisch aus dem Baumarkt mit verchromten Beinen und einer Glasplatte für PC und Drucker, davor ein dreibeiniger Hocker. Mehr nicht. Oder doch. Eine Wand aus nicht ausgepackten Umzugskartons, sorgfältig beschriftet, *Wohnzimmer-Geschirr, Fotoalben, Bettwäsche.* Die meisten Kartons schienen Bücher zu enthalten. Davor leere Rotweinflaschen, sie wollte gar nicht erst zählen, wie viele. Renkes Dienstwaffe lag auf der Spanplatte, als hätte er irgendetwas damit vor. Sie warf einen Blick über ihre Schulter, er war ihr nicht gefolgt. Schnell ließ sie die Heckler & Koch in ihrer Handtasche verschwinden. Sie wartete fünf Minuten, dann kehrte sie zurück in den Flur. Er hockte auf dem Fußboden, den Rücken an die Wand gelehnt, die Beine angezogen. »Du sollst das hier nicht sehen.«

»Dann hättest du mich nicht anrufen dürfen.« Sie setzte sich im Schneidersitz neben ihn. »Was ist los mit dir?« Als er nicht reagierte, lehnte sie ihren Kopf gegen seine Schulter, griff nach seiner linken Hand und zog sie auf ihren Schoß. »Sag schon.«

»Weißt du doch«, murmelte er. »Bin auf dem absteigenden Ast. Krieg nix mehr mit. Kann bald einpacken.«

»Blödsinn.«

»Fahr wieder nach Hause, Nola. Bitte.« Es klang gequält. »Und vergiss, was du hier gesehen hast, die Wohnung, den Mann …«

»Die leeren Flaschen.« Eigentlich fand Nola volltrunkene Männer abstoßend, aber selbst mit wild zerrauften Haaren, geröteten Augen und unklarer Aussprache war Renke immer noch der Mann, der ihr Herz fest in der Hand hielt, auch wenn sie bis gerade eben gar nichts davon gewusst hatte und es ihr auch nicht gefiel, nicht wirklich.

»Du hast einfach einen Moralischen. Das kommt von der Scheißsauferei.« Sie hauchte einen Kuss auf seinen Hals, der feucht war von Schweiß und salzig schmeckte.

»Mach das noch mal«, flüsterte er.

Sie ließ ihre Lippen von seinem Hals zu dem Ausschnitt seines Shirts wandern. Mit der linken Hand öffnete sie die Knöpfe, es waren fünf, warum auch immer sie mitzählte, und dann küsste sie die Haut, die darunter zum Vorschein kam. Sie spürte, dass er die Muskeln anspannte. Aber er fasste sie nicht an, versuchte auch nicht, sie zu küssen, er hielt einfach nur ganz still. Als sie sich aufrichtete, sah sie Tränen in seinen Augen glitzern.

Nein. Bitte nicht. Abrupt sprang sie auf. Sie konnte es nicht ertragen, ihn so am Boden zu sehen, das passte einfach nicht zu ihrem Bild von Renke Nordmann. »Was trinkst du?«

»Rotwein. Ouzo. Immer abwechselnd. Seit heute Mittag.«

»Ist ja abartig.« Auf dem provisorischen Couchtisch standen eine Flasche Ouzo, noch zur Hälfte gefüllt, und ein Weinglas, daneben zwei leere Flaschen Bordeaux. Sie versteckte den Ouzo hinter dem Sofa, was ein bisschen albern schien, spätestens morgen würde Renke ihn dort finden. Die leeren Rotweinflaschen stellte sie zu den anderen, die er an der Wand aufgereiht hatte, das Glas spülte sie in der Küche aus.

Jetzt erst fiel ihr auf, dass es in der Wohnung kein Foto von Britta gab, auch nicht von Aleena, aber genau betrachtet war das hier ja gar keine Wohnung, sondern ein Durchgangslager. Sie kehrte zurück in den Flur, wo Renke immer noch reglos auf dem Boden hockte, und streckte ihm ihre Hand hin. »Aufstehen, du gehst jetzt ins Bett. Am liebsten würde ich dich vorher noch unter die Dusche stellen, aber das verschieben wir auf morgen früh.«

Montag,
18. März

Auf seine innere Uhr war Verlass. Zehn Minuten vor dem Weckerklingeln wachte Renke auf. Er befand sich in seinem Bett, komplett angezogen bis auf die Schuhe. Sein Schädel dröhnte, was in letzter Zeit häufiger vorkam. In der linken Schulter spürte er einen bohrenden Schmerz, und er wusste nicht, warum. Scheinbar war er gestern tierisch abgestürzt. Mit Klamotten war er ewig nicht mehr ins Bett gefallen. Stöhnend stellte er die Füße auf den Boden, wartete ein paar Sekunden, bis der Schwindel im Kopf sich auf ein erträgliches Maß reduzierte, dann stand er auf. »Scheiße«, murmelte er, schlurfte zur Tür und strubbelte sich dabei durch die Haare. Die Wohnzimmertür stand offen. Auf der Couch lag Nola, das Gesicht zur Rückenlehne gedreht. Im Grunde sah er nur ihre roten Locken, aber daran hätte er sie überall erkannt.

Sein Magen fühlte sich an, als hätte er einen Liter puren Essig getrunken, und der Druck in seinem Kopf hätte nicht schlimmer sein können, wenn jemand mit einem Panzer über seinen Schädel gerollt wäre. In einer Dreiviertelstunde musste er auf dem Revier sein, geduscht und frisch getunt mit einem schwarzen Kaffee und zwei Aspirin. Er hatte überhaupt keine Zeit. Doch er sank vor der Couch in die Knie, vergrub sein Gesicht in Nolas weichen Locken und atmete ihren Duft ein, eine Mischung aus etwas Süßlichem wie Vanille und Nola selbst. Sie gab eine Art Schmatzen von sich und drehte sich auf den Rücken. Behutsam schlängelte er einen Arm unter ihrem Körper durch, der schwer war und warm vom Schlaf, und hauchte einen zarten Kuss auf ihre Wange.

»Hey«, seufzte sie im Halbschlaf.

»Guten Morgen«, flüsterte er, aber sie war schon wieder in ihrem Traum verschwunden.

Eine ganze Weile betrachtete er ihr Gesicht, die glatte Haut mit den unzähligen Sommersprossen, die sanft geschwungenen Lippen, das energische Kinn. Keine Zornesfalte entstellte die Stirn, ihre Züge waren vollkommen entspannt, ihr Mund deutete ein Lächeln an, und er fragte sich, wie oft der Rechtsmediziner sie schon so gesehen hatte, so weich und verletzlich und wunderschön.

Die nächste Frage lautete, wie sie hierhergekommen war, in seine Wohnung und auf seine Couch, und vor allem warum? Er konnte sich nicht erinnern. Sie trug einen Wollpullover, Jeans und grün geringelte Wollsocken. *Kinderstrümpfe, das passt*, dachte er, und dass er sonst was dafür geben würde, jetzt Zeit zu haben. Aber egal, wie viel er in den letzten Wochen getrunken hatte, er war noch nie zu spät zum Dienst erschienen, und daran würde sich auch heute nichts ändern.

Eher zufällig fiel sein Blick auf das Handy, das auf dem Fußboden lag und neuerdings aus vier Teilen bestand. Vermutlich hatte er es gegen die Wand geworfen. Er probierte, das Ding wieder in Gang zu kriegen, doch das gesprungene Display blieb dunkel. Da ließ sich wohl nichts mehr reparieren, er musste so schnell wie möglich ein neues besorgen und die SIM-Karte, die den Sturz hoffentlich überstanden hatte, einsetzen.

Unter der Dusche wurde er langsam klar im Kopf. Nicht, dass er sich wirklich erinnern konnte, aber es gab ein paar Dinge, die zusammen ein schwammiges Bild ergaben. Dumpf entsann er sich, Nola angerufen zu haben, der Verlauf des Gesprächs war allerdings nirgends in seinem Kopf abgespeichert. Scheinbar hatten seine Worte sie dazu bewogen, herzukommen. Scheiße, seine Wohnung sah aus, als würde hier der letzte Penner hausen. Trotzdem war sie nicht auf der Schwelle umgekehrt, vielmehr lag sie auf seinem Sofa und schlief selig.

In der winzigen Küche, die nahezu unbenutzt war, obwohl er eigentlich so gern kochte, stellte Renke die Kaffeemaschine an. Er lauschte auf das vertraute Rauschen und Blubbern, schmierte sich eine Scheibe Knäckebrot, zwang sich, das karge Frühstück runterzuwürgen, und, als die Maschine fertig war, mit zwei Bechern rabenschwarzem Kaffee nachzuspülen. Einen dritten Becher von dem Gesöff, das Tote zum Leben erwecken konnte, trug er rüber in die Stube. Nola hatte sich inzwischen auf den Bauch gerollt und das Gesicht auf ihrem Unterarm vergraben.

»Nola? Aufwachen, ich muss in zehn Minuten los.« Als sie nicht reagierte, hob er ihre Haare an und pustete vorsichtig in ihr Ohr. »Aufwachen.«

Begleitet von einem wohligen Seufzen drehte sie den Kopf zur Seite und schlug die Augen auf. Bei seinem Anblick verdüsterte sich ihre Miene. »Schon aufgestanden? Sogar geduscht? Wie geht es dir? Hoffentlich mies, das hättest du jedenfalls verdient.« Mühsam rappelte sie sich hoch, zog die Knie unter ihr Kinn und legte den Kopf darauf. »Boa, mein Rücken. Du solltest dir mal 'ne anständige Couch anschaffen. Gefroren hab ich auch. Besitzt du keine Wolldecke für Übernachtungsgäste?« Sie bückte sich, zog ihre Schuhe an, dann stellte sie sich breitbeinig vor das Sofa, stemmte beide Hände in den Rücken und dehnte sich zuerst nach rechts und dann nach links.

»Tröste dich, mir geht es beschissen.« Er grinste verlegen, griff um ihren Oberkörper herum nach ihrer Hand, zog sie nach vorn und legte ihre Finger um den Henkel des Bechers. »Hier. Zum Aufwachen. Vorsicht, ist heiß.«

Mit gespitzten Lippen nahm sie einen winzigen Schluck und verzog angewidert das Gesicht. »Igitt, das ist ja das reinste Gift.« Sie rieb sich mit der linken Hand über die Augen und warf einen misstrauischen Blick in den Kaffeebecher. »So was trinkst du? Davon kriegt man bestimmt Magenkrebs.«

»Anders komm ich nach so einer Nacht nicht auf die Beine. Ehrlich gesagt hab ich einen ziemlichen Filmriss. Kann mich gerade noch erinnern, dass wir telefoniert haben. Und danach…« Er zuckte mit den Schultern. »Keine Ahnung, alles weg.«

»Du hast mich mehrfach angerufen, krauses Zeug geredet und wieder aufgelegt. Als Nächstes hast du dein Handy geschreddert und warst nicht mehr zu erreichen. Das, was du von dir gegeben hast, über das Grab, in dem Platz für drei Urnen ist, war mir unheimlich.« Sie zögerte und wich seinem Blick aus. »Als ich reinkam, lag deine Dienstpistole auf dem Tisch. Ich hab sie eingesteckt. Sie ist in meiner Handtasche.« Fragend schaute sie ihn an. »Muss ich mir Sorgen machen?«

»Nein, musst du nicht«, sagte er so entschieden wie möglich. »Alles in Ordnung, echt. Ich bin gestern Abend wohl ein bisschen ins Schwimmen gekommen.«

»Schwimmen, o ja, und zwar in Alkohol.« Sie lachte unsicher, bückte sich und stellte den Kaffee auf dem Tisch ab.

Er machte einen Schritt nach vorn. Jetzt trennten sie nur ein paar Zentimeter. Unfassbar, wie schillernd grün ihre Augen waren, er musste einfach die Hände auf ihre Hüften legen und sie an sich ziehen, und er konnte kaum fassen, dass sie es geschehen ließ, sich sogar mit halb geschlossenen Augen an ihn lehnte.

»Was ist wirklich los mit dir?«, flüsterte sie heiser. »Und erzähl mir bitte nicht, dass alles in Ordnung ist. Ich glaube dir kein Wort.«

Er beschloss, ehrlich zu sein, das hatte sie einfach verdient. »Ist nicht so leicht, sich einzugestehen, dass man Mist gebaut hat. Mist, der ein Menschenleben gekostet hat. Ja, ich hätte besser hinhören sollen damals. Stattdessen hab ich mich auf eine Frau verlassen, die möglicherweise ihre ganz eigenen Interessen verfolgt hat.«

»Frau Eschweiler hatte ein Verhältnis mit Clemens Möller, damals schon. Sie wollte ihn beschützen.«

»Sag das noch mal. Tonia und dieser Junge?« Sein Blick fiel auf die Uhr. »Kann ich mal dein Handy benutzen?« Er rief im Revier an und sagte, dass er ausnahmsweise etwas später kommen würde.

Jens wirkte in keinster Weise überrascht. »Okay, und grüß Nola von mir. Sie soll nicht das Bier vergessen, das sie mir schuldet.«

»Ich werde es ausrichten. Bis gleich.« Er beendete das Gespräch, warf das Handy auf die Couch, fasste mit zwei Fingern unter Nolas Kinn und zwang sie, ihm in die Augen zu sehen. »Woher weiß Jens, dass du hier bist?«

Sie wurde doch tatsächlich rot. »Ich wusste nicht, dass du nicht mehr am Kiefernweg wohnst. Und da hab ich ihn angerufen. Mitten in der Nacht, hab gesagt, es wäre was Privates. Ganz schön peinlich. Wieso bist du umgezogen?«

»Ich hab's da einfach nicht mehr ausgehalten. Zu viele Erinnerungen.«

Ihr Blick blieb an den Umzugskartons hängen, und sie

rümpfte die Nase. »Allerdings scheinst du noch nicht richtig angekommen zu sein. Gemütlich ist was anderes.«

Dem konnte er wohl kaum widersprechen. »Was sagt eigentlich dein neuer Freund dazu, dass du deine Nächte mit anderen Männern verbringst?«

Sie lächelte geheimnisvoll und drückte ihre Lippen für einen Moment auf seine Wange. Die Antwort blieb sie ihm schuldig.

Er hatte den Wecker nicht gehört. Soweit Andreas Ahlers sich erinnerte, war das noch nie vorgekommen. Vielleicht lag es daran, dass er in der letzten Nacht so wenig und so schlecht geschlafen hatte nach dem Terror, den die Hunde veranstaltet hatten. Auf dem Weg vom Küchenschrank zum Tisch glitt ihm der Becher mit dem Kaffee aus der Hand und zerschellte auf dem Boden. Dabei ergoss sich heißer Kaffee über seine Hosenbeine und den Fußboden. Als er ein Blatt von der Haushaltspapierrolle riss, war es das letzte, eine neue Rolle gab es nicht, und das eine Blatt, das eigentlich nur ein halbes war, reichte nicht aus, um die braune Brühe aufzuwischen. Mist. Dieser ganze Tag war Mist. Ein Tag, dem von Anfang an eine Stunde fehlte, konnte nur Mist sein. Wenn das Leben ein langer Flur war, von dem unzählige Türen abgingen, hatte er heute früh die falsche geöffnet. Ihm war klar, dass es kein Zurück gab. Bis zum Schlafengehen würde er der einen, verlorenen Stunde hinterherjagen, vergeblich natürlich. Der Tag, der ihm von Rechts wegen zugestanden hätte, war irgendwo in den Falten des Schicksals verloren. Ahlers ließ das Papier, inzwischen vollgesogen von der braunen Flüssigkeit, auf dem Boden liegen, holte einen neuen Becher aus dem Schrank, füllte ihn mit Kaffee und schaffte es sogar, ihn unfallfrei zum

Tisch zu transportieren. Ein Blick auf die Uhr verriet, dass in weniger als zehn Minuten die Waldarbeiter an der Tür klingeln würden. Die Zeit reichte nicht für ein ordentliches Frühstück, auch nicht für ein Überfliegen der Tageszeitung. Hastig bestrich er sein Brot mit Butter, er kaufte nur die irische, weil sie sich besser streichen ließ, und legte eine Scheibe Emmentaler Käse darauf. Während er lustlos kaute, dann und wann runterschluckte und mit Kaffee nachspülte, folgten seine Augen dem Sekundenzeiger auf der Uhr über dem Herd. Eine alberne Uhr war das, zu jeder vollen Stunde erklang der Gesang eines heimischen Singvogels, und hinter jeder Ziffer war ein übertrieben buntes Bild des Vogels gedruckt. Handgemalt, wie auf der Verpackung gestanden hatte. Im Leben hatte Ahlers noch kein Rotkehlchen mit derart rotglühender Brust gesehen, und das himmelblaue Köpfchen der Blaumeise stimmte ebenfalls nicht mit der Wirklichkeit überein. In wenigen Minuten würde der große Zeiger die Zwölf erreichen, und wie immer um acht Uhr würde die Imitation des Rotkehlchengesangs erklingen, obwohl es schon einiges an Vorstellungskraft brauchte, um in dem mechanischen Zwitschern den Gesang des echten Vogels zu erkennen. Die Uhr hatte er vor zwei Jahren von den Skatbrüdern zum Geburtstag bekommen. Sie dachten wohl, genau das richtige Geschenk für einen Förster gefunden zu haben. Weil es sich so gehörte, hatte er das Ding in die Küche gehängt, obwohl er sich tagtäglich daran störte.

Gerade als das Rotkehlchen sein blechernes Lied anstimmte, klingelte es. Die Arbeiter. Andreas Ahlers kippte den letzten Rest Kaffee hinunter und stapfte zur Tür. Das Gefühl, dass etwas nicht stimmte, verstärkte sich mit jedem Schritt, bis es so heftig in ihm rumorte, dass er am liebsten gar nicht geöffnet hätte. Woher wusste er denn überhaupt, wer dort draußen stand? Irgendwas war anders als sonst, er wusste nur nicht, was. Seine Hand zitterte, als er den Schlüssel im Schloss umdrehte.

Eine Weile arbeiteten sie stumm nebeneinander her, dann hielt Annerose es nicht mehr aus. »Gerda, ich muss mal mit dir reden.«

Erstaunt sah ihre Freundin auf. »Das klingt ja so ernst.«

»Ja, ist es auch.« Annerose zog die Ärmel ihrer Strickjacke über ihre Hände. Ihr war auf einmal schrecklich kalt. »Glaubst du, dass Hanno eine andere hat?«

»Wie kommst du denn darauf?«

»Er hat doch alle Möglichkeiten der Welt. Ich sitze hier fest, und er kutschiert ständig durch die Gegend. Würde doch gar nicht auffallen, wenn er fremdgeht.« O Gott, hatte sie das wirklich gesagt?

Gerda nahm ihre Brille ab, das zartgrüne Gestell passte wunderbar zu ihren honigblonden Haaren, und die geschwungene Form der Fassung ließ ihr rundes Gesicht schmaler wirken und gleichzeitig intelligent. Mit gespitzten Lippen hauchte sie die Gläser an, dann rieb sie mit dem Zipfel ihres Shirts darüber und setzte die Brille wieder auf. »Ja, er hätte die Möglichkeit. Die hätte jeder von uns, du, ich, Erwin, das heißt doch nichts.«

Bei der Erwähnung von Gerdas Mann hätte Annerose um ein Haar laut gelacht. Erwin war der langweiligste, unattraktivste Mann, den sie sich vorstellen konnte, so durchschnittlich in jeder Beziehung, dass er beinahe unsichtbar war.

»Am Freitag hat Hanno behauptet, dass er zu Markus fahren will. Kurze Zeit später ist Markus im Laden aufgetaucht. Er hat Hanno gesucht.«

»Hast du Hanno darauf angesprochen? Was hat er gesagt?«

»Dass sie sich verpasst haben.«

»So etwas kann doch mal passieren. Erwin und ich haben auch schon mal aneinander vorbeigeredet. Ich dachte, dass er mich aus dem Kino abholt, und er hat zu Hause auf mich gewartet. Klar, dass wir beide sauer waren. Aber so etwas lässt sich doch klären.«

Gerdas Familientragödien, die überhaupt keine waren, interessierten Annerose gerade nicht die Bohne. »Weißt du, diese ewigen SMS von Markus. Dann lässt er alles stehen und liegen und haut ab, egal was wir gerade vorhaben. In letzter Zeit wird es immer mehr. Er hat sogar schon dort übernachtet.«

Gerda ließ den Klumpen Steckmasse, den sie gerade auf dem Kranz befestigen wollte, wieder auf die Arbeitsplatte fallen. Es gab ein dumpfes Geräusch. »Markus ist sein Bruder. Die beiden haben doch sonst keinen mehr.«

»Wenn er wirklich immer zu Markus fährt«, flüsterte Annerose.

»Du meinst das ernst, oder?« Gerda drückte das Brillengestell mit der Fingerspitze nach oben. »Du denkst, dass Hanno dich anlügt.« Als Annerose keine Antwort gab, legte sie ihr die Hand auf die Schulter. »Ich dachte, ihr seid so wahnsinnig glücklich.«

»Sind wir ja auch.« Annerose lächelte kläglich. »Ich sag ja auch nicht, dass er grundsätzlich lügt. Aber manchmal vielleicht.«

»Du könntest ihn beschatten. Nimm meinen Wagen, dann merkt er es nicht.« Im selben Moment prustete Gerda los und stieß ihren Ellenbogen unsanft in Anneroses Seite. »Jetzt steckst du mich schon an. Glaub mir, du siehst Gespenster. Hanno tut doch praktisch alles für dich. Der ist richtig verliebt, das sieht man doch. Mach es nicht kaputt, Annerose.« Es klang beschwörend. »Gib mir mal den Draht rüber.«

Mit verschränkten Armen schaute Annerose zu, wie Gerda die in Folie gewickelte Steckmasse auf dem Kranz befestigte. Ja, sie musste Hanno einfach vertrauen. Ohne Vertrauen funktionierte keine Beziehung. Sie bückte sich und wuchtete mit Schwung einen Kranzrohling auf den großen Arbeitstisch. Anstatt sich in rabenschwarzen Gedanken zu verlieren, sollte sie lieber das Tannengrün aufstecken. Zwei Kränze und ein Sarggesteck bis heute Abend, für Stress mit Hanno blieb ihr gar keine Zeit.

Laut DNA-Abgleich war Josef Strewitz nicht der Mann, der Leona Sieverding zu dem Parkplatz am Kreihenmeer getragen hatte. Auch die Hundehaare auf ihrem Nachthemd stammten nicht von seinen Irischen Wolfshunden, zudem hatte man in seinem Haus keine Sportschuhe von Nike gefunden.

Die Suche nach biologischen Spuren gestaltete sich offenbar besonders schwierig. Alles war mit dem Blut des Toten sowie dem Speichel und den Exkrementen der Hunde kontaminiert. Falls die Spezialisten vom LKA noch DNA isolieren konnten, würde Nola noch eine ganze Weile auf das Ergebnis warten müssen. Eine Tatwaffe hatte man nicht gefunden, aber damit hatte sie ohnehin nicht ernsthaft gerechnet.

Das, was Hilke über Strewitz herausgefunden hatte, war mehr als dürftig. Geboren 1954 in Soest, demnach war er bei seinem Tod 59. Abitur, Bundeswehr, Ausbildung zum Piloten und später zum Fluglehrer, zuletzt stationiert beim Richthofen-Geschwader in Wittmund. 2003 Absturz mit einer Phantom über der Nordsee. Nach langen Krankenhausaufenthalten war er als dienstuntauglich entlassen worden. Strewitz hatte nie geheiratet, er galt als verschlossen und war bei den anderen Fliegern nicht sonderlich beliebt gewesen. Vor sechs Jahren hatte er seine Doppelhaushälfte in Wittmund verkauft und das Geld in *Meyers Tanzdiele* investiert. Er züchtete Irische Wolfshunde, der Zwinger hieß »Vom schönen Fehnhof«, was in Nolas Ohren ziemlich albern klang und überhaupt nicht zu dem Zustand seines Hauses passte.

Laut Auflistung des Telefonanbieters hatte Herr Strewitz Martinsfehn kaum einmal verlassen. Lediglich ein einziges Mal in den letzten Monaten hatte sein Handy sich in andere Funkzellen eingeloggt. Er war nach Bremerhaven gefahren. Ein Eintrag auf seiner Homepage verriet, dass er dort einen neuen Zuchtrüden erworben hatte. *Aaron von der Weser.* Auf der Telefonliste entdeckte Hilke zwei Anrufe von Clemens Möller, beide kurz nach Leonas Tod. Zu Tonia Eschweiler ließ sich keine Verbindung herstellen. Die meisten Telefonate fanden innerhalb von Martinsfehn statt. Ein paarmal hatte Herr Strewitz den Tierarzt konsultiert. Es gab auch regelmäßige Anrufe bei einem Internisten und in der örtlichen Apotheke.

Nach Leonas Tod hatte die Häufigkeit seiner Telefonate deutlich zugenommen. Drei Nummern tauchten regelmäßig auf. Die Teilnehmer hießen Hanno Mollbeck, Enrico Daume und Andreas Ahlers, alle wohnhaft in Martinsfehn. Die Namen kamen ihr vage bekannt vor, sie war beinahe sicher, dass sie zu der ominösen Skatrunde gehörten, von der Renke am Freitag gesprochen hatte. Bedauerlicherweise hatte sie versäumt, die Namen aufzuschreiben. Auf der anderen Seite gefiel ihr die Vorstellung, Renke anzurufen oder besser noch, auf dem Revier zu besuchen. Sie bat Hilke, zu prüfen ob die besagten Nummern auch auf Clemens Möllers Handyliste auftauchten.

Josef Strewitz hatte die Kontoauszüge der letzten fünfzehn Jahre aufbewahrt, zudem fanden sich mehrere Ordner, in denen er sämtliche Kassenbelege seiner Einkäufe auf Zettel geklebt und abgeheftet hatte. Sein Hundefutter bestellte er im Internet, und er gab dort ein Vielfaches von dem aus, das er selbst verbrauchte. Seine Tankrechnungen machten deutlich, dass er den Wagen so gut wie gar nicht benutzte. Selten war Nola ein armseligeres Leben untergekommen. Wenn sie nicht davon überzeugt gewesen wäre, dass Herr Strewitz vor vier Jahren Schulmädchen missbraucht hatte, hätte er ihr leidgetan.

Interessant war, dass Strewitz zwei Tage nach Clemens Möllers erstem Anruf zweitausendfünfhundert Euro von seinem Konto abgehoben hatte. Der Verbleib des Geldes ließ sich nicht nachverfolgen, und Nola war überzeugt, dass es auf Möllers Sparbuch gelandet war. Ein Drittel der Summe, die Clemens Möller kurz vor seinem Tod eingezahlt hatte. Von wem stammten die anderen zwei Drittel? Das musste sie unbedingt rauskriegen. Wenn Strewitz der Mann mit der schwarzen Maske gewesen war, musste Yasmina die anderen Freier eigentlich identifizieren können.

Eine vage Idee brachte sie dazu, Strewitz' Kontoauszüge nach dem 9. Mai 2009 anzusehen. Tatsächlich hatte er fünf Wochen nach Leonas Verschwinden schon einmal die gleiche Summe in bar abgehoben. Zweitausendfünfhundert Euro.

Polly, der polnische Vorarbeiter, dessen richtigen Namen Andreas Ahlers sich nicht merken konnte, machte ein betrübtes Gesicht. »Die Hunde. Was los mit die Hunde? Die schöne Tonka?«

Im selben Augenblick wurde ihm klar, was ihn die ganze Zeit gestört hatte, was anders war als sonst. Die Stille, die bleischwere Stille, keiner der Hunde gab Laut.

Sie lagen im Zwinger, ganz friedlich auf der Seite, als würden sie tief und fest schlafen. Doch als er die Tür öffnete, vorwärtsstolperte, sich auf die Knie warf und seine Hände auf ihre Körper legte, waren sie alle schon steif und kalt. Er wusste sofort, was passiert war. Jemand hatte seine Hunde vergiftet. Er wusste sogar, wann, gestern kurz vor Mitternacht. Die Vorstellung, dass Tonka vor Schmerzen und keineswegs vor Aufregung gewinselt hatte, trieb ihm die Tränen in die Augen. Er hatte im Bett gelegen und sich die Decke über die Ohren gezogen, während seine Jagdhunde krepierten.

»Polizei.« Wie eine geheime Parole wanderte der Ruf nach den Gesetzeshütern bei den Arbeitern von Mund zu Mund, bis Polly schließlich vor ihm stand und ihm sein Handy hinstreckte. »Ruf an, du musst anrufen, Chef.«

»Das erledige ich vom Büro aus«, hörte er sich sagen mit rauer Stimme. »Ihr macht da weiter, wo ihr gestern aufgehört habt.« Erst als die drei Männer sich murrend bewegten, erhob er sich, warf einen letzten Blick auf die Tiere, verriegelte die Zwingertür, als würde das noch irgendeinen Sinn machen, und ging mit schwankenden Schritten ins Haus. Er hörte, dass der Unimog angelassen wurde, das dumpfe Rattern passte zu seiner Stimmung.

Seine Hunde waren tot, und er wusste, was das zu bedeuten hatte. Es war eine Warnung, die Vorankündigung seines eigenen Todes. Seit der Sache mit Leona hatte er gefürchtet, dass so etwas passieren könnte, und jetzt war es so weit. Eine Weile tigerte er planlos durch die Wohnung, er holte Toilettenpapier und wischte damit den Küchenboden sauber, dann zog er die

Zeitung aus dem Kasten und versuchte vergeblich, darin zu lesen. Er kochte frischen Kaffee und stellte dabei fest, dass seine Vorräte zur Neige gingen, konnte sich aber nicht vorstellen, zum Einkaufen in den Ort zu fahren. Wenn er die Polizei anrief, würde es morgen in der Zeitung stehen, vier jämmerlich verreckte Hunde waren bestimmt einen Artikel wert. Irgendjemand würde sich freuen, dass sein feiger Plan so perfekt geklappt hatte, und die Polizei würde nach einem Motiv suchen. Renke Nordmann war gut darin, Geheimnisse zu ergründen.

Nein, er würde die Polizei nicht informieren. Nichts und niemand konnte seine Hunde wieder lebendig machen. Er würde sie begraben und sich nach neuen Jagdbegleitern umsehen. Eine Handvoll guter Züchter fiel ihm auf Anhieb ein und dass er schon lange mit einem englischen Pointer liebäugelte. Eine Weile saß er einfach nur da, ganz still auf seinem Stuhl, trank hin und wieder einen Schluck Kaffee und ärgerte sich, dass ihm die Dosenmilch ausgegangen war. Je länger er ins Leere starrte, umso mächtiger wurde der Drang, mit irgendjemandem zu reden. Aber wem konnte er jetzt noch vertrauen? Der Einzige, der ihm einfiel, war Siegfried, aber nicht mal bei dem war er vollkommen sicher.

Während er so dasaß, die Namen der Hunde vor sich hin murmelte und mit dem Zeigefinger unsichtbare Kreise auf den Tisch malte, begriff er plötzlich, warum die Tiere hatten sterben müssen. Von jetzt an konnte man sich dem Haus nähern, ohne dass die Hunde anschlugen und ihn mit ihrem Gebell warnten. Er war ganz allein, mitten im Wald, nachts, wenn die Wolken auch den letzten Stern einhüllten und alles Licht verschluckten. Allein und ausgeliefert.

Die Frau neben Renke war klein und superschlank, was sie mit einer knackig sitzenden Jeans und einer taillierten Jacke noch betonte, dazu dieses dichte kupferrote Haar, das sie zu einem nachlässigen Knoten aufgedreht trug, aus dem sich lauter vorwitzige Löckchen lösten. Wer solche Haare hatte, brauchte kein Vermögen beim Friseur ausgeben. Ihre Augen erstrahlten in einem ungewöhnlich klaren Grün. Sogar die Sommersprossen sahen bei ihr hübsch aus. Manche Leute waren von Natur aus wunderschön, die brauchten nichts dafür zu tun.

Augenblicklich kam Annerose sich vor wie ein unförmiges Walross, das zu allem Überfluss auch noch babyrosa angezogen war. Wer, um alles in der Welt, hatte behauptet, dass ihr Pastellfarben standen? Blödsinn, sie machten blass und ließen sie unnötig dick aussehen. Die junge Frau wusste das, sie hatte sich für klare, kräftige Farben entschieden, obwohl sie es nicht mal nötig hatte, auf ihre Figur zu achten.

Während Gerda eine Kundin bediente, die stundenlang überlegte, welche der Azaleen am kräftigsten gewachsen war, dabei gab es aus Anneroses Sicht kaum Unterschiede zwischen den einzelnen Pflanzen, schaute die Rothaarige sich im Laden um. Dann und wann flüsterte sie Renke etwas ins Ohr, und Annerose kam der Gedanke, dass sie seine Freundin sein könnte. Sie fand jedenfalls, dass er sie auf eine ganz besondere Weise anschaute, irgendwie liebevoll. Andererseits galt Renke im Ort als uneinnehmbare Festung, da hatten sich schon andere Frauen die Zähne ausgebissen.

Als die Kundin sich endlich entschieden und sechs Euro neunundvierzig für die ihrer Ansicht nach vielversprechendste Topfblume bezahlt hatte, stellte sich die Rothaarige an den Tresen. Sie lobte die Sträuße, dann das Regal aus ungeschältem Birkenholz, das Hanno im Herbst nach einem Foto in einer Wohnzeitschrift nachgebaut hatte.

»So etwas würde gut auf meine Terrasse passen.« Dann zückte sie urplötzlich ihre Polizeimarke, stellte sich als Nola van Heerden vor und erkundigte sich nach Hanno.

Im ersten Moment brachte Annerose nur ein Nicken zustande. Es fühlte sich so komisch an, dass die Polizei nach ihrem Lebensgefährten fragte, geradeso als hätte er etwas verbrochen. Warum sagte Renke kein Wort? Er war hier doch zuständig. Oder war das, was die beiden hergeführt hatte, so schlimm, dass er eigens eine Kriminalpolizistin mitbringen musste, eine Oberkommissarin? Schließlich fiel ihr ein, dass sie endlich antworten musste. »Er ist oben in der Wohnung. Soll ich ihn rufen?«

Wenn sie lächelte, sah die Kommissarin noch hübscher aus. »Das wäre nett.«

Nachdem sie Hanno gerufen hatte, bat sie Gerda, die Primeln draußen auf den Tischen zu gießen, die mit ihren fröhlich bunten Farben Käufer in den Laden locken sollten. Annerose wusste um Gerdas Neugierde und fand, dass ihre Freundin nicht mithören brauchte, was die Polizei zu Hanno führte.

Hanno kam sofort, als hätte er schon am Treppengeländer gestanden und gewartet, was natürlich nicht sein konnte. Als Erstes fiel Annerose auf, wie blass er aussah, geradezu totenbleich. Sie bemerkte bläulichen Schatten unter seinen Augen. Hatte sie die aus unerfindlichen Gründen bisher übersehen oder waren sie tatsächlich neu?

Hanno nickte Renke zu und sagte: »Ihr kommt wegen Josef, richtig? Ich hab es schon gehört. Entsetzlich, ich weiß gar nicht, was ich sagen soll.« Er stellte sich neben Annerose und legte einen Arm um ihre Hüfte, als wäre es ihm wichtig zu zeigen, dass sie zusammengehörten. Sie spürte den festen Druck seiner Hand und fragte sich, ob er ihr damit etwas signalisieren wollte, und wenn ja, was? »Röschen, es geht um Josef Strewitz. Du weißt ja, dass er tot ist.« Damit, dass er ihren Kosenamen benutzte, machte er das positive Gefühl gleich wieder zunichte. *Röschen*, er wusste genau, wie sie es hasste, wenn er sie in der Öffentlichkeit so nannte. Ein Röschen nahm niemand ernst. »Es heißt, seine Hunde haben die Leiche halb aufgefressen. Tagelang soll er dort gelegen haben.«

»Der Arme. Wie fürchterlich. Eine Tragödie.« Nachdem sie die Worte ausgesprochen hatte, kamen sie ihr albern vor. Es klang so übertrieben, dabei hatte sie diesen Strewitz nicht mal leiden können. Ihn nicht und auch sonst keinen von diesen komischen Skatbrüdern.

»Fürchterlich«, echote Hanno, und es hörte sich genauso unecht an. Zwei lausig schlechte Schauspieler, die für die Polizei ein Drama aufführten.

Für ein paar Minuten blieb es still bis auf das gleichmäßige Plätschern des kleinen Zimmerspringbrunnens.

Die rothaarige Polizistin brach das Schweigen. »Herr Mollbeck, ich wüsste gern, wie lange und vor allem wie gut Sie den Toten kannten.«

Hanno erzählte, dass Strewitz einer seiner Fluglehrer gewesen war. »Wir hatten uns ewig nicht gesehen, ich wusste nicht mal, dass er nach Martinsfehn gezogen ist. Und dann sind wir uns zufällig auf der Straße begegnet. Josef ist kurz vor Ende seiner aktiven Laufbahn abgestürzt und seitdem invalide. Er war ein komischer Vogel, ein richtiger Eigenbrötler. Mir tat er ein bisschen leid, so ganz allein in der ehemaligen Diskothek. Deshalb hab ich ihn überredet, mit uns Skat zu spielen. Donnerstags im *Tennessee*. Das mag vier Jahre her sein, möglicherweise auch schon fünf. Viel mehr kann ich gar nicht über ihn sagen.«

»Wie sieht es mit Frauen aus? Hatte er mal eine Freundin?«

»Josef?« Hanno lachte und fixierte dabei die Rothaarige.

Annerose spürte, dass ihre Kopfhaut zu kribbeln begann. Nein, es war keine Einbildung, Hanno plusterte sich gerade auf wie ein eitler Gockel.

Jetzt nahm er die Hand von ihrer Hüfte und verschränkte stattdessen die Arme vor seiner Brust. »Nee. Keine Frauen, soweit ich weiß. Jedenfalls nicht hier in Martinsfehn. Oder hast du mal etwas in der Richtung gehört?«

Langsam schüttelte Annerose den Kopf. »Nein. Nie.« Sie verzichtete auf den Hinweis, dass es zwischen ihr und diesem Strewitz keinerlei Berührungspunkte gegeben hatte.

Sogleich übernahm Hanno wieder das Wort. »Was früher war, kann ich natürlich nicht sagen, Frau...?«

»Van Heerden«, beendete Renke den Satz. »Hast du Josef Strewitz mal zu Hause besucht?«

»Nein. Wir haben uns genau einmal pro Woche gesehen, donnerstags zum Skat im *Tennessee*. Wenn er nicht konnte, hat er normalerweise abgesagt. Telefonisch. Letzten Donnerstag allerdings nicht.«

»Ging wohl schlecht. Da lebte er bereits nicht mehr.« Renke sagte das ganz neutral, fast als wäre es komisch. »Habt ihr euch nicht gewundert?«

Hanno hob die Schultern und zog die Mundwinkel runter. *Nein*, sollte das wohl heißen. »Ich wollte noch bei ihm anrufen, hab es aber vergessen. Wie das so ist, aus den Augen, aus dem Sinn. Dann ist mir was anderes dazwischengekommen. Wie schon gesagt, waren wir nicht befreundet.«

Als Nächstes wurde Hanno nach einem Clemens Möller gefragt, den er aber nicht kannte. Auch Annerose hatte den Namen noch nie gehört. Zum Abschied reichte die Polizistin Hanno eine Karte mit ihrer Telefonnummer und ihrer Mailadresse, und Annerose musste sich beherrschen, um nicht nach vorn zu springen, Hanno die Karte aus der Hand zu reißen und zu zerfetzen, bis er nichts mehr darauf entziffern konnte. Renke stand bereits in der Tür, als seine Kollegin sich zu allem Überfluss auch noch nach dem Preis des Birkenholzregals erkundigte.

»Schauen Sie mal auf das Schild über der Tür. Wir verkaufen hier Blumen und keine Möbel«, sagte Annerose pampig, und es war ihr vollkommen egal, was die Frau oder Renke Nordmann von ihr dachten. Ein Blick zur Seite machte deutlich, dass Hanno seinen Blick nicht von der jungen Frau lösen konnte. Wie hypnotisiert starrte er auf ihren Hintern, er stellte sich sogar auf die Zehenspitzen, damit er sehen konnte, wie sie in den Polizeiwagen stieg.

Van Heerden, so hatte sie sich vorgestellt, vermutlich kam sie aus den Niederlanden, auch wenn ihr Deutsch perfekt geklungen hatte. Für Annerose waren die Niederlande ein Synonym für billig und beliebig.

Gerda stand die Neugier im Gesicht geschrieben, als sie mit der leeren Gießkanne wieder in den Laden kam. »War was Besonderes?«

»Dieser Mann, der *Meyers Tanzdiele* gekauft hat, wurde tot aufgefunden. Und Hanno kennt ihn flüchtig vom Skat. Du kannst mal eben zur Bank fahren und Wechselgeld besorgen.« In der Kassenschublade befanden sich noch genügend Rollen mit Kleingeld, das wusste Annerose, und Gerda wusste es auch, wie ihr irritierter Blick verriet.

»Was ist denn mit dir los?«, wollte Hanno wissen. »Warum warst du so unfreundlich zu der armen Frau?«

»Arme Frau? Meinst du die Kripotante? Ich fand sie total unsympathisch«, erklärte Annerose kühl. »Und arrogant.« *Und ich hab genau gesehen, wie du sie mit den Augen ausgezogen hast.*

»Ich möchte mal wissen, woran du das festmachst. Die war doch ganz sympathisch.« Schulterzuckend holte er sein Handy aus der Hosentasche und schaute auf das Display. Erwartete er bereits eine Nachricht von der Kommissarin? Oder drehte sie langsam durch? »Hab ich dir schon gesagt, wie toll du heute aussiehst?« Sein Lächeln wurde breiter, und diesmal gehörte er ihr ganz allein. »Tolles Shirt, Röschen. Sexy. Ich sag ja immer, dass du zeigen sollst, was du hast. Lass doch die obersten Knöpfe auf.« Er schob sie sanft in die Werkstatt und zog sie dort an seinen Körper. »Hm, du fühlst dich so wunderbar weich an. Und wie du duftest.« Er steckte seine Nase in ihren Ausschnitt, seine Zunge kitzelte auf ihrer nackten Haut. »Du weißt gar nicht, wie du mich anmachst.«

»Gerda kann jeden Moment reinkommen.« Sie lachte nervös.

»Die hast du doch gerade erst zur Bank geschickt. Schon vergessen? Außerdem bist du hier der Boss. Soll sie doch denken, was sie will. Ihr Erwin ist bestimmt nicht mehr so heiß auf sie. Komm, lass dich richtig küssen.«

Als ihr schon ganz schwindelig war, ließ er sie unvermutet los und grinste. »Du solltest deine Haare in Ordnung bringen, Röschen. Und den Lippenstift musst du auch erneuern. Du siehst richtig verrucht aus. Was sollen die Kunden denken? Geh schnell hoch ins Bad, ich passe solange auf den Laden auf.«

Mit rosa angehauchten Wangen huschte sie hoch in die Wohnung. Ihr war heiß, überall, wirklich überall, sie musste sich sogar waschen und das Shirt wechseln. Annerose entschied sich für einen schwarzen Pulli aus Seide, der ziemlich eng saß und dessen V-Ausschnitt den Ansatz ihrer Brüste sehen ließ. Hanno liebte den Pullover, er hatte ihn selbst ausgesucht.

Als sie zurückkam, stand er mit verschränkten Armen an der Tür und schaute raus auf den Parkplatz. »Markus hat gerade eine SMS geschickt. Klingt gar nicht gut. Ich muss da sofort hin. Danach fahr ich direkt rüber in meine Wohnung. Bis morgen, Röschen.«

Da erst fiel ihr ein, dass wieder Montag war und er die Nacht in seinem Apartment verbringen würde, allein. Eben noch der feurige Liebhaber, hatte er sich schon wieder in sich selbst zurückgezogen. Kein Wort darüber, dass sie ein anderes Oberteil trug, seinen Lieblingspullover auch noch. Warum hatte er es plötzlich so eilig? Markus würde ja wohl nicht im Sterben liegen. Irgendetwas stimmte nicht mit Hanno. Er benahm sich einfach sonderbar, seit Wochen schon. Er konnte durch sie hindurchsehen, als wäre sie gar nicht vorhanden. Dann wieder überhäufte er sie mit seiner Zuneigung, als wolle er sie darunter ersticken.

Sicher, Markus war krank im Kopf, das wusste jeder im Dorf. Aber so krank, dass er ständig seinen großen Bruder brauchte? Was machte Hanno dort überhaupt? Darüber hatte sie noch nie wirklich nachgedacht. Kaufte er für Markus ein, kochte er für ihn? Putzte er etwa das Haus? Die Frage ließ sie nicht mehr los. Was machte Hanno die ganze Zeit bei seinem Bruder?

Enrico Daume war mittelgroß, nicht ganz schlank und dunkelhaarig. Ein tiefer Haaransatz und welliges, sehr volles Haar, das er nach hinten gekämmt trug. Kleine Augen, die sehr weit auseinanderstanden, und ein kräftiger Schnäuzer, in dem morgens wahrscheinlich die Brötchenkrümel hängen blieben, verliehen ihm zusammen mit den mächtigen Augenbrauen das Aussehen eines mongolischen Stammesfürsten. Die obersten Knöpfe seines weißen Hemdes standen demonstrativ offen, sodass man gezwungen war, eine breite Panzerkette aus Gold zur Kenntnis zu nehmen. Nola fühlte sich an einen dieser russischen Millionäre erinnert, die man manchmal im Fernsehen sah. Großkotze, die ihren wie auch immer erworbenen Reichtum zwanghaft zur Schau stellen mussten. Am kleinen Finger der linken Hand entdeckte sie einen wuchtigen Siegelring mit einem leuchtend blauen Stein, zudem roch Herr Daume übertrieben nach einem teuren Herrenduft. Sie meinte *Code Homme* von Armani zu erkennen, den Lieblingsduft ihres Exmanns, was ihr Herrn Daume nicht unbedingt sympathischer machte.

Dass er was mit seiner Sekretärin hatte, die aussah, als würde sie noch zur Schule gehen, begriff sie sofort. Die Kleine wurde rot, sobald er sie ansprach, und er schien ihr Unbehagen zu genießen. Sein Blick wechselte von der Kleinen zu Renke, und Nola war sicher, unverhohlenen Besitzerstolz zu erkennen. Fehlte nur noch, dass er das Mädchen im Vorbeigehen in den Hintern kniff. Die Kleine war Anfang zwanzig und sehr niedlich, er mit Sicherheit über vierzig, verheiratet und Vater einer kleinen Tochter, wie Renke ihr im Auto verraten hatte, außerdem nicht mal sonderlich attraktiv.

Im Wesentlichen wiederholte Daume das, was Hanno Mollbeck auch schon ausgesagt hatte. Privat wusste er nichts über

Josef Strewitz, wenn sie telefoniert hatten, dann ging es um die Skattermine. Als sie den Namen Clemens Möller erwähnte, antwortete er mit einer Gegenfrage.

»Hier aus dem Ort? Möller? Haben die nicht einen Hof?«

»Nein«, sagte Renke. »Nicht aus Martinsfehn. Clemens Möller aus Jemgum, zuletzt wohnhaft in Emden.«

»Nee. Da kenne ich niemanden.« Er lächelte selbstzufrieden, und Nola fragte sich, warum. Hatte er mit der Frage gerechnet und sich vorher zurechtgelegt, was er antworten würde? Sie konnte sich gut vorstellen, dass Hanno Mollbeck ihn telefonisch vorgewarnt hatte. Falls ja, mussten die beiden Clemens Möller kennen und Wert darauf legen, dass niemand davon erfuhr.

»Hattest du eigentlich Leute beim Bau der Gaskaverne in Jemgum?«, fragte Renke unvermittelt.

Diese Frage schien Herrn Daume nicht zu behagen. Er leckte sich über die Oberlippe, wobei die Zungenspitze unter den Enden des Schnurrbartes verschwand, kratzte mit der rechten Hand über die Brusttasche seines Hemdes und sagte zögernd: »Ja, warum?«

Darauf gab Renke keine Antwort. »Auf deinem Gelände stehen alte Wohnwagen. Wozu brauchst du die?«

»Äh, ja, manchmal arbeiten meine Leute außerhalb. Irgendwo müssen die ja pennen. Dafür sind die Wohnwagen gedacht.«

Längst war Nola klar, wohin Renkes Fragen führen sollten, und sie beschloss, nicht länger stumm dazusitzen. »Hatten Sie in Jemgum auch Wohnwagen für Ihre Leute hingestellt?«

Sein Blick machte deutlich, dass er ihre Frage für unglaublich dumm hielt. »Nee, so 'n Quatsch. Das ist doch bloß ein paar Kilometer von hier entfernt. Warum sollten die da übernachten?«

»Wir suchen einen bestimmten Wohnwagen«, erklärte Renke, ohne auf Daumes Frage einzugehen. »Älteres Modell, rosabraun gemusterte Polster, braune Gardinen. Hast du so was rumstehen?«

Er zögerte keine Sekunde. »Braune Gardinen? Keine Ahnung. Du kannst gern draußen nachgucken. Meine Wohnwagen stehen alle auf dem Hof, vier Stück. Ich denke gerade drüber nach, sie zu verkaufen. In letzter Zeit miete ich meist Ferienwohnungen für meine Männer an. Die werden nämlich immer anspruchsvoller. Von wegen, Hauptsache ein Job, das war einmal.«

»Hast du in den letzten vier Jahren einen deiner Wohnwagen verkauft?«

»In den letzten vier Jahren?«, wiederholte er die Frage, und sein Mund verzog sich zu einem dümmlichen Grinsen.

»Ja. In den letzten vier Jahren.« Renkes Körperhaltung hatte sich verändert, auf einmal wirkte er ungeduldig und irgendwie auch verärgert. Die beiden schienen sich zu kennen, aber nicht sonderlich zu mögen. Und noch etwas fiel Nola auf, Herr Daume fühlte sich nicht wohl, auch wenn er das zu überspielen versuchte.

»Nee, aber das kannst du gern überprüfen.« Ansatzlos brüllte er: »Marina, bring mal den Ordner mit den Papieren unserer Wohnwagen.«

Die Kleine sprang dienstbeflissen auf und suchte den Ordner aus dem Regal, der Eifer, den sie dabei an den Tag legte, wirkte übertrieben. Der Ordner war so dick und entsprechend schwer, dass sie ihn mit beiden Händen tragen musste. »Hier.« Ihr dünnes Stimmchen klang ängstlich, was daran liegen konnte, dass ihr Chef sie nicht aus den Augen ließ.

Mit Schwung zog Renke den Ordner zu sich rüber und

schaute ihn flüchtig durch. »Bei Josef Strewitz stand jahrelang ein alter Wohnwagen rum. Der ist kurz vor seinem Tod verschwunden. Weißt du was darüber?«

»Nee. Wir waren nicht befreundet, das hab ich doch schon gesagt. Ich hab den nie zu Hause besucht.« Scheinbar gelangweilt betrachtete Herr Daume seine Fingernägel, deren gepflegter Zustand darauf schließen ließ, dass er nie mit körperlicher Arbeit in Berührung kam.

Für Nola stellte er sein Desinteresse ein bisschen zu auffällig zur Schau. Immerhin war sein langjähriger Skatpartner unter merkwürdigen Umständen zu Tode gekommen. »Wir konnten keinerlei Papiere über den Wohnwagen finden, auch keinen Kaufvertrag, obwohl Herr Strewitz in dieser Hinsicht sehr ordentlich war. Deswegen fragen wir uns, ob er den Wagen für jemand anders untergestellt hatte.«

»Was hat das mit mir zu tun? Meine Caravans stehen draußen auf dem Hof, da ist Platz genug, und ich kann für jeden die Papiere vorlegen.« Daume fuhr sich mit beiden Händen durch die Haare und ließ eine Art Elvis-Tolle zurück, was ihn ziemlich lächerlich aussehen ließ.

Nola musste ihren Blick abwenden, um nicht zu grinsen. Scheinbar interessiert blätterte sie durch den Ordner, obwohl ihr klar war, dass sie nichts finden würde. Immerhin hatte Daume ihnen den Ordner freiwillig präsentiert, und das bestimmt nicht, weil darin Unterlagen abgeheftet waren, die ihn in Bedrängnis bringen könnten. »Sie bleiben also dabei, dass der Wohnwagen nicht aus Ihrer Firma stammte?«

»Selbstverständlich. Ich weiß gar nicht, wie Sie auf so eine absurde Idee kommen. Ich lege hier ganz freiwillig meine Geschäftspapiere vor, in denen alle zum Betrieb gehörenden Fahrzeuge aufgeführt sind. Normalerweise brauche ich das gar nicht.

Aber ich hab nichts zu verbergen.« Er lehnte sich zurück, sein Blick streifte Nola und ließ sie wissen, dass sie nicht in sein Beuteschema passte. »Mehr kann ich nicht für euch tun.«

Das sah Nola etwas anders. »Ich möchte noch wissen, in welcher Zeit wie viele Ihrer Leute in Jemgum beschäftigt waren.«

»Oh, das kann ich aus dem Stegreif nicht beantworten. Die meisten meiner Männer sind ungelernte Arbeiter, die ich als Montagehelfer auf Großbaustellen vermittle, oft nur für ein paar Wochen. Facharbeiter beschäftige ich so gut wie gar nicht. Viel zu teuer für so einen kleinen Betrieb. Das könnte ich mir gar nicht leisten.«

Nola dachte an den dicken Mercedes-Geländewagen, der draußen vor der Tür parkte. Das Kennzeichen ED 100 verriet, wem er gehörte. Wer sich so einen Schlitten leisten konnte, nagte ganz sicher nicht am Hungertuch.

»Ich möchte, dass Sie das prüfen und mir eine Liste aller Arbeiter zukommen lassen, Name, Datum und Dauer des Einsatzes.« Sie knallte ihre Karte auf den Tisch.

Als die beiden endlich in den Polizeiwagen stiegen, atmete Enrico auf. Seiner Ansicht nach hatte er sich wacker geschlagen. Frechheit siegt, nach dieser Prämisse lebte er schon lange. Besser, ganz cool die Papiere vorzulegen, ehe jemand danach fragte. Nein, Renke konnte ihm nichts nachweisen, es sei denn, er war in der Lage, Gedanken zu lesen, aber das traute Enrico ihm nicht zu. Die kleine Polizistin spielte für ihn keine Rolle. Die roten Locken fand er schon schlimm genug, aber die Sommersprossen turnten ihn völlig ab. Ihre Figur war ganz nett, aber nicht weltbewegend. Durchschnittsware, mit der er sich nicht zufriedengeben würde.

Enrico war der einzige Sohn einer ledigen Mutter. Natürlich hatte er einen Vater, jeder Mensch auf der Welt stammte von einem biologischen Erzeuger ab. Enrico kannte sogar seinen Namen, auch wenn er nicht in seiner Geburtsurkunde auftauchte. Milo Settimo. Ihm gehörte das größte Schuhgeschäft in Leer, und Daumes Mutter war sein Lehrmädchen gewesen. Hübsch genug fürs Bett, aber nicht gut genug für einen Trauring. Geheiratet hatte er eine andere, eine mit Geld. Enricos Mutter war daran zerbrochen und er selbst in gewisser Weise auch. Immer wieder hatte sie ihn niedlich rausgeputzt und war in die Stadt gefahren, um ihn seinem Vater zu präsentieren. Und immer wieder hatte Milo Settimos Frau sie aus dem Laden verwiesen und mit der Polizei gedroht. *Hausfriedensbruch, Ladenverbot*, die Worte hatten ihm damals Todesangst eingeflößt, noch heute musste er nur daran denken, um dieses Gefühl, nichts wert zu sein, heraufzubeschwören.

Hier auf dem Land hatte man es als Sohn einer alleinstehenden Alkoholikerin schwer, erst recht, wenn man so einen lächerlichen italienischen Vornamen trug, der in die Welt hinausposaunte, wohin man von Rechts wegen gehörte, wo man aber nie ankommen würde. Jeder Farbglanzprospekt in der Zeitung, in dem sein Vater für Schuhe warb, fühlte sich für Enrico an wie eine schallende Ohrfeige. Die ganzseitigen Artikel über das dreißigjährige Geschäftsjubiläum des *Schuhhauses Settimo*, auf denen sein Vater mit seiner Frau und den beiden ehelichen Söhnen abgebildet war, hatten dem vierzehnjährigen Enrico schier das Herz gebrochen.

Wenn man so etwas überstehen wollte, musste man sich abgrenzen. Ganz automatisch lernte man dabei zu hassen. Ja, er hatte all die gehasst, die in den richtigen Betten gezeugt und geboren wurden, allen voran Renke Nordmann, Sohn der allseits beliebten Gemeindeschwester Theda und des Postboten. Schwester Theda glich in Martinsfehn einer Institution. Für manch einen galt ihr Wort mehr als das des Arztes. Renke, ihr Sohn, durfte sich in dem hohen Ansehen seiner Eltern aufgehoben fühlen, einer wie er konnte nichts verkehrt machen. Und dann hatte er sich auch noch entschieden, Polizist zu werden, sogar Kriminalpolizist. Und zuletzt, und damit setzte er dem Ganzen eine goldene Krone auf, starb seine Frau viel zu jung an Krebs, und er übernahm die Verantwortung für die dreizehnjährige Tochter und opferte dafür seine Karriere. Kein Wunder, dass die Leute ehrfürchtig den Hut zogen, wenn sie ihn auf der Straße trafen. Und kurz vor Weihnachten hatte er jetzt auch noch seine Tochter verloren. Damit war er praktisch heiliggesprochen.

Heutzutage hasste Enrico ihn nicht mehr, das wäre übertrieben, er konnte ihn schlicht und ergreifend nicht ausstehen und freute sich über jeden seiner Misserfolge. Und wenn er ihn, so wie heute, an der Nase herumführen konnte, fühlte er sich fantastisch.

»Schlaf gut. Ich leg mich heute früh hin. Bis morgen. H.« Fassungslos starrte Annerose auf ihr Handy. Die Uhr zeigte gerade erst neun. Nie, nie im Leben ging Hanno so früh ins Bett.

Mit dem Zeigefinger tippte sie auf seine Nummer, lauschte dem Klingeln und hörte am Ende doch nur die Ansage der Mailbox.

»Der verarscht dich nach Strich und Faden«, murmelte sie vor sich hin und war sich plötzlich ganz sicher. Der Gedanke, den sie seit Tagen mühsam unterdrückte, obwohl er pausenlos in ihrem Kopf kreiste wie ein leises Piepen im Ohr, das sich nicht abstellen ließ, explodierte. Hastig gaben ihre Finger die nächste Nummer ein. Genau wie erwartet war Susanne nicht zu Hause. Ein Kurs bei der Kreisvolkshochschule, wie überaus praktisch. Hanno verbrachte jeden Montagabend allein, ach was, *angeblich* allein, in seiner Wohnung, und Susanne, diese billige Schlampe, besuchte, ebenfalls *angeblich*, jeden Montag einen Kurs bei der Volkshochschule. Am liebsten hätte sie zu Alex gesagt, dass er genauso naiv und gutgläubig war wie sie selbst und dass sie sich zusammentun könnten, zwei dumme Schafe, über die ihre Partner sich vermutlich totlachten. Aber wozu? Die Ehe von Alex und Susanne interessierte sie kein Stück. Die sollten ihre Sachen selbst regeln.

Annerose riss ihren dicksten Wollpullover aus dem Schrank, leuchtend blau und sehr weit geschnitten, sie sah darin unmöglich aus. Für ihr Vorhaben spielte das keine Rolle. Sie würde den Wagen gar nicht verlassen. Die Wut verlieh ihr eine unglaubliche Energie. Sie flog förmlich die Treppe runter, riss die Hintertür auf und warf sie mit dem Fuß wieder zu.

Die Reifen kreischten, als der Caddy auf die Straße preschte. Sie raste Richtung Leer, nahm in Heisfelde die Straße nach Nüttermoor und bog dort in die kleine Sackgasse ein, an deren Ende Hannos Apartment über einer Garage lag. Kein Licht, gut, er hatte ja behauptet, schlafen zu wollen. Sein Auto stand allerdings nicht auf dem Stellplatz, und Susannes Corsa konnte sie auch nirgends entdecken. Ob die beiden in ein Hotel gingen? Oder trieben sie es im Wagen wie zwei wildverliebte Teenager, die es nicht erwarten konnten, übereinander herzufallen?

Gut möglich, dass sie das nie in Erfahrung brachte. Ein Lügner wie Hanno würde sich irgendwie rausreden und die Wahrheit für sich behalten. Egal. Was spielte das noch für eine Rolle? Heute Nacht würde Annerose nicht viel Schlaf finden, sie hatte viel zu tun.

Dienstag, 19. März

Die Revierförsterei lag außerhalb der geschlossenen Ortschaft Martinsfehn, mitten im Wald, und war nur über einen holprigen Weg zu erreichen, der sich in einem unglaublich desolaten Zustand befand. Die reinste Mondlandschaft. Renke musste sich konzentrieren, um die zahlreichen Schlaglöcher zu umfahren, die so groß und vor allem tief waren, dass er Sorge hatte, die Ölwanne oder den Auspuff des Dienstwagens abzureißen. Warum hatte Ahlers das nicht längst reparieren lassen? Das Forstamt verfügte doch über die entsprechenden Maschinen.

»Gott, ist das 'ne Holperpiste«, meckerte David, der neben ihm saß und mit der rechten Hand den Griff über dem Seitenfenster umklammert hielt. »Ist es noch weit?« Und dann, weil Renke keine Antwort gab: »Wusstest du, dass man sich das Steißbein prellen kann? Tut ziemlich weh.«

»Du hast es gleich überstanden.«

Nach einer starken Rechtskurve wurde die Revierförsterei Martinsfehn sichtbar. Hohe Fichten und Buchen sorgten dafür, dass das hellgelb gestrichene Fachwerkhaus mit den Sprossenfenstern und dunkel gestrichenen Fensterläden in ewigem Schatten stand. Renke hätte hier ordentlich abgeholzt, um Licht ans Mauerwerk zu lassen. Ahlers ganz offensichtlich nicht, aber der Revierförster war nun mal ein komischer Vogel, immer schon, vielleicht hatte ihm ja gerade dieses Halbdunkel gefallen.

Andreas Ahlers war etwa in Renkes Alter, genau genommen drei Jahre älter. Wie Renke hatte er das Gymnasium in Leer besucht, er kam allerdings nicht aus Martinsfehn, sondern aus Hankensfehn, dem Nachbardorf. In der Schule war er nicht sonderlich beliebt gewesen, ein Außenseiter, der komische Klamotten trug und keine Freunde fand. Mit Mädchen war er überhaupt nicht klargekommen. Es hieß, dass er dazu neigte, ihnen seine Zärtlichkeiten aufzudrängen. Angeblich war es sogar mal zu einer Anzeige wegen sexueller Nötigung gekommen, die aber zurückgezogen wurde. Aber vielleicht war das auch nur ein Gerücht. Nach dem Abitur ging Ahlers direkt zum Bund, danach hatte Renke jahrelang nichts mehr von ihm gehört. Er war sehr erstaunt, als Ahlers vor acht Jahren die Revierförsterei in Martinsfehn übernahm, offenbar war er nicht lange beim Bund geblieben und hatte sich anschließend zum Förster oder Forstwirt, wie das heutzutage hieß, ausbilden lassen. Jetzt lebte er allein in dem alten Forsthaus.

Vielmehr hatte er dort gelebt, denn scheinbar war er tot. Die Waldarbeiter hatten ihn heute Morgen gefunden und gleich die Polizei benachrichtigt.

Andreas Ahlers lag in der geöffneten Hintertür des Forsthauses, neben ihm ein geladenes Gewehr. Ob er es noch hatte abfeuern können, würden die Kriminaltechniker rausfinden. Nola brauchte keine Obduktion, sie wusste auch so, dass derselbe Täter erneut zugeschlagen hatte. Zahlreiche Stichwunden am Oberkörper, im Gesicht die beiden diagonalen Schnitte, die sich in der Mitte kreuzten, die fehlenden Abwehrverletzungen an den Händen. Sie zweifelte nicht daran, dass sich an Ahlers Körper die Strommarken finden würden. Neu war, dass der Täter Ahlers anschließend mit einem Wasserschlauch abgespritzt und so die meisten Blutspuren entfernt hatte. Der Tote lag in einer riesigen Pfütze, Kleidung und Haar trieften vor Nässe. Aus einem roten Gartenschlauch, der in seinem Halsausschnitt steckte, floss immer noch Wasser. Sie folgte dem Schlauch bis zu einem Außenwasserhahn und drehte ihn nach kurzer Überlegung zu.

»Er gehörte also auch dazu«, sagte Renke, der mit verschränkten Armen neben ihr stand und die Umgebung mit den Augen absuchte, wonach auch immer.

»Sieht so aus. Er war gewarnt, hielt ein Gewehr in der Hand, und doch ist es passiert. Der Täter muss aus seinem Umfeld stammen, und scheinbar hat Ahlers ihm vertraut. Sonst hätte er wohl kaum die Tür geöffnet. Verstehst du das mit dem Wasser?« Fragend schaute sie ihn an.

»Vermutlich wollte er seine eigenen Spuren so weit wie möglich beseitigen. Könnte sogar klappen. Scheint ein kluges Kerlchen zu sein.« Renke atmete lautstark aus. »Einer der Waldarbeiter hat ausgesagt, dass gerade erst Ahlers Hunde vergiftet wurden. Alle vier lagen Montagmorgen tot im Zwinger. Keiner hat verstanden, warum er das nicht angezeigt hat.« Er runzelte die Stirn. »Ich selbst kapier es auch nicht.«

»Ich schon. Der hatte Dreck am Stecken und wollte nicht, dass jemand darin rumstochert. Was waren das für Hunde?«

»Jagdhunde, nehm ich mal an. Nee«, berichtigte er sich. »Ich weiß es sogar.«

»Die sind doch braun, oder?«

»Meistens. Seine waren es jedenfalls.«

»Er hielt braune Hunde, und an Leonas Kleid wurden braune Hundehaare gefunden. Könntest du dir vorstellen, dass dieser Förster Leona entführt hat?«

Er runzelte die Stirn und nickte dann zögernd. »Groß genug ist das Forsthaus allemal und es liegt total einsam. Dass Ahlers ihr einen Ehering aufsteckt und rote Rosenblätter über ihrem toten Körper verstreut, kann ich mir allerdings nicht vorstellen. Das mit den Misshandlungen schon eher.«

»Lass uns einmal kurz durch das Haus laufen, bevor Stefan auftaucht.« Auffordernd schaute sie ihn an.

Er war sofort einverstanden. »Das Forsthaus wäre der ideale Ort, um ein Mädchen zu verstecken. Dunkel, abgelegen, kaum Publikumsverkehr.«

»Dann los.« Nola stürmte zu ihrem Wagen und holte einen Einmaloverall heraus.

Im Haus herrschte eine düstere, trostlose Atmosphäre. Es roch ein bisschen muffig, als hätte Andreas Ahlers nicht genug geheizt. In der Küche hing eine Uhr, deren Ziffernblatt mit übertrieben bunt dargestellten Singvögeln verziert war, einen für jede Stunde. Weil alles andere im Raum so trist wirkte, sprang die Uhr zwangsläufig sofort ins Auge.

Abgesehen von einer beachtlichen Sammlung von Pornos, deren Hauptdarstellerinnen alle deutlich unter zwanzig waren, fanden sie nichts, was sie mit Leonas Verschwinden in Zusammenhang bringen konnten, auch keine Fotos von den Internatsschülerinnen. Das musste nichts bedeuten, Leona war seit drei Wochen tot, Zeit genug, alle Spuren zu beseitigen. In Ahlers Handy waren die Nummern der Skatbrüder einprogrammiert, nicht aber die von Clemens Möller.

Mittlerweile waren Stefan und sein Team eingetroffen. Er setzte Nola und Renke vor die Tür, und das nicht gerade freundlich. Aus seiner Sicht mochte das verständlich sein, doch Nola hatte das ungute Gefühl, dass die Zeit ihr davonlief. Scheinbar war der Täter ihr immer einen Schritt voraus. Sie musste ihn aber einholen, wenn sie weitere Morde verhindern wollte. Und sie glaubte nicht eine Sekunde, dass der Förster der Letzte auf seiner Liste war.

»Glaubst du, dass die anderen Skatbrüder auch zu den Freiern gehören?«

Renke, der umständlich aus seinem Overall stieg, ihn zusammenknüllte und in den Kofferraum seines Dienstwagens pfefferte, seufzte resigniert. Der dritte Todesfall in seinem Heimatdorf, das schien er persönlich zu nehmen. »Möglich. Oder besser gesagt sehr wahrscheinlich. Enrico Daume hängt da jedenfalls mit drin. Das weiß ich einfach.«

»Einfach so? Ohne Beweise? Das ist aber nicht sonderlich professionell.«

»Ab und zu sollte man ruhig mal auf sein Bauchgefühl hören. Hab ich von einer Kollegin gelernt.« Er grinste, wurde aber gleich wieder ernst. »Bei Hanno Mollbeck bin ich nicht so sicher. Der erscheint mir irgendwie zu weich für so etwas. Kann auch Einbildung sein.« Mit gespreizter Hand strich er seine Haare zurück, die sofort wieder in die Stirn fielen.

»Und was ist mit diesem Erdwiens?«

»Siegfried?« Verächtlich rümpfte Renke die Nase. »Aber wer von ihnen hatte die Möglichkeit, vier Jahre lang ein Mädchen zu verstecken? Doch wohl niemand, der in einer Beziehung lebt. Damit fallen Enrico und Hanno raus. Bleibt der Förster. Da scheint alles zu passen. Ich bin sehr gespannt, was Stefan findet.«

Nola, die sich heute Morgen von dem strahlenden Himmelsblau dazu hatte verführen lassen, anstatt ihrer gefütterten Halbstiefel Ballerinas aus dünnem Leder anzuziehen, trat von einem Fuß auf den anderen. Es war erheblich kälter als erwartet, vor allem hier draußen im Wald, wo das wärmende Sonnenlicht keinen Weg durch die Kronen der hohen Fichten fand. Sie vergrub ihre Hände in den Taschen ihrer Jacke und wünschte sich den Frühling herbei oder wenigstens ein heißes Getränk, zur Not auch nur eine warme Wolldecke. »Okay. Gehen wir mal davon aus, dass diese fünf Männer vor vier Jahren einen wie auch immer gearteten Deal mit Clemens Möller hatten. Einer von ihnen hat für den Wohnwagen gesorgt.«

»Daume«, sagte Renke sofort, und er grinste. »Das werde ich schon noch beweisen. Möller hat die Mädchen rekrutiert und sich darum gekümmert, dass sie unbemerkt das Internat verlassen konnten.«

»Und heimlich Filmchen gedreht«, warf Nola ein.

»Dann stoppte alles, weil Franziska Lessing geredet hat. Frau Eschweiler …« Renke vermied es, sie Tonia zu nennen. »Frau Eschweiler hat dafür gesorgt, dass alle Infos versickern. Kurz darauf verschwand Leona, vermutlich weil einer der Männer sie entführt hat. Aber warum gerade Leona, die offenbar ein bisschen retardiert war? Versteh ich nicht.«

»Vielleicht gerade deshalb? Weil sie ein leichtes Opfer war? Franziska war nicht mehr greifbar, ihre Mutter hat sie von der Schule genommen. Bliebe noch Yasmina, ebenfalls das geborene Opfer. Vielleicht ging es auch gar nicht um ein bestimmtes Mädchen.« Ja, dieser Gedanke erschien so logisch, dass Nola sich fragte, warum sie nicht längst darauf gekommen war. »Leona hatte schlicht und ergreifend Pech, dass sie dem Täter über den Weg gelaufen ist. Genauso gut hätte es Yasmina treffen können.«

»Falsch«, unterbrach Renke. »Denk an diese billige Kette, die sie bei ihrem Tod getragen hat. Die ist doch schon vor ihrem Verschwinden aufgetaucht. Leona muss mit dem späteren Entführer in Verbindung gestanden haben. Und zwar nachdem dieser regelmäßige Missbrauch geendet hat.«

»Sie mochte Delfine«, murmelte Nola. »Woher hat er das gewusst?«

»Lass uns davon ausgehen, dass die Kerle nicht einfach wortlos über die Mädchen hergefallen sind, sondern dass es vorher eine Art Konversation gab.«

»Du vergisst, dass Leona nicht sprechen konnte. Demnach müsste er die Gebärdensprache beherrschen. Trifft das auf einen dieser Männer zu?«

»Nicht dass ich wüsste. Keiner von ihnen arbeitet in einem entsprechenden Beruf, keiner hat gehörlose Angehörige.«

»Vielleicht hatte sie zufällig ein Shirt mit einem aufgedruckten Delfin an. So etwas mochte sie, hat Yasmina gesagt.« Inzwischen war Nola dazu übergegangen, auf der Stelle zu hüpfen, um ihre eiskalten Füße zu durchbluten.

Amüsiert betrachtete Renke ihr Treiben, dann sagte er: »Frierst du? Sollen wir uns ins Auto setzen?«

»Wunderbare Idee.« Im Wagen streifte sie die Schuhe ab, zog die Beine an und massierte ihre Zehen, die ganz gefühllos waren vor Kälte.

»Lass mich. Mein Hände sind bestimmt wärmer als deine.«

Verlegen schüttelte Nola den Kopf. »Nee, wenn das einer sieht.«

»Wieso? Betrachte es einfach als lebensrettende Maßnahme. Komm, stell dich nicht so an.« Er zog ihren linken Fuß auf seinen Schoß und rieb ihn zwischen seinen Händen, die eine angenehme Wärme ausstrahlten. »Hey, ist da überhaupt noch Leben drin?«

»Keine Ahnung. Fühlt sich aber so an, oder ist Schmerz kein Zeichen für Leben? Warum hast du überhaupt so warme Hände?«

Er lachte nur und gab zu verstehen, dass jetzt der andere

Fuß dran wäre. »Zurück zum Grund unseres Hierseins. Mir leuchtet nicht ein, warum die Typen jetzt damit anfangen, sich gegenseitig umzubringen. Clemens Möller. Okay. Der könnte für alle eine Gefahr bedeutet haben. Aber der Täter hat doch alles mitgehen lassen, was sie verraten könnte. MacBook. Handy, möglicherweise auch die Filmchen, falls sie nicht auf dem PC abgespeichert waren. Warum hat er Strewitz umgebracht? Warum Ahlers?«

»Und wer wird der Nächste sein?«, vollendete sie den Satz. »Mollbeck? Daume? Siegfried Erdwiens?« Es gelang ihr kaum, Renkes Fußmassage auszublenden, die sich mittlerweile in ein zärtliches Streicheln verwandelt hatte. Sein Daumen umkreiste ihren Knöchel, dann fuhr seine Hand an ihrer Wade herauf. Mit den Gedanken war er allerdings ganz woanders.

»Es gibt noch eine Person, die möglicherweise in Gefahr schwebt, weil sie die Freier identifizieren könnte«, murmelte er, und Nola hatte plötzlich das Gefühl, nicht mehr richtig atmen zu können, weil sie sofort wusste, von wem er sprach.

»Yasmina. Ja. Scheiße. Ich muss unbedingt mit ihr reden. Ihr raten, für eine Weile zu ihren Eltern zu fahren. Und jetzt lass uns noch mal ums Haus gehen.«

Es fiel Nola schwer, den warmen Wagen zu verlassen. Aber von hier drinnen konnte sie nichts ausrichten. Hinter dem Haus hatte man eine riesige Remise gebaut, die stilistisch überhaupt nicht zu dem schmucken Forsthaus passte, was vor allem an der Eterniteindeckung lag und an der Hinterwand aus Wellblech, die leise im Wind klapperte. Dort waren die Maschinen untergestellt, die zum Forstamt gehörten. Direkt daneben stand ein verwaister Hundezwinger.

Den alten Erdbunker entdeckten sie erst auf den zweiten Blick. Er schaute nur dreißig Zentimeter aus dem Boden und war von oben dicht mit Gras bewachsen. Sogar ein kleines Birkenbäumchen hatte sich eingewurzelt. Eine schmale Betontreppe, beinahe verschwunden unter halb verrottetem Laub, führte runter zu der Eingangstür. Fenster gab es nicht, und die massive Stahltür war mit einem rostigen Vorhängeschloss gesichert. Der Bunker lag etwa hundert Meter vom Forsthaus entfernt. Hatten sie den Ort gefunden, an dem Leona Sieverding die letzten vier Jahre verbracht hatte?

Das Vorhängeschloss wirkte nicht sonderlich stabil. Wortlos zog Nola Einmalhandschuhe aus ihrer Tasche und hielt sie Renke hin. Er versuchte, sie anzuziehen, musste aber passen, sie waren einfach zu klein. »Ich hol mir ein Paar aus dem Wagen. Falls das der Ort ist, an dem er Leona versteckt hielt, bringt Stefan uns sonst um.«

Renke war mindestens so aufgeregt wie Nola, die ungeduldig von einem Fuß auf den anderen trat, während er mit einem gebogenen Draht in dem Schloss stocherte, bis das leise Knacken verriet, dass er es geschafft hatte. Mit angehaltenem Atem stieß er die Tür auf.

»Kommst du bitte mal ins Büro? Wir haben etwas zu besprechen.«

Susanne verzog keine Miene. Nun gut, wer direkt unter den Augen seiner Chefin eine Affäre mit ihrem Lebenspartner begann, musste eine begnadete Lügnerin sein.

Annerose fielen Gerüchte ein, alte Geschichten, etwa dass Susanne dem damaligen Pastor im Konfirmandenunterricht den Kopf verdreht hatte. Während des Konfirmationsgottesdienstes wurde vielsagend gegrinst, als sie in ihrem schneeweißen Kleidchen vor ihm niedergekniet war, um den Segen zu empfangen, und manch einer meinte, dass sie bestimmt nicht zum ersten Mal vor ihm auf den Knien hockte. Inzwischen war Susanne vierzig und immer noch hübsch genug, um Männer aus dem Gleichgewicht zu bringen.

Sie trug Jeans, hauteng natürlich, und ein zartblaues Shirt mit langen Ärmeln. Das strohblonde Haar, das immer noch weit über die Schultern reichte, hielt Susanne im Nacken mit einem schlichten roten Gummiband zusammen, und sie war, abgesehen von den künstlichen Fingernägeln, nicht geschminkt. »Ja?«

»Ich will es kurz machen. Der Laden wirft leider nicht so viel ab, dass ich mir auf Dauer zwei Verkäuferinnen leisten kann.« Susannes Augen wurden kugelrund, und Annerose konnte nur mühsam ein triumphales Lachen unterdrücken. Stattdessen sprach sie mit todernster Miene weiter. »Wie du weißt, ist Gerda eine meiner ältesten Freundinnen. Sie kann ich auf keinen Fall entlassen. Gerda ist ja auch auf das Geld angewiesen.« Zeit für das Finale, auf das sie sich schon die ganze Zeit freute. »Im Klartext bedeutet das, dass ich dich nicht weiter beschäftigen kann.« *Es tut mir leid*, hätte sie jetzt sagen müssen, rein aus Höflichkeit, aber es tat ihr überhaupt nicht leid, ganz im Gegenteil, sie fühlte sich wunderbar. »Im Vertrag stehen vier Wochen Kündigungsfrist. Also …« Sie schob den Brief mit der schriftlichen Kündigung über den Tresen und wischte dabei mit Absicht durch eine Pfütze aus feuchter Blumenerde, die Susanne vorhin nicht entfernt hatte. Nein, Susanne war kein großer Verlust für den Laden. Ihre kreativen Ideen kupferte sie bei Annerose und Gerda ab, sie war unordentlich, machte keinen Handschlag mehr als nötig, und sie ging überpünktlich nach Hause. Auf Susanne konnte sie verzichten, jetzt, da sie keine Zeit mehr für ein Privatleben benötigte.

Susanne fiel buchstäblich aus allen Wolken. Ihre Hände wedelten hilflos durch die Luft, dann stammelte sie: »Aber ich... wir... ich meine... wir brauchen das Geld auch! Echt. Constanze kommt im Sommer aufs Gymnasium. Hast du eine Ahnung, wie teuer Kinder sind?«

Sollte das etwa eine Anspielung auf Anneroses Kinderlosigkeit sein? Bestimmt. *Was für eine Unverschämtheit, du Biest.* »Als Geschäftsfrau muss ich mich für die bessere Kraft entscheiden. Und das ist nun einmal Gerda. Sie ist zeitlich flexibel, behält immer den Überblick und kann mich notfalls ersetzen.« *Du nicht, ich hoffe, das hast du kapiert.* »Ich verstehe, dass du geschockt bist, es kommt ein bisschen plötzlich, auch für mich. Mein Steuerberater hat mich letzte Woche darauf aufmerksam gemacht, dass ich Personalkosten einsparen muss. Du hast noch Urlaubsansprüche. Ich hab ausgerechnet, dass du noch fünf Tage arbeiten musst. Es ist mir egal, wann.«

Susanne zerrte das Gummi aus ihren Haaren und stopfte es in ihre Hosentasche. »Gut. Dann gehe ich jetzt. Wundere dich nicht, wenn demnächst eine Krankschreibung für eine Woche eintrudelt. Ich kann mir grad echt nicht vorstellen, hier auch nur noch eine Stunde zu arbeiten. Keine Ahnung, was der wahre Grund ist. Aber dass der Laden nicht genug abwirft, glaub ich nicht eine Sekunde. Ich seh doch, was hier los ist. Wetten, dass hier bald jemand anders meinen Platz einnimmt? Hast du nicht neulich sogar davon gesprochen, eine dritte Floristin einzustellen?«

Es mochte armselig sein, aber Annerose genoss es, dass Susanne so die Fassung verlor. Sie hätte baden können in der blanken Wut ihrer Kontrahentin, sich von Kopf bis Fuß darin einhüllen, und sie musste sich das Lachen verkneifen, als Susanne ohne Gruß davonstürzte und die Tür mit Absicht so heftig zuknallen ließ, dass es schepperte. Kurz kam ihr der Gedanke, dass Susanne jetzt Hanno anrufen würde und der vor lauter Aufregung einen verhängnisvollen Fehler begehen und über der Nordsee abstürzen könnte. Wäre sie unter diesen Umständen schuld an seinem Tod? Sie kam nicht dazu, diesen Gedanken weiterzuverfolgen, weil ein junges Paar in den Laden kam und Blumenschmuck für die Hochzeitsfeier bestellen wollte. Die beiden waren so verliebt, dass es ihr wehtat, aber daran würde sie sich gewöhnen. Dieser Teil ihres Lebens war vorüber. Kein Mann würde sie jemals wieder so liebevoll ansehen.

Als die beiden eng umschlungen den Laden verließen, musste sie wieder an Hanno denken, und sie fand ihre Gedankengänge von vorhin lächerlich. Wenn Hanno tatsächlich abstürzte, war er selbst dafür verantwortlich. Er würde aber nicht abstürzen und ihr damit den zweiten Teil ihrer Rache verderben, davon war sie überzeugt.

Der Bunker war etwa zwanzig Quadratmeter groß, die Decke so niedrig, dass Renke sich bücken musste, um nicht oben anzustoßen, und selbstverständlich gab es keine Fenster. Diese alten Bunker waren ein Überbleibsel aus dem Krieg, wo jeder Lichtschimmer vermieden werden musste.

Mit seiner Mag-Lite leuchtete er den Innenraum aus. An der Rückwand stand ein schmales Bett, auf dem eine nackte Matratze lag, rechts entdeckte er einen Tisch und einen Stuhl, an der linken Wand ein primitives Regal, leer bis auf ein Weckglas mit einer halb abgebrannten, roten Kerze darin. Hier drinnen eingesperrt zu werden, bedeutete, lebendig begraben zu sein. »Hier hat sie auf keinen Fall vier Jahre lang gelebt. Ohne Strom. Ohne Wasser. Ohne Heizung. Wenn schon, hat er dieses Loch als eine Art Strafe benutzt. Wenn sie nicht pariert hat, wurde sie hier eingeschlossen. Den Rest der Zeit war sie im Forsthaus untergebracht. Da gibt es doch genug Räume.« Er drehte sich zu Nola um und erschrak. Ihre Augen wirkten riesig, sie hielt die Hände vor der Brust verkreuzt, und er hatte den Eindruck, dass sie hyperventilierte. Wortlos schüttelte sie den Kopf, griff sich an die Kehle und stolperte die Treppe hoch nach draußen, wo sie sich keuchend gegen den Stamm einer Fichte lehnte.

Renke, der ihr gefolgt war, legte seine Hände rechts und links von ihrem Körper gegen den Baum. »Hey, was ist los?«

»Nichts. Mir ist ein bisschen schwindelig. Die Luft da unten, glaub ich.« Mit dem Handrücken wischte sie eine Träne fort und dann noch eine. »Ehrlich gesagt halte ich es in solchen Räumen nicht lange aus. Albern, was? Eine Kriminalkommissarin, die sich im Dunkeln fürchtet. Erzähl das bloß nicht weiter.«

Dass Nola sich bei Dunkelheit unwohl fühlte, war ihm schon lange bewusst. Bislang hatte er aber nicht begriffen, wie schlimm diese Angst tatsächlich war. »Wenigstens eine kleine Schwäche bei einer ansonsten so perfekten Kollegin.«

»Na ja, unordentlich bin ich auch«, schniefte sie. »Ein bisschen.«

»Stimmt«, sagte er und dachte an ihre Wohnung. »Außerdem rechthaberisch und ziemlich dickköpfig.«

Entrüstet hob sie den Kopf und funkelte ihn an. »Gar nicht.«

»O doch. Du musst immer das letzte Wort haben, so wie jetzt. Aber schimpf ruhig weiter, das tut dir gut. Du hast schon wieder ein bisschen Farbe gekriegt.«

Und dann schauten sie sich einfach nur an, lange, sehr

lange, und er wagte nicht, das, was ihn bewegte, auszusprechen, weil er die Magie des Augenblicks nicht zerstören wollte, diese Nähe, die keine Worte brauchte. Ihre Gesichtszüge wurden ganz weich, und ihr Mund verzog sich zu einem Lächeln, das ihn an den Morgen in seiner Wohnung erinnerte, als er ihr beim Aufwachen zugesehen hatte. »Nola, ich ...«

Ein gellender Pfiff verkündete, dass ihr Freund eingetroffen war. Scheiße. Sie senkte den Blick und schlüpfte unter seinen Armen durch.

Der Rechtsmediziner hob erstaunt die Augenbrauen, als sie um die Hausecke bogen, kein Wunder, Nola wirkte ziemlich verlegen, wie frisch ertappt, als wäre gerade sonst was zwischen ihnen passiert. Sie begrüßte den Doktor alles andere als überschwänglich, eher wie einen x-beliebigen Kollegen. Doch selbst das war Renke schon zu viel.

Doktor Steffen legte den Todeszeitpunkt auf Mitternacht plus minus zwei Stunden fest und warf Renke dabei einen spöttischen Blick zu, der wohl heißen sollte: *Na, heute nichts zu beanstanden?* Als er die Leiche entkleidete, entdeckte er eine Strommarke, was keinen überraschte, außerdem die dilettantisch ausgeführte Tätowierung einer nackten Frau. »Wegen der Stichwunden nicht mehr vollständig erhalten, aber noch einigermaßen zu erkennen.«

Nola machte ein Foto der Tätowierung mit ihrem Smartphone, sie wollte es Yasmina Akin zeigen. Sehr bewusst blieb Renke die ganze Zeit neben ihr stehen, so nah, dass sie sich beinahe berührten.

Als der Rechtsmediziner »Obduktion morgen um elf, bis dann« sagte, hätte Renke ihn am liebsten mit dem Kopf zuerst in den Boden gerammt. Er war heilfroh, als Dr. Steffen in seinen BMW stieg, fand aber, dass Nola ihm viel zu lange hinterherschaute. Zeit, sie wieder an ihren Job zu erinnern. »Der Täter ist intelligent und lernt dazu. Das mit dem Wasserschlauch ist genial. Du wirst sehen, dass wir keine Täter-DNA an der Leiche finden. Und lass die Hunde ausgraben. Wäre gut zu wissen, woran sie gestorben sind. Vielleicht bringt uns das weiter.«

»Okay, wir brauchen sowieso Haarproben. Vielleicht stammen die Haare an Leonas Nachthemd tatsächlich von Andreas Ahlers' Jagdhunden.«

Yasmina erkannte ihn sofort. Für einen Moment glaubte sie seine Finger zu spüren, die sich schmerzhaft in ihr Fleisch bohrten. Die ganze Zeit hatte er sie angeschaut, als würde ihn am meisten interessieren, wie ihr Gesichtsausdruck sich veränderte, während er sie fickte. Erstaunlich, wie viele Einzelheiten ihr einfielen, Erinnerungsschnipsel, die sie längst vergessen glaubte und die sich jetzt zu einem schrecklichen Ganzen zusammenfügten. Und doch gelang es ihr, nach außen unbeteiligt zu wirken, keine Regung zu zeigen, alles in ihrem Kopf einzusperren. Sie setzte sich auf ihre feuchten Hände, ignorierte ihr wild pochendes Herz und ließ sich so lange Zeit mit der Antwort, bis sie sicher war, dass ihre Stimme ruhig und unbeteiligt klingen würde. »Den Mann hab ich noch nie gesehen.«

»Wirklich nicht?« Die Stimme der Polizistin klang enttäuscht. »Das Foto ist schon etwas älter, wir haben kein aktuelleres gefunden. Schauen Sie sich noch mal die Tätowierung an.«

Während er auf ihr lag und sich hektisch auf- und abbewegte, hatte die tätowierte Frau auf seiner Brust sich bewegt, sie war auf und ab gehüpft, beinahe als wäre sie lebendig. Ein

Geist, ein schrecklicher kleiner Dämon, der sich an Yasminas Leiden ergötzte. Manchmal hatte sie sich eingebildet, dass die Frau auf seiner Brust vor Begeisterung kreischte. »Nein. Sein Tattoo sah ganz anders aus. Nicht so primitiv.«

Die Rothaarige warf einen kritischen Blick auf das Display ihres Smartphones und scrollte ein Bild weiter. »Vielleicht ist das hier schärfer.« Sie streckte den Arm aus und präsentierte Yasmina ein weiteres Foto.

»Die tätowierte Frau sah anders aus. Sie hatte lange Haare. So ungefähr …« Yasmina führte die rechte Hand zum linken Ellenbogen, um zu demonstrieren, was sie sich gerade ausgedacht hatte. »Glauben Sie mir, ich kenne diesen Mann nicht. Warum sollte ich jetzt noch lügen?« Die Antwort war ganz einfach. Weil sie nicht mehr erinnert werden wollte an damals, wie er immer geschnauft hatte dabei und wie es ihm gefallen hatte, sie zu kneifen, bis auf ihrer Haut blaue Flecken entstanden.

In genau dieser Sekunde erinnerte sie sich, bei Leona auch mal solche Flecken gesehen zu haben, an beiden Oberarmen. Damals hatte sie sich überhaupt nichts dabei gedacht, war sie doch sicher, die Einzige für Clemens zu sein. Jetzt aber schienen die Flecken zu beweisen, dass Leona dasselbe durchlitten hatte wie sie selbst. Dennoch hielt Yasmina den Mund. Sie konnte Leona nicht mehr helfen. Leona war tot. Und sie hatte überlebt.

»Momentan sieht es so aus, als ob jemand versucht, alle Leute zu töten, die von dem Missbrauch wussten, vermutlich, um seine eigene Haut zu retten. Verstehen Sie, was ich damit sagen will?«

Sie wünschte, die Frau mit den schrecklichen roten Haaren würde endlich den Mund halten. Trotzig starrte Yasmina auf die Tischplatte, die vollkommen leer war, weiß und ganz sauber. Langsam, ganz langsam sickerte das, was die Polizistin ihr mitteilen wollte, in ihr Bewusstsein. »Sie meinen, dass ich ...?«

»Ja. Der Täter könnte Sie als Mitwisserin betrachten. Als jemand, der ihm gefährlich werden kann.« Die Polizistin bemühte sich, ganz ruhig zu wirken, doch Yasmina erkannte die Besorgnis in ihren grünen Augen. Sie schien sich wahrhaftig Gedanken um ihre Sicherheit zu machen, das war mehr, als man von jemand erwarten durfte, der einfach nur seine Arbeit erledigte. Vielleicht schätzte sie die Frau ganz falsch ein.

»Könnten Sie nicht eine Weile zu Ihren Eltern ziehen?«

»Das geht nicht. Wir schreiben nächste Woche einen Mathetest. Der ist total wichtig, da kann ich nicht fehlen. Ich muss einen guten Abschluss machen, weil ich studieren will. Aber ich werde aufpassen, keine Sorge. Ich lasse niemanden herein.«

»Ich komme schon klar, mir wird nichts passieren. Ich passe auf mich auf«, hatte Yasmina zuletzt gesagt. Sie hatte Nola zur Tür begleitet, als könne sie es kaum erwarten, sie loszuwerden.

Jetzt stand Nola auf dem Bürgersteig und schaute an der Hausfassade empor, obwohl nicht zu erwarten war, dass Yasmina den Kopf aus dem Fenster stecken und ihr fröhlich zuwinken würde. Sie fragte sich, ob die junge Frau den Ernst der Situation überhaupt begriffen hatte. Ohne lange nachzudenken, klingelte Nola erneut und antwortete auf das fragende »Ja?« mit: »Ich bin es noch einmal.« Nachdem Yasmina den Summer betätigt hatte, hastete Nola die Treppen ein zweites Mal hoch. Diesmal ließ die junge Frau sie nicht mehr in die Wohnung. Vermutlich fühlte sie sich bereits verfolgt.

»Ich wollte nur sagen, dass der Täter einen Elektroschocker benutzt. Das geht blitzschnell. Sie würden es nicht mal schaffen, die Tür zuzuknallen. So ein Ding kann aussehen wie eine Taschenlampe, eine Pistole oder wie ein Handy. Machen Sie die Tür keinesfalls auf, wenn Sie die Person, die davor steht, nicht kennen. Sie haben ja einen Spion in der Tür.«

»In Ordnung.«

Genauso hatte Nola geklungen, wenn ihre Mutter sie zum hundertsten Mal mit irgendwelchen übertriebenen Ängsten genervt hatte und sie bestätigen musste, alles richtig verstanden zu haben. »Das war's schon.«

»Danke.« Das klang wenigstens ehrlich, was Nola ein wenig beruhigte.

Wie immer, wenn er geflogen war, kam Hanno gegen sechs Uhr abends nach Hause. Offenbar hatte Susanne ihn noch nicht informiert. Sein Lächeln wirkte so ehrlich, als wäre es direkt in seinem Herz entstanden, und sie musste sich zwingen, an den gestrigen Abend zu denken, an seine dreiste Lüge und die ungezählten Lügen davor.

Als er sie küssen wollte, drehte Annerose den Kopf weg. Bislang war sie wie Wachs gewesen in seinen Händen, dankbar für jedes bisschen Zuwendung. So würde er sie nie wieder erleben. »Geh schon hoch, ich bin hier gleich so weit.«

»Ist was passiert? Du bist so komisch.« Verwirrt blinzelte er mit den Augen, machte sich aber auf den Weg.

Annerose blieb in der Werkstatt stehen und lauschte. Die Holztreppe, die so alt war wie das Haus selbst, ächzte unter jedem seiner Schritte, genau vierzehnmal, die Zahl der Stufen kannte sie auswendig. Oben angelangt gab es kein weiteres Geräusch mehr, demnach rührte er sich nicht von der

Stelle, wunderte sich wohl über die Kartons. Es knarrte, er hatte einen Schritt nach vorn gemacht, dann noch einen. Ein Stockwerk tiefer stand Annerose mit angehaltenem Atem und lauschte. Stille, vermutlich öffnete er gerade einen der Kartons, schaute auf den Inhalt, überlegte und kapierte endlich, was das alles zu bedeuten hatte. Auf dem Rückweg übersprang er einige Stufen, sie hatte erst bis elf gezählt, als er die Tür aufriss.

»Was sind das für Kisten auf dem Flur?«

»Ich nehme an, du hast reingeguckt?« Sie beglückwünschte sich zu ihrer emotionslosen Stimme.

Hanno dagegen war total aufgelöst. »Ja, sie enthalten meine Sachen. Aber, ich mein... soll das bedeuten, dass du mich rausschmeißt?«

Sie nickte. »Richtig erkannt. Und Susanne kann ebenfalls gehen.«

»Susanne?« Kaum zu glauben, wie gut er schauspielern konnte, wie er es schaffte, völlig irritiert auszusehen, als würde sie nur Unsinn von sich geben. Was für ein ideales Paar sie doch abgaben: der perfekte Lügner und die Frau, die die Augen vor der Wahrheit verschloss. Kein Wunder, dass es so lange mit ihnen funktioniert hatte.

»Du oder besser ihr beide habt mich lange genug für dumm verkauft. Aber selbst der größte Trottel merkt irgendwann, dass man ihn belügt. Du hast dich gestern nicht früh hingelegt, jedenfalls nicht in deiner Wohnung. Vielleicht in einem Hotelzimmer. Gleich nach deiner SMS bin ich nämlich nach Nüttermoor gefahren. Dass dein Auto nicht vor der Tür stand, brauche ich dir ja nicht erzählen.« Er wollte etwas sagen, doch sie ließ ihn nicht zu Wort kommen. »Und weißt du, was komisch ist? Susanne war auch nicht zu Hause. Angeblich macht sie einen Kurs bei der VHS. Jeden Montag. Als du neulich

425

über Nacht bei Markus bleiben musstest. Angeblich«, fügte sie schnell hinzu, damit er gleich kapierte, dass es aus war mit der Lügerei. »Da war Susanne auch über Nacht fort. Bei ihrer Mutter, dabei können die beiden sich überhaupt nicht leiden. Seltsame Zufälle, oder?«

»Denkst du etwa…« Er breitete die Arme aus und lachte ungläubig. »Nein! Das kannst du nicht wirklich glauben. Ich schwöre dir, dass ich nichts mit Susanne habe. Röschen, du machst einen schrecklichen Fehler.«

»Ich?« Sie lachte bitter. »O nein. Du hast einen schrecklichen Fehler gemacht, Hanno. Hast wohl gedacht, wenn du eine wie mich nimmst, kannst du dir alles erlauben. Irrtum. Und jetzt lade den Krempel in dein Auto, damit das hier ein Ende hat.«

»Es ist alles ganz anders, glaub mir! Und bitte tu mir den Gefallen und schmeiß Susanne nicht raus. Sie hat überhaupt nichts damit zu tun. Du weißt doch, wie glücklich sie mit ihrem Alex ist.«

»Wirklich heldenhaft, wie du sie beschützen willst, deine…« Sie beendete den Satz nicht, weil sie keine Lust hatte, ein Wort zu suchen, das ihre Gefühle für ihre ehemalige Mitarbeiterin beschrieb.

»Röschen, du irrst dich. Bitte vertrau mir doch.«

Vertrauen. Da hatte er nun wirklich das verkehrte Wort gewählt. Sie brach in hysterisches Gelächter aus, das bald schon in verzweifeltes Schluchzen überging. Wenigstens war sie so stark, nicht zuzulassen, dass er sie tröstend in die Arme nahm.

Mittwoch,
20. März

In den letzten Tagen hatte Meta sich kaum retten können vor Besuch. Ihre Freundinnen, viele waren es ja nicht mehr, die meisten waren weggestorben oder lebten im Altersheim, die Kinder ihrer Freundinnen, entfernte Bekannte, alle waren rein zufällig in der Gegend und wollten schauen, wie es ihr ging. Ha, sie mochte alt sein, aber blöd war Meta nicht. Längst hatte sich in Martinsfehn rumgesprochen, dass ihr Nachbar von seinen Hunden aufgefressen worden war, und jeder hoffte, dass sie mehr wusste als das bisschen, das man in der Zeitung lesen konnte. Manche brachten etwas mit, eine Topfblume oder eine Packung Kekse, so wie es sich nach Metas Ansicht gehörte. Denen erzählte sie ein paar Sachen, etwa, dass Herr Strewitz ihr von Anfang an unheimlich gewesen war und dass er es nicht für nötig befunden hatte, freundlich zu grüßen, wie es sich unter guten Nachbarn gehörte.

»Der hatte so was Böses im Blick«, hatte sie gestern zu Uwe, dem Sohn ihrer verstorbenen Freundin Folma, gesagt. Mehr aber nicht. Butterkekse für neunundachtzig Cent, das fand sie ganz schön mickrig. Folma war auch so geizig gewesen, so etwas schien sich zu vererben. Leute, die zum Tee kamen und nichts dabeihatten, erfuhren nichts von ihr. Kein Sterbenswort. Da jammerte sie höchstens über das Wetter und verwies auf den Zaun, der ihr jeden Blick auf das Nachbarhaus versperrte.

Es klingelte. Renke stand vor der Tür. In Uniform, also ganz offiziell. Mit dem Jungen hatte sie noch ein Hühnchen zu rupfen. Hätte er ihr gleich geglaubt, würde dieser Strewitz vielleicht noch leben. Im Gefängnis allerdings, denn egal, was im Dorf geredet wurde, für Meta stand fest, dass ihr ehemaliger Nachbar der gesuchte Entführer war. Dass die Polizei sich irren konnte, hatte sie ja gerade erst erlebt.

»Hallo, Tante Meta.«

Renke hatte wieder diesen blonden Jungen in Uniform mitgebracht. Er stellte sich als Polizeikommissar Jens Stiller vor. Polizeikommissar, das war doppelt gemoppelt, oder etwa nicht? Dass ein Kommissar bei der Polizei war, wusste doch wohl jedes Kind.

»Ich koch dann mal Tee«, bot sie an. Die guten Tassen standen seit Neuestem im Küchenschrank, weil sie sie beinahe täglich brauchte. Meta setzte Wasser auf und entschied sich, Uwes Butterkekse anzubieten. »Was wird denn jetzt aus dem Haus?« Diese Frage beschäftigte sie am meisten. »Nicht, dass da wieder so ein Verbrecher einzieht.«

Renke angelte sich einen Keks vom Teller. »Keine Ahnung«, sagte er, bevor der Keks in seinem Mund verschwand. »Wenn es keine Erben gibt, fällt es an den Staat.«

Na, das fehlte ja noch.

»Würdest du dir bitte mal diese Bilder ansehen? Könnte es sein, dass einer dieser Wohnwagen bei deinem Nachbarn im Garten stand?«

Renke legte drei große Farbfotos auf den Tisch. Auf den ersten Blick sahen die Wohnwagen alle gleich aus. Viereckig, weiß, ein Fenster an der Seite. Aber es gab Unterschiede. Einer hatte hellblaue Streifen, der andere war ganz und gar weiß, beim dritten war ein breiter, brauner Streifen von zwei schmalen roten eingefasst. Der kam ihr bekannt vor.

»So einer oder so ähnlich. Nichts Blaues, das weiß ich genau. Solche Streifen.« Sie tippte auf das Foto.

Jetzt freute sich der Junge, sie hatte genau den richtigen ausgesucht. »Hast du mal gesehen, dass dein Nachbar in den Wohnwagen gestiegen ist? Oder dass er was hingebracht hat, einen gefüllten Wassereimer vielleicht oder was zu essen? Hat da mal Licht gebrannt?«

»Nein, nichts davon. Ich will nicht behaupten, dass ich ihn von morgens bis abends beobachtet habe, so nun auch wieder nicht. Aber mir ist noch was anderes eingefallen. Das Auto, das den Wohnwagen abgeschleppt hat, war nicht das von Herrn Strewitz. Der hat nämlich hinten undurchsichtige Scheiben. Das hatte dieses Auto nicht. Aber sonst sah es ganz ähnlich aus.«

»Gut, das war es schon. Wenn dir noch was einfällt, rufst du einfach auf dem Revier an.« Zum Abschied stopfte er sich noch einen Keks in den Mund.

Dann war sie wieder allein. Ein paarmal war Meta in der letzten Woche aus Gewohnheit wieder auf den Boden gestiegen. Sie hatte einfach vergessen, dass es drüben nichts mehr zu sehen gab. Schade eigentlich. Es war schon komisch im Leben. Meist erkannte man erst hinterher, wie kostbar manche Dinge waren. Was hatte sie über Hinni geschimpft und wie hatte er ihr nach seinem Tod gefehlt. *Meyers Tanzdiele* war ihr vorgekommen wie Sodom und Gomorra. Erst später war ihr aufgegangen, wie unterhaltsam die Diskothek nebenan gewesen war. Und jetzt fragte sie sich, womit sie ihre Tage verbringen sollte, wenn sie nicht mehr ihren Nachbarn ausspionieren konnte. Gut, die Angst am Ende, das hätte nicht unbedingt sein müssen. Aber Herr Strewitz hatte ihr die Langeweile vertrieben, die sich bald schon wieder über ihren Alltag senken würde. Den ganzen elend langen Winter über hatte er sie beschäftigt und auf Trab gehalten. Jetzt kam der Frühling, dann der Sommer. An den nächsten Winter mochte sie gar nicht denken. Bis dahin würde alles vergessen sein. Keine Polizeibesuche, keine unangemeldeten Gäste mehr zum Tee. Sie würde hier sitzen und auf den Tod warten.

Das Ergebnis der Obduktion von Andreas Ahlers überraschte niemanden. Der Täter hatte einen Elektroschocker benutzt. Offenbar war Andreas Ahlers gesundheitlich besser in Form als die anderen, bei ihm hatten eindeutig die Stichverletzungen zum Tod geführt. Es waren etwa doppelt so viele wie bei Möller, der Hass des Täters schien zu wachsen.

Valentin schickte seinen Assistenten unter einem Vorwand in den Nebenraum, dann fragte er nach ihrer Beziehung zu Renke, ob sie sich wieder versöhnt hätten. Ihre Antwort bestand aus einem Schulterzucken. Sie fand nicht, dass ihn das etwas anging.

Er zog den Mundschutz herunter und streifte seine Latexhandschuhe ab. »Kann ich dich ins Kino einladen? Zum Essen? Ins Horst-Janssen-Museum?«

»Und deine Freundin?«

Er zog die Unterlippe zwischen seine Zähne und schüttelte langsam den Kopf. »Ich weiß doch selbst, dass das nicht okay ist. Trotzdem muss ich pausenlos an dich denken. Können wir nicht einfach im Hier und Jetzt leben, schauen, was daraus wird?« Bettelnd schaute er sie an. »Komm, Nola, ein Kinobesuch ist doch ganz harmlos.«

»Ich hab im Moment keine Zeit, wirklich nicht.«

Er ließ nicht locker. »Nächste Woche? Ich ruf dich an.«

Auf der Heimfahrt dachte sie nicht über ihren Fall nach,

sondern über Valentin, über seinen watteweichen Blick und das winzige Vogeltattoo an seinem Hals, wie sehr es sie reizte, mit den Lippen darüber zu fahren.

Enrico Daume wirkte leicht derangiert, genauso wie die kleine Sekretärin, die mit puterrotem Kopf ihr Shirt zurechtzupfte. Offenbar waren sie zur unpassenden Zeit erschienen. Dem Unternehmer war das keineswegs peinlich. Vielmehr schielte er immer wieder in Renkes Richtung, als wolle er sagen: *So würdest du wohl auch gern leben, was?*

»Herr Daume, bei unserem letzten Besuch haben Sie nicht die Wahrheit gesagt. Sie haben behauptet, Clemens Möller nicht zu kennen. Tatsächlich gab es am 28. Februar einen Anruf von Clemens Möller auf Ihr privates Handy. Das war zwei Tage nach dem Auffinden von Leona Sieverdings Leiche.«

»Tja, das, also ... Der Name sagt mir jetzt mal gar nichts.«

Er war ein Lügner, aber kein besonders guter. Sein Lachen wirkte zu übertrieben, außerdem fummelte er übernervös an seiner Goldkette herum und vermied es, Nola in die Augen zu sehen.

»Dann müssten Sie mir noch erklären, warum Sie ihn am 3. März angerufen haben.«

»Ich? Ihn? Wie hieß der noch mal?«

Renke gähnte demonstrativ. »Wie lange wollen wir dieses alberne Spielchen noch spielen?« Völlig unerwartet knallte seine flache Hand auf den Tisch. Die leere Kaffeetasse, die neben Daumes PC stand, hüpfte auf der Untertasse. »Schluss jetzt. Woher kanntest du Clemens Möller?«

»Gar nicht. Vielleicht hab ich seine Nummer auf meinem Display gesehen und wusste nicht, wer das ist, und hab deshalb auf Wahlwiederholung getippt?«

»Das erste Gespräch dauerte fast zehn Minuten, das zweite noch länger. Ein bisschen viel Zeit, um das zu klären.« Nola lächelte unfreundlich. »Es gibt noch ein drittes Telefonat am 6. März. Diesmal hat der Ihnen völlig unbekannte Clemens Möller angerufen, und Sie haben achteinhalb Minuten geredet. Und noch was. Ein Abgleich mit dem Straßenverkehrsamt hat ergeben, dass zu Ihrem Fuhrpark ein Dethleffs New Line, Baujahr 1990 gehört. Den würden wir uns gern anschauen. Falls Sie ihn verkauft haben, würden wir gern den Vertrag sehen.«

Damit, dass er sich an zwei Fronten gleichzeitig verteidigen musste, hatte Daume nicht gerechnet. Er rieb mit der Goldkette über seinen Hals, stierte vor sich hin und schwieg.

»Wir gehen davon aus, dass Sie zu den Männern gehören, die vor vier Jahren Schülerinnen der *Christine-Charlotten-Schule* für Gehörlose in Jemgum missbraucht haben«, fuhr Nola fort. »Clemens Möller hat dabei als Zuhälter fungiert, und Sie haben, nachdem es im Heizungskeller der Schule zu unbequem oder gefährlich wurde, einen Ihrer Wohnwagen zur Verfügung gestellt. Den alten Dethleffs, der sich auf wundersame Weise in Luft aufgelöst hat.«

Schweigen.

»Herr Möller hat die Freier gefilmt und sie später vermutlich mit den Aufnahmen erpresst. Sowohl Josef Strewitz als auch Andreas Ahlers haben kurz nach Leonas Tod 2500 Euro abgehoben. Herr Möller hat in genau diesem Zeitraum die Summe von 7500 Euro auf sein Sparbuch eingezahlt. Wir suchen noch den dritten Freier, der die fehlenden 2500 Euro beigesteuert hat. Ich werde eine richterliche Verfügung anfordern, die uns erlaubt, sowohl Ihr Konto als auch Ihre gesamten Telefondaten einzusehen. Sicher ist Ihnen bekannt, dass man anhand der Funkzellen, in die Sie eingeloggt waren, ein Bewegungsprofil erstellen kann. Ich wette, Sie waren in der Zeit zwischen Leonas Tod und dem Tag, an dem Herr Möller die 7500 Euro eingezahlt hat, in Emden.«

»Na und, das heißt doch nichts. Warum soll ich nicht nach Emden fahren?« Seine Stimme klang längst nicht mehr so selbstgefällig, es war ihm deutlich anzusehen, wie er mit sich kämpfte. Schließlich gab er auf. »Gott, das ist einfach so passiert. Ich hab Clemens zufällig kennengelernt.« Er schien zu überlegen, ob er wirklich weiterreden sollte, und entschied sich dafür. »Spielt ja keine Rolle mehr. Da war so eine Kneipe in Bahnhofsnähe. An einem der Tische saß immer ein Libanese, der Drogen vertickt hat, unter anderem auch Koks. Ich hab regelmäßig bei ihm gekauft und Clemens auch. Der Junge hat große Augen gemacht, was ich mir so leisten konnte. Und ich hab große Augen gemacht, als ich seine Freundin gesehen hab, jung und absolut heiß. Wir haben uns immer mal wieder getroffen und sind ins Gespräch gekommen, wie das eben so läuft. Mehr im Spaß hab ich ihm mal vorgeschlagen, mir sein Mädchen für 'ne Stunde zu überlassen. Das wurde ein Running Gag zwischen uns. Irgendwann hat er gemeint, er könnte mir eine andere anbieten, wär auch eine Freundin von ihm, eine, die Geld braucht. Aber es ging weder bei ihm zu Hause noch bei ihr. Bei mir natürlich schon gar nicht. Ist ja wohl klar. Zuerst hat er mich in den Heizungskeller der Schule geschmuggelt, aber das war mir zu blöd. Und da sind wir auf die Idee mit dem Wohnwagen gekommen.«

»Wann war das?«

»Im September 2008. Ich hatte ein paar Montagehelfer aus Thüringen bei den Gaskavernen in Jemgum untergebracht und kannte die Örtlichkeiten, weil ich denen zwei Wohnwagen hingestellt habe. Was lag näher, als einen weiteren

Caravan hinzubringen.« Er klemmte zwei Finger hinter die Goldkette an seinem Hals und zog sie nach vorn. »Die Kleine war schüchtern, aber keineswegs unzugänglich. Sie hat sich nicht gewehrt, überhaupt nicht. Und sie war keine Jungfrau mehr. Ich bin davon ausgegangen, dass sie es für Geld getan hat, nicht gern vielleicht, aber freiwillig. Glauben Sie mir, es gab keinen Anhaltspunkt dafür, dass Clemens sie gezwungen hat. Ich hab ihr ja auch nicht wehgetan. Im Gegenteil. Mit der Zeit hat sie es richtig genossen.« Er grinste und starrte ungeniert auf Nolas Brüste. »Ein paar Wochen später hat er mir Fotos von zwei anderen gezeigt. Leona und so 'ne kleine Türkin, beide ganz hübsch.«

Nola zwang sich, seine Worte nicht zu kommentieren, auch wenn ihr viel dazu einfiel, das sie gern losgeworden wäre. »Wie viele Mädchen waren es?«

»Insgesamt vier. Natürlich nicht gleichzeitig. Die Erste hieß Sarah, die war aber nicht lange dabei. Dann kam Yasmina, die gefiel mir am besten. Sehr hübsch gebaut. Später diese Leona, die dann verschwunden ist.« Er schnalzte mit der Zunge. »Die hat die ganze Zeit stumpf vor sich hingestarrt, Drogen, hab ich gedacht, oder dass sie 'ne Macke hat. Einmal mit ihr hat mir gereicht. Wie die Vierte hieß, weiß ich nicht mehr. Die war mir zu hässlich und vor allem zu platt. Ein bisschen was will ich dabei schon in der Hand halten, Sie verstehen?«

Jetzt hätte Nola am liebsten eine Strickjacke übergezogen, aber sie rührte sich nicht.

»Wie hießen die anderen Freier?«

»Keine Ahnung, wer da alles ran durfte. Ehrlich gesagt wollte ich das gar nicht so genau wissen. Ein Lehrer gehörte dazu, der hat wohl immer eine Skimaske getragen, damit die Mädchen ihn nicht erkennen können. Und sonst?« Er zuckte mit den Schultern. »Clemens hat gefragt, ob ich noch jemand weiß, der Lust auf so was hat. Der war nämlich immer knapp bei Kasse. Ich hab seine Nummer an Hanno Mollbeck weitergegeben. Hanno war gerade nach Ostfriesland zurückgekommen und hing irgendwie zwischen den Seilen. Hab gedacht, der kann ein bisschen Aufmunterung gebrauchen. Hanno hat dann Josef Strewitz ins Spiel gebracht. Und ich Andreas Ahlers. Passte irgendwie. Wir haben jede Woche Skat gespielt und die gleichen Mädchen gevögelt. Nicht zusammen, versteht sich.«

Nola verspürte eine ungeheure Wut. Unter dem Tisch presste sie ihre Fingernägel in die Handballen, um nicht aufzuspringen und diesem miesen Arschloch an die Gurgel zu gehen. Ein Seitenblick verriet, dass es Renke ganz ähnlich ergehen musste. Er schaute sie kurz an, und sie meinte, in seinen blauen Augen Wut zu erkennen, blanke Wut, vielleicht sogar Hass. »Wer noch?«

»Der Förster hat die Nummer an Siegfried Erdwiens weitergegeben. Das weiß ich aber erst seit Kurzem. Ich kann auch nicht behaupten, dass ich das gut finde. Erdwiens ist unberechenbar, ein richtiger Schläger, stimmt's, Renke? Wer weiß, was der den Mädchen angetan hat.« Schnaufend atmete er aus. »Aber Clemens war ja immer dabei, hat vor der Tür gewartet. Denk mal, dass er auf seine Mädels aufgepasst hat. Ob da sonst noch jemand ran durfte, weiß ich nicht. Ehrlich.«

»Wie lange ging das?« Renkes Stimme klang belegt, als könnte er nur mit Mühe seinen Zorn unterdrücken.

»Nicht so lange. Ende Oktober fing es an mit dieser Sarah, im Mai 2009 war Schluss. Clemens wollte nicht so genau mit der Sprache rausrücken. Ich glaube, eins der Mädchen hat gequatscht. Zum Glück hatte er was mit einer Lehrerin laufen, die hat ihm geholfen, alles zu vertuschen. Für mich war das nicht so schlimm, auf Dauer fand ich die Mädchen langweilig. Irgendwie fehlte das Feuer, wenn Sie verstehen, was ich meine. Immer nur Missionarsstellung.« Er warf einen Blick in Renkes Richtung, hoffte wohl auf Zustimmung. Als Renke nicht wie gewünscht reagierte, fuhr er fort: »Und dann verschwand Leona. Nach allem, was lang und breit in der Zeitung stand, wurde mir erst klar, was wir da eigentlich getrieben haben. Sex mit minderjährigen, mehr oder weniger behinderten Mädchen. Wir haben wohl alle gezittert, dass die Polizei was rauskriegt. Zum Glück ist das ja nicht passiert. Und jetzt, vier Jahre später, fing der ganze Spuk von vorn an. Ausgerechnet hier in Martinsfehn ist die tote Leona aufgetaucht. Klar, da hat man überlegt, ob einer von uns sie entführt haben könnte. Und kaum dass es in der Zeitung stand, rief Clemens an. Den hatte ich ewig nicht mehr gesehen. Vom Koksen bin ich ziemlich ab, müssen Sie wissen. Bin jetzt verheiratet und Vater einer süßen Tochter. Da verschieben sich die Schwerpunkte im Leben. Ich muss nicht mehr alles machen, was möglich ist. Clemens hat gefragt, ob der Wohnwagen noch existiert, und verlangt, dass ich das Teil verschwinden lasse. Und dann wollte er wieder Geld. Zweieinhalbtausend Euro. Genau wie damals. Schweigegeld, hat er das genannt.«

»Wieso hast du gezahlt?«, wunderte sich Renke. »Clemens Möller hing doch selbst mit drin. Der hätte dich doch gar nicht verpfeifen können.«

»Es ging um Filmchen, die er heimlich gedreht hat. Du weißt doch selbst, was hier los war. Die ganze Welt hat Leona gesucht. Stell dir vor, jemand hätte euch diese Aufnahme zugespielt, wie ich mit ihr …« Er schüttelte den Kopf. »Ich wär doch geliefert gewesen, ganz unabhängig davon, wer den Kontakt hergestellt hat und wer noch mit über die Klinge springen muss. Damals fing mein Laden gerade an, so richtig Kohle abzuwerfen.« Unwillig zog er die Augenbrauen zusammen. »Hab lange überlegt, ob ich zahlen soll. *Der Typ ist so gierig, den wirst du nie mehr los,* hab ich befürchtet. Aber was hätte ich tun sollen? Danach war vier Jahre Ruhe. Ich hab schon gar nicht mehr daran gedacht. Und dann taucht Leona hier auf, und Clemens ruft mich an. Voll der arrogante Typ, zum Kotzen. Ein kleiner Barkeeper, worauf der sich wohl was eingebildet hat. Egal. Ich hab den Caravan verschwinden lassen, war ja in unser aller Interesse. Dachte, das war's. Von wegen, Clemens hat sich natürlich wieder bei mir gemeldet. *Du kennst ja meine Preise*, hat er gesagt, und ich bin nach Emden in diese dusselige Bar gerauscht und hab ihm die Scheine auf den Tisch gelegt. Kurz darauf war er tot. So 'ne Scheiße.« Mit den Fingerspitzen nestelte er an dem obersten Knopf seines Hemdes. »Ich hätte nie gedacht, dass mir so was passiert. Ich mein, dass ich in eine Mordsache verwickelt werde.« Er lachte rau und ein bisschen verzweifelt. »Ich bin kein Engel, weiß Gott nicht, hab schon viel Mist verzapft in meinem Leben. Renke weiß das. Aber doch keinen Mord.« Jetzt schaute er Nola offen an. »Wir hatten alle Angst, ist ja wohl klar. Wenn die Polizei zum zweiten Mal an einer Sache dran ist, wie groß ist die Wahrscheinlichkeit, noch mal ungeschoren davonzukommen? Und dann hat irgendwer Josef ermordet. Und jetzt den Förster. Nicht, dass die beiden meine besten Freunde waren. Aber man fragt sich natürlich, wer das getan hat. Und ob man selbst als Nächster auf der Liste steht.« Er lehnte sich zurück und legte die gespreizte Hand auf seine Brust. »Ich war es nicht, Frau Kommissarin. Und Hanno garantiert auch nicht, der hat für so was gar nicht die Nerven. Einer bleibt ja nur übrig. Einer, der überall als Schläger bekannt ist. Sie verstehen?«

Nola beschloss, seinen Hinweis auf Siegfried Erdwiens zu ignorieren. »Und was ist mit Leona Sieverding?«

»Sie sprechen von der Entführung? Damit habe ich nichts zu tun. Gar nichts. Ich habe nicht die geringste Ahnung, wer das war. Ehrlich. Vor vier Jahren hab ich mit ihr geschlafen, ein einziges Mal, danach habe ich sie nie wiedergesehen. Pech, dass Clemens uns dabei gefilmt hat.« Er schniefte. »Vielleicht war das überhaupt keiner von uns. Oder besagte Person, die später rein zufällig am Kreihenmeer die Leiche gefunden hat. Ist doch schräg, oder? Mir kommt das jedenfalls komisch vor. Verdächtig.«

Ja, es mutete seltsam an, dass ausgerechnet Erdwiens Leona entdeckt hatte. Nola konnte gerade noch an sich halten, ihm nicht zuzustimmen. »Wo waren Sie in der Nacht von Dienstag auf Mittwoch?«

»Zu Hause, da können Sie gern meine Frau fragen. Wir hatten Gäste, die das bezeugen können. Steffis langweilige Schwester und ihr noch langweiligerer Mann. Und dann noch ein Unternehmer, der deutschlandweit Industriehallen aufbaut und dafür Leiharbeiter braucht. Seine Frau war auch dabei. Die vier sind gegen Mitternacht gefahren. Anschließend haben wir noch was getrunken und ein bisschen abgelästert. Dann sind wir ins Bett und haben uns noch ein Weilchen vergnügt.«

Dass jemand seine Frau zu einer Falschaussage bewegte, war nicht ungewöhnlich. Bei einem Geschäftspartner sah die Sache schon anders aus. Selbstredend würde Nola Enrico Daumes Alibi überprüfen, doch sie versprach sich nichts davon. »Wir fahren jetzt aufs Präsidium, damit Sie dort eine

Aussage machen können. Und dort hätte ich gern eine DNA-Probe.«

»Kein Problem, überhaupt kein Problem«, versicherte er. »Darf ich vorher noch meine Frau anrufen?«

Als Nola nickte, wählte er die Nummer und schob einen wichtigen geschäftlichen Termin vor.

Siegfried Erdwiens versuchte gar nicht erst, seine Besuche in Jemgum abzustreiten. »Fünfzig Euro hat das gekostet, und ich fand, die Kleine war es wert. Ich mag Frauen mit dunklen Augen. Ein bisschen schüchtern dürfen sie auch gern sein.«

Offenbar sprach er von Yasmina. Leona, darauf wollte er beim Leben seiner Mutter schwören, hatte er nicht gekannt.

»Ich war nur zweimal dort, dann hat dieser Clemens gemeint, die Sache läuft nicht mehr. Andreas, also der Förster, hat das bestätigt. Ich fand's schade, Andreas übrigens auch.« Er lehnte sich auf seinen Stuhl vor, stützte seine Hände auf die Oberschenkel und stierte Nola mit halb offenem Mund an.

Sie versuchte, seinen Blick zu ignorieren. »Als Leona damals verschwand, hat Herr Ahlers Ihnen doch sicher verraten, dass sie auch zu Clemens Möllers Mädchen gehörte.«

»Klar. Vor allem hat er gesagt, dass ich die Klappe halten soll. Und daran hab ich mich gehalten, die ganze Zeit. Als sie da am Kreihenmeer lag, hab ich sie nicht mal wiedererkannt.«

Ungläubig schüttelte Renke den Kopf. »Na komm, die war damals doch ständig in der Zeitung abgebildet.«

»Kann sein. Ich les aber keine Zeitung. Warum sollte ich? Glaubst du, dass es mich interessiert, ob die in Usbekistan gerade Bürgerkrieg haben?«

»Wurden Sie von Herrn Möller erpresst?«

»Von dem Zuhälter? Nee, warum denn? Ich hab doch

nichts gemacht. Hab bezahlt und der Kleinen nichts angetan. Seit wann ist Prostitution verboten?«

»Wir reden hier von minderjährigen Mädchen, die missbraucht wurden«, sagte Nola giftig.

Ihr Einwand berührte Siegfried Erdwiens nicht im Geringsten. »Die Kleine hat sich nicht beschwert. Und ihr Alter hat sie mir auch nicht verraten. Die kam Arm in Arm mit diesem Clemens anmarschiert, und so sind sie auch wieder verschwunden. Auf mich hat sie ganz locker gewirkt.«

»Wo waren Sie in der Nacht von Dienstag auf Mittwoch?« Das musste sie trotzdem fragen. Immerhin war Siegfried Erdwiens jemand, dem der Förster arglos die Tür geöffnet hätte.

»Hier. Moment. Moniiii!«, brüllte er, und eine dunkelhaarige, nicht mehr ganz junge Frau erschien von irgendwoher. Wahrscheinlich hatte sie die ganze Zeit an der Tür gelauscht.

»Moni, sag den Bullen eben, wo ich in der Nacht von Dienstag auf Mittwoch war.«

Moni machte es spannend. Sie strich ihre Haare hinter die Ohren, anschließend gab sie zuerst Nola und dann Renke die Hand. »Moin. Monika Lehmeyer, ich bin mit Siegfried zusammen. Seit zwei Wochen. Ist also noch ganz frisch.« Die Art, wie sie Siegfried Erdwiens immer wieder anstrahlte, verriet, dass sie glaubte, mit ihm das ganz große Los gezogen zu haben. »Seither hab ich jede Nacht hier geschlafen. Siegfried natürlich auch, was soll ich sonst hier?« Trotzig schob sie die Unterlippe vor. »Egal, was Sie jetzt denken und was rumerzählt wird, er ist ein ganz Lieber, man muss ihn nur zu nehmen wissen. Der bringt bestimmt keinen um, das könnte er gar nicht.«

»Würden Sie das notfalls vor Gericht aussagen?«, fragte Nola.

Der Blick, den Moni ihr zuwarf, machte klar, dass sie Nola diese Frage krummnahm. »Was denn sonst.«

Im Auto begann Renke, unvermutet zu lachen. »Der Siegfried ist ein ganz Lieber, ein richtiges Schmusebärchen. Die wird sich noch wundern. Trotzdem ist er nicht unser Mann. Da passt einfach nichts zusammen. Der hat ja nicht mal einen braunen Hund. Und dass er einen Elektroschocker so zusammenbauen kann, dass er auch funktioniert, glaub ich im Leben nicht. Erdwiens ist so raffiniert wie 'ne Scheibe Weißbrot. Vergiss ihn.«

Leider konnte sie nicht widersprechen. »Und jetzt?«

»Jetzt versuchen wir unser Glück bei Hanno Mollbeck.«

»Erdwiens gehört ja auch gar nicht wirklich dazu. Weder beim Skat noch bei dem Missbrauch der Mädchen. Hanno Mollbeck kommt viel eher infrage. Von dem haben wir auch noch keine DNA«, sagte Nola, während sie den Gurt einschnappen ließ. »Weißt du, was komisch ist, sehr komisch sogar? Drei von fünf Freiern wurden erpresst und haben jeweils 2500 Euro an Möller gezahlt. Hanno Mollbeck und Siegfried Erdwiens nicht. Laut Möllers Telefonliste hat er die beiden auch nicht kontaktiert.«

»Wenn Erdwiens 2500 Euro aufbringen könnte, fress ich einen Besen. Außerdem hast du ihn ja gehört, Unrechtsbewusstsein gleich null. Bei Hanno sieht das anders aus. Warum musste der wohl nicht löhnen?«

Annerose Wenzel goss die Topfblumen, die zum Verkauf standen, und zupfte gleichzeitig alle gelben Blätter ab. Nie zuvor hatte Nola sich Gedanken darüber gemacht, dass die Pflanzen ihren Bedürfnissen entsprechend gepflegt werden mussten, damit sie so gesund aussahen, dass man Lust bekam, sie zu kaufen. Frau Wenzel trug eine hellblaue Strickjacke, deren lange, trompetenförmig geschnittene Ärmel ihr über die Hände fielen und sie damit bei ihrer Arbeit störten, und sie wurde nicht müde, die Ärmel immer wieder hochzuschieben. Offenbar war sie ein sehr geduldiger Mensch, Nola an ihrer Stelle hätte die Jacke längst entnervt in die Ecke geschmissen.

»Moin«, sagte Renke. »Ist Hanno zufällig da?«

»Hanno?« Es machte den Anschein, als müsste sie sich überwinden, den Namen überhaupt auszusprechen. »Bestimmt nicht. Wenn du es genau wissen willst, ich hab ihn am Dienstagabend vor die Tür gesetzt. Ist das etwa noch nicht rum im Dorf? Ich dachte, die Spatzen pfeifen es bereits von den Dächern.« Die Phase von Trauer und Tränen, die jede Trennung mit sich brachte, hatte sie offenbar bereits überwunden. Jetzt glühte sie vor heiligem Zorn. Ihre Hände klammerten sich um den Griff der weißen Gießkanne, als müsste sie sich daran festhalten. »Ständig hat er behauptet, zu Markus zu müssen. Ständig. Und soll ich dir was sagen?« Ihr Blick galt Renke und keineswegs Nola, die sie mehr oder weniger ignorierte. »Alles gelogen. Erst neulich hat er behauptet, auf der Stelle zu Markus zu müssen. Alarmstufe rot. Und was ist passiert? Eine Stunde später taucht Markus hier auf und sucht seinen Bruder. Markus Mollbeck, dieser Verrückte, hier in meinem Geschäft!« Offenbar verstand sie nicht, weshalb Renke ihre Empörung nicht teilte. »Zwei Stunden später kam Hanno angedackelt. Als ich ihn auf Markus angesprochen habe, hat er behauptet, ihn verpasst und überall gesucht zu haben. So ein Blödsinn. Er hätte ihn doch bloß anrufen brauchen. Ein andermal musste er bei Markus übernachten. Von jetzt auf gleich. Und was soll ich dir sagen, Susanne, du kennst sie ja, war zufällig auch über Nacht außer Haus! Hat bei ihrer Mutter geschlafen, obwohl die beiden sonst doch ständig miteinander im Streit liegen. Susanne hat noch nie bei ihrer Mutter geschlafen. Warum auch? Die wohnt ja praktisch um die Ecke.«

»Wann war das? Wissen Sie das noch?«, fragte Nola leise.

»Da muss ich nachschauen.« Auf dem Weg quer durch den Laden zu ihrem Kalender, der an die Tür zum Hinterzimmer gepinnt war, stellte Frau Wenzel die Gießkanne ab. Sie setzte die Lesebrille auf, die an einer bunten Kordel um ihren Hals hing, und schaute suchend auf das Kalenderblatt. »Am achten März. Wir wollten essen gehen, ich hatte einen Tisch beim Griechen bestellt. Zwei Stunden vorher musste Hanno plötzlich zu Markus. Und er ist erst am nächsten Morgen heimgekommen.« Über den Rand der Brillengläser hinweg schaute sie Nola klagend an. »Ich bin dann allein nach Leer gefahren. In die *Waage*. Dachte, ich kann mir auch mal was gönnen.«

In der Nacht vom achten auf den neunten März wurde Clemens Möller ermordet. Da brauchte Nola nicht mal in ihren Notizen nachsehen. »Sonntag, zehnter März, vormittags?«

Mit dem Zeigefinger fuhr Frau Wenzel über den Kalender, dann seufzte sie schwer. »Da musste ich vormittags die Tischdekoration für eine goldene Hochzeit ausliefern. Hat ziemlich lange gedauert, weil es ein kleines Missverständnis gab. Ich musste zwischendurch noch mal ins Geschäft und zwei Gestecke nacharbeiten. Hanno war in dieser Zeit bei seinem Bruder, keine Ahnung, wie lange. Zwischen zehn und vierzehn Uhr hab ich ihn nicht gesehen.«

Nola wunderte sich ein wenig, weil Frau Wenzel so bereitwillig Auskunft erteilte, ohne zu fragen, warum die Polizei sich dafür interessierte. »Wo war Herr Mollbeck in der Nacht von Dienstag auf Mittwoch?«

Frau Wenzel lief scheinbar ziellos durch den Raum und

blieb schließlich neben dem Ständer mit den Blumensträußen stehen. »Von Montag auf Dienstag schläft er grundsätzlich in seinem Apartment in Nüttermoor. Allein«, fügte sie hinzu und legte all die bittere Enttäuschung darüber, dass er sie dort offenbar nicht haben wollte, in das eine Wort. »Dienstags fliegt er für einen alten Kumpel Leute auf die Inseln, den ganzen Tag. *Inseltaxi* nennt sich das. Hanno war früher Pilot beim Bund und wollte das Fliegen nicht ganz aufgeben. Sein Herz hängt daran, hat er immer behauptet.«

»Er übernachtet also jeden Montag in dieser Wohnung«, vergewisserte Nola sich noch einmal. »Allein.«

»*Angeblich* allein. Mir hat er erzählt, dass er seinen Schlaf braucht, wenn er am nächsten Tag fliegen muss.« Sie schien gar nicht zu merken, dass sie eine Tulpenblüte aus einem der Sträuße gezupft hatte und zwischen ihren Fingern zerrieb, und als es ihr auffiel, ließ sie den roten Matsch mit angeekelter Miene in eine Kiste unter dem Verkaufstisch fallen, die offenbar für Abfälle bestimmt war. »Nur komisch, dass er an diesem Montag gar nicht dort war. Ich bin nämlich hingefahren, und sein Auto stand nicht vor der Tür.«

»Um wie viel Uhr?«, wollte Renke wissen.

»Halb zehn, vielleicht auch zehn, keine Ahnung. Er hat sich mit Susanne getroffen, du kennst sie ja, frag mich nicht, wo. Vielleicht nehmen die beiden sich immer ein Hotelzimmer.« Ihr Mund verzog sich zu einem bösen Lächeln. »Ich hab Susanne gekündigt, gleich am Dienstagmorgen. Demütigen lasse ich mich nicht, von niemand. Das hab ich hinter mir.« Jetzt kamen doch noch ein paar Tränen. »Ich weiß, dass alle über mich gelästert haben. Die alte, fette Annerose und dieser schöne Mann, der viel zu jung für sie ist. Na und, gelohnt hat es sich trotzdem. Wir hatten auch wunderbare Zeiten. Lacht ruhig über mich«, stieß sie schluchzend hervor. »Daran werde ich nicht sterben.«

»Keiner lacht über dich.« Renke legte seine Hand ganz leicht auf ihren Rücken. »Das ist doch Unsinn. Wo ist Hanno jetzt?«

»Keine Ahnung. Ich will es auch gar nicht wissen. Mit Hanno bin ich fertig, für immer und ewig. Ich hab das alles nämlich schon mal erlebt mit meinem Geschiedenen.« Die letzten Worte galten Nola. »Damals bin ich schier gestorben. Diesmal geht es leichter. Vielleicht, weil ich dem Frieden nie so recht getraut habe. All diese übertriebenen Komplimente. Manchmal hab ich gedacht, dass er sich in Wahrheit über mich lustig macht.«

Renke ließ sich die Handynummer von Hanno Mollbeck geben, außerdem die Adresse seines Apartments und das Kennzeichen seines BMWs, während Nola sich im Laden umschaute.

»Das Regal aus Birkenholz können Sie auch haben, wenn Sie noch daran interessiert sind, Frau Kommissarin. Ich behalte nichts, was mich an diesen Mistkerl erinnert. Hundert Euro und Sie können es gleich mitnehmen.«

Das urige Regal gefiel Nola immer noch ausnehmend gut. Und ihr war vollkommen egal, wer es gebaut hatte. »Gern. Aber im Moment hab ich leider keine Zeit. Wenn Sie es für mich zurückstellen, hole ich es am Samstag ab. Ich kann gern was anzahlen.«

»Schon okay. Wenn man der Polizei nicht mehr trauen kann, wem dann, frag ich Sie?«

In jungen Jahren war Susanne, die damals noch Groll hieß, bekannt als ein heißer Feger. Hübsch war sie immer noch, aber seit bestimmt fünfzehn Jahren mit Alex Machner verheiratet. Glücklich, wie Renke bislang angenommen hatte.

Sie öffnete die Tür beim ersten Klingeln, und an den rot geränderten Augen erkannte er, dass sie geweint hatte. »Hallo, Renke.« Auf Nolas Dienstmarke schaute sie gar nicht erst.

Ihr Mann Alex war nicht zu Hause, wie sie gleich als Erstes erzählte. Auf dem Küchentisch standen ein überfüllter Aschenbecher, eine quietschgelbe Isolierkanne und eine leere Tasse. Auf dem Rand des Aschenbechers qualmte eine halb gerauchte Zigarette vor sich hin. Susanne nahm drei hastige Züge, dann drückte sie die Zigarette aus.

»Wollt ihr was trinken? Ich kann schnell frischen Kaffee kochen.«

Renke lehnte ab, Nola schüttelte ebenfalls den Kopf.

»Frau Machner, wir kommen gerade von Annerose Wenzel«, eröffnete Nola das Gespräch, vorsichtig wie immer.

»Die alte Ziege hat mich entlassen. Einfach so, ohne jeden vernünftigen Grund.« Mit dem Zeigefinger rieb Susanne über ihr rechtes Auge, das ohnehin schon stark geschwollen war. »Renke, du weißt ja auch, wieviel bei ihr immer los ist. Der Friedhof gegenüber. Die ganzen Kränze, die wir stecken müssen. Die verdient sich doch dumm und dämlich mit dem Laden. Gerda und ich müssen schuften wie die Sklaven im alten Rom. Gerade noch hieß es, dass sie eine weitere Kraft einstellen will. Und jetzt behauptet sie, dass der Laden nichts abwirft und sie mich deshalb nicht weiterbeschäftigen kann. Die Alte spinnt doch!«

Mit den Worten »Wir suchen Hanno Mollbeck« versuchte Nola, Susannes Ergüsse über ihre ehemalige Arbeitgeberin zu unterbrechen.

Hannos Name ließ sie kalt. »Und? Was hat das mit mir zu tun?«

Nola lächelte schwach. »Laut Frau Wenzel eine Menge. Kann es sein, dass Sie und Herr Mollbeck sich manchmal treffen? Zum Beispiel am Montagabend?«

»Wer erzählt denn so einen Blödsinn? Am Montag mache ich einen Kurs bei der Volkshochschule. Englisch für Anfänger.« Sie wurde rot. »Ich hab das ja mal in der Schule gelernt, aber nach all den Jahren ist da nicht mehr viel hängen geblieben. Unsere Große kommt im Sommer aufs Gymnasium. Hab mir gedacht, ist doch ganz schön, wenn ich ihr ein bisschen helfen kann, wenigstens am Anfang. Man will ja nicht so blöd vor den Kindern dastehen.« Ihr Blick suchte Renkes Augen. »Doris ist auch dabei. Du weißt schon, Doris Meitner, jetzt Venema.«

»Am achten März«, sagte Nola leise. »Waren Sie da mit Herrn Mollbeck zusammen? Das war ein Freitag.«

»Weiß ich. Am achten März ist Weltfrauentag. Da geh ich immer mit meinen Mädels essen. Diesmal nicht. Meine Mutter hatte einen Schwächeanfall, und ich musste sie in die Klinik bringen. Ich wollte, dass sie über Nacht bleibt, aber Mama hat sich mit Händen und Füßen gewehrt. Typisch. Also musste ich notgedrungen den Mädels absagen und die Nacht auf Mamas unbequemer Couch verbringen. Alex war sauer, weil er sich morgens allein um die Kinder kümmern musste. Er fährt Bus, Schichtdienst, der ist froh, wenn er morgens 'ne halbe Stunde länger liegen kann.« Sie griff hinter sich zum Küchenschrank, angelte nach einer angebrochenen Schachtel *West Silver* und legte sie vor sich auf den Tisch. Unentschlossen schnippte sie mit den Fingern dagegen, dann machte sie ein trotziges Gesicht, zupfte eine Zigarette heraus, steckte sie in den Mund und zündete sie mit einem roten Einmalfeuerzeug an. Susanne nahm einen tiefen Zug und legte die Zigarette auf dem Aschenbecherrand ab. »Moment. Jetzt kapier ich erst.« Sie lachte heiser. »Soll das heißen, dass Annerose, diese dumme, eifersüchtige Pute, mich entlassen hat, weil sie glaubt, dass ich was von ihrem Schnuckiputzi will?«

»Wenn Sie sich nicht mit Herrn Mollbeck treffen, glauben Sie denn, dass es eine andere gibt?«, wollte Nola wissen.

»Wann denn? Der hängt doch ständig bei Markus rum. Außerdem kauft er für Annerose ein, schleppt Blumen für die Kundschaft rüber zum Friedhof, bringt Geld zur Bank, holt Wechselgeld, fährt Sträuße aus. Nee«, sagte sie noch mal, und es klang sehr überzeugt. »Glaub ich nicht. Gerda denkt auch, dass er Annerose aufrichtig liebt. Da haben wir neulich erst drüber gesprochen. Der bringt sich schier um, und sie merkt das nicht mal. Manche Leute sind so sehr mit sich selbst beschäftigt, dass sie ihr eigenes Glück nicht erkennen. Ich hab nicht die geringste Ahnung, wo Hanno sich aufhält. Und es interessiert mich auch nicht. Ich bin nämlich sehr glücklich verheiratet.«

Telefonisch konnten sie Hanno Mollbeck nicht erreichen. Sein Handy war ausgestellt. Bei seinem Bruder war er nicht, wie Markus Mollbeck quer über das Grundstück brüllte, und Renke glaubte ihm, weil er Hannos BMW nicht auf dem Grundstück entdecken konnte.

In Nüttermoor stellte sich heraus, dass Hanno Mollbeck sein Apartment bereits vor drei Monaten gekündigt hatte. Sein Nachmieter war ein junger Mann, der im Flughafenrestaurant als Bedienung arbeitete. Er kannte Hanno, wollte aber beschwören, dass er nicht zu den Piloten gehörte. Von dem Inhaber der kleinen Flotte von sogenannten Inseltaxis erfuhren sie, dass Hanno Mollbeck seit fünf Monaten nicht mehr fliegen durfte. Er hatte die Gesundheitsprüfung für die Verlängerung des Flugscheins nicht bestanden.

»Irgendwas mit den Augen. Eingeschränktes Sehfeld, glaub ich. Manchmal hängt er noch im Café rum und schaut den Maschinen hinterher. Wann zuletzt?« Er zuckte mit den Schultern. »Keine Ahnung. Ich hab ihn bestimmt vierzehn Tage nicht gesehen.«

»Das wird ja immer sonderbarer«, murmelte Nola. »Wenn wir ihn morgen nicht antreffen, werde ich ihn zur Fahndung ausschreiben.«

Donnerstag, 21. März

Eine halbe Stunde nachdem sie Hanno Mollbecks Autonummer zur Fahndung rausgegeben hatte, meldete sich ein Kollege von der Autobahnpolizei. Er hatte Mollbeck vor zwei Stunden auf einem Parkplatz an der A31, kurz vor Dörpen kontrolliert.

»Wir sind routinemäßig die Parkplätze abgefahren. Er ist uns aufgefallen, weil er offensichtlich im Wagen übernachtet hat. Wenn einer von sonst woher kommt, ist das nichts Besonderes. Aber Kennzeichen Leer und dann schläft der vierzig Kilometer weiter an der Autobahn, das kam uns komisch vor. Er hat brav seine Papiere vorgezeigt und behauptet, dass er sich mit seiner Frau gezankt hätte. Sah ganz schön mitgenommen aus.«

Nach einer weiteren Stunde wurde Hanno Mollbeck in Papenburg festgenommen. Ein Taxifahrer hatte den BMW entdeckt und sofort die Polizei benachrichtigt.

Hanno Mollbeck wirkte erschöpft wie einer, der seit Langem am Limit lebte und sich dabei völlig verausgabt hatte. Ihm fehlten ein paar Stunden Schlaf, eine Dusche, eine Rasur und ein vernünftiges Frühstück. Von all dem konnte Nola ihm allerdings nur einen Kaffee anbieten, der nicht mal frisch war. Sie zählte alle Fakten auf, die gegen ihn sprachen, verlangte nach Alibis für die Zeiten, in denen Möller, Strewitz und Ahlers ermordet wurden, und machte klar, dass sie ihn für den Entführer von Leona Sieverding hielt. Seine Reaktion bestand darin, schweigend seine Hände zu betrachten und an den Fingern zu ziehen, bis es knackte.

»Herr Mollbeck?« Als er sich nicht regte, nur stumm vor sich hin stierte, wiederholte sie seinen Namen deutlich lauter, auch diesmal ohne Erfolg. »Gut, ich habe Zeit. Und Sie auch. Ihr Wagen befindet sich im Labor, wir suchen nach biologischen Spuren von Leona Sieverding. Sie wissen schon, Haare, Fasern, DNA.« Sie legte die Hände auf die Tischplatte und beugte sich vor. »Was meinen Sie, wird die Spurensicherung wohl fündig?«

Ihre Worte ließen ihn mehrfach tief aufseufzen. Als er den Blick hob, meinte sie Tränen in seinen Augen glitzern zu sehen, sie war aber nicht ganz sicher. In jedem Fall wirkte er traurig, todtraurig, und sie spürte, dass er sehr bald aufgeben würde. Und richtig, der Zeiger auf der Uhr hatte es nicht mal fünf Minuten weiter geschafft, als er zu reden begann.

»Wo soll ich anfangen? Nach dem Fliegen bin ich in ein tiefes Loch gefallen. Es gibt nichts auf der Welt, was sich mit dem Gefühl vergleichen lässt, so eine Maschine zu beherrschen, eins zu sein mit ihr, sie vollkommen im Griff zu haben. Als würde man auf hundert Instrumenten gleichzeitig ein Lied spielen, allein und weit weg von allem, über den Wolken. Das ist einfach nur geil. Macht süchtig.« Für einen kurzen Moment wirkte er total lebendig, geradezu elektrisiert, aber der Eindruck verblasste sehr schnell wieder. »Ein alter Kumpel hat mir angeboten, für ihn zu fliegen. Vom Festland auf die Inseln mit einer kleinen Cessna. Glauben Sie mir, das ist nicht dasselbe. Als wenn Sie Ihr Leben lang Formel eins gefahren sind, und dann drückt Ihnen jemand einen Roller in die Hand. Ich hab einfach was gebraucht, was mir guttut, was mich puscht, da kamen mir diese Mädchen gerade recht. Mein Gott, ich hatte ewig keine Frau. Und wenn du zu einer Nutte gehst, machst du dir keine Gedanken darüber, ob es ihr Spaß macht oder nicht. So ist das nun mal. Schließlich hast du für dein Vergnügen bezahlt.«

Nolas Aufgabe bestand vor allem darin, zuzuhören. Sie durfte ihn nicht unterbrechen, nicht zeigen, dass sie das, was er von sich gab, widerlich fand, frauenverachtend, und schon gar nicht durfte sie fragen, ob er mal Bilder von Yasminas Armen sehen wollte. Ob es ihn interessierte, dass Sarah Becker sich das Leben genommen hatte, weil sie seinen Männerspaß nicht mehr aushalten konnte. Nola musste einfach schweigen und ihn zum Weiterreden ermutigen.

Mit der rechten Hand rieb er sich den Nacken, dann sprach er weiter. »Vielleicht sind Männer wirklich so einfach gestrickt. Primitiv und schwanzgesteuert. Sagt man doch immer. Ich hab mir jedenfalls keine Gedanken über die Mädchen gemacht, ich wollte einfach nur mal wieder vögeln. Fand sie verdammt jung, aber Enrico hat versichert, dass sie über achtzehn sind.« Ein paar Minuten sagte er nichts, schaute nur ausdruckslos vor sich hin, dann blieb sein Blick an Nola hängen. Er hob die Augenbrauen, scheinbar eine Aufforderung, weitere Fragen zu stellen.

»Gab es noch andere Männer?«

»Enrico natürlich, der hat mir ja die Nummer gegeben. Josef Strewitz. Andreas Ahlers und ich. Und Siegfried Erdwiens. Das wusste ich damals aber nicht. Sonst war da keiner, glaub ich. Ich hab jedenfalls keinen gesehen. Nur den komischen Vogel, der die Mädchen gebracht hat. Der hat vor der Tür gewartet. Hab immer gedacht, dass der sich dabei einen runterholt. Besonders schalldicht ist so ein Wohnwagen ja nicht gerade. In den ersten Minuten hat mich das ziemlich gestört, aber dann hab ich ihn ausgeblendet.«

»Wie oft haben Sie die Dienste der Mädchen in Anspruch genommen?«

»Keine Ahnung. Zehnmal, zwölfmal, vielleicht mehr, vielleicht weniger, ich hab nicht mitgezählt. Zuerst hatte ich eine süße Dunkelhaarige, sah türkisch aus und nannte sich Yasmina. Der Name war bestimmt nicht echt. Nutten legen sich ja gern einen Künstlernamen zu.«

Sie war keine Nutte, du Arsch. Sie war ein Schulmädchen.

»Die andere war Leona. Die war genau mein Fall. So still, das fand ich einfach gut.« Unvermittelt brach er in Kichern aus, legte aber sofort die Hand vor den Mund, als wäre ihm bewusst, wie unpassend das war. »So still, ich mein, wie blöd ist das denn? Klar war sie still, sie konnte ja nicht reden.« Er begann wieder damit, die Fingergelenke knacken zu lassen, und Nola hätte sich am liebsten die Ohren zugehalten, weil sie das Geräusch widerlich fand. »Ich habe keine Gewalt angewandt, und die Mädchen haben sich auch nicht gewehrt oder so. Sonst wäre ich doch gar nicht wiedergekommen. Sie wirkten nicht sonderlich erfahren, eben wie normale Frauen und nicht wie mit allen Wassern gewaschene Nutten. Das mochte ich. Man konnte sich einreden, dass alles ganz privat war. Sie brauchen mir nicht erklären, wie verlogen das ist, das weiß ich selbst.« Jetzt wirkte er zerknirscht, aber Nola wusste nicht, ob sie ihm das abnehmen konnte.

»Und dann?«

»Dann war Schluss. Plötzlich hieß es: Klappe halten und abtauchen. Ohne großartige Erklärung.«

»Weiter?«

»Tja.« Er zuckte mit den Schultern. »Da war dieses schwarze Loch in meinem Leben, das von Tag zu Tag größer wurde. Ich hatte Sehnsucht nach Leona, dabei kannte ich sie nicht mal wirklich.« Sein Mund verzog sich zu einem Lächeln. »Sie hatte es mir nun mal angetan. Dieses Weiche, Unschuldige. Aus lauter Verzweiflung bin ich nach Jemgum gefahren und hab nach ihr gesucht, manchmal jeden Tag. Und plötzlich hab ich sie wirklich gesehen. Sie lief einfach die Straße entlang. Ich hab angehalten, die Beifahrertür geöffnet, und sie ist eingestiegen.« Jetzt suchte sein Blick den von Nola. »Ich habe sie nicht entführt.« Zur Bekräftigung seiner Worte schüttelte er eindringlich den Kopf. »Ehrlich nicht. Sie ist freiwillig mitgekommen. Wir sind in mein Apartment am Flughafen gefahren.« Wieder versuchte er, Nola mit einem langen Blick von seiner Aufrichtigkeit zu überzeugen. »Sie wollte nicht zurück, und ich hatte nichts dagegen, dass sie bleibt. Als ich am nächsten Morgen die Zeitung aufgeschlagen habe, ist mir erst so richtig klar geworden, in welche Scheiße ich mich da geritten habe. Ich wusste doch gar nicht, dass sie minderjährig war und auf diese Schule für Gehörlose ging. Ehrlich, ich wusste nicht mal, dass es in Jemgum so eine Einrichtung gibt. Ich dachte, die wohnt bei ihren Eltern, hab mich gefragt, warum die nicht besser auf ihre Kleine aufpassen. Was hätte ich tun sollen? Zur Polizei gehen und alles erzählen? Dass ich Sex hatte mit einem minderjährigen, behinderten Mädchen, für Geld auch noch? Ich hab Josef angerufen. Auf seinem Grundstück stand inzwischen der Wohnwagen, in dem wir die Mädchen immer... Sie wissen schon.« Er lächelte entschuldigend. »Der Wohnwagen gehörte Enrico, und der wollte ihn loswerden. Dort haben wir sie untergebracht. Josef und ich hatten jeder einen Schlüssel. Nach ihrem Tod hat er den Wagen weggebracht und alle Papiere vernichtet. Ihre Sachen haben wir verbrannt. Alles. Restlos.«

»Sie wollen mir erzählen, dass Leona vier Jahre in einen

Wohnwagen eingesperrt war?«, fragte Nola ungläubig. »Das muss im Winter doch bitterkalt gewesen sein.«

»Unsinn.« Das klang beinahe empört. »Da gab es doch eine Gasheizung. Sie hat nicht gefroren, natürlich nicht. Wir haben alles gemacht, damit es ihr gut ging. Sie dürfen nicht glauben, dass sie unglücklich war. Überhaupt nicht. Sie hat Mandalas angemalt oder gepuzzelt. Stundenlang. Und mit Barbiepuppen gespielt.« Er lächelte wehmütig. »Natürlich war sie kein Kind mehr, aber sie mochte das. Die Puppen schön anziehen, mein ich. Wenn man neue Kleider für die Barbies mitgebracht hat, konnte man ihr wirklich eine Freude bereiten.« Mit vorgeschobenem Unterkiefer starrte er ins Leere, dann nickte er mit zusammengepressten Lippen. »Wir haben sie gut behandelt, ehrlich, und immer Kondome benutzt. Aber dann wurde sie krank, und wir konnten keinen Arzt holen. Furchtbar war das, wirklich furchtbar. Sie dürfen nicht glauben, dass uns das nicht berührt hat. Es war einfach nur schrecklich. Wir haben ihr Aspirin gegeben und darauf geachtet, dass sie genug Flüssigkeit zu sich nimmt, leider vergeblich. Aber das wissen Sie ja. Nach ihrem Tod wollten wir sie nicht einfach irgendwo verscharren. Das hatte Leona nicht verdient. Deshalb haben wir sie ans Kreihenmeer gelegt. Damit die Eltern endlich Gewissheit haben und sie ordentlich beerdigen können.« Er verstummte und raufte sich mit beiden Händen die Haare. »Gott, das hört sich jetzt alles so schrecklich an, so grausam und kaltschnäuzig. Leona war glücklich bei uns. Ehrlich. Das müssen Sie mir bitte glauben. Die hat immer gelacht und sich gefreut, wenn sie uns gesehen hat.« Er verbarg sein Gesicht in den Händen.

»Das klingt ja alles wirklich nett. Wahrscheinlich war Leona das glücklichste Mädchen in ganz Martinsfehn. Jetzt wüsste ich gern noch, wie es zu den Verletzungen kam. Ich zähle auf: ein abgebrochener Schneidezahn, eine Narbe am Auge, ein gebrochener Ringfinger, mehrere gebrochene Rippen, eine Rissfraktur am Oberarm und eine großflächige Bissverletzung am Oberschenkel, nichts davon ärztlich behandelt. Mochte Leona das auch? Schmerzen? Hat sie dann auch gelacht und sich gefreut?«

Seine Hände umklammerten krampfhaft die Tischkante, als hätte er Angst, das Gleichgewicht zu verlieren und mitsamt dem Stuhl nach hinten zu kippen. »Nein, das mochte sie natürlich nicht. Und es war ganz anders, als Sie offenbar annehmen. Niemand hat Leona geschlagen. Einmal, ganz am Anfang, wollte sie weglaufen, und da hat einer der Hunde sie erwischt. Danach ist sie freiwillig im Wohnwagen geblieben. Und die anderen Verletzungen stammen von einem Unfall. Sie mochte so gern Autofahren. Also haben wir manchmal eine Spritztour mit ihr unternommen, mitten in der Nacht. Ich hab mich verschätzt, bin zu schnell in die Kurve, der Wagen hat sich mehrfach überschlagen und ist im Graben gelandet. Leona saß auf dem Beifahrersitz und hat das meiste abgekriegt. Ich hab Josef angerufen, der hat sie abgeholt und nach Hause gebracht. Anschließend bin ich zum nächsten Bauern gelaufen. Der hat den BMW mit seinem Trecker rausgezogen. Der Wagen musste in die Werkstatt, die Rechnung kann ich vorlegen, falls Sie mir nicht glauben. Danach wollte Leona nicht mehr Auto fahren.«

»Warum trug sie einen Ring?«

»Sie hatte manchmal solche Einfälle. Sie wollte meine Frau sein. Also hab ich Eheringe gekauft.«

»Und wo ist Ihr Ring?«

»Weggeworfen wie alles, was mich mit ihr in Verbindung bringen könnte.«

»Leona wollte also Ihre Frau sein. Und was war mit Josef Strewitz?«

Gleichmütig zuckte er mit den Schultern. »Der kriegte am Ende sowieso keinen mehr hoch. Wegen seinem Rücken und den starken Schmerzmitteln. Er hat für sie gesorgt, wenn ich bei Annerose war. Essen, das Klo leeren, schauen, dass die Gasflasche voll ist.«

»Wer hat bezahlt? Das Gas, meine ich, und die Lebensmittel und was sie sonst noch brauchte.«

Die Frage brachte Hanno Mollbeck aus dem Konzept. Man konnte förmlich sehen, wie es hinter seiner Stirn zu arbeiten begann. Das, was er gleich sagen würde, entsprach auf keinen Fall der Wahrheit. »Wir beide. Das haben wir uns geteilt.«

»Leona wollte Ihre Frau sein. Wie hat sie das zum Ausdruck gebracht? Soweit mir das bekannt ist, konnte sie nicht sprechen.«

»Sie hat auf ein Bild in der Zeitung gezeigt. Ein Hochzeitspaar. Und dann hat sie zuerst sich und dann mich angetippt. Und bitte gemacht mit den Händen.« Er ahmte die Geste nach. »Mit der Zeit haben wir eine eigene Gebärdensprache entwickelt, ganz einfach, nur die nötigsten Dinge. Hat aber funktioniert.«

»Noch mal zu dem Wohnwagen. Sie behaupten, dass Herr Daume keine Ahnung davon hatte, dass Sie ihn als Wohnung für Leona benutzen.«

»So war es auch. Nach Leonas Tod wollte er, dass der Wohnwagen verschwindet. Er hat ihn selbst weggebracht und die Papiere vernichtet. Josef und ich hatten den Caravan längst ausgeräumt. Enrico hat nichts gemerkt.«

»Sie haben Leona zum Kreihenmeer gebracht. Was hatten Sie an diesem Abend an?«

»Meine grüne Jacke von Jack Wolfskin. Die trage ich praktisch den ganzen Winter.«

»Schuhe?«

»Meine Nikes.« Er hob den Fuß. »Hier, diese.«

»Wie haben Sie Leona transportiert?«

»Ich hab sie auf die Rückbank meines Wagens gelegt und eine rote Decke über dem Körper ausgebreitet, falls mich jemand unterwegs anhält. Es war zwei Uhr nachts. Ich bin bei Annerose vorbeigefahren und hab Grableuchten und künstliche Rosenblätter aus dem Laden geholt. Röschen hat das nicht mitbekommen. Sie hat einen sehr festen Schlaf.«

»War das nicht seltsam, so ein zweigeteiltes Leben? Eine offizielle Lebensgefährtin und eine heimliche Geliebte?«

Verlegen senkte er den Blick. »Es war die Hölle.«

Sie saßen gemeinsam im Besprechungsraum und schauten das Video der Vernehmung an. Robert, Nola und Renke, der auf eigenen Wunsch anwesend war.

»Die rote Decke, die grüne Jacke. Das kann nur jemand wissen, der dabei war«, murmelte Nola. »Und trotzdem stimmt etwas an der Geschichte nicht.« Sie ließ die Aufnahme zurückspulen und konzentrierte sich erneut auf Hanno Mollbecks Worte.

Renke tippte ihr auf die Schulter und nickte. »Ich kann dir verraten, was nicht stimmt. In einem Wohnwagen kann man niemand gegen seinen Willen einsperren. Schon gar nicht vier Jahre lang. Außerdem sind Strewitz' Hunde nicht frei auf dem Grundstück rumgelaufen, die befanden sich entweder im Haus oder in einem eingezäunten Außengehege. Leona hätte nur aus dem Heckfenster klettern und zur Straße laufen müssen. Das schafft sogar ein Kind.«

Robert nagte an seiner Unterlippe. »Laut Obduktionsbericht war sie sehr gepflegt. Überlegt doch mal, ihre langen Haare. Diese eingebauten Duschen im Wohnwagen sind doch nur ein Notbehelf. Ich weiß auch gar nicht, ob 1990 schon Wohnwagen mit integriertem Boiler gebaut wurden. Das könnte man allerdings nachrüsten«, gab er zu. »Wasser!«, rief er wenig später. »Josef Strewitz hätte sich dumm und dämlich schleppen müssen. Frischwasser hin, Abwasser weg. Und das mit seinem kaputten Rücken.« Kopfschüttelnd wandte er sich zu Nola. »Innerhalb des Hauses hat Stefan keinerlei Spuren von dem Mädchen gefunden. Nichts. Ich glaube, Hanno Mollbeck hat dich nach Strich und Faden verarscht. Aber warum?«

»Weil er Angst hat, dass etwas noch Schlimmeres ans Tageslicht kommt«, schlug sie vor. »Vielleicht war Leona nicht die Einzige, die den alten Säcken zu Willen sein musste.«

»So 'ne Art heimliches Bordell? Aber wo? Bestimmt nicht in diesem Wohnwagen. Das ist völliger Quatsch. Meine Tante hat Herrn Strewitz seit Monaten beobachtet. Wenn da wirklich jemand in dem Wohnwagen gelebt hätte, wäre ihr das nicht entgangen. Zumindest im Winterhalbjahr hätte sie doch mal Licht gesehen. Oder dass die Gardinen sich bewegen. Und wie Robert schon sagt, Herr Strewitz hätte ständig Wasser schleppen müssen.«

»Lasst uns davon ausgehen, dass Hanno Mollbeck Leona vor vier Jahren entführt und nach ihrem Tod zum Kreihenmeer gebracht hat«, sagte Nola. »Aber sie hat nicht in diesem Wohnwagen auf Strewitz' Grundstück gelebt.«

»Das Apartment am Flughafen«, schlug Robert vor.

Nola winkte ab. »Da wohnt seit drei Monaten jemand anders.«

»Die Hundehaare auf Leonas Nachthemd stammen nicht

von Strewitz' Hunden. Richtig?« Renkes selbstzufriedenes
Grinsen ließ vermuten, dass ihm soeben etwas eingefallen war.

Alles war bestens vorbereitet. Ein Tierarzt, der die Hunde notfalls betäuben würde, mehrere bewaffnete Kollegen und natürlich ein Durchsuchungsbescheid. *Vorsicht, bissige Hunde!*,
stand auf einem Schild, und die Tatsache, dass Klingel und
Briefkasten vor dem Zaun angebracht waren, verlieh dieser
Warnung besonderen Nachdruck.

Noch ehe sie auf den Klingelknopf drücken konnten, tauchten zwei mittelbraune Pitbulls auf. Sie sprangen am Zaun
hoch, knurrten bedrohlich und bleckten ihr eindrucksvolles
Gebiss, während der Geifer aus ihren Mäulern tropfte.

»Gott, sind die hässlich«, flüsterte Nola, die den bulligen
Hunden mit den unverhältnismäßig kleinen Augen nichts
abgewinnen konnte.

Markus Mollbeck öffnete die Haustür. Als sein Blick auf die
Polizisten fiel, knallte er sie wortlos wieder zu.

Dass Renke brüllte: »Sperr die Hunde weg, sonst müssen
wir sie betäuben!«, hörte er schon nicht mehr.

Der Tierarzt verwarf die Idee, den offensichtlich äußerst
aggressiven Tieren eine Spritze zu setzen, und holte stattdessen ein Blasrohr aus seinem Koffer. Beim ersten Mal traf er
nicht, was er mit mangelnder Übung entschuldigte, der zweite
und dritte Versuch glückte. Wenige Minuten später sackten
die Tiere in sich zusammen. Sie wurden in Käfige gelegt, und
Stefan entnahm beiden Hunden eine Haarprobe.

Auf Klingeln und Klopfen reagierte Markus Mollbeck mit
üblen Beschimpfungen, dann verlangte er nach seinem Bruder.

»Mach auf«, schrie Renke. »Sonst verschaffen wir uns an-

derweitig Eintritt. Wir haben hier einen Durchsuchungsbeschluss. Komm, Markus, mach nicht alles noch schlimmer.«

Keine Antwort.

»Wie du willst. Wir kommen jetzt rein.«

Das altmodische Türschloss stellte kein großes Hindernis
dar. Ein einfacher Dietrich reichte, um es zu öffnen. Einer der
Kollegen trat mit dem Fuß gegen die Tür, die nach innen aufschwang. Drinnen war es so dunkel, dass sie zunächst nichts
sehen konnten. Alle hielten die Luft an. So, wie Mollbeck sich
bis jetzt aufgeführt hatte, durfte man mit dem Schlimmsten
rechnen.

»Ist er bewaffnet?«, wollte jemand wissen.

»Keine Ahnung«, erwiderte Renke. »Von einer Schusswaffe
ist mir nichts bekannt. Aber der weiß sich auch so zu wehren.«
Er drehte sich zu Nola um. »Du bleibst hinter mir.«

Nola hatte gar nichts anderes vorgehabt. Nachdem ihre
Augen sich an das Halbdunkel gewöhnt hatten, wäre sie am
liebsten wieder umgekehrt. Markus Mollbeck schien so etwas
wie ein Messie zu sein. Die gesamte Wohnung war zugemüllt,
überall standen Kartons und Plastiktüten herum, deren Inhalt
Nola lieber nicht näher untersuchen wollte, dazwischen lagen
eingedellte Dosen, verknülltes Papier und schmutzige Wäsche,
in einer Ecke türmten sich ölverschmierte Metallteile, von denen sie annahm, dass sie zu einem Motorblock gehörten, und
es stank penetrant nach Unrat und Schimmel. In der Küche
gab es keinen Quadratzentimeter freie Ablagefläche mehr, dre-
ckiges Geschirr, leere Verpackungen und angebrochene Saft-
flaschen aus Plastik, deren Inhalt von einer grünen Schicht
überzogen war, bedeckten Schränke, Fensterbrett, Tisch und
Fußboden. Im Backofen, der keine Tür mehr hatte, bewahrte
Markus Mollbeck seine Schuhe auf. Nola fragte sich, ob er hier

wirklich seine Mahlzeiten einnahm, und allein der Gedanke reichte, damit ihr Magen sich vor Entsetzen zusammenzog. Sämtliche Gardinen, die eher an dreckige Putzlappen erinnerten, waren vorgezogen.

»Er hat sich in den ersten Stock geflüchtet«, sagte Renke leise und dann noch: »Nichts anfassen und durch den Mund atmen.«

Mollbeck stand auf der obersten Treppenstufe. Er hielt ein Holz in der Hand, das geformt war wie ein Baseballschläger. »Hier kommt keiner hoch!«, brüllte er und schwang seine primitive Waffe hin und her.

»Hör schon auf«, sagte Renke eindringlich. »Wir wollen doch nur mit dir reden. Hast du mal gezählt, wie viele Polizisten hier rumlaufen? Ich kann es dir sagen: elf, mit meiner Kollegin zwölf. Wir sind alle bewaffnet. Du bist allein und kannst nichts erreichen, höchstens dass wir dich verletzen. Leg das Ding hin und komm runter.«

»Niemals! Ihr wollt mich einsperren, das weiß ich genau. Ich lass mich aber nicht mehr einsperren. Mir geht's gut, ich tu keinem was, ich will hierbleiben.«

»Dann leg das Holz weg und komm runter.«

»Damit du mir wieder Handschellen anlegen kannst? Ich bin doch nicht blöd.« Sein kieksendes Lachen hörte sich gruselig an, richtig irre.

Markus Mollbeck hatte einen strategisch günstigen Standort gewählt. Am Kopf der engen Treppe konnte sich niemand nähern, ohne sich der Gefahr auszusetzen, mit dem Holz attackiert zu werden. Der Einsatz einer Schusswaffe war nicht angezeigt, sie mussten abwarten und hoffen, dass der Mann aufgab.

Nachdem Renke beinahe zwei Stunden lang auf ihn eingeredet hatte, ließ Markus Mollbeck ganz unerwartet das Holz neben seine Füße fallen. Langsam kam er die Treppe runter und streckte seine Hände nach vorn, damit einer der Beamten die Handschellen anlegen konnte.

Sie stürmten nach oben und trafen auf eine Tür, die vom Treppenhaus aus mit einen Schloss und zwei Schieberiegeln gesichert war. Dahinter lag eine Wohnung.

Leonas Reich, hatte jemand von innen an die Tür geschrieben, in typischer Mädchenschönschrift und vermutlich mit einem Edding. Nola nahm an, dass es Leona selbst gewesen war.

Sie hatten den Ort gefunden, an dem Leona Sieverding die letzten vier Jahre ihres Lebens verbracht hatte. Anders als im Untergeschoss war hier oben alles ordentlich und aufgeräumt und leidlich sauber. Leona hatte ein Schlafzimmer, ein Wohnzimmer, eine winzige Küche und ein Duschbad zur Verfügung gehabt. Die Wände waren in kräftigen Farben gestrichen, Lila und Mint, ihre Lieblingsfarben. Überall hingen ausgemalte Mandalas und Poster von Delfinen, Katzen und Pferden. Die Sitzgarnitur, die vermutlich noch von Mollbecks Mutter stammte, hatte Leona mit einer pinkfarbenen Decke und bunten Glitzerkissen verschönert, auf dem Tisch lag ein fliederfarbiges Seidentuch. Hinter der Couch stapelten sich bunte Kartons. Puzzles. Auf der Anrichte saßen mindestens zwanzig Barbiepuppen nebeneinander, alle schick gekleidet und perfekt frisiert. Auf den ersten Blick wirkte alles bunt und fröhlich, doch sämtliche Fensterflügel waren verschraubt, und die Scheiben hatte Mollbeck durch Milchglas ersetzt. Im Bad gab es nur eine winzige Dachluke, die sich nicht öffnen ließ. Damit wurde verständlich, warum niemand der Nachbarn etwas von Leonas Anwesenheit bemerkt hatte.

In ihrem Kleiderschrank fanden sich Jeans, T-Shirts und Kapuzenpullover, genau wie Yasmina die Vorlieben ihrer Zimmernachbarin beschrieben hatte, aber auch frivole Dessous aus billigem Synthetikmaterial. Nola betrachtete das Bett, in dem das Mädchen gestorben war, und setzte sich dann auf den einzigen Stuhl im Schlafzimmer, der vor einer Spiegelkommode stand.

Mit zwei Fingern wühlte sie in der Kiste mit den bunten Ketten. Wie gern hätte sie sich eingeredet, dass Leona in diesem großen Kinderzimmer glücklich gewesen war. Doch sie brauchte nur an die alten Verletzungen denken oder an seinen völlig verrückten Bruder, mit dem Hanno Mollbeck sie allein gelassen hatte, um sich klarzumachen, dass das reines Wunschdenken war. Leona Sieverding hatte in einem Gefängnis gelebt, abgeschirmt von der restlichen Welt, und es spielte keine Rolle, ob die Wände lila, mint oder weiß gestrichen waren.

Sie sah, dass Renke das Zimmer betrat, ihre Blicke begegneten sich im Spiegel. Er lehnte sich mit der Schulter an die Wand und öffnete seine Jacke, vermutlich störte ihn die kugelsichere Weste genauso wie Nola, die ihre bereits abgelegt hatte. »Das mit Hannos Unfall stimmt, ich hab mit dem Bauern gesprochen. Und dass sie aus Angst vor den Hunden das Haus nicht verlassen hat, kann ich mir auch gut vorstellen. Das sind ja die reinsten Bestien. Einen besseren Platz hätte Hanno kaum für sie finden können. Markus ist so durchgeknallt, der kriegt garantiert nie Besuch. Wer den Müll da unten sieht, kehrt sowieso gleich wieder um. Vor allem aber konnte Hanno hier ein und aus gehen, wie es ihm beliebte. Alles ganz unverdächtig. Jeder im Dorf weiß, dass er sich rührend um seinen kleinen Bruder kümmert.«

»Wie alt ist eigentlich dieser Markus?«

»Das weiß ich zufällig genau. Neununddreißig, so wie ich. Wir sind zusammen zur Grundschule gegangen.«

»War er damals schon auffällig?«

»Ja. Sein großer Bruder hat immer versucht, ihn zu beschützen.«

Während der Fahrt zum Präsidium drehte Markus Mollbeck völlig unerwartet durch. Er setzte die Hände mitsamt den Handschellen als Waffe ein und traf den völlig überrumpelten Kollegen, der neben ihm saß, unter dem Kinn. Ansatzlos beugte er sich nach vorn, um Nola auf den Kopf zu schlagen. Renke machte eine Vollbremsung, die Mollbeck nach vorne schleudern ließ, der Polizist zog seine Waffe und hielt sie Mollbeck an den Kopf. Nola und Renke sprangen aus dem Wagen, Mollbeck musste aussteigen und zulassen, dass sie seine Hände auf dem Rücken fesselten.

»Arschloch«, knurrte Renke. »Was soll das bringen?«

Die Antwort bestand aus einem lang anhaltenden, durchdringenden Schreigesang. »Das tut weeeeh, so weeeh, au … au … au … mach das wieder ab! Das dürft ihr nicht!«

»Gott, ist der durchgeknallt«, stöhnte der junge Kollege und rieb sich das gerötete Kinn, das sich innerhalb der nächsten Stunden mit Sicherheit blau färben würde. »Damit rechnet nun wirklich keiner.« Offensichtlich war es ihm peinlich, nicht schnell genug reagiert zu haben.

Auf dem Präsidium verweigerte Mollbeck jegliche Zusammenarbeit. Er gab komische Geräusche von sich, trampelte mit den Füßen auf den Boden, und als Renke ihm zu nahe kam, spuckte er ihn an. Sie beschlossen, einen Arzt hinzuzuziehen und den Mann über Nacht dazubehalten. Inzwischen fragte Nola sich allerdings, was sie mit der Aussage dieses psychisch kranken Mannes überhaupt anfangen sollte.

Es klingelte. Renke stand vor der Tür. Die linke Hand stemmte er in die Hüfte, die rechte lag oben auf dem Birkenholzregal aus Annerose Wenzels Laden. Mit seinem Mir-gehört-die-ganze-Welt-Lächeln sah er beinahe unwiderstehlich aus. »In deiner roten Blechbüchse kannst du das Teil sowieso nicht transportieren. Manchmal ist so ein Altmännerauto gar nicht so unpraktisch. Wohin damit?«

Wie peinlich, dass sie eine uralte, ausgeleierte Jogginghose trug und ein verwaschenes, viel zu kurzes Shirt mit der Aufschrift *Zickenalarm*, das ihren Bauch freiließ. Seit Ewigkeiten mal wieder hatte Nola mit den Hanteln trainiert, vor allem, weil es in den letzten Tagen vermehrt in ihrem rechten Arm ziepte, aber auch um auf andere Gedanken zu kommen. Mit Besuch hatte sie wirklich nicht gerechnet. Ihr war bewusst, dass sie Renke schlecht auf der Straße stehen lassen konnte, um sich in ein angemessenes Outfit zu werfen, also bat sie ihn herein. »Wie viel wollte sie noch mal haben? Hundert Euro, richtig?«

»Vergiss es. Betrachte das Regal als Geschenk.« Die Art, wie er sie jetzt anschaute, ließ ihr Herz stolpern. »Wohin also?«

»Auf die Terrasse. Warte, ich geh vor.« Sie ging nicht, sie rannte und klemmte sich den Finger ein, als sie den Hebel der Terrassentür viel zu hektisch nach unten riss. »Au!«

Er stellte das Regal draußen ab, war mit drei Schritten wieder im warmen Haus, schloss die Tür, selbstredend, ohne sich dabei zu verletzen, und griff nach ihrer Hand. »Zeig mal her.« Zuerst pustete er auf den Finger, als wäre sie ein kleines Mädchen, dann behauptete er, ihn kühlen zu müssen, und steckte ihn in seinen Mund. Dass sie gar nicht wusste, wohin sie schauen sollte, schien ihm zu gefallen. »Krieg ich heute ein Glas Wein bei dir? Nachdem unser Tag so erfolgreich war?«

Unfähig, ein klares Wort herauszubringen, zeigte sie auf ihr Weinregal, das genau vier Flaschen enthielt. Zielstrebig zog Renke den einzigen Rotwein heraus. »Oh, ein Pauillac, sogar ein Premier Grand Cru. Ich wusste gar nicht, dass du Roten trinkst, und dann auch noch so einen guten.«

»Den Wein hat jemand mitgebracht.«

»Dein Rechtsmediziner.« Sein Lächeln erstarb. Er drehte die Flasche in der Hand und bat um einen Öffner. Wenig später lobte er den Wein. »Bestell ihm einen Gruß von mir. Offenbar haben wir beide in mehrerlei Hinsicht denselben Geschmack.« Dabei schaute er sie sehr intensiv an. Sein Gesicht kam langsam näher.

»Bitte nicht«, flüsterte sie atemlos.

»Warum? Weil das deinem Doktor nicht gefallen würde?« Er lachte leise. »Das ist mir vollkommen egal.« Seine rechte Hand legte sich um ihren Hinterkopf, die linke um ihre Taille, dort, wo sie weder von der Jogginghose noch von dem Shirt bedeckt wurde. Er seufzte wohlig und senkte seinen Mund langsam auf ihren, ohne sie dabei aus den Augen zu lassen. In ihrem ganzen Leben hatte Nola noch keinen Mann mit so strahlend blauen Augen getroffen und schon gar keinen Mann, der so gut küssen konnte wie Renke, genussvoll und gleichzeitig so leidenschaftlich, dass sie förmlich dahinschmolz, sich auflöste und sich an ihm festhalten musste, um nicht in die Knie zu gehen. Er schob die linke Hand unter den Bund ihrer Jogginghose und von dort nach unten, bis sie ihren Hintern umschloss. Sie krallte ihre Hände in sein Shirt und presste sich an ihn, bewegte sich leise stöhnend hin und her und spürte, wie ihm das gefiel.

Ganz unerwartet löste er sich von ihr, machte einen Schritt

rückwärts und legte beide Hände um ihre Handgelenke. »Dein Doktor ist wirklich zu beneiden.« Ehe sie irgendetwas sagen konnte, war er schon wieder fort.

Freitag, 22. März

Markus Mollbeck hockte auf dem Stuhl wie ein Häufchen Elend. Die Nacht hatte er in einer Zelle verbracht, nachdem ein Mediziner ihm eine Dosis beruhigender Medikamente verabreicht hatte. Frisch geduscht, gekämmt und einigermaßen ordentlich gekleidet, sah er ganz passabel aus. Sein Haar war länger als das seines Bruders und an den Spitzen gelockt und das Gesicht feiner geschnitten. Er wirkte sehr ruhig, fast schon schläfrig, was sicher an den Medikamenten lag. Da ein bewaffneter Beamter anwesend war, verzichtete Nola darauf, ihm Handschellen anlegen zu lassen.

»Herr Mollbeck, wer außer Ihnen und Ihrem Bruder wusste davon, dass Leona bei Ihnen gelebt hat?«

»Niemand. Ist ja wohl klar. Leona und ich waren am liebsten allein. Wir haben uns geliebt, richtig geliebt.« Er schniefte und wischte sich mit dem Handrücken über die Nase. Er trug einen Ring, denselben Ehering wie Leona, was Nola verwirrte.

»Sie waren ein Paar?«, vergewisserte sie sich.

»Sag ich doch. Oder sind Sie schwerhörig?« Eben noch leise und weinerlich, klirrte seine Stimme plötzlich vor Wut. Als hätte er einfach einen Schalter umgelegt. Sie beschloss, ihn auf keinen Fall zu reizen.

»Und Ihr Bruder?«

»Der wusste Bescheid. Ich konnte sie ja schlecht vor ihm verstecken, oder?«

Sie nickte, obwohl sie gar nichts kapierte. »Noch mal

ganz zum Anfang zurück. Wo haben Sie Leona kennengelernt?«

»An meinem 35. Geburtstag ist Hanno mit mir nach Jemgum gefahren. Es war am 29. Mai 2009. Ich krieg ein ganz besonderes Geschenk, hat er gemeint, ein echtes Männergeschenk. Dieser komische Clemens hat mir Fotos gezeigt, und ich durfte mir ein Mädchen aussuchen. Für mich kam nur Leona infrage.« Er erzählte das, als wäre es etwas ganz Großartiges, auf das er immer noch stolz war. »Hanno und ich sind dann essen gegangen, ganz feudal, Steak und so, und am Nachmittag war es so weit. Wir haben uns vor einem Wohnwagen getroffen, ich bin mit ihr rein, Hanno und der Typ haben draußen gewartet. War ein bisschen komisch zuerst, aber nicht übel. Ich fand sie total süß. Und sie mich auch. So was merkt man ja«, erklärte er mit wichtiger Miene. »Sie trug ein Shirt mit einem aufgedruckten Delfin. Fand ich gut, Delfine mag ich nämlich auch. Das sind sehr intelligente Lebewesen, müssen Sie wissen, mindestens so schlau wie wir Menschen. Der komische Typ hat mir seine Telefonnummer zugesteckt und gemeint, ich könnt mich jederzeit melden. Beim zweiten Mal bin ich dann allein hin, ohne Hanno. Ich hab ihr eine Kette mitgebracht mit einem weißen Delfin als Anhänger. Mann, hat die sich gefreut!« Er verschränkte die Arme und starrte auf den Tisch, der ihn von Nola trennte, dann wanderten seine Augen unruhig hin und her und blieben schließlich an dem Beamten hängen, der mit ausdrucksloser Miene neben der Tür stand. »Mir hat nicht gefallen, was sie da gemacht hat. Sie wissen schon, mit fremden Männern. Am liebsten hätte ich ihr das gesagt, aber sie konnte ja nichts hören.« Er lachte meckernd, als hätte er einen Witz gemacht. »Dann war Schluss. Irgendeiner hat was mitgekriegt, und Clemens musste seinen

Laden schließen. Mir war es nur recht, dass keiner mehr mein Mädchen anfassen konnte. Ich hab dann ziemlich schnell Sehnsucht gekriegt, wollte sie unbedingt wiedersehen. Clemens, dieser blöde Sack, hat mich am Telefon blöd angemacht. Ich sollte ihn gefälligst in Ruhe lassen. Das wär vorbei, für immer.« Er sammelte Speichel in seinem Mund, als wolle er ausspucken, schluckte ihn aber wieder runter. »Ich bin einfach hingefahren und durch das Dorf gekurvt, zwei- oder dreimal. Und beim letzten Mal hab ich sie wirklich getroffen. Sie ist in meinen Wagen gestiegen, und wir sind durch die Gegend geheizt. Sie hat die ganze Zeit gelacht und gejuchzt, total süß. Da hab ich Lust gekriegt, mit ihr … Sie wissen schon, und hab sie mit nach Hause genommen. Und hinterher hab ich beschlossen, dass sie hierbleibt. Geplant war das nicht. Ich konnte mich einfach nicht mehr von ihr trennen. Sie war meine ganz große Liebe.«

»Und warum haben Sie Leona dann geschlagen?«

Er winkte ab, als wäre das nicht der Rede wert. »Am Anfang hat sie immer rumgejammert. *Mama*. Viel konnte sie nicht rausbringen, aber das hat sie ständig vor sich hin gebrabbelt. *Mama, Mama, Mama.*« Unwillig verzog er das Gesicht. »Hat mich echt verrückt gemacht. Ich hasse Frauen, die mich verrückt machen. Da hab ich ihr schon mal eine geschmiert. Einmal hab ich sie gegen die Wand gehauen, da hat sie einen halben Zahn verloren. Nach 'ner Weile hat sie kapiert, dass ich kein Wort von ihr hören will, schon gar nicht ihr blödes *Mama*.« Er stützte sich auf die linke Armlehne seines Stuhls und hob die rechte Hand gen Zimmerdecke. »Ja, war scheiße von mir, geb ich zu. Ich hab mich tausendmal entschuldigt, wenn mir wieder die Sicherungen durchgebrannt sind. Bestimmt wissen Sie, dass ich in der Klapse war. Ich bin nicht so belastbar, sagt mein Therapeut. Seit zwei Jahren krieg ich andere Tabletten, damit geht es viel besser. Hab ihr ewig nichts getan. Es war richtig gut zwischen uns, harmonisch. Eheringe hab ich uns besorgt.« Er streckte seine Hand aus, damit Nola den goldenen Ring bewundern konnte. »Für mich war sie meine Frau. Auch wenn wir uns nie auf der Straße zeigen konnten.« Seine Stimmung änderte sich schlagartig. Plötzlich schaukelte er seinen Oberkörper vor und zurück. »Muss ich ins Gefängnis? Dann häng ich mich auf. Ich brauch frische Luft. Und meine Sachen. Ich hab noch was zu schweißen, das ist wichtig. Ich bin nämlich Künstler. Skulpturen aus Schrott. Damit werde ich noch mal ganz berühmt, Hanno sagt das auch.« Er stutzte. »Wer kümmert sich eigentlich um meine Hunde?«

»Die sind im Tierheim.«

»Das geht nicht!«, heulte er auf. »Das halten die nicht aus. Meine Hunde brauchen Freiheit, genau wie ich. Hanno soll das übernehmen, den akzeptieren sie.«

»Ihr Bruder sitzt zurzeit ebenfalls in Untersuchungshaft. Der kann sich nicht um die Hunde kümmern.«

»Was? Warum das denn? Er hat Leona doch nur weggebracht.«

»Außerdem von der Entführung gewusst und das Ganze vier Jahre lang gedeckt. Das ist eine Straftat, Herr Mollbeck.«

Seine Schaukelbewegungen wurden heftiger, er schien überhaupt nichts mehr wahrzunehmen. »Herr Mollbeck?« Nola hatte keine Ahnung, ob sein Zustand echt war oder gespielt. Sie streckte die Hand aus und berührte ihn an der Schulter. »Herr Mollbeck, hören Sie mich?«

Auf einen Schlag saß er still. »Klar.« Seine Stimme klang wieder ganz normal.

»War Ihr Bruder oft da?«

»Hanno? Was heißt oft? Einmal am Tag, aber meist nur kurz. Am liebsten waren wir allein. Hab ich doch schon gesagt.«

»Aber Hanno blieb doch auch mal über Nacht.«

»Was sind das eigentlich für dämliche Fragen? Denken Sie etwa ...« Er sprang so unerwartet auf, dass der Beamte in der Tür nicht schnell genug eingreifen konnte. Schon lagen seine Hände um Nolas Hals. »Du blöde Fotze! Er hat nicht mit ihr geschlafen! Spinnst du? Sie war *meine* Frau.«

Der Beamte schlug ihm den Gummiknüppel ins Kreuz, und Mollbeck ließ mit einem hohen Aufschrei von Nola ab. Zwei weitere Polizisten erschienen und legten ihm Handschellen an. Sofort verfiel er wieder in seinen Singsang. »Au, das tut weh, au ... das dürft ihr nicht ...«

»Er kann weg«, krächzte Nola und rieb sich den Hals. »Das reicht mir für heute.« Bei der nächsten Vernehmung würde sie auf Hand- und Fußfesseln bestehen.

»Eine nette Geschichte haben Sie uns da erzählt, Herr Mollbeck. Leider stimmt nur ein geringer Teil. Nicht Sie, sondern Ihr Bruder hat Leona entführt. Und sie musste keineswegs in einem Wohnwagen leben. Vielmehr hat sie im Obergeschoss Ihres Elternhauses gewohnt, eingeschlossen, aber immerhin in menschenwürdigen Verhältnissen. Diesen Unfall mag es gegeben haben, aber die Verletzungen hat Ihr Bruder Leona zugefügt.«

Allein der Gedanke an seinen Bruder reichte, um Hanno Mollbeck in tiefste Verzweiflung zu stürzen. »Ich war das! Ich hab sie entführt und dort oben eingesperrt. Sie haben doch mein Geständnis aufgenommen. Markus hat nichts damit zu tun. Er wusste davon, aber was hätte er tun sollen? Mich verraten? Das hat er nicht über sich gebracht. Er hat doch nur noch mich. Ich schäme mich dafür, dass ich ihn da mit reingezogen habe. Aber wo hätte ich Leona sonst unterbringen sollen? Es war ein Fehler, ein schrecklicher Fehler, für den mein Bruder nicht büßen soll. Ich gestehe alles, wirklich alles. Wenn ich im Gefängnis bin, braucht er einen neuen Vormund. Das Amtsgericht in Leer muss das entscheiden. Vielleicht könnten Sie das in die Wege leiten. Markus darf auf keinen Fall aus seiner gewohnten Umgebung gerissen werden. Dann sind die Fortschritte der letzten Jahre hinfällig.«

»Ihr Bruder befindet sich in Untersuchungshaft. Wir haben ihn als suizidgefährdet eingestuft. Das bedeutet, dass er rund um die Uhr überwacht wird. Ein Arzt und ein Psychologe werden sich um ihn kümmern.«

»Aber Markus darf nicht eingesperrt werden! Das bringt ihn um. Ich bin der Entführer, nicht er.«

»Es reicht«, sagte sie leise. »Sie haben Leona in Ihrem Wagen zum Kreihenmeer gebracht, aber Sie haben Leona nicht entführt. Das war Ihr Bruder. Er trägt das Pendant zu dem Ehering, den wir bei Leona gefunden haben. Zudem haben wir zahlreiche Fotos der beiden gefunden, auf denen sie eindeutig als Paar abgebildet sind. Das genügt uns als Beweis, dass er der Entführer ist.«

»Ja, er hat sich in sie verliebt, das stimmt. Aber er ist nicht der Entführer. Das war ich.« Seine Augen flackerten. »Für Markus, weil er mir so leidtat. Immer allein.«

»Herr Mollbeck, geben Sie sich keine Mühe. Wir haben in der Zwischenzeit einige Dinge geprüft. Zunächst einmal haben wir die Flugpläne in Nüttermoor eingesehen. Am Dienstag, dem 9. Juni 2009 sind Sie um fünfzehn Uhr nach Wangerooge geflogen, eine Stunde später ging es zurück. Sie konnten unmöglich zur selben Zeit in Jemgum ein Mädchen entführen.«

Dafür fiel ihm keine plausible Erklärung mehr ein, er starrte vor sich hin, und sein Blick war vollkommen leer.

»Sie würden alles für Ihren Bruder tun, nicht wahr?«

»Das bin ich ihm schuldig. Wenn ich ihn nicht mit unserer Mutter allein gelassen hätte, wäre es nie so weit gekommen. Mir war klar, dass Markus schwach ist, sich nicht wehren kann, aber ich wollte Flieger werden, unbedingt. Ich bin einfach weggeblieben, die ganzen Jahre, total egoistisch.«

»Dafür kümmern Sie sich jetzt um Markus.«

Er verschränkte die Arme und steckte die Hände unter die Achseln, als wäre ihm kalt. »Ja. Ein bisschen Glück hat er doch auch verdient, mein kleiner Bruder. Darum hab ich ihn nicht angezeigt, als ich Leona oben in der Wohnung entdeckt habe. Zum ersten Mal in seinem Leben hat er gestrahlt, richtig gestrahlt. Wie hätte ich ihm das Mädchen wieder wegnehmen können?«

»Und Leona? Haben Sie nicht mal an das Mädchen gedacht? An ihre Eltern?«

»Es ging ihr gut. Ich habe mich nach Kräften bemüht, für Leonas Wohlbefinden zu sorgen. Als Markus sie geschlagen hat, hab ich ihm gedroht, dass ich sie wegbringe, wenn er ihr noch mal wehtut.« Er schniefte. »Das mit den Hunden war wirklich ein Unfall, das hat keiner von uns gewollt.«

»Sie haben die tote Leona also mit Ihrem Wagen zum Kreihenmeer gebracht. Allein?«

»Markus war völlig außer sich, hat nur noch geheult. Ich hab ihm eine doppelte Dosis von seinen Tabletten verabreicht. Dann hab ich Leona gewaschen und angezogen. Die Grablich-

ter und die Rosenblätter waren meine Idee. Ich hab sie nämlich gemocht, ehrlich. Und die beiden sind gut miteinander
ausgekommen. Wie zwei Kinder, die Ehepaar spielen.«

»Weiter?«

»Ich hab sie zum Kreihenmeer gefahren. Sie sollte möglichst schnell gefunden werden. Andererseits brauchte ich einen Platz, an dem mich niemand stört, damit ich alles so aufbauen kann, wie Markus es sich gewünscht hat. Hinterher hab
ich erst gemerkt, wie blöd das war. Ich hätte Leonas Leiche
irgendwo begraben sollen. So haben wir uns selbst ein Bein
gestellt. Die ganze Geschichte wurde wieder aufgewühlt.«

»Richtig. Alle Beteiligten wurden nervös. Clemens Möller
hat das ausgenutzt und erneut Schweigegeld für diese Filmchen
verlangt. Plötzlich wurde Ihnen klar, dass Sie die Mitwisser aus-
schalten müssen, wenn Sie endgültig durchatmen wollen.«

Er brauchte eine Weile, um zu verstehen, was sie ihm da
vorwarf. »Was? Nein, damit hab ich nichts zu tun. Das mit
dem Geld ist doch schon ewig her!«

»Wir wissen, dass drei von fünf beteiligten Männern nach
Leonas Tod 2500 Euro gezahlt haben. Sie nicht. Sie haben
Herrn Möller lieber gleich aus dem Weg geräumt. Er war in
der Nacht seines Todes verabredet. Ich nehme an, Sie sollten
das Geld überbringen. Stattdessen haben Sie ihn umgebracht
und sind so an seinen PC und sein Smartphone gelangt. Gab
es die Filme wirklich oder hat Möller nur geblufft?«

In seinem Blick lag blankes Unverständnis. »Ich weiß nicht,
wovon Sie reden. Ich habe Clemens Möller seit damals nicht
wiedergesehen. Und ich habe niemanden ermordet. Das könnte
ich gar nicht.«

»Wir sind gerade dabei, sämtliche Telefonate, die von Ihrem
Handy geführt wurden, zu untersuchen. Es ist nur eine Frage

der Zeit, bis Clemens Möllers Nummer auftaucht, das wissen Sie wohl selbst.«

»Da können Sie lange suchen. Es bleibt dabei, dass ich keinen Kontakt mehr zu Möller hatte.«

»Wo haben Sie in den letzten Wochen die Nächte von Montag auf Dienstag verbracht? Ihr Apartment am Flughafen wurde gekündigt, das wissen wir. Auch dass Sie nicht mehr fliegen dürfen.«

»Ich war nirgends. Bin einfach nur so rumgefahren.«

»Von Montagabend bis Dienstagabend? Jede Woche? Das klingt nicht gerade glaubwürdig. Warum sollten Sie das tun? Sie hatten doch eine Lebensgefährtin, die ich als sehr freundlich und bemüht kennengelernt habe.«

»Ja. Röschen ist toll. Eine erfolgreiche Frau, die mit beiden Beinen im Leben steht und die mit ihrem Laden ziemlich gut verdient. Ich krieg nur eine Teilrente vom Bund. Wenn's ums Geld geht, kann ich nicht mithalten. Im Laden bin ich nur gut für Aushilfstätigkeiten. Das ist ihr Ding, und da lässt sie sich nicht reinreden. Da kann sie richtig unangenehm werden.« Mit der linken Hand kratzte er sich am rechten Oberarm. »Solange ich noch meinen Nebenjob hatte, war es mir egal. Aber plötzlich durfte ich nicht mehr fliegen. Konzentrischer Gesichtsfeldausfall, wahrscheinlich genetisch bedingt, meine Mutter hatte das auch. Ich hätte meiner Lebensgefährtin natürlich davon erzählen müssen, die Wohnung aufgeben, mich endgültig von Annerose abhängig machen. Aber wissen Sie was, ich hab diesen einen Abend die Woche gebraucht. Für mich allein.« Er räusperte sich. »Klingt wohl komisch, aber mit Röschen war es immer so schön, so harmonisch. So viel Glück konnte ich gar nicht aushalten. Hab mich irgendwie fehl am Platz gefühlt wie ein Betrüger.«

»Also sind Sie in das Apartment gefahren, als hätte sich nichts geändert.«

»So ist es. Natürlich konnte das nicht auf Dauer funktionieren. Die Wohnung wurde mir zu teuer, schließlich hab ich ja nichts mehr dazuverdient. Also musste ich sie aufgeben. Das wäre die nächste Möglichkeit gewesen, mit Annerose zu reden. Ich hab sie verstreichen lassen. Hab mich jeden Montagabend in meinen Wagen gesetzt und bin durch die Gegend gefahren. Irgendwohin. Ins Emsland, nach Bremen, egal, Hauptsache, Autobahn und Gas geben.«

»Die ganze Nacht?«

»Ich hab auf Rastplätzen geschlafen. Mein BMW hat eine Standheizung, war kein Problem. Wenn ich aufgewacht bin, ging es weiter. Einmal war ich auch …« Er seufzte und massierte sein Kinn. »Einmal war ich auch in einem Bordell. Aber wirklich nur einmal. Als ich nach Hause kam, hab ich alle Sachen in die Waschmaschine gestopft, aus Angst, dass Röschen was riecht.«

»Wann war das? Welches Bordell?«

»Der Laden liegt an der B6, kurz vor Bremerhaven und heißt sinnigerweise B-Sex. Die Dame, die mich hundert Euro gekostet hat, nannte sich Lolita. War aber keine Lolita, eher Lolitas Mutter.«

»Wir werden das prüfen.«

»Klar. Im Handschuhfach meines Wagens liegt eine graue Mappe mit der Betriebsanleitung. Dort finden Sie die Karte dieser Lolita. Und den Zahlungsbeleg. Heutzutage zahlt man im Puff nämlich mit Karte. Wie im Supermarkt.« Er lachte trocken, und Nola musste an einen Motor denken, der stottert und nicht mehr will. »Ich bin ein Loser, immer schon gewesen. Das liegt bei uns in der Familie. Gucken Sie meinen

Bruder an. Das haben wir unserer Mutter zu verdanken. Die hat uns so gemacht. Ohne Markus wäre ich gar nicht nach Martinsfehn zurückgekehrt. Aber der braucht mich nun mal. Dann hab ich Annerose getroffen und gedacht, schau an, das Leben hält doch noch eine Belohnung für mich bereit. Hab geglaubt, dass alles noch richtig gut wird für mich. Aber wie kann man ein gemeinsames Leben auf einer Lüge aufbauen? Ich war getrieben von der Angst, dass die Sache mit Leona auffliegen könnte, am Ende konnte ich es kaum noch aushalten. Annerose ist einfach zu gut für einen wie mich. Wurde Zeit, dass sie es gemerkt hat. Die anderen im Dorf haben das viel schneller kapiert.«

Hilke konnte schließlich klären, warum Hanno Mollbeck kein Schweigegeld zahlen musste. Er hatte sich vor zwei Jahren ein neues Handy mit neuer Nummer zugelegt, wohnte nicht mehr am Flughafen, stand nicht im Telefonbuch und war nicht bei Facebook oder anderen Social Networks registriert. Wie hätte Clemens Möller ihn ausfindig machen sollen?

Die DNA-Anhaftungen an Leonas Leichen stammten, genau wie der Fingerabdruck unter dem Grablicht, von Hanno Mollbeck. Die Hundehaare ließen sich den Pitbulls seines Bruders zuordnen. Die roten Fasern glichen denen aus der Decke, die auf der Rückbank seines Autos lag, auf dem Rücksitz und an der Innenverkleidung der Hintertüren ließ sich Leonas DNA nachweisen. Doch weder in Strewitz' Haus noch in Möllers Wohnung hatte man seine DNA nachweisen können, und an seinen NIKEs fanden sich keinerlei Blutreste der ermordeten Männer. Ein Bewegungsprofil, das sie anhand seiner Handydaten erstellten, verschaffte ihm ein Alibi für die Zeit, in der Andreas Ahlers getötet wurde. In dieser Nacht war er die A31 runtergefahren bis nach Lohne, wo er mehrere Stunden verbracht hatte, vermutlich auf einem Rastplatz.

Unter den unzähligen biochemischen Proben, die Stefans Leute bei Clemens Möller genommen hatten, und den wenigen bei Andreas Ahlers, gab es am Ende nur eine einzige Übereinstimmung, das DNA-Profil einer bislang unbekannten Frau. Bei Ahlers hatte man es am Gartenschlauch isoliert, somit musste es sich um die Täterin handeln. Sogar bei Josef Strewitz hatte das LKA Teile dieser DNA nachgewiesen.

Kein Täter, sondern eine Täterin, eine Frau, die alle freiwillig über ihre Schwelle gelassen hatten. Eine Frau, die diese Männer so gehasst hatte, dass es ihr wichtig war, sie aus ihrem Leben im wahrsten Sinn des Wortes auszustreichen. Nola fiel nur eine Person ein, die perfekt in dieses Profil passte. Yasmina.

Am liebsten hätte sie den Fall jetzt als unerledigt zu den Akten gelegt. Sie wollte einfach nicht, dass Yasmina drei Männer ermordet hatte, kaltblütig und ziemlich grausam. Und doch spiegelte diese Vorgehensweise genau das wider, was die Männer ihr angetan hatten. Selbst die Tatsache, dass ihre Wut sich mit jedem Mord zu steigern schien, weil sie sich möglicherweise zunehmend stärker fühlte, passte ins Bild.

Endlich konnte Nola nachvollziehen, warum Yasmina weder den Wohnwagen noch die Männer identifizieren wollte. Sie hatte kein Interesse daran, die Täter der Justiz zu übergeben. Kein Anwalt sollte ihr Leid abschwächen und nach mildernden Umständen für die Täter suchen. Yasmina wollte selbst für Gerechtigkeit sorgen, und sie hatte die Männer im wahrsten Sinn des Wortes durchgestrichen. Abgehakt. Und sie war noch nicht am Ende. Zwei Namen standen noch auf ihrer Liste, Hanno Mollbeck, den sie vor einer Stunde aus der Untersuchungshaft entlassen hatten, und Enrico Daume.

Gut möglich, dass Yasmina bei den Morden auch an die anderen Mädchen gedacht hatte, an Sarah, Franziska und Leona. Vielleicht betrachtete sie sich als Rächerin für alle. Nola konnte das sogar verstehen, viel zu gut für eine Kriminalbeamtin. Dennoch musste sie die junge Frau fragen, wo sie sich zu den jeweiligen Tatzeiten aufgehalten hatte, und um eine DNA-Probe bitten. Und wenn Yasminas DNA-Profil mit den an den Tatorten genommenen Proben übereinstimmte, würde sie das Mädchen verhaften müssen. Mit dem Zeigefinger wischte sie eine Träne aus dem Augenwinkel. »So ein verfluchter Mist.«

»Du nimmst das viel zu persönlich«, erklärte Conrad. »So was gehört dazu. Erst wenn du gegen deine persönliche Überzeugung zehn Yasminas verhaften musstest, bist du 'ne echte Polizistin.«

»So wie du?«, fuhr sie ihn an.

»Ja. So wie ich. Ich mach mir nichts mehr vor. Unsere Arbeit hat nichts mit Gut und Böse zu tun, mit Richtig oder Falsch. Das glauben nur Anfänger und die Idealisten, die früher oder später daran zerbrechen. Wir erledigen einfach nur einen Job. Mehr nicht. Es ändert nichts am Lauf der Welt, ob wir die Täter am Ende kriegen oder nicht. Es ist scheißegal, Süße. Scheißegal. Traurig, aber wahr.«

Vom Damenklo aus rief sie bei Renke an. Er hörte zu und sagte dann: »Ich würd gern sagen, dass jemand anderes die Taten begangen hat, eine Frau, die wir noch gar nicht auf dem Schirm haben, aber du kennst die Tatsachen besser als ich.« Er stutzte. »Sag mal, weinst du?«

»Nö«, schluchzte Nola. »Das hört sich nur so an.«

»Hey, solche miesen Tage gehören dazu. Komm, du fährst da jetzt hin und machst den Abstrich. Aber bitte nicht allein. Wenn sie wirklich die Täterin ist, ist sie nicht ungefährlich.«

Sie hörte ihn laut ausatmen. »Ich würd gern vorbeikommen, sehr gern, ehrlich. Geht aber nicht. Ausgerechnet heute kommen Leute zur Hausbesichtigung. Termin ist um zwanzig Uhr und kann sich noch nach hinten verschieben, weil sie mehrere Häuser angucken wollen. Ich muss da gleich rüber. Lüften und noch mal mit dem Staubsauger durchgehen.«

»Okay.«

»Tut mir leid, Nola. Ich kann das nicht verschieben.«

»Versteh ich doch.«

Nach einem Gespräch mit Robert nahm sie einen netten, uniformierten Kollegen mit. »Schießt wie ein Cowboy«, versprach Robert. Es sollte ganz locker klingen, doch sie meinte, einen besorgten Unterton in seiner Stimme zu erkennen. Der, wie sich kurze Zeit später herausstellte, nicht nötig gewesen wäre –

Yasmina Akin war nicht zu Hause.

Das Mädchen hielt ein Handy in der Hand und schaute ziemlich überrascht, als Steffi Daume die Tür öffnete. »Du kommst wegen meiner Anzeige. Richtig?«

Das Mädchen nickte, stopfte das Handy in eine große Umhängetasche aus Leinen, sagte aber nichts. Steffi führte sie ins Wohnzimmer und deutete mit der Hand auf die Couch. Deborah-Marie spielte im Laufgitter mit Bauklötzen. Seit Neuestem schaffte sie es, die unterschiedlich geformten Steine durch die entsprechenden Öffnungen im Deckel einer roten Plastikdose zu stecken. Enrico platzte beinahe vor Stolz. Er bildete sich ein, dass die Kleine ihren Altersgenossen meilenweit voraus sei. Steffi, die einmal pro Woche eine private Krabbelgruppe besuchte und im Gegensatz zu ihrem Mann den direkten Vergleich hatte, konnte das nicht bestätigen, ließ ihn aber in dem Glauben, weil ihn das glücklich machte.

»Das meiste haben wir ja schon am Telefon besprochen. Zuerst nur einmal die Woche, am Montag. Von fünfzehn bis achtzehn Uhr. Du kannst hier im Haus auf Deborah-Marie aufpassen. Wenn alles gut klappt, könnten es auch mehr Nachmittage werden. Fünf Euro die Stunde, ist ja keine schwere Arbeit«, fügte sie schnell hinzu. Das Mädchen sah älter aus als vierzehn, und fünf Euro Stundenlohn kamen ihr plötzlich so knauserig vor.

»Geht in Ordnung.«

Auf Mallorca hatte Steffi die Kleine regelmäßig im Kinderhort des Hotels abgegeben, und sie hatte es genossen, mal wieder durch die Geschäfte zu bummeln, ohne dass ein Baby im Buggy quengelte, oder mit geschlossenen Augen am Strand zu liegen, im Café zu sitzen und ein bisschen zu flirten, ganz harmlos natürlich. Nach ihrer Rückkehr hatte sie Enrico erklärt, dass sie künftig wenigstens einen Nachmittag pro Woche für sich allein brauchte.

Begeistert war er nicht. »Andere Frauen würden sonst was geben, wenn sie so leben könnten wie du. Meine Tochter braucht kein Kindermädchen. Sie hat eine Mutter, die nicht arbeiten muss.« Doch Steffi hatte sich durchgesetzt.

Dass es so schwierig war, ein geeignetes Mädchen zu finden, überraschte sie allerdings. Drei Bewerberinnen hatte sie gleich am Telefon abgewimmelt, weil sie ihr zu schnoddrig vorkamen. Jemand, dessen Vokabular vor allem aus *cool, krass* und *okay* bestand, schien ihr nicht geeignet, die Sprachentwicklung ihrer Tochter positiv zu fördern. Zwei Bewerberinnen hatte sie am Vortag wieder nach Hause geschickt. Die Erste fand sie entschieden zu attraktiv. Steffi kannte Enricos Schwäche für das andere Geschlecht und wollte ihn nicht unnötig in Versuchung führen. Die Zweite wirkte zu unbeholfen, richtig tollpatschig wie jemand, der ständig über seine eigenen Füße stolperte und sich im Notfall nicht zu helfen wusste. So einer Person könnte sie ihre Tochter niemals anvertrauen.

Dieses Mädchen machte ebenfalls einen merkwürdigen Eindruck, irgendwie verwirrt. Steffi hätte schwören können, dass sie eine Perücke trug. Das lange, blonde Haar bewegte sich praktisch gar nicht, zudem schimmerte es viel zu gelb, um echt zu sein, und der Glanz wirkte synthetisch. Am liebsten hätte Steffi sich vorgelehnt und eine Strähne berührt.

»Kennst du dich aus mit Kindern?«

Das Mädchen nickte flüchtig und streckte die Arme nach Deborah-Marie aus. »Kommst du zu mir?« Sie sprach seltsam, so übertrieben betont, als würde sie sich auf jedes einzelne Wort konzentrieren. Vielleicht hatte sie früher gestottert.

Deborah-Marie verzog das Gesicht. Das Mädchen war ihr nicht geheuer.

»Sie ist Fremden gegenüber manchmal etwas misstrauisch. Aber das gibt sich sehr schnell«, versicherte Steffi. »Und der Hund meint es auch nicht böse.« Sie warf Arko, der unter dem Tisch lag und leise knurrte, einen bösen Blick zu.

Es klingelte an der Tür.

»Gehen Sie ruhig, ich passe solange auf die Kleine auf«, bot das Mädchen an.

Steffi nickte, pfiff nach Arko und nahm ihn mit zur Haustür, wo der Paketbote ihr das lang ersehnte Päckchen von *Zalando* überreichte. High Heels waren ihre Leidenschaft, und diese hier waren von Marc Ellis, schwarzes Verloursleder und zwölf Zentimeter hohe, hauchdünne Absätze aus Metall, der reinste Wahnsinn.

Als sie die Wohnzimmertür öffnete, hielt das Mädchen Deborah-Marie auf dem Arm. Die Kleine quietschte vor Vergnügen, weil das Mädchen komische Tanzbewegungen mit ihr machte. Arko, der darin offenbar eine Gefahr für die Kleine witterte, stürzte sich wild bellend auf das Mädchen, er schnappte sogar nach ihrer Hose. Steffi musste ihn am Halsband wegzerren und in die Küche bringen.

Wie peinlich. »Tut mir leid, so hat der Hund sich wirklich noch nie aufgeführt. Ich denke, er muss sich erst daran gewöhnen, dass eine fremde Person sich um Deborah-Marie kümmert.«

»Schon gut.« Wenn das Mädchen lächelte, sah sie ausgesprochen nett aus. Sie verzog keine Miene, als Deborah-Marie ihr mit beiden Händen in die Haare griff und zog.

»Vorsichtig«, sagte Steffi und pflückte die kleinen Hände ihrer Tochter aus den langen Strähnen, die sich wie erwartet künstlich anfühlten. »Trägst du eine Perücke?« So direkt hatte sie gar nicht fragen wollen, es war ihr einfach rausgerutscht.

Das Mädchen schien sich nicht daran zu stören. »Ja. Ich habe Leukämie. Im Moment sind alle Werte gut, aber die Haare müssen noch wachsen. Ich hoffe, das stört Sie nicht.«

»Um Himmels willen, nein!«, versicherte Steffi und fühlte sich schrecklich. Neugierig. Taktlos. Was musste die Kleine wohl von ihr denken? Und wie konnte so ein junges, hübsches Mädchen überhaupt an so einer entsetzlichen Krankheit leiden? Das war doch ungerecht. Leukämie, bestand da überhaupt die Chance, wieder ganz gesund zu werden? »Du hast den Job. Nächste Woche Montag kannst du anfangen.«

Die Kleine schien sich echt zu freuen. »Das ist ja super. Vielen Dank.«

»Wie heißt du überhaupt?«

»Leona.«

Zwanzig Minuten später klingelte ein anderes Mädchen an der Tür und stellte sich als Tanja vor. Sie hatte schiefe Zähne und litt an starker Pubertätsakne. Über ihre Fähigkeiten als Kindermädchen sagte das wenig aus, doch Steffi fand sie auf Anhieb unsympathisch und erklärte, dass sie sich bereits anderweitig entschieden hätte. Mittlerweile war sie überzeugt, mit der stillen Leona einen Glücksgriff getan zu haben. Ein Mädchen, das so eine schwere Krankheit überwunden hatte, war sicher besonders verantwortungsbewusst.

Gegen achtzehn Uhr machte Nola sich erneut mit dem Kollegen auf den Weg. Obwohl die Fahrt kaum fünf Minuten dauerte, wusste sie hinterher, dass er Christopher hieß, im Norden geboren war, dass seine Freundin ebenfalls bei der Polizei arbeitete, allerdings in Aurich, und dass beide in ihrer Freizeit zum Kitesurfen nach Neuharlingersiel fuhren. Insgeheim fragte sie sich, ob er immer so schnell wie ein Maschinengewehr redete oder ob das sein Weg war, die Nervosität abzubauen. Ihre eigenen Nerven konnten diesen Dauerbeschuss an Worten allerdings nur schwer ertragen. Sie selbst zog es vor, sich schweigend auf Stresssituationen vorzubereiten.

Yasmina war allein in der Wohnung, und sie zeigte deutlich, dass sie über den Besuch wenig erfreut war. Für keinen der drei Morde konnte sie ein Alibi vorweisen. »Ich geh abends nicht aus dem Haus. Jedenfalls nicht allein. Wohin denn auch?«

Als Nola sie um einen Abstrich der Mundschleimhaut für die DNA-Bestimmung bat, wurden ihre Augen ganz schmal. Angst? Zorn? Nola wusste es nicht. Ohne dass sie es wollte, fixierte sie unablässig die Hände der jungen Frau. Falls Yasmina plötzlich einen Elektroschocker hervorzog, konnte sie nur hoffen, dass Christopher genauso schnell schoss, wie er redete.

Vorerst lagen Yasminas Hände auf dem Tisch, ganz friedlich, als wolle sie demonstrieren, dass sie nichts Böses damit anstellen würde. »Muss ich das?«

»Nein«, sagte Nola wahrheitsgemäß. »Falls Sie ablehnen, würde es natürlich ein bisschen seltsam wirken, so, als hätten Sie was zu verbergen. In diesem Fall würde ich eine richterliche Verfügung besorgen, damit wir auch ohne Ihre Einwilligung eine Probe entnehmen können.«

»Warum gerade ich?« Beiläufig beugte sie sich zur Seite, ihre rechte Hand rutschte unter den Tisch. Im Augenwinkel nahm Nola wahr, dass Christophers Hand bereits auf der Waffe lag.

Yasmina bemerkte davon nichts, sie kratzte sich am Oberschenkel und legte die Hand anschließend an ihren Hals.

Mit Mühe gelang es Nola, ein erleichtertes Ausatmen zu unterdrücken. »Routine. Eine Art Reihenuntersuchung. Von so etwas haben Sie ja bestimmt schon mal gehört«, schwindelte sie und lächelte dabei so harmlos wie möglich. »Wir konnten am Tatort weibliche DNA isolieren und benötigen jetzt Vergleichsproben aller Frauen, die irgendwie im Rahmen der Untersuchung aufgetaucht sind. So funktioniert moderne Polizeiarbeit.«

»Dann muss ich mich wohl in mein Schicksal ergeben.«

Nola konnte nicht verhindern, dass ihre Hände zitterten, als sie das Röhrchen öffnete und den sterilen Watteträger herauszog. »Bitte einmal den Mund öffnen.«

Hinterher war sie mehr als froh, dass alles glatt abgegangen war. Sie fragte sich, ob das nur der Präsenz des Kollegen zu verdanken war oder ob sie richtiglag mit ihrer Einschätzung, dass Yasmina nichts mit den Morden zu tun hatte. So konnte sie sich nicht in einem Menschen irren. Oder doch?

»Hübsches Mädchen«, sagte Christopher im Treppenhaus. »Und die soll drei Männer kaltblütig abgestochen haben?« Es klang ungläubig, und Nola wäre ihm dafür am liebsten um den Hals gefallen. Viel mehr sprach er auf der Rückfahrt nicht. Also hatte die pausenlose Quasselei tatsächlich seiner Nervenberuhigung gedient.

Heute Mittag hatte die Maklerin angerufen. Ein Ehepaar aus dem Ruhrgebiet, beide Rentner und wohlsituiert, suchte kurzfristig ein Haus in Ostfriesland, nicht zu groß und mit einem überschaubaren Grundstück. »Ihr Haus entspricht genau ihren Wünschen und das Exposé hat den beiden ausnehmend gut gefallen. Sie sind kurzfristig hier, schauen sich mehrere Objekte an und wären auch an einer Besichtigung Ihres Hauses interessiert. Es müsste aber heute am frühen Abend sein, morgen fahren sie bereits zurück.«

Was hätte er anderes sagen können als Ja, obwohl die Vorstellung, *wirklich* zu verkaufen, *jetzt, ohne Vorankündigung*, ihn erschreckte. Auf einmal war Renke sich gar nicht mehr sicher, dass er das Letzte aufgeben wollte, das ihn noch mit Britta und Aleena verband.

Die potenziellen Käufer kamen eine Viertelstunde zu früh, was Renke nur recht war, weil die untätige Warterei seinen Entschluss bereits ins Schwanken brachte. Die Karvens aus der Nähe von Köln entsprachen für ihn genau dem Klischee vom lustigen Rheinländer. Sie redeten schnell und viel und schauten ungeniert in alle Ecken. Vor allem Frau Karven wirkte begeistert. »So viel Licht«, sagte sie immer. »Hier könnte ich mich wohlfühlen, Hubert.«

Wie nebenbei erwähnte die Maklerin, dass das Haus eines ihrer besten Objekte wäre und dass es bereits zwei andere, ernsthafte Interessenten gäbe. »Ein Ehepaar aus Neuss ist auch dabei, was für ein Zufall. Liegt das nicht bei Köln?« Mein Gott, konnte die Frau gut lügen!

Sie schaffte es tatsächlich, so viel Druck zu erzeugen, dass die Karvens unbedingt einen Vorvertrag machen wollten.

»Noch heute Abend«, verlangte Herr Karven. »Nicht, dass uns jemand das Haus noch wegschnappt. Dann krieg ich nämlich Ärger mit der Regierung.« Er zwinkerte seiner Frau zu. »Wenn uns etwas gefällt, schlagen wir auch zu, stimmt's, Mäuschen?«

Seine Ehefrau ließ ihre Blicke begehrlich durch das Zimmer wandern. »Was haben Sie mit der schönen Ledergarnitur vor? Die ist doch wie für den Raum gemacht.«

Zwei Stunden später unterzeichneten sie in Frau Kreye-Osterfelds Büro einen Vorvertrag für den Hauskauf. Als Übergabetermin wurde der 15. April angedacht, bis dahin, so meinte Herr Karven, könnte die Finanzierung stehen. Man einigte sich darauf, dass die Käufer die Ledersofas, den Glastisch sowie die Essecke übernehmen würden. Bei der Verabschiedung wirkten die Karvens sehr zufrieden, offenbar glaubten sie, ein gutes Geschäft gemacht zu haben.

Eigentlich hätte Renke jetzt glücklich sein müssen, wenigstens erleichtert, aber er fühlte nichts dergleichen, während die Maklerin vor Begeisterung strahlte.

Renke setzte einen Fuß auf die Außentreppe und hielt inne. Das da oben war jetzt sein einziges Zuhause. Diese mehr oder weniger unmöblierte, unwohnliche, ungemütliche Wohnung. Da konnte er jetzt einfach nicht hin.

Ohne lange darüber nachzudenken, überquerte er die Straße.

Im *Tennessee* empfing ihn die Stimme von Johnny Cash. Keiner der Songs von Cash konnte ihn überzeugen, schon gar nicht der, der gerade lief, aber alles war besser, als jetzt allein in seiner Bude zu hocken. Renke kletterte auf den letzten freien Barhocker und schaute sich um. Überall lachende Gesichter, gerötet von der Wärme und dem Alkohol, jemand erzählte einen Blondinenwitz, es war zu laut, um die Pointe zu verstehen, aber sie musste gut sein, weil das Lachen der Zuhörer förmlich explodierte. Henk Peters, den seine Frau kürzlich verlassen hatte, schluchzte lautlos in sein Glas. Ein junger Mann, Renke hatte ihn noch nie zuvor gesehen, wollte, dass Charlie die Musik lauter stellte. Auf solche Wünsche reagierte der Wirt grundsätzlich nicht. Er spielte das, was er hören wollte, in genau der Lautstärke, die ihm gefiel. Charlies Gesichtsausdruck machte deutlich, dass er zufrieden war mit dem Abend und seinen Gästen, und nach dem zweiten *Jever* war Renke es auch.

Samstag, 23. März

»Ruf bitte noch mal an. Wieso kann deine dämliche Schwester nicht ein einziges Mal pünktlich sein?« Enrico zog den Knoten seiner Krawatte stramm. Steffi trug ein hautenges Glitzerkleid, das ihre schönen Beine sehen ließ, und schwarze Wildlederpumps mit Absätzen aus glänzendem Metall. Sie waren mit dem Geschäftsführer einer Maschinenbaufirma, die gerade expandieren wollte, zum Essen verabredet. Enrico hoffte, dort fünf oder sechs seiner Leute unterzubringen. Und er hatte keine Lust, den Abend mit einem Missklang zu beginnen, indem er sich verspätete.

Seufzend tippte Steffi die Nummer ein. »Hallo? Steffi hier, wir warten auf Ella. Ist schon unterwegs? Okay, danke.« Sie steckte das Handy zurück in ihre Handtasche. »Hast du gehört? Sie muss jeden Moment hier sein.«

»Wird auch Zeit.«

Wie üblich nahm sie ihre kleine Schwester sofort in Schutz. »Du weißt genau, dass Ella die ganze Woche bis um sechs arbeiten muss. Sie muss sich ja wohl nicht auch noch an ihrem freien Wochenende hetzen.«

»Schon gut. Und lass die Jalousien runter, wie oft soll ich das noch sagen. Das spart Heizkosten.« Seit Josef und Andreas nicht mehr lebten, fühlte Enrico sich bedroht. Fenster, durch die man im Schutz der Dunkelheit ins hell erleuchtete Haus schauen konnte, lösten bei ihm richtige Panikattacken aus.

Prüfend schaute Steffi ihn an. »Du bist neuerdings echt komisch. Seit wann achtest du auf unseren Gasverbrauch?«

»Seit die Energiekosten ins Unermessliche steigen, vielleicht?«, fuhr er sie an, bereute seinen harschen Tonfall aber sofort. Neuerdings reagierte er seine miese Stimmung ständig an Steffi ab, dabei hatte sie überhaupt nichts mit der Geschichte zu tun. »Entschuldige, ich bin nicht gut drauf. Keine Ahnung, warum. Aber lass bitte die verdammten Dinger runter. Überall, im ganzen Haus. Tu es doch einfach, wenn ich dich darum bitte.«

Sie schüttelte den Kopf, drückte aber auf den Knopf, und gleich darauf senkten sich die Außenjalousien im Schlafzimmer mit einem leisen Surren.

Ein Blick auf die Uhr ließ ihn aufseufzen. Auf Ella war wirklich kein Verlass. »Was ist eigentlich mit diesem Kindermädchen? Vielleicht sollte man die nächstes Mal fragen.«

»Mal sehen. Ich denke, die muss sich erst mal eingewöhnen. Der Hund mag sie nicht, er hat die ganze Zeit geknurrt.«

»Arko?« Das konnte er kaum glauben. Arko war der gutmütigste Hund, den er sich vorstellen konnte, fast schon trottelig.

»Ja. Ich bin mit ihm zur Tür, weil der Postbote geklingelt hat. In der Zwischenzeit hat sie Deborah-Marie aus dem Laufgitter genommen. Als wir wieder reinkamen, ist der Hund schier ausgeflippt. Hat sogar nach dem Mädchen geschnappt.« Steffi zupfte ein letztes Mal ihre Frisur zurecht, dann begutachtete sie sich im Schlafzimmerspiegel von allen Seiten. »Ist das Kleid zu elegant?«

»Unsinn. Wir gehen zu dem Franzosen in der Bergmannstraße. Ein Michelin-Stern, da darfst du dich so aufbrezeln.

Wieso hat der Hund geschnappt?« Wirklich, das konnte er sich kaum vorstellen.

»Keine Ahnung. Vielleicht mag er ihren Geruch nicht. Sie ist nämlich krank. Leukämie. Stell dir das mal vor, in dem Alter. Schrecklich.« Sie kramte in ihrer Handtasche, holte den Lippenstift heraus und frischte das Blutrot ihrer Lippen auf, völlig unnötig in seinen Augen. Wenn es um ihr Äußeres ging, war Steffi Perfektionistin.

»Warum stellst du ein krankes Mädchen ein?«

Sie presste die Lippen mehrfach aufeinander, um die Farbe besser zu verteilen, dann öffnete sie den Mund, formte ein O und hauchte ihrem Spiegelbild einen Kuss zu. »Warum soll ich nicht auch mal ein gutes Werk tun? Leukämie ist schließlich nicht ansteckend. Sie trägt eine Perücke. Langes, blondes Haar.« Ihr Blick fiel auf den Digitalwecker, der auf ihrem Nachtschrank stand. »Jetzt könnte Ella aber wirklich mal kommen.«

»Sag ich doch.«

Offenbar hatte sie jetzt keine Lust mehr, ihre jüngere Schwester zu verteidigen. »Das Kindermädchen spricht ein bisschen komisch. So überdeutlich. Sie heißt übrigens Leona, genau wie dieses tote Mädchen vom Kreihenmeer.«

Daume stieß Steffi, die ihn völlig entgeistert anstarrte, beiseite und stürzte ins Kinderzimmer. Sein kleiner Engel lag ganz friedlich im Bett, auf dem Bauch, einen Daumen in den Mund gesteckt. Er zog die Spieluhr auf und schlich auf Zehenspitzen hinaus. Im Flur zog er sein Handy aus der Jackentasche. »Herr Streibel, Daume hier. Ich bin untröstlich, aber ich muss absagen. Meine Tochter hat urplötzlich sehr hohes Fieber bekommen, wir fahren gleich in die Klinik.«

Gerd Streibel war selbst vierfacher Vater, das wusste Enrico.

Somit war die Ausrede genau die richtige. Nach ein paar düsteren Szenarien, die Streibel mit seinen eigenen Kindern erlebt hatte, sie reichten von Fieberkrämpfen bis zu einer leichten Meningitis, verblieb man damit, dass die Sekretärinnen einen neuen Termin vereinbaren sollten.

Anschließend erklärte Enrico seiner Frau, dass Herr Streibel kurzfristig wegen Krankheit abgesagt hätte. »Wenn du Lust hast, kannst du gern mit Ella zum Franzosen gehen. Ich bleib hier. Aber zieh was anderes an.«

Sein Herz klopfte wie wahnsinnig, als es klingelte. Er ließ Steffi zur Tür gehen und schämte sich gleichzeitig für seine Feigheit. An der Stimme erkannte er, dass tatsächlich Ella gekommen war. Seine ewig unpünktliche Schwägerin, die er jetzt am liebsten umarmt hätte.

Wahrscheinlich litt er bereits an Wahnvorstellungen. Warum sollte das Kindermädchen nicht Leona heißen, das war doch kein seltener Name. Und die blonde Perücke hatte nichts zu bedeuten, alle Krebskranken verloren ihre Haare und mussten auf Perücken zurückgreifen. Blieb noch ihre Art zu reden, überdeutlich, hatte Steffi gesagt. Das kam ihm so verdammt bekannt vor.

Als Steffi und Ella fort waren, ging er ins Schlafzimmer. Er löschte das Licht und ließ ganz langsam die Jalousien wieder hochfahren. Von hier oben hatte er die Straßenfront und die Auffahrt im Blick. Draußen regte sich nichts. Trotzdem meinte er zu spüren, dass jemand im Dunkeln stand und zu ihm heraufstarrte.

Montag, 25. März

Yasmina Akins DNA stimmte nicht mit der Spur überein, die man bei den drei Tatorten gesichert hatte. Sie war nicht die Täterin. Am liebsten hätte Nola lauthals gejubelt. Im ersten Überschwang der Gefühle beschloss sie, direkt nach Martinsfehn zu fahren. Als sie die Tür zur Revierstube öffnete, stand Renke dort, als hätte er auf sie gewartet. »Yasmina ist unschuldig!«, sprudelte es aus ihr heraus.

»Wer war es dann?«

»Falsche Frage.«

Er lachte. »Irrtum. Es ist genau die richtige Frage. Du bist Polizistin und suchst eine Frau, die inzwischen drei Männer auf dem Gewissen hat. Und alle, die deiner Meinung nach dafür infrage kommen, waren es nicht.« Wenigstens sprach er den Namen Tonia Eschweiler nicht aus.

»Ja. Aber jetzt will ich mich erst mal nur freuen«, maulte sie und zog den Reißverschluss ihrer Jacke auf.

»Okay. Dann freu dich.« Er warf einen kurzen Blick auf seine Armbanduhr. »Fünf Minuten, nicht länger. Ich wollte dich nämlich gerade anrufen. Eben war Enrico Daume hier mit einer merkwürdigen Geschichte über eine noch merkwürdigere junge Frau.«

Er begann zu erzählen, und Nola traute kaum ihren Ohren. »Ein junges Mädchen mit einer blonden Perücke? Dann bleibt ja nur noch … Franziska Lessing.« Sie flüsterte den Namen. »Sie ist immer noch bei ihrer Mutter gemeldet. Vor einem Jahr hat sie sich im Umfeld von linken Autonomen bewegt. In Bremen. Wurde zweimal festgenommen. Danach nichts mehr. Mist, ich hab da keinen Druck mehr gemacht. Bislang galt sie ja nur als Zeugin.«

»Und jetzt könnte sie unsere Täterin sein. Sie oder ein anderes Opfer, von dem wir noch gar nichts wissen.« Er nickte und steckte seine Dienstwaffe, die vor ihm auf dem Schreibtisch lag, in das Holster. »Irgendeine Idee, wo die junge Frau sich aufhalten könnte? Lass sie zur Fahndung ausschreiben. Aber zuerst müssen wir zu Daume. Jens und David fahren mit. Sandra bleibt hier.« Er lächelte entschlossen. »Auf geht's, Leute.«

Enrico hatte Steffi und die Kleine zum Shoppen nach Bremen geschickt und seiner Frau ans Herz gelegt, nicht vor achtzehn Uhr zurückzukommen. Nein, er hatte ihr nicht die Wahrheit über damals erzählt, nur dass es sich bei dieser Leona möglicherweise um eine Psychopathin handelte, die es auf ihn abgesehen hatte, und alle weiteren Fragen abgewehrt.

Renke und seine Leute hatten den Polizeiwagen in seiner Garage verschwinden lassen, sie wollten das Mädchen nicht vorwarnen. Jetzt beobachteten sie den Garten und die Straße durch die Fenster. Die kleine Rothaarige war auch dabei, was Enrico irgendwie störte. Vielleicht, weil es nicht in sein Weltbild passte, dass Männer von Frauen beschützt werden mussten. Er war so nervös, dass er sich beim Trinken mit Kaffee bekleckerte.

Um drei Uhr sollte das Mädchen hier sein, um auf Debbie aufzupassen, das hatte sie so mit Steffi abgemacht. Um fünf vor drei rief einer der Beamten: »Da kommt jemand. Eine Frau.«

»Denkt bitte dran«, hörte er Renke. »Die Täterin kennt keinerlei Skrupel, die setzt sofort ihren Elektroschocker ein. Und der ist so konstruiert, dass bereits drei Männer ihr Leben lassen mussten. Also bitte die Waffe benutzen, wenn es brenzlig wird, auch wenn sie wie ein harmloses junges Mädchen aussieht.«

Mit großen Augen beobachtete Enrico, wie alle vier Beamten nach ihren Pistolen griffen. Sie wirkten ruhig, aber nur wenn man nicht so genau hinschaute. Der Blonde, der Jens hieß, räusperte sich ständig, und der andere, den Namen hatte noch niemand ausgesprochen, schnipste die ganze Zeit mit den Fingern. Am liebsten hätte Enrico ihn aufgefordert, das sein zu lassen, weil er selbst ganz nervös davon wurde. Dabei brauchte er gar nichts tun, er durfte die ganze Aktion aus dem Hintergrund betrachten.

Es klingelte. Renke huschte zum Eingang, drückte die Klinke runter und stieß die Tür mit dem Fuß auf, dabei achtete er darauf, möglichst weit in der Ecke zu stehen, dort, wo die Besucherin ihn sicher nicht erwartete.

»Ist Steffi nicht da?« Ella, seine ungeliebte Schwägerin, starrte fassungslos in die Mündungen von vier Pistolen. »Hä? Was ist hier denn los?«

»Komm rein«, zischte Enrico aus der Küche, und weil Ella einfach nur stehen blieb und dabei so dümmlich ausschaute wie eine Forelle auf dem Trockenen, stürmte er durch den Flur und zerrte sie am Oberarm ins Haus. »Wir erwarten jemanden.« Zu den Polizisten sagte er: »Das ist die Schwester meiner Frau.«

»Enrico, was macht die Polizei denn hier?«

Das kapierst du sowieso nicht. »Geh nach oben in Debbies Zimmer, hier ist es zu gefährlich für dich.«

»Was? Nee, das ist mir unheimlich. Ich fahr lieber wieder nach Hause.«

An dieser Stelle hätte Enrico seine Schwägerin am liebsten erwürgt. Ella war wirklich zu dämlich.

Renke blieb ganz ruhig. »Tut mir leid, das ist im Moment ausgeschlossen. Ihr Schwager hat ganz recht, gehen Sie bitte nach oben. Hier unten könnte es unter Umständen gefährlich für Sie werden.«

Am Ende blieb Enrico nichts anderes übrig, als seine Schwägerin ins Obergeschoss zu begleiten. Zuerst meckerte sie, dann brach sie in Tränen aus, und er musste sie trösten.

Um vier Uhr machte sich Ernüchterung breit. Allen war klar, dass das falsche Kindermädchen nicht mehr erscheinen würde.

»Wir haben eine Handynummer«, fiel Enrico ein.

»Warum hast du das nicht gleich gesagt?« Renke klang ziemlich ungehalten.

Darauf fiel Enrico keine Antwort ein. *Ich hab nicht daran gedacht*, klang zu blöd, als dass er es hätte aussprechen können. Zum Glück stellte sich heraus, dass die Nummer falsch war, nicht einmal existierte, sodass sein Fehler nicht weiter ins Gewicht fiel. Er war mehr als froh, als die Polizei abrückte und Ella wieder in ihren Corsa stieg. Wäre die falsche Telefonnummer nicht, hätte er sich sogar entspannen können, daran glauben, dass dieses Mädchen völlig harmlos war. So aber beschloss er, seine Familie erneut in den Urlaub zu schicken.

Tonia Eschweiler hatte zu ihrer Souveränität zurückgefunden. Renkes Anwesenheit schien ihr zu gefallen. »In Uniform.« Sie nickte anerkennend, und Nola ärgerte sich, dass sie ihn überhaupt mitgenommen hatte.

Jetzt fiel der Blick der Lehrerin auf sie. »Frau van Heerden? Was kann ich für Sie tun?«

»Um es kurz zu machen. Wir wissen inzwischen, dass

Leona Sieverding ebenfalls zu den Mädchen gehörte, die sich für Clemens Möller prostituiert haben.«

»Leona? Das kann ich kaum glauben. In meinen Augen war das Mädchen … «

»Es steht aber fest«, unterbrach Nola, die keine Lust verspürte, die immer gleiche Platte zu hören. »Einer der Männer hat sie entführt und die ganze Zeit in seiner Wohnung gefangen gehalten. Franziska Lessing wurde ebenfalls missbraucht. Zurzeit gehen wir davon aus, dass sie mit den Morden an Clemens Möller und zwei weiteren Männern, die zu den Freiern gehörten, zu tun hat.«

»Wie bitte? Franziska? Die kann doch im Leben keinen Mann überwältigen. So ein schmächtiges Ding.«

Die Frau fiel ihr gewaltig auf die Nerven. »Glauben Sie mir, um einen Elektroschocker zu bedienen, braucht man keine körperliche Kraft. Es schaut aus, als befände Franziska sich auf einer Art Rachefeldzug. An Ihrer Stelle würde ich im Moment sehr vorsichtig sein, wenn es an der Tür klingelt.«

Zuerst lächelte Tonia Eschweiler süffisant, dann, mit ziemlicher Zeitverzögerung, dämmerte ihr, was Nola ihr damit sagen wollte. »Sie glauben, dass ich mich in Gefahr befinde? Ich?« Mit den Fingerspitzen tippte sie gegen ihr Schlüsselbein.

»Wenn Franziska tatsächlich mit allen Leuten abrechnen will, die an diesem Knick in ihrer Biografie schuld sind, würde ich mir an Ihrer Stelle große Sorgen machen.« Das klang beinahe schadenfroh.

»Ich will Polizeischutz!« Tonia Eschweiler drehte sich um. »Renke, hörst du, ich verlange, dass mein Haus bewacht wird.«

»Sie schauen zu viel Fernsehen.« Nola lächelte überheblich. »Ich werde die Kollegen bitten, nachts an Ihrem Haus vorbeizufahren. Mehr ist nicht drin. Vielleicht können Sie vorübergehend woanders wohnen?«

»Wir haben Notfallzimmer im Internatsgebäude.«

»Gute Idee.« *Hoffentlich gibt es da nur ein Bad auf dem Flur und auch sonst keinen Komfort.* »Wir sind aber noch aus einem anderen Grund hier. Wir brauchen ein Klassenfoto, auf dem Franziska Lessing zu sehen ist.«

»Ja, Moment, ich fahre rasch meinen Computer hoch. Auf unserer Schulhomepage findet man nur die aktuellen Schülerbilder. Aber es existiert auch ein Archiv. Ich muss mal sehen, ob ich da von zu Hause aus reinkomme.« Sie klickte sich durch mehrere Ordner, dann deutete sie auf den Monitor. »Hier, das Bild stammt von 2008. Wir fotografieren zum Schuljahrsende alle Jahrgänge. 2009 war Franziska nicht mehr dabei, weil sie im Mai die Schule verlassen hat. Dies ist also die letzte Aufnahme von ihr, da war sie vierzehn.«

»Haben Sie die Möglichkeit, das Bild für uns auszudrucken?«

»Nur in Schwarz-Weiß. Ich besitze keinen Farbdrucker. Und ehrlich gesagt auch kein Fotopapier.«

»Könnten Sie das Bild dann bitte an meine Mailadresse schicken? Meine Karte haben Sie ja.«

Tonia Eschweilers Gesichtsausdruck verriet, dass sie Nolas Karte längst entsorgt hatte. »Okay, ich gebe Ihnen eine neue.«

Ein letztes Mal schaute Nola die Schüler der damaligen Klasse acht an. Irgendetwas in ihr gab ein leises Signal. Doch je mehr sie sich anstrengte, den Grund dafür an die Bewusstseinsoberfläche zu locken, umso leiser wurde der Ton. Am besten ließ sie die Irritation ruhen, bis sie sich von selbst erklärte.

Yasmina stand in der Wohnungstür. Sie wirkte alles andere als erfreut über Nolas Besuch.

»Das ist mein Kollege, Oberkommissar Nordmann, ich glaube, Sie kennen ihn sogar. Können wir reinkommen?«

»Wenn es wichtig ist.« Sonderlich erfreut klang das nicht.

»Sehr wichtig«, beeilte Nola sich zu versichern.

Robin saß wieder am PC, er spielte *Tetris* und war sehr geschickt darin, die Kästchen in der Luft zu drehen und in die richtigen Lücken zu manövrieren. Ganz kurz schaute er über die Schulter, dann widmete er sich wieder dem Spiel.

»Zunächst einmal möchte ich Ihnen mitteilen, dass die DNA-Probe Sie eindeutig entlastet. Wir wissen jetzt allerdings, wer die Männer getötet hat.«

»Woher?« Es klang erstaunt.

Nola lächelte. »Am Ende sind es ja gar nicht viele Frauen, die ein Motiv haben, ausgerechnet diese Männer zu töten.«

Ihre Antwort schien Yasmina zu verwirren. Sie zupfte an ihren Ponyfransen, kaute auf ihrer Unterlippe und vermied jeden Blick in Richtung der beiden Polizisten. Im Hintergrund verkündete eine kurze Fanfare, dass Robin ein weiteres Level geschafft hatte. Das hektische Klicken der Tastatur machte deutlich, dass er keine Pause einzulegen gedachte.

»Eigentlich kommt ja nur eines der Opfer infrage«, fuhr Nola fort. »Wer sonst soll diese Männer so gehasst haben? Zwei sind tot, nämlich Sarah und Leona, Sie kommen nicht infrage, wie wir jetzt wissen. Bleibt nur Franziska Lessing. Wir haben sogar eine Zeugin, die sie höchstwahrscheinlich identifizieren kann.«

»Und jetzt?«

»Jetzt fragen wir uns, wer noch auf Franziskas Liste steht. Frau Eschweiler zum Beispiel.« Sie zögerte kurz. »Sie, Frau Akin, waren ihre beste Freundin und haben ihr trotzdem nicht geglaubt. Franziska könnte Sie durchaus als Verräterin betrachten.«

Robin drehte kurz den Kopf, dann konzentrierte er sich wieder auf sein *Tetris*-Spiel.

»Und wo ist Franzi jetzt?« Yasminas Stimme bebte, sie legte die Hände um ihren Nacken und zog die Schultern hoch. »Das ist unheimlich.«

»Wir gehen davon aus, dass Franziska sich irgendwo in der Gegend aufhält. Im letzten Jahr wurde sie mehrfach in Bremen bei den linken Autonomen gesehen und zweimal vorläufig festgenommen. Diese Autonomen sind ziemlich gewaltbereite Leute, die sich mit dem Bau von Waffen und waffenähnlichen Gegenständen auskennen. Bei Clemens Möller gab es ein paar Tage vor seinem Tod einen Anruf von einem Prepaid-Handy, das wir leider nicht zuordnen können. Wir denken, dass es Franziska war und dass die beiden sich verabredet haben. Sollte sie sich also bei Ihnen melden ...«

»Sie wollen mir Angst machen.«

»Nein. Ich möchte nur, dass Sie auf der Hut sind. Und dass Sie uns sofort informieren, wenn Sie etwas von Franziska hören. Sie ist sehr gefährlich und absolut skrupellos.«

Es war die Art, wie Robin den Kopf hielt. Als wollte er jedes Wort verstehen. Mit der linken Hand zog er die Mütze tiefer, und Nola fiel ein Plastikbügel hinter seinem Ohr auf. Sie hatte genug Bilder von Cochlear-Implantaten gesehen, um zu wissen, was sie dort sah. Jemand, der weder hören noch sprechen konnte, trug keine solchen Geräte.

Franziska war ein sehr kluges Mädchen.
Franziska war eine sehr gute Schauspielerin.
Franziska wollte gar nicht hübsch aussehen.

Jetzt wusste sie, was sie auf dem Klassenfoto gestört hatte. Robin Weber, jedenfalls der Robin, der dort *Tetris* spielte, war nicht darauf zu sehen. »Frau Lessing. Sie brauchen uns nichts mehr vorspielen«, hörte Nola sich sagen, während sie nach ihrer Waffe griff.

Alles passierte jetzt gleichzeitig. Robin, oder besser Franziska, sprang auf und hielt das Handy in der Hand, das die ganze Zeit auf dem Schreibtisch gelegen hatte, und richtete es auf die beiden Polizisten.

Renke zog seine Heckler & Koch, ein lautes, unheilvolles Knistern fraß sich durch die Stille, Renke sackte in sich zusammen und knallte dabei mit dem Kinn auf den Tisch, was ein schreckliches Geräusch verursachte. Nola, die ihre Waffe ebenfalls gezogen hatte, drückte ab, Franziska schrie auf, der Elektroschocker flog im hohen Bogen durch den Raum, und das böse Knistern erstarb. Mit vorgehaltener Waffe zwang sie Yasmina und ihre mörderische Freundin in das fensterlose Bad. Sie zog den Schlüssel aus dem Schloss und versperrte die Tür von außen, und es war ihr vollkommen egal, dass Franziska heftig blutete und Yasmina von innen gegen die Tür hämmerte und hysterisch kreischend nach einem Arzt verlangte.

Sie warf sich neben Renke auf den Boden und rief im Präsidium an, damit der Kollege in der Einsatzzentrale für die entsprechende Unterstützung sorgen konnte. Renke blutete aus einer Platzwunde am Kinn und aus dem Mund, vermutlich hatte er sich auf seine Zunge gebissen. Er war nicht bei Bewusstsein. Nola fand, dass er sich seltsam anfühlte, stocksteif und ganz hart, das musste an der Verkrampfung der gesamten Muskulatur liegen, die so ein heftiger Stromschlag auslöste. Wenigstens konnte sie seinen Puls fühlen, wenn auch schwach und viel zu schnell.

»Du stirbst nicht!«, brüllte sie ihn an. »Hörst du mich? Du

stirbst jetzt gefälligst nicht! Ich hab den Notarzt bestellt, und so lange hältst du, verdammt noch mal, durch!«

Da stand Britta, sie war jung und wieder ganz gesund und wunderschön, der Wind zerzauste ihr dunkles Haar, sie trug gelbe Shorts und ein buntes Bikinioberteil, und neben ihr hüpfte Aleena, vier oder fünf Jahre alt, in einem rot getupften Kleid. Ihre weißen Turnschuhe schienen im grellen Sonnenlicht aufzuleuchten. Renke hörte ein Geräusch, das er gleich darauf als das Tosen der Brandung erkannte. Es war Hochsommer, und sie warteten auf ihn am Strand von Arcachon, wo sie so viele schöne Stunden verbracht hatten. Die beiden riefen seinen Namen, Aleena übertönte mit ihrer hellen Kinderstimme ihre Mutter, sie winkte aufgeregt, und er wollte loslaufen, sie endlich wieder in die Arme schließen. Gleichzeitig war er verwirrt und fragte sich, ob er das Leben ohne die beiden nur geträumt hatte.

Aber da war auch eine andere Stimme, die ihn gnadenlos festhielt. »Du stirbst jetzt nicht!« Sterben, was für ein Unsinn. Er wollte nicht sterben, sondern zurück ins Leben. Er musste doch nur ein paar Schritte über den sonnenwarmen Strand laufen.

Von irgendwoher drangen komische Geräusche in sein Bewusstsein, schwere Schritte, Männerstimmen, die aufgeregt klangen, dann explodierte ein brennender Schmerz in der Brust, als hätte jemand ein Feuer unter seinen Rippen entzündet, und anschließend war es dunkel und ganz still.

Als er wieder zu sich kam, lag er auf dem Boden, jemand hatte seinen Oberkörper entblößt, auf der Haut klebten Elektroden, und ein Notarzt, jedenfalls stand das auf seiner roten Jacke, starrte ihm neugierig ins Gesicht. Ein Sanitäter hielt einen Plastikbeutel in der Hand, ein durchsichtiger Schlauch führte runter zu seiner Armbeuge, in der eine hellblaue Plastikkanüle steckte. Ein zweiter Sanitäter hockte vor einem Aluminiumkoffer und zog Flüssigkeit aus einer winzigen Ampulle in eine Spritze auf. Neben ihm kniete Nola, ihr Gesicht war nass von Tränen, doch sie lächelte tapfer und streichelte seine Hand.

»Wie fühlen Sie sich?«, wollte der Arzt wissen, und Renke brauchte ziemlich lange für die Antwort, weil er erst darüber nachdenken musste.

»Komisch.«

»Der Stromschlag hat bei Ihnen Kammerflimmern ausgelöst, ein ausgesprochen bedrohlicher Zustand, der zum Herzstillstand geführt hat. Zum Glück haben Sie damit gewartet, bis wir vor Ort waren, sonst wäre es kritisch geworden. Wir mussten Sie mit einem Defibrillator wiederbeleben. Perfektes Timing, würde ich sagen.«

Von außen betrachtet, mochte das so sein. Renke allerdings empfand etwas ganz anderes, eine tiefe, bleischwere Traurigkeit. Er hatte das Gefühl, soeben etwas Wunderbares verloren zu haben. Während der Arzt auf einen kleinen Monitor starrte, der Renkes Herzfrequenz aufzeichnete, und leise mit einem der beiden Sanitäter sprach, suchte er Nolas Blick.

»Ich hab sie gesehen, Britta und Aleena, es war ganz realistisch. Ich wollte zu ihnen, aber ...« Er hielt inne, weil die Erinnerung ihm die Tränen in die Augen trieb. »Dann war da ein furchtbarer Schmerz, und danach waren sie fort.«

»Der Defi«, sagte sie dumpf.

»Sie warten auf mich«, flüsterte er und drückte ihre Hände. »Meine Frau und meine Tochter warten irgendwo auf mich.«

»Wir bringen Sie jetzt in die Kardiologie. Und da schauen wir, ob Ihr Herz das alles ohne Folgeschäden überstanden hat.«

Samstag, 30. März

Lupenreines, strahlendes Azurblau, das bei längerem Hinschauen in den Augen blendete, einen schöneren Himmel hätte sich kein Maler ausdenken können, dazu das einschläfernde Plätschern der Wellen, die unermüdlich auf den Strand rollten und wieder zurück. Träge drehte Nola sich auf den Bauch. Neben ihr lag eine aufgeschlagene Bildzeitung, sie hatte sie vorhin an der Rezeption gekauft, weil ihr die Schlagzeile aufgefallen war. *Tochter bekannter Schauspielerin unter Mordverdacht.* Das Bild, das Franziska Lessing zeigte, war dasselbe, das Nola bereits kannte. Ein zu früh aus dem Nest gefallener Vogel, verunstaltet mit einer riesigen Hornbrille. In dem Artikel stand, dass Charlotte Lamonte zu keinem Kommentar bereit wäre. Jetzt erst begriff Nola, wem Franziskas Rache in Wahrheit gegolten hatte.

Frau Daume hatte Yasmina als das falsche Kindermädchen identifiziert. Nola war überzeugt, dass der Auftritt nur dazu dienen sollte, Enrico Daume Angst einzujagen, beweisen konnte sie es natürlich nicht, und es blieb abzuwarten, was die Staatsanwaltschaft daraus machen würde. In jedem Fall musste Yasmina sich vor Gericht verantworten, sie hatte ihre Freundin aufgenommen und geschwiegen, obwohl sie von den Gewalttaten wusste. Auch wenn sie nicht persönlich beteiligt war, hatte sie Franziska ihr Auto zur Verfügung gestellt, was sich durchaus als Beihilfe auslegen ließ. Doch das alles war weit weg, und Nola hatte sich fest vorgenommen, nicht an zu

Hause zu denken, weder an ihren Job noch an ihre privaten Probleme. Eine Woche Sonne und Liliane war begeistert gewesen von der Idee, Nola zu begleiten.

»Hey«, trompetete Liliane neben ihrem Ohr. »Wach bleiben. Da kommt der süße Schwede, der dich gestern Abend so angeschmachtet hat. Umdrehen, zeig ihm deine Schokoladenseite.«

Gehorsam legte Nola sich wieder auf den Rücken. Vor ihr stand Oskar aus Göteborg, der ihr gestern Abend ein Bier nach dem anderen spendiert hatte. Sein Lächeln erinnerte sie an Astrid-Lindgren-Geschichten und lauwarme Milchbrötchen, und sein Englisch war so mies, dass sie keine tief greifenden Gespräche führen musste. Sie schätzte ihn auf Mitte zwanzig, ein hübscher junger Mann, der sie unbedingt erobern wollte, wahrscheinlich, um vor seinen Kumpels damit zu prahlen. Seine Beharrlichkeit schmeichelte ihr, weil sie genau das gerade brauchte, einen Verehrer, der sich nach keiner anderen sehnte und der gleichzeitig viel zu harmlos war, um irgendwelche Spuren auf ihrer angeknacksten Seele zu hinterlassen.

Nola hatte Blumen mitgebracht, Tulpen und Osterglocken, dazu eine Karte mit einem total verpflasterten Hasen, der dümmlich grinste. *Das wird schon wieder, kleines Häschen*, stand vorne drauf. Renke fand den Spruch albern, und er hätte schwören können, dass Nola das sehr genau wusste und gerade deshalb diese Karte gewählt hatte. Die Atmosphäre während ihres Besuchs durfte man getrost als frostig bezeichnen, sie hatte nur belangloses Zeug geredet, kein einziges Mal gelächelt und war nicht lange geblieben. Jetzt machte sie Urlaub, und er hätte gern gewusst, mit wem. Allein reiste kein Mensch auf die Malediven.

Ganz unerwartet war Robert zu Besuch gekommen und

hatte Eva mitgebracht. Der Zustand seiner Wohnung schien die beiden zu befremden, was Renke gut verstehen konnte. Er bedauerte, ihnen nichts anderes als schwarzen Kaffee anbieten zu können, den sie ablehnten. Dann erzählte er, wie nah er sich seiner Familie gefühlt hatte und wie gut es war zu wissen, dass er jederzeit diesen letzten Schritt gehen konnte.

Robert schaute ziemlich entsetzt aus, und er brauchte drei Anläufe, um Renke mitzuteilen, dass er ihm dringend zu einer Therapie raten würde. »Ein Polizist mit Todessehnsucht könnte, wenn er unter Stress steht, ein Risiko für die ganze Truppe bedeuten. Denk mal drüber nach.«

Eva nickte und griff nach seiner Hand. »Das hättest du längst in Angriff nehmen müssen, mein Lieber.« Ganz von selbst musste er an Nola denken, deren Hände kleiner waren und vor allem sehr viel sanfter als die von Eva.

Die Worte seiner Freunde, seiner letzten Freunde, wenn er ehrlich war, machten Renke betroffen, auch wenn er sich bemühte, das nicht zu zeigen. Das, was er in der kurzen Zeitspanne, in der sein Herz den Dienst verweigerte, erlebt hatte, ließ sich doch nicht mit normalen Maßstäben messen. Das Leben hatte ihm ein Bein gestellt, gleich zweimal, dennoch litt er keineswegs an Todessehnsucht, das war kompletter Blödsinn. Und ja, er hatte Britta die Hand reichen, sich von ihr auf die andere Seite ziehen lassen wollen, und er wusste nicht, ob das real gewesen war oder eine Halluzination, die sich medizinisch erklären ließ. Robert und Eva brachen bald wieder auf.

»Du kannst jederzeit anrufen.« Eva schaute ihn besorgt an. »Du gefällst mir nicht, Renke. Tu bitte etwas für dich, versprich mir das.«

Als sie fort waren, kam es ihm vor, als würde die Einsamkeit in der Wohnung ihn verschlingen, einfach auslöschen. Er sehnte sich nach Gesellschaft, nach einem warmen, weichen Körper in seinen Armen, danach, dass jemand ihn im Hier und Jetzt festhielt, und er wünschte, Nola würde an der Tür klingeln.

Alle Personen in diesem Roman sind frei erfunden.

Auch den Ort Martinsfehn werden Sie vergeblich auf der Landkarte suchen. Er existiert nur in meiner Fantasie. Die *Christine-Charlotten-Schule* in Jemgum ist ebenfalls reine Fiktion.

Danksagung

Zuerst möchte ich mich von Herzen bei allen Mitarbeitern des Piper Verlags bedanken. Egal wie groß oder klein meine Anliegen sind, sie werden immer umgehend und mit größter Freundlichkeit erfüllt. Den größten Dank schulde ich natürlich Katrin Andres, meiner Lektorin, die mir immer wieder das Gefühl vermittelt, dass meine Arbeit wertgeschätzt wird.

Liebe Frau Andres, Sie haben sofort entdeckt, wo ich bei der Recherche geschludert oder schlicht gepennt habe. Nein, Renke kann Nola nicht die Hand auf den Rücken legen, wenn er vor ihr geht. Viel wichtiger für mich war allerdings, dass Ihre Kommentare mich dazu gebracht haben, ein weiteres Mal ganz intensiv über meine Hauptpersonen nachzudenken. Besonders Nola mit ihrer ganzen Widersprüchlichkeit bin ich dabei noch ein ganzes Stück nähergekommen.

Danken möchte ich auch dem netten Team vom *Blütenzauber*, dem Blumengeschäft schräg gegenüber von meinem Zuhause auf der anderen Kanalseite.

Sie haben sich die Zeit genommen, mir in aller Ausführlichkeit den Arbeitsalltag einer Floristin zu schildern. Vor unserem Gespräch hat Annerose entweder Sträuße gebunden oder aus dem Fenster geschaut. Danach war es vorbei mit der Langeweile, ich musste sogar zwei Mitarbeiterinnen einstellen. Ich darf von Annerose ausrichten, dass die Arbeit ihr seither sehr viel mehr Spaß macht. Bis auf die Geschichte mit Susanne natürlich.

Und wie immer bedanke ich mich herzlich bei meinem Ehemann für sein Verständnis, seine Unterstützung und dafür, dass er weiß, wie man komische Textformatierungen wieder rückgängig macht.